AGRADECIMENTOS

Profs.: Antonio Candido e Gilda de Mello e Souza, Paulo Duarte, Antônio Dimas de Moraes, Roselis Oliveira de Napoli, Maria Eugênia da Gama Boaventura, Claus Peter Bergner;

Família Mário de Andrade, Bibliotecárias do Instituto de Estudos Brasileiros e Marcelo Ancona Lopez.

Esta edição, sem prejuízo das normas e princípios gerais que orientarão o projeto da edição-crítica das Obras Completas de Mário de Andrade, pelo Instituto de Estudos Brasileiros da Universidade de São Paulo, embora ainda não se trate propriamente de uma edição-crítica, já está comprometida com este plano. Sua elaboração — na forma com que ora se apresenta e oportunamente de maneira definitiva dentro do projeto de Edição-Crítica da Obra de Mário de Andrade — é trabalho da pesquisadora Telê Porto Ancona Lopez, por incumbência do Conselho de Administração daquele Instituto.

BIOGRAFIAS — MEMÓRIAS — DIÁRIOS — CONFISSÕES
ROMANCE — CONTO — NOVELA — FOLCLORE
POESIA — HISTÓRIA

1. MINHA FORMAÇÃO — Joaquim Nabuco
2. WERTHER (Romance) — Goethe
3. O INGÊNUO — Voltaire
4. A PRINCESA DE BABILÔNIA — Voltaire
5. PAIS E FILHOS — Ivan Turgueniev
6. A VOZ DOS SINOS — Charles Dickens
7. ZADIG OU O DESTINO (História Oriental) — Voltaire
8. CÂNDIDO OU O OTIMISMO — Voltaire
9. OS FRUTOS DA TERRA — Knut Hamsun
10. FOME — Knut Hamsun
11. PAN — Knut Hamsun
12. UM VAGABUNDO TOCA EM SURDINA — Knut Hamsun
13. VITÓRIA — Knut Hamsun
14. A RAINHA DE SABÁ — Knut Hamsun
15. O BANQUETE — Mário de Andrade
16. CONTOS E NOVELAS — Voltaire
17. A MARAVILHOSA VIAGEM DE NILS HOLGERSSON — Selma Lagerlöf
18. SALAMBÔ — Gustave Flaubert
19. TAÍS — Anatole France
20. JUDAS, O OBSCURO — Thomas Hardy
21. POESIAS — Fernando Pessoa
22. POESIAS — Álvaro de Campos
23. POESIAS COMPLETAS — Mário de Andrade
24. ODES — Ricardo Reis
25. MENSAGEM — Fernando Pessoa
26. POEMAS DRAMÁTICOS — Fernando Pessoa
27. POEMAS — Alberto Caeiro
28. NOVAS POESIAS INÉDITAS & QUADRAS AO GOSTO POPULAR
    Fernando Pessoa
29. ANTROPOLOGIA — Um Espelho para o Homem — Clyde Kluckhohn
30. A BEM-AMADA — Thomas Hardy
31. A MINA MISTERIOSA — Bernardo Guimarães
32. A INSURREIÇÃO — Bernardo Guimarães
33. O BANDIDO DO RIO DAS MORTES — Bernardo Guimarães
34. POESIA COMPLETA — Cesar Vallejo
35. SÔNGORO COSONGO E OUTROS POEMAS — Nicolás Guillén
36. A MORTE DO CAIXEIRO VIAJANTE EM PEQUIM — Arthur Miller
37. CONTOS — Máximo Górki
38. NA PIOR, EM PARIS E EM LONDRES — George Orwell
39. POESIAS INÉDITAS (1919-1935) — Fernando Pessoa
40. O BAILE DAS QUATRO ARTES — Mário de Andrade
41. TÁXI E CRÔNICAS NO DIÁRIO NACIONAL — Mário de Andrade

Táxi e Crônicas no Diário Nacional

Vol. 41

Capa
Cláudio Martins

Estabelecimento de Texto, introdução e notas de
Telê Porto Ancona Lopez

EDITORA ITATIAIA
BELO HORIZONTE
Rua São Geraldo, 53 — Floresta — Cep. 30150-070
Tel.: 3212-4600 — Fax: 3224-5151
e-mail: vilaricaeditora@uol.com.br
Home page: www.villarica.com.br

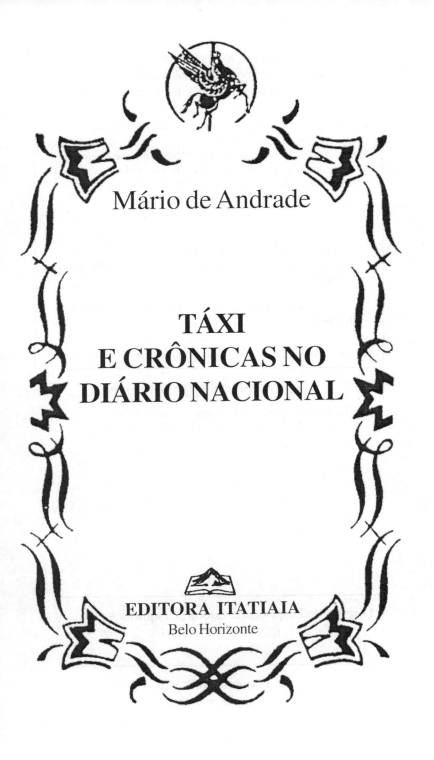

Mário de Andrade

TÁXI
E CRÔNICAS NO
DIÁRIO NACIONAL

EDITORA ITATIAIA
Belo Horizonte

FICHA CATALOGRÁFICA
(Preparada pelo centro de catalogação-na-fonte,
Câmara Brasileira do livro, SP)

Andrade, Mário de, 1893-1945.
A568t   Táxi e crônicas no Diário Nacional; estabelecimento de texto,introdução e notas de Telê Porto Ancona Lopez.
Belo Horizonte, Editora Itatiaia, 2005.

"A presente edição, interessada na reprodução sistemática, reúne: série "A arte em São Paulo", de 1927, "Táxi", em toda a sua vigência (1929-30), crônicas de 1931-32 e a série "Folclore da constituição".

1. Crônicas brasileiras I. Lopez, Telê Porto Ancona.
II.Título.

76-0244   CDD-869.935

Índices para catálogo sistemático:

1. Crônicas; Século 20: Literatura Brasileira 869.935
2. Século 20: Crônicas: Literatura brasileira 869.935

2005

Direitos de Propriedade Literária adquiridos pela
EDITORA ITATIAIA
Belo Horizonte

Impresso no Brasil
Printed in Brazil

ÍNDICE

Mário de Andrade no Diário
Nacional 9
Apanhando "Táxi" 15
Propósitos de uma edição 21
O cronista Mário de Andrade 30
Bibliografia 51

1927

Arte em S. Paulo — I —
O Burguês e a ópera 52
Arte em S. Paulo — II 54
O grande arquiteto — IV 56
Arte em S. Paulo —III —
Dona Eulália 59
Arte em S. Paulo — V —
O pai do gênio 61

1929

Táxi: Influências 63
Táxi: Casa de pensão 65
Táxi: Romances de aventura 67
Táxi: A linguagem — I 69
Táxi: Miss Brasil 71
Táxi: A linguagem — II 74
Táxi: A linguagem — III 76
Táxi: Macobêba 78
Táxi: Pessimismo divino 80
Táxi: Memória e assombração 82
Táxi: Sinhô 84
Táxi: São Tomás e o jacaré 86
Táxi: Amadorismo profissional 88
Táxi: Fala brasileira — I 90
Táxi: Ascânio Lopes 93
Táxi: Desinteresse 95
Táxi: Desinteresse — II 97
Táxi: Desinteresse — III 99
Táxi: Qual é o louco 101
Táxi: Centenários 104
Táxi: Da criança-prodígio — I 106
Táxi: Da criança-prodígio — II 109
Táxi: Cícero Dias 111
Táxi: Da criança-prodígio — III 113
Táxi: Decorativismo — I 115
Táxi: Decorativismo — II 117
Táxi: Na sombra do erro 119
Táxi: Eugênia 121
Táxi: O culto das estátuas 123

Táxi: O culto das estátuas — II 125
Táxi: Literatice 127
Táxi: Incompetência 129
Táxi: Mesquinhez 131
Táxi: Democráticos 133
Táxi: Le Corbusier 135
Táxi: Amazônia 137
Táxi: Ortografia 139
Táxi: Ortografia — II 141
Táxi: "De-a-pé" 143
Táxi: "De-a-pé — II 145
Táxi: "De-a-pé — III 147
Táxi: Blaise Cendrars 149
Táxi: Noite de festa 151

1930

Táxi: Flor nacional 153
Táxi: Ortografia — I 155
Táxi: Ortografia — II 157
Brasileiro e Português 159
Marinetti 161
Guilherme de Almeida 163
Centenário do Romantismo 165
Livros de guerra — Quando os
homens voltarem ao assassínio
dos bons 167
Zeppelin 169
Aleijadinho 172
Escola de Paris 175
Deus de pijama 177
Puro, sem mistura 179
Educai vossos pais 181
A pesca do dourado 184
Roquette Pinto 186
Anjos do Senhor 188
Teuto-brasileiro 190
Nacionalização dum adágio 193
Gravação nacional 196
Caboclo de Taubaté 199
Poesia proletária 201
A Sra. Stevens 204
Atos irracionais 207
Raquel de Queiroz 209
Artes gráficas 211
Epistolografia 214
Cores do Brasil 217
Peneirando 220
Revolução Pascácia 223

7

José Américo de Almeida	226		Sonatina	357
Pintura infantil	228		Maleita — I	360
Comunismo	231		Maleita — II	363
Suzana e os velhos	234		O castigo de ser — I	366
Bustamante y Ballivián	237		O castigo de ser — II	369
Murilo Mendes	240		O castigo de ser — III	372
Xará, Xarapim, Xera	243		Meu engraxate	376
			Catulo Cearense	378
	1931		Conto de Natal	381

Rádio	246			1932
Rádio	248			
Rádio	250		Psicologia da publicidade	383
Rádio	252		Cuba, outra vez	386
Rádio	255		São Vicente	388
Rádio	257		Alma Paulista	390
Carnaval tá aí	260		Insolação	393
Topografia do nome	263		Largo da Concórdia	395
São Paulo do Brasil	266		Ignez Teltscher	398
O ilustre conhecidíssimo	269		Ritmo de marcha	401
O terno itinerário ou trecho			Filmes de Guerra	403
de antologia	272		Defesa de Paul Morand	405
Isidoro	275		Goethe e Beethoven	407
Cidades	277		Abril	409
Meu secreta	279		Intelectual — I	411
Juvenal Galeno	282		Intelectual — II	414
Álvares de Azevedo — I	285		Idílio novo	416
Álvares de Azevedo — II	288		Café queimado	419
Mosqueiro	291		Di Cavalcanti	421
Mosqueiro nº 2	294		Os monstros do homem — I	423
O diabo	298		Os monstros do homem — II	425
Oscarina	302		Heróis de um dia	428
Tristão de Athayde	304		Estudantadas	431
Compensações	307		O mar	433
Henrique Oswald	310		Caso de Jaboti	436
Assim seja!	312		Cataguases	439
Fábulas	314		Folclore da Constituição	441
Semântica do paulista	316		Folclore da Constituição (II)	443
Simbologia dos chefes	318		Folclore da Constituição	446
Os bailarinos	320		Cai, cai, balão	448
Circo de cavalinhos	323		Folclore da Constituição (IV)	451
Agora, é não desanimar!...	326		Correio Militar	454
Agora, é não desanimar!	329		Folclore da Constituição (V)	457
Álvares de Azevedo — I	332		Folclore da Constituição (VI)	460
Álvares de Azevedo —II	335		Folclore da Constituição (VII)	463
Álvares de Azevedo — III	338		Folclore da Constituição (VIII)	466
O salão	341		Folclore da Constituição (IX)	469
A Raimundo Moraes	344		PRAR	472
O sobrinho de Salomé	347		Folclore da Constituição (X)	475
Escola de Belas Artes	350		Folclore da Constituição (XI)	478
Auxiliando a verdade	352			
Cristo-Deus	355			

MÁRIO DE ANDRADE NO *DIÁRIO NACIONAL*

Em abril de 1927, escrevendo para seu amigo Manuel Bandeira, Mário de Andrade lamenta o fato de se encontrar sem jornal para escrever, produzindo ocasionalmente para *A Manhã*, edição de São Paulo, atendendo ao convite de Oswald de Andrade. Sente-se, entretanto, insatisfeito com o nível do periódico. Logo depois, a 30 de agosto, comunica a Bandeira seu ingresso no *Diário Nacional*, onde, como crítico de arte, escrevia "coisinhas quase diárias". Na carta, não mais se queixa do jornal, mas da obrigação de comparecer diariamente à redação, desviando-se assim de seu maior interesse no momento: a conclusão da *Pequena História da Música*. (1)

Estreara no *Diário Nacional* a 20 de agosto com a crítica "Brecheret", assinando-se "M. de A.". Desde então, será o autor da maior parte das críticas de Artes plásticas, Música e Literatura que o jornal publica, havendo mesmo casos de dois textos seus em um único dia. Em 1928, quando realiza sua viagem ao Nordeste, Mário torna-se também cronista, função que exercerá até 25 de setembro de 1932, momento em que o jornal é fechado.

Apesar dos problemas que surgem — no início, a perda da disponibilidade e mais tarde, os atrasos no pagamento — o trabalho no *Diário Nacional* é gratificante para o escritor, além de dar continuidade a sua carreira de jornalista, iniciada em 1918. Estão lá amigos que conhecem e apóiam a luta modernista e até mesmo um companheiro genuíno, Sérgio Milliet. A direção respeita suas idéias e o arrojo de suas propostas de "língua nacional". A composição e a revisão têm ordem para acatar — e o fazem, na maioria das vezes — sua ortografia, sua sintaxe e seus neologismos. Conservam em seus textos, a ausência de letras dobradas, de "th", "ph" e "y" deixando-os ortograficamente diferenciados no jornal. Além disso, a remuneração que recebe ajuda-o a equilibrar o orçamento.

---

(1) BANDEIRA, Manuel, ed. — *Cartas a Mário de Andrade*. Rio de Janeiro, Simões, 1958, pp. 163, 168. Cartas datadas de São Paulo, 6 de abr. e 30 ago., 1927.

Em outubro de 1931, ainda para Bandeira, Mário de Andrade reconhece a conveniência da situação, apesar das dificuldades com o pagamento que quase o haviam levado a demitir-se definitivamente. Conclui então: "E humildemente não vejo possibilidade de ninguém, duma certa importância jornalística, ter paciência comigo." (2)

O *Diário Nacional* é o órgão da oposição, do Partido Democrático; em suas páginas denuncia as irregularidades do PRP, proclamando-se defensor da liberdade e da democracia. Respondendo pela Redação, em 1927, está Sérgio Milliet (que aparece como Sérgio M. da Costa e Silva) e os amigos dos modernistas, Antônio Carlos Couto de Barros e Amadeu Amaral. Em 1929 junta-se a eles Paulo Duarte que, em 1931, estará na Direção. No momento da fundação, os diretores são Marrey Jr. e Paulo Nogueira Filho, conceituados jornalistas de São Paulo.

O matutino é lançado significativamente a 14 de julho de 1927. Empenha-se na campanha do Partido Democrático, apóia a Revolução de 1930 e, depois dela, tornando-se oposição ao novo governo, acompanha a reação de 1932, sendo fechado a 28 de setembro do mesmo ano, depois da derrota paulista. Em outubro de 1930 enfrenta as agruras da situação, circulando em tamanho pequeno (47 x 32,5 cm; suas medidas normais de jornal antigo: 75,5 x 47,2 cm) e em edição extraordinária noturna. Nunca pôde gozar de boa situação financeira, mas suas páginas deram cobertura completa a todos os acontecimentos importantes no campo da Literatura, do Teatro, das Artes plásticas e da Música além de terem contado com textos de Mário de Andrade, Manuel Bandeira, Lasar Segall, Prudente de Morais, neto e outros.

O autor de *Macunaíma* deixou vastíssima produção no *Diário Nacional*: 771 textos entre crônicas, artigos, ensaios, poemas e ficção, tendo sido responsável pelas seções: "Arte" e "Livros e livrinhos". Suas críticas são em geral curtas, antes comentário que interpretação. Assina-as "M. de A.", pois o nome "MÁRIO DE ANDRADE", sempre impresso em maiúsculas, ficou reservado para as crônicas, os artigos e os ensaios de maior fôlego.

Uma produção de cronista — "Táxi"

As primeiras crônicas de nosso escritor no *Diário Nacional* surgem em sua coluna de Arte em 1927 e são ali denominadas "artiguetes". Estão escritas dentro da finalidade do "ridendo castigat mores", formando a série de cinco textos, "A arte em

---

(2) IDEM — *op. cit.*, p. 304. Carta datada de São Paulo, 26 out., 1931.

São Paulo". (3) Constituem um verdadeiro primor estilístico no gênero crônica, pois, visando à literariedade, condenam com humor arte e público: o apego do burguês à moda da ópera, o escultor acadêmico, o arquiteto que executa estilos, a patronesse musical e a criança-prodígio.

Em 1927, contudo, escrever crônicas não é ocupação habitual de Mário de Andrade, que nesse instante, está empenhado em sua poesia, em sua ficção e em definir-se dentro do nacionalismo crítico. Desejando então conhecer o Brasil e o povo brasileiro através da cultura popular, elege o Norte e o Nordeste como as regiões privilegiadas que deveria visitar em viagens de estudo e pesquisa, "viagens etnográficas".

Entre maio e agosto de 1927 realiza a primeira destas, percorrendo o Norte e detendo-se particularmente na Amazônia. Na ocasião, estuda as festas populares do meio do ano e escreve um diário de viagem, "O turista aprendiz: Viagens pelo Amazonas até o Peru, pelo Madeira até a Bolívia e por Marajó até dizer chega." Não o publica imediatamente, preparando edição definitiva apenas em 1943 e deixando-o inédito.

Em dezembro de 1927 divulga no *Diário Nacional* um aspecto de sua experiência de viagem, a crônica "A ciranda", que une impressões e dados sobre o bailado amazônico. Logo depois, a 20 de janeiro de 1928, publica ali "O turista aprendiz", trecho de seu diário, relatando dois dias em Belém, o qual, isolado de seu contexto, torna-se uma verdadeira crônica. (4) Quando, em fins de novembro de 1928, dirige-se ao Nordeste para a segunda "viagem etnográfica", já vai como cronista correspondente. Então, a partir de 18 de dezembro de 1928 e até a metade de março de 1929, as crônicas aparecem no jornal quase que diariamente, sob o título "O turista aprendiz".

Essas crônicas não logram fixar-se numa determinada página do jornal; viajam por quase todas as páginas internas. São apresentadas em coluna larga e estão assinadas "MÁRIO DE ANDRADE" (em maiúsculas). O conjunto dos textos de "O turista aprendiz", composto pela crônica "A ciranda", diário de 1927 e impressões de 1928-29, deve ser objeto de edição autônoma, pois seu autor traçou um projeto de publicação que os reúne e desloca as fronteiras da crônica das segundas, marcando as da

---

(3) ANDRADE, Mário de — "A Arte em São Paulo". "O burguês e a ópera", "O escultor Melani", "O grande arquiteto", "D. Eulália", "O pai do gênio". *Diário Nacional*, São Paulo, 11, 13, 22 nov.; 1.º, 30 dez., 1927. Mário fora da série, focaliza a situação da pintura em dois textos de denúncia veemente contra a Galeria Blanchon.

(4) IDEM-Ibidem — "A ciranda" e "O turista aprendiz". *Diário Nacional*, São Paulo, 8 dez., 1927; 22 jan., 1928. Estão assinadas respectivamente: "M. de A." e "Mário de Andrade".

narrativa de viagem. Para tal, acrescentou aos recortes das crônicas do Nordeste suas anotações manuscritas diárias, tratando dos sentimentos que experimentava.

A 9 de abril de 1929, tem início no *Diário Nacional* a coluna "Táxi", sua primeira produção regular de cronista. O título é uma feliz escolha; ao mesmo tempo que estabelece a vinculação ao contemporâneo, tão ao gosto dos modernistas, sugere o empenho do intelectual participante que usa da imprensa de massa como seu veículo. "Táxi" conduzirá sua opinião, da mesma forma que em 1922 a revista *Klaxon* propagara a modernidade.

A primeira crônica, "Influências", aparece numa quarta-feira e se apresenta em coluna de 5 furos, texto em Excelsior, corpo 9. O entrelinhamento é irregular, o que acontecerá praticamente em todos os textos. O título da coluna, "Táxi", está em maiúsculas, tipagem mesclada com predomínio da Garamont, corpo 24, imediatamente seguido por travessão e pelo título da crônica, em tipagem e corpo idênticos, sendo, entretanto, apenas a inicial maiúscula. (5)

O segundo texto sofre variação: coluna de 3¼ furos; logo abaixo da indicação "Táxi", grafada em Bodoni, corpo 18, negrito, em caixa alta, o título da crônica, também em maiúsculas, Bodoni, corpo 9, negrito, seguido por travessão e pelo início imediato do texto, em Excelsior, corpo 9.

O padrão gráfico para o título da coluna existirá a partir do terceiro dia, "Romance de aventuras", quando a palavra "Táxi" virá desenhada em tipo fantasia, seguida por dois fios ornamentais. Em "Romance de aventuras" e "A linguagem" (I), o título da crônica está em Bodoni, caixa alta, corpo 9, negrito, na primeira linha, seguido pelo início do texto. Depois de "Miss Brasil", o título da crônica passará a ficar isolado no alto da coluna, sempre em Bodoni, maiúsculas, corpo 9, negrito. Ocasionalmente a Bodoni poderá aparecer versalizada. Quanto ao texto, estará sempre em Excelsior, corpo 9.

Esse padrão valerá até 5 de fevereiro de 1930 e marcará a primeira etapa de Mário de Andrade, cronista regular, respondendo por uma coluna. Nessa data é eliminada a indicação "Táxi", ficando no cimo apenas o título do texto. A mudança faz parte da renovação que o jornal propõe em sua diagramação geral; dentro dela a produção do escritor vai procurar uma nova aparência. Os cinco primeiros textos não firmam uma apresentação definitiva. São eles: "Brasileiro e português", "Marinetti", "Guilherme de Almeida", "Centenário do Romantismo" e "Livros de guerra", publicados respectivamente a 5 e 11 de fevereiro, 9, 22 e 27 de março. "Marinetti" recebe coluna de 5 furos

---

(5) A análise dos elementos gráficos devo a Claus Peter Bergner.

e os demais, duas colunas de 2½ furos cada uma. Os títulos das crônicas, em negrito, corpo 24, hesitam em determinar o tipo, o corpo das letras e o uso da caixa alta. "Brasileiro e português", "Guilherme de Almeida" e "Centenário do Romantismo" estão em Bodoni, com maiúsculas iniciais. "Marinetti" e "Livros de guerra" em grotesco, o primeiro todo em caixa alta e o segundo apenas com maiúsculas iniciais, mostrando subtítulo com essas mesmas características. Quanto ao texto, sempre em corpo 9, com exceção de "Brasileiro e português", em Excelsior, todos os demais estarão em Bodoni.

A segunda etapa da crônica de Mário no *Diário Nacional* tem início a 23 de maio de 1930, após um pequeno intervalo. A caracterização da coluna estará definitivamente resolvida enquanto dimensões e localização no jornal. Nesse momento o diário passa a evidenciar melhor a crônica e convida três nomes importantes: Mário de Andrade, Manuel Bandeira e Luís da Câmara Cascudo.

Até então a crônica não possuía página fixa. A de Mário, que podia ser encontrada muitas vezes na página 6, ao lado dos programas de diversões da cidade, mostrava-se também nas páginas 2, 3 e 4. A partir de 23 de maio de 1930, com "Zeppelin", assinada pelo autor de *Macunaíma,* a crônica firma-se em lugar de destaque: página 3, canto superior direito, coluna larga de 5½ furos. Logo abaixo do título, nesse dia, uma nota da redação anuncia a inclusão do escritor entre os colaboradores que iriam honrar diariamente aquele "canto de coluna". (6) A nota não faz, contudo, qualquer referência ao gênero, considerando todos os textos como "colaboração" e destinando o mesmo local a Manuel Bandeira e ao publicista Mário Pinto Serva. Apesar disso, a distinção fica graficamente estabelecida, pois o texto de cunho literário, a crônica, é apresentado em Excelsior com grifo, corpo 9, ao passo que o texto puramente jornalístico, o artigo, recebe feição idêntica à da maior parte das matérias do jornal: redondo, Excelsior, corpo 9.

A nota do dia 23 não relaciona os nomes dos colaboradores e não conta que a série já se iniciara a 17 de maio com Manuel Bandeira, "Alguma poesia", seguido por Câmara Cascudo no dia 18, com "Conversa de cachorro". O canto da página já vinha, aliás, sendo ocupado havia algum tempo pela coluna de Pinto Serva que ali tratava de jurisprudência em extensos artigos. Sua participação continuará e colocada ao lado dos trabalhos de Joaquim A. Sampaio Vidal, Salomão Ferraz, Israel Souto, Bruno Barbosa, Breno Ferraz, Cândido de Oliveira e Carlos da Maia (Couto de Magalhães) nos dará a representação do artigo. O

---

(6) A coluna, na realidade, não será diária.

elenco da crônica será composto pelos três escritores acima mencionados.

A mesma nota da redação avisa ainda que o dia escolhido por Mário de Andrade havia sido a sexta-feira. Essa determinação não será obedecida; a partir de 15 de junho de 1930, a maior parte de suas crônicas estará na edição dominical.

O texto da segunda parcela da produção regular de nosso cronista, isto é, sua coluna na página 3, caminha padronizado em Excelsior com grifo, corpo 9, coluna de $5\frac{1}{2}$ furos, até agosto de 1931. O título, contudo, não mostrará uma tipagem rigorosa. "Zeppelin", o primeiro, todo em maiúsculas, está em Bodoni com grifo e faz alarde de lançamento em corpo 36. Os demais títulos em corpo 28 são apresentados ora em Garamont, ora em Grotesco, havendo inclusive casos de tipagem mesclada; o uso integral de maiúsculas existe ao lado do emprego de maiúsculas apenas em início de palavras.

Com "Álvares de Azevedo" (I), a 23 de agosto de 1931, há nova modificação gráfica, mas atingirá apenas o texto que será impresso em Excelsior, redondo, corpo 8. A partir de "Álvares de Azevedo" (II) esse padrão ficará estabelecido, porém o texto virá em negrito até o final da produção, a 25 de setembro de 1932.

Entre 17 de julho e 25 de setembro de 1932, durante o período da revolução, Mário interrompe sua colaboração original de cronista (exceção feita a "Cai, cai, balão"), passando a divulgar em sua coluna o material popular que vai surgindo com respeito à luta e que reúne na série "Folclore da Constituição". Não há mudança quanto à localização dos textos no jornal; quanto à assinatura, tirando-se "Correio militar" ("M. de A."), continua integral.

APANHANDO "TÁXI"

A razão da escolha

As crônicas de Mário de Andrade no *Diário Nacional* constituem um importante veículo de suas idéias, além de mostrarem no despoliciamento do trabalho jornalístico a humanidade do escritor. Podem ser vistas como tentativa do jornalismo integral de Gramsci na medida em que procuraram ultrapassar a satisfação das necessidades primeiras de informação e lazer de um público, levando-o à análise de sua realidade e ao conhecimento mais profundo de suas necessidades. Quando de sua publicação, suscitaram controvérsias e debates e, de certa forma, lograram criar seu público. Depois, permaneceram guardadas em jornais amarelados, conhecidas apenas de poucos pesquisadores.

O reconhecimento das contribuições que as crônicas ofereceram para a consolidação das propostas modernistas na imprensa de massa e os subsídios que trazem para o estudo do ideário nacional de Mário, impõem-nos o abandono de exigências de caráter expressamente literário que nos levariam à divulgação em antologia. Assim, ao invés da seleção dos textos bem realizados, preferimos organizar a edição de caráter documental, capaz de conduzir aos nossos dias a totalidade da produção.

A presente edição, interessada na reprodução sistemática, reúne: série "A arte em São Paulo", de 1927, "Táxi" em toda a sua vigência (1929-30), crônicas de 1931-32 e a série "Folclore da Constituição". A escolha do título *Táxi e Crônicas no Diário Nacional* decorre da valorização do melhor momento na produção do período e do aproveitamento de um cabeçalho, que, como vimos, é bastante significativo.

Localizando os textos-base

Pesquisando na coleção do *Diário Nacional*, existente na biblioteca de Mário de Andrade no Instituto de Estudos Brasileiros, USP, constatamos a presença de inúmeros textos por ele assinados. Essa coleção, contudo, está completa apenas até 1931, já que o derradeiro ano do jornal, 1932, apresenta-se com um terço dos meses e, assim mesmo, com falhas de números. A coleção não ofereceu, portanto, a cobertura integral da produção do escritor.

Apesar disso, realizamos o levantamento de todos os textos de sua autoria e de todas as entrevistas e notícias que ali davam conta de sua obra e de sua pessoa. Em seguida, microfilmamos o material em ordem cronológica e o fichamos descritivamente por assunto. O microfilme "Mário de Andrade no *Diário Nacional*" tornou-se então uma réplica dos textos, diminuindo a necessidade de recorrer a um jornal de difícil manuseio em virtude de seu tamanho e de seu papel envelhecido.

Para completar o conjunto da colaboração de Mário de Andrade, pudemos receber o auxílio da documentação que ele próprio reuniu em seu Arquivo (7), pois entre seus Originais e Recortes foram encontrados os títulos que faltavam em 1932. Num momento como esse é que se pode avaliar o respeito para com o próprio trabalho e para com a necessidade de informação do país, que tão bem marca nosso escritor. Em seu Arquivo preservou documentos que são decisivos para a compreensão de sua obra e de sua época.

Buscando então a crônica com o propósito de edição, fizemos seu isolamento no microfilme e sanamos as lacunas ali existentes utilizando o álbum *Recortes IV* e as pastas *Guerra de São Paulo/1932/Diário Nacional/dos domingos* e *Artigos/meus/sobre Música/ (publicáveis em livro?)*. No momento em que procuramos uma segunda coleção do jornal, completa em 1932, para resolver dúvidas quanto às datas de alguns recortes, pudemos verificar que nossas fontes haviam realmente proporcionado a série completa dos textos de Mário de Andrade.

Um álbum de recortes

Mário de Andrade colecionou uma boa parcela de sua produção jornalística. Recortava os textos, organizava-os em pastas ou em dois álbuns grandes (33,2 x 22,2 cm), encadernados em pano-couro preto e procurava, em geral, uma classificação por gênero. Os dois álbuns pretos cobrem o período 1918-35 e o segundo deles, rotulado por seu dono *Recortes IV*, reúne a maior

---

(7) Entre 1968 e 1974 coordenei a organização do Arquivo de Mário de Andrade no Instituto de Estudos Brasileiros, USP.

parte das crônicas que publicou no *Diário Nacional*. Tem início com "Táxi", em abril de 1929, e vai até 10 de julho de 1932, perto portanto da extinção do periódico.

Recortes IV apresenta duas epígrafes manuscritas a tinta por Mário no verso da página de rosto. Cada uma delas está assinalada na margem com um traço e duas setas, desenhadas a lápis vermelho. São bem adequadas a um álbum de recortes em que os textos se comportam como documentação, memória, pois apontam a autonomia da obra, o desligamento homem e obra, além de mostrarem a incapacidade da obra dar ao autor seu conhecimento completo, pois, não passa de uma tentativa de organização.

"As if any man knew aught of my life
When even I myself I often think know little or nothing
of my real life...

(Whitman)

"Ninguém pode afirmar que Pascal dava / como conclusões de seu próprio sentir e / pensar os pensamentos que ia amontoando... / O que é crível... é que Pascal dialogava / consigo mesmo.

Jackson de Figueiredo"

As páginas do álbum, brancas e sem pauta, foram numeradas pelo escritor de 1 a 134, ficando sem numeração as 27 últimas. O espaço foi usado com o máximo de economia; muitas vezes é aproveitado um pequeno canto final de página para colar apenas o início de uma crônica. Em algumas páginas aparecem vazios com sinais evidentes de recortes arrancados.

Observando a composição do álbum, vê-se de pronto que foi organizado em dois momentos. Essa idéia foi confirmada pelo depoimento do Prof. José Bento Faria Ferraz, antigo secretário de Mário de Andrade. Podemos assim remontar as duas etapas de composição. A primeira, a das crônicas dispostas segundo sua rigorosa cronologia e caprichosamente coladas, seria trabalho do próprio cronista entre 9 de abril de 1929 a 13 de dezembro de 1931, provavelmente realizado par e passo com a publicação e cobrindo as 101 primeiras páginas do álbum. A seguir, uma interrupção de três anos e a segunda etapa que tem início em 1935, quando José Bento Faria Ferraz, aluno do Conservatório Dramático e Musical de São Paulo, torna-se secretário particular de Mário. É um jovem ainda sem experiência; vai colando os recortes à medida que aparecem, sem critérios de classificação. Então, o conjunto de crônicas no *Diário Nacional* sofre, em *Recortes IV*, um entremeio de críticas de arte e entrevistas, oriundas de outros periódicos entre 1933 e 1935, dispostas fora de ordem cronológica. Depois dele, continuam as crônicas de 1932 no diário paulistano, porém, sem obedecer à seqüência de publicação e excluindo os textos do período da Revolução.

Todos os recortes, com exceção de "Cataguases", foram datados pelo escritor, a tinta ou a lápis, de forma sintética e apresentando sempre o mês em algarismos romanos; ex.: "A Raimundo Moraes": "20-IX-31". Na página ao lado de "Conto de Natal" de 27 de dezembro de 1931 está "Cataguases", sem indicação, mas, sua localização temporal foi lograda graças a um vazio existente na página 3 do *Diário Nacional* de 10 de julho de 1932. Nesse número, retirado para a pasta *Guerra de São Paulo,* foi recortado um texto cujas medidas e traços de limitação de coluna coincidem exata e rigorosamente com o recorte em questão, podendo assim completar seus dados.

As crônicas receberam no álbum dois tipos de anotações marginais do autor. Primeiramente, as correções a erros tipográficos, decorrentes de falha técnica do jornal ou de incompreensão de seus originais por parte do tipógrafo. Por exemplo: no primeiro "Táxi", "Influências", está grafado "cubculos", ao invés de "cubículos" e "sintéticos", pois a composição não aceitou "sintáticos", conforme o original. As correções estão manuscritas na margem dos recortes, geralmente a tinta preta.

O segundo tipo de anotações marginais de Mário de Andrade prende-se a reformulações do próprio discurso nos textos destinados a nova publicação em livro. São bem mais abundantes que as primeiras e, na sua maior parte, escritas a lápis preto. Há ainda cruzes a lápis vermelho que indicam textos selecionados para *Os filhos da Candinha,* sempre acompanhadas da palavra "sim" (letras minúsculas), a lápis azul, ao lado do título.

As notas do escritor, contudo, nunca oferecem o nome do jornal que aparece pela primeira vez como parte do próprio recorte em "Marinetti", a 11 de fevereiro de 1931. A indicação "Diário Nacional" só começou a existir no álbum quando, em 1935, reunindo as crônicas de 1932, o secretário a transcreve nas páginas. Em 1964, 26 de maio, o cunhado de Mário, Sr. Eduardo Ribeiro dos Santos Camargo, escreve, na página 1, nota marginal em que localiza a proveniência e o período de "Táxi".

Comparando ambas as fontes, microfilme e álbum de recortes, vê-se que o segundo reúne a quase totalidade das crônicas do primeiro e o complementa com os títulos de 1932. No álbum não estão apenas: "Pessimismo divino" e "Amadorismo profissional", de 1929; "Centenário do Romantismo", "Gravação nacional", de 1930; os seis textos intitulados "Rádio" e "O Carnaval tá aí", "Ilustre conhecidíssimo", "Henrique Oswald", "Sonatina", de 1931. Em 1932, "Cuba, outra vez", "Goethe e Beethoven", "Intelectual" (I e II), "Cataguases" e a série "Folclore da Constituição".

O folclore da Constituição

Em 1932, durante a luta em São Paulo, Mário de Andrade reuniu farta documentação: poemas, volantes, discursos, ditos e anedotas, jornais paulistanos vários do período 9 de julho-28 de setembro. Esse material, em sua maior parte, encontra-se em pastas e pacotes com a indicação "Guerra de São Paulo", manuscrita.

Em uma pasta de cor laranja, ao que se pode ver, aproveitada de antiga pesquisa musical, acima do primeiro rótulo, "Hinos e marchas", o escritor marcou a lápis roxo: *"Guerra de São Paulo/1932/Diário Nacional/dos domingos."* Dentro dela, guardou 13 números do jornal, 12 de domingo e 1 de quarta-feira, editados entre 10 de julho e 25 de setembro. Na verdade, reuniu ali 13 textos seus, conservando-os integrados no conjunto do diário. Teve o cuidado de escolher apenas os escritos que se referiam diretamente à revolução, isto é, a série "Folclore da Constituição", e o artigo "PRAE". Assim, o número de 10 de julho apresenta um vazio de onde foi recortado "Cataguases" e o de 3 de agosto onde saiu "Cai, cai balão", não foi incluído. Esqueceu-se provavelmente de juntar o de 12 de agosto onde está "Correio militra" (pastel no título), deixando-o na coleção do jornal.

A pasta *Guerra de São Paulo* pôde, portanto, completar a produção de 1932 e, apesar de não contribuir com crônicas, seus textos farão parte de nossa edição porque pertencem ao espaço do cronista no jornal e nos permitem acompanhar o encerramento de suas atividades.

"Artigos meus sobre música"

Em um envelope de papelão, tornado pasta, Mário de Andrade reuniu vários textos de crítica musical que escreveu entre 1921 e 1932. Apesar de não fornecer indicação de origem, podem ser reconhecidos ali muitos de seus artigos e críticas na Seção de Arte do *Diário Nacional.* Sobre o envelope escreveu a lápis azul: *"Artigos/ meus/ sobre Música/ (publicáveis em livro?)".* Os textos, datilografados ou recortes, revelam sempre sua data de publicação. No caso dos recortes, a data está em nota marginal bastante semelhante à que aparece nos álbuns.

Por sua apresentação gráfica, três títulos podem ser identificados como pertencentes à coluna destinada à crônica no *Diário Nacional:* "Gravação nacional" (recorte arrancado do álbum, com vestígios de cola), de 1930, "Cuba, outra vez" e "Goethe e Beethoven", de 1932. Esses dois últimos completam as falhas relativas a 1932 existentes nas outras fontes. A exatidão de suas datas foi verificada em coleção completa do jornal, não pertencente ao escritor.

Os três textos, uma vez transferidos pelo autor para um novo contexto, receberam anotações modificando a redação de certas passagens. As alterações não interessaram a esta edição por serem posteriores à época de publicação. Poderão ser levadas em conta no momento em que *Artigos meus sobre Música* forem objeto de trabalho editorial.

PROPÓSITOS DE UMA EDIÇÃO

Em 1942, quando do início da publicação das Obras Completas, Mário de Andrade desejou representar seu trabalho de cronista, escolhendo os 43 textos que compõem *Os filhos da Candinha*. Dentre eles, 32 vieram de sua produção no *Diário Nacional*: 5 de "O turista aprendiz" de 1928-29 (8) e 27 da coluna de crônica, 1929-32. Esses escritos, porém, sofreram alterações consideráveis a ponto de se tornarem variantes. Assim sendo, pode-se hoje afirmar que essas mesmas crônicas, em sua feição original, continuavam inéditas em livro.

Como o propósito da edição que ora elaboramos é divulgar o caráter jornalístico das crônicas, segundo sua sincronia, a ela não interessam os textos que receberam reformulação em seu discurso. Seu artesanato, vindo da reflexão demorada, e sua disposição diacrônica estão dez anos distantes de uma produção que, em seu aparecimento marcou bem o presente, estando ligada à pressa e à consciência do precário. Esta edição visa resgatar a redação de Mário de Andrade em sua pureza de origem no *Diário Nacional*. Por esse motivo, desprezou tanto as modificações destinadas a *Os filhos da Candinha* como a *Artigos meus sobre Música*.

A intenção editorial eliminou a necessidade de um trabalho de confronto técnico entre o texto original na imprensa, sua alteração no recorte anotado e sua reelaboração no livro de 1943 (9). Conseqüentemente, não requereu o estabelecimento de uma lição final, obtida através das variantes. Além disso, a comparação cobriria apenas uma parcela inexpressiva, já que apenas 27 crônicas, num total de 182 do conjunto escolhido, foram novamente publicadas pelo autor. Seria viável no caso de edição-crítica de *Os filhos da Candinha*.

---

(8) Os textos de "O turista aprendiz" incluídos em *Os filhos da Candinha* são: "O grande cearense", "Ferreira Itajubá", "Bom Jardim", "Guaxinim do banhado" e "Tempos de dantes."

(9) *Os filhos da Candinha*; o projeto do livro é de 1942 e a edição da Livraria Martins de São Paulo é de 1943.

Quando pensamos que hoje em dia *Macunaíma,* os contos, *Os filhos da Candinha* e uma boa parte da poesia de Mário de Andrade são procurados como leitura-lazer pelo público não especializado, torna-se importante endereçar também a ele este conjunto de crônicas. Por essa razão, dispensamos a idéia de uma edição-crítica rigorosa em que, linhas numeradas e notas de rodapé em cada página apontariam, em seu local exato, correções e alterações realizadas. O aparato crítico, desvendado ao longo do livro, deixá-lo-ia unicamente no campo dos leitores especializados. Em se tratando de inéditos que revelam aspectos significativos do pensamento do escritor modernista é mister que seu resgate atinja, em primeiro lugar, um público mais amplo. Da mesma forma que Mário de Andrade, sentimo-nos no dever de lutar para que a cultura não seja privilégio de poucos.

A fixação dos textos

Para fixar o texto jornalístico esta edição usou, como já se sabe, o microfilme "Mário de Andrade no *Diário Nacional*", o álbum *Recortes IV* e os documentos das pastas *Guerra de São Paulo/1932/Diário Nacional/dos domingos* e *Artigos/meus/sobre Música.*

Quanto às notas marginais encontradas, somente foram acolhidas aquelas que significavam reparo a erros tipográficos ou a incompreensões por parte da composição e da revisão do periódico, porque, ao que parece, estão ligadas à recaptura do original e foram feitas quando da publicação. Diferem das alterações destinadas à edição de 1942 na tinta preta (ali, lápis) e no talhe da letra. Depois de verificação, pode-se afirmar que se trata de letra e tinta de Mário entre 1929 e 1932, 1933, sendo idênticas às de outros documentos de localização temporal já comprovada nesse período.

Todas as vezes em que as correções marginais aparecem, estará a indicação: *"Nota M.A"* (Nota de Mário de Andrade). Quando a própria crônica apresenta suas notas de rodapé, elas são simplesmente transcritas com seus números.

Sempre que acreditou possível e necessário, a edição acrescentou informações e esclarecimentos nas *"Notas da pesquisa".*

Assim como as crônicas de Mário quiseram aproximar-se de seu público através de uma grafia mais simples e racional, pretendemos que agora nossa edição fique também fiel a esse propósito e atualizamos a ortografia. A adesão às normas ora vigentes entre nós, contudo, acarretou-nos alguns problemas, pois atinge a intenção do cronista de privilegiar o aspecto fonético na grafia de algumas palavras. A atualização ortográfica oficial foi uma escolha que tivemos que enfrentar, pensando no caráter de divulgação ampla que desejamos para as crônicas e vendo esta edição de resgate com exigências diferentes de uma fac-similar. Embora nossas simpatias aplaudam as soluções, no trabalho editorial deve prevalecer o enquadramento nas normas estabelecidas, as quais, até o momento, não levaram em conta reformulações ortográficas como as de Mário de Andrade.

Conservando: Um projeto de língua nacional

Mário de Andrade, analisando sua época e sua obra em *Movimento modernista*, deixa claro que seu projeto ideológico e estético sempre estivera vinculado ao projeto lingüístico. Seria essa a forma de unir o nacionalismo de conscientização à pesquisa de nossa língua como realidade diversa da língua de Portugal, por resultar de uma adaptação às nossas condições.

Nas cartas a seus contemporâneos, sobretudo ao gramático Souza da Silveira, nos artigos sobre língua e na projetada *Gramatiquinha da fala brasileira*, está sua compreensão de língua como uma força dinâmica e nacionalmente autônoma, não determinada pela gramática, mas construindo e determinando a gramática. Além disso, faz questão de frisar, não cumpriria ao escritor, que percebe a verdade, reagir contra Portugal, mas, "agir, que é muito mais nobre", pesquisando e experimentando. (10)

Em 1935, escrevendo a Souza da Silveira, Mário confessa que desde *Losango cáqui*, portanto, desde 1922, começara a sistematizar o emprego da "fala brasileira", atraído pela prosa, "tão mais difícil que o verso" (11). Escrever "brasileiro" significava, pois, para o autor de *Macunaíma*, captação e fidelidade às nossas construções, justificadas dentro de nossa realidade: próclise inicial, pronome sujeito com função de objeto, compreensão da sintaxe e do léxico das diferentes camadas sociais. Para cumprir tal propósito, um escritor não deveria perder a lucidez, isto é, deveria assumir-se como elemento de área culta que incorpora criticamente o popular e que não faz concessões ao erro. Isso seria entender a artificialidade da língua literária e ver-se dentro dela como o renovador, cumprindo a tarefa de "encurtar as distâncias entre a língua geral brasileira e a língua literária." (12)

---

(10) ANDRADE, Mário de — *Gramatiquinha da fala brasileira*: "Língua brasileira — Problemas-2". s/d. (Originais M. de A. — IEB-USP)

(11) FERNANDES, Lygia, ed. — *Mário de Andrade escreve cartas a Alceu, Meyer e outros*. Rio de Janeiro, Ed. do Autor, (1968), p. 163. Carta datada de São Paulo, 25 abr., 1935.

(12) IDEM — Ibidem, p. 152. Carta datada de São Paulo, 15 fev., 1935.

Suas reflexões devem ser postas em contato com a produção jornalística, apressada e mesmo compulsória, onde estariam fundidas consciência da construção literária e intromissões despoliciadas do cotidiano. Sob esse ponto de vista, a crônica torna-se muito significativa, sobretudo se atentarmos para os aspectos sintáticos, léxicos e ortográficos renovadores com que se apresentava em um jornal onde, salvo nas paródias de Juó Bananere, a norma era obedecer à gramática.

Dada a importância desses elementos, esta edição sentiu-se no dever de conservar e destacar determinados pontos dos originais jornalísticos.

Pontuação

Foi rigorosamente respeitada a pontuação dos textos-base onde é um elemento do estilo, um meio de expressão escolhido. Já em 1924, escrevendo para o amigo Bandeira, Mário de Andrade declarara: "Examina a pontuação que adotei atualmente. O mínimo de vírgulas possível. A vírgula, a maior parte das vezes, sabes, é preconceito gramatical. Uso dela só quando a ausência prejudica a clareza do discurso, ou como descanso rítmico expressivo. Também abandonei a pontuação em certos lugares onde as frases se amontoam polifônicas". (13)

A declaração tem particular interesse se nos lembrarmos que a maioria das crônicas data de período imediatamente posterior a *Macunaíma*, obra em que a pontuação contribui decisivamente para a expressão poética.

Substantivos compostos

Foram conservadas todas as transformações de locuções nominais, verbais e adverbiais em substantivos compostos, existentes nos textos, porque fazem parte do ritmo de sua frase.

Vulgarismos

No propósito de encurtar a distância entre a área erudita e a popular, sem esquecer as fronteiras de ambas, o escritor nutre-se da expressão popular, permitindo-se o uso dos vulgarismos. Na

---

(13) BANDEIRA, Manuel, ed. — *op. cit.*, p. 26.

Gramatiquinha da fala brasileira, classifica-os como "brasileirismos". Nestas crônicas encontramos: "sube" e ("suberam"), "intaliano", "verduleiros", "embiguinho", "chicra", "chacra", "reculutas", "ingreis", vulgarismos léxicos e o sintático "meia" flexionando o advérbio "meio" (italianismo).

A respeito de "sube" e "intaliano", Mário de Andrade justifica-se perante Bandeira que havia estrilado logo após a publicação de "Circo de cavalinhos", a 2 de agosto de 1931, no *Diário Nacional.* Responde à carta do amigo:

"Resta o argumento interessante sobre minha língua brasileira em que você (como eu) reconhece que as pessoas simples que lêem sentem dificuldade em me compreender, e que quando escrevo *sube* por *soube, intaliano* por *italiano,* 'ninguém sente meu desejo de sacrifício e comunhão, mas minha personalidade indiscreta e tirânica querendo impor... etc.' o resto da frase é longo e não importa nem a favor nem contra você. Mas, Manu, o caso é um bocado mais sutil que isso. Quando falei que houve sacrifício de mim, e há, no que faço, creio que não me referi ao sacrifício de linguagem que embora exista, tenha existido principalmente nos primeiros tempos, não tem a mínima importância pra ninguém, nem pra mim. O sacrifício penoso é o das minhas liberdades morais cerceadas; o mais penoso ainda é o das minhas verdades intelectuais, independentes até de mim, e por mim mesmo rejeitadas no que escrevo e ajo, em proveito da normalização, da fixação, da permanência de outras verdades humanas, sociais que eu friamente sei que são importantes. (14)

Como se pode ver, o projeto lingüístico de Mário enquadra-se em seu projeto ideológico; mais uma vez fica nítida sua preocupação com uma arte vinculada à sociedade.

"Sube", como veremos daqui a pouco, não foi forma acatada por esta edição, mas, "intalianos" e os demais vulgarismos ou "brasileirismos" permaneceram em nossa versão final, pois são elementos de humor, usados para maior aproximação da crônica ao público. Quanto a "intalianos" e "intalianinhos", seu uso recebeu explicação direta do cronista, a qual pode ser estendida aos demais. Na carta a Bandeira de 18 de agosto de 1931, fica estabelecida a diferença entre "intaliano", próprio para situações onde está o grotesco e o cômico, conveniente para os textos jornalísticos a que Mário dá pouca importância, e a forma "italiano", ou melhor, "italiana", usada em poema de *Clã do Jaboti,* obra que considera séria e duradoura. Como se vê, o autor está desejando provar o dinamismo de uma língua que pode variar para servir às intenções do autor.

---

(14) IDEM — Ibidem, p. 367. Carta datada de S. Paulo, 16 ago., 1931.

Uso de maiúsculas

Foi respeitado o emprego de letras maiúsculas, exceção feita a títulos de obras que passaram a ser apresentados segundo as regras bibliográficas atuais. Essa normalização pôde ser permitida porque não lesa as intenções do autor, não atingindo termos que valorizou com maiúsculas dentro de seu próprio discurso.

"pra", "prá" e "pro"

As formas "pra", "prá", "pro" devem ser respeitadas porque representam uma conquista definitiva dos modernistas. Mário, aliás, procura se apoiar nos românticos, pesquisando a incidência do "pra" na obra de poetas como Gonçalves Dias, conforme nos mostram suas anotações marginais.

Alterando: Uma divulgação de inéditos

Conforme declaramos anteriormente, uma edição de inéditos destinada ao grande público deve seguir as normas ortográficas ora vigentes entre nós. Embora a atualização atinja em alguns aspectos a vontade do autor que reformulava a grafia de determinadas palavras, foi medida que se impôs para evitar possíveis confusões. Arrolaremos aqui esses casos e outros que merecem destaque.

"Táxi", não "Taxi"

Consultando contemporâneos do cronista, pudemos saber que o título da coluna era originalmente pronunciado à francesa, isto é, com sílaba tônica final. Talvez por se tratar de palavra estrangeira, não foi grafada no jornal com o acento agudo no *i* que a abrasileiraria dentro das normas da época. Preferimos adotar no título do livro a pronúncia de nossos dias que consagrou a forma inglesa "táxi" (tonicidade na primeira sílaba), levando-a ao dicionário com acentuação de paroxítona terminada em *i*.

Acentuação: "porêm", "rúim", "jámais"

Embora a grafia de Mário privilegiasse o aspecto fonético nas palavras "porêm", "rúim" e "jámais", optamos pela ortografia agora vigente, pois, como pudemos ver, essas suas propostas não lograram o reconhecimento da lei ou do uso culto. Conservá-las, no tipo de edição que realizamos, seria conduzir a dúvida e a confusão. Além disso, os escritos do autor, no próprio jornal ou em manuscritos, apresentam as mesmas palavras grafadas também na forma convencional.

"Milhor"

Grafia acompanhando a fonética. Apesar de conservada na edição das crônicas em *Os filhos da Candinha,* em outras publicações e em originais posteriores a 1932 e 1942, não foi aqui acatada. Decorridos muitos anos, pode-se hoje ver que a proposta que buscava acompanhar a pronúncia difundida em todas as classes em sua época, não foi incorporada pela gramática, nem difundida pela prática culta. Como no caso anterior, é palavra que também aparece regularmente escrita nas crônicas.

"Sube", "suberam"

Corresponde à aceitação de uma forma já consagrada pelo cotidiano. Em 1931, Mário valoriza a presença de "sube" na linguagem de Juvenal Galeno: "... até chega a empregar 'sube' por 'soube', que eu tinha a ingenuidade de imaginar... coragem de que me cabia a primazia, por ventura temporã..." (15)

Em suas leituras procura testemunhos que o apóiam. A *Gramatiquinha da fala brasileira* mostra-o pesquisando em Alencar quando a ficha "Brasileirismo" indica:

"Sube por soube/ Alencar já empregou em 337, v. 2.º, p. 268" (16)

Entre as obras de Alencar, existentes na biblioteca de Mário de Andrade, o número 337 está em *As minas de prata* (Garnier, 1926). No segundo volume, capítulo XIV, p. 268, a ousadia do mestre romântico está sublinhada e destacada com traço à margem *(Nota M.A.):*

" — Enfim, hoje, Estácio, *sube* de uma circunstância..."

Pelos motivos já expostos, não adotamos esta reformulação que apareceu algumas vezes nas crônicas do *Diário Nacional.*

---

(15) ANDRADE, Mário de — "Juvenal Galeno". *Diário Nacional.* São Paulo, 15 mar. 1931.

(16) IDEM — *Gramatiquinha da fala brasileira, (loc. cit.)* Mário numerava obras para suas consultas.

"Si" e *"sinão"*

A posição purista de Mário nas disputas que resultaram da Reforma Gonçalves Viana, conservando rigorosamente "si" e "sinão" até o final de sua vida e considerando a conjunção "si" um brasileirismo, deve ser aqui mencionada como característica dos textos no *Diário Nacional.* Não pôde, porém, ser aceita, já que esta edição procurou a normalização ortográfica atual.

"por que"

Nos textos no *Diário Nacional* é freqüente a forma "porque", interrogativa, escrita sem divisão; foi feita a separação que a caracteriza como pronome interrogativo: "por que".

Nomes próprios

A grafia dos nomes próprios possui dois aspectos: o primeiro, o da atualização e do abrasileiramento ortográficos conscientes; o segundo, o da inadvertência e do costume que deixava escapar as formas convencionais. Assim, um mesmo nome pode aparecer com duas grafias, como "Goia" ("Da criança-prodígio I e III") — "Goya", "Tristão de Ataíde" — "Tristão de Athayde" e "Vila-Lobos" — "Villa-Lobos". Preferimos conservar a grafia original dos nomes estrangeiros e nacionais, excetuando-se "Lourenço" (Lorenzo) Fernandez por corresponder ao tratamento costumeiro do compositor no grupo modernista. O mesmo acontecia com Oswald de Andrade, chamado por Mário de "Osvaldo".

Palavras estrangeiras

As palavras estrangeiras aparecem no jornal de três formas: a) segundo sua grafia de origem, sem aspas, no corpo da frase; b) com aspas; c) abrasileiradas. Há ainda o caso de dupla forma em "jazz" e "jaz" e o de "clerc", usado com e sem aspas. Acompanhando as normas atuais, colocamos entre aspas as palavras estrangeiras que se apresentam em sua grafia de origem. O abrasileiramento foi integralmente aceito.

A quantidade expressiva de palavras estrangeiras, sobretudo francesas, nas crônicas decorre do fato de serem elas realmente comuns na época. Estavam de tal forma inseridas no cotidiano que forçosamente apareceriam nas páginas de um cronista que nunca se mostrou adversário ferrenho de estrangeirismos na língua. Na linguagem de um modernista, são traços de cosmopolitismo.

Erros ortográficos

Quer por descuido do autor, quer do tipógrafo, a verdade é que, mesmo considerando-se a ortografia da época, muitas palavras estão erroneamente escritas.

Outra situação é a das palavras cuja ortografia, nos próprios meios cultos, hesitava entre duas formas. É o caso do emprego de *g* e *j, s* e *z, c, ç* e *s* mediais. Tanto Mário, como seus contemporâneos, escrevem de duas maneiras: "dançar"-"dansar", "oficialisa"-"oficializa", "anciedade"-"ansiedade", etc. A hesitação e os erros podem ser encontrados também nas demais matérias do *Diário Nacional.* Efetuamos todas as correções.

29

O CRONISTA MÁRIO DE ANDRADE

Quando em 1942 Mário elege as crônicas que figurariam em *Os filhos da Candinha*, está pensando em mostrar o que entendia pelo gênero crônica. Assim, inicialmente projeta a obra em dois volumes: crônicas propriamente crônicas e "crônicas críticas". Reformulando o projeto, acaba publicando apenas as primeiras. Nessa separação estariam os limites entre o artigo e a crônica para nosso escritor.

Chamando a obra *Os filhos da Candinha*, está fazendo uma alusão direta aos críticos, cujo julgamento, ao que vê, não podia perceber suas intenções de editor e de cronista. Mas, essa declaração, presente na "Advertência" que dá início ao volume, mostra-nos que, ainda que indiretamente, Mário está se referindo a seus próprios textos, refletindo sobre eles e vendo a crônica como o resultado da transformação de um fato real em uma versão recriada, uma vez que o discurso "candinha", fofoqueiro, é em raiz, um discurso de invenção que bebe na realidade.

Nessa "Advertência" fica implícito seu conceito de crônica. Em primeiro lugar, justifica sua escolha pelo reconhecimento da gratuidade, do descompromisso para com o futuro: "As crônicas ajuntadas neste livro foram escolhidas de preferência entre as mais levianas que publiquei — Literatura".

O aposto que classifica é uma brincadeira que parodia o conceito em que o público tem a crônica quando a vê no jornal: passatempo sem conseqüências. "Literatura" não é ali palavra usada em seu sentido próprio, mas figura o texto leve, datado, lúdico, diferente da outra "literatura" a que se refere logo depois, empregada em seu sentido próprio: "No meio da minha literatura sempre tão intencional, a crônica seria o sueto, a válvula verdadeira por onde eu me desfatigava de mim".

Essa segunda literatura seria a invenção autônoma, desligada do jornal, artesanato da palavra e resultado de projetos estéticos cuidadosamente meditados. A oposição entre as duas acepções marca a raiz jornalística da crônica e já a vê situada em nosso tempo como um gênero híbrido.

O reconhecimento do hibridismo não impede, entretanto, que Mário deseje dignificar o gênero, pois refunde o discurso das crônicas que seleciona para *Os filhos da Candinha* e monta sua série em diacronia, diluindo a primitiva atualidade.

Lançando mão das funções da linguagem descritas por Jakobson, podemos situar a crônica na tensão entre a função referencial e a função poética, constituindo-se num gênero ambíguo que transita pelo jornalismo e pela literatura.

Na "Advertência" de 1943 o cronista mostra-se fincado no gênero, insistindo no termo "crônica" e esclarecendo os aspectos que a caracterizariam.

a) Crônica em sua origem jornalística é o texto descompromissado de grandes ambições; não pede o artesanato exaustivo, nem o rigor da informação.

b) Crônica não é artigo, nem ficção. Dentro da prosa é a libertação da rigidez do gênero. Revendo sua produção em 1942, quando da edição, Mário afirma que as crônicas "mais sérias" o desgostam, por serem "deficientes ou mal pensadas". Isto é: não conseguem ser referencialidade pura e comprometem a função poética, necessária quando se pensa numa apreensão sensível da realidade. Sendo assim, as crônicas "mais sérias" não responderiam a suas intenções de realizar um texto despreocupado, cujos traços ideológicos não são imediatamente revelados.

c) A crônica (em sua origem, tão nobre) tornou-se matéria de jornal em nossa época. Como tal, é ligada ao presente e produção apressada, sujeita até mesmo a exigências de tamanho, em virtude do discurso rápido e da diagramação, na imprensa industrial. É texto livre, "desfatigado", na medida em que não se vê preso ao compromisso que o livro tem para com a posteridade. Mas, marcando o presente, é também o texto precário e descuidado que cumpre prazos curtos e que, no momento de sua construção, não se antevê nas estantes do público, atendendo a releituras periódicas.

Mário de Andrade, embora reconhecendo os elementos da crônica, recusa-se a refletir melhor sobre seu hibridismo de raiz — jornalismo e literatura — e tem para com ela exigências que sabe difíceis ("esta aspiração amarga do melhor" que o leva à refusão dos textos), porque propriamente literárias. Elas só podem aparecer, porém, depois das crônicas publicadas... Desejaria que, apesar de apressadas, testemunhassem a seu gosto o artesanato da palavra que sabe não ter sido possível no momento da redação. Tentando superar essa limitação, reescreve os textos dentro de uma visão posterior, crítica e preocupada com a poeticidade.

As crônicas de *Os filhos da Candinha*, escritas entre 1928 e 1939, têm seu discurso transformado em 1942 porque estão sendo vistas como matéria de livro, não mais de jornal. Além disso, elegendo a diacronia para a apresentação, vai, ao longo do volume, diluindo os acontecimentos que as provocaram e quebrando uma adesão mais palpável ao histórico que é um dos pólos da construção dialética do gênero ao mesmo tempo que privilegia a criação de uma nova realidade, em linguagem poética. Com isso, prova a possibilidade da crônica ser incluída num contexto propriamente literário, não jornalístico.

As refusões existentes no livro publicado em 1943 apresentam um grande intervalo entre a primeira publicação e a reelaboração e não testemunham com autenticidade a ligação do cronista com a imprensa industrial em sua hora e sua vez, que nos interessa focalizar. Devem ser preteridas em função de um conjunto que reúne em continuidade sincrônica um número expressivo de textos. Esse é o do *Diário Nacional* de São Paulo, primeira produção sistemática, 182 crônicas escritas entre 1927 e 1932, em emprego de jornalista.

Seu trabalho na imprensa tivera início em 1915 quando ocasionalmente publicava críticas de música em *A Gazeta*. Em 1918, tenta o artigo de fundo, discorrendo sobre a preguiça, sobre a idéia de pátria e sobre a guerra. Esses escritos, obra imatura, são a rigor artigos, marcados aliás pela retórica da persuasão bem tradicional. Em 1921, polemizando com Helios (Menotti del Picchia) ou em 1922, analisando para o grande público os mestres do passado, já é um articulista mais arrojado, mais livre em seu estilo. Suas crônicas, contudo, só aparecem em 1920, 1921, na *Ilustração Brasileira* onde sua seção, "De São Paulo" veicula sem dúvida, a informação, mas bastante enredada na criação. São crônicas que primam pelo exercício da poeticidade, estando estreitamente ligadas à temática e à própria imagética de *Paulicéia desvairada*: os contrastes da cidade grande, o traje de losangos "arlequinal", a costureirinha, o vento-navalha.

Entre 1923 e 1924, Mário de Andrade apresenta-se como cronista na *América Brasileira*, escrevendo a série "Crônicas de Malazarte" que permite até mesmo o ingresso de dois contos e uma epístola. Os contos, "O bezouro e a rosa" e "Caim, Caim e o resto", são classificados como "intermédio".

"Crônicas de Malazarte" são textos bastante longos; sua referencialidade funde a notícia e sua literariedade marca bem um modernista. Não são crônicas com a feição breve a que nossos olhos estão acostumados, sobretudo pensando em Rubem Braga, Fernando Sabino, Drummond ou Paulo Mendes Campos. Malazarte, o cronista, é o narrador-personagem que filtra os fatos e os amarra em seus sentimentos.

Depois disso, em 1926, seus textos para *A Manhã,* edição de São Paulo, hesitam entre ser crônica e artigo: começam a desenvolver objetivamente uma argumentação. Em agosto de 1927, Mário entra então para o *Diário Nacional.* Ali, como já sabemos, será crítico de arte, de literatura e cronista. Em sua produção de crítico usará da linguagem poética, mas não como forma de destruir o referencial, seja ele notícia ou análise. É a literariedade muito bem dosada que funciona didaticamente para o leitor a quem endereça informações bastante sérias. Vejamos um exemplo da solução: o trecho inicial de "Beethoven", na seção "Arte" de 27 de agosto de 1927.

"É sabido que Beethoven foi um gênio bem desinfeliz. Sofreu amarguras temíveis como crente, como republicano, como amoroso, como amigo, sofreu muito e de todos os sofrimentos."

O crítico emprega a expressão popular, pleonástica, "desinfeliz", freia a enumeração com a repetição do verbo, subverte a expectativa do leitor na qualificação de "amarguras" ("temíveis", não "terríveis") e não tem medo de reiterar uma idéia retomando a comparativa e o verbo. Sabe usar a reduplicação, a derivação, para enfatizar e construir uma apresentação saturada com função suasória. Ganha o leitor de jornal partindo de um seu suposto conhecimento que é na realidade a humanização do músico, para depois levá-lo a acompanhar a análise da obra.

É nessa mesma seção de "Arte" do jornal que, no final de 1927, aparece a importante série de crônicas, "A arte em São Paulo", não identificadas ali como expressão de seu gênero. Eis a apresentação do jornal:

"O *Diário Nacional* inicia hoje uma série vasta de artiguetes encomendados a seu crítico de arte. Essa série tem por fim evidenciar a situação da arte em São Paulo, focalizando os costumes e os vícios que a ela se relacionam. Serão estudadas todas as manifestações artísticas e passados em revista não só os críticos nacionais e estrangeiros que aqui vivem, como os professores, os burgueses, os meios proletários e governamentais, em sua função artística. Espera assim o *Diário Nacional* fazer uma exposição nítida e imparcial de todos os vícios e cacoetes que impedem a manifestação eficiente das artes, em nosso ambiente social". (*DN.,* 11 nov., 1927).

Após anúncio tão ameaçador, valorizado em "lead", seguem-se cinco textos de Mário, não *"artiguetes"*, mas verdadeiras crônicas que pisam com elegância o terreno da referencialidade (apresentação do estado das artes) e o da poeticidade (seu discurso).

A referencialidade está diluída nas crônicas, mas, é sua própria construção, seu discurso, isto é, a literariedade, que levam o leitor de volta a ela, na reflexão que sucede a risada primeira.

33

São didáticas: a persuasão se faz através do humor que situa o cotidiano, empregando a paródia, a antífrase e a hipérbole.

Todas as cinco crônicas usam do diálogo, apresentando um interlocutor de poucas palavras que é o narrador, sobre quem os elementos criticados, sempre loquazes, despejam suas opiniões, nunca sendo diretamente contestados. As crônicas se apropriam do discurso de seus adversários permitindo que eles falem à vontade — autodepoimento — mostrando com humor uma situação de domínio e de inércia. A voz da crítica é a oposição implícita, vazada nas respostas curtas, ambíguas, irônicas, muitas vezes repetindo as frases do criticado, dando-lhes porém nova conotação, quando deslocadas de seu discurso de origem. O cômico se instala na ambigüidade que sugere a oposição e a existência de valores legítimos, ao mesmo tempo que arrasa, sem piedade, a arrogância e o vazio das manifestações de "arte" de São Paulo. Do ponto de vista ideológico, a série vale como uma denúncia contra a alienação da burguesia.

Dentre as cinco, "Dona Eulália" surge como um primor no gênero, apresentando referencialidade pura, referencialidade diluída e marcante literariedade. Destacamos para exemplificar, o início onde há referencialidade bruta, e referencialidade já poeticamente contaminada.

"O Quarteto Paulista resolvera apresentar a São Paulo o compositor brasileiro Lourenço Fernandez.

"Como o programa só continha peças desse já ilustre compositor, os membros do quarteto se mexeram um pouco mais para arranjar público. Fizeram convites, falaram pessoalmente com muitas pessoas, distribuíram entradas grátis, mais de duzentas. Por que onde já se viu dar um concerto de autor desconhecido! Ninguém ia. Com os convites e as entradas grátis o salão do Conservatório conseguiu abrigar umas cem pessoas.

"Entre elas estava, grátis, dona Eulália".

Como se pode ver, há dois fatos palpáveis: a notícia e a situação do compositor brasileiro contemporâneo, desconhecido em seu próprio país (apresentar *a*, não *em*). O segundo fato, a dificuldade de aceitação, fica explicitado na enumeração irônica do segundo período, enfatizado pela anástrofe final que preza o elemento quantitativo. O terceiro período, coloquial, longo, é imediatamente seguido por uma resposta-síntese, contrastante e taxativa, verbo empregado conforme o uso popular — imperfeito pelo condicional ("Ninguém *ia*") — que, na realidade, antecipa um acontecimento. Há dados concretos que provam uma dificuldade: duzentas entradas grátis e cem pessoas presentes.

Já no primeiro parágrafo surge o adjetivo que valerá como um refrão na crônica: "grátis". Nas duas primeiras vezes é referencial puro (embora repetido), mas, na terceira, torna-se am-

34

bíguo e caracteriza melhor uma ironia dissimulada no início do texto.

Continuando, a crônica mostra ironicamente a "patronesse" musical. Aplicando a antífrase e a hipérbole, o cronista põe logo dúvida no leitor sobre que afirma: D. Eulália "resplandescendo de chique e tradição", seu conhecimento dos meios artísticos europeus, sua ligação com a música, sua projeção, a educação e a finura. Na cena narrada o cronista senta-se a seu lado no concerto e pode perceber o crescimento da indignação de D. Eulália, à medida que ela observa sua expressão de enlevo.

Nesse ponto, vemos que os recursos de estilo da apresentação da "patronesse" já anunciavam a explosão que acontece no final da crônica, evidenciada pelo discurso direto. Ante o mutismo do interlocutor, falando sem parar e lançando chavões como "só a Música é nobre", a mulher que condenava em nome da cultura o nacionalismo musical, "barbárie", deixa escapar termos vulgares como "vergonheira" (por vergonha).

A comicidade é grande, sobretudo porque o cronista se exime de argumentar, dando-lhe toda autonomia. Apenas ressalta ironicamente seu atributo básico: ser grátis.

"Falar grátis, porque dona Eulália é uma senhora prodigiosamente grátis. (...) É depois dessa consulta grátis, dona Eulália ruiu pela escada abaixo, levantando poeira. Sobre ela pairava uma luzinha boitatá e a sombra inesquecível de Gottschalk".

O cronista deixa D. Eulália "ruir", precipitar-se escadas abaixo exatamente como o público, cuja atitude de fim de concerto desaprova e faz com que a ambigüidade do verbo destrua também o que ela representa no mundo artístico: o mau gosto estabelecido. É a parcela morta, fogo-fátuo, envolvida por Gottschalk, "kitsch" musical muito difundido na época.

Apenas no trecho final é que o cronista vai se permitir uma qualificação direta do fato e ao mesmo tempo reportá-lo; torna-se duramente sarcástico:

"Na quarta-feira dona Eulália dá um chá grátis. Sempre o mesmo grupinho de pianistas deserdados e um violinista de boa canhota faz grátis um pouco de música na quarta-feira de dona Eulália. E ela havia de contar para toda aquela canhotagem reverente que Lourenço Fernandez não é música, música é Chopin, Liszt. É grátis, todo mundo havia de concordar".

A literariedade está presente na simetria, fechando o círculo de uma situação de inércia e estagnação. "Na quarta-feira de dona Eulália" é o sintagma que abre e fecha a notícia, reforçado pelo advérbio "sempre". E a repetição do adjetivo "grátis", bem como a estilização das frases feitas da "patronesse", invertidas pela invectiva satírica, fazem com que a paródia denuncie o vazio e a alienação.

Fora da seção "Arte", como já vimos, em dezembro de 1927 e janeiro de 1928 aparecerão avulsos seus primeiros textos de cronista no *Diário Nacional,* mas não qualificados como crônicas.

Na segunda viagem etnográfica em que se torna cronista correspondente, vai enviando a série "O turista aprendiz" que classifica como "crônicas diárias". (17) Aliás, em "O turista aprendiz" tem bem clara a natureza de seus textos: são crônicas que dentro de uma viagem "etnográfica" permitem a entrada de "comunicações", "notas" e "informações", portanto, de referencialidade pura quando se trata de resultados de uma pesquisa. (18)

Observando, contudo, o discurso dessas "crônicas diárias", vemos que o aspecto confessional do diário as atravessa e o curioso é que ele provém justamente da intenção de marcar com fidelidade o referencial da notícia (o que, quem, quando, onde, porque), que sabe possível de ser distribuído ao longo do texto do cronista. Na ânsia de registrar o referencial diário, mistura elementos internos e externos e foge à objetividade de um correspondente, deixando também seu estado de espírito na hora em que está escrevendo e a revisão da jornada à luz dos sentimentos. Não é mais a hora do fato, mas a hora do autor.

O que diferencia a segunda série de "O turista aprendiz", da primeira, a de 1927, ainda inédita, é que esta é propriamente um diário, com intenções de livro futuro e não está a cada passo se dirigindo ao editor, tentando captar sua atenção, tarefa que se inscreve no periódico que deve ser consumido, vendido diariamente. Assim, são constantes as soluções de envolvimento no discurso, como "já contei", "como se vê", "me esqueci de contar", "interessarão a todos os leitores". Em algumas crônicas essa aproximação chega a dar ao texto uma leve tonalidade de epístola, aliás, faceta escondida no papel do correspondente.

A classificação de "O turista aprendiz", visto enquanto matéria do *Diário Nacional,* dentro do gênero crônica, tem a seu favor o fato de cinco textos seus terem sido incluídos em *Os filhos da Candinha*: "O grande cearense", "Ferreira Itajubá", Bom Jardim", "Guaixinim do banhado" e "Tempos de dantes". (19)

---

(17) IDEM — "O turista aprendiz: Paraíba (29 de janeiro, 23 horas)."

(18) Exemplificando: "O turista aprendiz: (Natal, 3 de janeiro)": "Não sei se estas informações sobre os catimbós norte-riograndenses..." (*DN*, 1 fev., 1929), ou || : "O turista aprendiz: (Natal, 22 de dezembro)": "Agora vou fazendo umas comunicações sobre a feitiçaria daqui." (*DN*, 18 jan., 1929).

(19) Os títulos citados datam da refusão; as crônicas em 1928-29 são: "O turista aprendiz: Atlântico (5 de Dezembro, 17 horas)", "O turista aprendiz: Bom Jardim (13 de Janeiro, 13 horas)", "O turista aprendiz: Bom Jardim (8 de Janeiro)", "O turista aprendiz: Paraíba (4 de Fevereiro)" e "O turista aprendiz: Natal (17 de Dezembro, 21 horas)".

Os anos 20 não são o grande momento da crônica na imprensa industrial, que só chegaria na década de 50. Observando essa época é interessante apontar a impossibilidade do jornal identificar a crônica: procura os rótulos, mas esquece-se da coerência. Assim, quando da quarta crônica de "O turista aprendiz", uma nota da redação que apresenta a série refere-se a "impressões" e a "artigo"! E mais tarde, quando possui três cronistas em plena atividade, chama-os simplesmente de "colaboradores".

Ao que se pode concluir, a experiência de cronista regular agradara aos leitores e ao autor de *Macunaíma*. Quando regressa da viagem ao Nordeste e passa a cronista fixo, começa a produzir com intensidade, chegando o jornal a estampar até três crônicas suas numa mesma semana.

O título escolhido para sua coluna em 1929, "Táxi", além das implicações primeiras de veículo de suas idéias, vale, ainda no contexto do modernismo, como chave para a compreensão do discurso jornalístico. O táxi é um transporte público; pega qualquer passageiro e se dirige a qualquer parte. "Táxi" é produzido para a imprensa de massa, pode desenvolver qualquer assunto e ser escrito conforme as necessidades desse mesmo assunto. Então, dentro da pesquisa modernista que já conhecera experiências de romance como *Memórias sentimentais de João Miramar* e *Macunaíma*, a crônica pode continuar sendo propriamente crônica, ou modificar-se, vestindo-se de conto ou artigo. A intertextualidade, presente aliás desde "Crônicas de Malazarte" (e "Dona Eulália" resiste ser lida como conto), pode hoje levar o estudo do discurso jornalístico de Mário a afastar-se do enquadramento nos gêneros indicados pelos cânones da retórica tradicional. Essa nova perspectiva que se apóia na teoria da Bakhtine ou nas afirmações de Kristeva, não buscaria especificamente a crônica ou o artigo, mas o *texto* jornalístico, visto enquanto menipéia. (20)

Mário de Andrade, aliás, em 1942 terá a lucidez de perceber que a escritura modernista já ultrapassara as fronteiras dos gêneros e estabelecera uma nova prática. Nessa ocasião escreverá a Fernando Sabino: "Não se amole de dizerem que os seus contos não são 'contos', são crônicas etc. Isso tudo é latrinário, não tem a menor importância em arte. Discutir 'gêneros literários' é tema de retoriquice besta. Todos os gêneros sempre e fatalmente se entrosam, não há limites entre eles. O que importa é a validade do assunto na sua própria forma". (21)

---

(20) Vera Maria Chalmers realizou nesse sentido um estudo pioneiro entre nós em sua tese de doutoramento "Três linhas e quatro verdades: Monografia sobre o discurso jornalístico de Oswald de Andrade."
(21) ANDRADE, Mário de — Carta a Fernando Sabino, datada de São Paulo, 25 jan., 1942, inédita. Devo sua leitura à gentileza de Carlos Augusto Calil e Alexandre Eulálio; agradeço a Fernando Sabino a permissão para citar o trecho.

Entretanto, como o que pretendemos aqui é acompanhar as lutas de Mário jornalista com seus textos, preferimos compreender e desenvolver seu conceito de crônica. Assim fazendo, dentro de um enfoque histórico, procuramos mostrar como no teórico de nosso Modernismo, em um determinado momento, a prática dominava e as considerações teóricas sobre a literatura eram poucas.

Durante o período de "Táxi" o autor exime-se de rotular seus escritos enquanto gênero, recorrendo sempre ao cabeçalho. Assim acontece em textos que podem ser considerados a rigor como crônicas, como "Flor nacional" onde está: "Este meu Táxi é a favor da Vitória-régia" e em outros cuja referencialidade os mostra como artigos. Um texto de grande objetividade como "Ortografia", por exemplo, é assim finalizado: "Pra acabar este Táxi..." E são muitas as referências salvadoras iluminando ora o terreno da literariedade, ora o da referencialidade. "Táxi" é, sem dúvida, o melhor momento de Mário na crônica que procura ser artística e em sua produção no *Diário Nacional*. Enquanto crônica crítica, "Táxi" apresenta-se também com textos importantes que situam naquela hora o desenvolvimento das idéias estéticas de Mário de Andrade. Enquanto coluna, cumpre então dois itinerários: demonstra com objetividade, argumenta com distância usando provas, informa em muitos textos e, em outros, reparte com os leitores sua reconstrução subjetiva de fatos, apoiada na exploração da palavra.

Essa distinção, todavia, só terá sentido organizador em 1942. O rigor em dividir as águas sucederá a seu fecundo trabalho de crítico no *Diário de Notícias* do Rio de Janeiro, onde produz quase que exclusivamente artigos. Poderá, portanto, em 1942, perceber com mais clareza as diferenças de estrutura e de linguagem, dentro de seu trabalho jornalístico do passado. Entretanto, em momento imediatamente posterior a "Táxi" e, por coincidência, de prestígio da crônica no jornal, julho de 1930, Mário escreve a Manuel Bandeira referindo-se à colaboração por ele enviada como "crônica" e... como "artigo". (22) Em seus próprios textos, então, recorre ao termo "artiguete".

Assim acontece, por exemplo, em "Comunismo", escrito logo após a vitória da Revolução de 1930 (*DN*, 30 nov.), cuja literariedade resulta da fusão dos sentimentos do cronista com a técnica do artigo de fundo. Ali, o aspecto referencial está ligado à postura didática que denuncia, brincando, o engodo da reação paulista que taxava a vitória revolucionária de comunista. Sem se tornar teórico, Mário consegue mostrar a distância entre as

---

(22) BANDEIRA, Manuel, ed. — *op. cit.*, p. 243. Carta datada de São Paulo, 4 jul., 1930. Bandeira colaborou no *Diário Nacional* a convite de Mário de Andrade e, seja dito de passagem, exclusivamente com crônicas.

idéias de Marx e suas aplicações conhecidas, bem como sua inviabilidade para a conjuntura brasileira de então.

A crônica (é realmente), bastante longa, dá pistas importantes para a compreensão de seu enfoque do gênero. A primeira delas está no terceiro parágrafo:

"Não pensem agora que amolado com esse ridículo a que nos estamos sujeitando, por ordem da Inglaterra, vou definir e explicar neste artiguete o que seja Comunismo".

Não se reconhece, portanto, como um articulista puro e no final do texto situa-se dentro da tarefa jornalística:

"Está claro que, como foi dito desde o início destas colaborações, o *Diário Nacional* não esposa em absoluto as opiniões de seus colaboradores literatos e eu estou fazendo literatura".

Isto é, vê a si próprio marota e ironicamente com os olhos dos outros. Literatura é invenção, fantasia, descompromisso para com a fidelidade ao referencial. Embora não se chame de cronista, nesse instante, reconhece-se como tal, dentro da ambigüidade do gênero.

Em 1930, ainda tratando de política, em "Suzana e os velhos" (*DN*, 7 dez.), volta à classificação "artiguete". Para Mário de Andrade, naquele instante, "artiguete" é o texto que se vê com insuficiênica de referencialidade para constituir-se num artigo, ao mesmo tempo que sabe que suas idéias, seus fatos e sua argumentação estão trabalhados pela linguagem poética.

Em 1931 aparecerá um novo rótulo classificador: o "artigo", designação usada com propriedade unicamente em "Rádio" (*DN*, 7 jan.), violenta catilinária contra a Rádio Educadora e texto bastante fraco. Nas outras ocasiões, "artigo" será também sinônimo de crônica. Eis um aspecto curioso a ser observado nos textos: quanto à crônica, Mário não a responsabiliza por um papel social direto de maior peso, como o artigo; este, apesar de toda a sua possível literariedade, firmaria direta e objetivamente uma posição. Essa idéia nem sempre corresponde, na realidade, ao alcance dos textos quando analisados. São hesitações e dúvidas do cronista quanto a seus próprios escritos apenas, pois, no caso de outros autores, sabia muito bem diferenciar a crônica, conforme vemos em "Circo de cavalinhos" (*DN*, 2 ago., 1931). Refere-se ali aos escritos de Terêncio Martins (Yan de Almeida Prado) como crônicas, muito corretamente, marcando aliás características do gênero: é texto datado, precário, ligado ao presente.

Um exemplo de ambas as acepções — crônica e artigo — está no início de "São Paulo do Brasil" (*DN*, 29 jan., 1931). Desgostoso com determinados aspectos da Revolução que acredita prejudicarem São Paulo, Mário resolve valorizar sua terra.

"Este artigo, de primeiro tive intenção de fazer caçoada pura, levar na pândega, bem humoradamente, como no mesmo sentido já escrevi mais uns dois ou três, depois da Revolução. Chamava-se 'Violento artigo contra São Paulo', e fingindo de zangado em nome do Brasil, eu fingia insultar São Paulo por causa de todos os brasileiros estarem vindo para cá (...) Depois vieram fatos e fatos".

O "artigo" poderia ser a crônica que trabalhasse com a antífrase e a paródia, mas, poderia ser também o artigo real, crítica ancorada no fato, em linguagem referencial. "São Paulo do Brasil" é, na realidade, a mistura do artigo e da crônica: ironiza, conta uma anedota, mas enfrenta em discurso jornalístico o êxodo que condena.

Essa diferença sutil pode ser percebida em agosto de 1931, quando pela primeira vez na produção para o *Diário Nacional* declara seus textos crônicas. É quando escreve "Agora, é não desanimar!..." e "Agora, é não desanimar!" (*DN*, 9 e 16 ago., 1931). Na primeira crônica cuida da apresentação de uma obra rara do século XIX, a de Davatz, que relata as promessas enganosas, a situação de escravos e o levante dos colonos europeus nas fazendas de café do Senador Vergueiro. Relembra episódios, reescrevendo-os e deixa na dupla pontuação do título uma referência velada à opressão que, nesse momento, acredita estar existindo em São Paulo. (Seu descontentamento já vem vindo em textos anteriores).

Ao que se pode perceber, o texto provocou indignação, não nos meios governamentais, mas entre aqueles da tradição paulista... E Mário volta à carga, "Agora, é não desanimar!", reduzindo a pontuação final a uma única e irônica exclamação e trabalhando a crônica com a alternância de documentação e afirmações suas, antifrásicas, que "defendem" a causa do Senador Vergueiro. Com uma cajadada...

A ironia surge desde o início.

"Os leitores devem estar lembrados que no último domingo dei conta de um livro raro de Davatz sobre as colonizações teuto-suíças, tentadas pelo Senador Vergueiro em meados do século passado, nas suas fazendas de café. O interesse, apenas de cronista, pelas anedotas que tinha a relatar, me fizeram esquecer que sem ressalva alguma de minha parte, o relato iria ferir o sentimento daqueles que guardam com justiça a memória do velho paulista. Isso aliás está me recordando o caso do sobrinho de Salomé, que por demais pândego, não se presta a ser contado agora. Ficará para uma das crônicas futuras.

"Mas está claro que com meu artigo de domingo passado não tive a mínima intenção de chocar o sentimento de ninguém".

Não se trata de desatenção e sim de um jogo bem sucedido. Inicialmente, um referencial puro, a informação que ironicamente o inocenta (os leitores são testemunha!), e que, para ele, teria dado a tonalidade de artigo ao primeiro texto. No período seguinte surge, oculta, a oposição entre os termos "cronista", "anedotas" e "relato". "Cronista" está colocado para ser entendido à primeira vista como aquele que faz literatura-lazer. Seu sentido verdadeiro no texto é outro. É o cronista à Fernão Lopes, preso ao histórico, ao acontecimento. "Relato", "anedota", "caso" (no período seguinte) são formas de narração que se apóiam na realidade. Mário espertamente exclui o "caso" do "sobrinho de Salomé", não por sua referencialidade, mas, por seu aspecto humorístico declarado (ainda que só de seu conhecimento), adequado a um texto de lazer, a "crônica futura". (Aliás, é a segunda vez que liga o adjetivo "pândego" à crônica. Ver o trecho citado de "São Paulo do Brasil"). Assim fazendo, está anunciando ao seu leitor-testemunha uma crônica-divertimento e tentando ganhar sua adesão e simpatia. E com muito humor, conserva no início do texto o termo "anedota": "as anedotas que tinha para relatar"! Engana o público aparecendo-lhe inocentemente como "o cronista", na forma em que era considerado.

Terminado o primeiro parágrafo em que brinca de esconde-esconde com o leitor, volta com coragem a classificar seu texto: "artigo", com propósitos históricos claramente configurados. Esses propósitos e as informações que os documentos transcritos oferecem fariam de "Agora, é não desanimar!" um verdadeiro artigo, não fosse o curto discurso de Mário todo construído em torno da ironia. Fica, contudo, no encontro das águas, a crônica com alcance de artigo.

Embora podendo distinguir na prática o cronista do articulista, a popularização do termo "artigo" no jornal acaba envolvendo nosso escritor como se vê na importante carta de agosto de 1931 a Bandeira em que discute os empregos de "italiano". Por ali, "artigo" passa a ser sinônimo de produção jornalística, vista, aliás, em suas limitações no tempo.

Em 1942, revendo sua produção de cronista, torna-se crítico de sua obra e distingue efetivamente dois caminhos seus no gênero, separação já esboçada nos próprios textos, tendo-se em conta as acepções de "crônica", "cronista" e "artigo". O projeto inicial que elaborou para *Os filhos da Candinha,* como vimos, previa o volume de caráter propriamente literário, as crônicas e o conjunto dos textos próximos ao artigo a que chama "crônicas críticas". Os títulos encaminham a distinção entre textos marcados pela literariedade e com predomínio de referencialidade.(23)

---

(23) Os índices estão anexados aos originais do segundo volume.

41

O índice do primeiro volume estabelecia 29 crônicas, sendo 17 do *Diário Nacional*: 5 de "O turista aprendiz" e as demais da coluna assinada depois de 1929. Com exceção de uma, "Conto de Natal", todas permaneceram no livro definitivo, onde foram acrescentadas mais 5, do mesmo jornal, além da previsão. Podem ser localizadas na edição Martins de *Os filhos da Candinha* através de suas datas, ali colocadas sempre abaixo dos títulos (1928-32).

O segundo volume, a "crônica crítica", receberia 17 títulos do *Diário Nacional,* correspondendo a 31 textos, versando sobre Crítica Literária, Estética, Artes plásticas, Língua, Política. (24) São eles: "Ferreira Itajubá", "A linguagem" (série completa), "Desinteresse" (idem), "Da criança-prodígio" (idem), "Decorativismo" (idem), "Ortografia" (ambas as séries), "Marinetti", "Puro, sem mistura", "Intelectual" (série completa), "Teuto-brasileiro", "Poesia proletária", "Atos irracionais", "Raquel de Queiroz", "Álvares de Azevedo" (ambas as séries), "Oscarina", "A Raimundo Moraes", "Catulo Cearense". Dentre todos eles, apenas "Ferreira Itajubá", vindo de "O turista aprendiz", pode figurar na edição definitiva de *Os filhos da Candinha*. Assim aconteceu, possivelmente porque as referências à obra do poeta potiguar envolvem a recriação de sua personalidade em cenas e anedotas, dando ao escrito o caráter de crônica.

O que Mário considera "crônica crítica" é o texto que analisa ou informa objetivamente, o artigo que se preocupa antes com o desenvolvimento lógico do assunto, tendo como secundário o cuidado com o discurso, tomado aqui na acepção de Benveniste, isto é, a fala do sujeito. A "crônica crítica" valeria, pois, como o texto em que a referencialidade suplanta a poeticidade, mas não a exclui completamente, pois permite a quebra de uma unidade lógica e objetiva dos fatos pela intromissão de sentimentos e impressões, valorizando a palavra.

A maior parte dos títulos que escolhe tende para esse tipo "sui generis" de artigo, porém, em casos como "Puro, sem mistura", ou "Raquel de Queiroz", "Marinetti", existe o predomínio dos sentimentos e impressões, ligados ao autor, prejudicando sua análise objetiva do fato.

É interessante observar que as "crônicas críticas" do *Diário Nacional* diferem em seu discurso dos artigos de Mário na mesma época, publicados em periódicos especializados, que são textos circunspectos, de rigorosa referencialidade. A explicação estaria

---

(24) ANDRADE, Mário de — *Os filhos da Candinha:* Índice do 2.º volume — Nota final manuscrita: "(Fora os já separados aqui, consultei o Álbum IV e deste ainda há várias possíveis, de caráter crítico, que ia pôr no I, e depois resolvi não pôr.)" — (Originais M. de A. — IEB-USP).

no vínculo com a imprensa de massa, quando o escritor sabe que está se dirigindo a um público heterogêneo a quem deve interessar. Como então tratar de assuntos, já especiais por sua natureza, sem cansar com o discurso crítico, técnico e árido? A solução estaria no artigo-crônica que desenvolve a demonstração e a argumentação, que reparte um saber, mas que se expressa em linguagem capaz de motivar.

Faz sentido então recorrer à linguagem poética; os tropos, o discurso coloquial, as referências pitorescas ou a chamada direta do leitor, abrandam a secura das teorias que veicula. O fato de possuir uma linguagem acessível não faz das "crônicas-críticas" um instrumento demagógico de concessões aos valores do público, diluindo à "Reader's Digest", paternalisticamente, o conteúdo das teorias. O que Mário faz é buscar uma forma didática, compatível com a produção jornalística.

A "crônica crítica" sempre parte da notícia: um acontecimento de importância, um lançamento de livro, uma exposição, um recital, situados no presente e localizados no espaço. Depois, a exploração crítica segue seu curso. Tomemos um trecho de "Fala brasileira" (*DN*, 25 fev., 1929) para mostrar o discurso.

O ponto de partida é o fato seguinte: os artigos de Roquette Pinto e João Ribeiro, tratando de língua, recentemente publicados no *Diário Nacional*. Mas, esse mesmo fato torna-se pílula dourada, não apresentado como referencial puro e sim através de recursos poéticos que tornarão mais eficaz a penetração de um novo aspecto dentro da referencialidade: suas teorias sobre a língua nacional. A argumentação, porém, desenvolve-se através de recurso narrativo, o diálogo que apresenta o pró e o contra, processo que Mário desenvolveria magistralmente no final da vida, discutindo suas idéias estéticas na imprensa industrial, em *O Banquete*.

Olhando o início do texto:

"Estou imaginando que já é bem tempo de eu dar os meus pontos-de-vista sobre essa questão da fala brasileira. Questão, não tem dúvida nenhuma em que entro abonado com alguns meritozinhos de coragem e muitos pecados de abuso pessoal e alheio.

"Hei de dar aqui as viagens principais da minha aventura. Mas por hoje falo apenas sobre a interrogação da existência ou não da fala brasileira. Roquette Pinto levantou a caça neste jornal mesmo e João Ribeiro como bom amador dessa tigre temível, perseguiu-a ontem neste mesmo rincão nosso."

Como se vê, a referencialidade fica à espera e o leitor, ao invés de se assustar com um artigo de altas esferas especializadas, é despertado para o assunto suavemente, através da linguagem familiar que usa o hipocorístico de modéstia, faz autocrítica e conduz o humor através das metáforas. Estabelecido o relacionamento,

43

conquistado o leitor, a referencialidade pode se mostrar, mas ainda com cautela, trazendo uma opinião muito próxima do senso comum do homem médio. A metáfora é substituída pela imagem, mais perto do fato objetivo.

"Pra mim, há um defeito principal no modo com que andam encarando o problema. Estão fazendo uma caça cheia de técnicas e regras. Resultado: todos se perdem num cipozal medonho de critérios científicos e definições difíceis. Que nem o caso de saber direito o que é, o que não é dialeto..."

A linguagem coloquial continua sempre e a referencialidade vai se intensificando, até se afirmar com independência no quarto parágrafo:

"As línguas, antes ou pra fora de serem um fenômeno científico, são um fenômeno social".

Mário precisa ganhar seu leitor naquele que será o primeiro texto de uma discussão que acredita mais prolongada. Traz então o diálogo e a anedota mas, infelizmente, só continuará o assunto no ano seguinte. No caso das séries de dois ou três textos, a preocupação em argumentar e teorizar, em geral, leva o discurso para o domínio da referencialidade. O cronista, porém, manifesta sempre o cuidado de, a cada dia, fazer um resumo inicial do assunto.

As "crônicas críticas", enquanto artigos, abordam importantes aspectos do ideário de Mário de Andrade, tocando pontos de interesse em nosso Modernismo. Assim, seu enfoque da Psicanálise ligado à compreensão das fontes da criação artística continua uma linha de pesquisa iniciada com o "Prefácio interessantíssimo" em *Pauicéia desvairada*. Seu desenvolvimento de aspectos antropológicos, ligados à conceituação de primitivo, à análise do Folclore e da Literatura popular, bem como sua leitura dos Viajantes está bem nítido enquanto coordenadas do nacionalismo crítico, concorrendo, portanto, para seu projeto estético e ideológico. Para ele também convergem importantes aspectos teóricos que partem da crítica de autores e obras, tais como poesia de circunstância, responsabilidade social da intelectualidade, cultura nacional.

Vendo-se o conjunto da produção de Mário no *Diário Nacional* dentro dos limites temporais impostos pelo jornalismo industrial, faz-se presente o despoliciamento de sua linguagem e a humanidade do autor. O pouco tempo para pensar, escrever e refletir sobre o texto pronto, a consciência da precariedade afastam muitas vezes a objetividade e a auto-crítica, privilegiando a confissão e a declaração apaixonada. Temos então um Mário que se revela muito humano, aderindo, por exemplo, a uma polêmica que se transforma em rixa, esticando uma argumentação subjetiva até o limite da violência no discurso, no caso da Rádio Educadora. Ou, um Mário que externa suas dúvidas de católico e suas cautelas de namorado do marxismo. São textos que nos permitem acompanhar, durante três anos, o desenvolvimento quase que cotidiano de suas idéias, entusiasmos e contradições. A exploração dessas contradições, conscientes e inconscientes, poderá oferecer dados excelentes para um estudo dos níveis de consciência na obra do escritor, acompanhando as trilhas de Goldmann.

Lançando mão de tais níveis, poderemos procurar entender a última fase da coluna de crônicas de Mário de Andrade no *Diário Nacional*, quando ocorre a mudança de natureza dos textos que ali são impressos entre 17 de julho e 25 de setembro de 1932. Em escritos anteriores (1929-30-31), vemos que algumas vezes o cronista desenvolve aspectos que o mostram capaz de uma análise dialética e de um pensamento orientado no sentido de uma visão global do mundo. Nesse ponto, aparece como um indivíduo, que embora isoladamente, procura superar as barreiras que comprimem a consciência dos demais indivíduos de sua condição e de sua classe, levando-se em conta a situação do Brasil. Esses aspectos, luta por uma cultura nacional, denúncia contra a fetichização da técnica, defesa da economia nacional, defesa da validade artística da criação popular (segundo Gramsci, todos os homens são intelectuais) e outros, apresentam-no muito próximo de um máximo de consciência possível. Por outro lado, seu moralismo, suas hesitações e contradições (seu bairrismo, por exemplo), igualam-no aos padrões de seu tempo na consciência real. Observando que, apesar de querer conhecer a realidade de maneira adequada, seu conhecimento não pôde ultrapassar os limites máximos compatíveis com a sua própria existência do indivíduo no grupo social, temos a tônica de seu papel de intelectual: a sua proximidade com a consciência possível.

Em 1932, quando escreve a série "Folclore da Constituição", é o peso da consciência real que se faz sentir. Abandonando a "crônica-crítica" e a crônica pura e, na qualidade de pesquisador, passando a divulgar o material que colhe do povo, durante a vigência da insurreição, Mário renuncia a seu discurso enquanto expressão do sujeito e conseqüentemente, à linguagem poética. Na transcrição documental da série desempenhará papel semelhante ao do cronista medieval que se preocupa com fidelidade e referencialidade em seu relato histórico.

A alteração do conteúdo da coluna resulta da impossibilidade de definição para o escritor naquela hora. Os textos imediatamente anteriores mostram no primeiro semestre de 1932 o crescimento progressivo de seu desagrado para com o governo estabelecido, manifestando, cada vez mais, o envolvimento com as palavras de ordem da reação, no discurso que procura atingir a precisão na violência. Invectiva, ironiza, desafia, usa de crueza vocabular, emociona-se, ao mesmo tempo que desenvolve a refe rencialidade na denúncia de acontecimentos.

A tomada de partido na denúncia antes do eclodir da rebelião (veja-se, por exemplo, "Ritmo de marcha") leva-nos a esperar textos de exortação inflamada depois do 9 de julho, como uma continuação natural em sua coluna e acompanhando as manifestações da maioria dos escritores paulistas conceituados. Ao invés disso, temos escritos que reproduzem com simplicidade linear a dimensão do cotidiano no discurso dos participantes da luta. Absoluta ausência de discurso epidítico, de retórica convencional que conduz a persuasão através da altissonância. Mário opta pela apresentação de homens comuns e não de heróis abstratos, reproduzindo anedotas e transcrevendo missivas. Mesmo o artigo "PRAR", de 14 de setembro, único texto de apoio direto ao movimento, não desenvolve argumentação revolucionária, preferindo analisar o papel social do rádio e criticar o sectarismo dos constitucionalistas. E curiosamente, em pleno agosto, a única aparição da crônica: "Cai, cai, balão", texto de reconhecido valor artístico, mas contando reminiscências pouco "revolucionárias".

"Folclore da Constituição" é um subterfúgio que encobre a impossibilidade de definição. Escrevendo-o, Mário está tentando apaziguar uma terrível confusão interna que o leva a criticar governo e reação ao mesmo tempo que vive a firme convicção de que São Paulo fora vítima de injustiças. Em 1924, segundo ele próprio, ficara na "expectativa pansa", frente à "Isidora"; em 1932 sucumbe na perplexidade e, depois, na entrega emocional que divide o seu ser: o intelectual que almeja a lucidez, é o escritor que renuncia a seu texto — o paulista que se integra, é o "factotum" da retaguarda. (25)

A conduta de Mário e sua repercussão na coluna do jornal pode ser entendida como a tentativa de conciliar sentimentos, posições ideológicas e pressões sociais em conflito. Então, acompanhando Goldmann (26), podemos assistir à manifestação da tonalidade individualista típica do membro da classe média marcando o caráter pouco racional e predominantemente afetivo do comportamento do escritor. Ocupando posto periférico na produção e, por isso mesmo tornando-se incapaz de captar o conjunto do processo econômico e social, o intelectual pequeno-burguês é

---

(25) "Expectativa pansa" é a forma com que se refere a sua atitude nessa época, no poema "Louvação da tarde", escrito em 1926. Na carta que escreve a Drummond em novembro de 1932, entre outras tarefas desempenhadas durante a revolução, Mário menciona "escritos pro *Jornal das Trincheiras*" (14 ago. — 25 set., 1932, 13 n.ºs). Não produziu, contudo, textos assinados; aliás, ali, nada pode ser identificado como estilo ou ortografia de Mário de Andrade. O que escreveu não fica revelado, pois, temos um discurso convencional; camuflagem, portanto.

(26) GOLDMANN, Lucien — *Crítica e dogmatismo na cultura moderna*. cap. 5: "Consciência real e Consciência possível, Consciência adequada e Falsa consciência." Trad. Reginaldo e Célia Di Piero. Rio de Janeiro. Paz e Terra, (1973), p. 105.

presa fácil das oscilações ideológicas extremamente amplas, sentindo-se atraído por palavras de ordem que toquem a sua afetividade. Racionaliza, justifica e fica perseguindo Paz e Liberdade enquanto conceitos ideais, abstrações, ou... seu ectoplasma. Esse quadro, transposto para um plano sensível, está presente na carta que nosso cronista escreve a seu amigo Carlos Drummond de Andrade, em novembro de 1932. (27)

A carta, maravilhosa de sinceridade, mostra-nos com clareza o recuo da consciência possível em Mário de Andrade, ante a invasão da consciência real que o vai dominando e impondo a mística revolucionária. Ao mesmo tempo que a justifica, o autor sente que seu conflito cresce, pois, como afirma, sabe que está se colocando fora da lógica e "retrogradando" vinte anos em sua vida. Ao lado da certeza dos direitos de São Paulo está o reconhecimento de violências que atingem sua posição liberal, defensora da liberdade de credo e expressão. Mas, esse reconhecimento acompanha a constatação que faz de sua impossibilidade de se definir e protestar. (28)

A consciência possível, debatendo-se dramaticamente, mas já esmaecida, tenta a conciliação que lhe parece uma saída: assumir no ser dividido o papel do pesquisador de material popular. Tenta também, dentro dessa fragmentação, fantasiar uma recusa: a renúncia do próprio discurso. Essas duas atitudes ficam explícitas no seguinte trecho da carta a Drummond:

"... Meus amigos todos abdicando de qualquer diletantismo, imersos nos vários trabalhos da guerra. Eu só. Eu fugindo. Eu martirizado por tanto sacrifício ao horrendo. Tomei a resolução desesperadamente cínica: me vender. Por mim, com o meu nome, mesmo agora que amo consangüineamente minha terra e meus paulistas, e o Brasil é pra mim apenas um fantasma indesejável que quase me repugna, de que tenho às vezes rancor, mesmo agora, um certo equilíbrio do ser, uma certa humanidade remanescente (e que espero me salvará...) jamais eu me permitiria dar o meu nome e minha personalidade em proveito de guerra, de crime. Tanto assim que a única coisa publicada com meu nome durante a revolução foi um 'Folclore da Constituição', ajuntando coisa que... os outros é que faziam ou falavam. Pois eu vendia a S. Paulo a parte objetiva, a parte prática de mim."

---

(27) FERNANDES, Lygia, ed. — *71 cartas de Mário de Andrade*. Rio de Janeiro, Liv. São José, p. 74-82. Carta datada de São Paulo, 6 nov., 1932.

(28) O *Dário Nacional* de 14 de setembro de 1932 exemplifica bem o lado de difícil aceitação do movimento para Mário, aquele que, segundo a carta, o revoltava. Na última página do jornal os paulistas acusam o governo de "alentar" o esquerdismo e exibem ali os retratos dos intelectuais presos, usando a repressão como forma de propaganda na imprensa de massa.

É plausível que esse "certo equilíbrio do ser", ou ecos da consciência possível tenham determinado o caráter diluidor do clássico heroísmo guerreiro que se insinua nos textos estampados no "Folclore da Constituição", sobretudo nas cartas dos soldados. As cartas que divulga não esquecem os vínculos com o tempo de paz, nem os traços de indivíduos de cada missivista, mostrando na simplicidade do discurso coloquial o peso de humanidade envolvido na luta. Seu discurso contrasta com o das cartas (de seleção oficial) exibidas nas colunas "Voz das trincheiras" e "Cartas de um voluntário" (29) do *Jornal das Trincheiras,* que exploram até à exaustão os lugares-comuns da retórica belicista. São textos inflamados que exercem no jornal uma função suasória, já que trazem aos leitores depoimentos de seres unicamente preocupados com o desenvolver da luta, reiterando a cada passo a certeza da vitória.

Tomemos duas amostras:

"Nós, os soldados da Lei, marchamos para a trincheira com o sorriso nos lábios, com o coração transbordando de uma alegria que não se descreve, Por que? — Porque vamos oferecer nosso sangue, a nossa vida em defesa de um ideal grandioso, sublime, que é a nobre e santa causa de S. Paulo". ("A voz das trincheiras", 8 set., 1932).

E: "Mamãe! que maravilha! estou cada vez mais entusiasmado, cada vez sentindo mais orgulho de estar com armas na mão defendendo este solo, defendendo esta causa sagrada." ("Cartas de um voluntário", 18 set., 1932).

O uso do aposto, da reiteração, o recurso oratório de prender o leitor nas perguntas e respostas, as palavras cultas ("sublime", "solo"), a repetição dos "slogans" do discurso oficial ("oferecer sangue", dar a vida em defesa do ideal grandioso, "causa sagrada", etc.), o tom sempre sério e grave contrastam com o discurso do "Correio militar" que Mário apresenta. A seriedade das intenções dos missivistas vem justamente do tom jocoso que preserva sua humanidade, pois, do ponto de vista psicológico, brincam não só para desviar preocupações, mas para continuarem sendo aos olhos dos entes queridos, suas próprias pessoas em sua própria linguagem. Então, as cartas admitem o prosaico, o equívoco na escolha da palavra adequada, desenvolvendo sempre o discurso coloquial. Permitem até mesmo o ingresso da paródia. Na carta de "Geraldo" ("Correio Militar", 12 ago., 1932), por exemplo, temos a paródia do anúncio, do telegrama, da missiva formal e do discurso oficial.

---

(29) O *Jornal das Trincheiras* contou também com a seção "Cartas de mulher", textos de Vina Centi, Diretora da "Associação dos Pequeninos Pobres", que exortam à participação os vários setores da população paulista.

"... Não sabemos se ficamos muito aqui, mas esperamos ansiosos o pipoquear. Estou de botinas há uma semana e pouco, tenho medo de tirá-las pois a meia pode andar sozinha. Preciso de manicuras, calistas... Procurar nas trincheiras. Paga-se bem: três cartuchos vazios. Ando com pena do banheiro daí pois estou mais sujo que o Azeredo. Recebi seu cartão, papai, e gostei muito, mas peço escrever mais. Peço à senhora, mamãe, que não se aflija por minha causa, pois mordo o solo pátrio quando atiro. Diga a (Fulana) que na hora da fuzilaria, o (Fulano) apareceu perto de mim e eu disse que (Fulana) tinha mandado lembranças e ele penhorado agradeceu. (etc.)

do filho que muito vos quer,

Geraldo."

Como se pode verificar, o jovem está integrado na luta, participando da mística paulista ("esperamos ansiosos o pipoquear— metonímia feita com expressão popular; "... na hora da fuzilaria"), mas não transforma seu texto em propaganda (embora acabe desempenhando essa função, no *Diário Nacional*). As brincadeiras se sucedem; primeiramente a paródia do anúncio de jornal: "Preciso de manicuras, calistas... Procurar nas trincheiras. Paga-se bem: três cartuchos vazios." Não há pontos de exclamação como em "Cartas de um voluntário", mas as reticências melancólicas que se casam com a ironia na remuneração oferecida, deixando assim bem configurada a quebra do conforto costumeiro de um moço de classe privilegiada, que, entretanto, sabe valorizar a experiência. Aliás, do ponto de vista psicológico, a carta toda possui o tom sadio do adolescente que se vê adulto.

A segunda paródia no trecho, a do telegrama, detém bruscamente o fio da emoção, pois a síntese contrasta com o alongamento do discurso na primeira parte do período que valoriza com dados internos e externos a comunicação familiar. "Recebi seu cartão, papai, e gostei muito, mas *peço escrever mais.*" A terceira manifestação da paródia desmistifica a formalidade dos padrões epistolares: "... ele penhorado agradeceu" — o agradecimento fúnebre — e "do filho que muito *vos* quer" — a segunda pessoa solene como a norma clássica popularizada para cartas. É pela quarta vez, a paródia investe contra o discurso oficial sugerindo a prudência do soldado: "... não se aflija por minha causa, pois *mordo o solo pátrio* quando atiro" (e não, "beijo o solo pátrio"). O verbo "morder", de reflexo animal, e adequado dentro da escolha vocabular geral da carta que marca o cotidiano, choca-se com a altissonância da expressão culta, "solo pátrio", instaurando o humor.

Apesar de valorização da paz que fica sugerida nas cartas do "front" e mesmo nas anedotas, é preciso não esquecer que elas também compuseram o "clima de unanimidade" paulista (30). Diluem, mas não desmistificam o belicismo, mesmo porque, como já vimos, seu autor não dispunha de meios para superar completamente o assédio dos valores de seu grupo. Mais tarde, em 1945, é que teremos um Mário de Andrade que vislumbra com maior lucidez os imperativos de sua condição e de sua classe, e que se sente bastante forte para definir-se publicamente contra a guerra, o nazismo e o fascismo, defendendo a responsabilidade social da intelectualidade.

---

(30) FERNANDES, Lygia, ed. — *op. cit.* p. 76. A expressão "unanimidade" está na carta a Drummond, escrita por Mário em novembro de 1932.

BIBLIOGRAFIA

ANDRADE, Mário de — *Os filhos da Candinha*. São Paulo, Martins, 1943. (Obras Completas)

IDEM — *Os filhos da Candinha*. Originais. (Arquivo M. de A. — IEB-USP)

BANDEIRA, Manuel, ed. — *Cartas a Manuel Bandeira*. Rio de Janeiro, Simões, s/d. *Diário Nacional*. São Paulo, 1927-32. (Coleção completa)

DUARTE, Paulo, ed. — *Mário de Andrade por ele mesmo*. São Paulo, Martins, 1972.

FERREIRA, Aurélio Buarque de Holanda. *Novo dicionário da língua portuguesa*. Rio de Janeiro, Nova Fronteira, 1975.

FERNANDES, Lygia, ed. — *71 cartas de Mário de Andrade*. Rio de Janeiro, S. José, s/d.

IDEM, ed. — *Mário de Andrade escreve cartas a Alceu, Meyer e outros*. Rio de Janeiro, Ed. do Autor, 1968.

GOLDMANN, Lucien — *A criação cultural na sociedade moderna*. Trad. de Rolando R. da Silva. São Paulo, Difusão Européia do Livro, (1972).

IDEM — *Crítica e dogmatismo na cultura moderna*. Trad. de Reginaldo e Célia di Piero. Rio de Janeiro, Paz e Terra, (1973).

GRITTI, Jules — "Uma narrativa de Imprensa: Os últimos dias de um Grande Homem". In: BARTHES, Roland et al. — *Análise estrutural da narrativa*. Rio de Janeiro, Vozes, 1972.

HERHENBERG, John — *Manual do Jornalismo*. Trad. de Ruy Jungman. Rio de Janeiro, Fundo de Cultura, s/d.

Jornal das Trincheiras. São Paulo, 14 ago. — 25 set., 1932 (Coleção completa)

PERELMAN, Ch. & OLBRECHT-TYTECA, L. — *Traité de l'argumentation*. 2.ª ed. Bruxelas, Institut de Sociologie — Université de Bruxelles, 1974.

1927

DIÁRIO NACIONAL. Domingo, 11 de novembro de 1927

ARTE EM S. PAULO — I — O BURGUÊS E A ÓPERA

A tardinha desembocava apenas pro lado da Lapa. Todo mundo enveredava já para casa e São Paulo num chinfrim de bondes e automóveis, era uma glorificação em pó. Encontrei seu Marcondes na esquina do Correio. Fazia bem tempo que não punha os olhos no negocista. Mirei passando e pelos ombros gachos dele e o jeito do chapéu percebi que as filhas de seu Marcondes já estavam moças e serelepes.

— Dr. Mário! Dr. Mário!...

É o diabo aquela esquina sempre consertando. Não tinha podido passar logo.

— Oh, seu Marcondes, como vai?

— Vou bem dr. O dr., é que está bem, se percebe. Nunca mais quis aparecer... As meninas falam sempre no doutor.

— Gentileza delas...

— Não é, não. Nós lá em casa sempre falamos em tudo o que o senhor fez pela gente.

— Ora que idéia, seu Marcondes, o quê que eu fiz?

— Afinal das contas a vida não é só negócio, negócio... O sr. que tinha razão. Tenho lido muito!

— Ahn...

— Outro dia mesmo estava lendo um artigo do Júlio Dantas! Como ele escreve mimoso, não!

— Mimosíssimo!

— Já estamos com uma biblioteca lá em casa. Também não tem mês que as meninas não me obriguem a comprar livro! Mandei fazer uma estante no Liceu, estilo Luís... creio que Luís-dezanove, de pau estrangeiro. Ficou estupendo, os vidros são de cristal e a madeira está tão bem brunida que dá na vista logo. Custou quatro contos!

— Está bem, seu Marcondes.

— Já vai?

— Já. Tenho que ir para casa.

— Então venha jantar comigo, as meninas vão ficar satisfeitas. Depois a gente faz um pouco de música... O senhor canta aquela cantiga portuguesa, se lembra?

O ladrão morreu
A comer tomates
Meninas bonitas
Não são para alfaiates.

— Ora, não me lembro mais, seu Marcondes.

— Pois não me esqueci não. Mas puxa! Como os portugueses são burros! Eu achava uma graça no sr. Vamos fazer música! Só um pouquinho!

— Não posso, seu Marcondes.

— A Totó me obrigou a comprar um rádio. Todas as noites tem cada concerto estupendo.

— Estupendo.

— E sabe? Já dois anos que tomo assinatura do lírico, é um despesão!

— É!

— Mas as meninas querem... Diz que toda a gente assina lírico... Eu... Eu gosto muito de ópera, aquelas vestimentas... Só que... O sr. é músico mas acho que o sr. concorda comigo: o defeito da ópera é ter música. Não se entende nada! Seria tão lindo uma ópera sem música...

M. de A.

DIÁRIO NACIONAL. Domingo, 13 de novembro de 1927

ARTE EM S. PAULO — II

O escultor Melani.

É um tipo de atleta. Taludo e catatau possui talento nos braços e carrega a cruz duma esperança que não se desilude porque não chega bem a se tornar consciente. No fundo é um desinfeliz. Ele foi a Itália, ainda crila, mandado prá casa duns parentes de Gênova e aprendeu escultura de cemitério.

Depois a esperança, a tal que ele carrega feito cruz, deu coragem pra ele e o moço andou pelos "ateliers" e assuntou com aplicação as obras dos escultores célebres italianos do século passado. Afinal, era tudo ainda escultura de centenário, essas esculturas que raramente se fazem arte.

Ficou escultor e voltou para São Paulo. Trabalhar ele trabalhou, não se discute. E é justamente por causa desse trabucar insano em que gastou toda a mocidade que a esperança vaga dele se tornou cruz. A voz meia indistinta que ele escuta na vaidade nem chega a dizer, "Você é um gênio!" não. O que ela diz é mais ou menos assim: "Você estudou por demais, se sacrificou tanto que não é possível que as esculturas de você não sejam as melhores do Brasil". Diz; ele acredita, e continua e continuará na sua escultura cuidadeira, sempre o mesmo, sem um pensamento mais novo, sem uma inspiração mais inquieta.

Também, nenhum escultor mais presta para ele. Porque as obras que faz, têm músculos muito exagerados e uma deformação monótona, se acredita moderno. Os fregueses de túmulo não querem saber dele porque o acham futurista. Os modernos não querem saber dele porque o chamam futurista. Os modernos não querem saber dele porque o acham passadista. Vive entre duas águas, arengueiro, pontificando para quatro ou cinco diletantes frouxos que têm medo de modernismo, porém, querem, a toda força, ser modernos.

Você entra no "atelier" dele e pela atmosfera se encostando nas paredes de tão exausta, pelos túmulos grandes e vazios, tudo gesso ainda, para sempre gesso, você põe reparo na vida de pataquada que mora ali. Tem dó. Nem se pode falar que não é bom. Afinal é bem feito. E depois: a gente está com dó!

54

— É... Muito bem... Curioso... Principalmente aquele nu... É uma ninfa?

— Não senhor. É uma dríada, inspirada numa poesia muito bonita do poeta Martins Fontes, o sr. conhece ele?

— Conheço.... É... está muito bem inspirada. E viu o túmulo de Ignácio Penteado pelo Brecheret?

— Brecheret!...

E o escultor Melani se mexe desesperado, sacudindo com raiva a cabeleira pangaré.

— Brecheret! Mas que cousa é Brecheret! É um apóstata, Brecheret! O que ele fez de melhor foi tirado de mim! foi copiado de mim, senhor! Imitador!... É um imitador, Brecheret!

A palavra "Brecheret" espoleteia o escultor Melani. Vive falando que Brecheret copia as cousas dele, só porque o grande artista nos fez umas esculturas tremelicadas, no tempo em que toda a escultura do mundo tremia.

Brecheret é a única parte consciente, objetiva da cruz de esperança vaga que o escultor Melani carrega. E é um peso medonho para o escultor Melani...

M. de A.

DIÁRIO NACIONAL. Quarta-feira, 23 de novembro de 1927

O GRANDE ARQUITETO — IV

Quando meus olhos fatigados de tanta feiúra arquitetônica se apoiaram na boniteza humilde da poeira, percebi pela duplicidade da minha sombra que tinha alguém junto. Voltei-me. Um velho "chic" se ria para mim. Não era que fosse velho de verdade, contava já seus sessenta anos de certo, porém devido à morada sem frestas, aos sobretudos de tecido fechado, a velhice estava custando a entrar no corpo dele. Falou empafioso.

— Sou eu o grande arquiteto.

— Ahn.

— Está gostando da casa?

— Ahn.

— É puro florentino. Quer ver a construção? É perfeitíssima. Entramos pelo portão ainda de tábuas.

— Aqui — ele falava — mandei fazer uma reprodução exata dum portão de ferro que vi em Toledo. Não é florentino, porém o árabe se acomoda muito bem com o estilo, não acha?

— É... com o estilo dessa casa não tem dúvida que o árabe se acomoda. Não ficava interessante um portão japonês?...

— A sua observação é muito judiciosa, meu caro senhor. Eu mesmo hesitei algum tempo entre o que mandei fazer e um portão japonês. O que me fez decidir pelo de Toledo foi uma recordação deliciosa de amor, uma criaturinha inconcebível de espírito e elegância que encontrei em Toledo e que se tornou uma aventura séria em minha vida. Foi isso que me fez escolher o portão árabe; ele me recorda os bons tempos de Toledo.

— Mas a casa é para o senhor morar?

— Não, é dum cliente, porém um cliente por quem me interesso por amizade. E é por isso que o senhor me vê aqui. Um amigo velho. O senhor compreende: todos os projetos que são assinados por mim são desenhados lá no escritório pelos meus auxiliares. Sob minhas vistas, está claro, porém não são feitos por mim.

— Está claro.

— Está claro. Eu sou um artista e não me sujeito a essas modas que os clientes exigem. O sr. não pode imaginar o que é um escritório de arquitetura! Chega um e quer Luís XVI. Temos que dar-lhe Luís XVI. Outro quer manuelino, outro quer colonial, outro quer bangaló. Os meus auxiliares é que fazem isso. Eu sou artista e hei de impor a minha personalidade. Não me sacrifico pelo público, não faço uma concessão. Meu ideal é o florentino! O senhor veja a boniteza desta casa!

— É uma gostosura.

— Não é? Que nobreza de linhas e ao mesmo tempo tão gracioso.

— Tem uma graça enorme!

— Graciosíssimo. Tudo florentino. Eu só admito uma certa fantasia no interior. E sou original. Principalmente o "living-room" é duma originalidade absoluta. Entre por aqui.

Entramos. A casa já estava quase pronta. Entramos pelos fundos porque estavam brunindo o mármore da escadaria principal. O banheiro era pompeiano com desenhos de banhistas nos azulejos. A sala de jantar era bem grande com um fogão formidável num canto. O grande arquiteto explicava tudo.

— Repare no fogão. É Luís XVI.

— E carece mesmo fogão porque faz um frio danado aqui.

O grande arquiteto riu com superioridade.

— É por causa das paredes. Ponha a mão para ver.

— Ué, que pau mais gelado este, puxa!

O grande arquiteto deu a gargalhada mais satisfeita que jamais escutei na boca de arquiteto.

— Não é madeira, meu senhor! Isso é mármore.

— É mármore!

— Está claro! Numa casa feita com tanto luxo como esta carecia empregar só as matérias mais nobres. A madeira é material banal por demais. Então me lembrei de empregar mármore. E como em sala de jantar se usa de madeira, empreguei mármore pintado, fingindo mogno do Peru. Repare que imitação perfeita! É um pintor habilíssimo.

— Habilíssimo.

— Nisso é que está a fantasia. Não é fazer essas loucuras que os arquitetos futuristas estão fazendo. Aliás nem sei o que eles estão fazendo porque não tenho nenhuma dessas revistas nem livros de agora. Aprendi arquitetura em Roma e em Paris. Tenho muito boa escola para estar perdendo tempo com essas bobagens dos moços de hoje. Eles só querem ser originais mas não conseguem! Originalidade o senhor vai ver mais é neste "hall"!

E o grande arquiteto abriu a porta que comunicava com o "hall". Gritei:

— Santa Maria, que é isso?

Ah!... meu caro, este "hall" é a reprodução exatinha da gruta de Fingal!

M. de A.

Nota da pesquisa:

O jornal esqueceu-se de imprimir o título da série, "Arte em S. Paulo" e publicou o quarto texto antes do terceiro. Como esta edição pretende seguir a sincronia, acatou a inversão.

DIÁRIO NACIONAL.   Quinta-feira, 1 de Dezembro de 1927

ARTE EM S. PAULO — III DONA EULÁLIA

O Quarteto Paulista resolvera apresentar a São Paulo o compositor brasileiro Lourenço Fernandez. Como o programa só continha peças desse já ilustre compositor, os membros do Quarteto se mexeram um pouco mais para arranjarem público. Fizeram convites, falaram pessoalmente com muitas pessoas, distribuíram entradas grátis mais de duzentas. Porque onde se viu agora dar um concerto de autor desconhecido! Ninguém ia. Com os convites e as entradas grátis o salão do Conservatório conseguiu abrigar umas cem pessoas.

Entre elas estava, grátis, dona Eulália. Esta senhora, já suficientemente viúva, conhece a fundo a arte musical. Não vê que no tempo de casada ela parou uns dez anos em Paris. Ali vivera com o marido, submersa na colônia brasileira. Fora a muitos concertos patrocinados pelo embaixador e entre as melhores recordações da sua vida artística, sempre gostava de lembrar que assistira aos primeiros triunfos de Guiomar Novaes e assistira na Ópera à reinauguração dos bailes de Carnaval.

Pois dona Eulália foi ao concerto do Quarteto Paulista. Resplandecia de chique e tradição. Com a morte do marido não pudera mais viver na colônia brasileira de Paris. Voltou para São Paulo e com as três casas de aluguel de que enérgica e pessoalmente tomava conta, vivia no seu canto de alguns admiradores lembrando concertos e concertos de benefício, jantares de Embaixada, festivais do Trocadero.

Eu ainda não conhecia dona Eulália, porém calhara ficar perto dela no concerto. Quando acabou a primeira peça, dona Eulália me olhou meio sarapantada e sorriu. Também sorri, satisfeito da confiança. No fim da segunda, um trabalho bem bonito, o olhar tiririca de dona Eulália gelou meu aplauso no meio.

— O senhor aplaude isso!

Sorri amarelo com muita vergonha de ter aplaudido "aquilo" e pelo prestígio de dona Eulália traí conscientemente minha admiração pelo músico.

E o concerto foi se desenrolando. Tinha duas cousas que cresciam, se engrossavam rapidamente nele. A raiva de dona Eulália e a minha admiração por Lourenço Fernandez. O mais engraçado é que nós dois ali sentados juntos estávamos nos seqüestrando terrivelmente: eu, a vontade de aplaudir e dona Eulália a vontade prodigiosa de falar. Falar comigo. Falar grátis, porque dona Eulália é uma senhora prodigiosamente grátis.

Porém, quando no fim do concerto os executantes cantaram as últimas notas do admirável Trio Brasileiro, não foi possível mais o seqüestro: aplaudi com calor. Fiquei aplaudindo enquanto o público, como de costume, só pensava em ir para casa, pulava cadeiras, rolava escadas abaixo num susto de incêndio.

Dona Eulália ficara a meu lado. Também não lhe era possível mais seqüestrar a vontade prodigiosa de falar. E falou:

— O senhor... desconfio que é a primeira vez que o senhor vem a um concerto. Mas isso nunca foi música, senhor! Música é Chopin, é Liszt. Eu morei em Paris e freqüentei muito concerto. E de grandes artistas! De artistas célebres! Pois lhe garanto que nunca escutei uma vergonheira dessas. Os artistas de Paris não vão tocar em concertos essas cantigas de caipiras! Só a música é nobre! Música de caipira a gente deixa para os caipiras. Indecente! Em Paris se toca Chopin, se toca Liszt. E Guiomar Novaes, que é brasileira, quando muito ela toca o Hino Nacional, mas isso é música! É bonito! O senhor carece de ir para Paris ouvir música boa! Depois então o senhor não há de mais aplaudir essas bobagens de cidade sem civilização!... Música é Chopin, moço, é Liszt! Isso é que é música!

E depois dessa consulta grátis, dona Eulália ruiu pela escada abaixo, levantando poeira. Sobre ela pairava numa luzinha boitatá a sombra inesquecível de Gottschalck.

Na quarta-feira de noite dona Eulália dá um chá grátis. Sempre o mesmo grupinho de pianistas deserdados e um violinista de boa canhota faz grátis um pouco de música na quarta-feira de dona Eulália. E ela havia de contar para toda aquela canhotagem reverente que Lourenço Fernandez não é música, música é Chopin, é Liszt. E grátis, todo o mundo havia de concordar.

M. de A.

DIÁRIO NACIONAL. Sexta-feira, 30 de dezembro de 1927

ARTE EM S. PAULO — V — O PAI DO GÊNIO

A pobre da menina é loura como a Rússia. Por acaso nasceu no Brasil, os pais não tendo mesmo nada que fazer lá na terra deles. A menina principiou estudando piano como toda a gente e tinha muitas facilidades, entre as quais ouvido e mimetismo. Com essa ajuda chegou a compor umas pecinhas de autoria do professor dela e tinha gestos de Rubinstein misturados com Maria Carreras. Não podia deixar de ser um gênio pro pai.

Foi então que uma sociedade de beneficência se lembrou de incentivar a pianolatria brasileira, instituindo um concurso pra meninos-prodígios. O prêmio era de alguns contecos. E a celebridade de inhapa.

O pai do gênio não carecia dos contos, porém é bem cômodo a gente dar um dinheirinho pra filha sem tirá-lo do bolso. Foi procurar o presidente de tal associação de beneficência. Levou a lourinha junto.

— Bom dia, doutor. Chamo-me Smoleurkif. Esta é a pianista.

— Que pianista?

— Minha filha. Ela vai tomar parte no concurso...

— Ah, muito bem!

— Queria que o dr. escutasse ela primeiro.

— Mas não sou membro do júri...

— Quem é o júri?

— Não posso dizer.

— Tem razão. Mas, dr., o sr. é uma grande capacidade, eu sei... Queria que o dr. aconselhasse um pouco minha querida Xênia. Xênia, venha cá! Dê um beijo pro doutor.

A gênia dá um beijo e recebe uma festinha.

— Toque pro dr. escutar.

Meia hora de xaropada. É incostestável que Xênia tem jeito pro piano.

— O que o dr. acha?

— Muito engraçadinha! Como ela tem jeito!

— Então, dr., acha?...

61

— Acha o quê?

— Que ela ganha?

— Não posso saber. Não conheço os outros concorrentes e, já lhe falei, não faço parte do júri.

— Mas... Xênia! fique quietinha, minha filha!

— Deixe ela brincar.

— Ela precisa mais é estudar!

— Também.

— Eu estou com vontade de inscrever Xênia no concurso...

— Isso eu acho que o sr. deve. A menina tem muito jeito.

— A história é não saber se ela ganha o prêmio.

— Isso, não lhe posso garantir nada. Ninguém sabe o resultado dum concurso.

— Mas Xênia deve ganhar!

— Ora, meu senhor, nós não conhecemos os outros.

— Que outros!... Xênia é um gênio! Por isso não deixo ela entrar no concurso!

O presidente já se está enquilisando com o pai da gênia.

— Mas então não explica pra quê o sr. veio aqui!

— Vim aqui... vim pra lhe falar que minha filha tem que ganhar no concurso! Não vou sujeitar minha filha a ser rebaixada pelos outros!

— Pois então o senhor se retire que estou ocupado.

— Retiro mesmo e minha filha não entra no concurso do senhor! Minha filha não entra num concurso onde há injustiça!

— Ora o sr. acaba me fazendo perder a paciência, faz favor, até logo, sim!

— Vam'bora Xênia. Largue disso, já falei! Arranje esse chapéu direito, boba! Não quero que você entre no concurso!...

Xênia não percebe direito porque tanto voz dura do pai com o outro homem, principia chorando.

— Não chore, boba. Papai dá um presente pra você. Mas você não se rebaixa. Você não entra nesses concursos de porcaria, não! Papai vai levar você pros Estados Unidos e lá você dá muitos concertos e ganho muito dinheiro! Quer um sorvetinho, papai compra?

Xênia diz sim com os soluços louros.

— Pronto, agora não chore mais. Não suje a roupa, heim! Desaforo!... Havemos de ir embora pros Estados Unidos... Terra de negros, pudera! E olhe! Você não toca mais aquela peça de Villa-Lobos não! Se você toca, papai dá em você...

M. de A.

1929

DIÁRIO NACIONAL. Terça-feira, 9 de abril de 1929

TÁXI: INFLUÊNCIAS

Henrique de Rezende, pelo número de domingo d' *O Jornal*, teve um jeitinho de perguntar se eu estava de acordo com ele a respeito da possível influência exercida por um escritor paulista sobre os poetas modernos de Cataguases. Estou.

O que eu censuro é Henrique Rezende estar perdendo tempo com mesquinharia tamanha. Isso não é assunto com que a gente se amole em jornal. Simplesmente porque não tem importância nenhuma. Não é possível a gente conceber a formação dum espírito sem influências, fruto unicamente de experiência pessoal porque isso contraria as próprias leis da psicologia. (1) Quanto à originalidade, se historicamente ela é duma importância capital na evolução das artes, ela não tem nenhum valor conceitual na verificação da obra-prima. E pensando no dilúvio de espíritos que nem bem surgiram, desapareceram já, sem dar o que prometiam ao movimento moderno brasileiro, tenho certeza que pra muitos foi a vaidade pífia de originalidade que os desarmou. Se calaram por uma deficiência que era falsa!

Existe influência do tal escritor paulista sobre os moços de Cataguases como existe influência dos moços de Cataguases sobre esse escritor paulista. Maior do que imaginam, muito maior. E mais elevada principalmente, não se resumindo a uma simples e desimportante aceitação de cacoetes gramaticais. Essa influência recíproca foi a bonita das amizades sinceras, carteadeiras, cheias de sinceridade, até brutas, certas feitas. Foi isso que o mundo pôde ver e não gozou.

Porém o que o mundo não viu e podia ver é que também o escritor paulista andou muito estudando os criadores de *Verde*. Catou neles os boleios sintáticos (2) e as vozes populares que essa rapaziada foi a primeira a registrar, e quando ocasião chegou, andou tudo empregando nos escritos dele.

E se um ou dois moços de Cataguases numa ou noutra poesia ficaram exatinhamente o escritor paulista escrevendo, quero saber só que importância tem isso! Esses moços tal-e-qual todos os moços do mundo, têm que sofrer a lei da espera. Se continuarem influenciados toda a vida, serão nulidade. Se fizerem originalidade à força, se cabotinizarão. Talvez movimentem um bocado a túnica da nossa Musa porém não será por isso que lhe darão um pensamento a mais. Têm que esperar que nem eu mesmo esperei me debatendo num estreitíssimo Primeiro Andar. E outros cubículos (3) inda mais inconfessáveis...

MÁRIO DE ANDRADE

Notas M.A.:

(1) Reformulação manuscrita à margem do recorte para trecho composto incorretamente: "... unicamente de Cataguases como existe influencia dos moços de Cataguases leis da psicologia."
(2) Correção manuscrita na margem; no jornal: "sintéticos".
(3) Idem; erro tipográfico: "cubculos".

Nota da pesquisa

1. No final do texto Mário de Andrade retere-se a seus primeiros contos (1914-23), publicados em 1923 sob o título de *Primeiro andar*. Alguns desses contos serão mais tarde escolhidos para figurar em *Obra imatura* (1942).

DIÁRIO NACIONAL. Quinta-feira, 11 de abril de 1929

TÁXI : CASA DE PENSÃO

Outro dia censurei Henrique de Rezende por andar literariamente se preocupando com assuntos de nenhuma importância. Os assuntos deste mundo são inumeráveis e os do Brasil tão urgentes e de importância tamanha... Vai, um literato escreve artigo porque fulano está influenciando fulaninho, nossa Senhora! isso não pode ser!...

Isso é tudo fruto da nossa deslavada ignorância. Literato brasileiro oitenta e cinco por cento dos casos é um ignorantão. Concedo que isso não prejudique por demais a criação dos poetas porém amesquinha dum jeito incomparável toda a prosa brasileira. Nós herdamos e estamos sistematizando em nossa literatice aquela robusta ignorância lusa que fez tantos clássicos portugas serem maravilhas de nada. Que riqueza, que variedade de estilos! Cada um é um! Mas se a maioria deles não tinha mais nada a fazer senão estilo!...

Nós também. Na "Chegança" que escutei em Rocas, bairro balangando sobre a duna em Natal, tinha um número interminável da cantoria em que toda a maruja, um por um, passavam tirando uma estrofe principiada sempre assim:

"EU TAMBÉM" — Isso me soa dolorosamente, agora que imagino sobre a ignorância nossa. Estamos querendo ser o "também" duma herança empobrecedora.

Sob esse lado a literatice contemporânea não modificou em nada a feição das nossas letras. Isto é, modificou sim mas foi pra pior.

Porque adquirimos desde as prédicas iniciais da Semana de Arte Moderna o preconceito da liberdade. E mais o preconceito da sinceridade. E tudo isso foi sistematizado numa absoluta falta de critério. Botamos tudo em cima do jornal. Brousson e quase que até André Gide, se tivessem aparecido no Brasil não teriam sob esse ponto-de-vista nem aparência de originalidade. Ou por outra: a única originalidade deles viria de que são gente que sabe e estuda. Botamos tudo em cima do jornal e como o nosso espírito curtíssimo não dá pra alcançar as riquezas do mundo nem adiantar nada às urgências do Brasil, caímos no diz-que-diz-que, no as-

65

sunto tostão, no comadrismo mais curto, mais safadinho, mais fatigante.

De primeiro, pelo menos parnasianos, realistas, românticos tinham o preconceito feliz da nobreza de estilo e de assunto. Isso impediu que se barateassem feito os contemporâneos. Lavavam a roupa, talvez tão suja talqualmente a nossa, dentro da casa deles. Nós? Liberdade, gente! Sinceridade! (Falta de critério! Falta de caráter!) Nós lavamos a nossa roupa suja em público.

E ainda aqui a ignorância entra pra aumentar mais um quinhão na miséria. Não bastou apagar a variedade universal, anular a ingência dos nossos assuntos e fazer a gente cair nos escandalinhos e brinquedinhos de pensionistas do mesmo mosqueiro. Fez ainda a gente confundir tudo. Um imagina que está tratando de assunto legítimo, em vez fala da influência de fulano sobre fulaninho. Outro imagina que denuncia erros de orientação, em vez faz intriga. Ainda mais um pensa que ataca uma personalidade, em vez faz agressão pessoal. Então os amigos entre si, esses brincam. Um bole com outro. Outro faz cócegas. Outro secunda: — Não amola, siô!

E nisso vivemos, enchendo as revistas e jornais de vazio, numa camaradagem ou numa antipatização que não adianta ao público, com que o público não pode se interessar, que não enriquece ninguém. Casa de pensão. Literatura de travesseirada. A sala vasta foi aproveitada pra numerosíssimos quartiúnculos com tabiques de dois metros. A gente sobe na cadeira e dá uma travesseirada no vizinho dormindo. Quá, quá, quá, quá, quá!...

Enquanto isso as próprias meninas vadias da tarde, se dão as mãos, estão cantando "Nesta rua" ou "Dona Sancha". É doloroso a gente lembrar que até as meninas da tarde exercem uma função...

MÁRIO DE ANDRADE

DIÁRIO NACIONAL. Sábado, 13 de abril de 1929

TÁXI: ROMANCES DE AVENTURA

Depois do romance psicológico a gente não pode negar que todas as existências de homem (pelo menos dos homens) são romances legítimos. Já não tem mais significação nenhuma isso da gente exclamar "A minha vida é um romance!..." Todas as vidas o são, interiormente. E se noventa e cinco por cento dos seres psicológicos deste mundo pensam que não têm muito que contar não é porque não tenham não. É por um simples fenômeno de timidez bastante parecido com o... estado-de-sensibilidade comunista da maioria dos proletários. Todos nós estamos em meio caminho da riqueza porém como *resolvemos* que não conseguimos atingi-la, *aceitamos* a idéia da riqueza comum.

Agora: já é bem mais raro a vida humana se parecer com os romances chamados "de aventuras". Acho incontestável que o homem em geral se conduz pela fadiga. Já exaltaram demais a curiosidade humana... Tem muitos animais que são curiosíssimos e uma das coisas mais graciosas deste mundo é a curiosidade da mosca. Não quero desensolver esta minha última afirmativa pra não me tornar o que se chamaria de "anti-científico" porém, moscas, em vão sois cacetes às vezes, sois mais graciosas que cacetes!...

Voltando ao assunto, a História do homem tem sempre sido mal escrita, vive inútil e sem eficiência normativa, porque a vaidade nos faz escrever a história das nossas grandezas e não a manifestação evolutiva da nossa vulgaridade. São nossas idéias, nossas descobertas, nossos gênios, nossas guerras, nossa economia que a gente enumera imaginando que isso é a história do homem. E por isso nós acreditamos por demais, em nossa curiosidade quando na verdade ela é esporádica e só de alguns.

O homem em geral se orienta muito mais pela fadiga que pela curiosidade. E se mui rara é a vida humana que se equipare aos romances de aventuras isso vem principalmente da falta de força em seguir pra diante. A fadiga cessa o homem no meio, ele fica tipógrafo, sapateiro, médico, sitiante e há-de morrer assim.

Às vezes o homem realiza na vida um romance de aventuras... sem querer. Eu estava imaginando em Jimmy, da Paraíba. e foi mesmo por causa dele que andei fazendo estas considerações.

67

Jimmy era um negrinho como outro qualquer da Paraíba, se chamando Benedito, Pedro, um nome assim. Doze ou treze anos. Feio como o Cão porém tipo de se ver. Nariz que não havia ou era a cara toda, com as ventas maravilhosamente horizontais, dum nordestino exemplar.

Quando o conheci, este ano, o menino já estava pedantizado, homem feito, só respondendo ao nome de Jimmy. A aventura passara e o pernóstico não gostava de falar nela. Ficara do romance apenas a vaidade de se chamar Jimmy, a mania de cantar a "Madelon" e desprezar as cantigas brasileiras.

Jimmy era rapazinho esperto. Um moço paraibano, rico, meio estourado, se engraçou pelo menino e o levou pra Europa. Tinha um escritório de qualquer coisa em Paris. Jimmy, "chasseur", recebia a gente, dava recados, numa farpela encarnada que o coroava pai-da-simpatia — um sucesso cortante.

Aprendeu o francês, decorou a "Madelon", viajou a Itália, vivo como um galinho-de-campina.

Uma feita, o patrão de Jimmy se via nuns apuros de dinheiro, um ricaço indiano estava tão entusiasmado com o negrinho que propôs comprá-lo. E Jimmy, comprado, salvava o amo dos apuros e embarcava escravo, em Londres, rumo ao império das Índias.

Que libertação! Ser escravo em pleno século XX!... Afirmo que não tem nenhuma imoralidade neste desejo meu. Tem mais é fadiga. Desprover-se de vontades, ser mandado, nirvanização...

Mas Jimmy não quis saber desse descanso. A mãe dele andou, chorando desesperada pelas ruas da Paraíba. Havia um brasileiro escravo de estimação em Bombaim. Os jornais falavam. O Ministério do Exterior se mexeu. E Jimmy foi repatriado, livre, nessa ilusão de liberdade com que nós vivemos dizendo "hoje vou no cinema", "Sou inglês", "Me passe o pão". Em vez: trinta anjos diabólicos, peneiram invisíveis sobre nós, mandando irmos ao cinema, pedirmos pão, sermos ingleses. Nós obedecemos... Quase sempre.

MÁRIO DE ANDRADE

Nota da pesquisa:

A crônica "Romances de aventura" foi incluída por Mário de Andrade na coletânea *Os filhos da Candinha*, pubicada em 1943, na edição das Obras Completas que estava sendo iniciada pela Livraria Martins de São Paulo. É texto que ali sofrerá reformulações em seu discurso, assim como todos os outros que o autor selecionou. Todas as vezes em que a "Nota da pesquisa" mencionar, na presente edição, o reaparecimento de crônicas em *Os filhos da Candinha*, significa que lá o texto está variando o que aqui apresentamos.

DIÁRIO NACIONAL. Terça-feira, 16 de abril de 1929

TÁXI: A LINGUAGEM — I

Vai agora luta acesa entre (1) críticos e estetas musicais da França a respeito do problema da sensibilidade musical. Uns dizem que a música não exprime coisa nenhuma, outros respondem com a sabida lengalenga, de que ela exprime sim e coisas tão profundas que não podem ser traduzidas pelas palavras. Na verdade estes pseudo-defensores da sensibilidade musical, com idéias e argumentos novos e bem sutis não conseguem sequer derrubar as afirmativas já velhas de Hanslick.

Também reconheço que dentro da vida sensível do homem tem muita coisa que as palavras não conseguem traduzir. A linguagem, sendo uma precisão exclusiva da inteligência consciente, está claro que todos os valores que conseguir adquirir são elementos que interessam a essa própria inteligência. Ora seria um engano pobre imaginar que essa multifariedade (2) da nossa vida sensível sequer procura ser reconhecida e especificada por esse instrumento bem precário que é a consciência humana. Até muito curioso de constatar é que o léxico humano jamais pára de enriquecer. Mas de que palavras se enriquece? De palavras-objetos se referindo às invenções novas da vida prática. E só. Quando senão quando aparece também uma palavra abstração, um termo novo de filosofia, de deveras asa nova com que o espírito escapole da vida sensível. Quanto a neologismos que busquem traduzir escaninhos recém-descobertos da sensibilidade isso é raríssimo, raríssimo.

E dessa precariedade utilitária da linguagem provém a angústia da literatura contemporânea. Nós queremos estudar as particularidades sublimes da nossa vida sensível e pra isso nos servimos da linguagem que se prevalece exclusivamente da inteligência, o que sucede? Sucede que atingimos maior sutileza intelectual porém não maior força expressiva. Suponhamos Proust e Racine, Conrad e Camões. Será que a gente percebe mais o sr. de Charlus que Fedra, o tufão de Conrad, que a tempestade dos Lusíadas? Não tem dúvida que os dois contemporâneos alcançam maior análise. Mas não estará nisso mesmo o ilogismo deles? A linguagem constituída é sempre uma abstração e por isso não pode expressar senão a ordem geral da nossa vida sensível, aquela ordem em que a inteligência é universal e sintética. A particularização de Proust e de Conrad, por isso, pode nos dar maior número de elementos objetivos, maior número de explicações. Mas não consegue dar pra gente maior perceptibilidade da vida nem expressá-la mais intensamente. Pelo contrário. A síntese antiga pela própria brevidade intelectual dela, fazia as "lembranças" com as quais a gente compreende, chegarem tão afobadas e numerosas na consciência que a coisa descrita, sem perder nada da sua universalidade, era feita somente de dados da nossa experiência própria. Realizava na gente o fenômeno de pura atividade — o que é sempre o meio mais certo de recriar na gente a ilusão da vida sensível. Ao passo que os dois modernos citados, pela própria particularização dos elementos e causas, construída ponto a ponto, realizam o silêncio da tapeçaria. É fofo. A gente dorme sobre, em passividade fatigante. Sob esse ponto-de-vista Proust e o Conrad do "Tufão" são as dramáticas reproduções do Agnosticismo contemporâneo.

MÁRIO DE ANDRADE

Notas M.A.:

(1) Correção manuscrita na margem; no jornal: "contra"...
(2) Idem; no jornal: "multipariedade".

Nota da pesquisa:

Na biblioteca de Mário de Andrade está a principal obra do teórico austríaco Édouard Hanslick (grafado no texto Hanslik), *Du beau dans la Musique: Éssai de réforme de l'Esthétique musicale*, 5.ª edição, 1877, que reivindica a autonomia do pensamento e da linguagem musical. Nosso escritor deixou no livro anotações marginais que marcam sua preocupação com problemas relativos à técnica e ao sentimento na arte, lançando Charles Lalo como elemento para um possível confronto.

DIÁRIO NACIONAL. Sábado, 20 de abril de 1929

TÁXI: MISS BRASIL

A procura da "Miss Brasil" através de catingas, alamedas, matos, capoeiras, restingas do nosso corpão desengonçado, vai apaixonando bastante a, não direi opinião pública, mas a opinião de cada um. Está claro que um concurso desses não vale nada, porém o que entusiasma nele é a esperança em que a gente fica de ver uma cunhã lindíssima. É mais uma forma de seqüestro. Ou antes: de derivativo. De "sublimação". Isso é que não tem que guerê nem pipoca. Os olhos da gente pousam sobre os retratos, a voz da gente se queima na discussão, calmas, ardores, preocupação, vida completada... Bom; quero ser um pouquinho menos imoral. Portanto reflitamos:

A mulher se emancipa cada vez mais dos homens. Isso também não tem que guerê nem pipoca. Os corpos se igualaram em visibilidade fotográfica. Nos tempos em que Abrão Salituri (me lembro sempre deste nome em cujas sílabas sinto um não-sei-quê de inefável) atravessava a nado a baía de Guanabara, inda não (1) se permitia que o semi-nu viesse fotografado nas revistas. Depois os Estados Unidos da América do Norte se mudaram pro nosso rancho e as revistas agora publicam as fotografias de todas as iaras do Flamengo, e outras praias. A tal de "sublimação" psicanalítica fazia com que dantes nós vivêssemos as mulheres nas estátuas; hoje a nudez feminina é tão fácil que a gente apenas (quase) contempla como estátuas, as mulheres.

Eu não nego a estas o direito de emancipação e de se despirem até demais porém estou muito lembrando esse lugar-comum achado diluvialmente pelos maridos, que consiste na graça de "consentir no despimento da mulher... do próximo". É lugar-comum e é verdade.

Mas o que fez eu me inquietar pela definitiva emancipação da mulher são concursos de beleza que nem o de agora. Não teve uma voz que se levantasse pedindo que nas concorrentes fosse medido também o grau de inteligência, o contingente de cultura, etc. Corpo, corpo só. Não duvido, Deus me livre! que as concorrentes sejam todas mocinhas cultas porém o próprio conceito de concorrência obrigava a determinar qual a mais culta. E não fizeram exame de português! Nem mesmo de caligrafia!!! E de inglês pois que a preferida vai pra Galveston? Me dirão: Não carece.

Reflitamos sobre este "Não carece". Não haverá um médico no mundo que indo a um concurso de beleza de sabença médica em Galveston, não careça de saber o inglês ou o francês. Se não: chega lá e a boniteza dele não será percebida por ninguém. Se na verdade nós dizemos que a mulher pra ser mulher não carece do inglês pra ir a Galveston, no fundo é que nós sabemos que não tem mulher pra ser mulher neste mundo difícil, que não se faça compreender pelo sorriso e pelo olhar. Mas não será rebaixamento do "eterno feminino", reduzir a dona a essa linguagem sumária? É! Isso não tem que guerê nem pipoca. E tudo isso vem apenas prejudicar a emancipação da cunhã.

Em todo caso esse abandono completo, aceito e universal da inteligência num concurso de beleza, é bom pra demonstrar mais uma vez que o Belo é um fenômeno puramente sensorial, inteiramente (pelo menos ele!) emancipado da inteligência. E eu podia ainda nesta ordem de matutações provar que se o Belo é tão a intelectual assim, inda persevera moral... Não provo pra não chocar o bom sentimento dos leitores democráticos.

Mas o que eu estou pensando é num jeito da mulher continuar nos tão agradáveis concursos de beleza sem que isso prejudique a emancipação dela. Vejo um. Como se sabe entre os animais e mesmo entre os humanos de vida primária esses concursos são feitos entre os seres masculinos. O sabiá que canta mais bonito é o preferido pela sabiazinha disponível no momento. Nas tribos africanas, oceânicas, ameríndias o homem é que se embonita, com penachos, lapos e penduricalhos. Porém isso não prejudica a emancipação dos machos (a não ser entre aqueles animaizinhos delicados em que madame acaba papando o companheiro) porque se deu uma deformação muito sábia do sentimento do Belo. O sabiá que canta mais forte, o índio que tem mais enfeites ganha o prêmio. Ora ele é justamente o mais emancipado, é... (como é agradável a terminologia filosófica!) é o "emancipado em si", isto é, o que mais forte se mostrou em se libertar do ramerrão, do comum dos mortais. Não é o corpo que ele mostra. Em verdade é a emancipação. As mulheres podiam fazer o mesmo. Eu proponho desde já aos antifeministas de Galveston um concurso de mulheres enfeitadas.

MÁRIO DE ANDRADE

Nota M.A.:

(1) Correção à margem do recorte; no original: "... inda se permitia..."

Notas da pesquisa:

1. Mário de Andrade, que já lançara mão das idéias de Freud para analisar a criação em *A escrava que não é Isaura* (1922-24), está agora refletindo sobre a problemática da sublimação, do recalque e da transferência, existente no sentimento amoroso do homem. Seqüestro é a expressão que encontra para significar o conjunto. Aplica suas conclusões no ensaio sobre os poetas românticos brasileiros ("Amor e medo", 1928) e em estudos sobre literatura popular, descobrindo e analisando a temática da Dona Ausente ("O seqüestro da Dona Ausente", 1942).
2. O parágrafo final marca a valorização do primitivo, ponto importante no ideário do escritor.

DIÁRIO NACIONAL. Sábado, 27 de abril de 1929

TÁXI: A LINGUAGEM — II

Outro dia eu afirmava que a linguagem, instrumento criado pra servir às necessidades da nossa inteligência, era por isso mesmo incapaz de expressar a totalidade da nossa vida sensível. Simplesmente porque a vida sensível excede ao conjunto de faculdades que nos levam ao conhecimento intelectual.

O defeito principal da linguagem em relação à sensibilidade humana está em que esta evolui e se engrandece à medida que o conforto na vida material e maior excitação na vida espiritual mais hipersensibilizam o homem e mais lhe dão lazeres pra se viver a si mesmo. Enquanto isso a linguagem permanece exclusivamente intelectual. A linguagem abstrai. A hipersensibilidade analisa. A linguagem quer analisar também. Mas como ela é e não pode deixar de ser uma abstração (pois que é instrumento puramente intelectual) quanto mais se perde em particularizações analíticas mais perde a sua força expressiva da vida sensível.

Amor. Toda a gente sabe o que é o amor. A palavra expressa bem, forte, remexendo a faca no lapo: machuca. Está claro que não vou chegar à conclusão pessimista de que a linguagem não pode ir além dessa expressão vaga apesar de tão forte. Pode. É mais complexa e, posso dizer, mais humana que isso. Desenvolveu-se criando abstrações mais particularizadas da vida sensível amorosa. Criou-as até o ponto em que as abstrações intelectuais do sentimento do amor eram expressivas, correspondiam ao sentir de todos duma fala determinada. Chegando nesse ponto parou. Parou porque d'aí pra diante se tornava um instrumento de expressão da vida sensível total e portanto irreconhecível pela inteligência. Porque, de fato, se eu chamasse por exemplo de "quaraquaquá" à sensibilidade muito pessoal de ...ironia táctil que, eu tenho todas as vezes que vejo um elefante, ninguém me compreenderia. E se eu falar em "ironia táctil", caio numa análise abstraideira impossível, com que talvez muitos espíritos poderão se comprazer divertidos. Mas ninguém no mundo poderá falar que me entendeu de verdade. "Porque nem eu próprio me entendi". Simplesmente porque campeei expressar um momento sensível particular, analítico, um... estado cenestésico (1) inabstraível, que não alcança nem interessa às minhas faculdades de abstração, à inteligência. "Ironia táctil" funciona pois feito metáfora inautentificável, sem valor expressivo nenhum portanto. Na verdade o tal meu sentimento só podia ser expresso por "quaraquaquá". Porém esta palavra "pros outros" seria tão inútil e inexpressiva como "ironia táctil" por não corresponder a uma abstração universal.

Isso é tão verdade que até certos sentimentos, generalizados, facilmente abstraíveis e por isso passíveis de serem expressos em linguagem, nem todos os homens da humanidade possuem.

Existem por exemplo os sentimentos raciais que nem "sehensucht", "longing", "saudade" que são intraduzíveis. Hoje estou convencido disso. A faculdade sonhadora do alemão fez do sentimento de ausência uma procura de ver... e de visões. A experiência ilhada dos ingleses fez do mesmo sentimento (aqui quase uma sensação...) um encompridamento através mares. Nós, herança lusa, nós não reagimos contra a soledade nossa, ai, que preguiça! e a enviamos em saudades para a pessoa que nos faz sofrer.

MÁRIO DE ANDRADE

Nota M.A.:

(1) Correção; no jornal: "anestésico".

Nota da pesquisa:

Referência ao Seqüestro da Dona Ausente que está pesquisando na Literatura popular. Em síntese: o sentimento amoroso do português, sempre em busca da mulher que ficou além dos mares, teria imprimido caráter na psicologia do brasileiro, o qual, conforme atesta a Literatura popular e mesmo a erudita, valoriza a mulher na medida de sua impossibilidade.

DIÁRIO NACIONAL. Domingo, 28 de abril de 1929

TÁXI: A LINGUAGEM — III

Mais duas observações pra acabar.

Outro dia notei que linguagem, como instrumento de expressão, não se contentando com valores muito vagos como "amor", "ódio", "tristura", etc. enriquecia o vocabulário desses sentimentos até o ponto em que as modalidades deles eram gerais, de todos e portanto passíveis de abstrações intelectuais. Depois parava ao passo que a sensibilidade humana não parava de se desenvolver.

Disso origina o drama, não sem grandeza, de muitos escritores contemporâneos, especialmente de Proust. É fora de discussão, creio, que Proust ou ainda o Conrad do "Tufão" quiseram expressar literariamente a maior totalidade atingível da vida sensível. Porque ninguém negará que toda arte é representação expressiva de estados-de-sensibilidade, imaginando com isso que reproduziam, expressavam o efeito, isto é, o próprio estado-de-sensibilidade. Ilusão pura. Continuavam dentro das causas, dentro de muitas causas porém não de todas. De fato: é possível ajuntar mais de 120 causas determinantes de tal momento atmosférico e mais duas mil sensações inteligíveis, olhando Albertina dormir. Escreveram mais comprido. Mais explicado. Porém não mais expressivamente nem mais efetivamente naquela parte em que a vida sensível escapole da inteligência e da linguagem.

Há fenômenos, mais propriamente individuais que seculares consistindo na coincidência da linguagem com a sensibilidade. É o momento em que a sensibilidade dum indivíduo não o interessa além dos poderes de abstração da inteligência. Se esse momento coincide com uma linguagem suficientemente desenvolvida na sua parte expressiva da vida sensível, surge na literatura o "escritor clássico".

Outra observação me foi sugerida por A. Couto de Barros. Ele verificava semana faz, que a gente tem muito o costume de quando não entende uma coisa, explicá-la por uma palavra. E pronto: se fica satisfeito como se a explicação estivesse total. Quando de fato não houve explicação nenhuma, apenas substituição dum estado interrogativo pela abstração léxica dele.

76

E agora é fácil de se reconhecer a precariedade expressiva da linguagem em relação à vida sensível. No táxi passado, querendo exprimir o estado-de-sensibilidade em que fico vendo um elefante, acabei fatalmente no ilogismo verificado por Couto de Barros e chamei a coisa de "estado cenestésico". Não tem dúvida que as formas, as cores, as linhas, movimentos, etc., do elefante, o cheiro dele, os pensamentos, as sensações de medo, de ridículo, de feiúra, etc. provocados por ele, despertaram em mim um dinamismo físiopsíquico novo. Portanto um "estado cenestésico". Mas que exprimem estas duas palavras? Absolutamente nada de nada. Estão certas porém são uma pura abstração científica que verifica uma realidade, mas como esta realidade não interessava, não podia ser expressa pela inteligência, a inteligência trocou-a por uma palavra e lá se foi muito lampeira sem ter expressado coisa nenhuma. Houve uma substituição apenas que pôde satisfazer talvez às exigências da minha consciência intelectual mas que não exprimiu a minha vida sensível nem pra mim, nem pros outros.

MÁRIO DE ANDRADE

Nota da pesquisa:

A. Couto de Barros: Antônio Carlos Couto de Barros. Jornalista, diretor do *Diário Nacional:* um dos fundadores do Partido Democrático e do jornal, participante da roda modernista de São Paulo.

DIÁRIO NACIONAL. Sexta-feira, 3 de maio de 1929

TÁXI: MACOBÊBA

No geral tenho um pouco de fadiga diante das assombrações. Acredito nelas e sei que elas são um fornecimento contínuo de sensações intensas, porém, me cansa a precariedade plástica que elas tem. Falta invenção pra elas duma forma exasperante.

Inda agora está aparecendo no sul litorâneo de Pernambuco uma assombração muito simpática. É o chamado Macobêba, bicho-homem num tamanho arranha-céu, gostando muito de beber água do mar e queimar terras. Onde passa fica tudo esturricado, repetindo a trágica obsessão nordestina pelas secas e, por causa da mesma obsessão, o Macobêba sedento, bebe até água do mar. E tanta que as marés estão desordenadas por lá e às vezes o Atlântico baixa a ponto de aparecerem baixios onde nunca olhar de praieiro ainda pousara.

No corpo o Macobêba é apenas um exagero. Mas não tem nada de original. Gigante feio mas cabeça, tronco e membros. Cabelo em pé, quatro olhos e rabo metade de leão, metade de cavalo. Faz o que no geral fazem todas as assombrações desse gênero: assusta, mata, prejudica. Só teve até agora uma deliciosa prova de espírito: carrega sempre uma vassoura de fios duros maravilhosamente inútil. Não serve-se dela pra nada. Ora por que será que o Macobêba traz uma vassoura na mão?

Muito provavelmente essa vassoura é uma reminiscência daquelas bruxas que montavam cabos da tal, quando partiam prás cavalhadas do Sabá. Muito provavelmente. Porém a grandeza do Macobêba está em trazer uma vassoura inteira e não se servir dela pra nada. Nisso reside a simpatia do grande monstro.

Só uma vez na minha vida estive em contato... objetivo com uma assombração. É verdade que eu era bem rapaz ainda e podem argumentar que eu estava com medo. Não estava não. Minha tia agonizava na casa pegada e nós, meninos, meninas e excesso de criadagem tínhamos sido alojados no vizinho pra evitar bulha à chegada geralmente solene da morte. Era uma sala-de-jantar não muito grande, cheia por nós. Ninguém tinha vontade de rir, estávamos principalmente surpreendidos. De repente, da porta da copa surgiu no ar um pano grande bem branco. As criadas depois ex-

78

plicaram que era um lençol porque este é muito plausível na história das assombrações porém já naquele tempo não aceitei sem relutância a explicação das criadas. Hoje, quanto mais friamente analiso as lembranças mais me convenço de que não era um lençol não. Era um pano. Ou, por outra: nem era um pano exatamente, era um ser humano, disso estou convencidíssimo, porém desprovido de forma humana e possuindo a consistência e o provável aspecto físico dum pano. Surgiu no ar, atravessou em passo de transeunte o ar da sala, desapareceu no corredor escuro. Eu vi. Todos vimos ao mesmo tempo. Ninguém não exclamou:

— "Vi uma assombração!" Nada. Todos estávamos estarrecidos e uma criada, só um minuto depois, falou: — Foi lençol. Então fomos chamados pra chorar.

MÁRIO DE ANDRADE

Notas da pesquisa:

1. Foi conservado o acento original na palavra "Macobêba", para caracterização mais fiel.
2. A crônica foi incluída por Mário de Andrade na coletânea *Os filhos da Candinha*, Obras Completas, 1943.

DIÁRIO NACIONAL. Quarta-feira, 8 de maio de 1929

TÁXI: PESSIMISMO DIVINO

Essas minhas matutações pessimistas sobre a linguagem vão me permitir publicar agora certas conclusões que me tem sido de utilidade vasta na normalização da vida. Da minha vida.

Os estetas musicais são muito vaidosos. Vivem sempre repetindo que a música exprime a sensibilidade humana em suas partes mais profundas. E tão profundamente que essas expressões não podem ser traduzidas por palavras. Vejo nisso uma barafunda ingênua de verdade e bobagens.

Não tem dúvida nenhuma que a música é uma expressão. Simplesmente porque toda criação humana é expressão. Uma panela de cozinha é também expressiva duma precisão humana. Não tem dúvida ainda que a música é expressão dum estado-de-sensibilidade. Simplesmente porque todas as artes o são e não podem deixar de o ser. Toda invenção humana é proveniente dum estado-de-sensibilidade. Dum "estado lírico" como falei na *Escrava que não é Isaura*. Aceito ainda que às vezes a música seja expressão de estados líricos intensos substituindo "profundeza" que é metáfora por "intensidade", mais legítimo. Carlos Gomes inventando a ária "ciel di Paraíba" estava certamente num estado lírico muito mais intenso que quando inventou as graças leves e amaneiradas da balada de Cecília.

Porém — e nisso está a falsificação primeira — as expressões musicais não são absolutamente mais elevadas, nem mais vastas, nem mais misteriosas que as das outras artes. Haverá estado-de-sensibilidade mais profundo que o expresso por Gonçalves Dias no "I-Juca-Pirama"? que o que permitiu ao Aleijadinho inventar a fonte de S. Francisco? Uma afirmação daquelas é apenas ridícula.

E quanto à intensidade que a música possui de fato mais perceptível, mais real que a de certas outras artes, isso é um fenômeno puramente fisiológico, o som tendo sobre nós maior poder dinamogênico que a cor estática e o volume estático de pintura e escultura. Porém justamente a palavra e até o desenho em movimento (bailado, cinema) são mais eficazes que a música sob o ponto-de-vista de intensidade sensível pois que deixam a gente com nó na garganta, arrancam gargalhadas, fazem chorar, convertem, provocam arrependimentos, tudo profundezas e elevações fisiológicas e morais que a música por si, desprovida de palavras e de representação, é incapaz de despertar.

E os estetas musicais repetem o caso da profundeza inexprimível por palavras, da música como se isso fosse propriedade da música só. É o segundo erro. Não tem dúvida que a expressão da vida sensível que provoca a realização da Música e que as músicas provocam na gente, são intraduzíveis por palavras. Porém isso se dá com todas as artes na parte que se refere à expressão da vida sensível que as provoca e elas provocam na gente.

Um indivíduo por várias causas especialmente impressionável, gosta de música, dá atenção especializada (nem isso é preciso) pra ela.

De sopetão ele se vê numa comoção especial, que a inteligência não pode descrever, que ela só pode abstrair chamando essa comoção, por exemplo, de "estado-de-musicalidade". Se o indivíduo é criador, esse estado-de-musicalidade o leva a criar uma música. Essa música deslancha na gente o que? Um estado sensível, intraduzível pela inteligência e que esta só pode abstrair chamando-o de novo de "estado-de-musicalidade".

Pois o mesmo se dá com todíssimas as artes. É um estado-de-sensibilidade plástica que produz tal agenciamento de cores, linhas, volumes, o qual irá provocar na gente um estado-de-sensibilidade plástica também. Na verdade as artes são todas intraduzíveis umas pelas outras e todas são igualmente elevadas ou ...profundas.

MÁRIO DE ANDRADE

DIÁRIO NACIONAL. Sexta-feira, 10 de maio de 1929

TÁXI: MEMÓRIA E ASSOMBRAÇÃO

Agora que já diminuí bastante o valor da linguagem como instrumento expressivo da nossa vida sensível, conto um caso que exprime bem a força dominadora das palavras sobre a sensibilidade humana. Quem quer que reflita um bocado sobre a palavra há-de perceber que mistério poderoso se entocaia nas sílabas dela. Um amigo tive que às vezes, na rua, parava, nem podia respirar mais, imaginando suponhamos na palavra "batata". "Ba-ta-ta" que ele se repetia assombrado. Gostosissimamente assombrado. De fato a palavra pensada assim não quer dizer nada, vive por si, as sílabas são entidades grandiosas, impregnadas do mistério do mundo. A sensação é formidável. Porém o caso que eu quero contar não é esse não, e se passou com a minha timidez.

Entre as pessoas que mais estimo está Prudente de Moraes, neto, o escritor que tanto fez com a revista *Estética* pra dar uma ordem mais serena pro movimento das nossas letras modernas. Há muitos Prudentes nessa família e nós na intimidade tratávamos o nosso amigo por Prudentinho.

Uma feita este Prudente de Morais, neto veio a S. Paulo e fui visitá-lo. Cheguei no portão duma casa nobre, alta como a tarde desse dia. Uma senhora linda tornava tradicional um jardim plantado entre duas moças. Meu braço aludiu à campanhia com delicadeza e uma das moças me perguntou o que queria. Secundei que queria "falar com o Prudentinho". A moça me contou que o Prudentinho estava no Rio.

— A senhora me desculpe mas hoje mesmo ele telefonou pra mim...

Ela sorriu:

— Ah! então é o Prudentão.

Fiquei numa angústia que só vendo, e senti corpos de gigantes no ar. Jamais um aumentativo me fez perceber com tanta exatidão a malvadeza humana. De certo a moça teve dó porque esclareceu:

— Naturalmente é o Prudentão, filho do dr. Prudente de Morais...

— Deve ser, minha senhora!... arranquei da minha incompetência.

Então a moça foi boa pra mim e respondeu que o Prudentão não estava. Fugi com tanta afobação da casa do gigante, uma casa mui alta, fugi com toda a afobação.

Estava muito impressionado e passei uma noite injusta. Não é que sentisse medo nem sentira — positivamente eu já não posso ter medo de gigante — porém tivera a sensação do gigante, me comunicara com ele e ele produzia em mim efeitos de estupefaciente. Eu enxergava um despotismo de Prudentes sobre um estrado muito comprido, procurava, procurava e não achava o conhecido meu. Quando cheguei lá no fim do estrado, enxerguei novo estrado cheio de novos Prudentes... Eram todos de certo encontradiços de rua porque alguns rostos pude identificar, por estarem nas memórias desse dia. Um fulano parado na esquina, me lembrava bem...

Veio um momento em que não pude sofrer mais e reagi! Murmurei com autoridade: Prudentico. Essas confianças que se toma com os companheiros são bem consoladoras... Nos inundam de intimidade, dessa intimidade que é a presença de nós mesmos. Então dormi.

É sempre assim. As memórias que a gente guarda da vida experimentada vão se enfraquecendo cada vez mais. Pra dar pra elas ilusoriamente a força da realidade nós as transpomos pro mundo das assombrações por meio do exagero. Exageros malévolos ou benéficos. Um dos elementos mais profícuos de criar esse exagero é a palavra. Poesias, descrições, ritos orais...

É um engano isso de afirmarem que a gente pode reviver, tornar a sentir as sensações e os sentimentos do passado. As memórias são fragílimas, degradantes e sintéticas pra que possam nos dar a realidade que passou tão complexa e grandiosa. Na verdade o que a gente faz é povoar a inteligência de assombrações exageradas e secundariamente falsas. Esses sonhos de acordado, poderosamente revestidos de palavras, se projetam da inteligência pros sentidos e dos sentidos pro ambiente exterior, se alargando cada vez mais. São as assombrações. Diferentes pois das sensações, as quais do ambiente exterior pros sentidos e destes pra inteligência vêm se diminuindo cada vez mais. E essas assombrações por completo diferentes de tudo quanto passou é que a gente chama de "passado"...

MÁRIO DE ANDRADE

Nota da pesquisa:

A crônica foi incluída em *Os filhos da Candinha*, 1943.

DIÁRIO NACIONAL. Sábado, 11 de maio de 1929

TÁXI: SINHÔ

Sinhô, autor de *"Pelo telefone"*, autor de *"Jura"*, está em S. Paulo, e de pinho em punho. Vai dar um recital com as obras dele, dizem, e será uma curiosidade satisfeita escutar Sinhô em carne e osso. Sinhô é poeta e músico. Do Brasil? Me dá uma angústia atualmente imaginar em Brasil... É uma entidade creio que simbólica este país. Realidade, não me parece que seja não e quanto mais estudo e viajo as manifestações concretas do mito, mais me desnorteio e, entristecer, não posso garantir que me entristeço: me assombro. Na verdade, na verdade este nosso país inda pode dar esperança de si... Mas é simplesmente porque arromba toda concepção que a gente faça dele.

Porém, Sinhô se não é brasileiro, é carioca. Pouco me incomodo de saber onde nasceu. Sinhô é carioca na música e na poesia dele.

Possui nos textos incomensuráveis que inventa aquela safadice pura com que o carioca fala em "catedrais do amor". Agora já estou querendo me afastar do assunto mais uma vez porque minha experiência está gritando aqui dentro:

— O carioca não existe ou é o Brasil!

Essas maneiras sintéticas da experiência gritar são as mais das vezes muito falsificadoras. De fato o carioca existe como entidade psicológica, muito embora de fato, sejam no geral muito menos cariocas os seres nascidos no Distrito Federal, que os brasileiros e estrangeiros atraídos pelo Rio de Janeiro. São estes, os que deixaram a consciência e o caráter e tudo na ilha de Marapatá, os que fazem a entidade psicológica bem merecedora do qualificativo "carioca".

Mas será um erro grave porém, imaginarem que estou insultando o carioca por afirmar que ele deixou consciência, caráter e tudo na ilha de Marapatá. Deixou sim, mas foi no que esses valores psicológicos e morais são "em geral", são ao mesmo tempo britânicos, fascistas, comunistas e republicanos do Brasil. O carioca é principalmente isso: uma experiência do ser da qual a inteligência se fez simples espectadora. É o divertimento (aliás sem egoísmo) da inteligência que caracteriza especialmente o carioca. Se abandonou as forças psicológicas e os valores morais na ilha de Marapatá, abandonou-os apenas como reagentes. O que não quer dizer que os não possua ou readquira, naquela parte em que essas forças e valores são resultantes ou concomitâncias naturais do ser biológico, não digo "racional" mas "superior". O homem é o rei dos animais. E é por essa maneira da inteligência se comprazer curiosa com as reações naturais do ser superior, que há cariocas carioquíssimos e ao mesmo tempo admiravelmente nobres, admiravelmente providos de caráter, moral, etc.

Mas junto disso ele conserva pra sempre, pra sempre o tornando perdoável, aquele riso da experiência divertida, aquela leveza de borboleta, ingenuidade originalíssima, esperteza defensiva que só mesmo os índios, as crianças e... os cariocas possuem. E a sensualidade.

Quem for escutar Sinhô perceberá tudo isso nos poemas cantados que ele inventa. É possível que percebam também banalidades na obra dele. Banalidades não. Vulgaridades, as quais serão banalidades apenas pros indivíduos que não sabem reaprender todos os dias, certos fenômenos, certas reações essenciais do "rei dos animais" diante do amor, da pândega e da sociedade.

Mas nisso quem tem a culpa não é Sinhô, não é a criança, não é o carioca, não. É o outro. É o rei dos animais que se supõe culto. Ao passo que Sinhô é o rei do samba que é realmente gozado.

MÁRIO DE ANDRADE

Nota da pesquisa:

"... deixou consciência, caráter e tudo na ilha de Marapatá."
Referência já explorada por Mário de Andrade em *Macunaíma*, capítulo 5. Deixar a consciência na ilha de Marapatá, foz do Rio Negro, significa abandonar todas as restrições de ordem ética, como faziam aqueles que iam se empenhar na busca de riquezas nos seringais. A tradição foi registrada por Osvaldo Orico e é estudada por Cavalcanti Proença no *Roteiro de Macunaíma*.

DIÁRIO NACIONAL. Sexta-feira, 17 de maio de 1929

TÁXI: SÃO TOMÁS E O JACARÉ

Sempre me lembro que um dos momentos mais espirituais da minha vida foi assistir ao almoço dum jacareassu. Que bote angélico ele deu...

Foi no museu Goeldi, um dia de maio, dois anos atrás. O jacaré monstruoso, imóvel, espiando pra nós entredormido. O empregado atirou o pato mais de meio metro acima da água, jacaré só fez nhoque! Abocanhou o pato e afundou no tanque raso. A gente percebia bem na clareza da água o pato atravessado na bocarra verde. Nem jacaré nem pato se mexiam. Não houve efusão de sangue, não houve gritos nem ferocidade. Foi um nhoque simples "e o espírito de Deus voltou a se mover sobre a face das águas", como no eco maravilhoso de Manuel Bandeira.

Ah! aquele bote de jacaré me deixou num estado de religiosidade muito sério. Palavra de honra que senti Deus no bote do jacaré. Que presteza! Que eternidade incomensurável no gesto! e sobretudo que impossibilidade de errar! Ninguém não erra um bote daqueles e com efeito o pato lá estava sem grito, sem sangue, creio que sem sofrimento, na boca do bicho. Um susto grande e um delíquio do qual passara pra morte sem saber. E da morte pra barriga do jacaré.

E o bicho tão quieto, com os olhos docinhos, longo e puro, tinha um ar de anjo. Não se imagine que chego à iniciativa de povoar os pagos celestes com jacarés alados. Não é questão de parecença, é questão de "ar": o jacaré tinha um ar de anjo. Percebi no nhoque, invisível de tão rápido, aquele conhecimento imediato, aquela intelecção metafísica, atribuída aos anjos por São Tomás. Eh, seres inteligentes, a superioridade dos irracionais sobre a gente, reside nessa integridade absolutamente angeliforme do conhecimento deles. É fácil de falar: o jacaré intuiu pato e por instinto comeu pato. Está certo porém nós seccionamos em nós mesmos a sensação, a abstração, a razão e em seguida a vontade que deseja ou não deseja e age afinal. Nos falta aquela imediateza absoluta que jacaré possui e que o angeliza. O bicho ficou por assim dizer pra fora do tempo naquele nhoque temível. Ver pato, saber pato, desejar pato, abocanhar pato, foi tudo um.

86

O gesto nem foi um reflexo, foi de deveras uma concomitância e fez parte do conhecimento. Por isso é que eu percebi o ar de anjo do jacareassu.

Passou um quarto de hora assim. Então com dois ou três arrancos seguidos o jacaré ajeitou a comida pra começar o almoço. A água se roseou um bocado, era sangue. Isso me fez voltar daquele sentimento de divindade a que me levara o bote do bicho. Senti precisão de me ajeitar também dentro do real e como era no museu Goeldi fui examinar a cerâmica marajoara.

Nossa vingança terrestre é que o jacaré com a intuição extemporânea não gozara nada. Só mesmo quando a água principiou roseando é que possivelmente sentiu gosto na comida e gozou. Gozou pato. Gozou pato da mesma forma com que a gente abre os olhos e enxerga um desperdício de potes coloridos. A gente exclama "Que boniteza!" com a mesma fatalidade com que o jacaré... conheceu "É pato" e nhoque. Da mesma forma não, porém. Nossa lentidão humana permitiu abstrair dentro do tempo e designar a boniteza da cerâmica marajoara. O jacaré jamais gozará pato nesta vida. O que pra nós é Verdade pra ele não passará nunca de Essencialidade. Falta o princípio de contradição pra ele e os jacarés serão eternamente e fatalizadamente... panteístas. Só em nós bate gosto de sangue na língua. E a vida principia então a ser gozada.

MÁRIO DE ANDRADE

Nota da pesquisa:

A visita de Mário de Andrade ao Museu Goeldi em Belém, deu-se durante sua primeira "viagem etnográfica", realizada entre maio e agosto de 1927. Percorre através do Amazonas e seus afluentes, os estados do Pará e do Amazonas, chegando até Iquitos, no Peru.

DIÁRIO NACIONAL. Sexta-feira, 24 de maio de 1929

TÁXI: AMADORISMO PROFISSIONAL

Nas artes que precisam de intérprete, e utilizam o palco está se intensificando agora uma deformação muito prejudicial: a dos amadores profissionais.

Amadores sempre houve... É uma gente no geral amável, prazer agradabilíssimo nas reuniões de família em que a gente aplaude sem deixar sinal. E mesmo na arte dramática, em tempos bem mais curiosos que os de agora, o teatro quase que viveu nos círculos de amadores.

Mas agora as vaidades andam mais expostas que as finanças nacionais, e o amadorismo passou dos assustados e aniversários pros teatros públicos a tantos milréis o bilhete. Ser amador hoje é uma profissão verdadeira.

O sr. Pafúncio Margarinos Bretas, nome que positivamente ninguém neste mundo consegue ter, de primeiro foi um moço muito bem intencionado. Possuía uma voz agradavelzinha, dedilhava com regular sengracidão o manso pinho, sabia sorrir no meio da cantiga e introduzir nela quando senão quando umas inflexões safadetes de fantasioso sal.

Nas horas vagas estudava a ciência veterinária. Mas que adorável bigodinho o bigodinho do sr. Pafúncio Margarinos Bretas! As donas elangueciam quando o bigodinho entoava a arte nacional das emboladas e lundus. Se reuniram as donas e sob o pretexto de que o sr. Pafúncio carecia de ir a Caldas tratar do artritismo, obrigaram-no a dar um recitalzinho no salão do Conservatório. Foi o começo do fim. A festa rendeu uns contos inesperados que fizeram o sr. Margarinos sarar do artritismo sem Caldas nem Urodonal, nos braços de outras donas que não freqüentavam assustados nem patrocinavam recitais.

Acabados os contos, o sr. Bretas se lembrou que uma das donas da classe das patrocinadeiras, possuía parentes em Ribeirão Preto, a pérola do Oeste. Foi falar com ela. Arranjou-se um recitalzinho lá. E como Ribeirão Preto sempre é Ribeirão Preto, cidade do interior apesar de pérola, o sr. Pafúncio deu logo a festa no teatro principal da pérola. Rendia mais e o público todo podia aplaudir com exorbitância a arte amadora, o violão, as inflexões e bigodinho de quem não pensava mais em veterinária.

Ribeirão Preto, Araraquara, Jundiaí, Caçapava, Pindamonhangaba, Pirassununga, cidades guaranis ou portugas no batismo... Lá vem o sr. Pafúncio Margarinos Bretas passar bilhetes pra mais um recital!

Agora estudemos a situação. São profissionais ou são amadores esses amadores profissionais? O passar bilhetes, que pro artista verdadeiro sempre foi um rebaixamento humilhante, é de deveras a única virtuosidade desses amadores do profissionalismo. Socorrem-se das relações (alimentam muitas relações!...) socorrem-se das crônicas sociais dos diários, socorrem-se das influências políticas. Socorrem-se de todos os meios, honestos mas imodestos, contanto que os bilhetes sejam passados. E muitas vezes vivem exclusivamente disso. Portanto são profissionais legítimos esses amadores.

Porém a arte deles não passa dum brinquedo inocentinho de aniversário. Não fazem o mínimo esforço pra se educarem no ramo a que profissionalmente se dedicaram. O violão? São detestáveis no violão. Não conhecem o que seja uma cadência perfeita, são incapazes dum ponteio sem falhar som. A voz continua a mesma que Deus inventou: agradavelzinha e natural. Nenhum apuro, nenhuma educação, uma diferença de registros medonha. Os programas são o "supra-summum" da irregularidade e do mau-gosto. Junto duma preciosidade popular a cócega banal de algum compositorzinho reles. Ignorância artística, nenhum preparo técnico. Portanto são amadores legítimos esses profissionais.

E no que se fica? A crítica não pode exercer a sua severidade, por mais respeitosa que esta seja, porque a crítica não tem nada que ver com o amadorismo. Porém o fato é que sob a desculpa de amadorismo em recitais contínuos, vários por mês, os teatros se abrem, o público aparece e a arte se desvirtua na facilidade, na incompetência e no banal.

MÁRIO DE ANDRADE

DIÁRIO NACIONAL. Sábado, 25 de maio de 1929

TÁXI: FALA BRASILEIRA — I

Estou imaginando que já é bem tempo de eu dar os meus pontos-de-vista sobre essa questão da fala brasileira. Questão, não tem dúvida nenhuma em que entro abonado com alguns meritozinhos de coragem e muitos pecados de abuso pessoal e alheio.

Hei de dar aqui as viagens principais da minha aventura. Mas por hoje falo apenas sobre a interrogação da existência ou não existência da fala brasileira. Roquette Pinto levantou a caça neste jornal mesmo e João Ribeiro como bom amador dessa tigre temível, perseguiu-a ontem neste mesmo rincão nosso.

Pra mim, há um defeito principal no modo com que andam encarando o problema. Estão fazendo uma caça cheia de técnica e regras. Resultado: todos se perdem num cipozal medonho de critérios científicos e definições difíceis. Que nem o caso de saber direito o que é, o que não é dialeto...

As línguas, antes, ou pra fora de serem um fenômeno científico, são um fenômeno social. Pra um espírito pragmático feito o meu, está claro que o fenômeno social importará muito mais que pesquisar de pura abstração ideológica.

Existe uma língua brasileira? Secundo sem turtuvear: — Existe.

— Por que existe?

Porque o Brasil é uma nação possuidora duma língua só. Essa língua não lhe é imposta. É uma língua firmada gradativa e inconscientemente no homem nacional. É a língua de que todos os socialmente brasileiros têm de se servir, se quiserem ser compreendidos pela nação inteira. É a língua que representa intelectualmente o Brasil na comunhão universal.

— Mas essa língua é o português.

— É *também* o português. Nas suas linhas gerais mais eficientes não tem dúvida que a fala brasileira coincide com a língua portuguesa.

90

— E como esta já existia, já tinha o nome de "língua portuguesa" e, seja pelo que for, foi adotada pela gente, segue-se que nossa língua é o português e não o brasileiro.

— Raciocínio lógico e científico o de você. Está completamente errado.

Aqui entra por várias portas de razão e bobagem, o sr. Medeiros de Albuquerque. Uma feita, discutindo um livro meu, o reminiscente crítico do *Jornal do Comércio* comentava um poema a que eu entitulara "O poeta come amendoim". E me ensinava que se eu queria com isso me mostrar muito brasileiro, enganara porque numa das enciclopédias fáceis o crítico bem sabia que o amendoim era "uma frutinha talvez originária da Síria". Cito de-cor mas creio que está bem certo porque nas rapaziadas da minha roda, a frase ficou por muito tempo como elemento de alegria.

Confesso que não sei ser o mendobi uma frutinha talvez originária da Síria. Mas sei que é uma frutinha existindo em muitas partes desse mundo, mas que pra nós caracteriza bem o Brasil principalmente as horas noturnas de evasão em que a gente mastiga o amendoim... Imaginem que não posso falar em cavalos nem marruás pra caracterizar ou evocar os pampas... Imaginem que não posso lembrar o café pra caracterizar S. Paulo só porque essa frutinha veio das profundas dos infernos só pra nos enganar mais uma vez! Que nem a borracha amazônica trás-ante-ontem... Que nem o oiro mineiro o mês passado...

É por isso principalmente que possuímos língua brasileira. Tenhamos a coragem de acabar com sentimentalismos pelo menos inúteis. Nós estamos hoje, nacionalmente falando, por completo divorciados de Portugal. A língua que os dois países falam, prá grande maioria dos homens e das nações evoca o Brasil. Porque o Brasil importa mais atualmente que Portugal. Não digo isso como satisfação patriótica. Não tenho esse gênero de satisfações, porque possuo as humanas, mais universais. É uma fatalidade, que, goste ou desgoste à alguém, nem por isso deixa de ser real.

Por outro lado nós vemos a mocidade geral do Brasil, bem ou mal fazendo, exagerando ou não, combatendo ou não: o certo é que desapercebida de Portugal e das regras, normas e exemplos da tradição lingüística de lá. E goste ou desgoste quem quer que seja, essa mocidade predomina e está fazendo o Brasil.

A verdade, verdade que já repeti com despropósito de vezes em artigos e mesmo em livro, é que nós não temos que nos importar com Portugal. Basta a gente se amolar com o Brasil, o que é já uma serviceira tamanha!... Coincidir ou não com

91

a língua portuguesa e o termos vindo dela: não nos importa socialmente nada. O Brasil hoje é outra coisa que Portugal. E essa outra coisa possui necessariamente uma fala que exprime as outras coisas de que ele é feito. É a fala brasileira. Não a minha, que não passa duma tentativa individual — própria da minha aventura. Na fala brasileira escreveram Euclides, Machado de Assis, João Ribeiro, etc. E eu.

MÁRIO DE ANDRADE

DIÁRIO NACIONAL. Quinta-feira, 30 de maio de 1929

TÁXI : ASCÂNIO LOPES

A revista *Verde*, fama de Cataguases, reapareceu agora com um número dedicado a Ascânio Lopes. Este foi um dos moços "verdes", um dos de mais esperança mesmo. Ficou hético e não durou muito. Morreu verdolengo ainda e pensar nele causa muito mal-estar.

Então os amigos quiseram honrar a memória de Ascânio Lopes e publicaram uma *Verde* nova. O que sempre será muito preferível a uma estátua. Oh! essas estátuas da amizade participando da povoação das ruas... É indiscretíssimo.

Uma revista "in memoriam" compreende-se. Uns lêem, outros não lêem, a revista é jogada fora. Só mesmo os que amaram o morto e os que fazem coleção da revista é que guardam o número. A coleção vai se valorizando cada vez mais. A memória do morto vai se desvalorizando com as fraquezas do sentimento e as coisas novas por fazer. Tudo isso é um bocado amargo de falar mas é verdade. E os amigos por isso aproveitaram enquanto a ferida sangrava pra lançar esta *Verde* que, no fundo, é esse sorriso incompetente, "Pobre Ascânio Lopes", com que nós, os companheiros dele, não nos conformamos com a desilusão que ele nos deu.

Ascânio Lopes, hão-de me permitir que o meu egoísmo terrestre suponha que ele está apenas vagamundeando pelos Andes. O arranco da partida inda estará muito vivo na integridade do morto pra que ele possa imaginar em nós. Receberá *Verde*, lerá inquieto os poemas que escreveu, deixou inéditos e a revista publicou. Um deles, "Sanatório", é admirável, os outros são quase bons. Os amigos, caso raro, souberam escolher. Porém Ascânio Lopes repara que um dos versos pode ser modificado, que uma palavra está mal. Há-de preferir outros poemas, quem sabe? E, principalmente, contemplando o que publicou e deixou, sentirá que foi pouco. "Pra quê vivi?" suspirará de manso. E continuará banzando nas altas montanhas.

Daqui a uns dois anos, quando a saudade dele estiver apagadíssima na gente, Ascânio Lopes, duma altura dos Andes, perceberá então que morreu mesmo. Amigos? O retrato dele se mecanizou nas memórias da parede: não dá pensamento mais, a gente o olha e não vê. Mas Ascânio Lopes saberá que a culpa é dele que foi-se embora. "Pra quê morri?" é que matutará consigo. Então Ascânio Lopes há-de escutar de novo aquelas trombetas temíveis que em vida já escutara uma vez. Porém agora não serão temíveis mais. Abrirão no ar aquelas pazes dos êxtases sem alegria. Os Andes numa bulha incomparável ruirão. Ascânio Lopes entrará num Paraíso "que ninguém sabe não", um Ascânio Lopes livre, livre de si mesmo e de nós. Pouco se amolando com poesia, com amigos, com o progresso do Brasil, com o filme novo que a Phebo lá de Cataguases estará compondo.

Eu sei que tudo neste mundo são lutas... Pra me entusiasmar com elas, resolvi fazer que, pelo menos as minhas, fossem todas exclusivamente esportivas: metches de futebol, duetos de boxe, corridas a pé. Acham ruim um meu poema? ganho um afeto novo? registro comigo:

Poesia versus Eu: 1 a 0

Amizade versus Eu: 0 a 1.

São impossíveis os empates porque os metches continuam até desempatar. E como a indiferença é ponto pros meus contrários, é fácil de conferir que perco mais do que ganho. E como sinto um prazerzinho nisso poderão imaginar que cultivo a dor. Não cultivo não. O prazer vem da lealdade quase rara de quem já aprendeu a confessar. Perdi.

Pois as relações entre vivos e mortos, me sinto sempre numa impossibilidade melancólica de revertê-las a jogos de esporte. Ascânio Lopes está livre da gente da mesma forma com que nós nos libertaremos gradativamente, rapidamente da desilusão que ele nos deu e da falta que nos faz. Houve empate? Não me parece que houve. Bateu de sopetão um pampeiro poento e nos cegou. Cada um se dirigiu a tonta pelo seu mundo de trevas. Quede Ascânio Lopes? Está nos Andes. O jogo parou no meio.

Resta apenas reconhecer que Ascânio Lopes tinha probabilidade de ganhar.

MÁRIO DE ANDRADE

DIÁRIO NACIONAL. Terça-feira, 4 de junho de 1929

TÁXI: DESINTERESSE

Um dos elementos mais sutis que entram na composição do conceito de Arte não tem dúvida que é o Desinteresse. Não há talvez nenhuma criação humana em que a prática prossiga desmentindo a universalização abstrata dessa criação, como a Arte. Se a gente generaliza a Arte pra chegar a um conceito essencial dela, a noção de Desinteresse avulta e se torna mesmo o elemento primordial da criação artística. Muito mais até do que a própria Beleza que neste mundo não passa duma contingência individualista ou, no máximo, historicamente relativa. A Beleza é uma conclusão que nós tiramos imediatamente da nossa experiência sensitiva; o Desinteresse é uma noção que nós adquirimos mediatamente da nossa experiência intelectual. A Beleza penetra violentamente no espírito da gente feito uma amante decisiva que chegou da rua e vem impregnada das coisas lá de fora. O Desinteresse não. Principia por não existir propriamente. Desmente a prática da vida e faz isso com uma insistência tão enquisilante que de deveras ele não pode existir senão pelo princípio de contradição. Por tudo isso a gente não põe reparo no momento em que a noção de Desinteresse entra no espírito. Nem se pode mesmo afirmar que "entrou no espírito". Simplesmente porque já estava nele. É talqualmente uma assombração que gradativamente se *materializa* em nosso espírito, desculpem.

E de certo é por causa desse grau tão intrínseco de espiritualidade existente na noção de Desinteresse que quando a gente quer elevar a Arte ao altíssimo grau da abstração e a despimos o mais possível de todas as contingências concretas dela, contingências individualistas, sociais, históricas, só mesmo o Desinteresse inda fica enluvando o corpo dela feito um "maillot" precário.

Mais que precário até porque basta a gente principiar assuntando a prática da Arte neste mundo, logo ela se veste de mais roupas, seqüestros, sublimações, derivativos, amores, liturgias. E o "maillot" desaparece. Fica lá por dentro invisível, suposto mas duvidoso, inutilizado pelas fatalidades da contingência. E muitas vezes mesmo foi despido e a Arte se deformou em namoro, em

95

conquista e principalmente em ganha-vaidade ou ganha-pão. O que não deixa de ser pelo menos infame.

Mas está claro que estas exceções por mais infamantes e numerosas que sejam, não impedem que a Arte exista como tal. Só resta verificar uma verdade mui dolorosa a respeito dessas exceções: é que os homens são maiores que melhores. Ação má não implica feitio mau; e muitas vezes o indivíduo que agiu levado pelos interesses mais vis cria uma obra esplêndida. Desse indivíduo nem a gente pode se vingar falando que "atirou no que viu e matou o que não viu"... Porque no geral ele matou o que não viu, está certo, porém matou também o que viu.

E esse indivíduo é que terá direito de se rir da gente e nos chamar de "bocós". O que aliás não nos invalida minimamente. Gesto que me assombra como um símbolo é depois de falar que não, Amador Bueno se retirando pro interior do convento. Não gozou nem mesmo os prazeres dessa negativa. Foi lá pra dentro ter paciência.

Isso é que nós podemos ter e aquele interesseiro pode não: paciência. Filosofismo de brasileiro, paciência, bem mais epicurista, bem mais cínica e elevada, bem mais geral que todas as vitórias e risos. A Bíblia que é livro de respeito, sabia muito bem disso quando contou que Deus criou o mundo numa porção de dias quando podia tê-lo feito num bote de jacaré.

MÁRIO DE ANDRADE

DIÁRIO NACIONAL. Quarta-feira, 5 de junho de 1929

TÁXI: DESINTERESSE — II

Ontem eu verifiquei que o Desinteresse era mesmo o elemento mais agarrado ao conceito de Arte. Era o "maillot" que ficava nela depois que a gente a despia de todas as contingências que se acumulam na prática artística.

Cheguei mesmo a dizer que o elemento Desinteresse era mais intrínseco à Arte que o elemento Beleza. Acho que é. E acho não só por causa da falacidade transitória da Beleza que se sujeita por demais aos imperativos históricos de moda, raça e indivíduo.

Me servi deste argumento ontem pra mostrar que a Beleza sendo um reflexo da vida exterior sobre a gente e o Desinteresse um reflexo do nosso espírito sobre as coisas por meio do emprego do princípio de contradição, o Desinteresse possuía um grau pelo menos mais fundamental de espiritualidade que a Beleza. E que talvez por isso quando a gente pretendia atingir a espiritualização mais elevada de Arte por meio duma abstração que nos desse o conceito livre dela, o Desinteresse, por mais exclusivamente espiritual, era mais propício a isso que a Beleza.

É um argumento curioso, não tem dúvida, e pra mim satisfaz bem; mas reconheço que falta pra ele aquele talento da evidência e que pode não convencer aos outros.

Porém é possível a gente imaginar mais sobre esses dados e aproximá-los da evidência.

Se de fato Desinteresse e Beleza fossem dois elementos distintos entrando na formação do conceito de Arte, como essas coisas não se medem a quilos, metros ou litros, não era possível adiantar nada de evidente sobre a primordialidade e valor conceitual dum desses elementos. Ficava-se na eterna dependência da sensibilidade: cada um conforme as reações do seu fígado miserável, do chá que bebeu em pequeno e outras mais contingências, podendo optar pela Beleza ou pelo Desinteresse, da mesma forma com que a gente se decide pelo azul ou pelo róseo.

Mas porém o fato é que Desinteresse e Beleza não são elementos desrelacionados e esta é filha daquele. A gente se servindo da Beleza pra criar a obra-de-arte e atingir a Arte enfim, não faz mais do que empregar um elemento que fortifique a função de desinteresse que a Arte tem. A beleza artística (que não tem nada que ver com a beleza natural) não é senão mais um meio com que a gente consegue tornar desinteressada a obra-de-arte e a Arte. E ainda por estas razões se pode reconhecer que, como afirmei na *Escrava*, a Beleza não é o fim da Arte, mas apenas uma conseqüência dela.

Agora me lembro que poderão argumentar contra mim, falando: — Mas que filha impossível essa que nasceu antes do pai!...

De fato a noção de Beleza deve de ter sido anterior no homem à noção de Desinteresse. Mas é que as paternidades no espírito não sujeitam-se às mesmas leis das paternidades objetivas. Também a obra-de-arte é anterior à Arte e não sei de quem ouse afirmar que não é a Arte que gera obras-de-arte. O mais que posso conceder é a verdade velha de que nada pára no espírito sem primeiro existir nos sentidos. Porém se a gente combina isso com a pré-existência das idéias platônicas banzando feito aérides do espaço, nos fica a paciência ilustre de nos sentirmos ao mesmo tempo muitíssimo materialistas e muitíssimo filhos de Deus.

A aventura mais chique das terras do espírito é que sempre a gente de sopetão encontra o rio já feito. Isso não quer dizer que o rio exista antes da fonte. Porém sempre nós teremos que subir o rio todinho pra numa quarta-feira enfim topar com as cabeceiras dele. O próprio Descartes que teve a vaidade de se imaginar descendo das cabeceiras pro rio, não fez mais do que topar com um corgo bem aquoso, falando o "Penso, logo existo"... Porque pensar não implica a existência nossa, implica tão somente a existência do pensamento. "Penso, logo o pensamento existe" eis as cabeceiras. Não me lembro quem já falou isso.

MÁRIO DE ANDRADE

DIÁRIO NACIONAL. Quinta-feira, 6 de junho de 1929

TÁXI: DESINTERESSE — III

Bem, agora vamos acabar com estas matutações idealistas sobre o Desinteresse no conceito de Arte, observando uma cousa curiosa. Ia acrescentar "que eu inventei", depois fiquei tremendo. Diante da fúria pensadeira e livresca dos nossos dias, já fica bem difícil da gente saber se de fato inventou alguma cousa. E é bem ridículo a gente, mesmo com humildade, bancar colombices no mar incógnito, quando apenas está abrindo uma porta aberta. Suponha-se pois que estou tremendo e apenas confessando que jamais não li o que vou verificar agora.

Os estetas, pelo menos depois que a escola evolucionista estabeleceu o caráter de brinquedo da Arte, sempre mais ou menos supuseram o Desinteresse como elemento da criação artística. A fórmula da "arte pela arte", a empatia inglesa, a distinção crociana entre arte e técnica, etc., afinal foram explicações, resultantes e até compromissos contemporizantes com ou de essa noção do desinteresse como valor essencial da Arte. Reconheceram quanto esse Desinteresse era relativo na criação artística, porém por outro lado desenvolveram a noção de Arte Pura em que só mesmo o Desinteresse é imprescindível. E se reconheceu que dentro do terreno exclusivamente artístico havia sempre alguma cousa de desinteressado imediatamente no criador, na obra-de-arte, no espectador e, logicamente, nas relações entre eles.

Ora me parece que não levaram o desinteresse às suas últimas conseqüências que são no entanto pelo menos as mais práticas, as que podem adquirir um valor mais pragmático. Falo do desinteresse que adquire imediatamente o objeto, desque seja representado em arte. W. Unde no seu curioso *Picasso e a tradição francesa* se esforça eficientemente no princípio do livro, em distinguir duas correntes gerais na pintura de França: "Renoir ou Cézanne, (...) Qual o maior? O que representa o aspecto gracioso duma moça por meio de processos analíticos (...) ou o que modela com vigor de síntese uma maçã por meio d'ua massa pesada?" E um bocado mais adiante: "Dum lado o amor ao objeto por ele mesmo e da matéria bonita que o realiza; doutro lado o amor das aparências, do aspecto das coisas e da boa disposição delas numa superfície".

Na verdade essas duas correntes não são apenas francesas e resumem toda a evolução estética da arte desde os bisontes das cavernas pirenaicas. Duas correntes de que podíamos resumir a estética dizendo que uns artistas amam o objeto pelo que ele representa ao passo que outros o amam pelo que ele vai representar. De fato a maior ou menor dosagem de interesse e desinteresse que existe no artista e conseqüentemente na obra-de-arte e no espectador, também existe no objeto representado. O retrato por exemplo tem um interesse flagrante. Porque a arte contemporânea, principalmente o Cubismo e as derivações dele, falharam estrondosamente no retrato? Porque o grau enorme de desinteresse de Arte Pura que entra na sensibilidade estética dos artistas verdadeiros de hoje, contradiz literalmente o interesse documental do retrato.

Mas isso não é o mais sutil nem o mais bonito. E nem o mais prático a respeito do desinteresse do objeto representado artisticamente. O que vale a pena verificar nesta questão é que pouco importa o grau de parecença com o real do objeto representado. Desque a obra-de-arte provenha duma criação de deveras desinteressada das contingências imediatas da vida, o objeto se desinteressa de si mesmo. Se dá todo um fenômeno gracioso de desistência e por mais viva, por mais verdadeira que seja ua moça ou maçã pintada por Ismael Nery ou Hugo Adami, a moça desiste de ser moça, desiste a maçã de ser maçã, não são mais que elementos de superfície compondo uma superfície.

E é somente esse poder de desistência funcional, esse desinteresse do objeto por si mesmo, que justifica, depois da grandeza teórica do Cubismo, a volta dos artistas à representação, à mimesis aristotélica. Sem isso eles não passavam duns covardes...

MÁRIO DE ANDRADE

DIÁRIO NACIONAL. Quarta-feira, 12 de junho de 1929

TÁXI: QUAL É O LOUCO

Recebi esta carta uns pares de dias. Como o autor dela não pediu segredo posso edificar os meus leitores com ela.

Diz assim:

"Muito distinto sr.

"Sou brasileiro, nasci em Mato Grosso, nos limites do Paraguai e por questões de herança (minha família materna é argentina), moro há perto de dez anos em Buenos Aires. Sou, aliás, mais argentino que brasileiro, ou antes: não sou nada.

"Por uma certa curiosidade fatigada do passado, ainda conservo, todavia, algumas ligações com o Brasil. Assino alguns periódicos brasileiros. Entre estes o *Diário Nacional,* onde o sr. escreve. Pude por isso notar que o seu espírito se preocupa com assombrações e casos misteriosos. Ora eu, embora não acredite em assombrações, vivo estes últimos tempos mui preocupado.

"Tenho um tio que resultou louco devido ao seguinte fato. Era muito rico e solteiro. Não tendo nenhuma coisa a fazer, tornou-se colecionador bastante estimável, e entre alguns magníficos 'faux' da coleção, se destacavam também objetos legítimos e de indiscutível autoridade. Na vasta residência em que meu tio morava, a escuridão constante se enchia cada vez mais de objetos, cuja única função era serem visíveis. Pois meu tio se especializara também em colecionar relógios-de-parede e alguns possuía mui curiosos. No 'hall' central da casa, peça magnífica e discreta em que meu tio passava o maior número de suas horas, ele tivera o bom-gosto familiar de não expor nada de curioso. Algumas poltronas, uma mesa com flores, um pequeno armário com livros eróticos, única literatura de meu tio. Isto é, ele também tinha alguma literatura misteriosa, livros esotéricos, manuais de espiritismo, obras que considerava especialmente eróticas — 'o desvio' — como ele dizia. Nesse 'hall' havia apenas três grandes relógios, as peças mais preciosas da coleção e que com seu tic-tac secular faziam um barulho formidável no vazio do ambiente.

101

"Uma noite, precisamente às 23 horas e 46 minutos, quando meu tio lia nesse 'hall', sucedeu algo estranhíssimo. Os três relógios tinham acabado de musicalizar a casa toda com as batidas do último quarto de hora, quando meu tio escutou um ruído seco de metal que se quebra. Logo depois outro. Parou a leitura. Fazia agora um silêncio tão novo no 'hall' que meu tio a princípio ficou perfeitamente desnorteado. Custou-lhe muito verificar o que sucedera. Afinal pôde perceber que os três relógios tinham parado quase simultaneamente.

"Até aqui vai o que meu tio conta e que na sua tristíssima obsessão da loucura atual, repete dez e mais vezes por dia, sendo notável que depois de falar tem sempre um acesso furioso que o torna um louco muito perigoso. Atira-se a quem estiver presente e enfia-lhe os dedos nos olhos, dizendo que quer ver lá por dentro se 'tem corda para dois dias'.

"Os freudianos daqui consideram meu tio um caso simples de 'refoulement' sexual num solteirão tímido, mas para mim o que preocupa não é o diagnóstico, senão que a razão porque os relógios pararam. Me entreguei ao estudo paciente do sucedido e pude verificar o seguinte: um mês antes dessa noite maldita, meu tio recolhera, por piedade, uma velha que fora serva da família, antigamente. Para que ela tivesse alguma ocupação, meu tio dera a ela o serviço de dar corda aos 53 relógios da casa. Todavia, essa era uma ocupação difícil, porque como as cordas variavam em durabilidade, o trabalho de as renovar tinha dias e horas certos.

"Assim os três relógios do "hall", um possuía corda para 15 dias, outro para um e outro para dois dias. A velha que, fato importante, era uma bruxa sincera e passava seu tempo em bruxarias, para facilitar, dava corda todos os dias de manhã aos três relógios. É fácil, pois, verificar que o relógio que tinha corda para 15 dias, com tensão demasiada pela renovação diária, não resistiu, o metal delicado da corda se quebrou.

"Também se pode aceitar que o relógio de corda diária partiu a corda já gasta, por acaso no mesmo instante que o outro de 15 dias.

"Mas, e o terceiro? O terceiro, sr.! O relógio com corda para dois dias e que parou sem nenhuma razão de ser, sem mesmo partir a corda!

"O seu metal estava intacto e não era nem novo nem velho. Perfeitamente normal. O relógio parou, no mesmo instante dos outros, ainda com a corda pelo meio! E quem nos diz que parou no mesmo instante!

"A velha bruxa resultou louca também e vive rindo pacífica, dizendo somente estas palavras: 'Meus queridos vingativos'!...

"O sr. pode bem compreender o estado de exaltação em que me acho e que seguramente me levará ao manicômio também. Peço-lhe encarecidamente que me envie seu alvitre sobre o terceiro relógio. Minha vida passa amargurada e na mais profunda e inquieta pesquisa. A única solução que encontro é matar-me e se o senhor não me acudir imediatamente, sinto que me matarei.

"Aflitivamente, seu admirador,

X.X."

DIÁRIO NACIONAL. Sábado, 22 de junho de 1929

TÁXI: CENTENÁRIOS

Passou o centenário de José de Alencar, foi muito celebrado. Passou mais um centenário de Cláudio Manuel da Costa e foi bastante celebrado. As duas vezes eu quis falar um bocado, pelo menos pra mim mesmo, essas palavras de entusiasmo com as quais nós obrigamos os mortos ilustres e até nada ilustres a fazerem bem prá gente. As celebrações são sempre assim... No geral nós não honramos os mortos pelo que eles foram mas pelo que deixaram. E na verdade é só por esses interesses dos vivos que a celebração vai só pros ilustres ou presumidos como tais. Porque de fato não tem diferença nenhuma de plenitude e mesmo de magnificência pessoal entre a vida de José de Alencar e a do índio que ele supôs embelezar, entre a de Cláudio Manuel poeta e mesmo a de Joaquim Silvério traidor. Todas as vidas são cheias; a gente mesmo é que fazemos os nossos destinos e alcançamos a plenitude deles porque não é possível se falhar ao próprio destino. Falam tanto em destinos falhados... Existem sim. Existem mas como abstração duma meta impessoal que não foi completada ou se desviou. Porém o indivíduo não falhou com o caminho dele não, que era esse mesmo de não completar ou se desviar. É triste o que vou pensando...

Mas por isso, todas as vidas são completamente cheias e todas magnificentes. Nós desviamos a lição duma existência pra falar que ela foi miserável, desonrosa, se o indivíduo era ladrão suponhamos, traidor e coisa assim. Mas, o que fica sendo miséria e desonra se a gente não crê em Deus! Que moral laica é possível pra um animal igualzinho com a louvadeus que acaba papando o esposo! E se a gente acredita em Deus, então reflitamos sobre a existência dum ladrão um bocado. Foi ruim, foi ladrão, fez um mal presumível, apenas presumível, e aos poucos a gente vai se elevando na reflexão, surge uma vida magnificente. Vida de ladrão que a moral condena como desonrosa. Sei bem. Mas é por isso mesmo que vim falando que nós honramos os mortos pelo que eles fizeram de bem pra nós e não pelo que eles foram. Vida de ladrão mas vida em plenitude e magnificência.

104

Algum leitor perdido neste táxi há-de estar perguntando onde eu quero chegar com estas melancolias... Não quero chegar em parte nenhuma não. Também tenho direito às minhas melancolias. Mas voltando pro assunto: eu quis também, no rito, celebrar os dois centenários passados. São fáceis as palavras amáveis porém eu estava comovido e nessa comoção paredes-meias com a verdade, incapaz de amabilidades consulares. Não saiu nada.

Bem sei que José de Alencar e Cláudio Manuel são dois ilustres, sei. Escreveram e especialmente o primeiro fez coisas bonitas. Coisas que nos fazem bem. Mas neste sentido mesmo é que não despertam palavras de entusiasmo porque é impossível louvar esses ilustres sem os censurar logo depois.

Isso, pra mim, é uma fatalidade da nossa condição americana. É raro que possamos dar homens raçados na inteligência. É mais fácil a gente fazer um gesto ou ter uma idéia de gênio do que praticar uma vida homogênea. Falta passado, falta norma e tradição de grandeza por detrás, funcionando como fatalidade, obrigando a gente a ser homogêneo.

Os dois celebrados agora, deixaram trechos lindíssimos e algumas invenções geniais. Mas no meio disso que vazios! que descaídas pueris!...

Certamente Manuel Bernardes não teve tamanha genialidade como José de Alencar, nem Campoamor ou Boileau certos passos e certas perfeições geniais tamanhas com as de Cláudio Manuel. Porém os da Europa tinham já por trás uma cerca farpada de mortos fazendo bem pra eles, dizendo pra eles: — O caminho é por aqui, gente! — E foram obrigados a fazer o caminho. À força, independente deles, da mesma forma com que filho de percherão sempre há-de ser grandão e filho de peixe sabe nadar.

Faltou cerca pros nossos dois. E ainda me melancoliza mais estar imaginando que eles não conseguiram também erguer a cerca pra nós...

MÁRIO DE ANDRADE

DIÁRIO NACIONAL. Quarta-feira, 26 de junho de 1929

TÁXI: DA CRIANÇA-PRODÍGIO — I

Essa riqueza tão variada da vida sensível humana me levou a matutar de novo sobre o fenômeno do menino-prodígio. Eu afirmei e acredito que a tal riqueza é mesmo tão complexa, nós a sofremos ou gozamos por tantas faculdades diferentes do ser, que um despropósito das manifestações dela não podem ser atingidas pelas forças abstraideiras, isto é, a inteligência. Isso não só porque são exclusivas doutras partes do ser biológico, como porque, cada ser biológico sendo uma entidade incomparável, elas são inabstraíveis. Que são exclusivas e inabstraíveis tenho como provado, pois reconheço a existência de estados-de-sensibilidade rítmicos, sonoros, plásticos a que jamais a inteligência conseguiu traduzir por uma palavra que os reconhecesse. Com efeito, a gente pode reconhecer estados-de-sensibilidade vagos e gerais provocados por uma pintura ou música. Tal música é violenta, tal pintor é terno. Os quadros de Maria Laurencin nos enchem de ternura, as músicas de Villa-Lobos no geral são violentas. Mas isso é vaguíssimo, paupérrimo, e não atinge a identidade das sensações e sentimentos da música e do quadro. Agora: se a gente quer ir mais longe ou cai na metáfora fantasista (Prunières vendo florestas e índios nos Choros de Villa-Lobos; Sonata "ao Luar", etc.), ou faz uma análise ainda metafórica incontrolável. Assim por exemplo quando a gente fala no "equilíbrio" dum quadro. Que significa isso? Por que agora um quadro de Hugo Adami é equilibrado e outro de Eliseu Visconti não é? E força é reconhecer que o passadista confundidor de sensação plástica com representação, achará que equilibrado é o quadro de Eliseu Visconti! Todas as regras e leis que a inteligência consegue determinar a respeito da invenção artística, se não propriamente falsas, são metáforas puras, incontroláveis. Zeising desapareceu. As tentativas estéticas modernas estão arremetendo contra moinhos-de-vento.

A criança é especialmente o ser sensível à procura de expressão. Não possui ainda a inteligência abstraideira completamente formada. A inteligência dela não prevalece e muito menos não obumbra a totalidade da vida sensível. Por isso ela é muito mais

expressivamente total que o adulto. Diante duma dor: chora —
o que é muito mais expressivo do que abstrair: "estou sofrendo".
A criança utiliza-se indiferentemente de todos os meios de expressão artística. Emprega a palavra, as batidas do ritmo, cantarola, desenha. Dirão que as tendências dela inda não se afirmaram. Sei. Mas é essa mesma vagueza de tendências que permite pra ela ser mais total. E aliás as tais de "tendências" muitas vezes provém da nossa inteligência exclusivamente. Quando não são imposições de família que deseja ter padre, médico em casa ou principalmente uma Guiomar Novaes. Fica absolutamente por provar que Gonçalves Dias não havia de ficar tão genial engenheiro como foi poeta. Acredito nas tendências porém o próprio conceito que temos dessa palavra exclui a noção de fatalidade.

Ora às vezes a criança apresenta uma força muito especial de expressão que a excepcionaliza. É o chamado "menino-prodígio". De que artes se serve o menino-prodígio? Principalmente das artes plásticas. Todo o mundo falaria na música, sei bem, mas é um engano. Se são mais célebres e atingem o palco os prodígios musicais, qual deles é compositor? Executam, interpretam obras alheias e às vezes admiravelmente, não discuto, porém, isso deriva simplesmente da força dinâmica do som, mais fisiologicamente violenta que a das outras artes. Mas o compositor menino é raríssimo. As músicas dele têm pouco ou nenhum valor universal. Mais raro que o menino-prodígio músico só o menino-prodígio poeta.

É nas artes plásticas, principalmente, que o prodígio se manifesta. Em nossas escolas primárias abundam os desenhos magníficos e quem estudar um bocado as "escuelas al aire libre" do México, onde a orientação é mais legítima, se espaventa com as obras-primas inestimáveis que fazem os rapazes de lá.

Por que será? Não sei não. Vagamente sei. Talvez ainda uma complicação da inteligência que cria uma espécie de hierarquia dos sentidos artísticos. De fato o ouvido é o mais intelectual dos nossos sentidos. É o que toca diretamente o conhecimento. Alguém que experimente ler um escrito sem ao mesmo tempo escutar o que lê, pra ver se consegue! Não consegue não. Ao passo que a gente escuta uma fala sem absolutamente estar vendo a sua representação gráfica.

E agora observem: o pintor menino jamais consegue se equiparar a um Rafael, um Ingres. Mas consegue coisas equiparáveis a um Rembrandt, um Goya, um Daumier, um Picasso. É fácil de explicar porque. Em Rafael, Ticiano, Ucello, etc., etc., a inteligência intervém diretamente na criação plástica. Fazem tudo de formas a que a inteligência se compraza com a criação plástica e a compreenda. Um braço não pode estar fora do lugar nem maior que

107

o outro, uma sombra tem de ser explicável por um fenômeno da natureza. Nos outros não. A sensibilidade plástica sobrepuja a inteligência e muitas vezes até prescinde dela como em Grünewald, no greco, em Lautrec e nos modernos.

São estes os chamados "maus desenhistas"!...

MÁRIO DE ANDRADE

DIÁRIO NACIONAL. Sexta-feira, 28 de junho de 1929

TÁXI: DA CRIANÇA-PRODÍGIO — II

Eu tinha chegado no momento de constatar que o desenhista menino consegue atingir a força plástica dum "grünewald", porém não dum Rafael porque na expressão pictórica deste a inteligência entrava como elemento primordial da representação ao passo que em "grünewald" não.

Mas aqui surge um atalho novo que carecemos de verificar. Se é certo que muitos grandes pintores prescindem dessa abstração primária da inteligência que obriga a desenhar com perspectiva exata, braços exatos, luz exata, nem sempre fazem isso levados pela vontade de adquirir e revelar expressão plástica. Pelo contrário: abandonam o realismo primário da inteligência mas é em proveito dessa mesma inteligência. Querem se tornar mais expressivos às faculdades humanas de compreessão e por isso alongam os corpos que nem o Greco, carregam no claro-escuro que nem Rembrandt, exageram a realidade que nem Lautrec ou a sintetizam por exclusão de elementos que nem Jorge Grosz. Victor Brecheret fez isso mesmo na primeira fase dele, inspirado por Maestrovic, exagerando a ascensão voluptuária dos ritmos, contorcendo os corpos. Pra que? Pra parecerem mais dolorosos, *pra impressionarem mais as inteligências* dando a ilusão de que estavam todos possuídos dum agenciamento tamanho de comoções, que estas quebravam o domínio carinhoso da razão.

Na própria literatura isso é muito comum e nem todos os poetas são... inteligíveis. Se quer chegar a uma expressão mais impressionante das idéias, dos sentimentos, das paixões, das sensações e por isso a gente prescinde da faculdade de razão, cai no símbolo, na metáfora, no paradoxo, na associação de imagens, etc., etc.

O que é bem curioso de assuntar é que esse desejo de atingir a compreensibilidade mais completa e intensa do espectador, faz os artistas trocarem a realidade pela assombração. Todos os expressionistas caíram nessa tendência estética. Os artistas — ingenuidade infantil!... — disseminaram por este mundo as assombrações malévolas tentando convencer pelo medo, pelo susto e pelo sonho.

Bem, mas afora essa maioria de artistas plásticos que abandonaram a inteligência, desenhista boa, em proveito dessa mesma inteligência, não tem dúvida que muitos o fazem em proveito da expressão puramente plástica. Os modernos, por exemplo. E... os antigos. É incontestável que os cânones organizadores do tipo-de-beleza social e ideal dos gregos provém dum estado-de-sensibilidade plástica. O mesmo se deu com os egípcios, com os indianos, com certas civilizações africanas. A diferença específica entre modernos e antigos está em que nestes a criação do cânone plástico era exclusivamente social ao passo que com os modernos é primordialmente individualista. Por isso é que certos elementos determinantes dos cânones antigos são abstraíveis, e inteligíveis pois, ao passo que os modernos não. Se fala no realismo de beleza física entre os gregos quando justamente eles deram pro corpo uma ordem, uma serenidade (na grande época) uma perfeição plástica extra-realista. Mas eminentemente despertadoras de sensações plásticas agradáveis, serenas e ordenadas. Da mesma forma a firmeza dura dos cânones egípcios dava sensações plásticas duma tal inalterabilidade que se pôde abstrair isso e reconhecer nas obras deles a sensação de eternidade, da vida de além-túmulo que foi um dos elementos específicos da vida e pensamento egípcio. São dados sociais, eminentemente universais pois, e por isso reconhecidos por todos.

Mas já quando se fala no equilíbrio de Braque, no realismo de Picasso ou quando Apollinaire invocava pra Léger uma ascendência dos Setecentos francês, não vejo meio de autenticar e muito menos de universalizar essas afirmações. Serão verdadeiras pra alguns, porém jamais abstraíveis e capazes de autenticidade porque não pertencem a uma ordem social. São individualistas e atingirão somente o conhecimento individualista. De alguns.

MÁRIO DE ANDRADE

DIÁRIO NACIONAL. Terça-feira, 2 de julho de 1929

TÁXI: CÍCERO DIAS

Eu não sei se pode interessar aos meus leitores saber que o desenhista pernambucano Cícero Dias está em S. Paulo, nos vendo. Pouco ou nada o leitor sabe sobre este artista delicioso. E se visse os desenhos e aguarelas dele, na certa que oitenta por cento dos leitores pensaria: "É um maluco". É... ainda vivemos convencidos de que são malucos todos os que escapolem do senso-comum... Uma feita um homem presumido maluco, foi convidado pela família pra dar um passeio pelos arredores de São Paulo. O louco aceitou. De repente chegaram na porta do Juqueri e todos ficaram muito influídos em visitar o hospício e perguntaram se o louco não queria ir também. O coitado sorriu amargoso e falou mui manso: "Eu sei que vocês querem me deixar lá dentro. Eu fico sim. Mas não sei de nós que é que é louco". E entrou pra sempre.

Mas Cícero Dias não é maluco não. Somente ele prefere, em vez de representar pelo lápis e pela cor, os raciocínios fáceis da inteligência dele, campear no meio das suas paisagens interiores mais profundas, o que o irrita ou lhe faz bem. São gritos sem nenhuma lógica fácil, dessas que a inteligência percebe de sopetão, sei bem. Pra muitos, esses desenhos são cousas incompreensíveis... Mas será inteligente da nossa parte julgar por meio duma das nossas faculdades uma coisa que prescinde dessa faculdade? Se é pela visão que nós percebemos o movimento dos astros, será pela visão que havemos de reconhecer a rotação do Sol em torno da Terra? Os poetas, que sempre foram mais sensíveis que inteligentes, continuam falando no "deitar do Sol"... Frase que ninguém deixará de reconhecer que é pelo menos ignorantíssima.

Porém a gente aceita porque todos nós já estamos acostumados a nos reger por essa força "a priori" da sensibilidade. Pois, leitor, você também há-de reconhecer que tem sonhos. E sonhos amalucados. Você há-de reconhecer que às vezes brotam na sua cabeça idéias impossíveis, insuportáveis, vergonhosas até. Você há-de sentir nos momentos de cisma uns apelos profundos, umas angústias, umas doçuras que nem asa de anjo que roçasse por você.

Bobagens?... São bobagens não, leitor! São coisas que hoje a psicologia reconhece como verdadeiras, como legítimas, como influenciando diretamente toda a complexidade duma vida. E são coisas enormes a que o próprio mistério, a que o melindre delas inda aprofunda mais. Você há de reconhecer que as tem porque tem mesmo. Nem que não queira, tem. Todos têm, embora uns percebam mais, outros menos essas coisas. Os poetas percebem demais por causa da acuidade exacerbada que possuem. Alguns psiquiatras chegam mesmo a chamar de "doentia" essa acuidade exacerbada. Mas isso é questão de despeito. A gente no geral se vinga assim mesmo das coisas que não possui nem compreende: lhe damos um nome qualquer, um qualificativo. E seguimos nossos caminhos, certos de que a tal coisa ficou reduzida a zero. Ficou nada! Continua bem vivinha esperando o feliz que a colha, enquanto raposas e psiquiatras continuarão na eterna fome de uvas. E assim seja!

Cícero Dias é uma acuidade exacerbada. Ele conta essas coisas interiores, esses apelos, sonhos, sublimações, seqüestros. Os desenhos dele formam por isso um "outro mundo" comoventíssimo em que as representações atingem às vezes uma simplificação tão deslumbrante que perdem toda a caracterização sensível. Os animais dele, por exemplo. Creio mesmo que Cícero Dias é o primeiro indivíduo que já chegou à representação do Animal. Ele tem calungas que não são nem cachorro, nem boi, nem burro. Tem aves que não são nem pombas, nem urubus, nem galinhas. É o Animal. É a Ave. Só o que a gente pode concluir dessa universalização incomparável é que Cícero Dias é uma alma doméstica. É mesmo. Os idílios dele, certas imagens de mulher, o complexo da morte, o complexo bem nordestino da música, o complexo do adeus, possuem na obra dele uma essência puramente familiar. A gente sente flor-de-papel e almofada feita por nossa irmã no colégio de freira. As próprias raivas dele são familiares. Não possuem essa contemplatibilidade caroável com que a gente se dispõe a aceitar as malvadezas do mundo. Pra ele o mal inda assombra. É esse mal pecaminoso, dando infernos, que a gente concebeu com a cabecinha reclinada no colo de nossa mãe. Cícero Dias é um valor excelente, leitor.

MÁRIO DE ANDRADE

Nota da pesquisa:

Foi respeitada a grafia "aguarelas".

DIÁRIO NACIONAL. Quarta-feira, 10 de julho de 1929

TÁXI: DA CRIANÇA-PRODÍGIO — III

Afinal vamos a ver se falo um bocado sobre o menino-prodígio pra justificar o título destas lembranças.

É nas artes plásticas que o piá consegue se elevar com mais freqüência à altura e exatidão estética dos gênios.

Na música se o menino consegue interpretar às vezes com uma intensidade impressionante e de deveras artística, nem as peças do próprio Mozart aos dez anos valem mais que uma curiosidade. E, que eu saiba, um bom poeta curumim é raríssimo. Mesmo dentro da aparente liberdade excessiva dos modernos, liberdade que pra tantos é real... Ronald de Carvalho quis apresentar um prodígio desses e de fato o poetinha mostrava algumas frases e movimentos impressionantes. Mas no geral era muito ruim. Se o prodígio se equiparava a nós, poetas adultos modernos, era porque a maioria das nossas poesias eram ruins e não as dele, boas. O que tínhamos de bom, o menino não atingira.

Há também uma dificuldade bastante generalizada em aceitar como bons e como sublimes, os desenhos das crianças. Apesar destes não ficarem devendo nada às vezes até aos de Rembrandt e de muitos outros gênios. Mas isso vem de muitas causas exteriores.

Primeiro: nós não damos importância ao que menino faz. Acha-se graça e apenas.

Segundo: Damos importância por demais ao que os gênios catalogados fazem. Acha-se importante e guarda-se.

Todo mundo afirma sue gosta de Goya. Será que gostam mesmo? Juro que não. E nem de Rembrandt e nem de Daumier e nem duma infinidade. Simplesmente porque os quadros, pelo menos a maioria dos quadros desses artistas são *intelectualmente feios*. Caras feias, corpos desengonçados, perspectivas falsas, enfim um poder de elementos que a inteligência recusa. O *Radeau de la Méduse*, a *Crucifixão* de Rubens, a *Vênus* de Ticiano, esses sim, a inteligência aceita. E de fato são os que se universalizam, se tornam populares. O Greco, o Aleijadinho, Cranach, são muito mais difíceis da gente compreender porque os valores deles prescin-

113

dem do realismo primário da inteligência e são plásticos ou expressionistas. E se a maioria dos semicultos aceita eles, é porque segue a moda, segue a afirmação dos "doutos", custam muito dinheiro e a gente tem medo de parecer ignorante. São todas circunstâncias extra-estéticas. Porém temos que reconhecer que chegam a tornar um quadro até bem comovente. O roubo da Joconda deu a esta um valor expressivo formidável.

Tudo isso é que faz a gente valorizar o desenho dum mestre e apenas achar graça num determinado desenho de piá. Mas não haverá ninguém honesto neste mundo que, botando a mão na consciência, deixe de reconhecer igualdade de valor exclusivamente artístico nos dois desenhos. O artista em dado momento se sentiu num estado-de-sensibilidade plástica e desenhou. A criança fez o mesmo. Como o estado-de-sensibilidade era plástico, não foi preciso inteligência mais formada pra o dignificar. O artista e o piá foram iguais e as duas obras plasticamente possuem valor igual. A técnica entra sim em linha de conta e é por ela que o artista prevalece. Todos ou a maioria dos desenhos dele têm valor, ao passo que a criança que, faz pouco, inventou um desenho admirável, agora está riscando umas linhas sem valor. Só quando coincide o estado-de-sensibilidade plástica com os poderes técnicos da criança, é que esta cria a obra-prima. Ao passo que o artista força a coincidência pela técnica desenvolvida. E foi isso que me obrigou a falar uma feita que as obras-primas infantis são meros frutos do acaso.

MÁRIO DE ANDRADE

DIÁRIO NACIONAL. Quarta-feira, 17 de julho de 1929

TÁXI: DECORATIVISMO — I

Está claro que entre o conceito de Arte e a função muitas vezes exercida pela obra-de-arte, pode haver um abismo... Não é nada raro o artista verdadeiro ver a arte dele servindo de desculpa, de tocaia, de motivo, pra muita coisa que estava inexistente nele e que só o desvirtuamento esperto e covarde da obra faz com que ela adquira em relação a um dilúvio de más-ações e falcatruas. Werther não justifica suicídio nenhum, nem é um convite ao suicídio. Talvez apenas tenha havido em Goethe uma complacência com certos fenômenos psicológicos sociais e certos indivíduos...

E nisto, de verdade, é que está a contradição primordial entre o artista verdadeiro e os deveres morais que uma religião como a Católica, por exemplo, impõe aos homens. O artista, como artista e inventor de obras-de-arte, é mais um escravo de si mesmo, é mais um ser fatalizado que outra coisa. Ele tem que dizer o que sente 'e não o que deveria sentir. Ele percebe muito bem que se prefere cristalizar numa obra antes os ideais aceitos por ele, do que as impulsões temíveis, graciosas, baixas, ridículas, ingênuas etc. que lhe vêm do fundo do ser que ninguém não sabe o que é, o artista logo põe reparo que as forças lhe fraquejam e que está dando muito menos do que pode dar. *Muito menos do que o que ele tem de dar.* Falo "do que tem de dar" porque essa fatalidade mesmo dele ser "o artista", isto é, o inventor fatalizado: o que tem de dar é o que inventa. E não o que desejaria ter inventado. Se uma sinceridade existe em Arte, única digna, única indesprezível, única impossível de contrariar sem que a obra se prejudique demais: é a sinceridade da invenção. O artista pode quando muito melhorar intelectualmente uma invenção, torná-la mais vivaz, mais curiosa, mais bonita, enfim mais essas coisas que contribuem pra que esteticamente uma obra-de-arte interesse aos outros. Porém essas modificações ornamentais, sedas, "rouge", perfumes. No fundamento, na essência, a invenção não pode ser modificada nem corrigida porque então não se dará modificação, efetivação, transfiguração, sublimação. Se dará deformação, paralisamento, amesquinhamento, aleijamento. Aleijamento que as mais das vezes é completamente fatal: a obra vem morta, fraca,

115

"bibliothèque rose", desumanizada. Alguns gênios incontestáveis como Júlio Verne e Gregório de Matos, se não deram as obras-primas arrebentantes que a gente podia esperar deles, foi só por causa da preocupação moral que os desvirtuou. Um porque se deu como destino servir às crianças; outro porque não teve a coragem de ir até o fim de si mesmo. Na verdade é pela sua essência mesma de invenção fatalizada, de inspiração nascida sem querer, desrespeitando o próprio artista, que a Arte desgraçadamente é amoral. Moral nuns, imoral noutros, ela não respeita senão a fatalidade essencial que lhe é própria. E por mais ruim que moralmente seja, ela pode guardar seus valores terrestremente bela e fundamentalmente humana.

Além disso: hoje se sabe que por mais que os artistas se desvirtuem e se mintam a si mesmos e ao mundo, o que eles são transparece nas obras, invejosos, sacanas, bons, crápulas honestos. Os pedreiros góticos, tanto como religião, mostraram seus medos religiosadores, seus ódios, suas libidinagens. As santas renascentes são gozadoras da vida, comem capões inteiros, bebem litros de vinho numa só janta, falam o grego porque está na moda, pouco se amolam com o povo sofrendo e muitas vezes nos seus êxtases cristãos, não fazem mais que macaquear êxtases epitalâmicos. Então pra que o artista se desvirtuar e enfraquecer? Pra que mentir? Há maravilhoso heroísmo nalguns desses que mentem... Noutros há covardia só...

Aliás pra se referir a obras como o *Ulisses*, de Joyce ou Pantagruel, careceria aprofundar um bocado mais a natureza do escândalo. Também ele possui muitas vezes uma função moral bem veemente.

MÁRIO DE ANDRADE

DIÁRIO NACIONAL. Quinta-feira, 18 de julho de 1929

TÁXI: DECORATIVISMO — II

Vamos a ver se hoje digo o que ontem meu táxi chegou no fim sem que eu falasse. Eu observava que entre o conceito de Arte e a função muitas vezes exercida pela obra-de-arte pode haver um abismo. O mais curioso desses abismos está na função decorativa que a obra-de-arte sempre exerce. Ora em toda criação artística que não seja propriamente de arte aplicada, e portanto decorativa por essência, não existe absolutamente um critério decorativo por menor que seja. Alcântara Machado escrevendo um conto, Brecheret esculpindo o *Sepultamento*, Silva Teles inventando a mole do Banco do Estado de São Paulo, Villa-Lobos levando cinco anos para compor este *Rudepoema* que parece feito em meia hora de selvageria genial, Manuel Bandeira escrevendo o "Noturno da Rua da Lapa", enfim um Ismael Nery pintando um quadro: jamais tiveram intenção nem subconsciente de decorar coisa nenhuma. Se pode reconhecer neles o desejo de agir. Se pode reconhecer neles a fatalidade de criar, a obediência a um mandado interior ou a um entusiasmo transitório. E a gente reconhece muito bem que tiveram intenção de agradar se utilizando da Beleza e de todos ou outros meios artísticos que possuíam pra agradar em relação ao que inventavam. Mas é justamente esta relação inalienável entre a inspiração livre da Arte desinteressada e os meios de agradar que o artista aceita ou repudia na construção, que distingue essencialmente a intenção de agradar que a obra-de-arte livre tem no seu conceito, da função de agradar que a obra-de-arte decorativa tem no conceito dela também. Uma é desinteressada, outra não é. O artista livre pode até desagradar sem que a obra dele deixe de ser bela, de ser humana e *de agradar*. Quantas vezes a gente chora e sente um nó na garganta lendo um livro, vendo um drama ou um quadro sem que por isso a obra observada nos repugne e o criador dela deixe de ser estimado em nosso amor! Ao passo que o mesmo numa obra-de-arte decorativa é impossível. A principal e mais efetiva função desta é ser um enchimento. E por isso o seu ideal mais primário é ser gostosa: agradar. Às vezes parece também que ela é educativa, moralizante, edificante, etc. Mas isso é apenas uma confusão pueril. Quando Diego de Rivera ou da Vinci enchem uma parede

117

com figuras na verdade eles enchem o espaço que tinham de encher e criam um quadro, a invenção tendo nascido sujeita às leis duma tela imaginária e com moldura. Disso, aliás, provém inconvenientes e erros pueris. Haja vista a porta com que furaram a Ceia de Da Vinci ou as arcadas no pátio do Ministério da Instrução no México, prejudicando bem a invenção gigantesca de Rivera. Lasar Segall foi que entendeu muito bem essa diferenciação básica entre o agradável da arte desinteressada e o agradável da arte decorativa, quando abandonou todos os seus elementos de criação artística (sem abandonar a sua personalidade, está claro), e inventou outros, absolutamente novos nele, pra decorar o salão da sra. Guedes Penteado, aqui em S. Paulo. E sendo um pintor característica e fundamentalmente preocupado com problemas sociais, tudo esqueceu pra essas decorações: fez coisa bonita e alegre sem mais nada. Uma alegria um pouco áspera, gritadeira, irregular, bem de russo mesmo. Bem próxima de nós... Mas não é por desejo que ninguém atingirá a graça, o riso, a luminosidade permanente e latina das tapeçarias de Goya ou dos quadros de Léger.

Agora: que um quadro adquira a função de decorar uma parede, que o admirável edifício da Light odiosa tenha multiplicado a beleza do Anhangabaú, que uma escultura decore um gramado, todos compreendem bem. Só tenho que insistir um bocado é sobre a função decorativa da música e da literatura Isso agora é já bem fácil, depois que o tempo convertido em quarta dimensão está fazendo parte integrante de nossas preocupações... Pois um poema de Castro Alves, uma Sonatina de Camargo Guarnieri, decoram o tempo tanto como um quadro decora uma parede. Essa decoração do tempo sempre existiu e em grande parte por ela é que os aniversários, os enterros, os casamentos existem. A mais comovente dessas decorações do tempo, a mais socialmente comovente foi a deformação gradativa que a civilização cristã deu ao domingo até este chegar ao que hoje nós chamamos de "semana inglesa". De dia de descanso, de dia do Senhor, o domingo passou a ser pra infinita maioria, mesmo dos cristãos, o... dia de domingo. Dia em que só pensar já descansa o bastante pra que a gente possa gastá-lo agradavelmente em passeios cansativos. Decorativamente. Músicas, poesias, romances, assim também adquirem uma função decorativa que muitas vezes estava longe da intenção do artista. Na música, porém, essa função é essencial. Porque a música é tão desintelectual, tão desinteressada, que, comovente ou não, as mais das vezes, não pode ser senão boniteza pura. E Erik Satie penetrou fundo nestes mesmos pensamentos quando chamava certas obras musicais de "musique d'ameublement".

MÁRIO DE ANDRADE

DIÁRIO NACIONAL. Quarta-feira, 29 de agosto de 1929

TÁXI: NA SOMBRA DO ERRO

Outro dia eu errei, querendo falar em Caldas Barbosa falei eu Sousa Caldas, num artigo sobre o Aleijadinho. Um erro desses produz sempre na gente uma impressão tão desagradável que torna-se inesquecível. Afinal foi bom! e, por causa dessa má impressão, acho que me libertei pelo menos duma dentre as três mais permanentes confusões do meu... conhecimento. Tomar Sousa Caldas por Caldas Barbosa, creio que não me acontece mais.

Outros dois erros à espera dum acontecimento desses pra acabarem, são jamais eu saber entre Silva Alvarenga e Alvarenga Peixoto, qual é o Silva Alvarenga e entre farinha de milho e farinha de mandioca qual das duas é a de milho.

Quão inexploráveis são as restrições do espírito. Desde minha mais tenra infância que minha mãe me ensinava a distinguir essas farinhas mas até hoje um seqüestro inachável as conserva sem batismo para mim. Sei que diferem. Distingo-as pelo olhar, gosto só duma. Porém se me são oferecidas pra valorizar a carne-de-sol ou o feijão-de-coco, me sinto índio entre brancos, me acanho apontando, murmurando um "Essa!" pianíssimo, ansioso por saber e sem poder falar a língua das farinhas! Me consolo é recordando meu pai, homem de vontade, mas que morreu sem conseguir jamais saber qual é o lado mais doce da laranja. E como não passava sem ela, almoço e janta, setecentas e trinta vezes por ano, tínhamos que ensinar-lhe esse expressivo b-a-bá cítrico. São coisas.

Aliás tenho mesmo u'a memória muito fraca, razão pela qual preciso duma biblioteca muito grande. Minha memória repousa nas folhas impressas, fenômeno de que aliás não me lastimo. Imaginação desarreada pode galopar mais livre, e, já viram café florado? assim são minhas surpresas. Além disso a precaução me obrigou a essa sabedoria de jamais não discutir em batebocas que o vento leva. Quando falam uma enormidade ao pé de mim, respondo "Sei". Com tanta bem-aventurança que não é possível mais placidez que a dos meus olhos. Eu amo a minha paciência. Ela é mais lenta do que um buço e o fato de não aparecer nos meus escritos não a desmente não. É que são pelo menos "em dois", que nem falam os intalianinhos, dos manos que a noite lhe deu. Sou em dois; esse de que vós quereis saber, exigências do mundo, que sou eu apenas como um animal de raça que me dei de presente pros passeios de Flamengo, que tem uma razão-de-ser terrestre; e o outro, o cheio de paciência, o que não tem nenhuma razão-de-ser, o que faz minha felicidade incompáravel e que sou eu.

Agora, esta matemática de dois está me lembrando um dos incidentes mais aborrecidos que me sucederam e que nem posso chamar de falta de memória. Foi uma troca de personalidades e nomes, coisa maluca duma vez. Estava com um amigo e conversa vai, conversa vem, ele dizia:

— Beethoven pouco depois de escrever a Nona Sinfonia...

Meio que sorri e cortei a frase:

— Que bobagem, Luís! A Nona Sinfonia é de Mozart!

Ele me olhou muito sarapantado e afirmou que a Nona Sinfonia era de Beethoven.

E note-se que isso eu já era formado em música, distinção-zinha em História da mesma e crítico militante fazia muito. Nasceu uma discussão penosa, eu levado logo ao máximo de exasperação pela coragem do leiguinho me contradizer a mim, profissional do assunto.

Caí em mim mas foi pra ter ódio de mim. Naquele tempo eu inda não era sábio, isto é, não tinha paciência. Deu-se esta confusão temível: que meu amigo pronunciava "Beethoven", eu ouvia "Beethoven", bem certo, mas meu espírito entendia "Mozart". Então a verdade me obrigava a ensinar que quem compusera a Nona fora Beethoven, eu imaginava "Beethoven", mas pronunciava "Mozart" e escutava "Mozart".

Hoje ainda, quando penso nesse fato, as mais modernas explicações psicológicas dele não me satisfazem. Quem já andou de aeroplano entre os leitores? Então já sabe o que são essas bolas de ar rarefeito em que o aeroplano cai, três, quatro metros. A primeira vez sobe um frio!... Creio que foi isso o Mozart da minha Nona Sinfonia.

Mas não é o caso do Sousa Caldas. Neste, prefiro confessar que errei. Não há nada como a gente entregar as armas a um adversário excessivamente armado. Imaginem um duelista armado de trinta canhões. O coitado fica inerme.

MÁRIO DE ANDRADE

Nota da pesquisa:

Crônica republicada em *Os filhos da Candinha*, 1943.

DIÁRIO NACIONAL. Sábado, 31 de agosto de 1929

TÁXI: EUGÊNIA

Eugênia Álvaro Moreira está em São Paulo, hoje de tarde vai dizer versos no *Sant'Anna* e eu estou contente. Neste gozo estupendo de viver em que a variedade dos sofrimentos é tamanha que a gente quase sufoca de felicidade pensando em, o que disfarça a monotonia das surpresas são os grandes prazeres certos e esperados. Por exemplo: o "reveillon" de janeiro, Carnaval, Eugênia Álvaro Moreira, o dia-de-anos, o encerramento da temporada lírica e poucos mais.

Quando eu penso em Eugênia Álvaro Moreira (direitinho como quando penso no Carnaval, por exemplo), gosto de pensar devarzinho. Assim, com o pensamento entrelaçado de preguiças, as fumaças da cisma podem entrar na condescendência do espírito e o trocadilho fácil acha jeito de acertar que Eugênia é cheia de saúde. Basta uma transposição de tônica e pronto: assim como todas as declamadoras do Brasil ficam Tonicas, velho de desusado deminutivo de antiquadas Antônias, Eugênia fica Eugenía, esperança atual de, pelo menos, nova perfeição.

Eu gosto muito do passado e de alguns versos de Bilac, porém estou cada vez mais convencido que o passado, que nem a experiência, jamais não será o núcleo da saúde. O dia em que eu reconheci que estava mesmo grimpando e despencando pela morraria da minha vida, minha de verdade, foi sem vaidade, mas foi com firmeza enérgica e saudável que tirando um chapéu de adeus pra não-sei-que bicho me agarrava por detrás, falei assim: — "Tenha paciência, irmão, a saúde sou eu". O passado é um bicho, gente. Que rói, que rói. O passado em grande parte é mais ou menos aquele bicho Jurupari de que serviam-se os piagas pra viver mandantemente na tribu. Mas por dentro os piagas ficavam rindo da indiada crédula, como confessaram pra Ivo d'Evreux.

Eugênia Álvaro Moreira, creio que ela também já verificou que a saúde era ela. Ela gosta do passado e muito, eu sei. Nas lembranças dela, a rima dos poetas já ilustres e mortos se gradua como os dias duma viagem já feita. Mas o melhor da aventura desta vida não consiste mesmo em saber o que está por trás da serra inda não viajada? Consiste sim. E a aventura ilustre de Eugênia Álvaro Moreira consistiu nisso: revelar os novos.

121

E só nisso aliás. Porque justamente nessa arte de dizer versos a grande invenção dela consistiu justamente numa sadia e franca supressão da aventura. Ôh, desde aqueles enganados tempos em que na confusão helenizante dos florentinos, Emílio del Cavaliere inventara o desastroso efeito novo de "recitar cantando" que culminou na oratória abalizada pelo sonzinho da Dalila, o destino deformador das declamadoras não tem sido mais do que uma aventura perigosíssima de cobrir os poetas de ouropéis canoros. Mas por que também hei-de estar confundindo Eugênia Álvaro Moreira com as declamadoras! As declamadoras declamam. E Eugênia Álvaro Moreira diz. E quando as palavras dos poetas criam corpo à voz dela, dir-se-ia que a compreensão se fez som. A gente fica sem precisão de entender porque Eugênia Álvaro Moreira é o nosso próprio entendimento.

MÁRIO DE ANDRADE

Nota da pesquisa:

Foi respeitada a grafia "devarzinho".

DIÁRIO NACIONAL. Domingo, 24 de setembro de 1929

TÁXI: O CULTO DAS ESTÁTUAS

Uma das manifestações bem curiosas da psicologia social é deformação por que passa freqüentemente nas cidades o culto dos mortos mais ou menos ilustres. O verdadeiro culto, sendo subsidiário por demais, muito raramente existe de homens pra mortos. A gente cultua facilmente Deus, os deuses, os santos e as assombrações porque pra com essas forças conspícuas do Além, o culto é mais propriamente uma barganha de favores, um "dá cá e toma lá" contínuo em que sempre nos sobra esperança de mais ganhar do que dar. Outro culto propício é o dos vivos poderosos ou célebres. Os poderosos poderão nos dar um naco da força deles. E viver ao pé dos célebres é o processo mais seguro de sair nas fotografias.

Já o culto dos mortos é insatisfatório e pouco rendoso. A não ser quando a gente escreve romances sobre a marquesa dos Santos. Por isso os homens o foram substituindo gradativamente pelo culto das estátuas.

No fundo não deixa de ser bonito este culto. A estátua permanece afincada na praça e nós substituímos a memória do morto, incômoda e aliás difícil de sustentar, por um minuto vivo de beleza. Em verdade a função mais primária e permanente da estátua não é conservar a memória de ninguém mas divertir o olhar da gente. Porém o fato é que bem pouco as estátuas divertem. Não só porque o belo é mais gostoso que o feio e são raríssimas no mundo as estátuas bonitas, como porque saber se divertir com o feio é já um grau muito elevado de sabedoria para que seja de muitos.

Até aqui não me foi doloroso falar porém agora principia sendo. É que sou forçado a umas reflexões antipáticas: Além de ser muitíssimo relativa a memória do morto na estátua, será mesmo que muito morto ilustre mereça a eternização em escultura? Está claro que não me refiro a nenhum medíocre que ande por aí bronzificado. Falo mas dos verdadeiramente ilustres, tão raríssimos, que não me atrevo a citar um nome no momento.

Toda estátua pública tem de representar um culto público. A rua é de todos e tudo o que está na rua é pra todos. Sei bem

123

que a unanimidade no aplauso é coisa impossível porém certos homens ocasionalmente, por eles mesmos e mais geralmente pela idéia que representam, podem merecer um culto universal, um culto nacional ou praceano. É possível por exemplo que pra um historiador, Tiradentes não signifique coisa nenhuma no fenômeno histórico da independência brasileira porém esse historiador, ante a figura de Tiradentes jamais ignorará a noção da nossa independência. Quanto ao argumento de que possivelmente milhares de brasileiros ignoram Tiradentes até de nome (não é tanto assim mas aceito o exagero pra argumentar) carece lembrar que a estátua pode ter uma função educativa.

E neste ponto é que a porca torce o rabo. Só vejo um jeito do monumento ser educativo: é pela grandiosidade obstruente e incomodatícia. O monumento, pra chamar atenção de verdade, o monumento que obriga a gente a parar, não pode fazer parte da rua. O monumento tem que atrapalhar. Uma dona em tualete de baile é muito mais monumental na rua Quinze, mesmo sendo catatauzinha, do que o monumento a Olavo Bilac ou a própria escadaria de Carlos Gomes. A gente pára e pensa "quem será". Isso os comerciantes perceberam muito bem, principalmente depois da chegada dos Estados Unidos e da eletricidade. É incontestável que o anúncio erguido à memória dos cigarros Castelões ou do automóvel Marmon no Anhangabaú são monumentos como jamais Carlos Gomes ou Olavo Bilac não tiveram.

A própria beleza não é suficiente pra tornar um monumento monumental. A gente se acostuma e passa por ela sem reparar.

Tudo isso são cousas que se provam por si pra que eu esteja insistindo nelas. Em São Paulo, com exceção do monumento do Ipiranga e do conde Matarazzo, que são os únicos monumentais e... educativos, todas as outras estátuas não passam de mesquinharias ridículas. Direi num táxi próximo porque existem.

MÁRIO DE ANDRADE

Nota da pesquisa:

Crônica republicada em *Os filhos da Candinha*, 1943.

DIÁRIO NACIONAL. Terça-feira, 29 de setembro de 1929

TÁXI: O CULTO DAS ESTÁTUAS — II

Se nós não nos cansamos de espetar estátuas nas ruas e praças da cidade, é porque o egoísmo humano substituiu o culto dos mortos pelo culto das estátuas. Essa é uma transposição curiosa da egolatria.

A egolatria não é só individualista não, e não consiste apenas na adoração do Eu. Tudo o que não seja humanidade como amor social, não passa de manifestações pragmáticas da egolatria. Existe egolatria de família, de classe. E a mais monstruosa de todas é a egolatria nacional, esse egoísmo imperialista que felizmente a universalização e a igualação das terras civilizadas está tornando cada vez mais insustentável.

Mas se a egolatria nacional é monstruosa, a de facção é a mais mesquinha. A que desmandos estatuários leva o grupo dos amigos!... É a egolatria de facção que leva o culto das estátuas à eficácia mais lamentável dele.

Em torno dum homem de certo valor ou apenas sincero, os admiradores vão se transformando pela freqüência em grupos de amigos. Uma quarta-feira morre o homem. O grupo de amigos fica desnorteado, num malestar medonho. Sentimentalizados todos pela proximidade da morte, carecem dar um derivativo ao sincerro do sofrimento. As qualidades do morto são exageradas, e de fato não podem ser percebidas no momento. O sentimento da amizade também se deforma no exagero e se torna imprescindível pros amigos do morto sufocarem o abatimento por meio duma vitória qualquer.

Não é o morto que tem de vencer, esse já está onde vocês quiserem, pouco se amolando com as derivações da existência terrestre. Quem tem de vencer é o grupo de amigos. E se observe que muitas vezes esses amigos (do morto), nem se dão entre si. O "grupo" se justifica apenas pela admiração sentimentalizada do morto e esses indiferentes se sentem irmãos. Isso é lindo e muito comovente. Só não acho comovente o derivativo: — Vamos fazer estátua, gente!

E a estátua se faz. Quais são os que cultuam a memória de Olavo Bilac, verdadeiramente cultuam, dentre a rapaziada que

125

lhe ergueu a estátua da Avenida? Quais são os que apenas conhecem mais intimamente a obra de Carlos Gomes dentre os que povoaram com porcelanas ocasionalmente de bronze a escadaria do Anhangabaú? E o que significará Verdi pra uma cidade comerciante, antimusical, em que a própria colônia italiana noventa e nove vezes por cento preferirá *Os palhaços* ou *Falstaff?*...

Sim, mas quando um "grupo dos amigos" ouve falar no morto ou mais raramente na estátua, jamais não se esquecerá de sentir (e as mais das vezes proclamar, se já não estiver arrependido do aleijão), que foi ele que ajudou a erguer... a memória do morto? Não, a estátua. O culto é a estátua que está na Avenida, na praça Floriano Peixoto, no jardim da Luz. O ególatra do "grupo de amigos" incha todo na satisfação pessoal duma vitória. O culto continua inexistente. O morto mais que morto.

Os transeuntes passarão pela estátua, a primeira vez olhando. "É uma estátua" se dirão. Os de maior atividade espiritual irão mais longe e prolongarão o pensamento até um "É feia" ou "É bonita". Poucos irão ler o nome, não do morto, mas da estátua. Raríssimos saberão quem é. E ninguém não olhará mais. E quando muito pros praceanos a estátua servirá uma vez por outra como ponto de referência ou marcação de randevu. E daí em diante só os turistas a olharão, não pra saber do morto, mas pra distrair-se com a estátua. E todos verificarão indiferentemente "É feia".

E de fato será sempre feia, principalmente porque pobre. Um bronzinho magro, uns granitos idiotas. A tal de vitória do "grupo de amigos" não passou também duma auto-sugestão. A festa se resumiu numa subscrição de má vontade e no presentinho coletivo das alunas pelos anos da professora. Um bibelô.

A rua é de todos e nela Pereira Barreto, Ramos de Azevedo, Feijó e a infinita maioria das estátuas se nulificarão. Não pretendo maltratar a sensibilidade de ninguém. Verifico uma verdade incontestável. Na rua que é quotidiana, de trabalho e de vida viva, eles não adiantam nada pela experiência, pelo exemplo ou pela memória. Não passarão jamais de bronzes pobres.

Que se faça um parque especial, árvores guassus, alamedas retorcidas feitas pra vagamundear. Parque onde descansem os desocupados que também são mortos-vivos. E onde os visitantes pelo nome do parque e as letras do portal já saibam que toparão a cada passo com a consagração dos mortos. Célebres pra cidade. Ou pros amigos.

MÁRIO DE ANDRADE

DIÁRIO NACIONAL. Quarta-feira, 16 de outubro de 1929

TÁXI : LITERATICE

O momento que o Brasil atravessa é mesmo bem amargo... As coisas materiais não me interessam tanto, quebras, a bancarrota quase inevitável, a desilusão do café como já foi a desilusão do pau-brasil, a desilusão do açúcar, a do ouro, a da borracha... Mas há um estado psicológico geral que infunde ao "esse poeta" um riso meio de amargura, meio de ironia que infelizmente se mancha de algum desprezo também. Mas esse desprezo, apesar de espontâneo, não é justo porém. Nada é desprezível nas vagas sociais, muito embora estas vagas sejam muitas vezes originárias dum ventarrão de ignorância e apriorismo leviano. Apriorismo natural num povo que ergueu a irresponsabilidade a elemento básico da vida moral.

Mas então por que o desprezo nasce inelutável dentro "desse poeta"? É deficiência do poeta. As... sabedorias inatas, essas fatalidades que fazem o artista verdadeiro, o herói verdadeiro, o pensador verdadeiro, é engraçado: no geral tornam o indivíduo duma incompetência única pra viver. Se observe Napoleão, por exemplo, de quem Beethoven soube tão bem desprezar (injustamente) a coroação final. A corte de Napoleão é daquele "ridículo lacrimal" de Camilo Castello Branco. Faz chorar de ridículo. Me lembra invencivelmente uma daquelas efêmeras companhias negras que nasceram aqui, com a mulatada se mexendo besta em minuetes empoados. A gente pode se rir do ridículo, porém sai depreciado, com um peso no coração. O herói era incompetente pra viver, como as nossas negras, incompetentes pra saírem do fogão, do maracatu, da mamãe-preta e do Mangue.

Pois do estado amargo de coisas em que jogaram o Brasil, o que me enjoa é a psicologia geral que pelo discurso, pelas ações, pela publicidade, os nossos maiores (?) infiltraram em algumas classes principais da nossa terra. Não é estado de controvérsia ideal, nem mesmo estado de luta: é estado de briga. O que quase todos estão criando na psicologia brasileira não é que vai haver votação. É que vai haver pancadaria. Desde já todos estão descontentes com o resultado e estão sábios de que reagirão contra esse resultado.

Esse descontentamento antecipado é mais que, pelo menos, tradicional. Provém do aviltamento de todos os direitos de cidadania a que estão reduzidas desde sempre as eleições brasileiras. O mais triste é que não só o que perde se acha na obrigação de brigar. O que ganha também se acha na obrigação, não de se defender, mas simplesmente de brigar. Se um briga porque perdeu, outro briga porque ganhou. O inevitável é a pancadaria. Pois não haverá uma remanescência de honra que inculque nos espíritos uma noção mais esportiva da verdade humana e desperte ao menos a curiosidade de saber de verdade quem ganhou? Quem ganha roubando não ganha, rouba. Os verbos têm isso que são sempre seres vivos. E como seres vivos eles sofrem essa lei natural que faz os mais fortes engolirem os mais fracos. Roubar e ganhar frente a frente estão bem, estão lutando. Emparelhados, logo roubar engole ganhar, ladrão! ladrão!

Mas se eu estou nestas cogitações de além-mundo, tão pra fora do Brasil e das próximas eleições, é incompetência minha, literatice pura.

MÁRIO DE ANDRADE

DIÁRIO NACIONAL. Quarta-feira, 30 de outubro de 1929

TÁXI: INCOMPETÊNCIA

Existe em geral nos artistas uma incompetência formidável pra viver. Mesmo o que se entrega corpo e alma a um desiderato social, a uma função pragmática qualquer, vem um momento em que a incompetência o desvia pro seu hospício legítimo, e Ernst Toller, preso político, cheio de ódios, cheio de ideais, cheio de interesses imediatos, se bota cantando as taperás que foram fazer ninho na cela dele. É assim. Não tem dúvida que Toller pôs muito de preocupações sociais no livro da Andorinha, porém este não deixa de ser por isso uma inocente e graciosa evasão.

Essa classe insuportável de trambolhos vitais, artistas, santos, mendigos, heróis, pensadores, há momentos em que se sentem numa impossibilidade enorme de tomar atitude ante um fenômeno social. É que todos eles, por mais pragmáticos que sejam e mais entusiastas pela coisa humana, sempre guardam pelo menos essa parte mínima de individualismo pela qual não podem, nem que queiram, deixar de matutar por si. Não possuem essa faculdade burocrática do homem normal que leva a matutar como todos, o que quer dizer: por todos.

Me lembro ainda a angústia silenciosa em que fiquei no meio da Isidora, obrigado vergonhosamente a ser neutro numa luta ao pé de mim, simplesmente porque se era impossível eu tomar atitude pelo governo que se dizia legal, por outro lado o general, Isidoro... nunca pude saber direito o que é. Naqueles tempos a figura de Luís Carlos Prestes não se definira... Me limitei nos ares a torcer pela Revolução, porque essa ao menos eu não sabia o que era. E é dentro das interrogações que acuam as esperanças desesperadas.

Pois essa incompetência pra largar duma vez as literatices é horrível, meus senhores. Deixa a gente em estado de "off-side"; é uma situação pobre, solitária, inútil. O gol é nulo.

Ora ser um "off-side", onde se viu! Os partidários dele se recolhem, com uma pena doendo fino... O juiz apitou. O gol já foi anulado. E o ser estava mesmo "off-side", é indiscutível, Não há ligação mais entre o coitado e os partidários porque estes estão sonhando que, se não fosse "off-side", era gol. Os adversários

129

apesar do apito, apesar da anulação, estão danadíssimos, insultando. É que apesar do apito do juiz e da anulação, a bola entrou mesmo no recinto sagrado, isso é que não tem que guerê nem pipoca. E por isso os adversários têm sede de sangue. Sangue do "off-side".

Pobre "off-side"!

Está claro que não quero abusar da compaixão pública, mas é incontestável que o verdadeiro "off-side", o "off-side"... sincero é um ser desgraçadíssimo. Eu gostei muito foi quando no *Cimento* de Gladkow, os comunistas mandaram chamar o "intelectual", que no entanto era partidário sincero deles, e o botaram pra fora do Partido. Fizeram muito bem. E o "intelectual" também. Ele ficou jururu, jururu. Foi se ridicularizando, ridicularizando, de-repente virou borboleta. Então, como na Bíblia, o céu escureceu, a terra tremeu, a borboleta voou e queimou as asas no lampião de querosene da salinha soviética. Morreu. Parafraseando o verso de Bilac: Jesus morreu de novo! O ideal é morto!

MÁRIO DE ANDRADE

Nota da pesquisa:

"Isidora" era a forma popular e corrente de nomear a Revolução de 1924, considerando a liderança do Gal. Isidoro Dias Lopes.

DIÁRIO NACIONAL. Sexta-feira, 1.º de novembro de 1929

TÁXI : MESQUINHEZ

Temos que distinguir porém. Se é incontestável que existe em certas classes de sublimadores da vida (artistas, mendigos, etc.) uma sincera incompetência pra viver, não é menos certo que muito indivíduo se aproveita disso pra não tomar atitude ante os fenômenos sociais. Constatado que o artista, o cientista, é um ser à parte, pois então vamos nos aproveitar disso, logo imaginam muitos desses. Sistematizam esse "estado de "off-side" que é inerente à psicologia deles e na verdade já não estão apenas à parte mais, criam mas é uma salvaguarda de indiferentismo, e até de senvergonhismo que lhes permite sacrificar tudo pelo proveito pessoal.

Quando Julien Benda estabeleceu no seu livro barulhento, a condição do "clerc", ele não esqueceu de especificar bem que a contemplatividade do "clerc" às direitas não impedia este de se manifestar a respeito de movimentos políticos e tomar parte neles. Mas a pena é que Julien Benda tratou quase que só de pensadores e literatos, de "intelectuais". E é certo que estes, não sei se por lidarem com o elemento diretamente intelectual das palavras, em geral são mais foguetes, mais audaciosos, e vivem tomando partido. Felizmente pra eles que assim pelo menos justificam mais socialmente, pra não dizer: humanamente, a sua maneira-de-ser.

Mas entre pintores, músicos, arquitetos, etc., a neutralidade é muito de praxe. Neutralidade? É, eles chamam de neutralidade o que pelas palavras certas é muito boa falta-de-caráter. É a "neutralidade" que consistia, por exemplo, no governo de Carlos de Campos, em tudo quanto era concerto uma ou outra pecinha desse músico lamentável aparecer no programa. E me vinham: — Você compreende, isto é banalíssimo, medonho, mas afinal nós que pertencemos à classe dos músicos devemos honrar um... sim, um músico que está na presidência. E como a bondade pessoal de Carlos de Campos era mesmo um fato, aquilo rendia bem pro colega.

Este ano mesmo, um pintor mais que coitado me expunha as teorias da honradez estética assim: — "Você compreende (usam

131

e abusam deste "você compreende" arranjador de cumplicidade), você compreende, tudo isto que eu faço é porcaria, não é a minha arte não! Mas é disso que o povo gosta! Estas orquídeas, isso é passadismo do mais ordinário, mas Fulano que você sabe a importância dele na Prefeitura, queria por força que eu pintasse orquídeas, então pintei e ele comprou. Estou envergonhado de ter um quadro assim na exposição mas, você compreende, o dono afinal é figura muito importante na Prefeitura. Mais tarde, quando eu não tiver mais cuidados pecuniários, então hei de fazer a arte verdadeira que sinto em mim."

Mas eu quero reverter todas estas observações ao momento de agora. Me parece incontestável que nós estamos atravessando um momento muito importante da nacionalidade, principalmente pelas possibilidades de que ele tem de despertar no povo brasileiro uma consciência social de raça, coisa que ele nunca teve. Ora tirando o pessoal de Minas e do Rio Grande do Sul e mais alguma exceção rara no resto do país, não só músicos, pintores, arquitetos, mas até entre os literatos mais novos estou percebendo uma pouca vontade vagarenta de tomar atitude. Parece que estão muito preocupados em cantar a mãe-preta, o seu rincãozinho e algum modismo vocabular pra tomarem consciência verdadeira do momento que a nacionalidade atravessa e vai bastante mais além desses lugares-comuns temáticos do modernismo de agora. No poema de Martin Fierro vem aquela estrofe honesta de que gosto muito:

"Yo he conocido cantores
Que era un gusto escuchar,
Mas no quieren opinar
Y se divierten cantando;
Pero yo canto opinando,
Que es mi modo de cantar.

Eu acho que também temos que cantar opinando agora, pra ninguém chegar atrasado no tragicômico festim. Há muito mais nobre virilidade em se ser conscientemente besta que grande poeta de arte-pura.

MÁRIO DE ANDRADE

Nota da pesquisa:

1. Crônica republicada em *Os filhos da Candinha*, em 1943.
2. Julien Benda, filósofo e romancista francês, racionalista adversário de Bergson, discutiu a problemática do intelectual em *La trahison des clercs*, obra bastante difundida na época.
3. "Consciência social de *raça*" tem para Mário sentido sociológico, valendo como povo.

DIÁRIO NACIONAL. Domingo, 17 de novembro de 1929

TÁXI: DEMOCRÁTICOS

O vício da gente se esquecer das suas próprias faculdades de pensar é bastante comum. Mesmo entre os que pensam. Alguém faz uma afirmativa crítica e nós deitamos nessa jangadinha e vamos de rodada mansamente rio a baixo, sem interrogarmos mais se as cabeceiras do rio são puras nem se a jaganda é legítima. E fiz bem mesmo a equiparar o pensamento crítico à jangada. Canoa é que não é não. Canoa pode afundar pra sempre mas os pensamentos críticos, por mais tontos que sejam, são que nem as jangadas: viram, reviram de lado mas inafundáveis. Alguém um dia os há de retomar.

Ora se não me engano foi Graça Aranha quem primeiro falou entre nós que esse movimento de renovação brasileira, aberto faz mais ou menos dez anos, tinha que abraçar todos os campos da atividade humana pra ser razoável e não se restringir às roças da especulação estética. Isso é muito justo e implica verificar que entre nós era e é grande a incapacidade do artista em tomar atitude ante os fenômenos da vida pública, especialmente política.

Repito: esse pensamento quando afirmado por Graça Aranha, era muito justo mas onde ele virou jangada foi em muitos continuarem a repeti-lo, descansados na insubmersibilidade dele, sem verificar se continuava inteiramente legítimo.

No Rio principalmente, que é o paraíso da contemplação e dos conselheiros, a coisa tem sido repetida e muito, com injustiça grave pras transformações que o movimento modernista vai sofrendo em muitas partes do país.

No primeiro ou segundo número do *Movimento Brasileiro* (Rio) o artigo da Redação repetia o conselho contemplativo. E Tristão de Athayde na fase atual, messiânica e aliás tão ilustre da obra dele, fase em que tem acumulado injustiças e incompreensões partidárias sobre o movimento modernista brasileiro não se cansa de repetir o refrão.

Ora se me parece incontestável que a largueza da revolução espiritual contemporânea não pode se restringir às especulações

133

estéticas, já é muitíssimo contestável que a isso ela se tenha limitado no Brasil.

O que me parece é que todos esses espíritos de jangada estão mais preocupados em nos verem dentro da jangada deles, que servindo às idéias sociais, filosóficas, científicas, estéticas, econômicas, debatidas no tempo nosso.

Faz uns poucos de dias que Antônio de Alcântara Machado verificava entre os moços uma simpatia muito decidida pelo Comunismo. Essa simpatia vai mesmo além dos platônicos namoros escolares, e vários dentre os "modernos" do Brasil são membros de partido.

Ninguém poderá dizer que o *Retrato do Brasil* seja uma obra de especulações estéticas, nestes últimos tempos, que livro causou impressão mais profunda no Brasil que o do Paulo Prado?

Olhando São Paulo é mesmo que a injustiça carioca inda ressalta mais. Seja ou não originado da Isidora, o certo é que o movimento democrático causou muito menos perturbação econômica e muito profunda revolução política na vida brasileira.

É o único partido político aparecido no país depois da oligarquia republicana. Bom ou ruim, o que importa verificar aqui é que se trata mesmo dum partido político.

Ora no foco originador do Partido Democrático, nas primeiras e sonhadoras reuniões em casa de Paulo Nogueira, muitos modernistas estavam.

E continuaram tomando parte viva no Partido. Muitos abandonaram mesmo por completo as preocupações estéticas, em favor desse movimento político. E o *Diário Nacional* que é a expressão do Partido Democrático, reuniu e reúne ainda muitos dos chamados "modernistas" da terra.

Mas a preguiça que a gente bota em rever os juízos antigos fará com que essa jangada falsa continue rodando muito tempo. Jangada tão mais falsíssima que basta a gente lembrar que o simples fenômeno de pesquisa nacional, parte básica do movimento moderno brasileiro, já escapa ao que propriamente a gente chama de "especulação estética"...

MÁRIO DE ANDRADE

DIÁRIO NACIONAL. Quinta-feira, 21 de novembro de 1929

TÁXI: LE CORBUSIER

Está em São Paulo o engenheiro-arquiteto Le Corbusier, um dos valores de maior importância na arquitetura contemporânea.

Sem dúvida a presença de Le Corbusier na Sulamérica nos honra, sendo ele um nome de importância universal como é, porém as razões que o trouxeram pra cá antes me deixam penaroso que outra coisa. Le Corbusier veio a chamado de Buenos Aires fazer conferências, e de passagem por São Paulo fará mais uma aqui. É mesmo possível que dos seus discursos resulte alguma adesão à arquitetura moderna, porém, mais que na esperança de benefícios possíveis, estou mas é pensando nessa volúpia, nesse virtuosismo contemporâneo de pensar, que faz a gente preferir os argumentos aos atos. Os portenhos, que estão entre os mais legítimos "conquistadores" da idade moderna, mandaram vir da culta Europa, mais alguém, importantíssimo, que os fizesse pensar e refletir nos lazeres encadeiados aos negócios de gado e trigo. A nossa América é maravilhosa, não tem dúvida. Mas é desprezível. Até na paciência com que repete os fenômenos desprezíveis da História. Os gregos cantando em Roma... Os Tupinambás na festa de Ruão... Tudo Aídas pra outros tantos Verdis.

A vinda de Le Corbusier que de fato nos honrava muito seria, não a sua presença real, mas a realização por ele aqui de alguma grande casa, um palácio pra Câmaras, uma Prefeitura, um palácio Salvi, um palácio Martinelli. Mas, como todos os entre-selvagens, nós estamos ainda sob a escravidão ilusionista das palavras, e desservimos um valor tão determinado como Le Corbusier, lhe pedindo palavras, palavras, palavras. É certo que desde os tempos de *L'Esprit Nouveau*, Le Corbusier se apresentou como um dos mais lógicos teoristas da arquitetura moderna, porém força é verificar que não são nem artigos nem livros o seu verdadeiro elemento de expressão. Outro dia, ele observava em conversa, que os literatos tinham invadido todos os domínios da atividade humana... Está certo. Porém inda é mais amargoso constatar que jamais todas as atividades humanas não foram tão literárias como agora. Filósofos, matemáticos, psicólogos, pintores, Einstein, Freud, Keyserling, Malipiero, Milhaud, Lhote se traduziram em literatura, tanto como sinhôzinho Cocteau em explicador sonambúlico de Chirico e teorista dos Seis que eram só cinco e ficaram sendo quatro.

No entanto uma anedota gentil de fazem uns dois anos talvez, se tivesse outro final, faria Le Corbusier nesta viagem encontrar já uma construção dele no Brasil. Infelizmente pararam em meio as negociações entre ele e a família Santos Dias, do Recife, prá construção duma casa moderna à beira-rio do Capiberibe. Foi pena. Mas em verdade a arquitetura moderna do que carece não é de pequenas construções e sim de grandes edifícios que a definitivem na consciência social. Estes, apesar da tão ignorada Bauhaus, de Gropius, a bem dizer inda não existem. E não será a velha América do Sul que tome uma iniciativa dessas. A nova Rússia inda sim, como fez com o Bureau Central de Moscou, que será criação de Le Corbusier e cujos projetos e descrição já o *Diário Nacional* publicou. Mas nós, nós temos uma excessiva consciência da nossa responsabilidade! Essa curiosa e intermitente "consciência de responsabilidade", saci moral de muitas sacisices que em geral só aparece quando é inútil ou específica a burridade humana.

MÁRIO DE ANDRADE

DIÁRIO NACIONAL. Quinta-feira, 5 de dezembro de 1929

TÁXI: AMAZÔNIA

O novo livro de Gastão Cruls que o *Estado de S. Paulo* está publicando, não é que eu tenha feito uma viagem tão bonita assim e aventurosa, mas me botou numa gaiola, rio acima, devagar. Andei por lá e por isso, lendo os folhetins, eu apalpo o acidente com uma força de verdade muito parecida com a convicção.

Da leitura de Viagens podem provir duas maneiras de prazer, conforme se o lido já foi visto ou não. Se já visto, as frases se endereçam pro corpo da gente, a atividade intelectual quase se anula diante da força associativa das sensações refeitas. A gente permanece porventura mais afastado do escritor, porém certamente mais exato com a verdade. Isso está sucedendo comigo que através da escritura de Gastão Cruls ando agora numa reviagem dolente e muito sensível pela Amazônia que eu vi.

As viagens nos dão muita autoridade... Eu mesmo bastante já sofri desse preconceito do "homem viajado", que permanece na gente apenas como herança incruada dos tempos em que se vinha em três dias de Araraquara a S. Paulo.

Hoje nós temos a Europa dentro de casa, pelo menos no essencial da Europa, isto é, aquilo em que ela, com a China ou os Estados Unidos, proporcionam de universal. Mas o preconceito do homem viajado permanece. Não só nas virtudes sociais que isso dá pro indivíduo — o que é pueril e não me interessa agora — como na porta-de-saída das discussões. Um indivíduo que inda não foi na Europa, pelo menos o gostinho de vencer... fisicamente certo gênero de discussões primordialmente européias, não pode ter. Até que não sejam primordialmente européias. Você vai discutindo e os seus argumentos são bons. Quando esses argumentos principiam incomodando por demais o homem viajado, ele achata a própria e demais consciências presentes com a salvação de praxe: — "Você diz isso porque nunca foi à Europa!"

É fácil de perceber o valor comercial desse argumento. Prás instâncias deste mundo a verdade tem um valor quase nulo. Ou nulo duma vez. A verdade é um destino da inteligência, é, por assim dizer, uma assombração metafísica e pra lhe caracterizar a irrealidade terrestre criou-se uma outra palavra, "evidência", ex-

137

perimental, objetiva. Que a Amazônia seja bonita pode ser uma verdade mas que ela designe a região do rio Amazonas é uma evidência. Não pensem que estou entrando no rincão da Filosofia — falo apenas sob o ponto-de-vista prático. Ora, o indivíduo viajado pode estar destituído da verdade, mas possui a evidência do mundo que viajou. E por isso o argumento dele é possante embora intelectualmente seja muitas vezes uma covardia.

Covardia das mais perdoáveis, aliás, porque "ter estado lá" é uma volúpia. Percebi isso muito bem no dia que passaram aqui o filme do general Rondon, sobre o extremo-norte da Amazônia. Tinha muita criança das escolas no teatro. E tanto uns sujeitos semi-sabidos comentaram errado certas coisas ao pé de mim que não me contive e virtuosamente corrigi uma tolice grande. Continuou a correção, um diálogo curto que me levou ao sublime "já estive lá". Ninguém mais não disse nada, a não ser um menino que, feitas as luzes pra mudança de rolo, olhou e sorriu pra mim. É incontestável que se o *Santa Helena* desabasse, o menino se salvava porque eu "tinha estado lá" e estava ali. Com a mudança que a idade traz prás idéias, eu bem sabia que todos os meus vizinhos estavam na mesma ordem de... sensibilidade que o menino. Eu, calmo feito um rei.

MÁRIO DE ANDRADE

DIÁRIO NACIONAL. Sábado, 7 de dezembro de 1929

TÁXI : ORTOGRAFIA

A Academia Brasileira de Letras acaba de refixar a ortografia de seus Membros e propor ao Congresso uma lei que unifique a ortografia dos brasileiros. Foi uma coisa excelente e Deus queira que vingue! O caos ortográfico em que estamos agora e em que sempre tomei parte com uma volúpia digna de mim, é irritante, enquisilante, insuportável e tem que parar. Só uma lei mesmo, exigindo unidade de grafia escolar e oficial, nos levará a uma fixação ortográfica, porque o individualismo entre nós é incomensurável. A lei, pelo sim pelo não, nos levará insensivelmente à unidade. Se as nossas Câmaras legislarem sobre o caso, o fato estará consumado; em cincoenta anos, mortos os derradeiros cascudos do passado, quem escrever "caza" com "s" errará, se tornará digno duma censura intelectual.

Esse pra mim é o ponto moral e mais importante da questão. O se tornar digno de censura é uma elevação. Em ortografia como em milhares de outras manifestações e virtudes, o brasileiro inda não tem dignidade nenhuma, pois que nem digno de censura é.

Entre nós, tudo quanto possa despertar o sentimento de responsabilidade é muito útil. Se nós inda estamos pouco verificáveis em Literatura como em Política, a principal razão dessa miséria vem da pouca ou nenhuma consciência de responsabilidade em que devaneiamos no geral. Sob esse ponto-de-vista a nossa inferioridade em relação aos Chamacoco ou Cubeva e demais ameríndios é aviltante. Estes possuem uma lei de vida intransponível, e por sinal que às vezes admirável como beneficiamento da comunidade. Mas o brasileiro devaneia numa irresponsabilidade tão prodigiosa que nem mesmo uma consciência de pátria nós jamais possuímos. E graças a Deus! Porque se é certo que hoje só esta consciência de pátria (ao menos de pátria tradicional), nos conduz pra unidade nacional, essa mesma consciência de pátria ali por 1822 teria feito de nós uma poeira de naçõezinhas americanas e não este imenso Brasil.

Ainda a respeito de consciência de pátria guardo uma observação que me parece interessante expor. Antes de mais nada: está claro que não considero como "consciência de pátria" a certas

139

exasperações patrióticas de vaidade, ou chovinistas de irritação, que nem as que fazem os brasileiros das cidades terem todos o seu rabicho por Santos-Dumont, ou os paulistas mostrarem uma coragem fácil ante as burradas da insuflação fascista. Tudo isso é literatura e não provém duma permanência, duma constância psicológica. Pois é curioso notar que o desleixo vital do brasileiro é tamanho que nem mesmo o ensino escolar, tão cheio das mais ridículas patriotices, consegue fixar no brasileiro moço a parte mais importante da consciência de pátria, a responsabilidade nacional. Aliás isso não provirá do próprio exagero da "pátria" que nos obrigam a conceber na escola? As desilusões depois vêm, e a conseqüente revolta que responde a um exagero com um exagero novo: à medida que despimos de suas galas aquela pátria linda e cômoda da escola, e elas desaparecem de nós, a pátria desaparece com elas.

E d'aí em diante isto não será mais que miséria sem comentários e insubstituível. Contra a qual é inútil reagir. O melhor é sambar, gente! Irresponsavelmente.

Mas se o ensino das escolas não conseguiu tornar permanente em nós sequer a patriotice, duns tempos pra cá esta patriotice está se tornando, sim, permanente, por influência do serviço militar. Será que o ensino dos sargentos é mais eficaz que o das professoras? É possível que seja porque o ensino de aventura é muito mais impressionante que o profissional, porém desconfio que a razão é outra. Essa hórrida classe dos militares pelo menos uma coisa boa tem, feito os Chamacoco: a Lei. Boa ou ruim: a Lei. De maneira que invertem-se os termos da equação: em vez duma consciência de pátria despertando na gente um sentimento de responsabilidade nacional, é este que no recruta provoca u'a maior permanência psicológica da entidade pátria. Simplesmente questão de paúra: se a pátria guerrear os que morrem primeiro são os reculutas, e isso os aproxima da pátria, naquela mesma ordem de sensibilidade misteriosa que faz, quando a mãe está pega-não-pega com o verdureiro, os filhotes virem se enrolar da saia dela.

MÁRIO DE ANDRADE

DIÁRIO NACIONAL. Domingo, 8 de dezembro de 1929

TÁXI: ORTOGRAFIA — II

Eu falava outro dia que o maior benefício nacional que nos pode trazer a fixação por lei duma ortografia brasileira, era um benefício de ordem moral. Porque a possibilidade de errar (que atualmente não existe em ortografia) e de, conseqüentemente, se tornar digno de censura, dignificava o brasileiro e auxiliava nele o acordar do sentimento de responsabilidade.

Está muito bem. Agora quero apenas verificar duas cousas, uma pró, outra contra a reforma ortográfica da Academia Brasileira de Letras. Mas antes de mais nada afirmo que sou francamente a favor da reforma e que estarei escrevendo dentro dela o dia em que for sancionada por lei — coisa que espero e desejo. Além disso a verificação pró que vou fazer, destrói a verificação contra. Mas continuo fazendo esta porque é mais de ordem psicológica que gramatical.

Vamos à verificação pró. A ortografia indicada pela Academia é defeituosa? É. É defeituosíssima. Tem inconseqüências e atrapalhações. Mas isso em nada a invalida. Não existe ortografia mais boba que a inglesa. Mas é uma ortografia porém... Quem escrever o inglês dum jeito que não está nos dicionários, erra. Tem (1) a responsabilidade nacional de se tornar digno de censura. Complicações, bobagens, atrapalhações existem na ortografia de todas as falas e são fatais, simplesmente porque não tem dois homens nesse mundo que pronunciem da mesma maneira. Pouco importa escrever "cavalo", "kavhallo" ou "kkkcahwa-hlo"; qualquer destas ortografias é, não digo legítima, porém salvadora, desque seja a exata. O importante é ter uma ortografia, o importante é adquirir o direito de errar. Nós atualmente não possuímos uma ortografia porque a chamada "usual" é a nuvem mais inconsistente e inconstante que jamais não escureceu estes céus napolitanos. A Academia, num dos seus gestos mais fecundos, nos proporciona o direito de errar. Nos dá uma ortografia. E nisso ela andou muito mais próxima do Modernismo artístico brasileiro do que nem sonhou.

Ultimamente desiludidos consigo mesmo (2) os invejosos por não termos produzido uma obra-prima como *Dom Segundo Sombra*, alguns modernistas (vejam o segundo dos *Dois ensaios* de

141

Jorge de Lima) deram pra falar mal do movimento. "Não fizemos nada!" "É preciso ser antimoderno!" (Não reparando que isto é se tornar "up-to-date"). Os benefícios do Modernismo foram enormes e fecundos. Mas é ridículo tratar deles já. Um, com o qual agora a Academia veio coincidir, foi justamente esse de nos dar o direito humano de errar. Qual foi a experiência que nunca se fez em Literatura brasileira? Positivamente nenhuma. A nossa Literatura (falo só de Literatura pra coincidir com esses atacantes fáceis que esquecem as outras artes — e é certo que em Arquitetura tivemos o Aleijadinho que foi um experimentador, e fixador dum tipo nacional de igreja) a nossa Literatura, mesmo com as suas obras primas, foi sempre uma reimposição em letra-de-forma nacional, de experiências estranhas já fixadas. Hoje nós experimentamos simultaneamente e, umas poucas de vezes, originalmente. Dantes todos jogavam no certo porque *errar era uma vergonha*. A finalidade da criação era exclusivamente festiva, diletante, espetacular; fazer gostoso e não mover os mundos. De dez anos pra cá a quase que totalidade dos moços modernos não fazem outra coisa senão experimentar. O erro não é mais um regougo de suindara anunciando nossa morte e de que se deve fugir. A mocidade agora está encarando o erro, sadiamente, como uma possibilidade de acertar. A Academia, fixando o direito de errar em ortografia, coincidiu, "hélas"! conosco.

Me encompridei tanto que a verificação contra terá de sair curtinha. A Academia foi muito menos patriótica que patrioteira na reforma de agora. Nem olhou prá reforma portuguesa, isto é, olhou sim, mas se percebe que com o propósito deliberado (conscientemente ou não, pouco importa) de fazer outra coisa. Senão havia de aceitar pelo menos em parte a acentuação portuguesa que facilita definitivamente a pronúncia. Milhares de brasileiros continuarão falando em "íberos", que já todos os portugueses sabem pronunciar "ibéros"; e todos os estrangeiros, milhares! daqui, continuarão estropiando a uniformidade das nossas palavras graves. Mas a Academia inda se afoga naquele estado psicológico em que manobrava Graça Aranha no famoso discurso de saída da Academia: acha que temos de reagir contra Portugal. Isso, simplesmente nos escraviza a Portugal. Tanto como seguir uma gramatiquinha lisboeta. O ponto-de-vista tinha de ser outro: ver o que os portugueses fizeram (embora depois, como fez questão de fixar patrioteiramente Medeiros e Albuquerque), aceitar o que havia de bom na reforma deles, jogar fora o resto. Porque nós só seremos brasileiros o dia em que não fizermos caso de coincidir ou não com Portugal, essa espécie de passado que temos.

MÁRIO DE ANDRADE

Nota M.A.:
(1) Correção; no recorte: "Sem a..."
(2) Correção; no recorte: "... consigo mesmo..."

DIÁRIO NACIONAL. Sábado, 14 de dezembro de 1929

TÁXI : "DE-A-PÉ"

Parece que a humanidade, com as invenções do Tratado de Versalhes, do Fascismo, do Pacto Kellog, etc., de repente achou que tinha andado muito demais pra frente. A moda agora é a volta a qualquer coisa. "Retour à"..., porque a expressão é francesa. Volta-se à Índia, volta-se a S. Tomás, a Bach; em Medicina querem voltar aos quatro temperamentos... E volta-se à natureza. A principal manifestação desta última volta são as sociedades de homens adâmicos, homens e cunhãs, está claro, já barbados e etc., mas naquela mesma vestimenta infatigável em que já estavam no dia em que o pai se deitou na rede pra jejuar e a mãe foi tomar banho no rio. Os alemães fazem isso, como era de esperar, cientificamente e as revistas de lá andam trazendo fotografias tais que já bem podem servir à clientela brasileira. Na França, porém, isto é, latinos, os voltadores à natureza usam uma tanguinha que não tardará a ser de penas de arara, o dia em que a vestimenta nova cair na invenção de algum modista sabido em Etnografia.

Mas essa diferença de tanguinha ou não-tanguinha entre latinos e alemães está me fazendo imaginar na influência do clima sobre a psicologia racial. Porque se de fato, como contam, as famílias da natureza alemã, lá na fria Alemanha continuam se portando cientificamente, com toda a seriedade, basta saírem da Alemanha pra não conseguirem isso mais. Pelo menos o que se infere duma obra muito curiosa sobre o Brasil, *Paradies und Hölle*, à qual não me lembro ter visto nenhuma referência brasileira. Franz Donat, o autor dela, é uma espécie de Ossendowski do Brasil sertão. É incontestável que andou por aí tudo, não se pode pegá-lo num erro, grafa magnificamente as palavras brasileiras e paraguaias, coisa rara em viajante desta América. Mas os livros dele, em que diz apenas contar o sucedido em viagens de verdade, especialmente no *An Lagerfeuern deutcher Vagabunden*, relata coisas que a gente está vendo serem mentira. O *Inferno e paraíso*, é incomparavelmente melhor e teve sucesso merecido na Alemanha. Se neste nosso país desgraçado, a gente se preocupasse conosco, em seguida ao Martius, von den Steinen, Koch-Grünberg

143

e alguns outros, embora mais livre como valor nacional, esse livro já estava também traduzido.

Não me lembro bem dele, que faz uns dois anos que o li, porém o que me ficou mesmo impressão ornando a memória foi uma cômica aventura duns alemães homens-da-natureza que andavam lá pelo mais fundo dos sertões catarinenses.

O chefe da nova religião era um Johannes, austríaco, ocultista, sacana e até gatuno, arranjando oco de pau pra lhe virem vozes do Alto. Vozes, está claro, que ele menos escutava que os adeptos, aterrorizados, esfregando cara no chão. Quem nos salvou de mais um Joazeiro foram as mulheres. Enquanto a sociedade contava só marmanjos, andou tudo bem, mas um dia entraram uma viúva e a bonitinha da filha no farrancho. Esse Johannes podia ser ocultista e palavroso, mas era pouco científico, parece. Pegou acocando as duas com tanta natureza que o herói do livro, Franz Donat, encrespou e meteu boa ciência brasileira naquela vasta naturalidade. Chegaram numa vila e enquanto Johannes deitava pregação, foi direitinho contar tudo pro delegado. Johannes gramou na cadeia e, viúva e filha, abandonando pra sempre a natureza, entraram com armas e bagagens, prá nossa aliás caroável sociedade humana.

Mas Johannes não era ruim não. Ruim deve ser este clima.

MÁRIO DE ANDRADE

Nota da pesquisa:

Ambos os livros de Donat, edições alemãs de 1927, fazem parte da biblioteca de Mário de Andrade e trazem anotações marginais.

DIÁRIO NACIONAL. Sexta-feira, 20 de dezembro de 1929

TÁXI: "DE-A-PÉ" — II

Pois à última moda da "volta à natureza" lembrou à livraria Stock, de Paris, o reunir numa coleção interessantíssima, *Les livres de la Nature*, algumas obras de amantes da natureza, antigos e contemporâneos.

"Amantes" mesmo, falei certo, porque não há dúvida que nesses indivíduos se realiza uma verdadeira mas delicada e não censurável transposição do amor, pela qual eles dão às manifestações naturais tudo o que há de mais essencial na humanidade do amor: carícia, confidência e companheiragem. Ainda a senhora Andrée Martignon verificava no seu *Un promeneur à pied*, que quem gosta de verdade do mato, passear com muitos companheiros não pode não. Passear quando muito em dois. Mas é principalmente a solidão requerida pelos grandes amores, que buscam os amantes da natureza.

É uma série admirável de livros, em que até as obras-primas aparecem, que nem o *Un flaneur en Patagonie*, do angloargentino W. H. Hudson, e *La vie des bêtes pour-chassées*, do norte-americano Ernst Tompson Seton, este um dos livros mais apaixonantes que tenho lido ultimamente.

É curioso a gente observar que a coleção é quase toda feita de escritores anglo-saxões. Os latinos gostam pouco da natureza, isso é verdade. Os portugueses então, nem se fala! A deficiência de natureza em Camões, que foi um viajado, é espantosa. O deliciosíssimo Gandavo com o esforço que faz pra noticiar o Brasil, tem uma deficiência tamanha de visibilidade que faz dó. Auditividade então, nenhuma. Fernão Cardim escapa mais disso e num passo da *Narrativa* descreveu o Rio de Janeiro como ninguém mais depois. Porém em letra latina, jamais alguém não deixou uma página comparável com aquela, romântica não tem dúvida, mas sublime que Martius... inventou, descrevendo o dia amazônico. Os franceses se orgulham de Fabre, de Michelet... Mas também não será em grande parte por causa da literatura?... Imagino que sim.

Mas nenhum destes é propriamente dessa casta de escritores, cujo amor pela natureza escapa a qualquer finalidade humana, o delicioso amor de amor, exclusivamente lírico e cuja finalidade está em si mesmo. Isso é um departamento quase exclusivo da literatura anglo-saxônica e dá amores calmos os de Charles J. G. Roberts, ou paixões desesperadas com as do tão pouco falado Argernon Blackwood, cujo *Pan's garden* uns tempos me apaixonou, faz isso uns dez anos.

Porém há um lado em todos esses amantes da natureza que me desagrada fundamentalmente. É o antropomorfismo de que todos abusam. A própria faculdade muito especial (e que nem o caipira ou caboclo têm) de saber o nome das coisas, aves, plantinhas, animais, pedras, já escapa do legítimo conhecimento natural. É individualismo. É puro antropomorfismo. Vejam lá agora se nas confidências daqueles urbanos e já mortos plátanos da praça Antônio Prado, eles se comunicavam os homens que viam, com um "Este é sírio", "Este é intaliano", "Este por acaso é brasileiro."!...

Nada! "São homens": é que os plátanos murmuravam entre si. O verdadeiro amor conduz à ignorância, e é por isso que se fala que os namorados são cegos. Eu gosto muito da natureza, gosto ignorantemente, chamando às aves de passarinhos, às árvores de plantas ou matos, e a todos os riachos de corgos. Nomear é antropomorfismo. Ou é foral, tratado de limites, escritura de venda. Das transposições interumanas do amor, o meretrício tem de lindo isso de abrir a porta ao amador "que não se sabe não", como diz o poeta Jorge Fernandes. E só assim é que podemos verdadeiramente amar a natureza. Se a gente pudesse conhecer o sentimento das àrvores então é que as chamaríamos com justiça de cafeeiro, agarra-compadre e urtiga. Como não podemos, isso é sabença e antropomorfismo.

MÁRIO DE ANDRADE

Notas da pesquisa:

1. As obras citadas fazem parte da biblioteca de Mário de Andrade.
2. Jorge Fernandes é poeta modernista da Paraíba com quem nosso cronista entra em contato em sua "viagem etnográfica" ao Nordeste, realizada entre dezembro de 1928 e janeiro-fevereiro de 1929.

DIÁRIO NACIONAL. Domingo, 22 de dezembro de 1929

TÁXI: "DE-A-PÉ" — III

Uma das manifestações características dos amadores da natureza é a preferência pelas caminhadas a pé. O amor é vagarento. Os amantes da natureza sabem isso como ninguém, porque esta chinoca é, não digo indiferente nem esquiva, mas das que apenas se deixam amar. Isso é comum em todos os casais duradouros. Nunca os dois amam do mesmo jeito. Tem sempre um, ora a mulher, ora o homem, que visivelmente se deixa amar. É comum a reflexão: Fulana gosta mais de fulano, que ele dela. Se trata-se dum casal verdadeiro, ambos se gostam igualmente. Apenas, parece que é mesmo condição essencial do amor, que se dê um não emparelhamento de iguais, mas um completamento de concordâncias. Como, pra não dar exemplo com possibilidade metafórica, o pires e a chicra. Sei bem que existem chicras sem pires mas também que idéia esta minha de comparar o complemento (1) do amor com pires e chicra! Em todo caso, pra nós que não usamos cuias nem cuités, nem moramos no Japão, é incontestável que pires e chicra se completam comoventemente.

Pois a indiferença expectante com que a natureza nos ama, obriga a gente a um acariciamento tão íntimo dela que só andando a pé. A melhor carícia é mesmo a tátil, e carícia tátil não se faz de longe nem por tabela. A natureza requer o nosso pé palmeando-a, e não as patas do animal ou as ranhuras do pneu. Estou lembrando Blaise Cendrars, um dos melhores andadores que eu vi. Durante a Revolução demos uma feita uma larga caminhada, e mais outra, morro acima, nas vizinhanças de São João del Rei. Que andar admirável o dele. Cocteau, que sabe como poucos descobrir o sentido das suas próprias observações, fala em Cendrars, "avec son pas de chercheur d'or"... Ou frase idêntica. E é isso mesmo. Um passo realista, franco, duma lealdade única. Essa mesma lealdade que faz Cendrars ser mais temido e respeitado de longe, que apreciado no mundo literário e outros mundos. Passo desprovido de musicalidade, não tem dúvida, aliás como toda a literatura do seu dono, porém duma pureza de som inalterável. Incapaz dum intervalo de quinta ou de oitava, mas fulgurante como um diapasão.

Estou me lembrando agora de mais dois passos que guardo na memória deslumbrada. Um deles foi do cantador nordestino, Chico Antônio, mas falarei dele noutro lugar. O outro foi dum

147

indígena peruano da tribo dos Huitota. Andou na minha frente um estirão pesado quando fui de Nanay até a maloca da tribo dele, faz dois anos. O caminho parecia trilho de gado, caracteristicamente ameríndio e eu não cabia nele. Coisa aliás que machucou bastante as minhas veleidades a descendente da seiscentista dona Méssia Fernandes e por ela de Pequirobi, cacique do Hururahy. Mas tive que me conformar com a não remanescência desses passados vãos: lá fui, pisando campo verde. O índio na minha frente, não é que dançasse, andava, mas os passos dele tinham uma fluidez quase bailarina e tão pacífica que a morosidade da tarde vinha buscar neles um vento pra se estimular. Andavam rápidos sem certeza de chegar, sem nenhum som, mas completos, pés na terra eram terra e no ar se faziam ar numa invisibilidade perfeita. Esse índio era feio, negrejante por causa do genipapo. Os pés dele também, um triângulo chato. Mas estes pelo menos eram ainda bem natureza, naquele corpo de calça e paletó, pedindo que mais pedindo, meus soles e seus quebrados prás cachaçadas futuras. Não podendo simpatizar com o civilizado, amei-lhe os pés, que eu também me pretendo entre os amantes da natureza. Quando permito que o passado se lembre de mim, às vezes, sinto esses passos huitota andando na minha memória. E à medida que o tempo me afasta deles, vão ficando cada vez mais passos e cada vez mais memória. Isto é: cada vez mais velozes e cada vez mais lindos. É possível até que nem fossem tão maravilhosos assim, mas eles têm a seu favor o serem já agora incontroláveis e a comoção que me deram um dia. Só eu os posso identificar com a minha memória, e só pelo que está neste papel é que os homens podem saber o que foram esses passos. Passos felizes!...

MÁRIO DE ANDRADE

Nota M.A.:

(1) Correção; no recorte: "... complemento..."

Notas da pesquisa:

1. No próprio momento da luta revolucionária de 1924, Blaise Cendrars está em visita ao Brasil. Participa juntamente com os modernistas de São Paulo e seus amigos da viagem a Minas Gerais, por eles chamada "viagem da descoberta do Brasil". A caravana paulista era composta por Mário de Andrade, Blaise Cendrars, Oswald de Andrade e seu filho Nonê, Tarsila do Amaral, René Thiollier, D. Olívia Guedes Penteado, Gofredo da Silva Teles.
2. Quando de sua ida ao Nordeste, Mário de Andrade trabalha na coleta de documentos de produção poética e musical popular. Na Paraíba, no engenho Bom-Jardim, de propriedade de Antônio Bento de Araújo Lima, registra, encantado, as composições do cantador Chico Antônio, figura que muito o impressiona. Chico Antônio tornar-se-ia personagem em seu projetado romance *Café* e protagonista em *Vida do Cantador*.
3. Durante a viagem à Amazônia, Mário, a bordo do vaticano *S. Salvador*, pára em Nanay, Peru, porto de embarque de mogno do Alto Solimões. Fotografa os estoques de madeira, a aldeia, seus habitantes, indígenas huitota. Aliás, fotografa exaustivamente tudo que vê, em ambas as "viagens etnográficas".

DIÁRIO NACIONAL. Quarta-feira, 25 de dezembro de 1929

TÁXI: BLAISE CENDRARS

É incontestável que entre artistas, embora seja isso raro, também podem existir amizades verdadeiras. Os igrejós musicais, as capelas literárias, que no geral são tidos como associações de elogio mútuo, na realidade não são tão odiosos como parecem. A admiração ou semelhança provoca as aproximações, e em seguida a intimidade destas provoca no futuro uma compreensão que se não terá valor crítico social, é perfeitamente legítima e lógica. Mas como em todas as amizades humanas a dificuldade de permanência consciente do afeto leva à fixação de momentos de ternura, que nem os aniversários, os enterros, etc., entre os artistas amigos o momento bom de ternura é o aparecimento de obra nova.

Pensando bem, creio que foi esse momento de ternura, provocado pela chegada às minhas mãos do livro novo, *Les confessions de Dan Yack,* que me fez lembrar Cendrars, outro dia, quando falei nos indivíduos que sabiam andar a pé. Se esse momento de ternura não aumentou a boniteza e caráter do passo dele, que são reais, sem ela é muito provável que tivesse me esquecido de citá-lo, como me esqueci de citar as nove léguas que João Ribeiro diz — que engulia diariamente antes da janta. Deviam ser "léguas de beiço" está claro, mas nem por isso faziam mal às literaturas do meu Táxi passado. Mas esqueci o possível bacharel de Cananéia e não esqueci o inventor de Dan Yack. Questão de ternura, nada mais, porém que prova bastante pelo menos a pouca vitalidade histórica das minhas, ponhamos, ternuras.

E são estas ainda que me obrigam a voltar sobre Cendrars hoje. Gostei bem das *Confessions de Dan Yack.* Mais que de *Le plan de l'aiguille* que as antecedeu. Gostei. Mas já não posso mais dar uma crítica pública sobre Cendrars, tenho medo. Não do público, mas do próprio Cendrars que gosta de dar opinião sobre o que os outros pensam dele.

A primeira vez que ele veio aqui, vivíamos então em pleno Modernismo beligerante e o nosso arraialzinho estava entusiasmado com a chegada do Mestre. Monteiro Lobato, que então não era ainda patrão de restaurante em Nova-Iorque como agora, cedera a direção da *Revista do Brasil* a Paulo Prado. Este me pediu um artigo sobre Cendrars prá revista. Escrevi. Escrevi com o coração, como se diz. É possível mesmo que tenha escrito muita burrada, não me lembro mais, porém valeu pra mim a vibração com que escrevi. E o desejinho seqüestrado de mostrar pro Mestre que o conhecia a fundo.

Nisso o Mestre chegou. Virou inteiramente Cendrars, num átimo. De-noite já fizemos a festa juntos. Dois dias depois eu ia visitá-lo naquele mesmo hotel do largo do Paissandu em que na revolução ele mais tarde havia de se barbear desviando das balas que entravam pela janela. Fui recebido com um abraço às gargalhadas. Cendrars foi logo contando que tinham traduzido pra ele o meu artigo. Continuou: "Está muito ruim: o final então é burrada grossa; mas me comoveu profundamente".

Anos depois, Prudente de Morais, neto me pedia prá *Estética* uma crítica sobre obras novas de Cendrars. Escrevi meio com receio desta vez. Tirei o coração. Cendrars quando leu, me falou muito sério: — "Meu amigo, até hoje só em duas críticas senti que me acharam fundo: uma foi do alemão Fulano, a outra é a de você". Tomei com uma faísca de satisfação.

Ah! tenham paciência. Nunca mais criticarei publicamente obra de Cendrars. Só que agora estou pondo reparo que não é tanto pelo receio de perder esta sensação de um-a-um em que estou. É mais por discreção. Minhas opiniões sobre Cendrars mudaram extraordinariamente de plano. Não são mais pro público, são pra Cendrars. E eu não entendo bem a condição dos que se carteiam na quarta página paga dos jornais.

Quarta ou qualquer mais página, porque na verdade muita gente faz isso sem perceber que o faz.

MÁRIO DE ANDRADE

DIÁRIO NACIONAL. Domingo, 29 de dezembro de 1929

TÁXI: NOITE DE FESTA

O ano passado eu gozei a noite-de-festa no Rio Grande do Norte, lá. Este ano fui obrigado a gastar aqui mesmo essa noite que nós nem expressão brasileira temos pra designar: chamamos de noite de Natal, como toda a gente. Mesma diferença de palavras: mesma diferença de costumes. Deus me livre de negar que aqui também se goza, dizer não me diverti, diverti sim, porém num prazer de importação pro qual fui apenas convidado. Lá eu era também dono da casa, a festa era minha de mim. Aqui, vivemos todos numa festa dos europeus e da França. A diferença é enorme.

Esta nossa maravilhosa cidade de S. Paulo, berço nobre e de muitas tradições abandonadas, tem uma casa de comércio admirável, em que um brinquedo custoso de anúncio faz um São Nicolau...

— Quem?

— Um papá Noel entre coxilhas alemãs ou suíças, passar num trenó de neve, puxado a renas, corresponder a pinheiros enfeitados nas famílias, bailes de "jazz" falsificado, castanhas européias, nozes. E a alegria dos convidados, nós. Não tem Lapinhas mais, e nem sei que tenha tido seus Pastoris.

Minha noite de festa lá na capital do Rio Grande do Norte também teve castanhas, mas de caju, nacionais. Havia leilão junto à esquina em que eu morava, uma tapuiada saborosa passeando por ali. Numa barraquinha um grupo grande de rapazes cantava cocos:

"Oh mulé sai do sereno,
Que esse sereno faiz mal!"

Faz mal nada! Mal faz este nosso, de serra acima carregado da água dos lagões artificiais da Light. Não sou nada xenófobo mas estou tão despeitado que vou fazer uma injustiça: até nisso a Light é odiosa. Canadenses duma figa!

Nisso tomamos um automóvel pra ir lá embaixo, no centro da cidade, buscar um companheiro mais. De caminho encontramos

151

com a Chegança, puxando um barquinho de mentira, lindo, velas enfunando ao vento grande do Nordeste:

> "Nós somos do anau fragata,
> Lindo amor,
> Do Rio Grande do Norte;
> Nossa fama era tanta,
> Lindo amor,
> Que bela era a nossa sorte!"

Lapinhas em cada canto. Pastoris de crianças. Pastoris de moças. A mestra do Cordão Encarnado era um casquinho decente, digno da nossa morte.

E a alegria dos donos da festa, todos nós.

A diferença é enorme.

Uma lenda guarani conta que o Anhá paraguaio, ou Anhang, ou Anhanga, ou o Anhangá versificado de Gonçalves Dias, tendo visto Tupá fazer o passarinho guanumbi, quis fazer outro igual e fez um sapo que saiu pulando, pulando. O sapo também possui suas bonitezas, reconheço. Principalmente essa de provocar a expressão "pulando, pulando", que é muito mais saborosa de falar, que o "voando, voando" dos beijaflores de Tupá. Mas quando a gente imagina que o sapo é a imitação do guanumbi, percebe logo uma diferença enorme. É a em que estamos, brejeiros do Anhangabaú. Diferença entre o nosso progresso e a civilização dos nordestinos.

MÁRIO DE ANDRADE

Notas da pesquisa:

1. Quando da viagem ao Nordeste, Mário é recebido em Natal por seu amigo, o folclorista Luís da Câmara Cascudo.
2. A conotação de civilização, atribuída ao primitivismo e a oposição progresso (= mecanização) X civilização (= primitivismo) já exploradas em *Macunaíma*, marcarão toda a obra do escritor. Nestas crônicas "civilizado" valorizando o primitivo já apareceu em "De-a-pé" III como referência ao huitota de Nanay.
3. Foi conservada a duplicidade de grafia: "Noite de festa" e "Noite-de-festa" respeitando as intenções do autor que usa a segunda como a do substantivo coletivo que designa popularmente o Natal e a primeira, a do sentido geral.

1930

DIÁRIO NACIONAL. Terça-feira, 7 de janeiro de 1930

TÁXI : FLOR NACIONAL

A revista *Rural* está fazendo agora um concurso pra se decidir qual é a rainha das flores brasileiras.

Está claro que todo e qualquer concurso é feito exame: pouco e mesmo nada indica. Inda mais um, cheio de restrições, como esse da *Rural*, em que entram só as flores cultiváveis em todo o país em vaso ou no toco do pau, parasitas. Assim é que o prof. A.J. Sampaio, do Museu Nacional, foi logo votando vagamente na Catléia.

Este meu Táxi é a favor da Vitória-régia. Sei bem que não é cultivável em vaso nem no toco do pau, mas porque se há-de inventar essa generalização obrigatória, quando nem a nossa gente está generalizada num tipo único? Roquette Pinto, adiantando sobre os trabalhos atualmente em via de realização no Museu Nacional (que ele está dirigindo admiravelmente), conta nos *Seixos rolados* que apresentamos, os brasileiros, pelo menos seis tipos antropológicos diferentes. Isso não impede, está claro, que o gaúcho sr. Getúlio Vargas e o nordestino sr. João Pessoa formem no momento uma ótima síntese do ideal brasileiro. Da mesma forma não vejo porque a Vitória Régia amazônica não possa adquirir o valor simbólico de representação nacional pra um catarinense, por exemplo. Tanto mais, meu Deus! que ela é de fato bem símbolo nosso...

A primeira vez que vi a vitória-régia no seu habitat verdadeiro, foi na lagoa do Amanium, formada por um dos igarapés do rio Negro, na vizinhança de Manaus. Tive uma impressão que não se apaga mais. Primeiro foi a boniteza que me idealizou. Nunca imaginei lugar de tamanha calma. Aquele lagoão fechado em pleno mato, sem um risco de vento, ao Sol branco do norte, na modorra mortífera do calor, Campos Elíseos... Ou Águas Elíseas, se quiserem. O passarinho cacauê, pernaltinha manso, de vez em longe abria o vôo, riscando a vida em branco do lugar e no chato da água pesadíssima o folheado escarrapachado da vitória-régia. Era prodigioso. Fazia já um pouco mais que manhã e as flores abertas estavam também dum branco finíssimo.

153

Não achei possível se comparar essa flor com outra nenhuma. Perfeição absoluta de forma, e principalmente flor que é declaradamente flor. A gente olha e diz: É flor. Não evoca imagem nenhuma. Não é que nem a rosa que às vezes parece repolho. Ou evoca repolho. Nem feito o cravo que evoca espanador. E muito menos ainda é que nem as parasitas que evocam aeroplano, mapas e o Instituto do Café. Atualmente há um senador por S. Paulo, que apesar de não ser paulista é parecidíssimo com o amor-perfeito. Essa é pelo menos a opinião duma senhora das minhas relações.

A vitória-régia é imediatamente flor. E apresenta todos os requisitos da flor. O colorido é maravilhoso, passando, à medida que a flor envelhece, do branco puro, quase verde, ao róseo-moça, ao vermelho-crepúsculo pra acabar no roxo-sujo desilusório. E tem aroma suave. Forma perfeita, cor à escolha, odor. Toda a gente diante dela fica atraído, como Saint-Hilaire ou Martius ante o Brasil. Mas vão pegar a flor pra ver o que sucede! O caule e as sépalas, escondidos na água, espinham dolorosamente. A mão da gente se fere e escorre sangue. O perfume suavíssimo que encantava de longe, de perto dá náusea, é enjoativo como o que. E a flor, envelhecendo depressa, na tarde abre as pétalas centrais e deixa ver no fundo um bandinho nojento de besouros, cor de rio do Brasil, pardavascos, besuntados de pólem. Mistura de mistérios, dualidade interrogativa de coisas sublimes e coisas medonhas, grandeza aparente, dificuldade enorme, o melhor e o pior ao mesmo tempo, calma, tristonha, ofensiva, é impossível a gente ignorar que nação representa essa flor...

MÁRIO DE ANDRADE

Nota da pesquisa:

Edith Capote Valente, amiga de infância de Mário de Andrade, considerava o Senador Villaboim parecido com o amor-perfeito, pois seu rosto alargava-se na fronte, estreitava-se na altura dos olhos, tornando a alargar-se nas bochechas. (Informação de D. Maria de Lourdes de Moraes Andrade Camargo, irmã do escritor).

DIÁRIO NACIONAL. Sábado, 18 de janeiro de 1930

TÁXI : ORTOGRAFIA — I

A discussão em torno da reforma ortográfica decretada pela Academia Brasileira de Letras continua com foguinho de brasa, quando senão quando abrindo alguma labareda. Até já houve um jornal do interior do nosso Estado que adotou a reforma, com alta "dozajem" de bandeirismo.

É difícil a gente se entender a respeito de certos assuntos, principalmente porque muito raro os discutidores se colocam na mesma ordem de argumentação. O assunto Ortografia é desses. Se cruzam inocuamente argumentos de ordem filosófica, de ordem propriamente filológica e de ordem sentimental. Não é possível por exemplo a gente mostrar o que há de útil em despir a geminação das consoantes, ou o ridículo H de "ontem", a quem retruca que dessa forma escreveram os nossos maiores, um Machado de Assis, um Euclides da Cunha. E é realmente lacrimável que ainda um maior tão benemérito como Ramiz Galvão, abuse de argumentos de ordem exclusivamente sentimental naquela carta que sobre o caso dirigiu à Academia. Não sei se essa carta foi lida em sessão, porém se foi, imagino, só o desaponto enorme dos acadêmicos ante esse Lamento, ao mesmo tempo tão acabrunhantemente exato e errado.

Acabo de passar uma semana discutindo o assunto com quem o sabe a fundo e, apesar da diferença de idade e ideais, me tem sido um dos companheiros mais queridos e úteis da vida minha. Não pudemos nos entender, está claro. Os argumentos do meu contraditor eram de ordem filológica, e nesses pude as mais das vezes concordar com ele, mas quando porém chegava o momento de concluir, eis que ele me dizia: — A reforma é ruim. Eu falava: — A reforma é boa.

Simplesmente porque, como já mostrei nos meus Táxis de dezembro sobre o caso, eu o encaro numa ordem de idéias exclusivamente filosófica. A minha maneira de aceitar a reforma acadêmica é puramente pragmática. Se só a Academia empregar a reforma, não aceitarei porque não vingará. Mas se a Reforma for sancionada por lei nacional, ensinada nas escolas, usada pelos jornais e papéis públicos, imediatamente principiarei escrevendo nela. O bólido caiu, a coisa está definitivada, vamos pensar noutro avanço.

Isso porém não impede, está claro, que tenha coisas detestáveis nesse prurido de reforma, que é a Reforma da Academia. Não é possível "se a" comparar com a Reforma portuguesa, embora também esta seja muito discutível. Mas era feita por pessoas que entendiam do assunto, que nele tinham gasto a vida e ganho a força. Fizeram uma coisa nobre, ordenada, quase sempre lógica e muito completa. Ao passo que a Academia andou tão afobadinha que deixou os acentos ao deus-dará, feito aquele legislador que, ao elaborar um projeto de constituição, esqueceu o Poder Judiciário.

É incontestável que a Academia está se enchendo por demais com a noção daquilo que ela deveria ser. Mas não é. A Academia se imagina a mais alta representação intelectual do Brasil, mas não é. Nem mesmo como representação literária, embora apresente nomes dignamente ilustres. Ora dos acadêmicos que discutiram e legislaram sobre a Reforma ortográfica, com exceção de João Ribeiro, nenhum dos outros mais, creio que nenhum, se poderá chamar filólogo. Não é defeito não ser filólogo. Mas é defeito e pernostiquice aguda a gente se meter legislando sobre coisas de que não entende. Foi o que fizeram os acadêmicos, na maioria. Contentes por terem deformado a unidade inicial da Academia e terem feito dela a mais desengonçada, a mais heterogênea agremiação brasileira, quase todos possessos da ânsia de imortalidade: o dia em que se viram ricos, se imaginaram de fato grandes e plenipotenciários da sabença brasileira. E em quem confunde Filologia com Literatura, é lícito a gente presumir que nestes seis meses estará decretando que lepra no Brasil não pega em nenhum grau.

De fato, legislando sobre reforma ortográfica, a Academia não exorbitou da sua finalidade, mas pelo que atualmente é, e desde muito vem se tornando, ela se deu uma autoridade que não tem.

MÁRIO DE ANDRADE

Nota da pesquisa:

Mário de Andrade costumava manter longas discussões sobre nossa língua com Pio Lourenço Correa, seu "Tio Pio"; em sua "chacra" em Araraquara escreveu *Macunaíma*.

DIÁRIO NACIONAL. Terça-feira, 21 de janeiro de 1930

TÁXI: ORTOGRAFIA — II

Entre os vários argumentos que vou escutando, muito repetidos contra a reforma ortográfica da Academia, um que badala de hora em hora é que a gente não deve pactuar com a ignorância. Não tem dúvida que por exemplo, no caso do *s* e *z* intervocálicos, pode-se mais ou menos entrever uma espécie de generalidade etimológica determinando o emprego duma ou doutra letra, ou ainda que "pêssego" se escreve com dois esses porém disso inferir que os acadêmicos quiseram pactuar com a ignorância do vulgo é também exagerar por demais a leviandade acadêmica. É incontestável que a Academia teve a intenção de facilitar a ortografia e que a reforma feita por ela facilita enormemente a nossa escrita, mas isso nem de longe significa pactuar com a ignorância. Por várias razões. Em primeiro lugar a Reforma requer também estudo, embora menos longo. Isso de diminuir o tempo do estudo ortográfico é perfeitamente justo porque, sob o ponto-de-vista prático, nada mais estúpido do que o tempão de pesquisas e incertezas que a gente perde numa coisa tão ridiculamente inútil como essa de grafar as idéias. Não que as idéias sejam inúteis, algumas vezes não são, porém o preconceito desta ou daquela maneira de grafá-las é perfeitamente inútil.

E também se engana quem imaginar que o vulgo escrevedor é que vai beneficiar, da Reforma. Quem vai beneficiar é a classe propriamente intelectual. Não é a pessoa medianamente instruída e que escreve cartas pros parentes ou cartões de boas-festas, que fica às vezes de sopetão sem saber se "imaginar", tem dois emes ou um só. Dei de-propósito este exemplo bem besta. Porque garanto que raríssimos são os intelectuais que não tenham já hesitado num caso facílimo desses. O coitado hesita, é obrigado a um raciocínio etimológico, se socorrer do parco latinório escolar; dúvida que embora viva cinco segundos é suficiente pra desviar o escritor da corrente de idéias em que estava, enfraquece o impulso ideativo e desossa a inspiração. Isso constitui um suplício arranhante que dura toda a nossa vida. E tal suplício é que a Reforma vem diminuir enormemente.

157

Quanto ao povo, que não sabe escrever mas sabe grafar, esse continuará sem mesmo por reparo que lhe facilitaram a grafia. Um qualquer ledor de jornais, um revisor de tipografia, um caixeiro-viajante parceiro da sub-literatura ferroviária, em oitenta vezes por cem sabe muito melhor grafar a língua nossa do que um Amadeu Amaral, por exemplo, intelectual verdadeiro a quem a Ortografia supliciou por muitos anos.

Quanto à ignorância, essa continuará na "sua" ortografia que não é nem a etimológica nem a fonética nem a comum. A ortografia do ignorante é simplesmente fantasista. Tenho sobre isso uma documentação bastante cômica, provando largamente que o ignorante possui uma ortografia exclusivamente individualista a que por certo nenhuma reforma ordenará. Pra acabar este Táxi sorrindo, eis dois exemplos.

Num manuscrito popular nordestino, contendo os diálogos da dança dramática Fandango:

"— Oh infiel commandante da fortaleza do 'diqui' (Díu), não és merecedor dos galões que circulam teus punhos e nem da espada que 'singes' (...) O que quero eu que pretendo ouvirás. 'Manda-te' dizer meu digno capitão (...) homem 'puderoso' e respeitador, glória da 'marinha; portugueza', que me entregue já já sem demora esta linda e loura saloia que se acha 'prisiouneira' em sua muralha mas 'a de' ser vingado um por um dos 'oficial' da Nau 'boa esperança'; como sabes, que a Nau 'Cotharineite', é 'conciderada' rainha do oceano 'divido' orgulho do seu capitão e o 'eroismo' dos seus marinheiros, 'resolveiro' dar-te batalha;"

E agora esta carta deliciosa dum administrador de fazenda:

"Saudações. 'Tenho' o fim desta em lhe 'partecepar' que 'Ja' queimei a 'envernada' do Ramalhete sem 'Aver' perigo e estou estercando 2 'Talhõs' com esterco do Matto. Ja Entrou 'mas' 2 'familha' de 'Colonio' Ja estou 'procimando' O meio da 'esparamação' para 'ver-se' por tudo até o fim da Semana Acabo a 'Esparamação felismente' a 'fetosa' (aftosa), está 'a Cabado Dispois' que o 'Sre.' (o epistológrafo é caipira sem nenhuma ascendência italiana), foi me 'Moreu' um Bezerro mas Ja 'Naçero' 4, e 'toudos Muitos Bonito' Amarelo tapado, aqui por Emquanto vai indo tudo muito bem sem Novidade a 'serca' do 'Pomal' Já está chegando na casa do fiscal por 'sima' Já está tudo 'feichado', Sem mais queira etc."

Não se acredita!

MÁRIO DE ANDRADE

DIÁRIO NACIONAL. Quarta-feira, 5 de fevereiro de 1930

BRASILEIRO E PORTUGUÊS

A última reforma ortográfica da Academia deu ocasião de novo a que se abrissem as velhas portas da secular quesília entre portugueses e brasileiros. Queixas daqui e queixas do "outro lado de lá". Ofensinhas daqui e d'além-mar. Isso pelo menos prova que inda existe no mundo um povo que se preocupa com brasileiro, além da ganância capitalista. Esse povo é o português.

Aliás é muito engraçado a gente reparar como as relações de nação pra nação que existem entre brasileiros e portugas, permaneceram extremamente gênero "família". Sentimentos, idéias, conceitos que exprimem essas relações, estão sempre intimamente afeiçoados à espécie de relações de pais e filhos, padrinhos e afilhados, tios e sobrinhos.

Desconfio que isso vem de duas coisas: do estado saudosista e reivindicador que move a consciência portuguesa duns tempos para cá e da nossa quase nenhuma faculdade de nos sentirmos uma nação e agirmos como tal. É verdade que faz uns dois anos, um movimento desastrado dum jornal literário espanhol, provocou entre argentinos e espanhóis um movimento de briga literária muito parecido com as rusgas familiares nossas, porém isso é exemplo raro: as maneiras de agir entre Argentina e Espanha, entre os Estados Unidos e a Inglaterra, são duma virilidade e duma liberdade muito mais internacionais que as entre Portugal e Brasil. Diplomática, econômica, intelectualmente, nós e os portugueses inda vivemos quase que só no regime do abraço, do puxão de orelha e do presentinho de aniversário, é cômico. Mesmo nações pequenininhas hispano-americanas, agem pra com a Espanha muito mais nacionalmente que nós brasileiros pra com Portugal.

Mas não se pense que estou indicando isso como um mal pra nós. Mal é não termos uma consciência nacional verdadeira, isso acho indiscutível. Quanto às nossas relações pra com os portugas, que continuem como estão, é gostoso. Queixas, briguinhas... Portugal grita de lá: Eu sou o maior! O Brasil secunda de cá: Eu sou mais grande. E os dois ficam feridíssimos, com

159

uma vontade enorme de dar um bofete no outro, dizendo por dentro uma porção de palavrões, que a etiqueta jornalística não aceita.

Eu sei que Portugal não nos lê e que a gente lê Portugal. Sei por outro lado que nós estropiamos o português que um campônio de Mesquitela não estropia. São sempre as fatalidades que existem dentro das casas de família. O filho sempre teve vontade de saber mais do pai, que o pai do filho. Simplesmente porque dentro de casa o filho é claramente o que é, não esconde nem tendências nem defeitos, ao passo que o pai dentro de casa sempre foi um artista fingidor, se dando personalidade inexata, só pra filho ver. Assim, sempre que fora de casa nos contam alguma coisa dos nossos pais, a gente devora o reconto com sofreguidão. E quanto a estropiarmos a língua portuguesa, jamais não houve pai neste mundo que não censurasse o palavriado que os filhos trazem da (1) enorme e didática rua.

Eu considero a superioridade intelectual portuguesa real, embora muito discutível. É certo que a nossa literatura já é mais rica, mais variada, porém a portuguesa apresenta um fundo de criação, um peso racial que nós não apresentamos. Percorrendo a literatura brasileira, a gente não se livra da impressão de que a infinita maioria dos livros são meros produtos de diletantismo. Podiam não existir que não fazia mal. Nós nos orgulhamos da nossa poesia, incontestavelmente muito mais bonita que a portuguesa... Até isso prova nossa inferioridade: não temos em que pensar, fazemos poesia. Com exceção da Inglaterra, país mais lírico do mundo como já dizia o autor de *Os gatos*, em qualquer terra de deveras intelectual, a poesia viveu sempre na subalternidade da prosa. Enquanto formos poetas e 30 milhões de poetas, seremos apenas filhotes de Portugal. É gostoso. E os portugueses são tão gozados!...

MÁRIO DE ANDRADE

Nota M.A.:

Correção manuscrita; no recorte: "de"

Nota de pesquisa:

Esta é a primeira crônica a aparecer sem o título TÁXI; há mudança na apresentação gráfica, com o texto distribuído em duas colunas.

DIÁRIO NACIONAL. Terça-feira, 11 de fevereiro de 1930

MARINETTI

As *Nouvelles Littéraires* tiveram que anunciar a realização em Paris de duas conferências de Marinetti. Noticiaram com discrição, alguns subentendidos e mesmo um elogio que consistiu em chamar o... famigerado poeta, romancista e fascista, de "grand diseur". Mas o que deixa a gente numa luminosa vontade de rir, é que tendo uma porção de seções pra dar essa notícia, o semanário parisiense a inseriu na deliciosa seção de anedotas que tem. Isso me parece duma fineza que só francês mesmo.

Marinetti foi o maior de todos os malentendidos que prejudicaram a evolução, principalmente a aceitação normal do movimento moderno no Brasil. Isso aliás é a melhor prova de que o movimento se fez inteiro em S. Paulo, antes de ser adotado noutras partes do país. Só mesmo num meio como o paulistano, em que a cultura italiana tem uma base permanente com os professores italianos e os ítalobrasileiros que vivem aqui, podia se ter essa atabalhoada lembrança de arvorar como um dos sinais da nossa bandeira (falo em bandeira pano) a figura sorrível desse metralhador conhecidíssimo em nome e não gostado em verso.

As minhas relações com Marinetti foram as mais desleixadas possíveis. Mas tiveram um momento de dor. Um amigo meu, conhecendo a psicologia fácil de Marinetti, viveu uns tempos numa caçoada atroz com o autor de *Mafarca,* chovendo sobre este cartas e cartas em que o chamava de "perfeito" e coisas dessa duvidosa amabilidade. Está claro que Marinetti respondia, mandava livros dedicados, retrato e também muitos elogios. Eu também entrei uma feita na caçoada, mandando por esse mesmo amigo, um livro meu a Marinetti. A resposta foi logo o livro de troca e a inserção dos nossos dois nomes numa espécie de quadro-de-honra de futuristas internacionais, página das mais pândegas que o gênio bombardeante de Andrinopla inventou. Felizmente que a companhia era honrosíssima, com Pirandello, Picasso, Maiakowski, Cocteau, Cendrars, se não me engano, Aragon e Chesterton também.

Depois Marinetti se lembrou de vir a São Paulo e então foi o momento de dor. Não pelo que sucedeu, está claro: foi uma coisa indecente, de que não podemos culpar o público porque

161

o público não tem culpa de nada, questão de onda do mar. Eu é que estava repugnado pela maneira ostensiva com que o "manager" de Marinetti, com necessário conhecimento dele, estava preparando a zuada de que os vaiadores daqui foram apenas instrumento. Por outro lado me repugnava não dar sinal de mim a esse homem que até fora mais gentil pra comigo que eu com ele. Embora não tivesse a mínima intenção de tomar o partido dele. Resolvi fazer uma visita de cerimônia a Marinetti, fiz. Creio que era véspera da primeira vaia. Num *Esplanada* das dezessete e trinta, meio escuro. Ficamos assim meio sem vida, ele respondendo com certa má vontade às perguntas que eu fazia sobre Folgore e Palazzeschi, meus carinhos italianos do momento. Depois Marinetti me perguntou se eu ia à conferência dele. Foi o instante. Fiquei simples e fui obrigado a explicar:

— Não vou, Marinetti. Discordo bastante dos... dos meios de propaganda de você...

Foi a única vez em que vi Marinetti se atrapalhar. Hesitou, engrolou umas desculpas e acabou botando a culpa de tudo no empresário. O engraçado foi ele, sem nenhuma preparação, sem me conhecer, sem nada, ter percebido o que eu chamara de "meios de propaganda". Depois Marinetti imaginou que estava tudo bem explicado, e principiou falando sobre Futurismo, as mesmas coisas que falava desde 1909. E falava feito uma máquina.

MÁRIO DE ANDRADE

Notas da pesquisa:

1. O encontro com Marinetti realizou-se no Hotel Esplanada, situado ao lado do Teatro Municipal, que na época oferecia hospedagem de luxo.
2. Na Antologia organizada por Marinetti, *I nuovi poeti futuristi* (Roma, Ed. Futuriste, 1925) está a dedicatória:
   "a Mário de Andrade/simpatia/futurista/F. T. Marinetti".
   Em 1927, envia-lhe *Prigionieri e vulcani: con scene dinamiche* (tricomie) di Enrico Prampolini e intermezzi musicali di Franco Casavola. Milano, Vecchi, 1927: "a Mário de Andrade/Futurismo!"

DIÁRIO NACIONAL. Domingo, 9 de março de 1930

GUILHERME DE ALMEIDA

Foi bem geral nos meios literários malditos, o espanto causado pela eleição de Guilherme de Almeida para substituir Amadeu Amaral, na Academia Brasileira de Letras. Acho esse espanto pueril porque afinal das contas a Academia Brasileira, sendo de Letras, como lhe determina o nome, e provam alguma tradição bonita e muitos atos, está claro que de vez em longe há-de chamar para si, literatos também. É o que tem feito estes últimos tempos elegendo a figura nobre e grandemente culta de Afonso de Taunay e agora Guilherme de Almeida.

A Academia está, pois, em relação ao comum dos mortais brasileiros, num daqueles raros momentos de simpatia em que os atos duma sociedade constituída resistem àquela revolta instintiva do homem diante das agremiações que ele mesmo cria. Isso acho engraçado. Se diz que o homem é um ser social... Pelas nossas capacidades e circunstâncias físicas de ser, aceito essa tradição, porém o possível grande mal (ao menos pra esse caso), é que possuímos o dom de raciocinar. E por esse dom, ao passo que pombos e carneiros vivem naquela doce passividade social que é a mais invejável boniteza das tribos deles, a boniteza específica de qualquer gênero de agremiações humanas é o não conformismo básico dos agremiados.

A própria inteligência, pelo seu mecanismo, podemos dizer que é o elemento reacionário que o homem possui em si. A conversão primária dos dados objetivos em imagens é uma reação. Subindo na escala exclusivamente reacionária. dos fenômenos intelectuais, a gente chega afinal ao "não é esta a república dos meus sonhos", frase que não é dum indivíduo determinado, mas a própria síntese da nossa maldição humana, genérica e geral.

Em literatura, como em todas as outras formas sociáveis da atividade humana, a divisão mais primária que a gente poderá estabelecer é a de poderosos e malditos. Poderosos são os que tem já oficializada a sua catalogação social. Os malditos, bem mais difíceis de definir, meu Deus! somos "nós".

Pois os malditos não podem resistir aos gestos elevados de Literatura que a Academia Brasileira está fazendo agora: pesquisa

163

duma ortografia, publicação da *Música do Parnaso*, eleições de Afonso de Taunay e Guilherme de Almeida. Esta última então me encheu de verdadeira alegria. Por tudo quanto encerra, de dignificação e de prêmio, a eleição a uma Academia, Guilherme de Almeida merece o lugar que agora ocupa. No momento presente, não vejo na literatura brasileira, uma organização mais integral de poeta que a dele: lirismo, grande faculdade imaginativa, artista incomparável. Personalidade fixa, nenhuma vagueza psicológica, cultura adequada e aquele pingo ácido de liberdade em relação aos homens e às coisas, que é parte pela qual os poetas verdadeiros são incomensuráveis pro metro humano. Louros ele já colhera por si. Faltava é que pelas escurezas malditas um holofote batesse nele. Agora bateu. E Guilherme de Almeida está vivendo em toda a sua grandeza merecida.

MÁRIO DE ANDRADE

Nota da pesquisa:

A afirmação "não é esta a república dos meus sonhos" está na *Historinh do Brasil: Do diário de um tupiniquim*, de Prudente de Morais, neto.

DIÁRIO NACIONAL. Sábado, 22 de março de 1930

CENTENÁRIO DO ROMANTISMO

Estamos em 1930, data fixada, mais ou menos com muita injustiça, pra centenário dessa coisa detestável gloriosa indefinível que chamaram de Romantismo. Romantismo... A palavra é um batismo como outro qualquer, não explica nada. Só tem um mérito, é o padrinho muito ilustre que a criou, Goethe. Tudo isso não impede que estejamos no centenário do Romantismo e na Europa já muito que ele vai celebrado. Aparecem livros sobre livros, sobre representantes dele, artigos que é um não acabar, nas revistas. Mas por enquanto nada de novo, nem que marcasse mesmo. Coisas perfeitíssimas talvez, mas desse perfeitismo sem força em que, depois dos imperfeitíssimos mas formidáveis Joyce e Proust, se aguamornou de novo e cada vez mais acentuadamente o artesanismo precioso e decadente dos europeus.

No Brasil, creio que inda ninguém tratou de celebrar este ano o Romantismo. E mais ou menos com razão. O verdadeiro Romantismo do Brasil talvez se deva datar de 1500; e quanto ao chamado Romantismo de escola só veio mais tarde que 1830. Em todo caso, como as datas são meros acasos e apenas têm o mérito de fixar acomodaticiamente pra nós, um estado-de-sensibilidade ou uma preocupação intelectual, acho que era bem caso de aproveitarmos este ano universal pra uma revisãozinha do nosso Romantismo escola.

Pode-se dizer mesmo que essa revisão já começou. Embora já vários autores, especialmente Afrânio Peixoto, nos tenham chamado a atenção pra Junqueira Freire, me parece que só o livro recente de Homero Pires sobre essa espécie baiana de frade é que elevou o poeta das *Inspirações do Claustro* a um dos principais dentre os nossos grandes românticos. Porque se Junqueira Freire não deixou obras-primas do tamanho das de Gonçalves Dias e Castro Alves, não foi tão assoberbantemente prometedor de genialidade como Álvares de Azevedo; não teve a perfeição e a doçura técnica de Varela; nem é tão intimamente nosso e secretamente gostado como o incrível Casimiro de Abreu, é incontestável que foi, na época, o mais original e até mais "verdadeiro" dos nossos poetas. Falo "verdadeiro" no sentido de realização poética da realidade, independente das deformações de escola. Isso, o livro de Homero Pires demonstra excelentemente. Dentre os nossos românticos ilustres, Junqueira Freire foi incontestavelmente, me parece, o que criou uma poesia mais "nativa", mais patrocinada pela vida medonha que agüentou.

O livro de Homero Pires é dos melhores da nossa historiografia literária. A pesquisa original entre nós, estou convencido que é o maior mérito que um brasileiro escritor possa ter. A não ser em história política, nós não sabemos quase nada sobre nós. Simplesmente porque, em vez de procurar os fatos, fuçando os arquivos e indo em busca dos velhos, coisa penosa, nós preferimos encher os nossos livros de chamada história artística, com parolagens bonitas, com romantismo. A crítica dos autores é um fenômeno especialmente individualista. O elogio, a eloqüência, a parolagem não adiantam nada. Nós precisamos é de fatos, de casos datados que nos esclareçam o nosso passado. Nós nos elogiamos ou nos detestamos sem nos conhecermos, romantismo puro. Mas infelizmente os poetas continuam aparecendo aos três por dois, ao passo que um Homero Pires fica marcando uma data isolada, como o buriti de Afonso Arinos.

MÁRIO DE ANDRADE

Nota da pesquisa:

O ensaio de Homero Pires, *Junqueira Freire*, está datado de 1929.

DIÁRIO NACIONAL. Quinta-feira, 27 de março de 1930

LIVROS DE GUERRA —

Quando os homens voltarem ao assassínio dos bons

A França é o país que tem mais modas em literatura. Uma campanha de editores, um artigo importante, às vezes apenas um livro curioso e pronto: logo se desenha um movimento muito forte a favor ou contra um governo literário, uma escola, um indivíduo.

Essas modas às vezes apresentam efeitos alarmantes, que nem a das biografias romanceadas, que encheram a literatura francesa dos últimos anos dum poder medonho de coisas nulas e defeituosas. Dois, três livros bons, talvez um bocado mais... O resto nulidade.

Essas modas às vezes ultrapassam a França, porém é sempre ainda Paris o "umbigo do mundo". Foi o que se deu com o repentino entusiasmo pelos romances de guerra escritos por alemães. A culpa dessa moda foi da Livraria Stock, ao publicar o *Nada de novo pra oeste* de Erich Maria Remarque. Fez um reclamo famoso do livro excelente e em seis meses diz-que vendeu 440 mil exemplares. A coisa pegou fogo num átimo e teve como conseqüências, tão úteis como a publicação do livro de Remarque, revelar ao mundo o *Guerra* de Ludwig Renn, e o *Classe de 22* de Ernesto Glaeser.

Mas a moda ultrapassou os limites das revelações úteis e os limites da França. E parece que anda estragando tanto a Inglaterra que fez a prudente *London Mercury* do último janeiro, perder a compostura. E não há nada mais ridículo do que inglês perdendo a compostura. Francês, brasileiro, turco, intaliano, não sei, mas quando perdem a compostura até parecem que adquirem maior naturalidade: mas inglês, se é questão de compostura física dá comicidade, se intelectual, dá desprezo. E em ambos os casos o alemão dá pena.

Pois a *London Mercury* veio afirmando que os germânicos "muitos dos quais nem cristianizados estavam no séc. XVI" contribuíram muito pouco prá cultura européia. E então faz uma enumeração capciosa pra demonstrar que são poucos os alemães geniais. Principia separando austríacos de alemães, o que é uma falsidade psicológica, esquece de citar filósofos, não sei por que razões ignora a existência de Holbein. E pra acabar tanta irritação descomposta acha que a "verdade nua e crua" é que os russos, em literatura e música, apesar de ainda por muitas partes não estarem civilizados ("Who are still largely barbaric") já contribuíram mais pra cultura universal que os "square-head" prussianos. E, só pra verem, em música cita Tchaikowski, Korsakov e César Cui (esquecendo Mussorgsky!!!) pra equiparar com esta formidável trindade "Bach, Wagner, Brahms". Está claro que a única conclusão tirável de tanta auto-descompostura é que inglês quando dá pra bobo, só a rabo-de-tatu.

Aliás, temos que levar em conta o despeito; porque em literatura da guerra inglês não fez nada que preste, a não ser uma peça dramática. Nós com o nosso Taunay da *Retirada* somos mais ricos.

Mas uma coisa curiosa nessa moda de livros de guerra alemães, foi os franceses esquecerem totalmente um grande livro, de há muito traduzido, o *Opfergang* (*Verdun* no francês), de Fritz von Unruth. Não tem dúvida que a sensibilidade por demais idealistamente germânica desse livro, fatiga um bocado, mas é justamente a obra de sonho que completa essa temível e me parece que invencível esquadra de livros de guerra alemães. É o mais celestial de todos quatro, se é que me entendem assim. O de Remarque é o mais interessante de se ler. Por ser uma transposição literária da guerra, é o que dá mais a sensação de guerra, a guerra que nós criamos dentro de nós. O de Renn é o mais verdadeiro, duma verdade impregnante. Certamente um dos livros mais reais que conheço. Poucas vezes já percebi essa vagueza meia incompreensível da realidade tão bem revelada por palavras. O de Glaeser é o menos guerra de todos. Talvez por isso seja o que mais revele a injustiça das guerras. A gente sai dessa experiência do moço matutando que quando os homens voltarem ao assassínio dos maus, talvez tenhamos dado um passo um prol duma civilização que permita aos ingleses nunca mais perderem a compostura.

MÁRIO DE ANDRADE

Notas da pesquisa:

1. Os livros, a que se refere o cronista, fazem parte de sua biblioteca.
2. O artigo da revista *The London Mercury* de janeiro de 1930 (v. 22, n.° 123, p. 236-42), aqui comentado por Mário, é "Recent war books" de Clennell Wilkinson.

DIÁRIO NACIONAL. Sexta-feira, 23 de maio de 1930

ZEPPELIN

E eis que senão quando os brasileiros sentiram sobre suas cabeças um formidável tumulto de idéias e gritaram: — Zeppelin! Zeppelin!

Era o Zeppelin que vinha chegando.

Por enquanto essa máquina voadora ainda é muitas coisas pra brasileiro. É um susto pra alguns. Pra muitos será um monstro de feitiçaria, o Ogum das nossas macumbas mas ainda dotado de corpo de cobra do Ogum Badagris dos vodus haitianos, mandando na tempestade. Pra algumas será apenas um balão a fogo, antecipando a descida de S. João pra namorar no randevu das cacimbas. E é preciso não esquecer que patrioticamente, seguindo o versinho tradicional, Zeppelin será neto do santista Bartolomeu Lourenço de Gusmão e filho do mineiro Santos Dumont. Enfim pra uns poucos será apenas um dirigível.

Mas será principalmente pra todos, o que já falei no princípio: um tumulto de idéias. Os jornalistas escreverão piadas. E já estou vendo daqui todo o Nordeste cantador, botando o Zeppelin em toada de romance, em dança e nos reisados de Natal. Zeppelin é um tumulto de idéias.

Onde iremos nós?... Agora mesmo os médicos americanos descobriram um jeito de acabar com o cancro e de repente as bocas que se abriam no movimento dos cinemas principiaram deitando sons como a vida. Etc. etc. E o Zeppelin veio provar pra São Tomé o sofisma gracioso de que uma casa dum andar pode ser mais alta que o Martinelli.

Ora, conquanto não se possa chamar esse andar propriamente de andar térreo, não tem dúvida que se pode ordenhar as maiores ilações dessa casa que voa. Se uma voa, duas podem voar e não dou muito pra que chegue o dia em que o próprio Martinelli e demais arranha-céus da terra se mostrarão de novo mais altos que o papiri Zeppelin, convertidos em arranha-céus dos ares. E então será um novo Juízo Final pra esta humanidade que aliás vive nele desde o princípio dos séculos.

O progresso há-de ser enorme e o homem ficará mesmo vastíssimo. Bota um objetinho no bolso e záz! vira pintassilgo. Onde que vai? Vai na escola aérea, uma formidável universidade ambulante que resolverá duma vez o problema universitário do Brasil. (É verdade que o Brasil nesse tempo não será mais Brasil...) Os enterros não buscarão mais sete palmos de terra deteriorante, em vez, ascenderão lentamente ar em cima, até o limite do ar, onde coveiros parecidos com escafandros jogarão os cadáveres no éter. E passarão nos ares palácios presidenciais dando inveja, monumentos celebrando heróis mundiais, catedrais dizendo adeusinho, teatros de ópera xingando a arte musical e livros luminosos em alemão. Livros com três mil e oitocentas páginas cada um.

Não há meios da imaginação parar. E então as próprias cidades é que se multiplicarão pelos ares. Não serão apenas arranhacéus-cidades nem as ruas a vários andares que profetiza o sr. Le Corbusier. As cidades é que terão vários andares, erguidas sobre grandes placas de algum metal que não sabemos, destituídas de ladeiras e provavelmente de viadutos. Digo "provavelmente" porque se não há propriamente limites pra fantasia, tem momentos em que ela se quer modesta como todas as coisas poderosas e conscientes do perigo do mundo. Provavelmente não haverá viadutos mais...

Mas isso ainda não é nada. Então havemos de nos rir do deus Tezcatlipoca que, embora com a facilidade dos deuses, sempre se deu ao trabalho de construir uma escada inteirinha dos céus à Terra pra nos vir ensinar o divino mistério da música. Sem escada e sem nada, já que a Índia não quer mesmo se sujeitar ao domínio de ninguém, nem por intermédio de Ford e outras fordescas diabruras a Amazônia virará possessão do ingrêis do Novo(!) Mundo, os Estados Unidos e a Inglaterra terão como colônias, as estrelas. A frase é bonita, mas a infâmia continua a mesma, está claro. Nossa vingança é que nesse tempo a Inglaterra não será Inglaterra mais, e os Estados Unidos idem. E a pátria mundo... provavelmente, não terá mais reis, nem imperadores, nem presidentes, nem mussolinis, nem mesmo governos comunistas como os de agora. O chefe da pátria mundo será um botão ponhamos, elétrico. A gente aperta o botão, pronto: sai uma ordem que foi escrita pela sabedoria de todos os séculos, compendiada naturalmente por um grupo de professores alemães. E sinceros.

E não há meios mais da imaginação parar! Imaginem o que será a psicologia desse tempo! Que Freud nada! Havemos de nos rir de Freud e de Zeppelin. Se Bartolomeu e Santos Dumont ficam, é porque foram os primeiros nas suas direções. Só que nesse tempo não terão mais a miserável miséria de dar patriotismo pra ninguém, na vasculhada pátria mundo. Bom, melhor é deixar uma linha em branco onde cada um dos leitores escreverá o tumulto de idéias que no momento se chama "seu" Zeppelin.

(... ... ...)

Mas o que me assusta pavorosamente é que mudadas as leis, pátrias e felicidades, nem por isso a vida humana deixará de ser o que é agora e já foi no começo dos séculos: inflexivelmente quotidiana.

MÁRIO DE ANDRADE

Notas da pesquisa:

1. Após pequena interrupção na colaboração para o *Diário Nacional*, Mário de Andrade reaparece, desta vez apresentado oficialmente. Logo abaixo do título da crônica, a nota do jornal esclarece: "A série de collaboradores que vão honrar diariamente este canto de columna, accrescenta-se hoje o de Mario de Andrade, nome assás conhecido nos circulos intellectuaes do paiz, por isso que elle se tornou um esclarecido lider do movimento de renovação que se operou em nossa literatura. Todas as sextas-feiras o autor de "Macunaíma" aqui estará com sua prosa ágil, viva, tão vincada de nacionalismo."

2. Na época, o edifício Martinelli, recém-construído era o "arranha-céu" de que se orgulhava o paulistano. "Papiri" é o rancho de palha da região amazônica, usado no texto para generalizar habitação.

DIÁRIO NACIONAL.   Sexta-feira, 30 de maio de 1930

ALEIJADINHO

Agora que já passou, pode-se dizer, praticamente despercebido o centenário de José Maurício Nunes Garcia, temos que nos
preparar com carinho para que passe também despercebido o outro
grande centenário deste ano: o do Aleijadinho. A 29 de agosto
próximo fazem dois séculos que Antônio Francisco Lisboa nasceu.

A minha convicção é que o grande arquiteto mineiro foi o
maior gênio artístico que o Brasil produziu até hoje. Mas por
muitas fatalidades e muita incúria o nome dele permanece vago
na consciência nacional dos brasileiros.

A maior fatalidade que impediu a fixação da grandeza dele
em nós, foi não termos tido nenhum estrangeiro que nos viesse
ensinar que o Aleijadinho era grande. Nos só nos compreendemos
quando os estranhos nos aceitam. Exemplos típicos: Carlos Gomes
e Villa-Lobos. Brecheret também.

Mas a incompreensão dos viajantes europeus pelo Aleijadinho é mais ou menos explicável. Vinham todos duma cultura ainda renascente ou por demais sentimentalmente e adocicadamente
romântica pra compreenderem esse bruto de primitivo. Assim
Rugendas, assim Spix e Martius e assim principalmente Saint-
Hilaire.

Já o capitão Burton, cuja universalidade de espírito é admirável, e cuja perfeição de observações mereceu elogios de Tylor,
sente-se que ficou muito preocupado com Antônio Francisco Lisboa, embora não o tivesse compreendido minimamente. E dá algumas ratas de bom tamanho. Assim quando conta que o Aleijadinho trabalhava sem ter mãos, ajustando os utensílios aos cotos
de braços, comenta desastradamente: "mas o caso do Aleijadinho
não é o único de atividade surpreendente nos aleijados, basta lembrar o caso recente de miss Biffin".   O caso do Aleijadinho se
torna pois, pra Burton, o de muitos outros. Lembrem miss Biffin,
gente!

Noutra página (*The Highlands of the Brazil*, II, 122) chega
a descrever com certa pormenorização a admirável São Francisco,

de São João d'El Rei. Critica razoavelmente as defeituosas cúpulas das torres e especifica o processo, quase sistemático na arquitetura de Antônio Francisco, de torres com quadrados curvilíneos ("This may be called the round-square tower style..."), achando que só se recomenda porém pela excentricidade. E, preocupado com as belezas arquitetônicas do Velho Mundo, não tem uma palavra de elogio prá obra-prima, antes conclui conselheiral, que os povos jovens da mesma forma que a rapaziada, precisam saber que a genialidade principia pela imitação e só depois cria por si e que quando a criação precede precocemente a imitação, no geral os resultados são desgraciosos, sem gosto e grotescos. O conselho não é ruim, como se vê, porém a verdade é que o Aleijadinho estava imitando! E se genializava o imitado, culpa não era dele de possuir a violência de temperamento, a grandeza divinatória que nacionalizava sem querer, nem, como escultor, o senso da escultura como poucos ou a intuição da expressão expressionística dum imaginário espanhol ou dum post-gótico alemão.

Burton ainda se refere várias vezes ao Aleijadinho. Acha "hand-some" o exterior da S. Francisco, de Ouro Preto e sem nenhum elogio se refere às obras de talhe da Carmo, de S. João d'El Rei, apenas acompanhando o nome de Antônio Francisco Lisboa com o epíteto de "infatigável". Os Passos, de Congonhas, meio que o horrorizam, chama-lhes "caricaturas". Mas, sem perceber o elogio expressionista que fazia, reconhece que embora grotescas e vis, essas esculturas serviam pra "fixar firmemente os assuntos no espírito da gente do povo".

Quem talvez melhor percebeu o valor do Aleijadinho creio que foi Von Veech no segundo escrito que publicou sobre o Brasil, a relação da viagem. É verdade que passando em Ouro Preto elogia as fontes da cidade, distingue uma igreja sem janelas (?), e do Aleijadinho e suas igrejas nem pio. Mas diante dos profetas da escadaria de Congonhas, aos quais, por natural confusão protestante, chama de "apóstolos", percebe o homem... "As estátuas dos doze apóstolos em tamanho natural e pedra-sabão, foram esculpidas por um homem sem mãos; embora não sejam obras-primas, os trabalhos deste curioso artista, completamente autodidata, trazem o cunho dum talento insigne" (*Reise über England und Portugal nasch Brasilien und den vereinigten Staaten des La Plata-Stromes*, II, 191). Mas o livro de Von Veech, por sinal deliciosíssimo, é pouco lido por nós...

O Aleijadinho não teve o estrangeiro que... lhe desse gênio e as vozes brasileiras não fazem milagres em nossa casa. Não está situado, as obras dele não estão catalogadas, não há um livro sobre ele, pouco se sabe sobre a vida dele e quase todos lhe ignoram as obras. O que os brasileiros sabem é que teve um homem

173

bimaneta neste país que amarrava o camartelo nos cotos dos braços e esculpia assim. E isso os impressiona tanto que contam pros companheiros e estes pros seus companheiros. Miss Biffin.

MÁRIO DE ANDRADE

Nota da pesquisa:

Edward B. Tylor, antropólogo inglês, é nome de importância na formação etnográfica de Mário de Andrade que leu e anotou sua obra principal, *La civilization primitive* (tradução francesa, 2v., 1925) e que, estudando o Folclore brasileiro, muitas vezes discutiu sua teoria.

174

DIÁRIO NACIONAL. Sexta-feira, 6 de junho de 1930

ESCOLA DE PARIS

Paris, umbigo do mundo...

Na cidade de Areias, zona corcoveante do brejo, no Estado da Paraíba do Norte, o menino desenhava bois e calungas. Um homem que viu, isso já faz tanto tempo!... e no entanto o homem que viu, falou:

— Esse menino precisa ir pra Paris, estudar.

Virou, mexeu, então o rapaz já se tornara desgraçado porque soubera da existência de Paris e desejava ir para lá, foi. Viu, estudou. Não venceu Paris, que é o mesmo que vencer o mundo e ele não tinha força pra tanto, porém venceu o Brasil depois que voltou, Pedro Américo.

Se a gente fosse contar na Terra todas as almas que desejam neste dia ir vencer Paris, se é verdade que essa estatística seria a maior sátira contra a vaidade humana e prova de que o "nosce te ipsum" jamais não adiantou pra ninguém, ao mesmo tempo seria a mais linda homenagem à cidade de Paris.

E milhares dessas almas vão. De qualquer jeito: vão. Vão, vazio, vaidade: sempre vão. Milhares destes milhares sofrem miséria e fome lá. Porém miséria e fome em Paris é outra coisa. É uma coisa tão importante que enche essa parte indispensável do espírito, que corresponde às partes digerintes do corpo. Sofrer miséria e fome em Paris é incontestável que enche a barriga do espírito.

E por isso cento-e-cincoenta mil artistas profissionais neste momento vivem em Paris. Nesse ajuntamento os franceses chegam a representar uma minoria. São artistas idos de todas as Paraíbas do Norte deste mundo, homens que palmilharam milhares de diversas areias, com brejo, e sem brejo. Isto é o que forma a comovente Escola de Paris — talvez a única verdadeira manifestação de internacionalismo que existe no mundo.

Dos quarenta mil pintores que vivem em Paris apenas uns cincoenta nomes a espumarada jogou em praias conhecidas. É espantoso! O que fazem os trinta e nove mil e novecentos e cincoenta outros? Sob o ponto-de-vista de grandeza artística estão valsando

175

na espumarada, esperando o momento em que possam intercalar, no chinfrim formidando, o seu solo ou pelo menos um "pas de deux". Quanto a vida prática, não sei, melhor que os alemães durante a guerra, descobriram o jeito de tirar carne-seca, pão e cobertor, de espaço. Vivem de ar — a não ser que o espírito faça mesmo parte tão funcional do organismo fisiológico da gente que a tal de barriga do espírito sossegue de qualquer maneira as justas reinvidicações da outra, da imperiosa barriga, da imperial e legítima barriga, ponhamos simplesmente: BARRIGA.

Mas de que vale esta impaciente senhora do nosso corpo?... Eis que irrompe de Montmartre, de Montparnasse, dos cais do Sena e da torre Eiffel, um coral maravilhoso, musicado por Stravinsky, decorado por Picasso, dançado por suecos e russos, gritando contra a barriga:

— Eu sou do amor!

E a vida é assim, como diz o ticotico, ou Radagásio.

O que vale é mesmo o que sobra da vida. São os cincoenta grandes nomes que fazem a Escola de Paris, e da grande cidade, o "umbigo do mundo", conforme a barriguda expressão de Paulo Prado.

Agora uns trinta desses nomes vêm visitar S. Paulo. É delicioso. Faremos a festa juntos.

É pena mas é ter se perdido aquele costume antigo brasileiro, creio que foi Langsdorf que falou nele... Vinha um sujeito de visita, entrava na casa, o fazendeiro recebia e principiava um mexe-mexe lá dentro. Depois chegava uma cria da casa, mulatinha linda:

— A janta está na mesa.

Então a visita entrava numa alcova, trocava o paletó da rua por um paletó da casa, no geral de linho branco. Virava família, a dona da casa aparecia, apareciam as moças, muito tímidas, só quem tinha licença pra falar eram o dono da casa e a Escola de Paris.

Costume lindo que inda fui encontrar, já excepcional e moribundo, no Nordeste. Coisas assim é que nós precisamos mostrar pros Langsdorf e pra Picasso e Lhote. Eles nos mostram suas belas artes e nós em troca as nossas artes deliciosas. Afinal, pensando bem, um tutu de feijão vale bem um quadro de Picasso. Sei perfeitamente que os trinta-e-nove mil novecentos e cincoenta "outros" pintores protestariam contra esta depreciação da nobre arte da pintura. Mas os cincoenta que progrediram, que são gente de verdade e cientes da amabilidade da existência, esses, juro que compreendem a troca duma primogenitura por um prato de lentilhas. E se não são só eles que fazem a Escola de Paris, são os únicos que a justificam.

MÁRIO DE ANDRADE

DIÁRIO NACIONAL. Domingo, 15 de junho de 1930

DEUS DE PIJAMA

Tanto fizeram bulha com o livro de Seabrook, *A Ilha Mágica,* que fui ler o tal. É admirável, não tem dúvida; reportagem admirável, como poucos sabem fazer e poucos podem contar. Seabrook penetrou no mais íntimo da feitiçaria dos negros de Haiti, conseguiu que os pais de terreiro tivessem confiança nele e acabou mesmo sendo aceito e adotado pelo vodu e sofreu todo o rito de iniciação. Viu coisas espantosas e de nenhuma explicação científica por enquanto. Entre outras o rito homicida, comum a quase todas as religiões primitivas, só que já na sua transposição mais recente pra homicídio simbólico em vez de homicídio de verdade. Tylor exultaria se conhecesse a contribuição de Seabrook... Faz-se o ser, o Eu do indivíduo passar por meio de encantações pro corpo dum outro animal qualquer, e o ser deste passar pro corpo do racional que vai ser sacrificado. Então mata-se o animal, isto é, o homem que no momento está dentro das aparências do animal. A descrição de Seabrook é impressionantíssima. Fizeram os feiticeiros a transincarnação duma menina pra uma cabra e esta ao morrer chorava e gemia como criança enquanto a menininha pastava como cabra dando de vez em quando uns més tremidos.

Mas o que interessou principalmente no livro de Seabrook foi a verdadeira atitude nova que ele tomou diante desses mistérios da feitiçaria. Me examinando bem, sinto que foi mais ou menos a mesma que eu tive diante dos mistérios do catimbó nordestino. É fácil a gente dizer que os feiticeiros haitianos tinham treinado a menina ou que na minha iniciação de catimbó o meu feiticeiro principal sabia representar como Leonora Duse. É fácil a gente negar tudo e continuar imaginando que uma simples negação de boca destruiu uma realidade. É também muito fácil e de pouca elegância intelectual a gente acreditar nessas coisas e virar mago, montador de vassoura volante ou ogum de macumba baiana. Também a abstenção ainda é fácil. E especialmente cômoda... Não se acredita nem se nega, mas também não nos importamos com. Todas essas são atitudes profundamente românticas e facílimas, como em geral foi todo o Romantismo.

A atitude de Seabrook, dificílima de especificar em poucas palavras, vai mesmo além da simples curiosidade científica ou daquele interrogativo pavor com que na Antiguidade os povos vencedores intrometiam no seu Flos Santorum os deuses dos vencidos

177

porque estes, homem!... pode ser que sejam também deuses. Não. Seabrook não crê nem se recusa a crer. Tem curiosidade mas essa não é científica; é uma curiosidade que chega quase à concepção espetacular do cosmos que nos pregava o sr. Graça Aranha. Mas se viu e se a gente percebe que viu coisas espantosas sem que se deixasse dominar pela mínima sugestão, a verdade é que acredita no que viu e na possibilidade até dos deuses haitianos. Porém sem medo nenhum, digamos, sem religiosidade nenhuma. Uma certa curiosidade familiar, tendente a crer, ou pelo menos a aceitar com paciência os mistérios do Além.

Mas, e isso me parece importante, com um desajeitamento cheio de destemor diante do mistério, o mesmo com que aquele milionário norte-americano tratava uma cabeça coroada por "mister king". Se um deus aparecesse e Seabrook fosse brasileiro, estou certo que ele chamaria o outro comandante por "seu Deus", como quem diz "seu José", "seu Pedro".

Exatamente foi assim comigo... Quando Mestre Carlos em alma real e corpo de feiticeiro, se se impacientava comigo, depois da minha iniciação no catimbó, pra que eu calçasse com rapidez minhas botinas, falei pro deus:

— Espera um pouco, Mestre Carlos.

Ora por mais que haja uma certa comicidade insuficiente nessa atitude perfeitamente desabusada, o certo é a espontaneidade cheia de comodismo com que retruquei ao poético deus pra sempre adormecido na sombra fraca das juremas. Não era desrespeito nem basófia, que seriam pelo menos inúteis num meio em que eu estava sozinho contra gente supersticiosa e ignorante do povo e do silêncio. Foi apenas uma atitude talvez de inexperiência, senão de incapacidade, ante a realeza do mistério. E essa atitude Seabrook pôde firmar muito mais que eu, porque se eu já tinha uma crença que me aguava os sentimentos, Seabrook não tinha nenhuma.

Mas o que sinto de verdade, e talvez Seabrook sinta também, é que a afirmativa de Paul Morand, perfilhada por Tristão de Athayde, de que a magia domina o espírito contemporâneo, é por assim dizer afirmar cedo demais, ou tarde demais, uma realidade que não é dos nossos dias, como esses dois querem, mas de todos os tempos.

MÁRIO DE ANDRADE

Nota da pesquisa:

Durante a viagem ao Nordeste, entre 15 de dezembro de 1928 e 7 de janeiro de 1929, Mário de Andrade está em Natal, hóspede de Luís da Câmara Cascudo. Ali, conforme conta em *Música de Feitiçaria no Brasil* (p. 33-58), tem o corpo "fechado" numa cerimônia de catimbó que contou com a "descida" de vários deuses no corpo do feiticeiro; entre eles, Mestre Carlos, deus-menino originário do Amazonas e muito popular no Nordeste. Mestre Carlos é personagem que muito o impressiona; aparecerá no poema "Rito do Irmão Pequeno" como um valor de autenticidade a ser simbolicamente perseguido.

DIÁRIO NACIONAL. Domingo, 22 de junho de 1930

PURO, SEM MISTURA

Dois livros de admirável poesia saíram agora no Brasil, o *Alguma poesia* de Carlos Drummond de Andrade e o *Libertinagem*, de Manuel Bandeira. São livros dos mais puros, dos de menos concessão aos preconceitos e aos gostos alheios, que se têm publicado no Brasil. São a Poesia desembaraçada de qualquer Poética; antes Lirismo, lirismo que se você gostou dele te manda plantar batatas e se não gostou te manda plantar batatas também. E lirismo intensíssimo. Gostei enormemente de ambos.

Ora, se tivesse que fazer crítica desses livros, eu insistiria principalmente em salientar e censurar uma tendência de ambos que me parece pouco heróica e defeituosa. O que quer dizer que, pelo vocabulário ingênuo dos leitores, eu "atacaria" esses livros. Não atacaria porque os sinto admiráveis, porém é fato que a orientação deles me assusta bem.

Tanto Carlos Drummond de Andrade, como principalmente Manuel Bandeira alcançam e realizam uma depuração por assim dizer absoluta. Não existem na poesia brasileira livros mais "si mesmos" que esses. São puros, sem mistura. Livros possantes de trágicos desbatizados. Eu sei que existe neles uma impressionante exposição de alma humana, porém essa exposição é eminentemente individualista. E se vibram de pureza psicológica quase ofensiva de tão nítida, me causa muita apreensão esses desbatizados vagando num limbo de desesperos e tragédias pessoais, bem longe da humanidade. Mostram muito que estamos celebrando falsamente este ano o centenário duma coisa eterna e sem data, o Romantismo.

Minha impressão é que isso é um beco sem saída. Está claro que a gente pode morar no beco a vida inteira porém será concebível o beco na civilização do urbanista Le Corbusier? Sempre é certo que há dois jeitos da gente sair do beco. Um é simples como beber água: sair por onde se entrou, trair-se. E trair o conceito metafórico que todos nós temos de beco sem saída. O outro meio será talvez mais propício a essas duas almas livres: botar dinamite nas casas e se evadir do indivíduo pra mais puros longes ainda — o automatismo psíquico do sobre-realismo.

Me dirão que o Sobre-realismo é individualista também. Não é mais. Está além do individualismo. E mesmo que fosse, conservaria sempre o grande mérito social de ter colocado o problema da Poesia nas suas bases verdadeiras, libertando-a da arte, colocando-a pra fora da arte, libertando-a definitivamente de todos os cacoetes, tecnicismos, que a confundem com a presa intelectual: polêmica, romance, caso de esquina.

E se não fosse assim o Sobre-realismo não seria um fenômeno tão tipicamente da época como é. Não sei se ele perdurará por todos os séculos porém tocar a identidade do futuro é banzar dentro do ofício das pitonisas, não me interessa. O fato é que o Sobre-realismo veio assegurar definitivamente à poesia uma realidade, uma entidade que ela nunca teve. Nascido do desgosto legítimo por essa inenarrável enfermidade do indivíduo que é a "segunda intenção", ele possui uma lindíssima pureza moral. E se nem todos os sobre-realistas são assim, como demonstraram faz pouco os sucessos de França, a culpa não é do Sobre-realismo. Porque com ele e sem ele, sempre existirão neste mundo os aproveitadores macacões.

Além disso o Sobre-realismo é uma tendência coletiva, ajunta, socializa. Tem essa coisa admirável que nós, os modernos do Brasil, na infinita maioria fizemos o impossível pra não ter, o espírito de grupo, o ideal comum.

Aliás é curioso observar a deformação socializante que as próprias religiões vão tomando pra muitos. Falo principalmente das cristãs. A deformação, por exemplo, de Gide, a quem o Protestantismo se reduziu a uma quase que exclusiva e repugnante posse duma bandeira. E os próprios "neo" católicos que na infinita maioria parecem não conceber mais a religião como a salvação da alma, porém como a salvação da alma coletiva.

Toda doutrina que tender agora ao conforto do indivíduo não tem mais base real. O primeiro engano do sr. Graça Aranha não teria mesmo sido esse? nos prometendo felicidade com a eterna alegria, com a diluição no cosmos, com a visão espetacular do universo?... Ora a felicidade depende de cada um, é individual como realização, individualista em seu conceito. É medíocre por essência e não tem importância nenhuma. Algum futuro auscultador da nossa vida provavelmente censurará, sem razão, o sr. Graça Aranha, lhe atribuindo todas as atuais manifestações de gozação e pesquisa individualista de felicidade que tanto fazem a psicologia do sr. Washington Luís como da fuzarca.

MÁRIO DE ANDRADE

DIÁRIO NACIONAL. Domingo, 29 de junho de 1930

EDUCAI VOSSOS PAIS

Nós, pelo menos por enquanto, ainda somos educados pelos nossos pais. Se vê a criança detestando quanto os pais detestam, sentindo e agindo como estes. Depois começa o desequilíbrio e a hipocrisia. É o período do "no meu tempo". O rapaz é um bloco maciço de modas novas. Os pais não acham bonitas nem respeitosas essas modas e querem torcer o moço pro caminho que eles fizeram, na bem-intencionada vaidade de que são exemplos dignos da gente seguir. O moço, não é que não queira, não pode. Vive em briga ou mentira, e a casa fica desritmada que é uma desgraça.

Minha impressão é que prá felicidade voltar tudo depende do moço. O melhor é a gente se fazer passar por maluco. Faz umas extravagâncias bem daquelas, descarrila exageradamente umas três vezes, depois organiza uma temporada dramática de por aí uns quinze espetáculos. Fazendo isso com arte e amor, até é gostoso. "Nosso filho é um espeloteado", se dizem os pais. Sofrem a temporada toda, você com muito carinho abana o sofrimento mas sustenta a posição de maluco. É maluco. Adquiriu a liberdade de existir.

Há também o caso da cadelinha Lúcia que me impressiona bem... Vou contar.

A cadelinha Lúcia era, no sexo frágil a que pertencia, uma espécie de Greta Garbo, mais maravilhosa que linda. Pecurrucha e viva, duma raça rara. O que eu gostava era dos olhos dela, dum forte pardo rajado de azuis celestes muito baços. A gente ficava lá dentro deles, minúsculo e esmaltado, enquanto a cadelinha Lúcia não dava um avanço pra abocanhar nosso nariz. Então chegava a primavera. Você expulsava a cadelinha Lúcia e ela virava um sabá de flores de retórica, latidos, estalidos, luzes, festa veneziana, desastre de automóvel e o cisne de Saint-Saens-Paulowa.

Me esqueci de contar que a cadelinha Lúcia era branca. Possuía uma cabelaça de filho pródigo, se esbanjando em crespos de arvoredo sem nenhuma reticência e ordem. Um branco tamisado de esperanças de cor, duma riqueza reflexiva tão profunda que, não sei se por causa da cadelinha se chamar Lúcia, o fato é que a gente sentia no pêlo dela os valores da única maravilha deste mundo que tem o direito de se chamar Lúcia: a pérola.

Lúcia era brabinha, como já contei. E tinha grandes ideais. Ninguém entrava no jardim sem sabá. Isso ela vinha que vinha possuída de toda a retórica do furor e mais um dente de alho. Mordia. Ou então estragava a roupa, o que prá maioria dos racionais é incontestavelmente pior do que ser mordido na pele.

Porém a gente percebia que a cadelinha Lúcia não era feliz. Não lhe satisfazia absolutamente arremeter eficaz com o ser humano; e pouco a pouco, na contemplação latida das grades do jardim, lhe brotava um ódio poderoso contra os grandes vultos da rua. E um dia afinal, pilhando o portão aberto, saiu como uma sorte grande, era agora! Olhou pra um lado, olhou pro outro, isso vinha lá longe num heroísmo de polvadeira o grandioso bonde da Lapa, Lúcia esperou, acendendo o ódio à medida que o bonde se aproximava, e quando este já estava a uns trinta metros, ei-la que sai em campo, enfunada, panda, côncava de pérolas febris. Avança e compreende enfim. Mas já era tarde. O bonde só fez "juque!" e quebrou a mãozinha direita da cadelinha Lúcia.

Vocês compreendem o que foi aquela morte de filho em casa. Chamaram médico, choraram, correrias, telefonemas, noite em claro... A cadelinha Lúcia salvava-se, garantiam, mas ficava manquinha pra toda a vida. Quando veio do hospital, convalescente e com um enorme laço de fita no pescoço, o laço parava no lugar! Continuava o mesmo lindíssimo bicho, porém a alma era outra.

Dantes ela preferira a beleza ao amor. Agora queria a beleza e o amor também. Ficara mansa, dessa mansidão perfeita que cada um de nós tem pra consigo mesmo. Pusera de parte os dentes, os ideais e os latidos. Apesar de manquinha, agora todos a adoravam. E era justa essa adoração. E pouco depois dos tratamentos higiênicos do hospital, teve os primeiros filhos. Pedidos, presentes, mas um ficou na casa.

Chincho foi educado nessa mansidão. Não é possível a gente imaginar uma doçura mais suave que a do cachorrinho Chincho. Ora tempos depois, eu entrando na casa, a cadelinha Lúcia estava no gramado, entredormida. Eis que ergue a cabecinha, borrifa as orelhas e geme num ladrido, desafiante porém muito desamparado. O que eu vejo! Sai detrás da casa o cachorrinho Chincho e vem num sabá furioso sobre mim, quase recuei, sai, passarinho! Que sair nada! Olhou pra mãe lá na sua grama hesitante.

— Ajuda, minha velha!

E ela veio mudada, furiosa, pra cima de mim. Me cacetearam, me impediram, quase me morderam. Depois, quando a criada me salvou, ficaram brincando na grama, felizes, muito em família.

Não dou três meses o cachorrinho Chincho fará a cadelinha Lúcia odiar os bondes outra vez. Pode ser que ambos percam a vida nisso, porém não é a vida que tem importância. O importante é viver.

MÁRIO DE ANDRADE

Nota da pesquisa:

Crônica republicada em *Os filhos da Candinha*, **1943.** A cadelinha Lúcia pertenceu à mãe do escritor.

DIÁRIO NACIONAL. Domingo, 6 de julho de 1930

A PESCA DO DOURADO

Quando chegamos na barranca do Mogi-Guassu, já andadas oito léguas de cabriolante forde, era madrugada franca. O rio fumava feito gente, no inverninho delicioso. Vento, nada. E a névoa do rio meio que arroxeava, guardando na brancura as cores do futuro sol.

Estivemos por ali, esquentando no foguinho caipira, que é o cobertor da nossa gente. Estivemos por ali, esfregando as mãos, tomando café, preparando as varas. Eu, como não tinha esperança mesmo de pegar nenhum dourado, fui pescar iscas no ceveiro. Isso era atirar anzolzinho desprezível nágua, vinha cada lambari enganado, cada tambiú e uma piauvinha comovente.

Nove bastavam, me disseram. E a rodada principiou. João Gabriel dizia que era preciso pescar já porque depois, com o dia, a água esfriava! Entenda-se!

Do lado do oriente o horizonte se cartãopostalizava clássico e os vultos das "ingaieiras", dos jatobazeiros, do timbóril do rumo, já se vestiam dum verde apreciável.

Eu me esforçava por pescar direito. Olhava a altura da vara do outro pescador, copiava com aplicação os gestos dele. Às vezes me dava uma raiva individualista e só por independência, batia com a isca onde bem queria, longe dos lugares de água tumultuosa, preferidos pelos dourados. Foi numa dessas ocasiões que atrapalhei o fio de aço do anzol na vara e o lambari da isca, fuque! me bateu no nariz. A natureza inteira murmurou: "Bem feito!" e me deu vontade de morrer. João Gabriel que ia de proa, olhou pra mim e não riu, não censurou, nada. Continuou proando a canoa. Essa inexistência de manifestação exterior destes que me rodeiam, a deferência desprezível, a nenhuma esperança pelo moço da cidade, palavra de honra, é detestável. Castiga a gente. Oh vós, homens que viveis no sertão porque me tratais assim! Eu quero ser como vós, vos amo e vos respeito!

Estava eu no urbano entretenimento desta falação quando a canoa tremeu com violência. Olhei pra trás e o companheiro pescador dançava num esforço lindo, às voltas com a vara curva. Por trás dele, a aurora, me lembro muito bem; e tive a sensação

184

de ver um deus. Mas o dourado não sei o que fez, a vara descurvou. O peixe se soltara e o deus virou meu companheiro outra vez. Fiquei com uns vinte contos de satisfação.

Mas Nemesis não me deixou feliz. Veio um desejo tão impetuoso de pelo menos um dourado morder minha isca, coisa dolorosa! torcia com paixão, pedia um dourado, me lembrei de fazer uma promessa, me lembrei das feitiçarias de catimbó e principiei por dentro rezando a prece da Sereia do mar.

Eis senti a linha de aço navegando por si mesma rio abaixo.

— Puxe!

Isso, dei um arranco de três forças, fiquei gelado, meu coração ploque, ploque. . .

— Não bambeie a linha!

A linha não era eu que bambeava! bambeou, subi a vara, o dourado pulou um metro acima dágua, que Vergílio nem Camões nada! um peixe imenso. . .

— Não puxe a vara!

Não puxe a vara, não bambeie a vara, sei lá, o dourado é que dava cada puxão, cada bambeio que queria. . .

— Canse ele!

Mas como é que se cansa dourado, isso é que nenhum dos meus livros tinha ensinado! A segunda vez que o bicho pulou fora da água, eu já não podia mais de comoção. Palavra de honra: estava com medo. Tinha vontade de chorar, os companheiros não falavam mais nada, tinham me abandonado! ôh que ser mais desgraçado!. . .

Pesquei. Teve alguém enfim que me ajudou a tirar o dourado da água, cuidou dele, guardo-o no viveiro da canoa. Eu, muito simples, dum lado, jogado fora pela significação do dourado que era um peixe importante.

Não faz mal não. Mas. . . quem pescou o dourado fui eu. A respeito de dourados estou ganhando de um a zero contra Manuel Bandeira, Guilherme de Almeida, Augusto Meyer, Alberto de Oliveira, Castro Alves e mais poetas ilustres do Brasil.

MÁRIO DE ANDRADE

Notas da pesquisa:

1. As pescarias de Mário de Andrade eram realizadas quando de suas férias em Araraquara.
2. Crônica republicada em *Os filhos da Candinha*, 1943.

DIÁRIO NACIONAL. Domingo, 13 de julho de 1930

ROQUETTE PINTO

Esse prazer da gente se chegar aos bons... Ultimamente passei uns dias no Rio e o que melhor ganhei desse passeio foi conhecer mais intimamente Roquette Pinto e os que o rodeiam no Museu Nacional.

Roquette Pinto tem altura de brasileiro, afabilidade nordestina e uma ignorância de si mesmo tão admirável que a gente fica perfeitamente bem junto dele. É um companheiro que nos outorga o direito do "não sei", coisa rara que dá pra alma da gente um sabor (sabor)?, um sabor, sim, de honestidade, gostosíssimo.

Como diretor do Museu Nacional, Roquette Pinto está fazendo coisas utilíssimas. A verba pra um estabelecimento desses, num país como o nosso, está claro que é deficientíssima. Não se está na América do Norte, ou na Alemanha. Mas Roquette Pinto inventa a melhor maneira das verbas curtas se tornarem de eficiência comprida.

Duas coisas principais me entusiasmaram: o desenvolvimento das coleções e estudos etnográficos e a conversão do Museu num verdadeiro órgão de ensino popular e não de estudos pra sábios gratuitos.

A maneira com que é recebida no Museu qualquer pessoa que deseje estudar seriamente; as facilidades que lhe são dadas; o material organizado pra aulas práticas; a sala de conferências e lições coletivas, com a sua sóbria e linda decoração marajoara; a franquia das páginas das publicações do Museu a quantos tenham o que dizer em matéria científica, especialmente brasileira: o Museu Nacional hoje está ensinando de verdade e obrigando a gente a estudar. Toda a gratuidade aristocrática e inerte, que faz a parte odiosa e desumana dos museus, desapareceu da Quinta da Boa Vista. Bom dia, Roquette Pinto.

A parte etnográfica também, recebeu do autor da *Rondônia* um carinho especial e é nisso que fraternizo com ele admiravelmente, apesar da imodéstia deste "fraternizar". Os estudos sobre os tipos antropológicos brasileiros, a secção de etnografia popular criada por Roquette Pinto dão ao Museu uma significação etnográfica especialíssima.

Eu, que vivo apaixonadamente imerso no populário nacional, me entusiasmei então. Nosso populário está quase todo por estudar e todo por organizar. O pouco feito precisa revisão e no geral se confina ao estudo da poesia e das lendas, contos e superstições. Ora uma das riquezas da etnografia brasileira é a indústria popular. As coleções do Museu já estão ricas de exemplares dela, porém há muito por colecionar ainda. Uma coisa, por exemplo, de que ninguém tratou ainda especializadamente, é a cozinha nacional que é das mais ricas e mais... genialmente gostosas do mundo. Em comidas de sal e em doces, mesmo pondo de parte os pratos de influência ibérica ou africana, a cozinha exclusivamente brasileira possui uma coleção variadíssima de belezas em que os pratos de sustância e os leves concorrem numa escala maravilhosa que vai do tutu com torresmo à compota de bacuri. Eu, me desculpem, dou a vida pra comer um prato bom. É mesmo uma das provas que utilizo pra acabar com esta dúvida perene sobre minha inteligência. No geral os homens inteligentes gostam de comer bem. Eu gosto, logo... E isso me consola.

Está claro que o Museu Nacional neste domínio não pode entrar, senão vira gruta Baiana, mas o que já guarda de outras indústrias é instrutivo, rico e confortante. E, sob os cuidados de dona Eloísa Alberto Torres, figura extraordinariamente admirável de mulher que sabe, e ao mesmo tempo se conserva suave, a cerâmica marajoara enfim vai ter o estudo aprofundado que merece.

De Roquette Pinto escritor e sábio, todos falam e sabem. Fiz questão agora de humanizá-lo mais, mostrando que não é... poeta.

MÁRIO DE ANDRADE

DIÁRIO NACIONAL. Domingo, 20 de julho de 1930

ANJOS DO SENHOR

Os jornais de sexta-feira davam um telegrama de Paris que me deixou meio aéreo. Diz que um brasileiro, o comandante Muniz, realizou num dos aeródromos de lá experiências dum novo tipo de aeroplano estafeta. E que apesar do mau tempo, chuva, nuvens, uma ventania danada, as experiências "tinham sido coroadas do mais completo êxito". Francamente é difícil da gente saber por enquanto qual será o futuro desse invento novo de brasileiro, se virará Zeppelin como o aerostato de Bartolomeu Lourenço, ou virará aeroplano como a libélula de Santos-Dumont. Ou virará desastre como o infeliz sonho de Augusto Severo...

Está claro que, de mim, desejo o mais completo desenvolvimento ao já completo êxito mais ou menos telegráfico por enquanto, do comandante Muniz, porém o que me deixou um bocado aéreo não é isso não: é essa mais ou menos curiosa especialidade dos brasileiros pela aviação. O que será que os brasileiros têm com os ares!... É extraordinário. Os próprios Estados Unidos, que em quase todas as atividades humanas, têm dado ao mundo indivíduos e coisas primordiais como o "jazz", Edgard Poe e a geladeira automática, em aviação não podem se comparar conosco na América. Sei bem que desenvolveram muito o aeroplano, tiveram os irmãos Wright, etc., mas gênio genial mesmo como Santos Dumont, o primeiro, o que resolve, isso nem que todas as Betty Compson, as Colleen Moore olhem sorridentes pra mim, afasto sobranceiro o patriotismo delas e exclamo: Não! Foi o Brasil!

O nosso papel na América tem sido viver nos ares. Desde a nossa pré-história que os brasileiros, aliás então nem brasis inda chamados, vivemos no ar. Sem lembrar que segundo a tradição ameríndia qualquer desgosto que brasileiro tenha, pronto: vai pro céu e vira estrelinha, nós possuímos duas lendas que, segundo os processos de exegese simbológica, são de deveras precursoras da aviação. Uma delas é a da aranha que faz o fio no chão e espera que passe o vento. Vem um sulão, ergue o fio no céu e lá se vai, gostando bem, a aranha pelos ares. A outra, mais bonita, é a que Afonso Arinos batizou não sei bem porque com o nome de Tapera da Lua. A moça, percebendo-se descoberta pelo mano que no negrume da noite marcara a amante misteriosa com as tintas indeléveis do mato, planta uma semente do cipó matamatá, que tem mesmo a forma duma escada. Sobe por ela e fica pra sempre banzando no céu, transformada em Lua, se mirando na água parada das ipueiras pra ver se ainda não se acabaram as marcas da tinta. Qualquer pessoa medianamente nutrida na facilidade das explicações, está vendo logo que estas lendas são precursoras do mais pesado que o ar. O que me enquisila em ambas é o ligamento que prende as voadoras à terra, num caso o fio de aranha e noutro o cipó. Parece que a interpretação mais aceitável é que em ambos os casos se trata de balão cativo. Isso prova pelo menos que os antigos habitantes deste mato sem saída, eram mais sensatos que nós. Andavam no ar, que dúvida! porém sempre, e sensatamente, em perfeita comunicação com a terra. É verdade que depois Santos Dumont, também brasileiro sensato, subiu pros ares com a intenção de saber onde levara o nariz e resolver a dirigibilidade dos balões. E de fato: mesmo quando mais pesado que o ar, levou o dito nariz onde muito bem quis. Mas nós outros, não sei não... me parece que preferimos o anedótico destino de Gusmão, que subiu sem saber onde iria parar. É exatamente o caso da valorização do café que beneficiou à América Central, e de todos nós, brasileiros natos, gente pesada, que vive no ar e não sabe mesmo nada onde que vai parar.

É triste. Não queremos escutar os experientes cantadores nordestinos que, antes de mim, impressionados com a especialidade aérea de brasileiro, fizeram um coro que diz assim: O solista:

— Eu vi um aeroplano
Avuano!

O coro conselheiro avisa logo:

— Divagá co'a mesa!...

Mas o solista romântico prossegue entusiasmado, mentindo como eu quando pesco dourado:

— Eu fui no Jahú
Aribu!

Mas o coro sempre conselheiral:

— Divagá co'a mesa!...

Qual o que! Jamais que iremos devagar com a nossa mesa!... Mas é que o que nos interessa não é propriamente o nosso destino, e sim a nossa predestinação. Dê a ciência aviatória no que der, caia o Brasil em que mares encapelados cair, o que nos entusiasma e dirige é o nosso predestino aviatório que faz com que nos imaginemos uns águias quando somos apenas uns esvoaçantes e borboleteantes anjos do Senhor...

MÁRIO DE ANDRADE

Nota da pesquisa:
Crônica republicada em *Os filhos da Candinha*, 1943.

DIÁRIO NACIONAL. Domingo, 27 de julho de 1930

TEUTO-BRASILEIRO

Sou leitor assíduo da literatura de cordel. Como dentro dela a gente se liberta das preocupações intelectuais! São vidas. Não digo vidas simples porque quanto mais o indivíduo é o que se chama "um simples", gênero Guerra Junqueiro ou outro qualquer, mais complicado é o espírito, mais desorganizado e cheio das maravilhosas assombrações. Não há nada pra simplificar tanto um indivíduo como a cultura. Até os que vivem indigestados por ela, ficam simples, facílimos. São bonecos em que a gente percebe a intenção da mínima palavra.

Já os homens populares não. Desnorteiam. São como as crianças a quem a mãe ensinou uma graça mas muito engraçadinha mesmo. Até sem se pedir, Zezinho repete a graça. Mas quando se pede pra ele fazê-la prá visita importante se divertir, não vê! Nem a pau Zezinho fará a graça. As almas dos homens populares são visibilíssimas. Porém jamais que se tem a segurança delas. Escapolem da nossa compreensão, numa barafunda admirável entre iluminações e bobagens, filosofia profunda e precariedades intelectuais. D'aí minha paixão pela literatura popular, livre da literatice, livre da facilidade, sem rei nem roque, um mundo.

Da literatura de cordel brasileira a parte mais interessante, a meu ver, é a do norte, especialmente a nordestina. A paulista também é muito curiosa, mas dessa tenho até receio de falar por causa de Antônio de Alcântara Machado, que é doutor também nela e dela pretende dizer. Hoje o que desejo é revelar um poeta mais do sul, paranaense e teuto-brasileiro, Alberto Dittert. Tenho um folheto dele, *Recordações de um Teuto-brasileiro*, impresso na tipografia Locher de Curitiba. É um primor.

Alberto Dittert é um prussiano sem imperialismo alemão — o que já desnorteia toda a nossa concepção dos alemães importados. É ele mesmo que o afirma numa das mais prodigiosas poesias do folheto, chamada nada menos que "Recordações à minha nomeação como Prof. do Trabalho na Escola Normal Secundária". O verso corre assim:

190

"Sou Brasileiro como vós todos ver (sic)
Sou Brasileiro até morrer
Em dia de sol, em dia de padecer
Sou Brasileiro e sempre hei de ser".

Como se vê é decisivo, taxativo, insofismável: Alberto Dittert é brasileiro. O que atrapalha um bocado a nacionalidade do poeta é a tal nomeação de que ele não se esquecerá mais durante todo o folheto. Porém mesmo nisso a razão de Alberto Dittert é profunda, afinal das contas. Que direito de prisão perpétua temos nós a um torrão que nos deu a luz mas não nos deu nem amor nem pão? O poeta pensou assim e pensou bem.

Dantes:

"Meine Hosen waren zerrissen
Meine Schuhe warn entzwei"...

(Calças rasgadas, sapatos furados)

Veio a nomeação, logo:

"Sou Brasileiro, estas cores provam
A Bandeira voa branca (sic) verde e azul".

Que bandeira será essa, Santo Deus! ou Alberto Dittert é daltônico! Mas é bem a bandeira dele só, não tem dúvida... Cores que, ele diz, significam "Honra, esperança e fé em Deus".

O folheto é escrito ora em alemão, ora em dialeto da Silésia, ora em português, ora numa língua que não sei bem se é o brasileiro. Principia por uns sinceramente bonitos versos alemães e belos versos brasileiros evocando as pátrias velha e a nova:

"Wo der Schneberg hoch in die Wolken steigt
Und de Hirschstein am Berg sich zeigt
Dieses schöne Land es ist das Schlesierland
Es ist mein vielgeliebtes Heimatsland!
Mas minha Pátria tem Palmeira (sic)
Onde canta o Sabiá,
As Aves que aqui gorjeiam
Não gorjeiam como lá!"

O que prova que Dittert concorda com Gonçalves Dias e W. H. Hudson sobre o canto da passarinhada sulamericana.

Afinal o poeta se casa com brasileira, o que é raro. Mas veio a guerra e o Brasil intempestivamente declarou guerra à Alemanha. A burrinha da brasileira diz que dá o fora no Dittert, como ele sofreu! Preferiu rimar em alemão, porque era discreto nas próprias dores:

"Mein Herz schlug wie ein Pferdefuss
Und sie gab mir nicht mal ein Kuss!"

O que infelizmente pro poeta inda posso traduzir pros meus leitores:

"Meu coração bateu que nem pata de cavalo,
Minha mulher nunca mais me deu um beijo!"

É horrível.

Depois é que vem a nomeação solutória do problema da pátria e dos sapatos furados. O poeta se entusiasma, vai até a praia do Iguassu e canta uma poesia espantosa sobre a "flor Verdade" em que todas as línguas que ele fala se babelizam comoventemente.

Não posso mais comentar o folheto inteiro, que segue sempre com igual interesse. Mas pra medir toda a grandeza do poeta bastam certos títulos de poesias: "Pela boa Resposta do sr. Correia Defreitas dada a um pedaço que carne (que insulto espiritualista admirável, puxa!) sem educação; "No aniversário do meu estimado chefe Inspetor Geral do Ensino", "Serenata do Soldado Desconhecido, a Humanidade" (estão vendo como o poeta é profundamente conceituoso?); "Serenata do Anjo Gabriel", e esta chaleirice sublime: "Serenata do Desconhecido ('Desconhecido' é a Humanidade) pela memória do feliz regresso da Capital Federal do Inspetor Geral".

E pra acabar, minhas senhoras, dou-lhes esta receita teutobrasileira pra emagrecer (Entfettungskur):

"Die Wahrheit entfettet den Körper
Und modelliert veredelt die Seele.
A mentira engorda o corpo.
E desmodela, desfeita a alma."

É tiro e queda. A Verdade emagrece o corpo, modela e enobrece a alma ao passo que a mentira... O que resta saber é (e aqui o pensamento do poeta é insondável) porque ele botou a Verdade em alemão e a mentira em brasileiro?...

MÁRIO DE ANDRADE

DIÁRIO NACIONAL. Domingo, 8 de agosto de 1930

NACIONALIZAÇÃO DUM ADÁGIO

Uma das coisas muito comoventes pra mim é descobrir que uma coisa que parece bem nossa, bem brasileira, vem de longe, doutras terras. Não é propriamente o interesse científico que isso possa ter, a causa da minha comoção. São razões mais líricas por assim dizer, razões de surpresa, de encanto às vezes, de despeito outras.

Sei bem que uma raça (?) tão misturada, tão nova e de civilização tão importada como a brasileira, bem pouco pode ter que seja exclusivamente dela, mas nem por isso deixa de me irritar muitas vezes a excessiva filialdade de algumas partes do nosso populário. Por exemplo: a quadrinha cantada. É muito razoável, muito legítimo que grande número das quadras tradicionais brasileiras sejam de origem portuguesa, isso não tem dúvida. A quadra solta, sem ligação com as que a rodeiam, é um processo muito ibero e exageradamente lusitano de poética popular. Em toda a parte da América, idiotamente chamada de "latina", o processo corre perfeitamente tradicionalizado. Porém a nossa passividade em receber as quadras já feitas, ou, se quiserem, a nossa pequena faculdade de criar dentro dessa forma, faz com que a maioria das quadras populares correntes no Brasil sejam de origem portuguesa ou mais largamente ibera. De forma que quando por acaso colho de alguma boca popular alguma quadra realmente linda e que inda desconheço, principia o suplício. Já estou vendo que na primeira coletânea portuguesa em que pegar encontro a tal. E não é que encontro mesmo! Dá uma raiva... Não é questão de patriotada e outras besteiras vindas nas pregas duma noção legítima de nacionalidade: é questão de torcida. Desque (1) isso não implique injustiça humana, é perfeitamente razoável a gente torcer pelo que é seu, pelo em que vive, pelo com que convive. Nem se pode dizer que seja razoável, é simplesmente humano, instintivo.

Infelizmente (pra nós) pouco há no repertório das nossas quadras, de realmente bonito, que já não corra em Portugal também. No entanto nós inventamos com enorme facilidade na forma da décima, da embolada. É fácil de perceber a razão psicológica disso tudo: somos um povo mais verborrágico, ruibarboseado de norte a sul. A quadra era pequenina por demais pra gente em que corria, além do mais, um litro gostoso de sangue ameríndio. Ora são numerosos os cronistas contando que as tribos passam até noites inteiras fazendo discurso. Se a verborragia brasileira se quintessenciou nas letras escritas e orais da semicultura urbana do país, também no povo inculto ela se manifesta por essa preferência pelas formas estróficas mais longas.

Mas se o encontro de quadras nossas em Portugal me irrita pela freqüência, outras vezes esses encontros me dão prazer. Principalmente quando a coisa importada já se nacionalizou bem, como no caso de que vou tratar e de que não me lembro de já ter visto acusação.

Outro dia, folheando o volume da *Revista Lusitana* encontrei com um estudo bem interessante sobre adágios. Num dos adágios estudados, existe uma curiosa adaptação brasileira. É o que em italiano reza: "Dio mi guardi da mula che faccia hin hin; da Bora e da Garbin; da donna che sappia latin". Em francês dizem: "Femme qui parle latin, soleil qui luit tard au matin, et enfant nourri de vin, ne viennent à bonne fin". Da fórmula francesa está muito próxima a espanhola, também citada pelo articulista: "Dos cosas tinen mal fin: el niño que bebe vino y mujer que habla latin". Em Portugal se fala mais simplesmente "Guarda-te da mula que faz hin e da mulher que fala latim".

Tudo isso era muito difícil de ligar ainda com o adágio brasileiro que estou guardando pro fim, mas uma variante portuguesa rima:

> "Cabra que faz mé,
> Mula que faz hin,
> Mulher que sabe latim
> Libera nos Domine!"

e outra:

> "De mula que faz hin hin
> E de mulher que sabe latim.
> Tem barbas e grande pé,
> Libera nos Domine!"

Já agora estamos em condição de ver no que deu a mulher sabichona européia, transplantada pra estas viris praias americanas. Quem que sabe latim aqui? Nem advogado quanto mais mulher! Também as mulas interessavam pouco numa terra que dos carros de boi passou diretamente pro forde. Mas interessavam os caipiras taubateanos de má fama, os cavalos de bom andar e resistência, e as donas mansas. D'aí a adaptação paulista:

> "Caboclo de Taubaté,
> Cavalo pangaré,

Mulher que mija em pé,
Libera nos Dominé!"

Arre! Com perdão da palavra!

Mas brasileiro sem palavra-feia é que não passa mesmo. Eu gosto. Confesso que gosto. Só quero ver quem que me atira pedra.

MÁRIO DE ANDRADE

Nota M.A.:

(1) Correção; no jornal: "Desde que".

DIÁRIO NACIONAL. Domingo, 10 de agosto de 1930

GRAVAÇÃO NACIONAL

Alguns clamam contra a produção nacional de discos e, meu Deus, afinal das contas têm razão. Mas esta razão é o mais ou menos sutil, mais de ordem filosófica que propriamente objetiva. Uma coisa de que estou bastante convencido é que o homem é mesmo um ser notabilíssimo, muito superior ao que parece na realidade. Essa é a razão pela qual podemos nos ofender com a discagem que cai. A fonografia brasileira, ou pelo menos realizada no Brasil, não tem apresentado o homem brasileiro na sua superioridade virtual.

Mas, como se está vendo, o argumento é de ordem perfeitamente universal. Primeiro: quero saber mas em que ordem de manifestação humana o homem brasileiro tem se conservado nesse domínio da sua superioridade virtual, que ele podia ter? Na economia temos sido duma desastrosa bestice apesar da clarividência dos Murtinhos. Na política, atos dignos de tradição não sobem talvez a cinco-por-cento na gesticulação nacional. Na poesia a porcentagem é pouco maior, ponhamos uns vinte-por-cento. E prás artes em geral vinte-por-cento já é muito.

Porém o que não consola, mas pelo menos explica, essa inferioridade do homem brasileiro em relação a si mesmo, é que em todos os países do mundo se passa mais ou menos a mesma coisa. Quais os livros de versos que se salvam na poetagem francesa, por exemplo? Incontestavelmente uma ninharia em relação ao todo. De certo os franceses são dos piores poetas do mundo e escolhi mal o exemplo. Peguemos o "jazz", que está mais próximo da verdade. Já está mais que sabido que o "jazz" é um dos problemas mais complicados da etnografia universal e o melhor é a gente se ficar pensando que um "jazz" definitivo específico e histórico não existe. Mas o que me impressiona é que também não existe ianque profundamente sabido em coisas de "jazz" que não recuse por não ser produção jázica, e não ter a superioridade... virtual do "jazz", noventa-por-cento da manifestação que corre como tal, já não digo no mundo, mas norte-americana. Inda faz pouco afirmava isso mesmo Erwin Schwerke (*Kings Jazz and David*), acrescentando que mesmo as orquestrinhas ianques de negros, judeus e internacionais, que percorrem a terra são apenas "jazz" pra inglês ver, e nada têm desse legítimo rei do nosso tempo.

De todas estas considerações aparentemente otimistas em relação ao Brasil, me convenço de outra coisa: Estou inabalavelmente convencido de que o homem é incapaz de ser humano e que na realidade o que ele é, com perdão da palavra, não digo.

Da discação internacional, escapa do ruim talvez uns trinta-por-cento. Está claro que não falo como fabricação, que essa em algumas fábricas, Brunswick, Victor, Gramophone, a maioria das vezes é esplêndida. Falo da música que essas mesmas fábricas nos dão. E se a crítica de discos universal não estivesse ainda tanto no domínio dessas gentilezas, ponhamos, sociais que permitem a um Henry Prunières criticar com a mesma complacência *Pulcinella* de Strawinsky e *E lucevan le stelle...*, estou vendo o clamor humano justo, justificadíssimo contra a discoteca universal.

A discação brasileira é quase que exclusivamente do domínio da música popular urbana, quero dizer, a depreciada, banalizada pelos males da cidadania. O favor dum amigo vitrolófilo (quanto neologismo!) me tem proporcionado felizmente a audição desse gênero musical, de vários países europeus e americanos. Franqueza: a produção é o que tinha de ser, dada a incapacidade do homem ser humano. E não é inferior à nossa. Nem superior. O bom, o que mostra o homem na sua superioridade virtual, continua duma porcentagem mínima. O que temos a fazer, os que colecionamos Dante, Shakespeare, Shelley, Goethe, Heine e talvez Baudelaire em nossas bibliotecas, é selecionar também os discos de valor.

Ultimamente ainda ouvi dois que não podem ficar ausentes duma discoteca brasileira: o *Babaô Miloquê* (Victor) e o *Guriatã de coqueiro* (Odeon). São duas peças absolutamente admiráveis como originalidade e caráter. E admiravelmente executadas.

A história do primeiro nos dá uma lição. A primeira registração da melodia, era banal, não escapava da sonoridade normal das orquestrinhas maxixeiras do Rio. Foi recusada por isso. O autor, Josué Barros, se viu na contingência de fazer coisa "nova". Mas o novo pro indivíduo folclorizado é muito relativo e as mais das vezes se confina (felizmente) em desencavar passados que guardou de sua própria vida, ou lhe deram por tradição. Toda a originalidade do *Babaô Miloquê* está nisso. Uma orquestração interessantíssima que, excluindo os instrumentos de sopro, é exatamente, e com menos brutalidade no ruído, a sonoridade de percussão dos Maracatus do Nordeste.

A lição está clara. Exigir do produtor de músicas folclorizado, que não se deixe levar pelo fácil que lhe dá menos trabalho. Guiar os passos dele pra evitar nos discos (que não são documentação rigidamente etnográfica) a monotonia que é por exemplo a censura possível a discos também esplêndidos como *Vamo apanhá limão* (Odeon), o *Senhor do Bonfim* (Victor) ou o recente *Escoiêno noiva* (Colúmbia), da série regional de Cornélio Pires. A intromissão da voz tem de ser dosada pra evitar o excesso de repetição estrófica. Os acompanhamentos têm de variar mais na sua polifonia, já que não é possível na harmonização, que os tornaria pedantes e extra-populares. E variar também na instrumentação. E que isso é possível dentro do caráter nacional, provam muito bem os dois lindos discos que citei anteriormente.

MÁRIO DE ANDRADE

DIÁRIO NACIONAL. Domingo, 17 de agosto de 1930

CABOCLO DE TAUBATÉ

Outro dia, pouco me amolando com pesquisar mais pacientemente o meu assunto, mostrei diversos elos da cadeia internacional de provérbios que veio afinal a dar no adágio paulista em que se pede que "do caboclo de Taubaté, de cavalo pangaré e de mulher que tem certos... costumes esquisitos, libera nos Dominé".

Mostrei que o adágio fora nacionalizado com muita perfeição, não só por terem posto nele, inventivamente, o caboclo de Taubaté, como ainda pela substituição da mula européia (Cabra que faz mé, Mula que faz him, mulher que sabe latim, Libera nos domine") pelo nosso cavalo pangaré, e da educada mulher européia que sabe latim, pela nossa cabocla decidida que não tem meias medidas pra fazer certos atos fatais da vida humana.

Ainda há que notar na paulistização desse provérbio, uma associação de idéias muito curiosa. Citei de propósito entre-parêntese o provérbio portuga que mais se aproximava do nosso pra mostrar essa associação. Em português o primeiro verso da quadrinha proverbial é "Cabra que faz mé". Em brasileiro o verso está modificado pra "Caboclo de Taubaté". A associação é evidente. A palavra "cabra" é que provocou a vingança contra um possível defeito dos caboclos de Taubaté. Cabra em brasileiro, primitivamente designou apenas o mulato, mas depois alargou o sentido, perdendo até o valor pejorativo que lhe determinara a invenção. "Cabra" se vulgarizou pra designar um homem qualquer, verdadeiro sinônimo pra "sujeito". É assim que está, por exemplo, na quadrinha conhecidíssima:

> Sou um cabra perigoso,
> Quando pego a perigá,
> Mato sem fazê sangue,
> Ingulo sem mastigá.

"Cabra danado!" é frase-feita que se emprega pra brancos, mulatos, negros e mestiços de qualquer mestiçaria. A associação veio provavelmente disso. Num país que quase não tem gado miúdo, coisa censurável de que já nos castigava Von Weech, as cabras são mais raras do que os cabras. A palavra soou pois,

199

no adágio português, como evocando o cabra, o sujeito. Pôde isso ser logo substituída por caboclo. E caboclo de Taubaté.

Mas hoje posso produzir mais alguns elos do curiosíssimo adágio, sem que os tivesse procurado propriamente. Foram eles que se vieram oferecer a mim, sem que eu tenha mérito nenhum nisso. Assim foi que, lendo o *Folklore do Concelho de Vinhais* do padre Firmino Martins, deparei com esta variação muito extravagante do adágio: "De socos, burros, chapéus de palha e línguas de mulher, Deus nos defenda!"

Como se vê a sistematização de enumerações chega aí ao máximo do exagero, e o adágio toma já uma feição acentuadamente individualista, perdendo até os valores de regionalização que possa ter. Muito comovente me parece ainda a substituição da mulher que sabe A LÍNGUA LATINA, por LÍNGUA DE MULHER, que é uma associação de idéias trocadilhesca bem divertida. Quanto à tradução do "Libera nos domine" por "Deus nos defenda", provavelmente é moderna.

Tanto mais que há mais dum século, por 1817, Saint-Hilaire já colhia o adágio com o respectivo latinório, em Minas Gerais. Quando foi de Itabira a Vila do Príncipe, o naturalista passou por Itambé, vilarejo mesquinho, cuja existência já não tinha mais razão viva de ser, com o desaparecimento do ouro que lhe vinha na água do rio do mesmo nome. É então que conta (*Voyage dans les Provinces de Rio de Janeiro e Minas Gerais*, cap. XIII) que o lugar "estava numa decadência tal que não se poderia comparar com nenhuma outra, tudo caindo em ruína". "Não é sem razão, comenta, que se repete por aqui, este provérbio já citado por outro viajante, A MISERIIS ITAMBÉ, LIBERA NOS, DOMINE". Latinagem da gema, bem própria dum Estado em que, me contaram, até hoje tem gente que fala latim, na isolada Paracatu. Mas Saint-Hilaire aproveita ainda o momento pra dar uma variante do latim, colhida por ele nas cercanias de Caeté. Diz:

> *Itabira, Itambé,*
> *Samambaia e sapé,*
> *Meirinhos de Caeté,*
> *Libera nos Dominé!*

Não tem dúvida que estes "Meirinhos" seculares meio que estragam a associação de idéias que julguei ver entre "cabra" e "caboclo" mas sempre convém não esquecer que a mesma fonte podia dar variantes diversas. E de fato não conheço adágio mais glosado que esse.

MÁRIO DE ANDRADE

Nota da pesquisa:

O estudo sobre o adágio paulista é uma boa mostra do trabalho etnográfico que Mário de Andrade realizava em suas leituras, retirando dados, refletindo sobre suas origens e vinculações.

DIÁRIO NACIONAL. Domingo, 24 de agosto de 1930

POESIA PROLETÁRIA

Acabo de ler a antologia de *Poemas de operários america-nos*, editada por Les Révues e fico frio, fatigado, frio... Não tem dúvida que longe em longe encontrei um poema que me co-moveu e principalmente, frases, acentos, mais originais, mais no-vos que me puseram naquele estado de bobice vital que é a ver-dadeira sensação artística. Mas o conjunto me deixa enormemen-te insensível.

Poderão me dizer também que esses poemas não foram feitos pra comover artisticamente, mas são como funções da vida, ex-plodidos sem querer. Não sei nada. Então pra que fizeram poe-mas? Por que estão "escritos"?... Me deixaram frio e fiquei triste. Jamais essa evasão da vida vivida que é a arte, essa contra-dição mesmo com a vida que é a arte, me pareceu tão inalterável. Pelo menos na minha concepção de insolúvel "intelectual". É horrível; e a gente fica desesperado por dentro, sem saber o que fazer, que partido tomar.

Todas essas palavras, todos esses sarcasmos contra as reli-giões, todos esses insultos e acusações, tão fáceis, tão repetidos contra patrões, capitalismo, religião sempre, alguns tão verdadei-ros, outros tão falsos; todas essas confusões tão frágeis entre as doutrinas e os homens que as pensam representar ou consciente-mente as deturpam: jamais tudo isso não me pareceu tão falso como nesses versos de revoltas pífias, de literatice incontestável.

E no entanto, isso que chamei "literatice", porque parece literatice, são poemas sinceríssimos, eu creio. Saíram assim, ora essa! porque não podiam sair de outro jeito, saíram de peitos sofridos, pouco se amolando com problemas de arte, pouco flexí-veis ainda no cortume das coisas chamadas belas porque são des-necessárias e ao mesmo tempo emocionantes; saíram assim porque esses operários não tinham cultura pra mais. São poesias talvez, são certamente sensações líricas, mas me fatigam a mim, pronto.

Porém toda essa lava de ódio e de revolta que o livrinho in-teiro joga, são coisas que eu já vivi, que já escutei de muitas bocas. E nas bocas vivas eram, não digo que verdadeiras, porém sempre muito impressionantes, muito comoventes. Dentro duma alma apaixonada pelo sofrimento a gente não consegue destruir uma inverdade por meio de raciocínios, não é possível. E por isso, confesso, já me vi muitas vezes nesse falso jogo humano de dar razão pros que não tinham razão. Concordei. Concordei com eles. Minhas verdades? Minhas verdades andavam flanando inúteis e desprezíveis noutros céus. Eu estava mas era boquiaberto de comoção apaixonada ante essas confissões que sofriam. Não era uma diletante curiosidade que me levava ali, mas um impulso recôndito, uma esperança de fragor, uma aspiração por enormes catástrofes que melhorem esta porcaria de mundo. E essas coisas não se encontra em Goethe nem nos *Lusíadas,* nem em Molière nem em Gonzaga.

Depois a gente abandona as conversas, vai andando consigo muito a descoberto e humano, e eis que numa volta de esquina, num anúncio de parede, num pregão de jornal, dá de encontro de novo com as suas verdades. Elas chegam e se instalam, familiares, indiscutíveis por mais que a gente lhes examine os papéis de identidade e roupas. São elas mesmas, são as nossas verdades. É horrível. A única coisa que se pode fazer é recebê-las agressivamente, com maus modos. Porém elas ficam apesar dos maus modos porque afinal das contas são as nossas verdades.

Não pensemos mais nisto que já estou ficando com raiva de mim. Continuo no primeiro assunto. Pois é: apesar de toda a boa disposição que me fez encomendar imediatamente a antologia, apesar do bom estado de amor em que a li, gostei pouco e fiquei frio. O que está me preocupando esteticamente agora é o problema da poesia de circunstância. Sua possibilidade, ou antes, sua verossimilhança. Esses poemas são incontestavelmente poesia de circunstância. E da mais humanamente elevada pois que, embora me possam objetar que cada um desses operários poetas se poetou foi pelo que pessoalmente sofria e não pelo que sofriam todos os companheiros, eles fizeram poesia social.

E poemas desses ou dum Maiakovsky, e até mais bobos, como os dum Vitor Hugo, arrastam multidões. Bom, mas nesse caso, até béstias também arrastam e convencem. Ora a paridade é absoluta. E por aí se percebe que o problema não é propriamente estético, não deve sequer ofender os limites da pesquisa hedonística. Nem é propriamente um problema moral porque nem de longe afeta o bem e o mal. Tanto o bem como o mal, tanto a verdade como a mentira arrastam da mesma forma, dependendo tudo de quem fala ou escreve.

Na verdade é um problema exclusivamente fisiológico. Não é a beleza da poesia ou do béstia, nem o bem nem a verdade possíveis neles, que arrastam mas sim certos elementos fisiológicos de que eles se utilizam: o ritmo a sonoridade. Estes são elementos dos mais universais, especificamente coletivantes, por assim dizer. A expressão dos sentimentos, dos lirismos gerais, dos ideais e das idéias, valem um mínimo ou não valem nada nesses gêneros de pseudo-arte, que têm função coletiva. O que vale é o ritmo, o que vale é o som. E estão aí como prova os hinos nacionais, os cânticos, cançonetas, danças em voga, que no geral são profundamente idiotas. Se têm arte, se têm beleza num caso desses não passa de mera concidência; e Concenius chegou a dizer que os cânticos luteranos tinham atraído mais gente pra reforma que os escritos e sermões de Lutero. Pelo menos por hoje, estou convencido que Duque Estrada escreveu uma letra adequadíssima ao Hino Nacional e que nada se deve modificar nela.

O único elemento que afora os fisiológicos, tem valor na poesia social de circunstância, são as palavras tradicionais. "Honra", "pátria", "nossos avós", "conspurcar", por exemplo, é tiro e queda. Não estou depreciando ninguém não, e muito menos a coletividade que é o que de mais importante possuímos nesta Terra. Estou mas é horrorizado.

MÁRIO DE ANDRADE

DIÁRIO NACIONAL. Domingo, 31 de agosto de 1930

A SRA. STEVENS

— Sou mme. Stevens.

— Sim, senhora, faz favor de sentar.

— O sr. fala francês?

— Ajudo sim a desnacionalização da língua francesa.

— Muito bem. (Ela nem sorria, por delicadeza. Continuou falando em francês). O sr. pode dispor de alguns momentos pra me escutar?

— Quantos a sra. quiser. (Era feia).

— O meu nome é inglês mas eu sou búlgara de família e nasci na Austrália. Isto é... não nasci propriamente na Austrália, mas em águas australianas, quando meu pai que era engenheiro foi pra lá.

— Mas...

— Eu sei. De fato isso não tem grande importância pro que eu venho lhe dizer mas em todo caso gosto de esclarecer logo todos os detalhes da minha identidade e se o sr. quiser pode examinar os meus papéis. (E fez menção de tirá-los duma bolsa-martinelli que trazia.)

— Oh, minha senhora, já estou convencido!

— Estão perfeitamente em ordem.

— Tenho certeza disso, minha senhora!

— Eu sei. Estudei num colégio protestante australiano. Com a mocidade fiquei bastante bela e como era muito instruída, casei-me com um inglês sábio que se dedicara à Metafísica.

— Sim senhora.

— Meu pai era regularmente rico e fomos viajar, meu marido e eu. Como era de esperar a Índia nos atraía por causa dos seus grandes filósofos e poetas. Fomos para lá e depois de muitas peregrinações nos domiciliamos nas proximidades dum templo novo inteiramente dedicado às doutrinas de Zoroastro. Meu marido se tornara uma espécie de padre, ou melhor, de monge desse templo e ficara um grande filósofo metafísico. Pouco a pouco seu pensamento se elevara, se elevara, até que desmateriali-

204

zou-se por completo e foi vagar na plenitude contemplativa de si mesmo. Fiquei só. Mas a solidão não me pesava porque desde muito meu marido e eu vivíamos, embora juntos, no maior isolamento de nós mesmos que se pode imaginar. Liberto o espírito da matéria, não ficara comigo senão o corpo de meu marido e esse não me interessava, completamente inerte e destituído daquelas vontades que o espírito imprime à matéria ponderável. Foi então que percebi a alma dos chamados irracionais e também dos vegetais, pois que se eles não possuíssem o que de qualquer forma é sempre uma manifestação de vontade, estariam isentos da luta pela espécie, dos fenômenos de adaptação ao meio, da correlação de crescimento e outras mais leis do transformismo.

— Sim senhora!

— Como o sr. está vendo, ainda não sou velha e bastante agradável de aspecto...

— Minh...

— Eu sei. Com muita paciência fui dirigindo o corpo de meu marido para uma espécie de morro que havia por detrás do templo de Zoroastro, donde seus olhos para sempre inexpressivos podiam ter como consagração do grande espírito metafísico que neles habitara, a contemplação do tempo. E o abandonei lá. Voltei para o nosso bangaló e fiquei refletindo. Quando foi de tardinha escutei um canto de flauta que se aproximava. Era um pastor nativo que fora levar vários zebus ao templo. Dei-lhe hospitalidade e, como a noite viesse muito ardente e silenciosa, pequei com esse pastor.

— Mas, sra. Stevens, o assunto que a traz aqui, a obriga a tantos pormenores de confissão!

— Não é confissão, é penitência. Fugi daquela casa, horrorizada por não ter sabido conservar a pureza metafísica de meu marido e concebi o castigo de...

— Mas...

— Cale-se! Concebi o meu castigo! Fui a Austrália recolher os restos de minha herança e agora estou fazendo a volta ao mundo em busca de metafísicos a quem possa servir. Cheguei faz dois meses ao Brasil. Já estive na capital da República porém nada me satisfez. Ontem quando vi o senhor saindo do cinema, percebi o desgosto profundo que lhe causavam essas manifestações específicas da materialidade e vim convidá-lo a ir prá Índia comigo. Lá teremos nossos bangaló ao pé do templo de Zoroastro, servi-lo-ei como escrava, oh grande espírito que te desencarnas pouco a pouco das convulsões materiais. Zoroastro! Zoroastro! Iá, Tomboctu, Washington Luís, café com leite!...

Está claro que não foram absolutamente estas as palavras que a sra. Stevens choveu no auge da sua admiração por mim (desculpem). Não foram estas e foram muito mais numerosas. Porém eu estava naturalmente assustado e colhia no ar apenas sons, assonâncias que, grudadas umas nas outras deram em resultado esse maravilhoso verso: "Iá, Tomboctu, Washington Luís, café com leite". Sobretudo faço questão do café com leite. Esse é imprescindível porque quando a sra. Stevens deu um silvo agudo e principiou chorando, acalmei-a como pude, lhe assegurei a impossibilidade da minha completa desmaterialização, e como não tinha mais palavras e o choro continuasse, me lembrei de oferecer café com leite. Ela aceitou. Bebeu e sossegou. Então pediu-me dez mil réis pro templo de Zoroastro, coisa que acedi gostosamente.

Aliás, pelo que soube depois, muitas pessoas conheceram a sra. Stevens aqui em S. Paulo.

MÁRIO DE ANDRADE

Nota da pesquisa:

Crônica republicada em *Os filhos da Candinha*, 1943.

DIÁRIO NACIONAL. Domingo, 7 de setembro de 1930

ATOS IRRACIONAIS

Vou citar um passo de Charles Blondel, *La mentalité primitive*, p. 20: "No primeiro quarto do século passado Earle se instalou na Nova Zelândia. De primeiro os nativos se mostraram duma honestidade a toda prova. Os pertences dos europeus estão ali, ao alcance deles porém nenhum rouba coisíssima nenhuma. Eis que um dia pegou fogo na casa. Imediatamente a vizinhança pilhou tudo. Aliás é essa a regra entre eles: nem bem uma desgraça chega que os próprios amigos avançam prá vítima e a despojam do que ainda está com ela."

Então Blondel comenta que não pode atinar com a razão que leva "indivíduos honestos, habituados a respeitar o bem dos outros, a abusarem desse jeito da desgraça".

Mas considera essa uma das particularidades da mentalidade primitiva. Ora, será mesmo uma particularidade da mentalidade primitiva?...

Certas coisas é terrível da gente imaginar, porém atos absolutamente idênticos a esse a gente encontra constantemente no mundo dos chamados "irracionais". Creio eu que costumes assim a gente pode considerar perfeitamente como um dos muitos passes de defesa e ataque, da luta pela vida. Nós, racionais e irracionais, nos defendemos também por meio da prudência. A prudência não é mais que isso: um ato de defesa evitando a nossa perdição. Por prudência os nativos da Nova Zelândia não atacavam um indivíduo válido que podia se defender. O que resultaria na morte ou machucadura penosa de alguns dos assaltantes. Mas, nem bem o indivíduo ficou invalidado pelo incêndio que lhe tomava no momento todas as preocupações, tiraram dele o que aproveitava aos outros.

O mesmo se dá entre as piranhas dos nossos rios, gentinha que vive aos cardumes, já se sabe. Andam todos na mais perfeita harmonia desta terra, harmonia que sempre foi feita de pequenos ataquinhos, rabanadinhas e cotucões. Eis porém que num destes citados elementos da harmonia humana, ou ainda por um acidente qualquer, uma das piranhas é ferida. Imediatamente as outras a atacam com uma ferocidade espantosa. A água do rio borbulha no lugar, e às vezes o impulso do ataque é tão violento que o cacho de piranhas agarrado à irmã invalidada, sai pra fora dágua,

207

e a gente observa com suspiro o exemplo. Pude eu observá-lo com meus olhos, quando encalhei noite e mais dia na boca do Arari, em Marajó. O caso das piranhas e dos indígenas da Nova Zelândia são perfeitamente idênticos.

Podia citar mais uma dezena de exemplos dessa lei fatal da vitória do forte sobre o fraco, mas vou dar só mais um que leva a considerações possivelmente interessantes. É o caso da vaca nova no rebanho. Isso até já deu um provérbio brasileiro conhecidíssimo. Põe-se uma vaca no gado manso e logo todas as outras correm para ela. Maltratam-na, dão-lhe guampaços às vezes até de sangrar. E a coitada passa um bom tempo de amargura, filosofando sobre os indígenas da Nova Zelândia, até que as companheiras vão se acostumando com a intrusa e de novo reina a paz em Varsóvia.

Esse me parece um caso interessantíssimo. Se se pode comparar o chauvinismo dos cachorros de Constantinopla com os capoeiras baianos que têm seus bairros determinados, ou os jornaleiros paulistanos que têm suas esquinas de propriedade enquanto as outras lhes são proibidas sob pena de sova ou mordida: também o caso da vaca nova encontra muitos similares na sociedade humana. Aliás, cada um dos meus leitores que bote agora a mão na consciência. França Júnior já estudou o caso dos vizinhos, mas infelizmente a psicologia do folhetinista não passou da descoberta da curiosidade com que as pessoas dum quarteirão olham pro vizinho novo. Essa curiosidade existe, não nego, porém é já um ricochete de sentimento anterior, instintivo e as mais das vezes seqüestrado: a hostilidade com que a gente recebe o novo conquistador do "nosso" quarteirão. A raiva dos nossos vizinhos de bonde, o ódio com que no cinema recebemos o desgraçado que vem preencher a cadeira vazia ao nosso lado, são outras tantas transposições humanas do caso da vaca nova. E exemplo mais típico ainda, pela ostensividade tradicional que se generalizou por todas as terras cultas, é a criação da entidade "calouro", nas escolas e academias. As caçoadas aos calouros, às vezes até mortíferas, e quase sempre dolorosamente penosas e espezinhantes, são legítima chifradas na coitada da vaca nova. E essa noção instintiva e perfeitamente irracional de propriedade que faz o gesto das vacas velhas, dos cachorros de Constantinopla, dos capoeiras baianos, dos jornaleiros paulistas, dos vizinhos de quarteirão, da estudantada, é que me perturba muito quanto à esperança de fixação permanente do conceito de comunismo na humanidade. Se conseguirmos implantá-lo na certa teremos feito a maior conquista sobre nossa irracionalidade fundamental. Sim: fundamental pois que na própria Bíblia se diz que, antes do sopro infundidor do verbo, Deus fez uma cerâmica antropomorfa — o (como cerâmica) imaculado Adão.

MÁRIO DE ANDRADE

DIÁRIO NACIONAL. Domingo, 14 de setembro de 1930

RAQUEL DE QUEIROZ

É uma criaturinha do Ceará, com dezenove anos, escreve e põe dedicatórias no seu primeiro livro com os mesmos ambiciosos exageros dos principiantes. O livro dela se chama *O Quinze*, e ninguém se engane pelo prefácio sem sal nem açúcar, que promete pouco. O livro vem enriquecer muito a já feliz literatura das secas. A ficção sobre as secas nordestinas tem dado ao Brasil alguns livros admiráveis. Todos estão recordando comigo *Os sertões* e a *Bagaceira*, a que posso por mim ajuntar o *Luzia-homem*, mais deslembrado. Raquel de Queiroz com *O Quinze* nos dá um modo novo de conceber a ficção sobre a seca, e esse modo novo me é especialmente grato porque na espera dele eu me vim do Nordeste o ano passado. Até me lembro de ter dado uma entrevista em Natal que chocou bastante pela maneira ríspida com que tratei Euclides da Cunha. Deus me livre de negar que o monumento de Euclides e os outros estejam muito bem e sejam razões de orgulho nosso. São obras-primas literárias. Mas depois que apalpei o Nordeste e uma apenas pequena e passageira seca, sem mortes nem misérias terríveis como conseqüência, mas com toda a sua ferocidade assustadora, o que me irritou um bocado foi os autores terem feito literatura sobre a seca. Isso me pareceu e continua me parecendo... desumano. O defeito da arte é mesmo transportar os maiores horrores da humanidade e da Terra pra um plano hedonístico, tão contemplativo e necessariamente diletante, que a gente está chorando na leitura e não sofre nada. Chora que é uma gostosura. As dores de fundamento estético, por mais suicídios que tenha causado o *Werther*, não fazem mal pra ninguém. Pelo contrário: desvirtuam a nossa humanidade, literatizam nossos deveres humanos que em vez de se tornarem ativos e eficientes, se desmancham nas misérias das frases bonitas, na recordação das obras de arte e em piedades oratórias. Estou convencido que o livro de Euclides fez um mal enorme pros brasileiros e dificultou vastamente o problema das secas. Fez da seca uma obra-de-arte, e nós adquirimos por causa dele, uma noção tangencial dos nossos deveres pra com o Nordeste, uma noção derivada, quase que de função puramente literária. A seca virou bonita e os nossos deveres, a própria consciência dos nossos deveres, ficaram bonitos também. Quase que existe dentro de nós uma razão

209

importantíssima e jamais expressa: Deixem a seca como está porque se o problema dela for resolvido, o brasileiro perde a mais bonita razão pros seus lamentos e digressões caritativas. Desconfio que nenhum brasileiro terá coragem de confessar a desumanização de origem artística causada nele pela maravilhosa literatice de Euclides da Cunha, mas, queiram ou não queiram, os fatos estão aí provando esta afirmativa urtigante. As soluções diletantes que o problema tem inventado na cabeça de brasileiro, especialmente essa do abandono temporário e despovoamento do Nordeste sertanejo, coisa que no mínimo é uma utopia, o corrimento de discursos e artigos de piedade bons prá gente exercitar a cadência parnasiana das frases, o gosto idiota de enviar socorros quando a desgraça chega, tudo é eloqüência, tudo é literatura, tudo é prolongamento do livro de Euclides da Cunha, homem que, embora magnífico, ninguém discutirá que foi literato da maior literaría. E, palavra de deus, o próprio jeito exagerado e quase sem nexo com que o dr. Epitácio Pessoa resolveu... acabar com a seca, presidente da República, foi dos mais eloqüentes, dos mais literariamente parnasianos dentre os gestos estéticos da literatura das secas.

Raquel de Queiroz, com seus divinos dezenove anos, recheiada de literatura, provavelmente loquaz como todo nordestino que se preza, muito lindinha de certo, teve vontade de escrever, que é mesmo por onde a gente começa. Mas, não sei, foi escrever e não é que se esqueceu dessa impiedade luminosa que é peculiar à mocidade? Esqueceu. Escreveu um Prefácio e uma citação em verso, provavelmente dela pois não traz nome de outro autor. Prefácio e verso são literatice mas da gorda. Basta dizer que a versalhada principia: "O sol, qual Moloch das lendas caducas"! O que surpreende mais é justamente isso: tanta literatice inicial se soverter de repente, e a moça vir saindo com um livro humano, uma seca de verdade, sem exagero, sem sonoridade, uma seca seca, pura, detestável, medonha, em que o fantasma da morte e das maiores desgraças não voa mais que sobre a São Paulo dos desocupados. Raquel de Queiroz eleva a seca às suas proporções exatas. Nem mais, nem menos. É horroroso mas não é Miguel Anjo. É medonho mas não é Dante. É a seca.

É mais que uma conversão da seca à realidade, é uma conversão à humanidade. E talvez, impulsionada por esse maravilhoso calor do ser, Raquel de Queiroz achou jeito de humanizar tão dolorosamente o pequeno entrecho amoroso disperso no livro, que a gente se percebe dignificado, por assim dizer, justificado quando o caso se acaba, tão sublimemente proporcionado à incompetência humana. Os outros escritores da seca criaram obras-primas literárias. Como artistas, como criadores se conservam muito acima de Raquel de Queiroz. Mas essa moça inventou a obra-prima também: Obra-prima, "tout court".

MÁRIO DE ANDRADE

DIÁRIO NACIONAL. Domingo, 21 de setembro de 1930

ARTES GRÁFICAS

Há perguntas que atrapalham... Me lembro duma, bem difícil, que me fez um dia um moço. Chegou pra mim e falou que queria saber Música, mas profundamente. O que devia estudar pra isso? Como se a gente pudesse responder conversando a uma pergunta dessas! A resposta era uma conferência, e cacetíssima por causa da nomenclatura fatal de livros e autores. Mas a própria atrapalhação me ditou uma resposta que subscrevo até hoje completamente:

— Estude o alemão e depois volte.

Parece "blague" mas não é. No alemão se encontra de tudo e de tudo tratado como a gente quer mas sempre com seriedade. A literatura científica alemã, Farias Brito que me desculpe, mas constitui por assim dizer... a base física do espírito. Base física, alicerce. É um mundo de fixidez e regulamentação astronômica. Com essa base e dessa profundeza, os latinos da Europa e os americanos da América, façamos nossas estrelas!

Estou imaginando assim nos meus namoros nunca satisfeitos com a literatura alemã (não sei o alemão) por causa da bonita Exposição Alemã de Livros e Artes Gráficas que está se realizando agora aqui em S. Paulo. Exposição de finalidade, comercial sincera, franca, sem cabotinismo e com enormes resultantes de utilidade espiritual e social pra nós.

Não me parece que haja no mundo atualmente ninguém que precise mais que brasileiro duma base física bem germânica pro seu espírito. Inteligência fuque-fuque, brilhação espiritual exterior, fogo-de-artifício de palanfrório, colocação de pronome, Brasil com esse e metáforas lindíssimas, isso é que não nos falta absolutamente. Falta é a base física. O dia em que fundearmos nossa nau Catarineta desarvorada e luminosa, no porto sossegado e habilitado da ciência alemã no original (alemão é tão esquisito que não se pode jamais traduzir com perfeição) então, gentes do mundo, vocês verão de quantos paus se faz esta canoa, pra continuar na metáfora. Aliás é uma coisa bem sintomática: os homens brasileiros que conseguem mesmo se impor à unanimidade da nossa consideração como riqueza e força de pensamento, no

211

geral conhecem e praticam a língua e literatura alemãs. Rui Barbosa não sabia o alemão... No resto, é incontestável que como diz Guilherme de Almeida, somos uns poetas. *Não passamos de poetas* — o que por mais que seja baía do Rio de Janeiro, vitória-régia e papagaio, não deixa de entristecer um bocado, tanta papagaíce!...

Ora esta exposição, que demonstra o progresso e estado formidável de perfeição em que estão as artes gráficas na Alemanha, demonstra a mais a riqueza, a probidade e a força da literatura científica alemã. Mas felizmente que nos nossos meios científicos a língua alemã está se impondo cada vez mais. Me contaram que nas bibliotecas de certos institutos brasileiros o predomínio de livros alemães é já absoluto... O que prova que já progredimos bastante sobre aqueles róseos tempos em que Martius dava o alemão como "totalmente desconhecido" no Brasil, e como raridade o brasileiro conhecedor Gessner e Klopstock... E esta exposição, em que as compras e encomendas de livros de ordem científica estão superabundando, me dá uma esperancinha pelo futuro espiritual das nossas brilhantíssimas e, por enquanto lunares, inteligências. Vamos em busca de Sol, nas frias, longas e pensativas... Denknachte da Alemanha!

A exposição encerra também edições de luxo e gravuras. Confesso que aí já a superioridade alemã é mais discutível. Já não estamos mais na forçura subterrânea dos alicerces, já não é mais o domínio das leis astronômicas. É o trabalho das estrelas agora, e nisso os franceses vencem brilhantemente. Pela variedade e a propósito na escolha de papéis finíssimos, principalmente essas geniais invenções da indústria humana que são o Japão Imperial, o China, o Madagáscar, o Holanda Pannekoek, pouco usados nos livros de luxo alemães. Pela escolha de tipografia, mais rica, mais fantasista e muito mais bela. A tipografia alemã se orienta sempre pelas razões científicas de visibilidade das palavras. Obras, por exemplo, como essa jóia que é a edição do *Boudha vivant* feita por Les Algues, maravilha de beleza plástica tipográfica, mesmo nas páginas exclusivamente construídas com letras, são na realidade difíceis de ler e não seriam admissíveis na Alemanha. Mas é que se trata de jóias: servem pra enfeitar e não pra ler, o domínio mais exacerbadamente egoístico da Bibliofilia. Ainda como ilustradores, apesar dum Slevogt, dum Orlik, que são incontestavelmente dois mestres da ilustração livresca, e de Georg Grosz que é um gênio, a França internacionalizada apresenta uma riqueza, uma força criadora que põe, não apenas a Alemanha, mas o mundo inteiro num chinelo, com os aliás admiráveis xilógrafos ingleses inclusive.

Mas se no livro-jóia a França vence, nos livros de documentação artística a Alemanha retoma brilhantemente o lugar dela, Miss Imprensa, beleza, perfeição, variedade e documentação incomparavelmente mais universal e sábia. Esta exposição de agora, que todos devem ir ver, que seja apenas a primeira duma série ininterrupta. Temos precisão imediata de dar o braço à Alemanha. Pelo menos até o momento venturoso, em que ninguém mais não diga nesta Sulamérica: "Nós, os latinos..."

MÁRIO DE ANDRADE

Nota da pesquisa:

É provável que a exposição de Anita Malfatti em 1917, tendo despertado a curiosidade de Mário pelo Expressionismo, o tenha levado a iniciar seus estudos de alemão. Em seu arquivo estão 5 caderninhos de aula, datados de 1918, que relacionam vocabulário em inglês, francês e alemão. Ali está também, mas sem data, o cartão de Else Schoeler Eggebert, professora de alemão, francês e inglês (Fraulein?...). Em 1919, Mário começa a reunir números da revista *Deutch Kunst und Dekoration* onde encontrará as primeiras idéias do Expressionismo, algumas das quais utilizará no "Prefácio interessantíssimo" de *Paulicéia desvairada*.

DIÁRIO NACIONAL. Domingo, 28 de setembro de 1930

EPISTOLOGRAFIA

O que me leva a tristes reflexões sobre a cruel falta de planos com que as cousas falsas e verdadeiras são tão parecidas umas com as outras, me maltrata, machuca, desespera, quase que desisto de ser sincero. Sim, os progressos da inteligência humana, depois de tantos séculos e séculos de pensamento, têm sido imensos. Mas somente porém em tudo quanto a inteligência se projeta pra fora do indivíduo, por assim dizer, pra fora de si mesma. A inteligência está cada vez mais hábil em criar mundos, em criar arquiteturas de idéias e ideais, digamos que a inteligência é uma luz. Feito a luz, ela tem possibilidades de iluminar tudo quanto está fora dela. A única coisa a que a luz não dá claridade é a si mesma. Nós podemos dizer, com os psicólogos mais antigos, que a inteligência tem um certo número de faculdades em que ela se divide, ou, com os mais modernos, que ela é una e a manifestação dessas faculdades se faz de cambulhada. São arquiteturas. Criamos um manequim bonito e lhe botamos na mão um caderninho com as leis do equilíbrio e os processos de marchar escritos. O manequim não marcha. É triste... Ah, é engraçado! É engraçado mas continua sendo triste, esta prodigiosa incapacidade de se analisar a si mesmo que o homem tem. Os personagens, mesmo um dos de Proust, é mais ou menos fácil de fazer. Tudo depende apenas da maior ou menor habilidade que temos em projetar arquiteturas exteriores. Mas a verdade verdadeira é que o indivíduo continua sendo uma coisa bem mais complexa e bem mais perplexa que os personagens de Proust ou de Joyce, grandes arquitetos... de personagens.

Mas ninguém será capaz de adivinhar porque estou imaginando assim. É porque a minha biblioteca, apesar de não grande, já tem mistérios. Outro dia encontrei nela um livrinho que ignorava possuir, apenas um *Secretário de cartas familiares* impresso em Lisboa em 1841, quase um século. Li um bocado, sentei, li um pedaço, fui dormir macambúzio, li o livro inteiro ontem e fiquei macambúzio duma vez. Secretários de cartas são comuns e este é como os outros. O que me assusta é a data, 1841, quase um século. Digamos que esses livrinhos são o gênero mais didático,

214

mais composição de Grupo Escolar, mais frio que se possa imaginar. Mas a verdade é que os gritos de coração mais impulsivos, mais sinceros, mais sem arquitetura exterior feita pela inteligência, carne viva saindo sangrenta de dentro de nós, afinal dizem a mesma coisa que um frio e retórico *Secretário de cartas familiares* de 1841. Não valia a pena o sacrifício cruento da nossa impassibilidade, da nossa contemplação, pra lascar num papel as coisas que um contemplativo e impassível Secretário de Cartas diz também. Poderão me retorquir que isso é lógico, pois que o Secretário está apenas imitando os movimentos do ser e os exemplos que conhece e estudou. Está certo, mas isso não prova nada de nada, porque qualquer um de nós, na medida das suas forças intelectuais, bem sentadinho, ouvindo vitrola, esperando ser pago do serviço com duzentos mil réis está em condições de escrever sobre o assunto que nos impuserem, a mesma carta que escrevia se estivesse por causa do tal assunto, levado pelas impulsões mais vivas e com o peito chamejando de paixão. O operário escrevia a mesma carta de operário. O intelectual, a mesma de intelectual.

O que me horroriza não é a espécie de imutabilidade humana com que nos repetimos em princípio através dos séculos "seculorum". Não é a data, "1841, quase um século" que me assusta. Estava enganado em mim quando escrevi aquilo. É esta danada de luz que não consegue se iluminar a si mesma, e que, se nos dá, por exemplo, com a sistemática da flora, um grande castelo sublime da criação humana, inda não conseguiu a mais mínima sistemática dos sentimentos: o que é verdade, o que é mentira em nós. Meu Deus, meu Deus, onde a sinceridade!...

"Acabo de saber neste instante, meu amável Senhor, com uma sensível dor, a perda do seu processo. Este golpe foi na verdade cruel, mas quanto não seria ele maior para outro qualquer! Tem V. tão grande indiferença para todos os bens desta vida, que V. não sentirá certamente esta perda, senão pela triste reflexão de ver a Justiça tão mal administrada... etc."

Peguei numa das cartas ao acaso e é essa maravilha de sinceridade que estão vendo. Somos nós em sangue. Pode mudar estilo, com as épocas, mas essa carta somos nós. "... Senhor, sensível dor", a gente repara: Diabo! fiz um eco desagradável. Mas isto é carta sincera, não estou fazendo literatura, fica assim mesmo. Deixa a rima. O operário, não reparará na rima. Mas fulano é forte, agüenta chiquemente as desgraças. Que agüenta nada! O meu amável senhor está indignadíssimo com a cachorra da Justiça, sofrendo mortes de ambição por causa dos cobres perdidos, está que é uma fera. Bom, pois então vamos dar-lhe a força de si mesmo, enganando a ele e a nós que o meu amável senhor tem grande indiferença pelos bens desta vida. Reparem: tudo isto é sinceríssimo, humano e respeitável. Sai dum jato na carta sincera. Depois, analisando friamente é que a gente percebe que a sinceridade, apesar de sinceríssima, é insincera, em resultado: sinceridade e insinceridade são palavras vãs. Não correspondem a nenhuma verdade inamovível.

Depois disso: tiro na cabeça? Nem vale a pena. Nem mesmo o tango argentino, do amargo poema de Manuel Bandeira, ou a impassibilidade do nada que esperava o grande lascivo de Machado de Assis. Fechar o Secretário das Cartas, ir pro trabalho, ser bom, ser ruim, ser desgraçado. Mas ser... sincerissimamente...

MÁRIO DE ANDRADE

DIÁRIO NACIONAL. Domingo, 5 de outubro de 1930

CORES DO BRASIL

Outro dia uma citação do bonito livro de Konrad Guenther, *Das Antlitz Brasiliens*, me recordou outro livrinho do mesmo autor sobre o colorido brasileiro, delicioso de se ler. *Brasiliens Farbe* é o que se pode chamar de livro otimista. Konrad Guenther que é um visual admiravelmente observador, em pouco mais de cincoenta páginas, recorda as cores bonitas que viu na flora e fauna daqui, acha-as incomparáveis e as enumera entre um dilúvio de observações de toda casta, sempre interessantíssimas.

Essas sínteses um bocado saudosistas me irritam um bocado. Isto é, síntese não: enumeração escolhida. O que sucede? sucede uma impressão falsa de esplendor, ou de horror quando se escolhe os males. Por muito tempo discutimos Paulo Prado e eu a boniteza de coloração floral dos matos brasileiros. Ele insistindo nela e eu, sem negar a maravilha imediata que é um ipê florido, por exemplo, ou alguma catléia alba, afirmando que essa boniteza é posterior à realidade.

O meu amigo me vinha com um mundo de citações de viajantes. Eu retrucava com a minha experiência pessoal, naquele tempo apenas colhida na Amazônia, em Minas ou São Paulo. Mas só a Amazônia era um argumento decisivo. Paulo Prado não se conformou e lá ficou a maravilha de coloração floral dos nossos matos como argumento do *Retrato do Brasil*. Bom, para um retrato, que é sempre retocado, vai bem. Mas pra carteira de identidade, não. E se Paulo Prado ou qualquer um de nós tivesse conhecido o livrinho de Guenther, então é que o Retrato sairia uma fulguração!...

Ora eu insisto: essas descrições são exatas como saudade posterior à realidade ou anterior a ela. Imagino só entre os alemães amigos da natureza a saudade, a Sehnsucht puxante despertada por Guenther!... Paulo Prado insistia principalmente citando a literariamente admirável descrição do dia amazônico, por Martius. Passei três meses de dias amazônicos. Nenhum foi tão bonito como essa página o descreve, embora tenham sido todos mais sublimes como intensidade de existência. E ainda por cima teve momentos de beleza que foram, mas nem se compara! oito

217

milhões de vezes mais lindos que a descrição de Martius. Repito: o que me irrita é a escolha de elementos de grandeza.

O próprio Martius aliás, tem uma página que embora de menos importância, como tamanho e beleza literária, é tão falsa e tão entusiasmante como a desse dia dos arredores de Belém. É quando, ainda em Minas, descreve a vida natural dos campos. Que intensidade! Que facilidade em ver as coisas que a gente está desejando enxergar! Macacos? Só vendo que porção e a barulheira que fazem. Uma papagaiada loquaz, verdinha, brilhando no espaço. Sempre a marteladinha longissonante do picapau, e a bigorna calorenta do ferreiro. E os jacarés na beira do rio, e borboletas, borboletas, cigarras, cri-cridos, flores, beijaflores rubinzando, escaravelhos doirando, capivaras, viados, cobras... um éden semiperigoso. Ah, vou pra Minas! vou ver isso!

A gente vai. No fim de três meses, talvez mais, terá visto tudo. Mas os campos do Brasil central são completamente outra coisa. Não mais feios e até menos incômodos, se a gente pensa bem. Mas o que entusiasmou o alheio saudoso e enumerador, falsifica irritantemente a realidade.

O mesmo com o livro de Guenther. Aliás este, se referindo especialmente à Cor do Brasil, tem um defeito grande, como verdade. Fala de flores e animais, sem estudar a cor do nosso ambiente. E realmente só este é que dá a nossa coloração. Por mais pintalgado que seja das cores vivas de animais e flores, ele difere essencialmente delas.

Uma coisa por exemplo que parece heresia mas que vive me preocupando, é que São Paulo é mais colorido que o Rio de Janeiro. Se assustem, mas observem depois pra ver se é verdade ou não. O Rio é muito mais luminoso, está... claro. Porém é essa mesma intensidade de luz ambiente que o descolora. Nos momentos intensos de luz, fica dum branquiçado cinzento que engloba tudo e não deixa perceber a nitidez e variedade das tintas. Sei bem que há tardes no Rio em que por um acidente raro de purificação do ar, as cores são também maravilhosas. Mas não ultrapassam absolutamente as nossas maravilhosas tardes de abril, já cantadas por Álvares de Azevedo, é que são muito mais numerosas até que os dias de abril. O Rio é embaçado, e dum cinza brancacento. Com mais luminosidade, tem a mornidão coloridas das caatingas nordestinas.

Uma cidade que achei esplendidamente colorida é o Recife. Mas o Recife antigo, porque o moderno e progressista é dum brancacento de caliça detestavelmente monótono e irritante. Sobretudo por causa da má combinação com o verde claro do arvoredo. Mas os cantinhos antigos do Recife, ah!... Certos quarteirões de rua parada, o cais da Aurora, certas bocas de pontes, o róseo manso, o amarelo tendendo pro creme, os azuis fundos manchados, de sopetão uma cor destruidora, uma casa preta, uma casa cor de sangue coagulado... É grandioso mesmo como cor!

E agora as recordações coloridas urbanas e silvestres estão afluindo na minha lembrança num sublime festival, Catolé do Rocha na Paraíba, os crepúsculos de Belo Horizonte, aquela engraçadinha cidade do Assu no Rio Grande do Norte, a Bahia, Araraquara cor de ferrugem raspada... E aquele meio-dia fulgurante no Arari em Marajó, quando o maior Sol do universo, batendo de chapa no espelho do lago branco: um branco inenarrável, maléfico, num estardalhaço de mil sinos tocando, me envolveu todo como uma presença real de Deus. Tive a impressão de ser engulido, uma coisa ao mesmo tempo sublime e dolorosíssima. O meu espírito desapareceu.

MÁRIO DE ANDRADE

DIÁRIO NACIONAL. Domingo, 2 de novembro de 1930

PENEIRANDO

Uma das coisas mais difíceis de justificar com honradez nas horas mais íngremes duma nacionalidade é a atitude desapaixonada dos que ficam ou pretendem ficar acima das volúpias trágicas do momento, só matutando e julgando, como se fossem puros espíritos. Não sei, mas essa atitude me parece fisicamente odiosa, me repugna. É quase impossível o sujeito provar que o não levaram a essa displicência vaidosa, uma porção de outras forças, oportunismo, temores, covardia, desleixo, diletantismo, além do brinquedo livre de pensar. Aliás, confesso, que o "clerc", o amador dos brinquedos livres, também me parece eminentemente odioso nos momentos decisivos duma pátria. Que um "clerc" neste outubro, ianque de origem, vivendo em Nova York, se bote imaginando livremente sobre a evolução social e política da América do Norte, posso admitir. Reina paz na Varsóvia dele, a nacionalidade não periga, pode pensar por pensar. Mas aqui não. O melhor é a gente deixar que as paixões nos divulguem: viver. Viver apaixonadamente, participar, berrar, Getúlio! Getúlio!...

Foi o que eu fiz. Vivi apaixonadamente, fui boateiro, senti o irremovível da lágrima, embora sempre dentro do popularismo anônimo das minhas possibilidades. Só que agora as minhas delicadezas sentimentais estão sempre de prontidão, me censurando a conversa, pra que não saia de repente por minha boca descontrolada o "Nós vencemos" do momento. Esse "nós" não é odioso, mesmo saído de quem nada fez. É uma confusão delirante, de muita boniteza psicológica. Não é vaidade não: é uma identificação apaixonada, lindíssima, por exemplo, na boca do meu barbeiro que votou no dr. Júlio Prestes, por causa do tio ser veiculador de votos lá não sei em que bairro. Votou no dr. Júlio Prestes, mas saía das minhas conversas convencido que devia votar em Getúlio Vargas. Depois chegava lá e com duas palavras familiares o tio o desconvencia. É triste, eu sei, mas não é medonho nem repugnante. Repugnante era o avacalhamento moral a que nos tinham levado a todos, analfabetos e alfabetizados, os políticos de memória desgraçada, de que Washington Luís foi o mais criminoso e quintessenciado padrão.

220

Porém na boca minha o "nós vencemos" me repugna, por uma reação individualista. O que me dói nele é a confusão com os vira-casacas, os melancias da Hora H, os aproveitadores, os que já recomeçaram com o regime das cartas de recomendação. Depois do momento maravilhoso na Cadeia Pública em que os presos políticos se abraçavam, pagodeavam, a segunda vez que escutei o "nós vencemos" foi já duma boca mediterrânea, fiquei horrorizado. Tive a sensação pessimista de que o Brasil continuava perdido. Depois a sensação melhorou, não tem dúvida; mas que energias geniais serão necessárias, principalmente aqui em São Paulo, pra recolocar nos seus planos os aproveitadores e os alagadiços!... São Paulo não se fez num dia, está certo, mas me está assustando o tempo que havemos de levar pra refazer uma sociedade que estava desvirilizada pelo contato duma riqueza falsa. E pela emigração não assimilada. Os paulistas, na sua infinita maioria, não só não souberam despojar os emigrantes aqui aportados do pior veneno que traziam, o ideal "fazer América", como adotaram esse veneno por ideal. Não são apenas os emigrantes da Europa e dos outros Estados brasileiros que vieram fazer América em São Paulo. Os paulistas são emigrantes na sua própria terra: fazem América também.

Uns querem recomeçar a história deste outubro sublime com o agora justificada revolta do forte de Copacabana. Estará mais ou menos certo, embora seja bastante difícil, mesmo psicologicamente, ligar esses esplêndidos anjos com os não menos esplêndidos boitatás de 1924. Já da Isidora paulistana prá fundação do Partido Democrático a ligação é muito mais íntima; o fermento de revolta deixado pelos revolucionários inspirou rapazes que fundaram o Partido Democrático. Consciente ou subconscientemente: inspirou. Foi a primeira oposição cívica sistematizada, animadora, que se criou no Brasil republicano. Depois, as únicas forças livres da nação, Paraíba, Minas, Rio Grande do Sul, se encarregaram de decidir se ainda valia a pena a gente ser brasileiro.

Vale a pena, sim. E não só pelo que a gente pode esperar de justiça e honestidade agora, como pela repatriação do Brasil, num só outubro definitivada pela Revolução. Dentre os muitos problemas brasileiros que estão acima do momento: o mais difícil, o mais assustador se resolveu definitivamente: a consciência duma nacionalidade. Estou me lembrando é de Paulo Prado e do *Retrato do Brasil*, livro que os aproveitadores da simpatia pública e os patrioteiros não souberam entender. Ou fingiram que não entendiam. Eu também não concordo com Paulo Prado na fixação de causas decisivas que levaram o Brasil à fisionomia tão medonha que mostrava antes deste outubro feliz. Mas ninguém não mostrou que pouco importa num diagnóstico, determinar as razões porque o doente apanhara a doença, contanto que o remédio curasse o doente. E o remédio apontado pela inteligência franca e

fazendeira (fazendeira às direitas, sem ofertas de banquetes...)
de Paulo Prado, era Guerra ou Revolução. Veio a Revolução e
veio o "gaúcho do Sul" que o Retrato do Brasil pedia. O doente
está bem são. Podemos lhe dar alta e que Deus o acompanhe.

MÁRIO DE ANDRADE

Notas da pesquisa:

1. Devido ao movimento revolucionário, a edição do jornal ficou interrompida entre 5 e 25 de outubro.

2. O irmão de Mário, Dr. Carlos de Morais Andrade esteve preso e foi libertado pela Revolução. Era um dos principais líderes do Partido Democrático.

DIÁRIO NACIONAL. Domingo, 9 de novembro de 1930

REVOLUÇÃO PASCÁCIA

Isto que aqui vai, me garantiram que é verdade. Aliás não tem nada de inverossímil pra quem conhece a condição de certas cidadinhas do interior nas zonas que inda conservam psicologia caipira. Vida de pasmaceira intensa, chupitada com uma circunspecção inda monárquica. As próprias criancinhas desde que nascem já nascem pedros-segundos; serenas, convencidas e imperturbavelmente boazinhas. Na gente arranjada, todos se aparentam de algum jeito, quando menos por compadres. O resto, camaradas, colonos poucos, muitos criados, isso descende em linha maciça da escravidão, goza a voluptuosidade da obediência. Ao sol.

O que trouxera um bocado mais de brilho àquela vidinha quando muito de candonga, fora a fundação do partido Democrático. Não é possível perceber todas as razões que levaram certos pracistas a virarem democráticos. Tudo ia perfeitamente bem. Mas agora as conversas do largo da Matriz e do clubinho prás moças dançarem no domingo, chegavam a parecer discussões; e como não era possível a cidadinha ir melhor do que ia, a questão de perrepista ou democrático atingira as raias do idealismo. Discutia-se não os atos locais do compadre prefeito, mas a eloqüência de Bergaminin, os camarões da Light paulistana em que dona Arlinda, mulher do chefe democrático levara um tombo, coisas assim, Idealismo puro, como se vê. E o Comunismo. Ah, discutia-se ardentemente o Comunismo, esse perigo imediato que pra aqueles pracistas se mostrava absolutamente horroroso porque ninguém sabia o que era.

Repartidos pois os homens em perrepistas e democráticos, estes menos numerosos porém sempre de cima pela posição mais cômoda da dissidência, nem por isso as amizades, compadrismos e parentagens se embaraçaram. Continuou tudo na mesma, só que agora os jornais eram mais profundamente meditados, os homens eram mais atentamente gentis e havia certa emulação de elegância na "toilette" das senhoras. A missa das oito valia a pena ver.

Quando arrebentou a Revolução, isso os democráticos exultaram. Xingaram Washington Luís duma porção de culpas. Os perrepistas apreensivos secundavam que não era tanto assim. En-

223

tre boatos e comunicados oficiais, tudo mentira, não se sabia a quantas o Brasil andava e pela primeira vez, fora os casos de doença grave, a angústia sufocava o peito mansamente respirador da cidadinha. Oito dias, doze dias, não se agüentava mais. Os chefes perrepistas se reuniram, confabularam bem pedros-segundos, depois, saíram da casa da Câmara e foram procurar os democráticos, que se reuniam na porta do Comércio e Indústria.

— Boa tarde.

— Boa tarde.

— Boa tarde.

— Como vai.

— Olhem, vamos fazer uma coisa: não vale a pena a gente derramar sangue, nem estar agora diz-que brigando por causa da Revolução. O melhor é fazer assim: Se a Revolução ganhar, nós entregamos tudo pra vocês, vocês tomam conta da Câmara, da Coletoria, do jornal, tá tudo em dia, não se deve nada e tem trinta contos da arrecadação em caixa. Mas se o Governo ganhar continua tudo na mesma, está feito?

— Está feito.

E comentaram mais pacificamente os boatos, comunicados e sucessos do dia. Os sucessos do dia estavam sintetizado num sucesso guassu. Os perrepistas locais tinham se visto na obrigação de organizar um batalhão que fosse defender o Governo. Entre desocupados dos sítios e das vendas, por causa das promessas de dinheiro, e principalmente por causa do jantar excelente que vinha da casa da Prefeita, ajudada pelas amigas, o certo é que setenta rapazes se exercitavam ao mando dum sargentinho, lá no largo da Cadeia. Ora a partida do Batalhão fora determinada pra essa manhã mesmo. O certo é que foi chegando perrepista, foi chegando perrepista na estação, até o prefeito pretendia discursar, mas soldado mesmo! Dos setenta apareceram vinte. Vinte tristes, assustados, sem voz. O sargento xingara todos de negros, de covardes e aquilo até ficara doendo no coração dos chefes perrepistas. Desaforo! chamar nossa gente de negros... E fora mesmo essa deserção quase total que levara os perrepistas à proposta que os democráticos aceitaram fácil, porque pra aquele paraíso era mesmo o melhor.

Esperava-se os jornais com avidez, o trem já apitara na curva, mas as verdades correm mais do que os jornais. Nem bem o trem pousara na estação, seu Marcondes parou o forde na porta do banco e contou brilhando. Os vinte do batalhão tinham desertado na estação seguinte e o sargento fora obrigado a voltar sozinhíssimo, com armas e bagagens. Isso foi uma gargalhada geral de satisfação. Peste! negro era ele! bem feito que passasse pela vergonha de voltar sozinho. Pra que não foi sozinho pra guerra, quá, quá, quá!... E foram todos pra casa jantar e ler os jornais. Depois seria o cavaco bem-humorado na sublime tardinha da nossa terra.

O resto, já se imagina. Viveram mais uns dias de não saber nada, o palácio da Liberdade não parava de ser bombardeado em Belo Horizonte, Cruzeiro não acabava de cair, etc. Afinal chegou a notícia nocaute, essa verdadeiríssima, fora pro forte de Copacabana. Os democráticos estavam já querendo tomar conta de tudo mas os perrepistas aconselharam calma, vamos esperar confirmação. Veio a confirmação. Então os chefes entregaram a Câmara, a Cadeia, o jornal, tudo. E foram todos conversar na porta do Comércio e Indústria, à espera dos jornais. Só que agora os perrepistas estavam de cima, já bem menos numerosos porém mais vivos e mais argumentadores, por gozarem as regalias da Oposição.

MÁRIO DE ANDRADE

Nota da pesquisa:

Crônica republicada em *Os filhos da Candinha*, 1943.

DIÁRIO NACIONAL. Domingo, 16 de novembro de 1930

JOSÉ AMÉRICO DE ALMEIDA

José Américo de Almeida que "foi" o célebre autor e justamente célebre, da *Bagaceira*, agora se viu transformado inteiramente na finalidade, "é" o presidente do Nordeste e agora "é" o novo ministro da Viação. Tendo passado assim de homem público das Letras, pra homem público do Brasil, já muito mais gente terá interesse em saber como ele é. Ora posso contar alguma coisa porque José Américo de Almeida é meu amigo. Estive quase tentado a escrever "foi meu amigo", não porque acredite qualquer mudança em proveito da impáfia da parte dele, mas por esta minha instintiva e invencível idiosincrasia pelos poderosos da terra. Agora vou docemente me afastar dele, enquanto durarem as suas grandezas utilitárias, só torcendo de longe pra que ele se torne no Brasil o benemérito que pode ser pela energia e pela inteligência que tem.

Aliás fazia muitos meses que José Américo de Almeida estava afastado já de mim. Desque arrebentou o caso de Princesa. Vivi Princesa com uma intimidade dolorosíssima. Isso era natural em quem como eu viajara o Nordeste e faz dois anos colhe todos os seus momentos livres pra edificação dum livro sobre aquele Brasil puro. Até várias vezes pretendi escrever alguma nota sobre Princesa. Não foi possível. Me desmanchara no papel em carícias apaixonadas, indiscretas demais pra mestiçagem bamba e educadinha dos paulistas. Me limitei por isso a cultivar o meu pombal de cartas amantes, buscando os amigos paraibanos que sofriam. De minha casa sei que as pombas partiram. Se chegaram aos destinatários não sei. Falava-se que havia censura no Correio de lá.

José Américo de Almeida nunca que respondeu. Mas não zanguei porque ele inda sofria mais do que eu. Fiz dentro de mim a psicologia desse homem, que sem ser taciturno, é muito quedo, vivendo lá nuns mundos de si mesmo que a excessiva miopia concentrou. José Américo de Almeida é assim. Extraordinariamente míope. As palavras, frases de conversa dele, chegam de longe, brisando suave com a superior irrealidade das visões dos binóculos. Essa limitação do mundo exterior faz com que ele viva com mais tempo os seus mundos. Se percebe isso pela perfeição de fichário com que decide as coisas e distribui ordens. Fomos pra Areias juntos, terra de que ele era o chefe político e observei bastante como agia. Os correligionários o cercavam. José Américo de Almeida dualizou-se com certa insegurança no político e no amigo do viajante. Desconfio que ele mesmo sentiu isso pela maneira com que às vezes vinha pra mim atencioso, recuperando os direitos de mostrar o "brejo" dele. Está claro que pra mim José Américo de Almeida também fazia parte da paisagem ali; e o político vivendo na sua terra me interessava tanto como a casa de Pedro Américo e o sublime bem-estar vazio e verde que é o ambiente de Areias. Gozei, espero que sem indiscrição, a resposta pronta, a paciência rápida, a afabilidade graduada e os fluidos de generalíssimo que José Américo de Almeida irradiava naquela lufalufa de política miudinha. Escritor da *Bagaceira* e capaz de se impor e de valer "apesar" da *Bagaceira!* Tive a sensação matemática da superioridade. A sensação dum dois mais dois são quatro, isolante e confortável como deus.

E agora as forças augustas do chefe da nação, lá longe, na parte então maldita do Brasil, estrada de rodagem Rio-São Paulo, diz-que vinha castigar a Paraíba pelo descaro inédito no país, de conservar-se nobre. Não acredito que o pensamento verdadeiro desses paraibanos tenha sido a esperança da vitória. Uma própria frase de José Américo de Almeida, dita faz pouco, prova isso bem: Que se mesmo o Rio Grande do Sul e Minas não ajudassem, a Paraíba havia de ir até o fim. Frase gloriosamente terrível. Uma confissão estragosa de morte, um quase desvairado anseio de aniquilamento. Não é prático dirão os paulistas mestiçados com dinheiro. Não é prático não. Mas o erro principal do Brasil, e possivelmente inamovível, é estarmos querendo recrear em nossas grandezas e violências equatoriais, uma civilização européia, prática, fria, dominada pela estupidez duma lógica greco-cristã, incapaz de reconhecer os direitos do corpo preguiçoso e os sombrais úmidos e misteriosos dum filosofismo místico-sensual. Se o Brasil adquirir uma civilização própria, esta há-de se assemelhar muito mais às civilizações antigas do Egito, da Índia, da China, que às da Europa ou da América do Norte. Os paraibanos, muito mais civilizados que os paulistas, arroubados e milagrosos, genializados pela maldição do cangaço, aspirando com fome os ventos da destruição, primeiro mandados por João Pessoa e depois por José Américo de Almeida, iam morrer, como um samurai, acabar com tudo, não fazia mal! Em compensação, esse misticismo equatorial que os dominava, lhes deu uma realidade, uma perfeição de destino de sonho, que nem gaúchos, nem mineiros não tiveram. Porque a estes faltava o que sobrou ao cangaço monstro da Paraíba: mística "maluquice" que torna evasivas as formas e resguarda dentro da certeza os vultos indefiníveis da interrogação.

MÁRIO DE ANDRADE

Nota da pesquisa:
O encontro de Mário de Andrade com José Américo de Almeida ocorreu durante a viagem ao Nordeste.

DIÁRIO NACIONAL. Domingo, 23 de novembro de 1930

PINTURA INFANTIL

Em dois artiguetes do ano passado por este mesmo jornal, eu já expliquei ou pretendi explicar as razões que levam a criança a manifestar maior aptidão pra se expressar plasticamente que pela música ou pela poesia. A deliciosa exposição de pinturas infantis, agora, das classes dirigidas por Anita Malfatti na Escola Americana da rua Itambé, me fizeram de novo encaminhar meus pensamentos para este artigo.

Anita Malfatti orientou muito bem os alunos. A criançadinha, solta assim pelos seus mundos de entre sonho e realidade, só vendo o que fez pelas campinas da pintura, espinoteou, cantou, correu, rolou gozando e dando na medida do possível a expressão misteriosamente encantada das suas forças. É incontestável que na centena de trabalhos que vi, havia não só muito que aprender como teoria de pintura e como psicologia, mas também umas três ou quatro obras-primas indiscutíveis... pra mim. Apenas achei perigoso não se estabelecer um controle mais severo nos trabalhos feitos fora das revistas das professoras, em casa. Muitos dos trabalhos são cópias flagrantes e não interessam nada, trabalhos frios como o Cambuci. Nesses ainda é fácil, a indiferença do professor castigar suficientemente a criança pra que ela não caia mais na sua voluntária prisão e fome perrepista de grandeza imediata, porém o difícil é em certos trabalhos determinar se são cópias ou não. A insuficiência de habilidade técnica aumenta o valor da cópia, lhe dá uma aparência de invenção e a gente fica no ar, sem ter por onde evidenciar dentro da criança os seus próprios valores. Se a gente pergunta, a criança nega as mais das vezes. Não tanto por aquele poder de astúcia que tanto impressionou Martius nos brasis. É antes uma ingenuidade ensimesmada, natural em todos os seres de caracterização infantil.

É aquela mesma glória de ser indivíduo que já muito constatei entre cantadores, poetas e pintores populares. No Nordeste jamais não encontrei um cantador que não se dissesse o maior de todos. Aqui em S. Paulo, o mesmo. Possuo um quadro mais delicioso mesmo, feito por um negrinho das bandas de Araraquara, representando dois boiadeiros gaúchos. Desconfio que é cópia de alguma revista. Mas o pintor nega, diz que viu os homens em Sorocaba, nem me lembro mais onde, e fala com uma convicção gaúcha, iluminada e viril. Não é astúcia nem precisão de enganar: é muito mais desejo de se individualizar, de ser. E isso não se discute porque Deus nos deu a mão foi pra agarrar, é uma pena...

As crianças de Anita Malfatti me levaram agora pra mais duas noções. Embora se trate de trabalhos feitos a lápis preto ou de cor não hesitei em chamá-los de pinturas em vez de usar a palavra desenho. Me explico: O desenho é uma imagem livre, é uma expressão intelectual, conta qualquer coisa. Independe pois das restrições e exigências plásticas da moldura. A verdadeira moldura dele são os próprios limites da imaginação do observador que completa o desenho com a suas conclusões intelectuais. A pintura pelo contrário prescinde muito mais da compreensão intelectual. Requer uma concepção fechada, limitada, de ordem mais diretamente plástica, mais diretamente sensorial. Requer moldura, isto é: requer composição plástica imediata e indissolúvel. Ora já nos meus artigos do ano passado eu verificava que a criança se expressava mais facilmente pela plástica por causa desta prescindir mais facilmente das exigências intelectuais. Isso ficou flagrante pra mim nesta exposição da Escola Americana. A criança raramente "desenha". Seu interesse maior é a composição em quadro, a criança pinta. Ela pressupõe na maioria das vezes uma moldura ideal e enche o espaço limitado por essa moldura. Sua intuição é encher, compondo com infinita variedade, dentro do assunto.

A outra observação é quanto à técnica. Guardo as minhas opiniões sobre a ocasionalidade da criança fazer obras-primas. Reafirmo: a obra-prima infantil é questão de acaso, porque a criança não pode (nem deve) estar ainda munida das verdades críticas que permitem ao adulto suprir com técnica geral as falhas e incertezas da imaginação criadora. Mas por outro lado, como me observou a própria pintora Anita Malfatti, a criança possui por instinto todos os princípios básicos da técnica de pintura. Chegando mesmo a, dentro das normas gerais da técnica, inventar sua técnica particular.

É um prazer a gente constatar que a Escola Americana está cuidando assim do desenvolvimento de imaginação criadora dos seus alunos. E inda mais que tenha dado a orientação dessa parte do seu ensino a quem tão proficientemente o está dirigindo. A cultura racional força, desenvolve e tradicionaliza mesmo, qualidades e caracteres raciais, dantes pouco evidentes e eficazes. O povo braileiro, como aliás o norte-americano, é muito inferior em criação plástica aos povos americanos de origem espanhola. Mesmo que não atinjamos os resultados perfeitamente extraordinários do ensino plástico japonês ou das escolas ao ar-livre mexicanas, e não me parece impossível igualá-las, todo e qualquer ensino tendente a desenvolver a imaginação criadora tem de ser sistematizado muito entre nós. Principalmente pra que nos adaptemos às nossas condições climáticas. Pouco me interessa a criação de gênios individuais. Mas tudo nos leva a sermos um povo de artistas, como os negros do Benin, os chineses, os javaneses, os indianos e demais civilizações de climas quentes.

MÁRIO DE ANDRADE

DIÁRIO NACIONAL. Domingo, 30 de novembro de 1930

COMUNISMO

Está se dando aqui no Brasil um movimento em torno da palavra Comunismo que é dum ridículo perfeitamente idiota. Antes de mais nada, se me referi à *"palavra"* Comunismo, é porque, já falei outro dia, ninguém sabe o que ela é. Às vezes a gente fica até sarapantado vendo indivíduos que parecem cultos, acobertarem com essa palavra as noções mais ínfimas. É vergonhoso mas incontestável que pra uma grande maioria de indivíduos até bem alfabetizados, Comunismo chega a ser isso da gente se aproximar dum indivíduo e ir falando: — Me dê sua gravata que pretendo ficar com ela.

Comunismo pra brasileiro é uma espécie de assombração medonha. Brasileiro nem bem escuta a palavra, nem quer saber o que é, fica danado. Bom, é verdade que danação de brasileiro tem cana-de-açúcar pra adoçar, baunilha pra perfumar e no fim um sorvo de caninha de alambique de barro, bem boa pra rebater: acaba tudo em dança. Mas nem por isso deixa de ser dum ridículo cansativo esse apavorante pânico que tomou o Brasil por ordem da Inglaterra.

Não pensem agora que amolado com esse ridículo a que nos estamos sujeitando, por ordem da Inglaterra, vou definir e explicar neste artiguete o que seja Comunismo. Não posso e não é possível, não só porque a coisa é complexa por si mesma como porque essa mesma complexidade permite que na prática o Comunismo possa se apresentar numa infinidade de realizações diferentes. A gente poderá atingir uma noção vaga e apenas. Da mesma forma que a respeito da palavra "república". Ninguém mais terá a coragem de dizer que República signifique de fato administração pelo povo da coisa do povo. Isso seria aliás muito mais o conceito de Comunismo que de República. Essa tem sido ou tem pretendido ser a aplicação, pelo menos regional, do Comunismo na Rússia. As palavras "comunismo" e "república" são das tais ingenuidades, comuns à inteligência humana, pelas quais nós sossegamos a perplexidade inenarrável da nossa precariedade de conhecimento, batizando as coisas ignoradas que intuimos vagamente, com uma palavra. A vagueza, a ignorância não mu-

231

daram nada em nós, porém a palavra salvou-nos tudo: criou-se um Demônio novo, e a gente se bota a exorcizá-lo ou propiciá-lo, conforme se ele representa um Princípio Bom ou Princípio Ruim. No fundo e popularmente, o que nós somos, somos eternamente uns homens da caverna. Primários e apavorados.

A República é uma noção vaguíssima. Na prática tem havido centenas de aplicações diferentes dessa noção; e assim como teve aplicações aristocratíssimas dela, impérios há, como o inglês, em que na prática se goza de muitíssimas prerrogativas republicanas. E o mesmo há de se dar com o Comunismo, que terá certamente centenas de manifestações diferentes. Jean Richard Bloch chegou a demonstrar que muitas ilações de princípio comunista estavam em prática no próprio antro infamíssimo do capitalismo, os Estados Unidos. Mais que na Rússia.

E agora a Rússia entra em cena. O que nos leva ao pavor que temos pelo Comunismo é a identificação deste com a Rússia, por ser esta a primeira e a única nação que o aplicou verbalmente até agora. Antes de mais nada, a verdade verdadeira é que ninguém não sabe direito o que é a Rússia contemporânea nem o que está sucedendo por lá. Uma circunstância fatal do regime político internacional em que estamos vivendo. Os países capitalistas têm feito tudo não só pra ocultar da humanidade a Rússia verdadeira, como inda têm feito tudo pra prejudicá-la até internamente. Por seu lado a Rússia havia de reagir, está claro. Se defende. Os outros lhe exageram as mazelas. Ela seqüestra as mazelas que tem. E essas manipulações da verdade provém duma confusão pueril dos conceitos de governo e de felicidade. Um sistema de governo jamais dará felicidades pra ninguém não. A felicidade é uma aquisição puramente individual. Um governo poderá quando muito organizar um relativo bem-estar exterior e só isso a gente pode exigir dele. Ora se a Rússia geme de muitos malestares (e isso depende em parte enorme da situação internacional em que a colocaram os outros países) também é incontestável que esses malestares não são piores que os da Alemanha, que os da Índia, que os do Brasil uochintoniano. E goza de muitos bem-estares também.

Mas Deus me livre de negar os horrores que a Rússia sofreu e sofre na implantação do regime novo. A bobagem é a gente identificar esses horrores, que foram especificamente europeus, psicologicamente russos, com o Comunismo. São horrores russos, não são horrores comunistas. Da mesma forma que o afogamento de Nantes foi um horror francês e não um horror republicano. E São Bartolomeu, e a Inquisição ibérica, e a implantação do Protestantismo na Inglaterra. De tudo isso há que culpar os homens e não as idéias.

Está claro que, como foi dito desde o início destas colaborações, o *Diário Nacional* não esposa em absoluto as opiniões dos seus colaboradores literários e eu estou fazendo literatura. Falei sobre Comunismo porque me arde ver o susto brasileiro ante esse monstro de palco, inventado pela malvadeza de uns e a ignorância de outros.

E aliás basta a gente imaginar no que é a psicologia brasileira pra ficar certo que jamais não teríamos aqui a ferocia bolchevista. Esta Revolução gloriosa, já se falou, foi uma revolução alegre. Tipos absolutamente criminosos do regime passado estão aí passeando na rua. Os outros, e alguns até difíceis da gente criminar nas suas pessoas, como Antônio Prado Júnior e Mangabeira, estão navegando as ondas do verde mar. Estou imaginando um Comunismo implantado aqui... Depois de serem queimadas de novo todas as casas de Bicho, os "Soviets" brasileiros, como no delicioso poema de Murilo Mendes, mandavam mil contos de presente pros órfãos turcos. Depois davam um grande baile.

MÁRIO DE ANDRADE

DIÁRIO NACIONAL. Domingo, 7 de dezembro de 1930

SUZANA E OS VELHOS

Diz-que uma escritora alemã já declarou em entrevistas que a nossa Revolução foi uma Revolução alegre... Portanto não faz mal a gente se alegrar, domingo, dia de descanso, com as coisas que estão se passando.

Quando li ontem a comovente mensagem que os estudantes da nossa Faculdade de Direito enviaram ao Dr. Getúlio Vargas, pedindo pra que não se fizesse uma exceção a S. Paulo e se organizasse também, pra esta castíssima esposa do café, uma governança paulista, só vendo: fiquei num estado de virgindade incomparável, véus alvíssimos, risadas, primaveras girogirando em volta de mim. Foi uma gostosura.

Bem, mas será razoável a petição dos estudantes? Não sei não...

Carece antes de mais nada que a gente se convença da boa intenção dos brasileiros novos. É certo que eles querem consertar o Brasil, coisa que nesta época de marxismo vencedor, significa economicamente: salvar S. Paulo. Pra mim a frase mais impressionante, mais sintética desta Revolução, foi aquela uma que disse um soldadinho gaúcho num bonde em que eu ia. O condutor, um português, está claro, vinha cobrando, cobrando as passagens, vai, cobrou também a do soldado. Isso, o rapaz, seus dezoito anos quando muito e anos de estância, se percebia, ficou sarapatando e entre caçoísta e furioso, modulou: — Pois então nós viemos libertar S. Paulo e inda você cobra passagem da gente!

Acuícuí! gritei como Arquimedes, diante da revelação clarinha: O que está se passando, em grande parte é apenas isso, um esforço brilhante e coletivo pra salvar S. Paulo. E S. Paulo, sempre falei e repito, está um monturo tão viciado, tão medonho, que atualmente é mais difícil de o consertar que ao resto do Brasil inteirinho. Vem d'aí, pois, a ansiosa dedicação com que todos querem salvar a castíssima esposa do café.

Aliás isso não passa dum bonito pagamento de dívida de gratidão. Pois qual é a história de S. Paulo senão uma constante entrega de homens ao Brasil, até a primeira parte do século passado? Que foi o bandeirismo que agenciou "esta imensa nação brasileira" desengonçada? E não devemos nos espantar que grande parte dos brasileiros vindos (de passagem) morar em S. Paulo e reger os destinos paulistas, deixem, como de tradição, a consciência lá na ilha de Marapatá, pois que, franqueza franca: outra coisa não andaram fazendo esses paulistas da ambição. E se não tinham à mão uma ilhota, deixavam da mesma forma a consciência por aí tudo, arquivadinha, nas arcas, em Jundiaí, em Porto Feliz, em Taubaté. Consciência por consciência, Fernão Dias Paes, uns escravizam índios e outros não se contentam de espiar apenas por detrás do muro, a castíssima esposa do café.

Outro ponto que enfraquece muito a petição dos estudantes está nela pressupor, na invasão atual de estaduanos, uma ordem nova de coisas. Não creio. Pois até não tivemos um Bernardino de Campos, um Albuquerque Lins, como imperadores do Divino? Tivemos sim. E quanto a liderar S. Paulo em seus negócios, meu Deus! não me obriguem a desfiar nomes, que isto, de artiguete vira registro de batizados do Brasil.

Não é de agora não que S. Paulo tornou-se registro de batizados do Brasil: isso vem desde os tempos borrachos (masculino de borracha) em que a nossa disputada entidade estadual virou e castíssima esposa do café. Visão trágica no meio deste meu nomentâneo bom-humor: o aboio solene do marroeiro, atravessando campo e morro, altíssimo, angustiado, regendo a boiada em fuga:
— Olê boi! Vam'bora pro sul!

Pro sul... Já nos tristíssimos tempos do prestismo era assim... Deputados, líderes, senadores, jornalistas da situação, médicos nas cidades do interior, um mundo imenso, trabalhando, os da capital só gozando e mamando; misturada de sentimentos comovidos e desprezos que me desperta agora estar pensando na castíssima esposa do café... Em todo caso e sempre: síntese do Brasil: Arre, que somos uns... cariocas!

Por tudo isso, se percebe muito bem que não há razão pra mau-humor nem ressentimento, gente. Continuemos naquele "humor bonacheirão de honestos paulistas" com que Martius nos distinguia no Brasil, entre a rusticidade e a quietude dos paraenses, a vivacidade bem-falante do pernambucano, a atividade trabalhadora do baiano prático, a fineza severa do maranhense, o cavalheirismo comedido dos mineiros. São Paulo é assim mesmo e não acho pior esta invasão nova, que a dos velhos e cúpidos Ireneus. É sempre honroso a gente valorizar um Artur Neiva... E francamente, não valerá mais a pena a gente botar um seringueiro do Acre, criador de búfalos em Marajó, dirigindo o nosso Instituto do esposo, a sustentar os excelentíssimos paulistas que lá estavam depilando e sangrando a castíssima esposa do esposo que tinha Instituto? Demos tempo a que os brasileiros novos paguem

235

a dívida de gratidão que insistem em pagar. E só mesmo quando a coisa for demais, e a gente estiver percebendo com provas que ainda não existem, que os brasileiros novos não passam de velhos brasileiros, então sim, gritemos todos duma voz coral veemente:

— Anche noi, duce Getulio, siamo tutti baianni!

MÁRIO DE ANDRADE

Nota da pesquisa:

"Arre que somos uns... cariocas!" Referência possível a anedota bairrista corrente na época, dando a palavra "carioca" como sinônimo de excremento.

DIÁRIO NACIONAL. Domingo, 14 de dezembro de 1930

BUSTAMANTE Y BALLIVIÁN

A Revolução atrapalhou a chegada do novo livro de Enrique Bustamante y Ballivián, traduzindo poetas do Brasil. Nem bem distribuída essa música da melhor paz, veio um ronco zurrando de todas partes, estragou toda a seresta suavíssima do amigo. O ronco já parou é certo, mas ficou zinindo o badalo deste automovinho de leite que nos alimenta: militarismos, café, adesistas, um mundo de vingancinhas pessoais por aí tudo, e a Politicalha, a Grande Água, se amoldando aos novos recipientes.

No meio de tanta inquietação, é um repouso a gente pensar em Bustamante y Ballivián. Tendo já feito em castelhano uma antologia geral de "Poetas Brasileiros", insiste em nos contar aos hispano-americanos com estes *Nueve poetas nuevos del Brasil* (Imp. Minerva, Sagástegui, 669, Lima). Os nove que escolheu e teve a delicadeza de ordenar por ordem alfabética, são Guilherme de Almeida, Mário de Andrade, Manuel Bandeira, Ronald de Carvalho, Gilka Machado, Cecília Meireles, Murilo Araújo, Ribeiro Couto e Tasso da Silveira.

Compreende-se desde logo por esses nomes a boa intenção que ditou a escolha. Sem nenhuma pretensão a ser imparcial e mostrar tudo, Bustamante y Ballivián quis apresentar correntes e personalidades diversas, sempre buscando os seus homens pelas preferências pessoais e afinidades eletivas, sem o que não existe obra intensa e dotada daquele critério superlativo de imparcialidade que pouco se amola com a ridícula Justiça humana.

Entre duas línguas tão gêmeas como o castelhano e o português, o melhor processo de tradução é mesmo esse de conservar o máximo de igualdade de palavras e sintaxe. Bustamante y Ballivián o segue às vezes com uma habilidade extraordinária. O que difere é apenas a pronúncia e a gente tem a impressão dum terceiro português cuja dicção diferisse do lusitano e do brasileiro. Ou um quarto, pois que também o português asiático já difere oralmente muito do da metrópole. Se observe a "Arte poética", de Ronald de Carvalho:

237

"Mira la vida, primero, largamente,
Enternecidamente,
Como quien la quiere adivinar...
Mira la vida riendo e llorando, frente a frente.
Deja, después, al corazón hablar."

Ou, de Manuel Bandeira:

"La golondrina a los lejos va diciendo:
'Pasé el dia sin saber por donde.'
Golondrina, golondrina, mi canción es más triste:
'Pasé la vida sin saber por donde.' "

Nós todos que sabemos de-cor essas delícias de poesia nossa, continuamos a senti-las, através do autor de *Junín*, apenas noutra dicção.

E todas as traduções são desse jeito, feitas o mais habilmente possível, com um carinho e uma inteligência excepcionais. O livro novo de Bustamante y Ballivián traz uma observação importante para nós. Todos os poemas escolhidos continuam com seus valores principais, integralmente conservados. Ora nem todos são como esses dois citados, poemas em que a idéia ou o sentimento apresentados prevalecem sobre a maneira de os apresentar. É incontestável que o verso-livre trouxe prá poesia brasileira uma enorme dificuldade e talvez um melhoramento.

No geral a tradução de versos antigos nossos, e já existem numerosas em inglês, em francês, em castelhano, perdem quase tudo, senão tudo, do encanto primitivo. Lidando com uma fala de suavidade e riqueza excepcional de sons, a poesia brasileira foi até pouco "de la musique avant toute chose". O encanto era tamanho que nós mesmos preferíamos aos poetas nossos que pensavam alguma coisa, poetas que não pensavam absolutamente coisa nenhuma, ou matutavam suas coisinhas de cacaracá. Mas quem que resiste às delícias de brilho dum Castro Alves, ao repouso de Cláudio Manuel! Mas o certo é que Dirceu, Bilac, Gonçalves Dias, traduzidos, chegavam as mais das vezes a ficar, um nada, uma inexistência tristonha. Basta lembrar no entanto boas traduções vindas de Goldberg. Desaparece tudo, quase. Só me lembro que a "Mosca Azul", de Machado de Assis, resistiu, transposta pro inglês.

O verso-livre veio ferir diretamente essa fragilidade ou grandeza, se quiserem, da poesia brasileira. As doçuras da dicção sem ossatura rítmica, se abafaram insossas, balofas, sem quase mais encanto nenhum. Carecia botar alguma coisa a mais dentro do poema pra que ele se sustentasse, uma idéia mais forte, mais permanente. O resultado foi desde logo uma inferioridade enorme nossa, dos modernos. Os antigos, ainda se sustentarão pela música que violinaram. Nós acabamos com a música, a maioria, e como não a substituímos pela outra coisa duma cultura mais firme, mais capaz de aprofundar a sensibilidade, noventa por cento da poesia nova morre de inanição e desaparecerá. Aliás não acho isso um mal porque positivamente não ficam bem tantas musas aos doutores.

Bustamante y Ballivián escolheu muito bem, as mais das vezes, o que do nosso verso-livre continha maior intensidade e melhor idéia. É um amigo verdadeiro e a poesia nova do Brasil saiu valorizada do livro dele. Cantor suave dos *Antipoemas*, paisagista vigoroso do *Junín*, tradutor incomparável.

MÁRIO DE ANDRADE

DIÁRIO NACIONAL. Domingo, 21 de dezembro de 1930

MURILO MENDES

Neste ano, que ficará na América e na Guatemala, como o ano das revoluções, houve no Brasil uma espécie de ofensiva geral da poesia moderna. Quatro livros notáveis foram publicados: *Libertinagem* de Manuel Bandeira, *Alguma poesia* de Carlos Drummond de Andrade, *O pássaro cego* de Augusto Frederico Schmidt e enfim os *Poemas* de Murilo Mendes. Todos quatro juntos representam o que de mais alto pode atualmente o lirismo brasileiro. Foi pena que não nos viesse do Sul uma obra nova de Augusto Meyer, porque assim todas as maiores forças da nossa poesia contemporânea e já adulta, as nossas forças mais universais quero dizer, teriam num ano só feito o retrato lírico do Brasil.

Mas neste ano de revoluções vitoriosas será que essa ofensiva geral venceu alguma coisa? venceu o carrancismo medonho do convencionalismo? Não me parece. O Brasil ficou mais ou menos insensível a essa florada nova e definitiva. É verdade que estávamos todos e estamos, preocupados com problemas sociais mais importantes que Poesia, mas também me parece incontestavelmente de verdade que mesmo se nos espreguiçássemos na melhor das pazes, continuaríamos relendo nos jornais a lengalenga morna dos que semanalmente se reúnem no Petit Trianon. Meu Deus! é incrível como socialmente a nossa Academia não tem nenhuma razão brasileira de ser!... O que ela faz é tão mesquinho, é tão em diminutivo, tão inho, tão inhinho, que faz u'a malinconia amarga na gente. Aquele pessoal se reúne, olha na janela, conserta suas meias sobre a luz mansinha do abajur, perdão, do quebraluz, da pantalha, do dicionário brasileiro da língua portuguesa, sonhando com as promessas dum ministro das Relações Exteriores que promete tanto, que bom! se reúne e não sabe nada do que está se passando cá fora. Visitas. Villaespesa. Benjamim Cremieux. Tinha graça é que aparecesse por aqui Paul Valéry. Recebiam também. Um acadêmico francês! Mandavam comprar apressadinho os livros de Valéry. Se achassem algum, o que duvido, não entendiam nada. Burgueses!... Infelizmente tudo o que pode haver de mais desprezível, de mais besta nesta palavra, de mais inútil ou prejudicial, a Academia representa. É o clímax da burguesice desonrosa.

Afinal é uma pena por causa dos brasileiros e não por causa dos poetas, que estes não formam povo, pelo menos por enquanto, e sabem se libertar individualmente. E veio a florada deste ano. O último em data que apareceu foi Murilo Mendes. Com este seu primeiro livro, se já pesa muito na criação literária brasileira, também não me parece que já tenha atingido a definitivação dos outros. O livro é irregular. Mas também Murilo Mendes está já longe de ser apenas uma esperança.

Murilo Mendes são dois poetas. É mesmo extraordinário como ele é em dois. Tem nele um observador satírico e um Ariel maluco. O que apenas une os dois poetas em Murilo Mendes é o carioquismo irredutível do homem. Murilo Mendes é mineiro de origem. Mas ninguém mais "carioca" do que ele. É que "carioca" não esclarece a origem de ninguém, é uma determinação psicológica. Nem são mesmo as pessoas nascidas no Rio de Janeiro que são cariocas. No geral "carioca" é muito mais o estaduano que vai prá cidade do emprego. Aquele ar de farra sentimental que o Rio de Janeiro tem, faz o emigrante um "carioca". O que é o carioca? Leiam Murilo Mendes. O prazer da festa, a maldadinha sem malvadeza e tudo pelo amor. A síntese é restrita por demais, reconheço, mas queria falar de Murilo Mendes e estou me perdendo.

No geral sou atualmente contra o poema-piada. Murilo Mendes tem toda uma série de poemas-piadas. Mas o que distingue nisso é não dar tudo pela piada final da poesia. Os seus poemas-piadas são mais longos e não guardam o efeito pro verso ou pros versos finais. Aliás uma tese curiosíssima a desenvolver, é a da intromissão detestável do verso-de-ouro dos sonetos parnasianos dentro da poesia contemporânea brasileira. Espertalhonamente mascarado, o verso-de-ouro continuou dentro da poética modernista a falsear toda e qualquer noção digna de Poesia. Uma das suas máscaras foi essa: virar, em vez de bonito como sonoridade ou idéia, agradável pela comicidade, pela piada. B. Lopes afinal. O que distingue os poemas cômicos de Murilo Mendes é não se conformarem com esse processo falso da piada final. O poema todo é que é cômico, se aproximando mais das sátiras, dos poemas humorísticos que do poema-piada. A visão caçoísta das coisas, tão espontânea e deliciosa no carioca, Murilo Mendes a tem com uma força de síntese e da realidade, muito rara.

Mas o que eu gosto mais nele são as poesias de lirismo livre, independendo da compreensão intelectual. Nesse gênero, se aproximando do sobrerrealismo que o poeta se expande com uma riqueza excepcional de lirismo. Toda a parte "Máquina de sofrer" é admirável de apelos profundos, assombrações de sonho, vaguezas eficientes, nitidez de irrealidade. E aí o carioquismo de Murilo Mendes dá o melhor da originalidade dele, porque funde com o real, as coisas mais misteriosas, mais intelectualmente in-

241

compreensíveis, mais delicadamente vagas, por meio dum traço forte, bem rapaz desabusado mas família.

"Um morto cruzou o espaço, o céu treme, a lua
Penteia os cabelos, todas as coisas se comunicam,
As crianças chegam mais perto do seio materno,
Os chefes de família vêm no espaço a projeção deles.
Ritmos lânguidos, cadeiras de balanço, tudo no seu lugar..."

Mas não tenho a mínima pretensão de fazer crítica. Estou saudando apenas uma força nova em seus melhores caracteres.

MÁRIO DE ANDRADE

Nota da pesquisa:

No início do texto foi corrigida a ordem no nome do autor de *O pássaro cego*, ali está: Frederico Augusto Schmidt.

DIÁRIO NACIONAL. Domingo, 28 de dezembro de 1930

XARÁ, XARAPIM, XERA

Coisa dramática foi essa das assinaturas durante os tempos da última Revolução... Como os nomes também são quotidianos! Nem bem surgia um que fizera isto e mais aquilo, organizara batalhão patriótico, visitara Júlio Prestes, surgia logo no dia seguinte outro fulano pelo jornal reclamando, que não, que não era ele, era um tocaio apenas, um xará, um xarapim, um xera. Não foi à toa que os brasileiros precavidos tiraram todas essas palavras em x ou ch do tupi, pra indicar os seus numerosíssimos homônimos deste mundo, afinal todos! somos tão parecidos...

Mas não me parece muito que esses reclamadores, tão ciosos das suas limpezas revolucionárias ou dos seus não-ligamentos com o Perrepismo, tenham tido razão. Afinal de contas já é mais que sabido que nós todos, oh, todos os brasileiros éramos revolucionários. De coração. Eu não reclamei não. Teve por exemplo um xará meu, Mário de Andrade qualquer coisa, um nome italiano horrissonante dependurado no Andrade, que andou por aí organizando batalhões patrióticos. Não reclamei. Depois apareceu outro, humanamente generalizado numa lista longa. Esse deu dois mil réis pra pagamento da dívida do Brasil. Confesso que dessa vez fiquei um bocado inquieto. Os dois mil réis eram lindos como efusão de pobreza, calhavam bem pro meu coração e minha bolsa, não era isso que me inquietava. Me inquietava era um acidental não pagamento da minha quota perturbando a boa reputação de pagador que com muito sacrifício tenho conseguido sustentar. Quase reclamei, fiquei triste, mas acabei não reclamando outra vez.

Aliás já me sucedeu mais uma terceira vez topar com um xarapim na vida, e as sensações que tive foram mais vagas, mais desonestas porventura, me custa muita especificá-las. Um dia, o correio chegou, e na minha correspondência estava um jornal, quem me mandou não sei. Era A Razão, diário de Fortaleza, capital do Ceará. Já estive em Fortaleza, passei lá um dia sublime, numa inocência tamanha que acabei colhendo conchinhas na praia de Iracema. Abri o jornal e fui seguindo os títulos de artigos. Pois imaginem meu espanto revolvido lendo de quem era o escrito so-

243

bre Thomaz Pompeu de Souza Brasil? de Mário de Andrade. Era eu. Meu eu. Um instinto, desprezível sei, de propriedade me remexeu o entendimento e as sensações. Li. Não posso dizer que gostei nem que não gostei, estava tão vasculhado por golpes irremediáveis, de revolta, de prazer, de perplexidade principalmente, o que era aquilo! eu escrevendo sobre Tomás Pompeu de Sousa Brasil!... No momento confesso que não atinei perfeitamnte com a possibilidade dum xera, palmilhando em vida quotidiana aquelas mesmas praias lendárias em que eu colhi conchinhas uma só vez. Não atinei. Pensei num furto, de tal forma o desprezível instinto de propriedade seqüestrava as minhas paciências humanitárias sob as prisões do amor-próprio. Pensei num furto. Mas ainda desta vez não reclamei e até hoje me dou graças pelo bom-senso. Pouco tempo depois outro caçoava da coisa pelo falecido *Correio Paulistano* e eu me inteirava bem da realidade, um xera, enfim seu Xarapim!

Nos princípios da minha vida literária, quando ainda neste coração veemente se mantinham as ilusões da glória e da perpetuação, adotei vaidosamente um nome literário que conjugava as memórias de meu pai e minha mãe. Porém me foi advertido suavemente que com o nome adotado eu ficava tocaio de outro alguém, já nome feito, nada literato, homem prático a quem qualquer confusão com o conceito de artista iria na certa prejudicar demais. Concordei e conservei apenas o que meu pai me dera. Mas me ficou sempre uma sensação de roubo de mim, que só as detestáveis vaidades podem explicar.

Mas no caso de Fortaleza, assim que soube certo da existência dum xera mais moço por lá, a sensação de roubo desapareceu. Que culpa esse moço tem de possuir um nome igual ao meu? Nenhuma. Sujeitou-se a todas as confusões e a todas as detestáveis tradições da minha vida literária precaríssima, o pobre! vítima da fatalidade dos xarás. Eu é que me sinto feliz, de ter um xera mais moço parando em terras mais radiantes. Ah se eu tivesse a idade dele, minha vida se organizava outramente... Me miro, me narciso nesse moço que está em vida principiada. Leio quanto dele me cai nas mãos, coisas lindas, que inteligência radiosa, que desprendimento heróico no meu xera que pára em terras mais radiantes. Que todos os curupiras do mato o façam marupiara e grande! Olhe, Mário de Andrade do Ceará, às vezes quando vou nos matos, sigo deixando cigarros por todos os ocos dos paus. É pros Curupiras. Não creio que esses filhos primários da imaginação tupi se preocupem em distingiur os xarás. Fumam meus cigarros e todos os benefícios que enviam pro ofertante, vão cair por engano no meu jovem xarapim. Já não careço mais de benefícios, tenho a vida feita. Mudar de nome já também não posso mais, xará, é tarde pros meus quase quarenta anos. Me deixe conservar o nome que é seu, que reconheço como seu e que engrandecerá o Ceará, xará. É apenas uma homenagem que a minha paciente experiência oferta à sua juventude com doçura infinita. E esperança.

MÁRIO DE ANDRADE

Notas da pesquisa:

1. Crônica republicada em *Os filhos da Candinha*, 1942.
2. O número do jornal cearense *A Razão* é de 13 de abril de 1929; foi conservado pelo escritor em seu Arquivo. À margem do artigo "Thomaz Pompeu de Souza Brasil", assinado por "Mário de Andrade", estão os sinais "?!", escritos a lápis vermelho. Em junho de 1944, o jornal *Itinerário* (ano 1, n.º 2, p. 22), de Fortaleza, noticia em "Livros & Revistas", a publicação de *Biografia sentimental de Mário de Andrade*, de Artur Eduardo Benevides.

"Está circulando, desde maio findo, a curiosa conferência que Artur Eduardo Benevides fez sobre a personalidade de Mário de Andrade, recentemente falecido nesta capital. O poeta, o orador, o jornalista, toda a figura multiforme que foi, em vida, Mário de Andrade, é estudada nesta conferência que a Editora Fortaleza lançou."

1931

DIÁRIO NACIONAL. Domingo, 4 de janeiro de 1931

RÁDIO

O fenômeno da Revolução, era natural, comoveu tanto os brasileiros que a gente ficou mais ou menos de cabeça tonta. Muita gente até andou censurando certos graúdos, como o nosso querido interventor, o sr. Osvaldo Aranha e mais o sr. Juarez Távora por estarem fazendo tanta vilegiatura... Meu Deus! na verdade eles mereciam bem essa vilegiatura! Mas não eram só eles que estavam carecendo descansar não, tais eram os gestos, tantas as ilusões, tantas as veemências e até tantos os aproveitamentos e novos aluguéis de consciências, que, via-se com claridade, todos os brasileiros estavam nervosíssimos, doentíssimos, o Brasil inteiro estava carecendo de ir para Caxambu.

Um dos aspectos mais curiosos desse nervosismo pânico que tomou o Brasil, com a Revolução, foi a vontade de mudar tudo. Tudo estava errado. Não havia nada direito mais, do Amazonas ao Prata. Deram-se com isso coisas inenarravelmente ridículas, coisas engraçadas e coisas dolorosas. Entre as coisas cômico-dolorosas, uma das mais salientes passada aqui em São Paulo, foi o que se deu com a Rádio Educadora Paulista. Não digo que aquilo estivesse direito não, todos nós sabemos que a direção... política da Sociedade se tinha desmanchado em atos dos mais detestáveis. Sim, "todos nós", porque agora já não tem perrepista mais.

A direção tinha que mudar e mudou logo, até agora não sei com firmeza se pra bem se pra mal. Bom, mas mudada a direção superior da sociedade, não havia razão pra mudarem a direção artística. Mudaram também. Logo naqueles dias fogosos me vieram procurar uns moços assustados com a mudança. Lhes respondi: Não posso pensar nisso. Está claro que o Brasil me importava muito mais naqueles dias, que o destino de alguns músicos, muito embora o que me contaram e toda a gente anda falando por aí a respeito de como foi feita essa mudança de direção artística, me deixasse indignado.

Aliás outra razão, também poderosíssima que me levou a silenciar aqueles dias o que estava se passando na Rádio, era ver os que se moviam em queixumes, não serem dos mais prejudicados. E notar em todos um nacionalismo que me parecia primordialmente tolo. "O diretor tem que ser brasileiro!" me diziam — coisa que eu não via assim como verdade preliminar. A verdade preliminar pra mim era que o diretor artístico da Sociedade tinha que ser antes de mais nada um artista de valor artístico acima de qualquer prova. Entre estas provas, está claro, entrava também a de arte brasileira. Mas isto era um acessório. Indispensável, mas não preliminar. Ora na mudança, o que eu via principalmente é que se subia, não sei de que maneira, um diretor italiano de origem, o prof. Manfredini, e se descia um diretor também italiano de origem, o prof. Baldi, o que eu via é que se ambos eram regentes de valor, e mesmo o sr. Manfredini possuía um discreto talento artístico, não havia comparação possível entre os dois professores. A mudança se fazia pra muito pior.

Ora, mesmo aceitando que a Revolução tenha como destino mudar todas as coisas, creio que não é do pensamento do sr. Getúlio Vargas, nem de ninguém que já tenha descasado suficientemente do nosso nervosismo pânico inicial, que as coisas tenham que mudar pra pior. Mas na direção artística da Rádio foi o que se deu.

Sem negar, já falei, os valores do prof. Manfredini, não quero crer que ele esteja manejando sozinho as cantorias e tocatas da Sociedade. O prof. Manfredini sabe muito bem, pelo menos na parte musical, as bambochatas agora quotidianas que anda impingindo pela Rádio. A Sociedade Rádioeducadora caiu no domínio da alunagem, com uma abundância de horrorizar. É incrível o enxame rutilante, gracioso e deficientíssimo de alunos que agora se exibem nela, virando o que tem de ser educativo num redil de educandos. Caímos em plena festa de grupo escolar. E nem quero tocar nas declamadoras, meu Deus, porque disso o prof. Manfredini não sei se tem a culpa e se defende malbaratando o seu nome, como está fazendo com a parte musical.

A Rádio virou agora uma perpétua mixórdia artística. Não há seleção, não há critérios na confecção de programas, não há programas especializados. Natal passou. A Schubertchor, a igreja protestante alemã da rua Visconde do Rio Branco, organizaram festas musicais especializadas e interessantíssimas. A Rádio também... se especializou. A misturada das outras noites, e entre uma musicaria de chorar, anúncios curadores de moléstias discretas de senhoras. Na direção anterior, me contaram que pelo menos nos dias da chamada "música séria" os anúncios intercalados aos números tinham sido abolidos. Agora: anúncios a qualquer hora e dia, declamação gemida, alunagem paralítica, disco até de noite, como escutei um, da Parlophon, no dia primeiro do ano! O prof. Manfredini e os que o movem, me parecem que estão merecendo uma vilegiatura definitiva.

MÁRIO DE ANDRADE

DIÁRIO NACIONAL. Quarta-feira, 7 de janeiro de 1931

RÁDIO

Ontem eu quis apenas com o meu artigo mostrar a Danton Vampré, e aos outros, tão indignos como ele, diretores artísticos da Rádio Educadora Paulista, que a descompostura larvar que eles me passaram se aproveitando com uma coragem quase de irresponsáveis, do microfone da Rádio Educadora, não me insultara absolutamente. Os insultos só o são quando provém de pessoas de responsabilidade social, ora eu vou mostrar que essas pessoas justamente o que não têm é responsabilidade social. São indivíduos que se desmoralizaram e estão desmoralizando a Sociedade que dirigem. Meu artigo foi apenas uma vaia de quem se diverte e que sabe usar também do direito de compensação das ofensas. Mas os diretores artísticos da Sociedade nada perdem por esperar, porque irei agora em artigos sucessivos, provando com argumentos e fatos, a desmoralidade pública em que estão.

Foi extraordinária a sensação causada pela descompostura da Rádio Educadora no domingo. Está claro que já não falo a indignação, pois que se é certo que grande número de amigos meus e mesmo muitos que não me conhecem ficaram indignados e repugnadíssimos com o doidivanas Danton, ele também e os seus irmãos de diretoria artística terão recebido aplausos pela atitude e falta de educação. Há gente pra tudo neste mundo. Assim a indignação de muitos não prova muita coisa.

Mas transportemos o fato pra mais longe e logo se verá a indignidade dessa gente. Não ponhamos o fato em S. Paulo, onde as pessoas interessadas no caso, e principalmente interessadas pela nossa Rádio Educadora, são numerosíssimas e puderam compreender e se apaixonar pelo incidente. Ponhamos o caso mais longe. Imaginem, por exemplo, os leitores, que na Argentina um amador de Rádio quis escutar o que se transmitia de São Paulo naquela noite. Liga o aparelho, num momento de paz e de desejo artístico e ouve o quê? Ouve um indivíduo com um nome assim parecido com Danton Vampré, que é um desconhecido inteirinho pra ele, passar uma descompostura sujada nas mais grosseiras expressões, num outro indivíduo que ele, amador, também ignora absolutamente! Mas quem é que admite essa bobagem inominável! dirá

248

o amador argentino, que não pode absolutamente se interessar por tanta indignidade e falta de educação. Quem transmite é uma sociedade, é todo um organismo social, representativo do povo brasileiro! E inda por cima essa agremiação brasileira, tão poderosa que possui um aparelho transmissor de primeira ordem, se chama Rádio Educadora!

Confesso que por mais que apenas me tenha divertido no meu caso pessoal, o procedimento dessa gente, fico na maior indignação possível lembrando de que maneira esses indignos diretores, difamaram a nossa maneira brasileira de civilização. Essa é a civilização brasileira, pensarão meio gostando, por toda a hispano-América, os que nos observam interessadamente com muita curiosidade e atenção. Civilização brasileira? Nunca! Civilização de Dantons e Manfredinis. Mas o hispanoamericanismo, a não ser que seja muito desprendido das rivalidades naturais de vizinhança, não imaginará o momento que em todos os países do mundo, além da civilização geral e nacional, existem indivíduos primários que não sabem agir doutra forma que a de Dantons e Manfredinis. Que um emigrante aja por essa forma, inda se concebe, porque afinal a pátria de que está abusando não representa pra ele mais que o interesse de fazer América, porém um Danton que nasceu aqui!

Mas desgraçadamente foi dessa forma que esses indivíduos, incapazes de raciocinar com calma e incapazes de compreender a missão social de que estão revestidos, numa Sociedade que tem repercussão internacional, agem em nome do Brasil. Não é apenas a eles que se desmoralizaram agindo assim. Isso afinal de contas era apenas pra nós um espetáculo divertido. Nem desmoralizaram apenas a Sociedade de que se apoderavam indignamente pra satisfazer as raivas pessoais contra um ataque que a própria raiva deles prova clamorosamente que justíssimo. Uma Sociedade desmoralizada, afinal de contas inda era uma vergonha particular de cidade, coisa que, como roupa suja, podíamos lavar em casa. Porém essa Sociedade é de repercussão e interesse internacional. Não eram apenas indivíduos, nem eram apenas uma Sociedade urbana que se desmoralizavam, mas um país nas suas relações internacionais. Briguinha de comadres, entre pessoas ignoradas, convertido pela sencerimônia duns malucos em caso internacional e vergonha pra uma nação. É inconcebível!

É inconcebível.

MÁRIO DE ANDRADE

DIÁRIO NACIONAL. Quinta-feira, 8 de janeiro de 1931

RÁDIO

Agora, pra mostrar apenas toda a indignidade da atual diretoria artística da Rádio Educadora Paulista, sou obrigado a estudar um bocado a argumentação (?) de Danton Vampré, contra mim, na noite de domingo. Apenas por isso é que entrarei em considerações que mais ou menos voltam a me botar na dança.

Quais foram os possíveis argumentos desse loquaz? Contra as minhas afirmativas? Absolutamente não. Pra argumentar contra uma crítica que foi quase que exclusivamente musical, e apenas passando tocava na caceteação de declamações de alunos (nem sequer me referi a declamadoras tituladas), Danton Vampré vem atacando a poesia de quem o criticava. Ora isso invalida de qualquer forma a crítica? Está claríssimo que não, pelo menos a quem quer que já tenha passado dos estados primários da inteligência. São infinidade dentro da mesma arte, os que são bons críticos dela e péssimos realizadores. Quanto a ser bom artista numa arte ruim noutra, meu Deus! Victor Hugo foi desenhista, e são inumeráveis pelo mundo os "violinos de Ingres".

Mas o importante no ataque feito por Danton Vampré ao crítico que desmascarara a direção artística da Rádio Educadora, o importante é que pretendendo rebaixar o antagonista, Danton Vampré mentiu. Não sei se foi por não ter argumentos, o fato é que deslavadamente mentiu. Chamou-me de "antropófago" e, pois, pertenço à escola de Antropofagia muito conhecida entre nós. Ora isso é uma mentira. Não que me horrorize pertencer a qualquer escola artística deste mundo, enquanto que artística, pois que arte sendo uma criação livre e independendo mesmo das nossas próprias intenções (lembre-se de Bilac querendo fazer arte impassível e criando as páginas ardentes que deixou), arte sendo uma criação livre, qualquer orientação é possível nela. Jamais uma escola justificará um artista e sim o seu talento de criador. Mas, embora seguindo apenas entre noções preliminares de estética, creio que estou num terreno por demais elevado pra que a direção artística da Rádio Educadora possa me seguir... Mas o que é inegável é que mentiu, botando-me numa escola de arte a que não pertenço e mesmo me repudia. Danton mentiu. A Rádio

Educadora de que ele é diretor e de que se utiliza pra insultar, é pois uma Sociedade que mente aos seus sócios e demais escutadores. Educadora que educa mentindo! A isso a levou o doidivanas Danton. Desmoralização da mais surda. Lema que proponho prá atual Rádio Educadora Paulista: "EDUCAR MENTINDO".

Mas não parou aí o desmantelo de moralidade social da Sociedade. O doidivanas Danton falou também nas minha longas orelhas... Oh! mas será mesmo que ele terá a mais mínima vontade de medir as orelhas do comediógrafo da "São Paulo Futuro" com as minhas! será mesmo! Mas será mesmo que as minhas longas orelhas me servem de antenas e não a faculdade que tive de fazer esse sem-educação de espécie alguma perder a casquinha de inteligência que lhe serve apenas pra adquirir uma noção muito vaga das coisas? Tão vaguíssima que enxerga nas minhas orelhas de burro um argumento que defenda o sr. Manfredini quando se aproveita dum microfone social pra fazer anúncio de si mesmo, dando audições compostas exclusivamente de alunos, como chegou a fazer? Anúncio pouco concludente sei, não só pelo que escutou como porque ainda está na memória de todos o que aconteceu infelizmente com a voz de dona Sira Monossi, só agora se restabelecendo dos estragos que sofreu.

O argumento da minha burrice só pode ser divertido em discussões pessoais, mas que dizer duma Sociedade que se rebaixa da sua dignidade social e se desmandibula, insultando dessa forma!

Mas o que o Doutor Danton Vampré com todas as suas pequenas e delicadinhas orelhinhas de doutor e comediógrafo, não sabe, o coitado, que responder como pessoa e responder como Sociedade são coisas diferentes. Mesmo que desde o primeiro artigo eu me tivesse estragado em ofensas, falando só por mim em artigo assinado, eu apenas me passava um atestado de péssima educação. Não é o caso do rábula Danton. A um artigo meu, severo mas reconhecidamente limpo, apoderando-se desaforadamente dum aparelho de transmissão que não lhe pertencia, aproveitando uma posição social que não lhe compete, abusando dum meio internacional de pensamento, chafurdando uma Sociedade Educadora na mais desprezível indignidade, esse diretor de fancaria me chama de burro, me chama de cabotino e outras coisas assim.

Ninguém não imagine que estou zangado, oh não! Estou apenas, e só isso me interessa, mesmo que seja com os maiores sacrifícios de mim, demonstrando a desmoralização em que caiu essa miséria de Rádio Educadora Paulista, colocada nas unhas de diretores artísticos sem a mais mínima consciência da sua missão.

MÁRIO DE ANDRADE

DIÁRIO NACIONAL. Sexta-feira, 9 de janeiro de 1931

RÁDIO

Eu poderia continuar ainda mostrando que a argumentação da Rádio Educadora Paulista, domingo passado, além de insultuosa e mentirosa, era também falsária, pois desencaminhava afirmações minhas, pra rebatê-las. Assim quando falei e continuo falando que a Sociedade caiu no domínio da alunagem, o não sei agora se comediógrafo conhecedor dos quiproquós das comedinhas baratas, ou se a rábula contumaz na desnaturação da Lei, enfim: o doidivinas Danton Vampré, assustou-se, insultando por amor do Brasil que ele mesmo estava difamando internacionalmente pelo internacional microfone. Bilac e Guilherme de Almeida, ele argumentava, já foram ditos na Sociedade, nela existe um Tupinambá: pois então são alunos esses grandes!... Sem comentários. Está-se vendo que o que esse diretor quis foi conscientemente falsificar porque não tinha argumentos outros pra validar a direção artística dele, de Manfredini e "compagnia bella". E a Rádio Educadora além de mentirosa, virou também falsificadora. Por culpa da direção em que está.

Mas houve outro argumento pelo qual Danton Vampré se desculpou dos anúncios que a Sociedade faz entre os números de programa, e da pobreza... pobreza não, miséria de artistas já firmados e portanto capazes de educar e de divertir elevadamente. Disse que a Sociedade faz isso pra se sustentar, e que, embora *"reconhecendo não ser o melhor critério"* (palavras exatas dele), pelo menos era o usado em toda a América do Sul. Essa é boa! A desmoralização, o antididatismo desses ambiciosos diretores são tamanhos que tais diretores pretendem educar, e reconhecem publicamente que não pelo critério melhor! Onde então o esforço? Onde então a dedicação? Onde principalmente a seriedade?...

Seriedade... Danton Vampré já provou domingo sobejamente quem é Manfredini? O prof. Manfredini tem que se defender das acusações que toda a gente lhe faz, de ter se aproveitado daquela exasperação de mudança em que o Brasil caiu logo após a vitória da Revolução, pra tomar a posição em que agora está. E isso, sem ter a mínima hesitação em tirar do posto um homem digno, que jamais fez mal ao sr. Manfredini, a não ser, está

252

claro, o enorme mal que todo artista legítimo faz a quem é notoriamente inferior a ele e perigoso professor, capaz de estragar vozes. O que se diz abertamente, e citarei o nome de todos os que me contaram isso, sendo preciso, é que embora num regime novo que pretendia justiça, o prof. Manfredini se aproveitou da esquentação do assunto (ele ou os que o manejavam) pra arranjar pistolões, expulsar o colega e ficar no lugar. Sei de quem os pistolões e direi caso seja preciso. Aliás se diz também que os mesmos Manfredini e Cia. já, sempre por meio de pistolões, pouco tempo antes, e no antigo regime ainda, tinham tentado o assalto da mesma cidadela rendosa. Mas que a antiga diretoria, nesse caso ao menos mais criteriosa que a atual, se tinha recusado à tolice (1). Manfredini antes de mais nada tem que se defender dessas acusações que lhe fazem. Só depois entrarei noutros detalhes duma pessoa que é o professor de canto, mas que se arranja aluno de piano, também, ensina piano, e que provavelmente nesse andar de onissapiência, se ensino de manejo de automóvel render também, de certo vira professor de manejo de automóvel. Basta.

E quais são os companheiros... de arte desse diretor artístico e que também lá estão na Rádio Educadora? O principal deles, talvez mesmo o chefe do grupo é o Prof. Armando Belardi, já excessivamente conhecido em nossos meios musicais. Sou incapaz de dar curso às acusações bravíssimas que lhe fazem. Mas quem quiser saber quais são elas, pergunte pra qualquer músico de orquestra de S. Paulo quais foram as razões que levaram a maioria dos sócios executantes da primeira Sociedade de Concertos Sinfônicos de S. Paulo a expulsarem de lá o presidente Armando Belardi.

O primeiro violino do grupo é o prof. Torquato Amore. Esse virou casaca de repente, pois pertencia a um grupo antagônico deste em questão. Torquato Amore cuja arte de violinar já estudei quando foi da segunda e curta fase da Sociedade de Concertos Sinfônicos, se impôs à Sociedade Sinfônica de S. Paulo, como um mal necessário. Na orquestra desta Sociedade estavam vários violinistas excelentes, alunos ou ex-alunos de Torquato Amore. Então ele ameaçou o Conselho Artístico da Sociedade. Ou me aceitam como primeiro violino ou faço meus alunos todos se retirarem dela, solidários comigo. O prof. Amore sabia muito bem que era aceito não por ele, mas pelos alunos, esses sim, de valor. Sabia que todos lá dentro não lhe aceitavam a arte decaída. E ficou! Isso não o impediu porém de se colocar na Rádio, ficando no lugar de aluno dele, excelente violinista a quem ele tirava o melhor meio de se sustentar! Esta é a solidariedade de Torquato Amore para com seus próprios alunos... Alunos que são incapazes de derrubar o arco em execução pública como já fez o prof. Torquato Amore.

253

E agora me vejo triste. Os meus possíveis leitores estão no direito de me perguntar sobre Marcelo Tupinambá, que embora não sendo oficialmente deste lindíssimo grupo, também é diretor artístico da Rádio. Já dei também a minha opinião sobre Marcelo Tupinambá, que considero um dos mais esplêndidos compositores da nossa dança popular impressa. Esse elogio já fiz e continuo fazendo. Outro não posso. Mas nada tenho e nada sei contra a seriedade artística dele. Como diretor artístico da parte de coreografia popular da Sociedade acho que está muito bem e pode se conservar com lustre onde está.

MÁRIO DE ANDRADE

---

(1) Aliás, horrorizados com o ataque a posições na Rádio Educadora, logo após a Revolução, alguns sócios da Sociedade pretenderam convocar uma assembléia geral. Mas os desprendidos diretores novos estavam bem vigilantes e, como os jornais noticiaram, a assembléia foi proibida pela Polícia!

DIÁRIO NACIONAL. Sábado, 10 de janeiro de 1931

RÁDIO

Um problema que se impõe desde logo no caso da Rádio Educadora Paulista, o dos rendimentos de que essa Sociedade possa viver. Está muito bem. Quais são os rendimentos de que ela dispõe? Duas fontes: os anúncios e os sócios. O choroso Danton Vampré na argumentação de domingo passado, confessava que pela ausência de sócios, a Sociedade não podia prescindir de anunciar. Mas eu quero saber agora quem foi que protestou contra isso! Está claro que é uma coisa desagradabilíssima, um escutador de rádio estar ouvindo e mais ouvindo anúncios. Mas isso é de fato uma boa fonte de renda e a Sociedade carece mesmo de renda caso queira elevar a instrução dum povo, instrução não se faz com brisa. Mas o que me indignara e eu afirmara era absolutamente indiscrição e falta de critério da Sociedade anunciando indústrias de qualquer natureza. O que me levara a essa acusação é saber de fonte limpa que na noite de Natal, fora anunciado um remédio absolutamente "shocking".

Poderão argumentar que não são religiosos que uma Rádio Educadora nada tem que ver com as comemorações religiosas da noite-de-festa. Inteiramente de acordo. Mas já principiou por não ser esse o pensamento confuso da direção artística da Sociedade, pois, como se poderá ver pelo *Diário de São Paulo* desse dia 25, além do primeiro programa de música popular, teve um segundo "especialmente organizado para o Natal". Mas era um programa de discos! Não tinha em S. Paulo, nem sequer alunos, capazes de executar músicas relativas ao dia! A Sociedade ignora que existem os cantos tradicionais brasileiros em torno do presepe. A Sociedade e seus eruditíssimos diretores artísticos nunca ouviram falar em bailes pastoris, que desde o primeiro século de vida brasileira estão existindo até agora! A Sociedade ignora que existe a *Pastoral* de Coelho Netto musicada por Francisco Braga, por Henrique Osvaldo, por Nepomuceno! A Sociedade ignora que existem dentro da literatura brasileira e portuguesa numerosas poesias de grandes nomes já fixados, relativas a esse dia ou propícias a ele! Porque embora não existindo pra muitos a noite de Natal como religião, ela sempre continua existindo pra todos como arte. Em S. Paulo houve dois concertos só de músicas comemorativas desse

255

dia, mas a Sociedade os ignorou! Como é que podem dirigir uma Rádio Educadora Paulista, Dantons e Manfredinis que ignoram tudo isso e, como testemunho de patriótica dedicação e... menor esforço, preferem emprestar discos anunciantes de casas revendedoras e intercalar o gramofone "especialmente escolhido" pra Natal, com anúncios de moléstias só pra damas! Ignorância, descritério e nenhuma dedicação.

Agora, veja-se o critério do diretor artístico anterior a Manfredini: não se podia prescindir dos anúncios, pois bem, cante-se anúncios, mas nunca em programa da chamada música séria. Só em programa de música fácil, digna de existir também, mas não requerendo a mesma seriedade de espírito, a mesma elevação, o desprendimento da vida quotidiana. Assim agia o prof. Baldi pra que aprendam Manfredinis e Dantons.

Mas é sabido que dantes o também número de sócios contribuía pra aumentar poderosamente a renda da Sociedade. Mas um belo dia, repugnados pela propaganda política que ela fazia do Perrepismo, e também por este sistema de se defender pelo microfone contra *O Estado de S. Paulo*... (Falar nisso: me contaram que faz pouco se deu fato idêntico na América do Norte e que por isso a Sociedade foi fechada) enfim repugnados, os sócios da Rádio Educadora fugiram em massa, reduzindo o quadro social a uma miséria sem rendimento. Não é possível esses sócios voltarem à Sociedade? É. Todos compreendem o bem comum que pode advir disso. Mas que confiança inspira aos paulistas esta ronda de nomes sobre os quais enxameiam tão pesadas acusações de ordem social? Está claro que absolutamente nenhuma. Alguns sócios mais dedicados pretenderam reformar a coisa e dar à Sociedade diretores dignos dela por meio duma assembléia geral. Mas por nova ingerência no caso, do figurão que protegia Manfredini, e cujo nome, como falei no artigo anterior, guardo pra mim por enquanto. E se guardo é porque, quero crer, ele não sabia que estava sendo instrumento de ambições desmedidas e se deixou levar pelas detestáveis fraquezas da amizade.

Uma sociedade se queixa de não ter sócios. Mas a diretoria dessa Sociedade não inspira confiança a ninguém. Todos estão dispostos a ser sócios dela desque uma diretoria digna venha a conduzi-la. O que estão esperando esses diretores artísticos, que ignoram até o que seja um Natal no Brasil, cuja ação artística está desmascarada pelos jornais, que não tem a mínima compostura social, que abusa dum microfone que não lhe pertence, que difama o Brasil, virando uma briguinha de comadres universalmente ignoradas um caso de transmissão internacional? O que estão esperando esses diretores artísticos, desmoralizados como diretores sociais, desmoralizados na arte que fazem? É... mas um lugarzinho, rendoso pra uns, de gloriola para outros doi tanto deixar.

MÁRIO DE ANDRADE

DIÁRIO NACIONAL. Domingo, 11 de janeiro de 1931

RÁDIO

Faz uma semana justamente que, preocupado pela queixa geral contra a Rádio Educadora Paulista, pessoalmente horrorizado pelo que de vez em longe escutava dela e pelos programas que a Sociedade tem a audácia de publicar nos jornais, escrevi um artigo severo contra a direção artística dessa Sociedade. Visara principalmente o prof. Manfredini porque me competia mais especialmente falar da arte musical, que é de minha profissão. Eis que na noite desse mesmo dia, desesperada pela verdade da minha argumentação, pela boca nefasta dum advogado do nosso Foro, intitulado Danton Vampré, também baiano, a Rádio Educadora Paulista me passava pelo seu microfone internacional uma formidável descompostura, carregada de insultos larvares. O efeito foi exatamente o contrário do que esperavam esses indivíduos: a indignação, a repulsa foi geral. Tamanha mesmo que desconhecidos meus me abordaram, pra me confessarem toda a repugnância que lhes causara a indignidade. Uma chuva de cartas e telefonemas me deu uma quantidade de acusações novas, não apenas artísticas, mas administrativas, grande número das quais não pude expor nesta série de artigos, porque escapavam da minha alçada, ou eram graves por demais. Outro jornal paulista, o *Diário da Noite* me deu a honra de protestar também contra a indignidade e, pelo que sei, da própria Censura da Polícia, a diretoria da Rádio Educadora recebeu admoestação severa.

Tive com tudo isso enormes e compensadoríssimas satisfações pessoais, compreende-se. Mas essas satisfações não interessavam absolutamente ao caso público, único que me podia mover. Já são inumeráveis os ataques que tenho recebido, pessoais, na minha vida literária e é sabido que não respondo a eles, não porque os despreze, não sei desprezar nada, mas porque afinal das contas toda a gente tem o direito de me pensar e sentir como quiser. Todos os que se arriscaram a ter vida pública, têm que ser mesmo, e publicamente, a soma de quanto os outros pensam de nós. Mas no caso que a Rádio Educadora abrira entre mim e ela, não se tratava de mim, porém duma questão pública. D'aí a razão desta série de artigos bárbaros com que desnudei toda a incapacidade social e artística desses indignos, espertos e ambiciosos diretores. Demonstrei que uma Sociedade que se quer Educadora, se transformou num redil de educandos, porquanto são numerosíssimos e quase diários os alunos que lhe enxameiam nos programas. E inda mais, me acrescentaram cartas e relações, mesmo nesse regime de alunagem sistemática, a diretoria artística da Rádio Educadora formava uma espécie de camorra, permitindo apenas que alguns professores, naturalmente os amigos e os que lhe interessava, demonstrassem pelo microfone a sua aptidão pra ensinar. Aliás, quem percorrer os programas da Sociedade pelo *Diário de S. Paulo* ou pela *Gazeta*, como fiz, terá mais outra acusação grave a fazer: a monotonia extrema, a repetição boba de mesmos nomes de executantes e de mesmas obras detestáveis. E se me dei ao trabalho de percorrer de novo essa programação completamente tonta e desorientada, foi porque pretendia demonstrar aos leitores a inanidade não apenas educativa mas de prazer, de programas que não posso qualificar porque teria neste artigo o emprego das mais violentas expressões. Mas desisti desse trabalho porque, o sr. Ferreira Prestes, coincidindo em campanha comigo, demonstrou suficientemente por artigos firmes no *Diário da Noite*, o que é o horror artístico das deseducadoras irradiações da Sociedade. Mas, demonstrei mais que a Rádio Educadora não tem o mínimo critério nem discrição nos anúncios que faz. Demonstrei ainda que esses pseudo-diretores artísticos eram completamente ignorantes do que seja um Natal no Brasil: não tinham dedicação nenhuma pela Sociedade nem eram capazes do mínimo esforço, pois que pra noite artisticamente tão importante como a de Natal, preferiam dormir no remeleixo dos discos de gramofone.

Desmoralizada artisticamente por toda essa argumentação de dois jornais e pessoas que não pretendem e nem ganham coisa nenhuma com isso, as mais desinteressadas pois, restava a essa diretoria artística a sua atuação social. Mas esta demonstrei que também estava desmoralizada completamente. Demonstrei que espécie de indivíduos eram os que faziam o suco da panelinha: o doutor Danton Vampré um provavelmente sem-educação com censuras públicas por isso; o prof. Manfredini anunciador de seus alunos e capaz, não por concorrência de valor mas a custa de pistolões, capaz de tomar cargos a colegas que o ofuscam; e outros nomes em que nem quero falar mais. Demonstrei de que forma essa diretoria artística pela boca do seu diretor intelectual (!) Danton Vampré, também baiano, não só se desmoralizava falsificando e mentindo, mas desmoralizava o Brasil, internacionalizando briguinhas de comadres pelo microfone.

Desmoralizada artística e socialmente, o que resta a essa diretoria artística da Rádio Educadora Paulista? Lhe resta a dignidade pessoal, embora bastante machucada. Mas essa não me interessa nem pretendo tirar de ninguém. Antes espero que esses diretores artísticos a conservem naquela dose ao menos suficiente pra que compreendam que pra conservá-la, ante a repulsa pública, protesto de sócios, crítica arrasante de jornais, censura de Poderes competentes, e enorme importância da Sociedade que desmoralizaram, só um gesto existe: pedirem demissão. Mas se a ambição, ou a vaidade lhes impedir até mesmo a conservação dessa parte individualista do ser humano, ao menos publiquem pelos jornais os termos da Censura que os castigou, pra que o público se capacite da envergonhante decadência humana em que vivemos.

MÁRIO DE ANDRADE

DIÁRIO NACIONAL. Domingo, 18 de janeiro de 1931

CARNAVAL TÁ AÍ

Preocupações, preocupações, Comunismo, Instituto do Café, falam os heróis, mas, mas, Carnaval tá aí. Otília Amorim, num samba, com razões que sem serem propriamente intelectuais, razões de perna, digamos, que, sempre também são razões, filosofa que nem mesmo o dinheiro é que lhe permite a felicidade que possui... Carnaval tá aí, agruras, desocupação itinerante, álcool motor... nada prejudica: o Brasil vai entrando em estado de felicidade. Já é sabido que o preparo e enfim gozo do Carnaval é uma das causas do nosso conformismo.

Mas o que me interessa no Carnaval neste momento é a nossa música que sempre teve nele uma das fontes fecundas da sua evolução. O Maxixe nasceu do Carnaval, parece quase certo, lá na caverna carioca dos estudantes de Heindelberg. Nele ainda a nossa dança cantada principal evolucionou. Ao contato dos temas melódicos nordestinos se tornou melodicamente mais pesada, menos irriquieta na rapidez de movimento. E retomou por isso e com isso o nome de Samba, que hoje é uma variante do Maxixe carioca mais importante que ele, até no próprio Rio de Janeiro.

O Carnaval é uma espécie de cio ornitolégico do Brasil, o país bota a boca no mundo numa cantoria sem parada. Vão aparecendo as danças novas, as marchinhas safadas, os batuques maracatuzados. Dantes as cantigas novas vinham mais penosamente através da música impressa e a propaganda das orquestrinhas de bares, agora não: o lançamento se faz quase que exclusivamente através dos discos de gramofone. São as grandes casas de fonografia que se incumbem atualmente da fixação e evolução da nossa dança cantada.

Ora, estes últimos anos os discos de Carnaval nada têm produzido de muitíssimo notável, a *Pavuna* do ano passado era duma mediocridade desolante. Se não me engano, depois do *Pinião* que do Nordeste veio, não tivemos mais nada de verdadeiramente bom. Tenho aqui comigo os discos de Carnaval lançados agora pela fábrica Victor, e encontro no meio deles, entre as mesmas mediocridades de sempre, três discos de valor artístico e excepcional.

260

Não sei se terão sucesso popular e ficarão na memória das ruas carnavalescas, o povo é sempre um segredo. Ora acata o bom, ora o pior, dominado por uma lei secreta que pelo menos por enquanto ninguém não descobriu. Não posso augurar nada pois, mas nada impede que sejam estes três discos, das coisas melhores da discagem popular nacional.

Dois deles representam bem o Rio, o terceiro é todo o Nordeste carnavalesco: *Nego Bamba* (33413), *Desgraça pouca é bobage* (33404), e *São Benedito é ôro só* (33380).

Dos dois primeiros preciso guardar o nome do compositor, J. Aymberê, que será talvez o substituto de Sinhô, não sei. Estas obras deles são curiosíssimas. Pegou bem aquela maneira de seccionar constantemente as frases do canto, coisa que Sinhô tinha com admirável habilidade e em que o nosso canto maxixeiro de procedência negra, vai coincidir curiosamente com o processo improvisatório vocal dos "blues" afroianques. Mas não é apenas pela música que *Nego Bamba* e *Desgraça pouca* são esplêndidos. São na realidade discos perfeitíssimos como riqueza e caráter orquestral, como escolha de sonoridades vocais e como gravação. A fábrica Victor tem hesitado e mesmo errado bastante nas suas gravações brasileiras. Diante de sonoridades novas, de processos novos de cantar, era natural, os técnicos norte-americanos que vieram para cá se desnortearam. Muitos foram os insucessos, em principal pela má disposição dos instrumentos ante o microfone. Especialmente nas cantigas e danças com viola, só ultimamente, ao cantar do delicioso piracicabano Zico Dias, é que a fábrica Victor conseguiu algum equilíbrio e discos bons. Nestes agora a gravação já é perfeita.

E quem merece ainda todos os aplausos é a cantora, Otília Amorim, cuja voz gasta e admiravelmente expressiva... do que se trata, soube tirar efeitos magníficos, principalmente no *Nego Bamba* que, no gênero, é incontestavelmente uma obra-prima.

A outra obra-prima do terno é o *São Benedito é ôro só*, de Motta da Motta, sem dúvida aproveitando temas nordestinos. Que saudades que me deu, Recife, cair do frevo, ou então, lá prás bandas do trem-de-ferro, sambando com os negros do Leão Coroado, até fugir num último esbafo, pedindo a bênção pra cachorro e chamando gato de tio... O disco é uma adaptação admirável dos processos musicais de Maracatus, conseguindo, sem descaracterizar nada, tirar os defeitos da manifestação popular, em principal o excesso desequilibrado da percussão que chega às vezes a impedir totalmente que se escute a linha da melodia. No disco não; a introdução discreta dum instrumento de cordas dedilhadas, na percussão é duma graça deliciosa, o percuciente da voz solista, quase tão excelente na sua nasalação como o maravilhoso solista do *Vamo apanhá limão*, a bonita cor de segundo plano do coral, tudo concorre pra fazer desse disco uma das obras-primas da discação nacional.

Qual! diante de coisas assim a gente perde mesmo a tramontana, cai no frevo e manda à fava todas as circunspecções. E tanto mais este ano, em que a rapidez da desgraça e a oratória dos heróis, só tornou mesmo possível a felicidade de Otília Amorim...

— Tu vais!

Mas, e os teus pais?

— É Carnaval!...

MÁRIO DE ANDRADE

DIÁRIO NACIONAL. Domingo, 25 de janeiro de 1931

TOPOGRAFIA DO NOME

Eu, com essa minha mania de puxar conversa com toda a gente, me sucede cada uma... Juro que é verdade o que aqui vai, não tenho a culpa. Fazia já três vezes que me encontrara com aquele ar de sábio. As duas primeiras quando de-noitinha no meu passeio a pé de todo dia, entrava por aquela parte do largo do Arouche, inexpressivamente chamada praça Alexandre Herculano. O ar de sábio lá estava sentado no banco. A terceira vez, não pudemos: nos espantamos do encontro, lá na baixada do Canindé, isso eram pelas três da madrugada. Não nos falamos porém o conhecimento já era de quase intimidade. Por isso quando pelas treze horas da quarta-feira passada fui ler minhas coisas no Parque Municipal, quando enxerguei o homem, frexei pro banco dele boa-tarde, boa-tarde e começamos:

— Fuma?

— Sim senhor. Agradeceu e num riso muito sem prazer, bem de sábio mesmo, comentou que até os cigarros já estavam difíceis pra ele, enquanto naturalmente ia imaginando que eu era pato. Exatamente: dirigiu por si a conversa, crise, os sem-trabalho, soberania física da desgraça e pediu dez milréis. Mas pediu com tanta doçura de voz e delicadeza intelectual que me foi fácil recusar e recusei. Naturalmente ele mudou logo a primeira impressão que tivera de mim pois não zangou, tirando do assunto com uma elasticidade aliás fácil, a derivante da Revolução, era sábio.

Indagou muitas coisas mas sem curiosidade imediata. Percebia-se que os meus dados coavam através da finíssima trama doirada daqueles olhos de topázio, só deixando passar ilações firmes e gerais. Não lia jornais, não sabia de nada, apesar dos seus já oito anos de Brasil, pelo interior. Alguma Santa Catarina e muito Mato Grosso com e sem maiúsculas. Da Revolução, sabia certo que Getúlio Vargas era agora o nosso querido ditador, mas nem vira o retrato dele.

— Possível! nem o de Juarêz Távora!!...

Corrigiu com paciência:

263

— Juárez, moço, fale Juárez.

— Você fala o espanhol.

— Nem uma palavra, mas o senhor fale "Juárez", Juárez Távora e nem precisa mais ver o retrato dele, já conhece.

— ?...

— É sim! (sorriu). Nunca vi, não sei quem é Juárez (leia-se sempre com acentuação grave) Távora mas o nome já está dizendo tudo. É espanhol... mas esse moço veio do Norte... Sim, veio do Norte e... e deve ser almirante.

Falava ainda hesitando enquanto me vinha dele uma sensação fácil de impostor. Mas logo me lembrei que o ar de sábio errara chamando Juarez Távora de almirante. Sorri. Mas sorri não contra o sábio. Sorri porque me bateu um sentimento irremovível de "almirântico" quando tive de pensar de novo o nome de Juarez Távora. Meu Deus, que sensação de "almirante" me dava o nome! Justifiquei o sábio e esperei, já agora com sofreguidão esfomeada, que ele continuasse. Continuou assim:

— ... É moço... Juarez Távora é sim, um moço magro, muito alto...

— Mas os nortistas são baixotes.

Parou no meio um gesto de impaciência e tornou a sorrir sem prazer.

— Nas raças em que todos se parecem muito no corpo, às vezes surge um homem que, olhando de-repente, assim, não parece nada com os outros. No entanto é parecidíssimo com os outros... Juarez Távora é muito grande, é um nortista em ponto grande, uma grande inteligência, moço... Uma vez escutei um boiadeiro falar que gente assim, pega andorinha...

— Você... Vamos ver se você adivinha: ele... faz discursos, dá entrevistas?...

Compreende-se a minha malvadeza. Mas o sábio secundou sem hesitar:

— Fala sim, fala muito bem, Juárez Távora!... Repare o nome. Repare o nome do dr. Getúlio Vargas: este vai fazer um bom governo. O nome dele está indicando. O nome faz que vai falar mas não fala. "Túlio" é comprido, com o "tu" bem batido, se tem a impressão que o homem levantou, todos estão escutando no "u" com muito respeito, mas ele vai e afirma "Vargas!", não é sopa não! Só o que tem de ruim no nome dele é que "túlio" escorrega um bocado, era preferível que fosse mais firme: "túdio" ou "tútio"... Mas enfim os senhores vão ter um bom governador.

— Deus o ouça! mas, e o outro?

— O outro é mais leal, não sei explicar bem na sua língua, mais franco. Juarez Távora, tudo em "a"! a gente percebe que conta tudo, com lealdade, tudo o que pensa.

— E o que não pensa?...

— Não seja ruim, moço. Tanto "a" no nome... às vezes, quem fala assim se explica mal... Sabe duma coisa? O sr., por exemplo, me desculpe, mas tenho a certeza que se chama Joaquim. Joaquim ou qualquer nome em "im". Conheci um índio muito hipócrita, dito e feito: chamava Serafim.

— Muito obrigado!

— O sr. me desculpe mas não é verdade mesmo que o sr. chama Joaquim?...

Percebi que ele estava me jogando no bicho, ansioso. Certifiquei-o:

— Está bom.

— Juarez Távora é um moço muito distinto, sei. Olhos grandes... muito pretos olhando com generosidade, é pena esse "ávora" tão comprido, sempre no fim, não sei, desagrada. Nada fica inteirinho direito. Generosidade um pouco maltratante... Não é verdade que os olhos dele são grandes e duros?

— Pois não é que são mesmo!

— São sim! são sim! a pele... a pele é assim bonita como... como daqui! (Afastava um bocado a camisa aberta sujíssima, mostrando a epiderme do coração, dum branco igual, evidente e duma inalterável inocência). É assim, muito clara, brilhante, almirante! Muito lisa, sem uma espinha...!

Senti que o Joaquim voltava na minha curiosidade. Perguntei rindo:

— Nem espinhas morais, intelectuais...

Ele respondeu mas na verdade não me respondia. Estava numa grande preocupação interior, de certo escarafunchando bem o nome pra resolver alguma pesquisa.

— Não! nenhuma espinha! quando muito... sim... de certo... quando muito já teve uma furunculose...

Mas era um sábio russo que ficara quase polaco por causa do Tratado de Versalhes. Nascera em Vilna mas na verdade considerava-se internacional. O nome dele, me esqueci de perguntar.

MÁRIO DE ANDRADE

Nota M.A.:

Correção à margem: no recorte: "Reparei o nome..."

DIÁRIO NACIONAL. Domingo, 1.º de fevereiro de 1931

SÃO PAULO DO BRASIL

Este artigo, de primeiro tive intenção de fazer caçoada pura, levar a coisa de pândega, bem-humoradamente, como no mesmo sentido já escrevi mais uns dois ou três, depois da Revolução. Chamava-se "Violento Artigo contra São Paulo", e fingindo de zangado em nome do Brasil, eu fingia insultar São Paulo por causa de todos os brasileiros estarem vindo para cá! Os fatos estão aí, todos sabem e nem vale a pena repetir. Se sabe que houve uma verdadeira azáfama, nem bem a Revolução venceu, toda a gente queria salvar São Paulo. Depois vieram fatos e fatos, o herói que pedia duzentos empregos em São Paulo pra premiar nordestinos revolucionários e que desejavam isso; a repartição em que depois das demissões quase que em massa já fazem duas semanas, tinham sido admitidos oito empregados de categoria, todos de outros Estados, etc. etc. até que enfim, ou mesmo foi antes, apareceu o célebre e tonto texto do sr. Juarez Távora, que da mesma forma demonstra uma vontade desesperada de vir pra São Paulo.

Isso aliás me lembra uma anedota de não se rir que me aconteceu numa das minhas viagens ao Norte do Brasil. Curioso, nessas viagens, com quanto brasileiro me acamaradei (fora os amigos de lá, está se vendo), sempre a conversa sobre os "paulistas orgulhosos" e desprezadores dos irmãos vinha no deque. À minha eterna resposta, exemplificando o contrário comigo mesmo, puxador de conversa inveterado, e que já ria pra toda a gente antes de nascer, vinha a frase sempre: — O senhor não é paulista! O senhor não tem nada de paulista!

Ora sebo! não tenho nada de paulista... tenho tudo! Está claro que não sou suficientemente idiota pra me satisfazer com a restrita entidade paulista que rasteja em mim porém isso não é nada porque eu me sinta um brasileiro mas de fato porque me sinto um homem do mundo e me quero assim na mais elevada concepção que posso dar a essas palavras. E quanto ao fenômeno de trabalhar do meu jeito pra especificar a nossa entidade mais nacional que racial de brasileiros, isso desde o princípio que tomei bem o cuidado de explicar: não se trata de nacionalismo, de patriotismo, de besteira, senão duma limitação necessária pra me tornar eficaz, me valorizar e sentir com isso gostoso prazer de si mesmo. O mais pândego é que tanto me falaram que eu não parecia paulista que acabei acreditando. E tive uma bruta de desilusão, um dia em que repetindo a bobagem, o meu amigo que mais intimamente me conhece, respondeu: — Chi, você é paulistíssimo! Reentrei em mim.

Bom, mas a anedota é que o hominho muito moreno, meio sarará, encostado na amurada, falava repetindo que nós paulistas éramos muito orgulhosos, que não olhávamos pra brasileiro, etc., etc. até que minha pachorra se lembrou de ter curiosidade, perguntei: — E o senhor, donde que é?

— EU! SOU SERGIPANO!!

Desencostou, os olhos afuzilaram de raiva patriótica, só escutando mesmo o entono com que o hominho era sergipano! Não dou razão pra ele não, apesar de bem saber o que é a delicadeza de certos sentimentos que não tenho. Não dou razão, como não dou razão nem pra francês de ser francês, que é a gente mais, não digo simpática, mas atraente deste mundo.

Pelas minhas viagens já bastante pormenorizadas por muitas partes do Brasil, é mesmo verdade que existe um sentimento geral contra São Paulo em Brasileiro. Esse sentimento não é tanto fruto da maneira paulista de ser, muitas vezes ofensivamente idiota, mas resultante do fatal e indispensável despeito de irmão mais pobre por irmão mais rico, se queixa do mesmo e não tem importância. Tanto mais não tem importância que diante de estranho, ou nos momentos agudos de validar a nacionalidade, o fenômeno, o exemplo de São Paulo está em primeiro lugar na boca de todos. E depois existe o pensamento-feito, simbolizado naquela frase dolente do aboio nordestino: "Vam'bora pro Sul!"...

Mas esta vinda de estaduanos pra São Paulo, de que eu pretendia caçoar, porque afinal de contas, no aproveitamento de empreguinhos a que se reduz agora, é ridícula e muito mesquinha, está realmente se tornando um problema importante. Quem que vem? Vem são as atividades moças, os que querem progredir a todo custo, os que querem enriquecer; vêm os médicos, os engenheiros, os jornalistas, os advogados. Isto é: Vêm os empreiteiros de aventura que começam médicos e acabam donos de fábricas de oleados, os advogados que acabam senadores estaduais pra nós: justamente os menos desejáveis porque indiscutivelmente o que nos falta não é nem advogado nem médico, nem negociante; é braços. Nem isso agora... Mas vêm aqueles e também é certo que fazem benefícios enormes pro Estado. São inumeráveis aí tudo pelo Interior as Gotas de Leite, as Santas Casas, as empresas disto e daquilo, dirigidas e até criadas por gente de outros Estados. É incontestável que São Paulo beneficia deles mais do que lhes paga, que é uma riquezinha relativa e meia candongueira, pouco proporcionadora de prazer ou de finalidade social.

Mas os outros Estados é que se despovoam dessas inteligências ativas, suficientemente libertas da consciência e do confessionário, pra se arriscarem na aventura e na improvisação. E cada vez o contraste aumenta mais. Porque contraste existe. Quando a gente lê as estatísticas, é possível que algum paulista manco sinta prazer, mas quem quer que seja brasileiro fica apavorado, uma empresa paulista que só em telegramas rende mais pra União que oito Estados... É mesmo pra horrorizar. Não caçoo mais não. É incontestável que uma distribuição assim errônea de gente só serve pra desequilibrar mais o despatriamento maluco do nosso país.

MÁRIO DE ANDRADE

DIÁRIO NACIONAL. Domingo, 8 de fevereiro de 1931

O ILUSTRE CONHECIDÍSSIMO

Nas manhãs sob-rosadas de Guanabara, quando as auras são mais brinconas e a velha Véi, a Sol, inda não foi obrigada pelas filhas a tirar fogo da barriga, Ele sai, solitário, banzando pelas praias a dar o seu passeio matinal. O vulto do homem grande abafa com negror a leviandade fútil da paisagem. De fato, Ele vem preocupado com seus férteis negócios e seu título. Mãos febris às costas, sobrecenho carregado, as rugas lucilantes bem vincadas, uma nuvem de grandeza a pousar-lhe no olhar.

Sai. E logo os primeiros transeuntes da manhã, os verduleiros com suas carrocinhas carregadas de hortas petropolitanas, os portugas das laranjas, a mulher dos ovos envolta no seu chaile, o pregoeiro das galinhas, as velhotas sirigaitas das sacristias, toda a clientela da manhã, assim que enxerga Ele passar, tomada de êxtases visíveis, sussurra, trêmula, saltita em mil sorrisos de alegria, entrecorrem-se todos na apressada promiscuidade dos segredos, trocando-se com os olhos e com os murmúrios da boca, a notícia universal:

— Sabem? aquele é o nosso Embaixador!

Mas Ele passa imperceptível na sua modéstia grandiosa, as rugas lucilantes bem vincadas, uma nuvem de grandeza a pousar-lhe no olhar. Nisso a brisa novidadeira, que mal desceu de Teresópolis, vem a passar por ali. Tem uma hesitação de encanto maravilhado e O reconhece. É Ele, é Ele! E a brisa vai na rapidez alípede em que se descobre, levando às campainhas álacres dos portões e dos ouvidos espetados da grama, a notícia alviçareira:

— Pois não sabem? aquele é o nosso Embaixador!!

E no eco diáfano das ondas, no coral das sereias e na concha vadia das campainhas senhoriais, a frase se repete em saudações suavíssimas:

— Sim! sim! É o nosso Embaixador!...

Mas Ele passa imperceptível na sua modéstia grandiosa, as rugas lucilantes bem vincadas, uma nuvem de grandeza a pousar-lhe no olhar. A brisa já está longe levando a sua notícia. A pol-

269

vadeira acordada se ergue em ouro só, como na cantiga de São
Benedito, e um grão dela, mais convicto, pousa no olho do ilustre e tudo quanto Ele vê está da cor de ouro da poeira. O grão-
zinho canta entusiasmado:

— O nosso Embaixador!

E a polvadeira em coro secunda:

— É ôro só!

O argueiro:

— A cabeça do Embaixadô!

— É ôro só!

— O nariz do Embaixadô!

— É ôro só!

— O queixinho do Embaixadô!

— É ôro só!

— A barriguinha do Embaixadô!

— É ôro só!

— O embiguinho do Embaixadô!

— É ôro só!

— Quá quá qui quá quá quá!

— É ôro só!

Sua Majestade quer sorrir com gratidão e solta uma estron-
dosa gargalhada portuguesa. É liberal, e pois que todos o conhecem, Ele fala com todos. Quer coroar o verduleiro que o aplaude,
pega-lhe na carrocinha e atira-a com toda a horta petropolitana
sobre o homem que morre nesse brinquedo de errupção. Depois
Ele faz uma brincadeira no piá que estende os bracinhos pra Ele,
erguido nos braços da mãe. Enfia-lhe o dedo no olho esquerdo e
deixa o piá agradecido, picego pra sempre.

E assim vai, distribuindo carícias e delicadezas no meio da
natura comovida. Tudo o indigita. As janelas das mansões praiei-
ras rutilam seus fulgores doirados num estardalhaço de glórias
que caem sobre o Embaixador. As palmeiras curvam seus tope-
tes garibaldinos e varrem o chão por onde Ele passa, enquanto
farfalham com fragor:

— É o nosso Embaixadô!

Os cais agitam-se e a ressaca entusiasmada faz coro com a
polvadeira:

— É ôro só!

Os automóveis fonfonam; os bondes badalam, até as longín-
quas fábricas, avisadas pelas brisas, apitam: "É o nosso Embaixador! É o nosso Embaixador!" "É ôro só! É ôro sô!" O tumulto ensurdece os estrondos do mar, tudo conclama, tudo guaia,

tudo conhece: "É o nosso Embaixador!" Um delírio pré-histórico retoma a natureza. E na ânsia de abraçar o Conhecidíssimo, os telhados das casa pincham sobre Ele, as palmeiras derrubam as folhas gigantes sobre Ele, e finalmente o Pão de Açúcar é um pulinho só e se escancha sobre Ele, sepultando pra sempre o Embaixador.

MÁRIO DE ANDRADE

DIÁRIO NACIONAL. Domingo, 15 de fevereiro de 1931

O TERNO ITINERÁRIO OU TRECHO
DE ANTOLOGIA

Saí desta morada que se chama O Coração Perdido e de repente não existi mais. Perdi meu ser. Não é a humildade que me faz falar assim, mas o que serei eu por entre os automóveis?... Só na outra esquina, feita a rua Margarida em que então não pensei, tive um bocado mais de gratidão pros meus pesares e me vi. Estava com dois embrulhos na mão.

Um era pro Conservatório, outro era pro Correio, e eles criaram em mim alguma decisão. Minha roupa cor-de-cinza riscava mal na tarde nublada e uma quase sensação da nudez me caceteou. Felizmente as auras vieram, batidas da várzea largada, me afagaram, me levaram pra outros mundos animais em que é bom viver.

O ônibus que tomei estava só e eu li sem querer um artigo em francês. A França me aporrinha porque sempre o que me sobra dela são umas letras grandes, com uns dois metros de altura mais ou menos, em que está escrito:

CONGO BELGE

Nunca pude saber donde me vem essa impressão. É muito velha em mim, anterior aos meus dias de infância, talvez... Em todo caso certamente anterior ao dia glorioso em que pela primeira vez li num livro de estudo "le père" e "la mère".

O ônibus corria pela rua das Palmeiras, e assim que as letras francesas se recusaram a me ilustrar, fixando-se em "Congo Belge", fechei os olhos pra não ler. Mas é desagradável andar de auto com os olhos vendados! Acorda a noção do perigo e não se ajusta mais o ser com a realidade. Abri de novo os olhos e fui vendo o que é viajar. Árvore, taboleta, casa, rua, e Nós, os fabulosos.

Na trajetória do ônibus que pela rua das Palmeiras se dirige prá cidade, há uma encruzilhada fecunda em que o destino deles se bifurca. Uns tomam pela rua Barão de Itapetininga, outros seguem prá rua de S. João, rumo da praça do Correio. Esse é sempre um momento feliz para mim. Quando vou chegando lá meu ser inteiro se apaixona, há coisa mais volúvel que automóvel!... É inútil a taboleta do ônibus indicar nitidamente pra onde vai, se praça do Patriarca ou do Correio. Ah, se o ônibus quisesse!... Jamais que ele quer, eu sei. Jamais que ele desejará durante a minha vida, e disso nascem meus melhores sofrimentos. Não afirmo, deseje que ele se dirija à praça do Patriarca não. Me transtornava a ternura itinerária, que, como todas as ternuras, só pode provir da certeza. Mas se o ônibus quisesse!... Todos os passageiros protestavam com enormes energias e raivas. Eu protestava também. O ônibus sabe disso e por aquela malvadez das coisas contra nós, jamais que nos permite protestar. A docilidade é a vingança das coisas inanimadas. Fico tristonho e sofro com volúpia ali.

Nisto eu pensava com lentidão majestosa quando o ônibus parou na praça do Correio. Saltei rapidamente dele, como a primavera. No geral, quando o auto está chegando no destino, tomo sempre as minhas precauções pra ser o primeiro a saltar, mas desta vez estava tão entregue a mim que até me assustou chegar. Daí a vivida impressão de primavera que senti. Agilizei-me em volições e uma elasticidade solar moveu-me o corpo. Fiquei tão agradável que quando reparei estava tomando café.

Como é amargamente dramática a reação do bom-senso! Uma comédia curta, me representava tomando aquele impensado café. Era eu, tomando café, a vítima. Era a muito mais lógica felicidade de primeiro me libertar dos embrulhos pra depois gozar melhormente a bebida, o vilão. E, do outro lado da cena, ainda e sempre a primavera, Ariel, Chico Antônio, Nosso Senhor, enfim, todo o desequilíbrio contra a vida.

Quando alguém não puder se vencer, disfarce lendo as taboletas. Mas eu juro que o que badala dentro de mim e chove em apoteoses são esses entes sem nexo da primavera, que só eles conseguem me fornecer uma paisagem de pureza. Tudo o mais é esta vida: jardim inglês, jardim francês e a palmeirinha. Dirfarcem, imbecis, leiam as taboletas!

Eu saudava os conhecidos se rindo pra mim, cedia passagem pras damas, tinha piedade dos pobres, recusava bondosamente os vespertinos que os jornaleiros me ofertavam, tomei um ar de impaciência bem humorada ante a leve nuvenzinha de poeira quando o grilo me fez parar. Passai, veículos da grande cidade anchietana!... Eu deixava passar os veículos, cedia espaço pras novas senhoras e octogenários, compreendia os desocupados e me sentia vaidoso desta nossa humanidade. Oh, como é suave registrar embrulhos no Correio! Todo esse ar apressadinho de trabalho, a irritação servil dos empregados-públicos, a fatalidade imponente da compra de selos... Os criados varrem o edifício. Várias pessoas escrevem cartas pros antípodas, os repórteres buscam avidamente os assuntos pra encher os jornais de azedume legível. Mas no meio daquela lufalufa prodigiosa a blusa azul-cocteau dum marinheiro! Felizmente havia doze embrulhos pra registrar antes do meu e fumei, divertidamente fumei, enquanto a consciência me afagava devagar, sussurrando-me no ouvido: "Homem de bem!"

Queria continuar desse jeito, contando em pormenor o que fiz, o que vivi e senti, porém a intenção de entrar pra uma antologia me prende as vastidões. Fiz o que tinha a fazer, saudei mais conhecidos, e duas horas passadas da partida, eis-me de novo aqui, no Coração Perdido.

MÁRIO DE ANDRADE

Notas da pesquisa:

1. Mário de Andrade morava à Rua Lopes Chaves, 546, esquina com a Rua Margarida, Barra Funda.
2. Crônica recolhida em *Os filhos da Candinha*, 1943.

DIÁRIO NACIONAL. Domingo, 22 de fevereiro de 1931

ISIDORO

Na manhã daquele dia nós saímos de casa, como já estava no costume, pra saber o que tinha sucedido desde a tardinha da véspera, e apesar das ameaças de bombardeio, os corações estavam cheios de confiança. Confiança no Isidoro? Nesse caso não era propriamente confiança no Isidoro não. Essa a tínhamos quotidianamente na presença das coisas urbanas que iam bem; e como era uma confiança quotidiana pouco nos ajudava. O que fortificava a gente no caso, gente rapaz divertido, era mesmo aquele palpite egoísta que se tem diante dum perigo que escolhe vítimas no amontoado coletivo: caso o bombardeio viesse as bombas haviam de cair... na casa dos outros.

Esse palpite aliás é o que explica a presença de virgens, por exemplo, nas nações que ofereciam sacrifícios de virgens aos deuses marinhos e cobras de rios...

Saímos, como ia dizendo, e logo foi engrossando a certeza de que não tinha mais revolucionário na cidade. Haviam partido no rumo dos trens. Bateu uma curiosidade esfomeada de ver a cidade como estava. Isso os homens de Paulicéia andavam de cá pra lá, nos bairros nunca visitados, parolando, colhendo lendas e fatos, parando junto aos paredões com manchas de sangue, junto à caeiras mortas dos incêndios, junto dos casarões desbeiçados e até junto dos conquistadores. Não havia propriamente confraternização. Eram militares desconhecidos que a gente reconhecia. Sem prazer mas com uma incontestável familiaridade.

Isso foi o dia todo, dia andejo. Anedotas, reconquista duma atualidade mais humana, mais universal, viagem de trem do menino que volta das férias, que tem muito pra contar mas ninguém que o escute. Veio a noite. Foi então que se teve certeza mesmo, em casa, vida nova pra começar no dia seguinte, se teve certeza que o Isidoro tinha ido-se embora. Foi uma revelação penosa, desajeitada, que dava uma espécie de desesperança de ser dentro da gente. Nós tínhamos ficado querendo bem o Isidoro. Era inútil a gente imaginar nos outros, alguns até mais visíveis, mais brilhantes, mais acessíveis à imaginação. Davam

275

entusiasmo, davam fogo de palha, mas nós tínhamos ficado querendo bem era o Isidoro.

Depois, muito natural, pouco a pouco a imaginação foi se fechando. Se ainda nessa noite toda a gente dormiu sob a presença dele, a saudade desajeitada não voltou no dia seguinte. Voltou no povo inculto isto é: estabeleceu-se no povo inculto uma espécie de divinização natural e histórica, o Isidoro era uma figura fácil de sebastianizar. Nos outros ele ficara apenas como uma vaguíssima fantasia agente que a subconsciência certamente seqüestrada pra que ela se tornasse mais fecunda: uma vontade danada de acabar com a política em dia.

Pros sebastianistas o Isidoro voltou. O Augusto me deu um bruto dum abraço em plena praça Antônio Prado: — Então sr. Mário, o Isidoro voltou ou não voltou!

Voltou... Mas não sei se era a ausência dalgum amigo que acertara mais fundo e, meu Deus! mais infecundamente; não sei se maior consciência dos homens brasileiros, se maior consciência do seu próprio destino, Isidoro Dias Lopes não renunciou aos privilégios sábios da sua invisibilidade. Voltou de corpo, nosso coração continuou querendo bem ele, (nosso, de paulistas, falo) mas ele se conservou numa ausência elevadíssima, cheia de fadiga e de impiedade. Da mesma forma com que se revoltara contra os vencidos, não quis permanecer na ordem dos vencedores. O procedimento dele é semelhante ao da sabedoria que torna sempre o homem fatigadíssimo da Terra, incapaz de rir ou de chorar. Ele possui essa insatisfatória impiedade que ultrapassa o heroísmo de agir e não permite à gente reduzirmos os possíveis grandes às proporções do nosso demérito geral. É uma figura que soube se conservar elevadíssima. Nós queremos bem ele com o coração que é só delícias e com aquela raiva sutil que faz parte do amor aos deuses. Não que o queiramos divinizar mas porque ele não há meios de... de se abrasileirar.

E por tudo isso Isidoro Dias Lopes merece a homenagem maior dos paulistas. Não se percebe bem se ele não quer cumprir com o resto do dever ou se já o cumpriu. Ele não caminha mais no meio das estradas. Não se o encontra nem na porta do Instituto do Café nem no escoadouro dos dinheiros estaduais. É como um som escutado que não vive mais em nosso ouvido mas que a gente sabe andar eternamente na trepidação do espaço. É eminentemente poético e eminentemente perigoso. O mutismo dele é como um grito imenso, terrível...

MÁRIO DE ANDRADE

DIÁRIO NACIONAL. Domingo, 1.º de março de 1931

CIDADES

Não pude falar a tempo sobre o livro de Urbanismo e Arquitetura que Le Corbusier publicou depois da viagem à América do Sul. Mas é um livro delicioso de poesia e conserva sempre essa contemporaneidade feliz das obras da ilusão. Esta frase faz parecer que não levo a sério as teorias do grande arquiteto nem a realidade das invenções que despertou nele a geografia da América. Nada mais errado. O que mesmo inda mais dignifica a grandiosidade poética desse livro é justamente esse acomodamento incomparável das deduções exatas, das verdades práticas, da lógica inflexível com as mais disparadas fantasias da imaginação. O que prejudica um bocado o valor lírico da obra de certos grandes escritores tais como Wells e Júlio Verne, é que a base de real de que eles se servem, é de ordem objetiva, descobertas científicas, máquinas inventadas, cujos dados eles transportam pra um plano por assim dizer, filosófico, pra tirar delas as ilações da fantasia. De forma que os balões dirigíveis, os submarinos e outros monstros, que de fato existem na realidade atual, quando percebidos nesses livros, permanecem fantásticos, pouco ou nada quase comoventes, devido a essa confusão básica de planos na dedução do artista. Ora Le Corbusier baseia todas as suas deduções num plano intelectual: é por causa da vida ser assim que a cidade tem de ser assado, é por causa do homem ser assim que a casa dele tem de ser assado. Por isso quando partindo desses princípios lógicos de ordem intelectual, ele tira as suas ilações imaginativas, São Paulo toda feita de viadutos habitáveis por debaixo, o Rio de Janeiro sem arranha-céus mas com arranha-terras formando um grande muro serpenteante na falda da serrania, tudo isso nos comove vivificadoramente. Não estamos mais num plano contemplativamente passivo da fantasia como nas obras no entanto bem mais realistas e realizáveis de Júlio Verne, estamos entrados diretamente no sonho, que pode ser um impossível mas é sonho sonhado, profundamente ativo, como esse em que a gente dá pinotes na cama, bufa, chora, esmurra espaços e acorda suado. Há uma percuciente realidade em todas as imaginações de Corbusier, uma verdade irremovível. É um impossível, é irrealizável, será tudo o que quiserem mas é dum lirismo profundamente real, profundamente a Terra e a vida.

Mas por tudo isso, estas *Précisions* e especialmente o *Corolário brasileiro* escapam singularmente à região em que as obras anteriores de Le Corbusier se situam. Não formam tanto um livro em que a gente aprende urbanismo e concepções modernas de arquitetura. Ou por outra: a gente continua aprendendo sempre, mas naquela região de experiência, extra-realista e magnificamente inverossímil, que são os sonhos, os ritos, as magias. A gente aprende a se ser mas desaprende a vida. De fato: este livro de Le Corbusier é mais feito pra afugentar os possíveis adeptos da sensibilidade moderna que pra convencer ninguém.

O que se deu com Le Corbusier não sei bem o que foi, mas navegando as nossas águas americanas, destas américas de que partiu e inda parte tanta inovação de vida social e sobretudo tanta invenção de maquinaria prática, aportando estas margens em que os nativos são presumivelmente homens novos e por isso desprendidos e audazes, enxergando os acidentes da nossa geografia pé-de-boi onde planura é planura mesmo e ponta de morro é dedo-de-deus e pão-de-açúcar decisivos, não sei, mas Le Corbusier foi tomado dum lirismo safado, capaz das maiores magnificências. Surgiu disso o *Corolário brasileiro* que é uma poesia estupenda. A metáfora se alastra e desenvolve, sem europeísmos, sem americanismos, esbarrondantemente voluptuosa, rica de gozos físicos e dolências açucaradas, oriental, orientalíssima, com todos os preconceitos, facilidades e prazeres que estamos acostumados a reunir dentro do qualificativo "asiático". O *Corolário brasileiro* é magnificamente asiático. Como invenção e como sensação que dá. Duma beleza gorda e irrealizável.

Mas, francamente, que tolice essa de imaginar que os homens americanos são novos e audazes... Pelo menos os homens sul-americanos. São uns pulhas isso sim. Basta ver esta nova Revolução que não modificou coisíssima nenhuma. Mas deixemos de tristezas grandes pois que não adiantam nada, com estes homens incapazes de grandes remédios. Me contento com as tristurinhas episódicas e cômicas. Enquanto Le Corbusier lançava no sonho as perspectivas maravilhosas dum muro formidável, inflexivelmente humano, barreando matematicamente o espinafrado carnaval da morraria carioca, a ciência nossa de perspectiva, pingava o bronze de Rui Barbosa no único verde inda bonito do Anhangabaú. Aquela pelusa era um verde bonito, sim. A perspectiva ia bem aberta, bem livre, subindo com onda até os terraços da esplanada. A primeira bestice foi plantar bem no meio dela um carvalho votivo. A comemoração já era intimamente boba, mas estragar a perspectiva era idiota. Imaginem só quando aquele carvalhão crescer... E agora pra coroar pingaram Rui Barbosa no local. Bolo de noiva. Cidade bolo de noiva. Mentalidade bolo de noiva. (Palavra feia).

MÁRIO DE ANDRADE

DIÁRIO NACIONAL. Domingo, 8 de março de 1931

MEU SECRETA

Nos parecidos tempos do Perrepismo, é mais ou menos sabido que a "nossa" casa viveu guardada por secretas, que são uma classe lírica de gente muito parecida com os vates e os vagabundos. É verdade que não estavam lá por causa minha, mas deixem escapar aquele "meu" do título, não só porque este assim fica mais eufônico como porque satisfaz um bocado a vaidade do escritor e lhe dá a doçura de ser alguma coisa. De resto, seja por tabela ou não, o caso é que eu estava guardado também, tomavam nota de mim, me seguiram na rua e mais inquietações dos parecidos tempos do Perrepismo.

Mas o que eu quero agora, antes que os secretas reprinciem a faina comigo, é celebrar aqueles penosos homens espiadores que lampiãozaram minha esquina e jamais não impediram que nós lá em casa fizéssemos tudo o que era preciso pra merecer prisão, bastilha e morte. Não me lembro bem deles mais... Um era baixote? outro sustentava bigodes? chapéus desabado, como fica bem a secretas?... Não há meios de lembrar. Possuíam todos essa insignificância doce das políticas locais. Doce e perigosa, está claro. Pode levar a gente pra correição, isso pode. Pode derramar as lágrimas das mulheres, o que é desolante. Mas a realidade dessas coisas continua a mesma: insignificante e doce, tudo fica tão individualista, tão mesquinho... É indiferente as rédeas do Governo estarem nesta ou naquela mão, quando não são as mãos propriamente a causa da ruindade da vida. A ruindade está nas rédeas do Governo. E quando a gente pensa que daqui a pouquinho, só mais uns cem anos, talvez menos, vem por aí a baixo uma guerra guassu, manja milhares de soldadinhos, dá um peteleco na Liga das Nações e afinal se acabam as nações... Estados Unidos deste Mundo. Capital? Qual será capital?...

Celebro o meu secreta. Eu gostava principalmente era daquela fatalidade macia com que andando ao longe, disfarçado na lufalufa das esquinas populosas, ele vinha na entre-sombra da boca da noite, pisar na minha esquina, como a Lua. Eu partia, todos partiam, ele ficava. Quando altas horas, eu voltava da

279

noite, o meu secreta estava ali. Às vezes aquilo me dava uma raivinha de calo, passava bem rente dele, encarando. Ele tocava no chapéu, como a Lua. Meu quarto era na esquina mesmo, janelas sempre de vidro aberto. Pouco a pouco eu percebia saindo do silêncio, o bengalão pausado de guarda-noturno. O bengalão vinha pausado até a esquina, parava aí. De repente dava três pancadinhas impacientes. De repente dava uma bem forte, com ódio. O bengalão estava dizendo: "Olha, seu secreta duma figa, se você fizer alguma coisa pra essa gente que eu guardo, você apanha, heim!" E ficava ali um tempão. De vez em quando lá vinham as pancadinhas na calçada pra avisar o secreta que bengalão bate em gente. Era incontestável que o guarda-noturno tinha ciúmes do secreta. Uma feita, quando cheguei em casa, lá estava o secreta na esquina e o guarda vinha vindo. Isso ele apressou a andadura portuguesa, veio ficar rente de mim pra que eu entrasse sem desgraça. Nesse dia então foi uma barulheira danada de bengalão na calçada. Tive que esperar o sono, ao acalento desse maracatu confortante. Mas tempos depois secreta e guarda ficaram amigos. Passavam a vasta noite conversando, senvergonhamente ali mesmo na minha esquina. Não lhes achei mais graça nenhuma, tinham virado gente.

Quando chegou enfim a Revolução o secreta se valorizou de novo. E agora com mais objetividade. Deu pra parar caminhão em minha porta, justamente quando! O secreta era obrigado a vir saber o que era aquele peru engradado e os meus novos armários de livros, "por ordem do dr. Laudelino, desculpasse". Era mesmo um peru e eram armários de livros. Mas aquela espera dos diabos, parente preso, Itararé insolúvel, Getúlio, Getúlio, foi ficando irrespirável. Uma psicologia de estraçalho grunhia por dentro, como se valesse a pena! Não podia sair de-noite. De-dia era seguido. Amargura pelos possíveis amigos que não tinham nem coragem mais pra me telefonar, auxiliando minha solidão com ao menos a voz conhecida que sempre ampara também... Enfim uma psicologia de estraçalho, de acabar com aquilo duma vez. Ora eis que vou despedir uma visita de família e o secreta diz-que postado bem no portão espiando pra dentro. Fiquei fulo. Só fiz foi pegar no chapéu e sair olhando pro homem. Ele deu de andar pelo quarteirão da minha casa, muito lento, seguro de si. Fiquei parado, olhando pro vulto que lá ia. Ele foi, foi lento e quando chegou lá na outra esquina, virou. Mas depois vi a cabecinha dele espiando pra cá! Tornei a ficar com raiva e me dirigi vem valiente pra lá. Fui rápido, quase correndo, porque estava decidido a não sei o que. Era incontestável que eu estava decidido mas era também incontestável que não sabia absolutamente a que estava decidido. Quando cheguei lá na esquina o homem já ia lá embaixo quase no fim do quarteirão, andando também já numa certa pressinha. Olhava muito pra trás e nem bem me viu apressou instintivamente o passo. Nisso viu que me dirigia pra ele, virou a esquina de novo e quando cheguei lá nessa nova esquina, que secreta nem nada! Já tinha virado de certo novas e mais esquinas, tinha partido por esse mundo, estava fazendo o circuito de Itapecerica, alugando pensão em Jacareí, não sei, não estava mais. Medo de mim não podia ser, está claro. Era, sem ele querer, uma espécie de malvadeza prudente de usar paliativos em vez de resolver duma vez o problema do café. Era brasil. Quando cheguei em casa estava desfatigado e pude esperar... até agora. E inda posso aliás esperar mais um bocadinho. Tenho uma incapacidade enorme pra me preocupar com políticas nacionais... Depois pra que, se mais dia menos dia, depois da formidável guerra, vem mesmo os Estados Unidos deste Mundo!

MÁRIO DE ANDRADE

Nota da pesquisa:

A crônica reaparece em *Os filhos da Candinha*, 1943.

DIÁRIO NACIONAL. Domingo, 15 de março de 1931

JUVENAL GALENO

Juvenal Galeno formou um tipo de poeta de que sempre causa uma certa desconfiança tratar... Dentre os que buscaram a fonte de inspiração no popularesco, é talvez o que mais se identificou intimamente com, não só a vida do povo, mas os próprios processos da poesia popular e vem d'aí uma desarmonia profunda, em toda a obra dele, um ar de falsificação que, por exemplo, a poesia dum Catulo Cearense não tem. Não tem porque é falsificação franca, como qualquer arte individualista. Quando a gente lê aquelas páginas açucaradas e sonoras com que José de Alencar pretendeu imitar, (nem sei se pretendeu mesmo!...) imitar a linguagem dos índios, a criação, muito embora inspirada em processos anteriores, nos dá uma medida dos valores e caracteres de José de Alencar. Acho tola qualquer crítica que se faça a ele, mostrando que não é dessa forma que os índios falam. Isso não tem importância nenhuma, porque se trata de índios... de José de Alencar.

O mesmo se dá no geral com os nossos poetas de inspiração popularesca. Pouco me amolo de pensar se eles tiveram ou não intenção de refletir a maneira de ser e os processos de poetar do povo porque é sabido que na maioria das vezes o artista quer fazer uma coisa e faz outra: a verdade é que o que um Joaquim Serra, um Catulo Cearense realizam não é, nem de nenhuma maneira se podem comparar com a poesia popular. É arte, arte da mais livre, tão esteticamente livre como qualquer Parnasianismo. O que eles tiram do povo é apenas o elemento de curiosidade, de prazer. Na verdade eles estão fazendo arte contra o povo, arte burguesa em que os elementos populares se tornam motivos de divertimento e não de comoção. Enfim: o popularesco de que eles se servem é um exotismo romântico, laço de fita, enfeite para uma obra-de-arte visceralmente individualista e que como individualista pode ser magnífica. E este é de fato o caso de Catulo Cearense que nos seus primeiros livros chegou a ser magnífico.

Juvenal Galeno é um caso inteiramente diverso. Ele pretendeu conscientemente imitar a poesia do povo e de fato refletiu o povo nordestino até na sua maneira de poetar, com uma integridade

282

muito honesta. O que ele possuía, acima do geral do povo pelo menos, era uma dose de erudição tanto mais falsificadora que muito pequena. Ora o que importava muito saber era se Juvenal Galeno era capaz de fazer poesia que fosse individualista, que fosse arte erudita, da mesma forma com que "Terra caída" e o "Marroeiro", de Catulo, são pura e simplesmente arte erudita. Nisso é que está o busilis e minha opinião é que Juvenal Galeno era incapaz dessa arte individualista. Era visceralmente um cantador, um "coqueiro", um sambista. De maneira que a pequena erudição que conseguiu, sem lhe tirar a sua maneira popular de ser e poetar, o despaisou enormemente. Nos momentos em que fugiu aos metros populares, como sucede quase sempre nos versos patrióticos que certos homens e principalmente a Guerra do Paraguai provocaram nele, inda se conserva o mesmo "gente do povo" desvirtuada pelo cacoete urbano. Não ultrapassa de maneira nenhuma os inúmeros versos gênero do hino a João Pessoa que andam por aí. E no mais, muito embora desprovido daquele pernosticismo deliciosamente irritante dos cantadores alfabetizados da literatura de cordel, que enumeram as partes da gramática, os países da Ásia e suas capitais e coisas assim, Juvenal Galeno tem com eles um parentesco irremovível e os evoca sempre. Ora esse era justamente o pior dos parentescos, tanto sob o ponto-de-vista da poesia como quanto ao povo. O volumão das *Lendas e canções populares* com suas seiscentas páginas é perfeita literatura de cordel a que, infelizmente, se desbastou do que ela tem de melhor, o pitoresco e a ingenuidade.

Por tudo isso compreende-se que tenha conseguido uns juízos agradáveis de portugas que curioseavam a nossa maneira já nacional de ser, e de Machado de Assis tenha apenas uma palavra de paciência, por sinal que bem ríspida. No caso, os portugueses estavam em estado de o compreender melhor que o nosso aristocratiquíssimo mulato, a quem qualquer erro contra a gramática portuga havia de ferir como desleixo familiar. Ora Juvenal Galeno até chega a empregar "sube" por "soube", que eu tinha a ingenuidade de imaginar... coragem de que me cabia a primazia, porventura temporã...

Mas nem por isso tudo Juvenal Galeno deixou de escrever algumas bonitas poesias. O "Cajueiro pequenino" elaborado com desenvolvimento da quadra popular conhecida, ficou célebre. Dentre as coisas bonitas dele é das que menos aprecio. Aliás essa maneira de entretecer variações sobre alguma quadra popular, que foi muito do gênero de Juvenal Galeno, deu razão a uma cousa engraçada: que se atribuísse ao poeta cearense algumas quadras populares de que ele apenas se servira como elemento de inspiração. É o caso por exemplo daquela admirável quadrinha:

"— Minha jangada de vela,
Que vento queres levar?

> — De dia vento de terra,
> De noite vento do mar."

que ele mesmo confessa no Prefácio do livro, ter tirado da poesia anônima. Foi verdadeiramente o mais "povo" dos nossos poetas capazes de escrever. Ausência de metáfora e de qualquer enfeite, a corriqueirice permanente, o assunto do dia. Mas não teve do povo o que não é dado a uma vida humana ter, aquela paciência do tempo acumulado que aprofunda e sintetiza as verdades. Juvenal Galeno pôde desenvolver a quadra acima, porém jamais não poderia tê-la escrito, porque, a não ser pros gênios, a erudição, pequena ou grande, pode sempre dar a contemplação das coisas, mas raramente tamanha experiência delas. Digo mais: quanto mais poder de contemplação a erudição nos dá, mais nos tira a experiência...

MÁRIO DE ANDRADE

DIÁRIO NACIONAL.   Domingo, 22 de março de 1931

ÁLVARES DE AZEVEDO — I

Com o centenário do nascimento de Álvares de Azevedo, que se comemora este ano, creio que chegará o tempo afinal de se levantar um bocado a figura desse "infeliz jovem", a que nunca se dedicou no Brasil uma atenção fecunda. Bilac que era um artífice impressionante pregou sempre Gonçalves Dias e contribuiu pra sustentar durante algum tempo a permanência do grande maranhense em nós. Mas de repente lembraram-se de exaltar Castro Alves, talvez sinal dos tempos, porque de fato, sob o ponto-de-vista social, Castro Alves é dentre os grandes nomes do nosso Romantismo o que interessa mais. Porém o grimparam a alturas excessivas que ele, como artista, e mesmo simplesmente como natureza criadora, não merece. No meio dessas correntes, se deixava de parte os românticos mais... cacetes, e no meio deles desapareceu Álvares de Azevedo que incontestavelmente é cacetíssimo.

Essa própria circunstância de serem Álvares de Azevedo, Fagundes Varela e mesmo Casimiro de Abreu, poeta cuja característica é serem de leitura fatigante, vem estragar de muito essa noção adquirida (e que julgo falsa), do nosso Romantismo ser um fenômeno de imitação. Na verdade a crítica literária brasileira, sem exceção de ninguém, nem mesmo entre os vivos, tem sido sempre uma coisa grosseira, sem nenhuma delicadeza de compreensão, e principalmente sem sutileza absolutamente nenhuma. Se às vezes se poderá ter de certos críticos nossos a impressão de que fazem um esforço para organizar sínteses gerais do que tem sido a nossa vida espiritual, essa impressão é na verdade falsa, e o que nós tomamos por esforço de síntese não passa duma incapacidade prodigiosa de compreensão e falta de liberdade. Os nossos críticos procedem sempre nas suas generalizações apressadas e grosseiras "em função da cultura européia". Na verdade eles são insanáveis europeus, viajantes de nossa terra e gente, turistas da nossa manifestação, e, o que é pior, turistas caceteados, turistas por obrigação, sem nenhum prazer e sem nenhum amor. É natural que vejam cobras na avenida Rio Branco. Não pode haver crítica clarividente sem amor. A paixão só se manifestou realmente em dois críticos brasileiros. Mas um era uma alma odienta, Sílvio

Romero; o outro é uma alma sectária, Tristão de Athayde. Mas por isso mesmo são os únicos que interessam, que vivem, que foram capazes de descobrir alguma coisa, embora também toscos e generalizadores em excesso. São os únicos que valem. Mas a paixão amor, o desejo de união, de fusão, de integração, o carinho paciente e fogoso de realizar uma espécie de sacramento da Comunhão, entre o artista e a gente, enfim AMOR que toda a gente sabe o que é e não se define, isso jamais que existiu na crítica nacional.

Em geral o Romantismo brasileiro não foi um fenômeno de imitação. O simples fato de ter sido manifestação inicialmente importada, é dum puerilismo frouxo. Jamais uma coisa importada vinga que não tenha uma razão essencial de ser, uma eficiência nacional, nos países importadores. Que mundo de processo e de invenções artísticas nós importamos da Europa e que não encontram eco, não vingam entre nós. O caso do Simbolismo é típico, que já inicialmente desvirtuado, transformado pelos imitadores que o importaram aqui, mesmo assim não conseguiu repercussão nenhuma na vida nacional. Por outro lado o Parnasianismo que repercutiu em muitos países do mundo, em nenhum se tornou uma expressão de vida nacional propriamente, a não ser no Brasil, onde chegou a ser mais realista que o rei. O Parnasianismo é um fenômeno brasileiro, muito mais que francês. Há que buscar pois as causas da nossa entidade que levaram o parnasianismo a se tornar assim inerente, de dentro pra fora, centrífugo e não centrípeto da espiritualidade brasileira.

Todas as diversas maneiras de ser romântico, inventadas por europeus, ecoaram no Brasil. Mas no geral se tornaram manifestações individuais, como o condoreirismo bestialógico de Castro Alves. São portanto fenômenos de imitação que, bem digeridos (é o caso de Castro Alves) ou não, podem ser aceitos como reflexos. Mas isso não nos permite generalizar nada. Porque será fazer-se tosco e não sintético. Pelo contrário, o que especifica mais o nosso Romantismo, é a sua extrema necessidade racial, o nosso individualismo incontestável, a flagrante contrariedade entre a nossa entidade geográfica e étnica e a civilização falsa (porque importada) em que nos debatemos. Esta última razão, se manifesta especificamente em Álvares de Azevedo, que, muito mais ainda que Nabuco, foi um ser que viveu de corpo no Brasil, e de espírito na Europa. Em Nabuco esse dualismo foi apenas uma indiscrição sentimental de indivíduo despaisado pela cultura. O esboço de cultura forte, apesar de bêbeda, que se percebe nas obras de Álvares de Azevedo, não o despaísa absolutamente. Antes despaísa as invenções que ele localiza na Europa, como aquele caso engraçado de falar em sertanejos na Itália, se não me engano no segundo ato de *Macário*. Álvares de Azevedo não era um despaisado. Pelo contrário, é difícil a gente encontrar um escritor nacional em que o Brasil funcione mais "necessariamente" do que nele. Tão nacional que com espaço de sessenta anos quase, chegou a ser regional (e muito mais e essencialmente regional), por aquela maneira sutil com que reflete o aristocracismo paulista de que o Perrepê foi a desastrada conclusão. Álvares de Azevedo foi o único ser aristocrático da nossa poesia romântica. Não apenas pela elegância da displicência e do "spleen", tão fundamentais em toda a obra dele, como pela ignorância do índio e pelo desprezo ao negro. O negro pra ele é apenas um animal desprezado, o escravo e o cachorro, andam sempre unidos na obra dele (*Obras Completas*, Garnier, III, p. 376 e p. 393). O único negro que ele descreve está pintado num quadro de parede (II, 169): "um preto beberrão sobre uma pipa" que "aos grossos beiços garrafa aperta". Ora, sejamos francos, no movimento de libertação dos escravos, S. Paulo conservou-se muito espectador. Pelo menos na parte oratória do movimento, acessível aos nortistas.

MÁRIO DE ANDRADE

DIÁRIO NACIONAL. Domingo, 29 de março de 1931

ÁLVARES DE AZEVEDO — II

Continuo comentando as impressões que me levam a imaginar que o nosso Romantismo não foi um fenômeno de imitação, muito embora, naturalmente, tenha tido como elemento propulsor o movimento idêntico europeu.

Eu falava que uma das provas da minha afirmativa era serem os nossos românticos excessivamente cacetes. E como pretendo apenas exemplificar com os maiores nomes do movimento, que são os que conheço regularmente, disse que, Álvares de Azevedo, Varela, e o próprio Casimiro de Abreu, eram cacetíssimos. Essa fadiga que dão, não é a mesma que nos veste lendo Shelley, por exemplo, e os românticos ingleses, ou mesmo poetas ingleses no geral. Estes, provenientes duma cultura muitíssimo maior que a nossa e duma organização espiritual muito mais lógica, muito mais "fatal", são cacetes... porque não são apenas divertidos. Quero dizer: junto ao lirismo maravilhoso, tão alado que é próprio e quase exclusivo da gente inglesa, cada um deles representa uma organização espiritual inconfundível, e que por isso mesmo é completa em si. Cada um tem por assim dizer, um sistema filosófico, uma noção explicativa do mundo, que se desdobra, se desmembra, se enrosca pelas poesias a fora, e que torna os poetas ingleses menos aprazíveis porém mais essenciais. O processo de ajardinamento da poesia brasileira é por arbustos. Cada poema poderá corresponder a um manacá, a uma azaléia. O ajardinamento da poesia inglesa é por trepadeira em que cada floração magnífica de jasmineiros ou de alamandas, tem uma pérgola, um esteio de qualquer casta que sustenta as plantas por debaixo e conforma decisiva e individualistamente a floração. A precisão de descobrir a forma desses esteios pra ter a compreensão integral dum lírico inglês, torna estes fatigantes, menos dadores de espetáculo e muito mais profundos, que por exemplo a fragílima e tão exterior poesia francesa.

A caceteação dos românticos brasileiros tem outra origem. Vem do extremo monocronismo que plantou nosso jardim com milietas de manacás, esquecido que havia outros arbustos florais. São poetas que possuem um número diminutíssimo de sentimentos. Isso o próprio Gonçalves Dias e até mesmo Castro Alves. Não possuem nenhuma riqueza interior. Muitos porém pela própria leitura muita, como é bem o caso de Álvares de Azevedo, poderiam variar essa indigência interior, pela imitação das muitas modalidades por que cada sentimento se transforma individualistamente não só de poeta pra poeta europeu, como se transforma ainda dentro de cada poeta. Basta a gente examinar Musset, por exemplo, tão variegado na sua poesia apesar de apenas possuidor de poucas cordas no coração e caraminholas na cabeça. Mas é que a libertação romântica representava pros nossos poetas uma libertação essencial da lição, da importação geral e das próprias estéticas européias. Era uma espécie de finalidade fatal, que eles mesmos viriam a criar de qualquer forma e qualquer aspecto, mesmo sem o botão de engate que abriu passagem pra estes lados do Atlântico, da corrente surgida anteriormente na Europa. Impressionou a gente o nuísmo, a despidez, o acento inenarrável de sinceridade que está em nossos românticos. São poetas, são poesias que a bem dizer não têm causas exteriores, não têm explicações históricas: são uma fatalidade.

Em Álvares de Azevedo isso é característico, talvez como em nenhum outro. Poeta dotado duma leitura quase decorada dos românticos europeus, procurando imitá-los, buscando macaqueá-los, numa sujeição espiritual amorosíssima e impressionante, a imitação propriamente se limitou nele a berrar de minuto a minuto nas obras os nomes dos que supunha imitar, e a reproduzir deles os parvos entrechos dramáticos dos poemas e a idealização da praias do Mediterrâneo. Quer dizer: tudo falso, tudo indiferente à verdadeira entidade de Álvares de Azevedo, nada essencial nele, nada característico, nada virtual.

A imitação sempre enriqueceu o verdadeiro criador. A imitação revela que no criador há um artífice esplêndido. A imitação (sempre no verdadeiro criador) é um sinal de classicismo, de personalidade perfeitamente equilibrada e consciente. Essa foi a imitação de Castro Alves, por isso mesmo o mais aprazível, o criador de coisas mais agradavelmente artísticas dentre os nossos românticos e o mais variegado deles. Em Gonçalves Dias, palavra de honra que não entendo bem porque se deverá lembrar o nome de Chateaubriand, quando havia prata da casa, que vinha de Minas. Aliás ignoro as obras indianistas de Chateaubriand e passo muito bem sem elas; mas seria interessante fazer um estudo da concepção literária do índio em Gonçalves Dias, em Chateaubriand, em Basílio da Gama, para saber por dados objetivos de criação, a quem o primeiro dos três se reverte. Só que isso não é estudo pra mim que não tendo lido a tempo as obras indianistas de Chateaubriand, agora é certo que não faço isso mais.

Assim, por dois lados, o monocronismo, a ausência de arte, imagino que teríamos aqui um Romantismo (pouco importa a maneira com que se manifestou) mesmo se o estado histórico da Europa não tivesse criado lá o que teve esse nome de Romantismo. O monocronismo se manifesta mesmo por um lado curioso que creio inda ninguém observou: a falta de sentimento da natureza. Falam nela e alguns bastante, sei bem. Mas são incapazes de a sentir e a transmitir. Fazem oleogravuras da mais detestável fixidez, sem terra, sem cheiro, sem nada, principalmente o dulcíssimo Varela, cujas paisagens são sempre duma sonoridade magnífica de linguagem, mas incapazes de nos contagiar. Álvares de Azevedo tem aqueles trechos deliciosos do *Macário* em que descreve o Alto-da-Serra e a chegada em São Paulo. Varela, que apesar de tudo foi o mais paisagista dos românticos (o que não quer dizer propriamente ter sentimento da natureza), deixou também do Alto-da-Serra uma descrição comovente no *Diário de Lázaro*. Mas é comovente... para quem conhece o Alto-da-Serra. É o aprazível sentimental de reconhecer ou descobrir, que leva a gente a comover-se diante dessas descrições. Aos outros isso não passará de literatura.

MÁRIO DE ANDRADE

DIÁRIO NACIONAL. Domingo, 12 de abril de 1931

MOSQUEIRO

No Brasil a ausência de poetas satíricos é enorme. E grande pena. Porque de certo uma das coisas mais merecedoras de sátira é isto aqui; sátira literária, falo, porque também pode fazer o... outro lado da sátira: o suicídio... Entre os nossos satíricos o maior ou pelo menos o mais nascido, é mesmo Gregório de Matos que finalmente se pode ler inteirinho na edição que a Academia fez dele.

Uma coisa curiosa nele, é que, detestando tanto a Bahia do seu tempo, sempre sentisse uma indignação revoltada contra os estranhos que acorriam de todas os partes pra sugar os benefícios da cidade dos baianos. Uma das melhores peças de Gregório de Matos chega a se intitular claramente: "Descreve o poeta, racional e verdadeiramente queixoso, os extravagantes meios com que os estranhos dominam indignamente sobre os naturais na sua pátria". Começa assim:

"Senhora Dona Bahia,
Nobre e opulenta cidade,
Madrasta dos naturais
E dos estrangeiros madre."

É uma obra grande, em qualquer sentido grande, e a ela mando o leitor se quiser se confortar das amarguras que sofreram os naturais da Bahia (Obras de G. de Matos, v. IV, p. 118). Noutro poema, dedicado "A gente da Bahia", constata:

"A terra é para os bizarros
Que vem da sua terrinha
Com mais gorda camisinha
Que um traquete." (vol. cit. p. 103)

Os estranhos, cavando postos, lhe dão indignações furiosas, que sintetizou tão bem na sátira a Manuel Marques de Azevedo, "natural das Ilhas e que havia sido espadeiro" e que cavara um empreguinho lucrativo

"Há coisa como ver o Sú Mandu
Mui prezado de ser tabelião?
Nas Ilhas descendente dum vilão;
E cá feito um monarca do Pegu?"

E indaga furibundo:

"Mas, que sendo inda há pouco espadeirote,
Queira ter, sendo bruto, um grão talento?" (vol. cit. p. 75)

E diante de fenômenos assim, era mesmo natural que parodiasse o "Fermoso Tejo meu...", naquele soneto que abre com a quadra amarguenta:

"Triste Bahia! oh quam dissemelhante
Estás e estou do nosso antigo estado;
Pobre te vejo a ti, tu a mim empenhado,
Rica te vi eu já, tu a mim abundante." (vol. cit. p. 45)

E noutro poema igualmente admirável (vol. cit. p. 184), a "triste Bahia" diz aos estranhos a quem dera entrada, "tratando-os como a filhos", porque eles a transformaram tanto:

"Eu me lembro que algum tempo,
Isto foi no meu princípio,
A semente que me davam
Era boa e de bom trigo.

Por cuja causa meus campos
Produziam pomos lindos,
De que ainda se conservam
Alguns remotos indícios.

Mas depois que vós viestes
Carregados, como ouriços,
De sementes invejosas
E legumes de maus vícios;

Logo declinei convosco,
E tal volta tenho tido,
Que o que produzia rosas,
Hoje só produz espinhos."

Então, nos epigramas admiráveis do "Juízo anatômico" (vol. cit. p. 261) enumera rosas e espinhos assim:

"Que falta nesta cidade?... Verdade.
Que mais, por sua desonra?... Honra.
Falta mais que se lhe ponha?... Vergonha.

O demo a viver se exponha,
Por mais que a fama a exalta,
Numa cidade onde falta
Verdade, honra e vergonha."

Esta idéia final, é constante no Poeta. Noutra sátira já perguntara ao "homem honra" por que não ia-se embora pra alguma nação de bárbaros, em vez de ficar naquele velhacouto de aproveitadores, que era a Bahia de então (vol. cit. p. 104). Porém na verdade

"Os brasileiros são bestas
E estarão a trabalhar
Toda a vida por manterem
Maganos de Portugal."

A situação da Bahia era de fato desesperante. Sombrio, prevendo um futuro inda mais trágico, noutro soneto admirável, dedicado ainda à cidade natal, que amava e queria proteger, profetiza (Vol. V p. 9):

"Tristes sucessos, casos lastimosos,
Desgraças nunca vistas nem faladas,
São, oh Bahia! vésperas choradas
De outros que estão por vir mais estranhosos;

Sentimo-nos confusos e teimosos,
Pois não damos remédio às já passadas,
Nem prevemos tão pouco as esperadas,
Como que estamos delas desejosos."

Mas se os bahianos já estão tão pouco capazes de reagir:

"É que, quem o dinheiro nos arranca,
Nos arrancam as mãos, a língua, os olhos."

E afinal, noutra sátira dolorosíssima, profetiza prá Bahia a perda da sua grandeza, como de fato aconteceu:

"O açúcar já se acabou?... Baixou.
E o dinheiro se extinguiu?... Subiu.
Logo, já convalesceu?... Morreu.
À Bahia aconteceu
O que a um doente acontece;
Cai na cama e o mal cresce,
Baixou, subiu e morreu."

Profecia que está no volume quarto, página duzentos e sessenta e quatro.

MÁRIO DE ANDRADE

DIÁRIO NACIONAL. Domingo, 19 de abril de 1931

MOSQUEIRO N.º 2

Na semana passada eu estive recordando um bocado a ausência de poetas satíricos no Brasil, e essa recordação me levou naturalmente ao maior deles, Gregório de Matos. E creio que mais ou menos mostrei com alguma eficácia um traço impressionante da obra dele: o desejo lógico de que a Bahia pertencesse aos baianos.

Preocupações sociais políticas desse gênero são raras aqui. Nossos poetas na infinidade dos casos não têm preocupações sociais. Por exemplo Gonçalves Dias. Muito embora com uma vida tão funcionalmente nacional, o grande maranhense, viveu uma poesia sozinha. São raríssimos os momentos em que socializou um bocado mais na inspiração; e mesmo o tema dos índios que poderá parecer uma socialização da obra dele, nada mais é na verdade que um gratuito entusiasmo romântico.

Aliás estava me referindo a satíricos, e Gonçalves Dias o que menos é, é um satírico. Quando por acaso um fenômeno brasileiro o preocupava, ele o convertia a drama, em vez de o castigar com risada que bem fazia Gregório de Matos. E veio disso, quando animado duma verdadeira função social, o ar de profecia que tomava então o cantor de Itajuba. Tanto mexeu com os costumes dos brasis que virou piaga legítimo. Quando o Brasil lhe surge na mente, mexe o maracá sonoroso dos seus versos ímpares ou da sua prosa limpa, e se mete profetizando.

Uma das obras mais ignoradas de Gonçalves Dias e, certamente das mais belas como estilo é a *Meditação,* que está nas obras póstumas. Um velho profetiza os males do Brasil e lhes aponta as causas enquanto um moço, com essa leviandade natural dos jovens e das secretarias de palácio, busca tapar o sol com a peneira das grandiosidades eloqüentes. Em vão porque o velhote sabe as coisas direitinho mesmo, como naquele passo profético em que afirma dos brasileiros:

"E os vossos homens de Estado estribam-se nas revoluções como num ponto de apoio; e como as salamandras, eles querem

294

viver no elemento que a todos asfixia" (ed. Garnier; p. 88). — Compreende-se qual é nesse passo o pensamento de Gonçalves Dias. Ele ataca o ridículo ou a esperteza dos que transformam o estado de revolução, que é um simples estado por assim dizer físico de coisas, passageiro e intrinsecamente objetivo, tiro, bomba, queda de Governo e expulsão, ele impugna os que transformam isso numa espécie de ideologia, numa espécie de critério de governar. Não é possível maior bobagem, pensa Gonçalves Dias. E d"aí afirmar que "os que se estribam nas revoluções" pretendem viver num elemento que asfixia a liberdade humana.

E é por isso que quando o velhote sábio passa em revista os povos que se fizeram dignos do nome de grandes, explica-os em relação ao Brasil:

"Passaram todos da idade da força à idade da razão; do reinado das armas ao reinado da inteligência, para depois adormecerem sobre o fruto dos seus trabalhos, como o vindimador junto aos cestos que ele mesmo enchera de apetitosos cachos".

"Não assim vós, que sois uma anomalia na ordem social, como o que nasce adulto com os vícios e as fraquezas da idade provecta, e com o ceticismo do homem pervertido".

"E não tereis vós de retroceder pelo mesmo caminho, por onde agora divagais — ou vos lançou Deus sobre a Terra para que servísseis de lição ao porvir e de escarmento às gerações futuras!" (Ps. 16 e 17).

Pra Gonçalves Dias, embora amigo do Imperador, o Brasil ia nitidamente mal. Lhe prevê um péssimo futuro, porque "todo povo vanglorioso e impávido", cujos homens de Estado não fazem "um momento qualquer rematado por algum pensamento útil ou grande", "todo povo vanglorioso e impávido não pode durar muito" (p. 43).

"Vós vos lançastes no caminho da vida, tão loucos como o corcel generoso, em cujos ouvidos mãos de gênio maléfico houvessem derramado o azougue inquieto" (p. 42);

"E não pelejais pelo amor do progresso, como vangloriosamente ostentais. Pelejais sim por amor de alguns homens, porque a vossa política não é de ideais, porém de cousas. Pelejais porque a vossa política está nestas duas palavras: egoísmo e loucura" (p. 88).

É o nosso piaga, amaldiçoando o Brasil defraudado pelos próprios brasileiros que nem sabem ficar quietos no lugar onde nascem. Estou lembrando o próprio Canto do Piaga:

"Nossas terras demanda, fareja
Esse monstro... — o que vem cá buscar?

Não sabeis o que o monstro procura?
Não sabeis a que vem, o que quer?..."

E aí Gonçalves Dias, como piaga, sossobra romanticamente. Diz que os monstros vêm matar nossos bravos guerreiros, coisa discutibilíssima, e vêm mais pra nos roubar filha e mulher. Não. No geral os monstros já vêm casados. O que eles querem é aquele mesmo Oiro, que o piaga cantou numa das Visões, o oiro... "regedor da Terra, que dá honra e valor, virtude e força". E então, apossado do oiro, mesmo do oiro transitório que a posição dá, o adventício do Canto do Piaga adquire valor e honra, força e virtude. Ou como diz o próprio Gonçalves Dias numa das suas raras sátiras:

"Cansai-vos pois! — Quem veste aquela farda
Há-de fazer o que mui bem quiser!
Vem-lhe com ela uma sabença em barda!
Por isso acerta quando Deus lá quer!

"Se lhe lanças baldões na própria cara
Diz a alguém que o defenda e chega a si
Com intrínseco amor a pasta cara,
E exclama — Oh pátria, morrerei por ti!"

(*Poesias póstumas*, Garnier, p. 149).

Aliás essa é uma sátira estranhíssima, pois de repente, ninguém sabe porque, o piaga maranhense principia falando em "dois fardas-rotas", e conta que quando eles iam indo pela vida mui anchos, levaram com um tranco danado. Mas logo os dois se refizeram com habilidade e lá continuaram montados nos seus burricos. E o piaga de amargamente caçoar dos dois assim:

"Eia, depressa! meus dois fardas-rotas,
Toca de novo pasta e saco a encher!" (p. 151).

Que coisa esquisita!

MÁRIO DE ANDRADE

296

Nota da pesquisa:

1. As *Obras póstumas* de Gonçalves Dias, edição organizada pelo Dr. Antônio Henrique Leal (Garnier, 1909), fazem parte da biblioteca de Mário de Andrade e receberam anotações marginais suas. Em "Mosqueiros n.° 2", o escritor tenta burlar a censura; a inserção de trechos é recurso de humor que contribui para a eficácia das intenções suasórias de seu discurso jornalístico. Disfarçando com um estudo literário, pseudo-apresentação de obras pouco conhecidas do poeta romântico, lança mão inicialmente da produção jornalística de Gonçalves Dias (*Meditação* reúne Dispersos). Seu comentário, assim como os trechos citados, só possuem verbos no presente, o que lhes confere maior força de atualidade, valendo como a situação que acredita estar seu leitor experimentando em 1931. Gonçalves Dias, no texto escolhido, através das justas palavras dos anciões, realiza a crônica-"cronos", isto é, análise ideológica de seu tempo, em construções que se caracterizam, léxica e sintaticamente, como denúncia e libelo inflamado. O humor nasce do confronto entre a simplicidade displicente de Mário e a seriedade oratória das falas dos anciões.

Os três primeiros trechos de *Meditação*, citados em "Mosqueiro n.° 2" (ps. 16-7, 42, 43) não receberam anotações marginais no volume, porém, o trecho que está na p. 88 (XII: o ancião analisa a política), foi destacado: *Nota M.A.:* traço à margem de: "E os vossos homens, etc...". A continuação ("E não pelejais etc...") não foi assinalada.

Depois de *Meditação*, Mário de Andrade acompanha Gonçalves Dias em suas "Satyras" (*Poesias póstumas*, ed. cit.), encontrando na Sátira VI, "Que cousa é um ministro", os versos que citará com ironia e humor. Primeiramente: parte I, estrofes 7-8, vs. 25-32 (com *Nota M.A.:* traço a margem) e depois, ainda na parte I, estrofe 9, os versos 32-6, que não assinala no livro.

DIÁRIO NACIONAL. Domingo, 26 de abril de 1931

O DIABO

— Mas que bobagem, Belazarte! E fazer a gente entrar a estas horas numa casa desconhecida!...

— Te garanto que era o Diabo! Com uma figura daquela, aquele cheiro, não podia deixar de ser o Diabo!

— Tinha cavanhaque?

— Deixe de besteira, que cavanhaque, nada! Mas era uma figura medonha... Não tinha nada do Diabo que a gente conhece, mas te juro que era o Diabo!

— Aqui não está mesmo, vam'bora. Engraçado... Parece que a casa está vazia...

— Vamos ver lá em cima. Está aí uma prova que era o Diabo! Se vê que a casa é habitada e no entanto não tem ninguém...

— Mas se era mesmo o Diabo de-certo já desapareceu no ar.

— Isso que não entendo! Quando vi ele e ele pôs reparo em mim, fez uma cara de assustado, fugiu, entrou por esta casa sem abrir a porta.

— Pensei até que você estava maluco quando gritou por mim e deitou correndo pela rua...

— Bom, vamos ficar quietos que aqui em cima ele deve estar na certa.

Remexemos tudo. Foi então que de raiva Belazarte inda deu um empurrão desanimado na cesta de roupa-suja, do banheiro. A cesta não se mexeu, pesada. Belazarte levantou a tampa e

— Credo!

Fiquei gelado. Pensei que ia ver o diabo, em vez, dentro da cesta, muito tímida estava uma moça.

— Não me traiam! ela falou soluçando, com um gesto lindo de pavor querendo se esconder nas mãos abertas.

Era casada, se percebia pela aliança. Belazarte falou autoritário:

— Saia d'aí! O que que você está fazendo nessa cesta!

A moça se ergueu abatida.

— Sou eu mesmo! mas, por favor, não me traiam!...

— Você...

Ela abaixou a cabeça com modéstia:

— Sim, sou o Diabo.

E nos olhou. Tinha certa nobreza firme no olhar. Moça meia comum, nem bonita nem feia, delicadamente morena. Um ar burguês, chegando quando muito a "hupmobile".

— A senhora me desculpe, mas eu imaginei que era o Diabo, se soubesse que era uma diaba, não tinha pregado tamanho susto na senhora...

Ela sorriu com alguma tristeza:

— Sou o Diabo mesmo... Como Diabo não tenho direito a sexo... Mas ele me permite tomar a figura que quiser, além da minha própria.

— Então aquela figura em que a senhora estava na frente da igreja de Santa Terezinha...

— Aquela é a minha própria.

Belazarte me olhou triunfante:

— Não falei!

— Só quando é assim quase de madrugada e já ninguém mais está na rua é que vou me lamentar na frente das santas novas...

— Mas por que a senhora... isto é... o Diabo toma forma tão pura de mulher!

— Porque só me agradam as coisas puras. Já fui operário, sineta de bonde elétrico, distribuição de víveres... Mas prefiro ser moça casada...

— Já entendo... É deveras diabólico!

A moça me olhou sarapantada, sem compreender.

— Mas por que!

— Porque assim a senhora torna desgraçada e manda pro inferno uma família inteira duma vez.

— Como o senhor se engana... Não façam bulha!

E por artes do Diabo principiamos enxergando através das paredes. Lá estava a moça dormindo com honestidade junto dum moço muito moreno e chato. No outro quarto, três piasotes lindos, tudo machinho, musculosos, derramando saúde. Até as criadas lá em baixo, o "fox-terrier", tudo tão calmo, tão parecido! Mas a felicidade foi desaparecendo e o Diabo-moça estava ali outra vez.

— Foi pra evitar escândalo que quando os senhores entraram, fiz minha família desaparecer sonhando. Meu marido matava os senhores...

299

— Estavam tão calmos... Pareciam felizes...

— Pareciam, não! Minha família é imensamente feliz (uma dor amarga vincou o rosto macio da moça) É o meu destino!... Não posso fazer senão felizes!...

— Mas por que a senhora está chorando então!

— Por isso mesmo, pois o senhor não entende! Meu marido, todos, todos são tão felizes por mim! E eu adoro tanto, adoro tanto eles...

Feito fumaça pesada, ela se contorcia num acabrunhamento indizível. De repente reagiu. A inquietação lhe deformou tanto a cara que ficou duma feiúra diabólica. Agarrou em Belazarte, implorando:

— Não! pelo que é mais sagrado neste mundo pro senhor, não revele o meu segredo! Tenha dó dos meus filhos!

— É, mas afinal das contas eles são diabinhos! A senhora, assim de moça em moça, quantos diabinhos anda botando no mundo!

— Que horror, meus filhos não são diabos não! lhe juro, eu como Diabo não posso ter filhos! Meus filhos são filhos de mulher de verdade, são gente! Não desgrace os coitadinhos!

Não podia mais falar engasgada nas lágrimas. Belazarte indeciso, me consultou com os olhos. Afinal era mesmo uma malvadeza trazer infelicidade assim sem mais nem menos pra uma família inteira. A moça creio que percebeu que a gente estava titubeando, fez uma das artes do diabo. Principiamos enxergando de novo a curuminzada, o "fox", tão calminhos... Só o moço mexia agitado na cama, sem o peso da esposa no peito. Se acordasse era capaz de nos matar.

A visão nos convenceu. Seria uma cachorrada desgraçar aquela família tão simpática. Depois, o bruto escândalo que rebentava na cidade, nós dois metidos com Polícia, jornalistas, bancando heróis contra uma coitada de moça... Resolvi por nós dois:

— Sossegue, minha senhora, nós vamos embora calados.

— Os senhores não me traem mesmo!

— Não.

— Juram... juram por Ele!

— Juro.

— Mas o outro moço não jurou...

Belazarte mexeu impaciente.

— Que é isso Belazarte! Seja cavalheiro! Jure!

— Seja bom pra nós!

— Juro...

A moça escondeu depressa os olhos numa das mãos, com a outra se apoiando em mim pra não cair. Era suave. Pelos ofegos,

300

pela boca mordida, os movimentos dos ombros, me pareceu que ela estava com uma vontade danada de rir. Quando se venceu, falou:

— Acompanho os senhores.

E sempre evitando mostrar a cara, foi na frente, abriu a porta, olhou prá rua. Não tinha ninguém na madrugada. Estendeu a mão e teve que olhar pra nós. Isso, caiu numa gargalhada que não parava mais, ria, torcia de riso, e nós dois ali feito bestas. Conseguiu se vencer e virou muito simpática, outra vez:

— Desculpem, não pude mesmo. Mas vejam bem que os senhores juraram, heim! Muito! Muito obrigada!

Fechou depressa a porta.

Estávamos nulos diante do desaponto. E também aquela placa: Dr. Leovigildo Adrasto Acioly de Cavalcanti, formado em Medicina pela Faculdade da Bahia, Diretor Geral dos Serviços de Estrada de Rodagem do Estado de São Paulo.

MÁRIO DE ANDRADE

Nota da pesquisa:
Crônica novamente publicada em *Os filhos da Candinha*, 1943.

DIÁRIO NACIONAL. Domingo, 31 de maio de 1931

OSCARINA

A cidade do Rio de Janeiro possui uma raça de escritores que se especializam na descrição nua e crua da pequena burguesia ou do... alto proletariado. O que me parece curioso é o jeito com que esses escritores tratam a matéria, que os torna excepcionais em todo o Brasil. As outras grandes cidades brasileiras, principalmente as de maior aparência européia, São Paulo, Recife, creio que Porto Alegre, também possuem esses temas e essas personagens, porém os escritores que tratam delas e dessa matéria diferem dos cariocas por um quê difícil de especificar mas que é fundamental. Creio que foram as *Memórias dum sargento de milícias* que iniciaram essa tradição, essa verdadeira escola de prosistas cariocas. Machado de Assis algumas vezes coincidiu com ela e afinal o admirável escritor de Isaías Caminha fixou definitivamente a tradição, a que Ribeiro Couto também se filiou. Agora aparece um moço, Marques Rebello, que abre a sua carreira literária com esta *Oscarina,* lançada pelo editor Schmidt. Marques Rebello é um produto puro dessa linhagem de que venho tratando e a impressão que tenho é que sustentará as tradições de família na mesma altura a que as elevaram os melhores membros dela.

Não tem dúvida que cada cidade tem a sua psicologia toda especial e que por isso era naturalíssimo que os descrevedores da vida carioca se distinguissem dos da vida paulistana ou recifense, mas o curioso é que não é justamente por esse lado que os descendentes de Manuel Antônio de Almeida se distinguem. O que os distingue é, por assim dizer, serem menos artistas, o que não vai dito aqui para os desvalorizar. O que pretendo significar é que o processo de arte deles é afastar o mais possível o que escrevem, da literatura, e se aproximarem da prosa falada, da coisa que a gente conta na esquina. São "realistas" na expressão mais etimológica do termo. Contam a vida, e o único aparente fito que têm é contar a vida tal como ela é. E disso decorrem as principais qualidades do grupo, quase todas muito bem demonstradas no livro de Marques Rebello. Acho mesmo que algumas dessas qualidades já vêm extraordinariamente valorizadas em *Oscarina.*

Há em todo o livro um poder de vitalizar as figuras, de as tornar palpáveis, tão vividas que a gente esquece ao mínimo possível que está defronte duma obra-de-arte. A ribalta mágica

302

com que a presença bondosa da arte ilumina em dons celestes as cenas mais dolorosas da vida, quase que desaparece por completo. O caso não foi inventado num livro; sucedeu ontem, sucederá amanhã. Muitas vezes não tem importância nenhuma, porém nos interessa enormemente, por aquele instinto sutil de viver com que, se nos contam que um sujeito foi preso ali na esquina, a gente responde assanhado: — É! por que foi!

Mas a qualidade mais preciosa de Marques Rebello é o dom excepcional que ele tem pra valorizar os detalhes, os mais mínimos sucessos da vida quotidiana. Jorge abandonar o estudo pra se empregar, não é que Marques Rebello faça disso uma proustiana tragédia não, pelo contrário, o caso vem contado, digamos de fora pra dentro, o ato apenas verificando as determinações mais exteriores que o causaram. Marques Rebello não tem mesmo nada de sentimental, de romântico, a não ser o lirismo um bocado monótono com que reboca às vezes de pequenas descrições de natureza o caso que está contando. Ainda se nota um certo sentimentalismo, talvez proveniente apenas da excessiva mocidade do escritor, na maneira com que esconde quase sistematicamente os prazeres que também são fatais em todas as vidas, pra só contar a mesquinhez dolorosa. Mas sem fazer tragédias das tristezas que conta, sem exasperos nem exageros de espécie alguma, Marques Rebello valoriza os mínimos atos da vida com um dom de interessar que, repito, me parece excepcional. Tudo tem nos casos dele uma função fortemente orgânica e fatal que é o próprio sentido da vida quotidiana, isto é, da vida desatenta dos seres. "Um destino" por exemplo, é admirável nisso, além do conto "Oscarina" que é uma obra-prima. Conto, ou o que quer que seja. Talvez a única reserva que se possa fazer a esta página é acabar tão cedo. Na verdade se trata dum romance, e a impressão que a gente tem é que o autor se cansou de repente e acabou porque quis acabar. Só existe como "fim" o visível ponto-final. O romance continuava. Não é preciso que Zita morra, que Oscarina dê o fora no sargento, como as probabilidades indicam: a verdade é que se percebe que este sargento, figura principal do caso, inda persevera em nosso prazer literário pelas muitas comezinhas peripécias importantíssima que irá viver. Nas obras-de-arte pouco importa o ponto em que as vidas e os casos terminem, eu sei: importa porém que a obra nos dê todo o sentido duma vida ou dum caso. E é isso que em "Oscarina" ficou no meio.

Minha impressão é pois que o editor Schmidt iniciou a série das suas edições com uma obra excelente. Pouco me interessa augurar. Marques Rebello abre a sua vida literária com um livro cheio de fisionomia, bem caracterizado e forte. Não auguro nada, mas do meu canto irei torcendo pra que ele faça da sua vida uma obra-de-arte, isto é: nos dê todo o sentido total do que promete.

MÁRIO DE ANDRADE

DIÁRIO NACIONAL. Domingo, 7 de junho de 1931

TRISTÃO DE ATHAYDE

Tristão de Athayde veio a São Paulo, se hospedou no Colégio de São Luís e fez quatro conferências sobre o Esplendor e (graças a Deus) Decadência da Burguesia. Tudo nessa frase me é sumamente agradável de escrever, menos a hospedagem no Colégio de São Luís que me atrapalhou completamente as camaradagens. Só pude dizer uns adeuses rápidos a um homem que é uma ventura praticar, e que considero dos mais estimáveis e admiráveis da minha geração.

Ali pouco depois da morte de Jackson de Figueiredo, as línguas péssimas andaram matraqueando que Tristão de Athayde almejava tomar o posto que o morto exercia no catolicismo brasileiro. Não é bem isso, e as línguas péssimas apenas estavam deformando uma verdade natural: Tristão de Athayde, com todos os direitos de inteligência, de saber, de desassombro, de entusiasmo, pra todos quantos desejavam que o Catolicismo exercesse realmente no Brasil as atividades sociais duma religião, tomou imediato o posto vazio. E o vai exercendo, a meu ver, com muito mais eficácia, rapidez, e mesmo valor que Jackson de Figueiredo. Sei bem que esta afirmativa ferirá Tristão de Athayde, não só pela às vezes detestável virtude da modéstia, como pela amizade perfeita que até agora devota ao morto. Mas no caso a minha opinião independe das necessidades humanas, e mesmo, preferir um vivo por um morto, sempre é dar mais vida ao que inda pode valer.

A personalidade de Jackson de Figueiredo, confesso que me causa uma espécie de malestar dizer o que sinto dela. E creio que esse malestar é mais ou menos geral, porque, a não ser os louvores excessivos dos amigos, e os panegíricos mais ou menos de sociedade originados pela injusta morte dele, jamais não vi quem se dispusesse a estudá-lo livremente com descariciosa justiça. Em geral gosto muito das cartas dele já publicadas, e por elas compreendo aquela afirmativa do próprio Tristão de Athayde, de que Jackson de Figueiredo era principalmente admirável na intimidade. Devia ser. Os livros dele, se demonstram conhecimentos muito sérios do que versavam (pelo menos o sobre Pascal e a Inquieta-

304

ção Moderna), são fracos, não dão calor, nem convicção, escritos num estilo pouco menos que medonho. E quanto às atitudes políticas dele, não sei... não conheço direito, fala-se tanta coisa, talvez os que falam sejam todos do grupo das tais línguas péssimas. Porém minha impressão é outra. Minha impressão é que o católico, assumindo em nome da sua catolicidade uma posição política, se vê nos maiores assados que é possível a gente imaginar pra uma coitada de consciência. Haja vista o próprio Tristão de Athayde, o ano passado, em nome de princípios que me parecem falsos no caso, defendendo a autoridade constituída, em artigos que, pelo que me contou quem é autoridade em assuntos tristanescos, alguns, a própria autoridade constituída não deixou sair. Qual! política pra intelectual, só mesmo quando esse intelectual se chama Plínio Salgado, Medeiros de Albuquerque, e outros ávidos sofistas que tais. E quando esse intelectual então é católico, o caso me parece irredutível. Provar essa afirmativa me levava longe demais, mas é à própria vida terrestre que não se pode reduzir o conceito católico de Deus. O verdadeiro reino dos católicos é como o da nossa pobre terra paulista depois da Revolução: não é deste mundo, gente, não é deste mundo não. Fiz um verso.

Tristão de Athayde me parece em muito melhores condições pra exercer o posto de líder do catolicismo social brasileiro. É incontestavelmente a intelectualidade leiga mais poderosa, mais enriquecida e enérgica do catolicismo nacional. Sem ser um estilista, a prosa dele cada vez se torna mais clara, mais por assim dizer necessária e essencial. Hoje ele está a mil léguas do literato que devaneiava saudoso sobre a graciosa figura de Afonso Arinos, e se percebe nele um homem pro qual a palavra tem que servir. Não perde o tempo mais, afirma.

Sob esse ponto-de-vista ele é mesmo um indivíduo extraordinariamente "moderno", exatamente século-vinte, sem nada daquele impressionismo "flou" em que se embuçaram as consciências do fim do século passado. Há mesmo nessa fome de afirmar do grande pensador católico uma tal paridade com as atitudes pragmáticas do Comunismo, que não sorrio da aproximação, penso. Estou imaginando no sucesso estrondoso que havia de fazer em todo o mundo o Julien Benda que se dispusesse a escrever uma *Concordância dos Evangelhos com o Comunismo...* Dou minha palavra que não estou fazendo nenhuma ironia. Estou imaginando sério numa idéia que naturalmente à primeira vista horripilará católicos e comunistas, que partem de princípios não apenas opostos mas irredutíveis. Irredutíveis, sim, no delírio de afirmar a que somos levados pelas angústias deste início de civilização nova, mas que não serão irredutíveis amanhã. É a minha convicção.

Porém as esperanças desta minha imaginação nada têm que ver nem que esperar dum Tristão de Athayde. A este, e aos destemidos fazedores do momento do mundo, cabem as afirmativas ir-

305

reconciliáveis, as glórias da luta ferocíssima. E cruenta mesmo. O que nós, soldados rasos do mundo temos que esperar e desejar desses homens-forças, é que eles não se aproveitem de qualquer feridinha, de qualquer estrepe recebido no caminho da briga, pra, sob pretexto de terem derramado o seu sangue lá deles, precioso, se escarrapacharem em posições que nem pela honradez, nem pela erudição possam merecer. Mas até me detesto por lembrar essas coisas nefandas falando de Tristão de Athayde, cuja nobreza moral, cuja pureza de desígnios, cuja extraordinária erudição, ninguém contesta mais.

MÁRIO DE ANDRADE

DIÁRIO NACIONAL. Domingo, 14 de junho de 1931

COMPENSAÇÕES

Embora um pouco atrasado, quero também por minha vez comentar um fato que encheu de "legítimo orgulho" as pessoas que nasceram no Estado de São Paulo. Me refiro à elevação de Nossa Senhora Aparecida à penosa dignidade de Padroeira do Brasil. Faz umas semanas que, comentando não me lembro mais o que, eu verificava exteriormente cordato que o reino dos paulistas não era deste mundo... Não é mesmo, e mais uma prova está nisso dos brasileiros virem buscar sua madrinha no seio do cafezal. É... Tudo os brasileiros vieram tirar do seio do cafezal, menos Rui Barbosa e a valentia. Não imagine que estou fazendo ironia não, não é possível a gente ignorar a extraordinária valentia dos brasileiros. A todo e qualquer instante estão prontos, estão prontos a derramar o sangue próprio e o alheio, não se contesta. Sobre isso há uma diferença essencial entre os brasileiros e os paulistas, que caracteriza bem o desapego daqueles e o digamos "judaísmo" nosso. Os brasileiros se têm que derramar sangue, pronto: derramam com largueza, dadivosos, fáceis, valentes, é aquele jorrão de sangueira presenteado ao chão e ao heroísmo. Paulista, não vê! Lhe dói tanto sangue derramado; e, por um processo sutil de catálise, em vez de com tanta franqueza jogar fora o sangue puro, decompõe o sangue e o transforma em café, em caracu, em laranja, em seda, num processo que tem sido bastante útil até pra dar personalidade universal ao Brasil, como dirá nos seus momentos de apuro moral o homem que engole espadas. Não foi à toa não que um dos vates paulistas falou num soneto célebre que o café cereja é sangue de preto morto. Pois se nós aproveitamos até sangue de preto morto pra fazer dinheiro, como é que havemos de derramar sangue com valentia! Qual! o nosso reino não é deste mundo!...

Engraçado é Von Weech numa das suas duas obras sobre o Brasil, ter afirmado a bizarria do soldado paulista, de-certo é engano. Deve ser confusão de visita apressada ou vontade de agradar. Martius, por exemplo, muito mais pausado e observador, na viagem que fez e descreveu tão maravilhosamente, jamais não disse tanto dos paulistas. Terá dito outras coisas também agradáveis, porém não tão importantes como a valentia. E no entanto, como está referido dos Tupis, no "Y-Juca-pirama", também foi "senhor em gentileza". Elevou-se mesmo a tão espantosas gentilezas que chegou a chamar o paulista José Rodrigues Preto, que encontrou entre os Mahué do rio Madeira, de "jovial"! Paulista jovial!... Até fiquei envergonhado quando li essa derrapagem da gentileza germânica. Há porém outro passo da viagem de Martius menos explicável como gentileza e que me parece mais se aproximar da verdade: É quando, no alto Japurá, nas visitas que faz às tribus dos Juri e Coretu, afirma que aquela indiada virgem jamais não vira branco e só encontrou entre elas traço da passagem por lá dum "mulato de São Paulo". E Martius, viajadíssimo pelo país, aproveita o fato pra comentar que dentre os brasileiros eram os paulistas os que mais estavam disseminados pela nossa terra inteirinha. E isso já fazia um século da correria das Bandeiras!

É visível a compensação. Durante três séculos os paulistas correram o país todo, catalisando o sangue que os outros jorravam, em coisa menos luminosa que o Ideal. Nada mais justo pois que a comovente correria brasileira de agora, vindo salvar São Paulo no seio do cafezal. Se continuar assim, não dou um ano e estaremos completamente salvos, como tanto deseja o desprendimento do sr. marechal Osvaldo Aranha. Porém é preciso que fique bem especificado de que maneira os brasileiros querem nos salvar. Não é salvar assim sem mais nada não, tirar a gente de alguma doença, de alguma entaladela econômica. Os brasileiros querem e conseguirão é nos dar a salvação, a salvação eterna, porque é tamanha mesmo a diferença entre São Paulo e o Brasil, que o nosso reino não pode ser deste mundo. Haja vista o que dizem ter dito Tristão de Athayde na entrevista sobre São Paulo. Eu conheço bem, eu quero bem Tristão de Athayde, mas reconheço que o grande pensador católico, tanto pensou, tanto pensou, que não sei. Mas isso de verificar que São Paulo está sofrendo, e desejar, como parece que ele desejou, que São Paulo sofra, continue sofrendo cada vez mais, não é o mesmo que confundir com almas individuais uma terra terrestre, um povo que é entidade meramente terrestre? A não ser que as almas coletivas também vão pro céu ou vão pro inferno... Mas não acredito que Tristão de Athayde tenha imaginado bobagem tamanha. O que ele imaginou e imaginou certo é que o nosso reino não é deste mundo. Ele, como bom brasileiro, está preocupado agora em dar um reino deste mundo prá burguesia, coitada, anda com uma paúra danada a dona burguesia!... Mas São Paulo são as fábricas, são os colonos, é a imigrantada, São Paulo é proletário, e parece que o ilustre pensador primeiro carece salvar a burguesia. São Paulo proletário que fique sofrendo, ganhando mais martírios e purificações para conquistar o seu reino metafísico.

Agora falo na Padroeira do Brasil. Pesados todos estes meus comentários pacíficos, se compreende claramente o múltiplo papel da suave, milagrosa e fluvial Senhora Aparecida. É mais uma compensação aos paulistas que estão ficando despojados das posses deste mundo que não é o deles. Pois este nosso imenso Brasil não é a terra dos rios? É. Todo o nosso corpão difícil está aí cortado de rios, de rios, de cordas imensas de água, que carreiam ouro e carreiam barro. Um tempo os paulistas viajaram como os rios. Hoje os brasileiros viajam como os rios. Os rios carreavam ouro. Hoje diz que carreiam barro. Nossa Senhora, aparecida no meio do rio, virá fluvialmente despejar repiquetes de graças sobre todos nós. Para os outros, graças de oiro; pra nós, graças de barro.

MÁRIO DE ANDRADE

DIÁRIO NACIONAL. Domingo, 21 de junho de 1931

HENRIQUE OSWALD

Tenho sempre muito medo de falar nos mortos recentes. Isso é explicável em quem, como eu, detesta discurso de beira-túmulo. A dor é sempre muito deformadora. Mais deformadora do que ela só discurso. As duas coisas juntas formam esses trenos impiedosamente louvaminheiros que sempre me pareceram repugnantes em face da verdade metálica da morte.

Henrique Oswald foi um grande músico, é indiscutível, e não me pesa afirmar agora que ele morreu, essa minha convicção que várias vezes lhe repeti em vida. Lhe repeti pelo caminho dos jornais é certo, porque a não ser uma apresentação rápida numa entrada de concerto, jamais não me aproximei dele. Escutando meu nome, o velhinho disse "Ah!", me olhando com muita curiosidade. Guardo esse "Ah!" que na suave paciência daquele artista tão refinado, tenho a certeza que era um elogio. Mais que essa aproximação não pedida por nenhum de nós, não nos acompanheiramos nem mesmo nalguma conversa rápida. Digo mais: sem nunca o ter propriamente atacado, eu era, digamos, teoricamente inimigo de Henrique Oswald. Tínhamos, não apenas da música, mas, preliminarmente, da própria vida, um conceito muito diverso pra que doutrinariamente eu pudesse considerá-lo um companheiro de vida.

Henrique Oswald provinha duma geração terrível e, por assim dizer, sem drama. Gerava-se da segunda metade do séc. XIX, quando ajuntados, compendiados e estilizados os elementos popularescos do Romantismo, os homens caíram no sutil, no refinamento, numa filigranação contumaz que atingia a própria maneira de viver. D'aí um resultante diletantismo que, se não teve resultados imediatamente desumanos pra parnasianos, simbolistas e impressionistas da Europa velha, foram eminentemente despaisadores e turísticos pros americanos. E pros brasileiros em particular. Henrique Oswald foi talvez o mais despaisado, o mais desfuncional de quantos artistas nos vieram dessa segunda metade do séc. XIX e estragaram aquela sumarenta ignorância romântica com que os Álvares de Azevedo e os Cândido Inácio da Silva já tinham abrasileirado sem querer a nossa fala e o nosso canto.

310

Henrique Oswald foi incontestavelmente mais completo, mais sábio, mais individualistamente inspirado que Alberto Nepomuceno, por exemplo: porém a sua função histórica não poderá jamais se comparar com a do autor da *Suite brasileira*. Eis porque eu o considerava teoricamente um inimigo. Digo mais: um inimigo de que eu tenha teoricamente rancor. Porque reconhecendo a grande força dele, eu percebia o formidável aliado que perdíamos todos quantos trabalhávamos pela especificação da música nacional. Umas poucas de vezes Henrique Oswald fez música de caráter brasileiro. E a delícia da *Serrana* e do segundo dos *Três estudos*, mostram bem a importância da colaboração que ele poderia nos dar, sem no entanto abandonar coisa nenhuma das suas qualidades individuais. Sei bem que por muito brasileiro de última hora o refinamento, a suavidade e harmonização, a própria concepção formal dessas jóias será tachada de estrangeira, de anti-nacional. É que se dá na ignorância vaidosa dos músicos a mesma falsificação que se deu visivelmente na mentalidade paupérrima de certos poetinhas de metáforas modernas, que acreditavam que por falar em saci e no maxixe, o Brasil era deles. Não é. O Brasil será o que todos nós fizemos dele, até esses poetas e músicos ensimesmados. Dói confessar: mas até eles são a expressão artística do Brasil.

Henrique Oswald que podia nos dar mais a sua expressão particular da nossa raça, provinha dum epicurismo fatigado e refinado por demais para abandonar suas liberdades em favor dessa conquista comum duma nacionalidade. As suas peças nacionais inda respiram por isso mais diletantismo que *Il neige* e o *Quarteto com piano*. Agora ele morreu, reconhecida a maneira sem revolta com que soube viver, a figura dele aparece como um destino tristonho, a que a tragédia não engrandeceu. Faltou humanidade pra esse que soube com tanta graça e dor delicadíssima, cantar quase à francesa, em língua italiana a sua *Ofélia*. Contentou-se em viver o que individualmente era, sem nada abandonar de si para se afeiar com as violentas precariedades do nosso povo. Foi o que se pode imaginar de visão linda aparecendo no sonho do Brasil quando dormia. O sol bruto espantará sempre de nós essa visão, mas será impossível que pela sua boniteza encantadora, pela sua perfeição equilibrada, e ainda pela nossa saudade das civilizações mais completas, a visão não volte dentro de nós, sereia, cantar na gratuidade dos sonhos, nos momentos em que nós dormiremos de nós.

MÁRIO DE ANDRADE

DIÁRIO NACIONAL. Domingo, 28 de junho de 1931

ASSIM SEJA!

Uns quatro quilômetros mais ou menos da pouco histórica cidade de Araraquara, se, atravessado o tecido urbano como quem foge da Estação, a gente embica um bocado prá esquerda da avenida Sete de Setembro, topa logo com uma espécie de corredor de verdura desviando dos caminhos que descem pro Jacaré. Tomado esse corredor, serão quando muito uns cem metros entre bastidores à direita, de mato anêmico à esquerda, de confiante bambuzinho, aparece um mata-burro. Do outro lado do mata-burro uma taboleta correta, vai logo dizendo "Nesta Chácara não se vende Fruta". Aí que estou morando.

É um retiro prodigiosamente puro, bom pra se descansar. Mas ninguém imagine que por essa falsa gratidão dos escrevinhadores, vou devassar indiscretamente as delícias deste lar e o feito dos seus donos, não; estou mas é pensando nesta paz indiferente ao mundo que a gente adquire quando descansa, principalmente descansa de si mesmo, no convívio da roça. Se as almas têm cor, a minha, depois que se completou, é vermelha. Não desse encarnado rutilante, valente e volante dos nordestinos e dos ítalopaulistas em geral, cor que me lembra aquele cego que pretendendo mostrar como compreender o encarnado descrito pra ele, afirmava que essa cor era que nem um toque de clarim. A minha alma será dum vermelho humildezinho, cor de sangue velho, cor de desgostos derramado, e ineficaz não-conformismo. Ora nem bem penetrei morando no sábio aspecto de entre roça e civilização desta chacra que não vende fruta, meu vermelho se alargou de não sei que alvuras contemplativas que tudo me virou cor-derosa, uma rosa velho, pensarento não tem dúvida, mas cheio de paciência e muita paz. São inúteis os rancores trazidos da capital desta colônia brasileira. Todos os meus amargores e revoltas são inúteis neste suave recompor de forças diante duma natureza tão sincera que desafia as metáforas dos mais ardidos caçadores de imagens. Aqui, poetas, lua é lua mesmo, passarinho é passarinho. O próprio borrachudo é tão borrachudíssimo que morde e não dói nem mais nem menos: dói como mordida de borrachudo.

Ora, dados tais açúcares, era natural que minha alma em férias se roseasse toda, vestindo de paciências seu vermelho. Meu

312

mundo por um mês desejo que se restrinja ao visto, e o visto é manso. Este clima é fantasticamente macio! e bem compreendo agora um amigo meu que vive afirmando que quando os estranhos souberem o que é o inverno do interior paulista, virarão isto numa... estação de águas. É assim. Nem sei que horas são, não me interessa, mas a alma dos passarinhos me sugere as quatorze horas. Vem uma bulha de automóvel lá do corredor de verdura. É visita, falo comigo. Surge um forde, dentro uma mulher loira e só, guiando. Vem sorrindo, feliz, independente, faz a volta do canteiro, vai-se embora sem parar a marcha. É uma visão. Será u'a metáfora? penso inquieto. Não é metáfora; a dura realidade. Não vê que os paulistas venderam a nossa energia elétrica aos ianques, que mandaram pra cá seus empregados e as esposas dos seus empregados. Não foi visão, não é metáfora, não será aventura. É uma norte-americana. E elas são todas assim.

Meus olhos aceitos descem o aclive dos pastos cor de sujo, moqueados pelas geadinhas da estação. Do outro lado a vista é deliciosa. Da esquerda vem um morro mais alto que o nosso, que é um divisor de águas em miniatura. Da banda de lá ele faz concha pro ribeirão do Ouro já engrossado por aquela aguinha que atravessa Araraquara e tem o evocativo nome de córrego da Servidão. É pena mas esta "Servidão" não celebra os escravos, celebra mas o serviço que nos primeiros tempos da cidadinha o córrego prestava, carreando os lixos dela. Quando o morro pára e afunda de repente, já bem pra direita da vista, é que as águas do Ouro estão se fundindo nas do Chibarro pra logo adiante se lançarem no Jacaré. Esses terrenos de meiga convexidade são dessas paisagens que raro a gente encontra no Brasil fora do nosso Estado. Estão repartidos por numerosíssimos pequenos proprietários, sitiantes de 5 mil pés, emigrantes de ontem, hoje com luz elétrica na casinha branca, um filho chofer na cidade, a filha mulher de administrador, outro filho etc. Formam uma risonha humanidade, não sei se feliz, mas risonha, com sitiocas que cabem na cova dum dente ianque, quadriculadas em canaviais, milharais, pastinho e cafezal. Vieram imigrantes. Hoje são assim.

Esta verdadeira e confortadora vista o proprietário da chacra escolheu pra desfiar com placidez e bom-senso o seu pessimismo. Ele também é assim... Me permitam pensar, ao menos neste mês de férias, que só nos anúncios de Jataí e nas repúblicas novas, é que o homem acredita fazer o que existe, e a vida deixa de ser uma intransponível fatalidade.

MÁRIO DE ANDRADE

DIÁRIO NACIONAL. Domingo, 5 de julho de 1931

FÁBULAS

No meio fundo do pastinho desta chacra, junto do aceiro da cerca, tem uma arvoreta importante, com seus quatro metros de altura e boa folhagem. No sol das treze horas quentes passa um velho arrimado num bordão. Pára, olha em torno, vê um broto humilde de futura arvoreta e o contempla embevecido. Quanta boniteza nesta folhinha rósea, ele pensa. Passa um tempo e o velho vai-se embora. Diz o broto: — "Está vendo? dona arvoreta... A senhora, não discuto que é o vegetal mais corpudo deste pastinho, mas que valeu folhagem e importância! Velho parou foi pra ver a boniteza rósea da minha folha". — "Sai cisco! que a arvoreta secundou. Velho te viu, mas foi por causa de minha sombra, em que ele parou pra gozar".

Ora andava o netinho do velho brincando no pasto, catando gafanhoto e nisto enxergou longe, lá na beira do aceiro um tom vermelho que o dominou. Correu pro tom vermelho, era o broto, na intenção de arrancá-lo. Mas de repente faltou ar pro foleguinho curto da criança, ela parou pra respirar e se embeveceu contemplando a arvoreta que lhe parecia imensa no meio do pasto ralo. Esqueceu o broto que de perto já não era mais encarnado mas apenas dum róseo sem força e indiferente. Depois cansou também de contemplar a grandeza da arvorita que não dava jeito pra trepar, deu um contapé no tronco dela e foi-se embora. — "Ah, ah, riu a arvoreta, está vendo? seu broto... Você, não discuto que seja mais colorido que eu, porém columim parou foi pra espantar da minha grandeza." — "Sai, ferida! que o broto respondeu! foi minha linda cor encarnada que o chamou. Sem mim jamais que ele parava pra te ver, ferida! que o broto respondeu. Diga, por que foi que o columim te enxergou, diga, por quê! Ahm, não está querendo dizer!... pois foi minha cor, ferida! foi minha linda cor encarnada que o chamou. Sem mim jamais que ele parava pra te ver, ferida!"

Ora sucedeu chegar a fome num enorme sauveiro que tinha pra lá da cerca e as formigas operárias saíram campeando o que lhes enchesse os armazéns. Toparam com uma quemquem inimiga, que só de malvadeza, prás saúvas ficarem sofrendo mais fome, contou a existência do broto encarnado. As saúvas foram lá e

314

exclamaram: — "Isso não dá pra cova dum nosso dente, antes vamos fazer provisão nessa enorme árvore." Deram em cima da arvoreta que numa noite e num dia ficou completamente pelada e ia morrer. O broto, que não passava dum primeiro resultado de semente da própria arvoreta, noite e dia que chorava e que gemia, soluçando: "Minha mãe! minha mãe!"

Carecendo de fogo em casa, no outro dia o velho saiu pra lenhar. Passou pela arvoreta que era só pau agora, e ficou furibundo: — "Pois não é que essas desgraçadas de saúvas me acabaram com a única sombra que eu tinha no pasto!" Deu uma machadada raivosa no chão. Acertou justo no broto que se bipartiu, desenterrou e ia morrer. O velho foi buscar formicida e matou todas as saúvas, que aliás, estavam sofrendo de medonha indigestão. Depois pegou no machado e foi à procura dum pau pra lenhar. Enquanto isso a arvoreta moribunda, com vozinha já muito fraca, olhava o broto arrancado no chão: — "Meu filho! meu filho!"

— "Onde que vai, vovô!" disse o netinho topando o importante machado no ombro do velho. — "Vou lenhar". O columim logo lembrou da árvore enorme que tanto o espantara na véspera.

— "Pois então pra que você não derruba aquele pau grande que está na beirada do aceiro, lá?" — "Ora que cabeça a minha! pensou o velho. Pois se não dá sombra mais e está perdida mesmo, o melhor é derrubar a arvoreta mesmo. "Porém muito já se tinha movimentado no ardente sol. Nem bem derrubou o tronco desfolhado, veio um malestar danado por dentro, nem soube o que teve, fez "ai, meu neto!", deu um baque pra trás e morreu.

No dia seguinte, enquanto andavam fazendo o enterro chorado do velho, o netinho estava entretido com o tronco morto da arvoreta. O tronco era retorcido e fazia um semicirco, que nem de ponte chinesa, sobre o chão. Isso o menino fez, só que não imaginando em ponte chinesa. Era uma ponte formidável sobre um rio imenso. O columim atravessara a ponte, chegava do outro lado e era o porto. Embarcava num galho da arvoreta caindo por debaixo da ponte, remava com um outro galhinho, e estava tão satisfeito que pegando a folhinha já roxa do broto, solta ali, enfeitou com ela o chapéu. Uma única saúva salva que estava agarrada na folhinha do broto, mordeu a orelha do columim. Este deu um grande berro e foi chorando pra casa onde pra consolá-lo a mãe deu uma sova na folhinha que ocasionara a mordida da saúva.

O pequeno viveu mais cincoenta-e-sete anos, casou-se, fez política, deixou descendentes e numa quarta-feira morreu.

MÁRIO DE ANDRADE

Nota da pesquisa:
Crônica incluída em *Os filhos da Candinha*, 1943.

DIÁRIO NACIONAL. Domingo, 12 de julho de 1931

SEMÂNTICA DO PAULISTA

Nestes tempos tragicômicos em que tanto se exalta e se achicalha o "paulista", não fica mal que um brasileiro impenitente que nem eu, estude a palavra "paulista". Cândido de Figueiredo (4.ª edição) afirma que ela é também um brasileirismo, e todos nós estamos aliás cientes que brasileirismo é — brasileirismo que fartamente enriqueceu a língua, os cofres e a prosápia lusitana. Eu nasci em São Paulo, sei, porém não sou tão paulista assim. Já tenho e não quero abandonar, e me sinto (apesar de tudo) bem dentro dele, já tenho todo um passado brasileiro. E uma anedota. Por discrição não desfio o passado mas só a anedota: Quando portei em Tefé, no rio Amazonas, visitando a casa duns padres, estes pediram pros visitantes que escrevessem nome e nação, lá num livro. Um desenhou: Fulano, amazonense; outro: Fulano, gaúcho; outro: Fulano, peruano; outro: Sicrano, paulista... Eu fui e jameguei: Mário de Andrade, brasileiro. Palavra de honra. É pois nesta mesma ordem de verdade, e ainda naquela que me fez defender o operário rural nordestino atacado em S. Paulo, que agora me está preocupando a palavra "paulista". O que quererá dizer esse tão almejado brasileirismo?

Em Pernambuco, mais propriamente, no Recife, meu amigo Ascenso Ferreira pegou em mim, me botou num automóvel, que agora tínhamos de visitar a colonial e admirável Igarassu. Lá íamos numa terra bem povoada, rodovia assim-assim, aqui mucambos podres, além bonitas casinhas pobres, com o Sino Saimão na testa, viagem perfeita. Eis que a estrada se alastrou, apareceu mais gente caminhando, mais casas, um largo simpático, trem de ferro, chaminés, ôh minhas chaminés conhecidíssimas! O que é, o que não é? Era Paulista, um lugarejo próspero, higiênico, sede de não sei que fábricas. É o sentido da palavra "Paulista" em Pernambuco.

Na Bahia, não. Me contou um médico baiano domiciliado em São. Paulo, que na terra dele chamam de "paulista" a um pedaço do boi, depois que virou carne de vaca, com perdão da palavra. A gente vai no açougueiro, pede um "paulista", paga e sai com o desejado alimento. É o sentido da palavra na Bahia.

Mas o citado Figueiredo nos dá "paulista" como "Brasileirismo: Habitante do Est. de São Paulo". É pouco pra saber certo

316

como era esse habitante. Peguei no Constâncio, que estava inda mais seco. Então me socorri dos léxicos ingleses que são os melhores do mundo. Com leal desaponto meu o Webster (New International) não dava nada, nem o Century. Mas inda tinha o Standard que me explicou que "paulista" era um "meio-sangue da América do Sul, mas propriamente de S. Paulo (Brasil), descendente de português com ameríndio". Já era bastante coisa, porém agora me interessava saber quem era essa raça de brasileiro, tão notável que merecia referência especial no Standard. Fui aos viajantes.

Como ninguém se lembra do portuga dr. Lacerda e Almeida que nos deu o itinerário das suas viagens pelo extremo-norte do Brasil e suas monções de Mato Grosso a S. Paulo, fui a ele. De nenhum brasileiro, em tantas viagens, falara, porém, fala dos paulistas sim, que fazem S. Paulo famigerado, gente "de hospitalidade, liberalidade, candura, ingenuidade, brio, honra, e valor nas ações militares".

Já era muito porém deixava o paulista em 1788 e eu queria saber o sentido atual da palavra. Fui ao Bryce, que vinha até 1912, e traduzo: "Os primeiros moradores (de S. Paulo), muitos cruzando com a indiaiada, foram os pais duma raça singularmente enérgica e destemerosa que, campeando ouro e prata, exploraram o país e investiram com os índios, e até brancos quando os havia, daqui pro Sul até os rios Uruguai e Paraná. (...) O espírito independente desses paulistas passou pros filhos deles. Parando em terras altas e salubres, mostraram estes mais atividade industrial e política que nenhuma outra unidade da Federação".

E por causa de Bryce me lembrei de Bruce, traduzo: "Os paulistas sempre foram a raça mais empreendedora do Brasil. (...) Os políticos paulistas não só fizeram o Estado ganhar uma dianteira vasta sobre os outros mais antigos, como foram um dos maiores fatores da posição que o Brasil goza no mundo agora. (...) Uma das características da capital dos paulistas, construída serra acima, a duas horas ferroviárias da costa, são os seus grandes institutos culturais, etc."

Mas parece que os gaúchos nos desprezam porque não sabemos montar num pingo; e lá, "paulista" chega a ser sinônimo de "baiano"!... Mas só porque não sabemos andar de a cavalo.

De forma que pros estranhos, Bryce, Bruce e o gozado dr. Lacerda e Almeida nós somos sempre e só: os Paulistas. Pros brasileiros somos maus cavaleiros e uma praça com fábricas. E alimento. O alimento que mata a fome.

MÁRIO DE ANDRADE

Nota da pesquisa:

"Sino Saimão" é "Signo de Salomão", na expressão do homem do povo que o desenha em sua porta para afastar o azar.

DIÁRIO NACIONAL. Domingo, 19 de julho de 1931

SIMBOLOGIA DOS CHEFES

Com a saída do sr. João Alberto da interventoria de S. Paulo eu creio que estão satisfeitas as mais imediatas aspirações paulistas. São Paulo conquista enfim o posto de colaborador da obra revolucionária. Ou da "república nova" como se diz por aí e até agora não consegui direito saber o que é. Agora S. Paulo não "é obrigado" a colaborar nos destinos e enriquecimento da União, feito uma colônia ou presa de guerra, mas colaborará como quer, como colaborador, pela orientação dum Governo que lhe pertence e que merece, tem chefes que, meu Deus! somos nós mesmos.

Como se vê, ou pelo menos me parece, era uma simples questão de símbolos. Não me preocupa no momento esmiuçar os malefícios e benefícios que fez o sr. João Alberto na curta gestão do Estado paulista. Se isso num país como o nosso, em que a irresponsabilidade é uma espécie de princípio organizado de governança e o Sr. Bernardes anda por aí impune e róseo, se, pois, num país como o nosso já tem pouca importância saber se o sr. João Alberto agiu bem ou mal, agora que ele já saiu: isso não tem nenhuma importância nenhuma pra verificar e estudar o problema de que trato, a simbologia dos chefes.

O sr. João Alberto devia sair e tinha que sair mesmo, custasse o que custasse, simplesmente porque era um símbolo de opróbrio, de domínio, de escravização que os preconceitos burgueses de liberdade e justiça, sob os quais vivemos, não podiam suportar. Haja vista a unanimidade creio que absoluta com que pelas suas maneiras práticas de manifestação, jornais, discursos etc. o povo paulista se mostrou desde logo satisfeito nas suas reivindicações, assim que o sr. João Alberto apeou dos Campos Elíseos. Ora essa não era a reivindicação legítima do povo paulista, a que eu mesmo ajudei aqui a desencadear. O lema, todos estão lembrados, era "São Paulo pros paulistas".

O que nos irritava, e a mim como brasileiro me envergonhava, era a fúria, a esfomeação indecente com que, vencida a Revolução, os brasileiros, especialmente nordestinos, voaram pra S. Paulo, avançaram nos empregos públicos, abandonaram suas terras brasileiras mais carecidas de gente hábil e ativa, na intenção visível de ganhar nosso dinheiro e nossa comodidade (aparentes), sob o pretexto inda mais indecente de que eles eram os revolucionários, eles os que "deram o sangue" pela Revolução. Nenhum não se pejava de reduzir o eterno problema da luta pela vida, a uma questão de maior ou menor sangria! Infelizmente esse cultivo pueril e ridiculíssimo do herói com hemorragia se tornou tão íntimo nos brasileiros de após Revolução, que o próprio sr. João Alberto, na carta em que entregou ao sr. Getúlio Vargas a interventoria paulista, apesar de homem pensativo e não "diseur" de bobagens como o trêfego Juarez, inda relembrava a indiscretamente suas peregrinações e riscos de vida, como tenente de revoluções fracassadas. Foi uma pena, porque não nos interessa relembrar os heroísmos e sacrifícios honrosos do bravo soldado, agora. Felizmente ele ainda não morreu e inda pode prestar muitos bons serviços ao país. Mas o seu heroísmo passado não o justificava no "campo de experiência" a que, por não ser paulista, fora preliminarmente mal guindado.

Pois é: tanto o sr. João Alberto era como interventor em S. Paulo, um símbolo insuportável prás nossas virtudes populares burguesas de liberdade e justiça, que, bastou ele sair da interventoria e toda a gente se declarou satisfeita, ninguém não se lembrou mais que o lema era "São Paulo pros paulistas", e que toda a fúria regionalista que os brasileiros pela segunda vez tinham despertado em nós, provinha exatamente da comilança brasileira dos empregos públicos paulistas, e não do lugar do chefe do nosso Governo estadual. Antes e depois da República já foram numerosos os chefes de governo em São Paulo, não nascidos aqui. A todos eles S. Paulo agüentou sem sentimento de desonra e de escravidão. E ruins foram no geral. Mas agora não podíamos suportar o sr. João Alberto.

Por mais pior que esses uns? Absolutamente não. E só porque de início o sr. João Alberto não percebera que era um símbolo insuportável. Só porque ele não percebera no princípio aquelas palavras que, sob o regime das virtudes que nos organizam como povo, foi obrigado, não sei se com amargura, a pronunciar quando deixou a interventoria: que não bastava boa vontade e outras coisas pra governar o Estado agora, carecia preliminarmente ser paulista. Essa era e é a verdade. Hoje o paulista dança a farândula das suas reivindicações satisfeitas, já vai rápido se esquecendo do mais ou menos idiota "São Paulo pros Paulistas", abre os braços com razão a todos os brasileiros que vieram enriquecer a nossa vida paulista. Só porque foi respeitada a simbologia idealista!

Mas está claro que por mim pessoalmente, eu não pactuo nem com as virtudes nem com a ideologia com que nós encurtamos assim nossa definição de humanidade.

MÁRIO DE ANDRADE

DIÁRIO NACIONAL. Domingo, 26 de julho de 1931

OS BAILARINOS

No meu isolamento de agora pousam de quando em quando as andorinhas do mundo e desta vez foram elas três: Chinita Ullman, Carletto Thieben e Leo Kok. Os dois primeiros dançam, o terceiro é músico. Quando entrei na minha saleta pra conhecer os que Lasar Segall, de Paris, me recomendava, os dois homens estavam de pé, examinando a minha livraria, e já se alegravam de, tendo buscado apenas um poeta, encontrarem um músico também. Chinita Ullman estava sentada, contra a luz, admiravelmente plácida, com os braços pousados ao longo do corpo. Me deu uma impressão tão forte de pássaro que inda há pouco foi essa impressão que me provocou a imagem das andorinhas, conhecida. Foi logo um sentarmo-nos todos a chalrar. Chinita Ullman, perfeitamente atualizada por seu gaúcha, viveu na Alemanha, estudou lá e fala um português da gente, com perfeição. Carletto Thieben, primeiro bailarino do Teatro della Scala, é italiano e como todo italiano que se preza, desde os dentes espaçados até os pés cheios de fraqueza, se exprime num francês difícil que o autorizo a ser compreendido em italiano. Daí em diante deslisa numa tocata de palavras claras do mais delicioso "scarlattiano". Leo Kok a princípio desagrada um bocado porque tem cabeça chata, e parece nordestino que veio buscar emprego público. A impressão passa logo. Tem uns olhinhos de vitalidade intensa. Se mostra logo tão intimamente artista como os seus dois companheiros de aventura, tendo a mais um ar de Companhia das Índias Ocidentais, prático, eficaz, botando as coisas no lugar. Gente simpática, tão inteligente, tão firme nos seus conceitos sobre arte que eis-me aqui, bancando o Nassau dessas riquezas que veremos amanhã no Municipal.

Nossa conversa corre pipocando assuntos, aparentemente fúteis, em reconhecimentos de alma e opiniões. Adoramos Scarlatti, tememos um público que não sabe escolher as suas curiosidades, lembram-se os Andrades (não são meus parentes) que fizeram figura feia no militarismo holandês, as cantigas do Brasil, livros, Picasso imitado no Brasil, etc. Eu todo entregue e deliciado mas vivendo em dois. O outro que eu vivo é a memória engraçada duma

320

outra bailarina que passou... praticamente pela vida contemporânea de S. Paulo, e era pansuda e anedótica — o oposto de Chinita Ullman. Se chamava Tortola Valência e toda a gente se lembra o que sucedeu. Veio, se instalou no rancho dos então "modernistas" de S. Paulo, comia lagostas com a mão, era linda de rosto, e causou artigos que a chamavam de sublime nas "pointes" e divina de corpo. Não fui eu que falei essas coisas mas reconheço que a paixão justifica as cegueiras. Na verdade a torta Tortola era apenas uma bicha na "varsa" e pansuda de família. Um dia ela quis posar pra que Victor Brecheret lhe imortalizasse a ilusão de corpo lindo. Brecheret, que estava em penúria de modelos, aceitou com entusiasmo. Foram pro ateliê mas saiu um chinfrim danado. O nosso ingênuo e grande mestre pedreiro olhou pra aquele corpo que era um "mil e uma noites" de experiências, tornou a olhar e com aquela voz cava e tonitruante que ele tem, voz de pedra mesmo, curta e pesada, rosnou só: — Não dá. Tortola insistia, mas o artista secundava sempre: — Não dá. Na verdade ele queria dizer que o corpo dela não dava escultura que prestasse e Tortola entendeu. Saiu danada insultando o pobre do escultor fogoso que não sonhava na composição duma *Vieille Heaulmière*, nem plagiar Rodin. Era o primeiro, e acredito que a contragosto, vaiador da divina Tortola.

Agora, cercado destes bailarinos que não falam bobagens conversando mas coisas inteligentes e felizes, que não comem lagostas com a mão nem vestem trajes estapafúrdios, têm corpos que dariam esculturas, e gestos humanos só que tão levianos que nos iniciam na asa, cercado de Chinita Ullman e Carletto Thieben, não sei porque a memória de Tortola tomba na saleta feito um zabumba sonoro, faz "bóom"! e me contenho pra não rir. Um tempo, Tortola Valência foi uma experiência penosa e assustada porque só por um triz um resto de bom-senso do que enxergava me impediu de escrever sobre ela também. Mas hoje a espantosa "não dá" é apenas uma lembrança gozada que faz "bóom". Que diferença da Chinita e de Carletto! E me está vindo uma curiosidade ansiosa de ver estes dois dançando. Como serão eles dançando? Uma delícia certamente porque senão Lasar Segall não os recomendava. Uma delícia, creio mesmo por mim, porque senão eles não haviam de possuir esta graça de gestos, este refinamento de opiniões artísticas, esta segurança nas músicas a interpretar. Tudo isso me indica muito, me assegura um valor, mas não me conta a arte deles, o que eles são nas suas esculturas movediças ao som. A curiosidade permanece e mesmo impacienta-se, como quando alguém nos promete a revelação dum segredo e se reserva um instante para contar melhor.

Foi o que me ficou dessa visita: a estima de três inteligências firmes, a memória duns gestos perfeitos e uma curiosidade vasta. Não isso apenas. Ficou-me também cantarolando por associação nos lábios — "Ah Chinita que si, Ah Chinita que no" — a "Paloma" da nossa América. A "Paloma" nos lábios, e na sensação pombos, andorinhas, garças do rio Paraná, uma deliciosa e calma palpitação de asas contra a luz.

MÁRIO DE ANDRADE

DIÁRIO NACIONAL. Domingo, 2 de agosto de 1931

CIRCO DE CAVALINHOS

Os cavalinhos vão perdendo cada vez mais caráter e importância social entre nós. Mesmo o nome já não tem a normalidade de expressão que tinha. Ninguém mais fala nos "Cavalinhos" sem mais nada, como naquela gostosa cantiga de beber que ainda era cantada aqui no Estado uns quinze anos faz: "Lá vem seu Juca dos Cavalinhos". Parece mesmo que a própria palavra Circo esgotou a força. Inda achei graça nisso, recente, quando nas vagabundagens automobilísticas das minhas últimas férias, passei por Itaquerê onde tem uma igrejinha deliciosa. Tinha lá também um circo no momento, cujo dono era um intaliano de que esqueci o nome. Era bem o circo nosso, de lona, circular, cheirando amendoim com preta. Cheirando por associação de imagens só; não havia preta nem amendoim mais, e a freqüência era o sírio da loja em frente, um médium espiritista alemão, mais alguns paulistas de fora e os colonos intalianos do bairro. O dono do circo sentiu que nele e no seu público a palavra Circo não funcionava mais como noção bem nítida e mandou botar em letras garrafais na frente do barracão: CIRCO TEATRO FULANO DE TAL. Assim que li achei graça, mas foi desaparecendo de mim o cheiro de amendoim com preta. Sofri.

Terêncio Martins há uns dois meses reuniu num opúsculo as crônicas que escreveu do *Diário Nacional* em 1929, sobre os circos paulistanos. Não estou convencido de que ele fizesse bem, não só porque Terêncio Martins já provou que nos pode dar trabalhos de muito maior interesse como porque essas crônicas, escritas exclusivamente pra jornal, sem a intenção de viverem futuramente a vida de livro, se ressentem da apresentação de fenômenos muito episódicos, datados por demais, por demais 1929. Não atingem bem por isso, o gênero literário da "alta reportagem" que entre nós Paulo Barreto foi quase que o único a praticar. A alta reportagem tem de revelar uma época e um povo diante de determinados fenômenos ou manifestações sociais. Esse é o grande mérito dela. O livro de Terêncio Martins não atinge bem isso: fica mais na indicação de certos indivíduos excessivamente episódicos como o palhaço Alcebíades e o lutador japonês

323

do circo Queirolo, ou de intrigas que se desgastam com o tempo como as briguinhas dos manos do Chicharrão. Tudo isso é engraçado inda pra nós que conhecemos o palhaço desimportante que é Alcebíades, e força é confessar que relatado com aquela silenciosa e paciente habilidade com que Terêncio Martins sabe gozar e incentivar as brigas-de-comadres, mas não passa da humanidade fosca e inútil que somos mais ou menos todos nós. Omóri, Lazinho, Chique-chique afinal das contas nem são imperativos duma época nem individualidades excepcionais. Mas há porém sempre observações no livro que têm muito o caráter típico da nossa época paulistana, principalmente as sobre os costumes dos soldados da nossa Força Pública, assunto em que Terêncio Martins é doutor formado e insuperado.

Outro mérito do voluminho é a consagração de Piolin, sobre o qual Terêncio Martins faz observações judiciosas. Piolin é realmente um grande palhaço, muito embora esta verificação gritada pelos modernistas de S. Paulo tenha muito irritado uns tempos a sensibilidade de Tristão de Athayde, que via em nosso entusiasmo apenas uma transplantação do amor pelo "music-hall" que tomou a Europa logo depois da Guerra. É muito provável que os modernistas de então se lembrassem do circo brasileiro por causa da moda européia, mas o fato é que ninguém tem a culpa de Piolin ser grande de deveras, e mesmo às vezes genial. E na verdade o entusiasmo dos modernistas de S. Paulo não era pelo circo, era por Piolin.

Piolin é realmente o criador do tipo dele, muito embora descendendo em linha imediata de Chicharrão. Este, é certo que inventou o tipo exterior, indumentária e cabeça, assim mesmo não inteiramente originais. Piolin, formado na escola de Chicharrão, como nos conta Terêncio Martins, agarrou no manequim e deu uma psicologia definida pra ele. A graça de Chicharrão era, e é a dos palhaços em geral. A comicidade de Piolin evoca na gente uma entidade, um ser. E de tanto maior importância social que essa entidade converge pra esse tipo psicológico geral e universalmente contemporânea do ser abúlico, do ser sem nenhum caráter moral preterminado e fixo, do ser "vai na onda". O mesmo ser que, apesar das suas especificações individuais, representam Carlito, Harry Langdon, os personagens do *Ulisses*, os de Proust e as tragicômicas vítimas do relativo que Pirandello inventou. Nessa ordem geral do ser humano, que parece criada pela inquietação e pelas enormes perplexidades deste fim de civilização, ser que nós todos profundamente sentimos em nós, nas nossas indecisões e gestos contraditórios, é que o tipo criado por Piolin se coloca também. Dentro de toda a deformação caricata, Piolin é um ser da nossa fase do mundo, um ser real, embora completamente antirealista no sentido em que foram "Realistas" os Zolas, os Eças e os Aluísios de Azevedo.

E na monotonia quase genial do seu tipo, Piolin atravessou no circo as mais engraçadas aventuras. Estas formaram um ciclo de rapsódias que muito bem poderia se tradicionalizar se aproveitado na escrita. Porque já não é mais tempo das tradições orais. Mas ficava sempre de fora o lado gesto, o lado voz, de Piolin, que Terêncio Martins salientou com muita razão. Lado incomparável que vai se perder, e pelo qual mais tarde os outros poderão garantir a grandeza de Piolin; apenas com a mesma dúvida inquieta com que a gente hoje garantimos a grandeza de João Caetano.

MÁRIO DE ANDRADE

Notas da pesquisa:

1. Yan (João Fernando) de Almeida Prado é Terêncio Martins; havia publicado em 1928, na *Revista de Antropofagia, Os três sargentos.* Em 1931 editará esse texto sob o pseudônimo de Aldo Nay (*Os Três Sargentos.* São Paulo, Tip. Ganaux, 1931).

2. Grande era a ligação dos modernistas de São Paulo com o circo, valorizando sobretudo Piolin, o palhaço. Em 1927 vemo-lo fotografado na roda modernista de Tarsila na Fazenda Sta. Teresa do Alto. Em 1928, por ocasião de seu aniversário, a *Revista de Antropofagia* oferece-lhe almoço na casa Mappin. Artistas plásticos poetas, mecenas comparecem; a comemoração recebe cobertura da imprensa.

DIÁRIO NACIONAL. Domingo, 9 de agosto de 1931

AGORA, É NÃO DESANIMAR!...

Uma das informações mais interessantes sobre a colonização teuto-suíça tentada pelo senador Vergueiro nas suas fazendas de café, em meados do século passado, é a do colono Davatz. (*Die Behandlung der Kolonisten in der Provinz St. Paulo, 1858*; Biblioteca Yan de Almeida Prado). O livro segue mais ou menos monótono e sabido nas duas primeiras seções, que tratam das condições gerais da província e das tentativas de colonização. Davatz veio como colono, e se tinha instrução suficiente pra escrever o livro e se tornar em Ibicaba mestre-escola da piazada colonial, observava pouco e sem curiosidade. O que agrada um bocado é a íntima ingenuidade dele e o ar sincero da escrita, que por esses dois caracteres possivelmente se aproxima bem da verdade. A família Vergueiro era poderosa e ensimesmada. Davatz refere meio assombrado uma frase deliciosa de Luís Vergueiro, administrador das fazendas do pai, que "a família Vergueiro era tão rica que não carecia nem de Deus nem de Cristo". Além disso o estado social do Brasil, em pleno uso da escravatura, ajudava toda sorte de prepotências. De resto também no Sul os alemães do tempo da Independência tinham sido ludibriados, pelo que referem viajantes alemães da época, como Schumacher ou Schlichthorst. Os livres suíços, que vinham pra Ibicaba, volupiados pelas lendas duma terra de oiro, garantidos por contratos aperitivantes de arrendamento à meia e trato melhor que o das aldeias nevadas, encontravam era uma legítima escravidão. Como em seguida ia suceder com o paroara amazônico, o processo de escravização do colono era individá-lo inicialmente pra que depois ele não pudesse mais se libertar do fazendeiro. A sede fornecia víveres e o mais às colônias, cobrando preços no geral mais altos que os das cidades vizinhas; a conversão dos ganhos do colono era feita discricionariamente e a caderneta de dívida não acabava mais. E com ela a escravidão. A instrução prometida no contrato não vinha. A assistência médica, o mesmo. Os colonos eram obrigados a gastar um dinheirão com médico. Assistência espiritual, os colonos católicos inda tinham o recurso das cidadinhas da redondeza, onde rezavam missas acompanhadas duma musicaria instrumental cuja bulha espaventa o orfeônico Davatz. Mas os colonos protestantes vivem na mais perfeita indigência de rito. Davatz ingenuamente vai reclamar por si, mas na sede lhe secundam com duas pedras na mão. Porém não só ele que está descontente, são todos. E Davatz encabeça, coordena um protesto coletivo, pedindo devassa.

Na descrição desse "levante dos colonos contra os opressores" o livro se torna interessantíssimo. Os processos mais perrepistas de opressão, de disfarce, de prepotência são utilizados contra os colonos e especialmente contra Davatz. Este é um "revolucionário", ameaçado de morte, com negrões assalariados esperando ele nas tocaias da noite; o protesto pacífico dos colonos é desvirtuado como um novo Palmares perigosíssimo. Há uma espionagem líquida penetrando por tudo, não deixando carta passar, nenhum apelo aos cônsules, nenhuma consulta a ninguém. As entrevistas de Davatz com os fazendeiros são adoráveis na descrição, em que o colono confessa ingenuamente não poder reportar todas as frases dos antagonistas porque nem bem falava uma coisa toda a gente respondia gritando e insultando em coro, era o senador, os dois filhos, e os diretores das colônias, um Jonas e um Schmid. Por fim até mulher entrou no meio! Dois ou três colonos que esperavam fora imaginaram Davatz em perigo de morte, mandaram um menino correndo a Ibicaba trazer gente. Davatz saiu, saiu tonto, se apalpando, espantado de estar ainda vivendo como nós, topou no caminho a coloniada que vinha, com foice, pá, machado, faca de cozinha, defendê-lo. Foi um custo acalmar todos. Mas afinal os colonos conseguiram bastante do que podiam. Assim como houve tedescos traidores dos patrícios, teve brasileiros que protegeram os suíços. Tudo acabou quase satisfatoriamente, e até José Vergueiro protegeu a retirada de Davatz pra terra. Pôs mesmo tanto empenho nisso que é fácil imaginar o desespero em que estavam os Vergueiros de ver o protestante mestre-escola pelas costas.

Mas o episódio mais adorável desse levante foi a festa preparada na fazenda pro 79.º aniversário do senador, em 20 de dezembro de 1856. Davatz, logo que chegou em Ibicaba pretendeu montar uma escola primária pra alfabetizar os colonos. Teve que adiar uns meses a idéia porque caiu doente e sofreu bem. Mas em 1856 a escola funcionava, chegando a contar 108 alunos, muitos dos quais ("já na idade em que a gente casa no Brasil, 16, 17 anos") nunca que tinham visto letra, nada sabiam de História Sagrada. Porque as matérias eram Ler, Escrever, Contar, História Sagrada e Canto. Nós sabemos que alemão como suíço é corista por natureza. Numa comovente antecipação das sociedades Lira e Schubertchor, nossas contemporâneas, Davatz conseguiu formar um orfeão masculino em Ibicaba, que se tornou logo famoso na vizinhança. Ora desde o princípio do livro Davatz vem provando que os Vergueiros e seus assalariados eram mestres no aparentar as coisas. O aniversário do senador, pro qual devia chegar muita gente, senadores, negociantes, muito grosso da redondeza e até dois europeus, era ocasião boa pra mostrar como os colonos estavam contentes e bem tratados. Havia comes e bebes pra todos, orquestrinha e danças. Mas a flor das provas era a apresentação do coro masculino e o discurso que Davatz faria, saudando o senador. Os colonos perceberam logo o plano, resolveram não comparecer na festa. A maior parte dos coristas e instrumentistas desapareceu no dia, a cantoria foi um fiasco de magreza, e inda por cima Davatz não falou.

Isso no dia seguinte, quando chegou na hora da lição de canto, Jonas e Schmid, que eram da diretoria do coro, apareceram na escola, tiriricas, repreendendo, se queixando, acabaram renunciando aos postos que tinham na sociedade. Saíram, mas apesar da chuvinha que caía, ficaram escutando atrás da porta pra saber o que os colonos decidiam. Estes estavam naturalmente numa excitação danada; Henrique Ryssel gritava que o senador era um trapaceiro, que roubava os colonos, coisas assim. Depois entraram no caminho das resoluções. Resolveram destituir do cargo de tesoureiro um tal Alscher de que andavam boquejando coisas; que Henrique Ryssel fosse comunicar isso ao tal e tomar-lhe a caixa; que na próxima lição se preencheria os cargos vagos, porém o coro havia de continuar vivendo. E o coral "Agora, é não desanimar" iniciou os cantos do dia.

MÁRIO DE ANDRADE

DIÁRIO NACIONAL. Domingo, 16 de agosto de 1931

AGORA, É NÃO DESANIMAR!

Os leitores devem estar lembrados que no último domingo dei conta dum livro raro de Davatz sobre as colonizações teuto-suíças, tentadas pelo senador Vergueiro em meados do século passado, nas suas fazendas de café. O interesse, apenas de cronista, pelas anedotas que tinha a relatar, me fizeram esquecer que sem ressalva alguma da minha parte, o relato iria ferir o sentimento daqueles que guardam com justiça a memória do velho paulista. Isso aliás está me recordando o caso do sobrinho de Salomé, que por demais pândego não se presta a ser contado agora. Ficará pra uma das crônicas futuras.

Mas está claro que com o meu artigo do domingo passado não tive a mínima intenção de chocar o sentimento de ninguém. Nem mesmo de diminuir as benemerências do senador Vergueiro — e não é das mais precárias o fenômeno admirável de ter organizado uma colonização de homens livres e de boa raça, numa época negra de plena escravidão. Quis mas foi dar conta dum livro que poucos conhecem, cujo valor é inegável pra nós e cujas anedotas divertiam. Mas que a verdade dele seja incontestável não posso afirmar, como provam os documentos que seguem. Documentos tanto mais pesantes que numa época como aquela em que a prepotência dos senhores era vasta e livre, o senador e seus filhos passariam muito bem sem eles. Eis uma carta, respeitado o texto, do dr. Hanser:

"Ilm.º sr. José Vergueiro, Chefe da casa Vergueiro e Companhia. Angelica — Depois de ter-me demorado quasi tres semanas nas suas colonias 'Senador Vergueiro' e 'Angelica' não posso deixar de communicar a vmce. em poucas palavras minha opinião, e de apresentar a vmce. como chefe da casa, os meus mais attenciosos agradecimentos pelos obsequios, e a franqueza com os quaes vmce. me tem recebido, os quaes não posso assás reconhecer. Tive plena liberdade de examinar o estado economico e moral de cada um dos colonos: (e não só dos Suissos como tão bem dos Allemães). Todos os livros e documentos quer por este fim precisava, estiverão à minha disposição illimitada, em fim, respeitavel Senhor, vmce. fês tudo o que foi possivel para eu poder obter um conhecimento claro de toda posição. Esta franquesa já era uma prova que vmce. dirige a empresa e direcção da Colonisação com um fim nobre, e pelo conhecimento de todos os livros e exame especial de todos os negocios estou de pacto convencido que a casa Vergueiro não rebaixa a obra da Colonisação a uma especulação de

329

dinheiro, que não perdeu de vista o designio duplamente bello; por um lado para condusir á sua patria os braços tão necessarios, para outro faser que numerosas familias que no meio do turbilhão da superabundancia de população europea apenas poderião conservar a vida, obtenhão uma existencia isenta de cuidados. — Lastimo por isso franco e vivamente que aos inimigos da sua casa podessem aproveitarem se de uma ou outra queixa justa dos Colonos, introdusidos na Direcção, os quaes vmce. já á minha chegada em sua casa prometeo reformar, para aceitarem aos Colonos contra a sua Casa e de seduzil-os a faserem uma representação que contem suspeitas contra a casa Vergueiro que nunca poderão ser justificadas. — Não quero entrar em cada um dos pontos deste papel de queixa, tão sòmente manifestarei o meu desgosto sobre o modo e maneira de sua redacção, por que cada um dos pontos accusa a Casa Vergueiro e Companhia, e sem motivo algum, de ter de proposito logrado aos Colonos, de velhacadas as mais infames que esse papel, com uma levianadade imperdoavel, accusa a Casa Vergueiro, desnecessario e até absolvel-a. — Nem ao menos me é dado contrapor a essas suspeitas o testemunho do fiel cumprimento dos deveres a respeito do serviço feito nas plantações do Café pelos Colonos Suissos. Segundo a declaração do meu amigo Diethelm, que me acompanha como conhecedor d'estes serviços para o exame das plantações de café, achão-se os cafés dos colonos suissos geralmente n'um estado tão pessimo como jamais esparavamos. Tem em proporção poucas familias que tratarão o café conforme as exigencias do paiz, para assim obter a maior possivel vantagem; muitos tratarão o café negligentemente, e obtinhão d'esta forma tanto em prejuizo da Casa Vergueiro como em seu proprio uma colheita muito menor; muitos até nem carpirão o seu café, de maneira que a Casa Vergueiro não só tem o prejuizo de uma colheita menor, como além d'isso vem as plantações a padecerem e por falta de trato perecerão pouco a pouco. — Durante a ..... demora nas suas Colonias, convenci-me por muitas vezes que vmce., longe do faltar com qualquer cousa que os colonos em geral precisão, vmce. tem como ponto de honra o bem estar de cada um dos Colonos, que mesmo durante este movimento vmce. cuidava a cada um d'elles sem attender se se achava ou não compromettido. Por isso espero com convicção que os colonos reconhecerão a sua injustiça, que breve tornarão a prestar-lhe a confiança d'antes, e findo desejo que seu honrado pai, o exmo. sr. senador Vergueiro ainda gose bellos fructos da semente que tem lançado. Acceite honrado senhor, a segurança de minha perfeita estima e reconhecimento. — Angelica, 4 de março de 1857. — sign. Dr. J. Ch. Henser. Conforme João Carlos das S.ª Telles, Secretr.º da Prov.ª".

Talvez inda interesse esta declaração do mesmo Henser sobre o diretor Jonas, documento curioso por fazer a psicologia, um tanto primária aliás, dos empregados graduados.

"Encarregado de 6 Cantoens da Confederação Suissa, informei-me pelo exame dos respectivos livros, os quaes o sr. José Vergueiro me entregou um exame illimitado do estado economico dos colonos Suissos desta e convenci-me que o sr. Jonas até agora director, fez os assentos com perfeita exactidão e que a este respeito não se-lhe pode fazer a minima repreensão. — A respeito do tratamento dos colonos foram feitos ao senhor Jonas varias accusações exageradas. O sr. Jonas mesmo concede ter feito aos colonos algumas repreensões mal cabidas; compreendo porém muito bem que a paciência de um director de colonia muitas vezes fica exposta a duras provas. — Ybicaba, quinta-feira, 26 de fevereiro de 1857 — Dr. J. Ch. Henser.

Conforme João Carlos S.ª Telles, Secretario da Provincia."

Guardei pro fim o melhor: esta emocionante carta de colonos, cuja psicologia os leitores farão por si mesmos.

"Sr. Luiz Vergueiro. — Nós abaixo assignados, colonos Terrigens, pedimos a vm. que não nos conserve odio por termos tomado parte na queixa contra a casa Vergueiro, e que continue a tratar-nos com o mesmo amor com que sempre vm. nos tem tratado.

Nós fomos levados a tomar parte na quelle escandalo illudidos pelas promessas brilhantes dos Suissos, que se diziam protegidos por pessoas do Rio de Janeiro, e mesmo por seus ameaços; mas logo que reconhecemos que os Suissos tinham outra cousa em mente, e não a ordem e a lei, logo nos retiramos delles, como vm. o sabe.

Vm. também sabe como temos sido ameaçados e atacados por vezes pelos Suissos, mas nós confiamos em sua protecção e nas leis do paiz, e pedimos que vm. se esqueça do que fizemos; nós somos contentes, e declaramos sermos tratados conforme o nosso contrato.

(Seguem-se quatorze assignaturas).

Conforme o original em allemão, que mostra ter sido escripto por pessoa menos illustrada. Fazenda do Morro Azul, aos 6 de novembro de 1857. — Gustavo Adolpho Reis. (Relatorio do Imperio, 1858, p. 92)."

Creio que fica assim defendida a causa do senador Vergueiro, cuja memória não tive intenção de desprestigiar, mas desprestigiava sem esta documentação a favor dele.

M. de A.

Nota da pesquisa:

1. No jornal não ficou impresso o adjetivo relativo à: "— Durante a demora...", ficando um espaço em branco.

DIÁRIO NACIONAL. Domingo, 23 de agosto de 1931

ÁLVARES DE AZEVEDO — I

Principiando estas minhas notas pessoalíssimas sobre Álvares de Azevedo, cujo centenário de nascimento bate no mês que vem, creio que vou determinar especialmente o malestar que me causa pensar nele. Não só pela situação atual da vida do mundo e mesmo da nossa, da qual Álvares de Azevedo está enormemente afastado, como ainda pelo que ele foi em si, pelos fenômenos que representa.

A impressão mais permanente e desagradável que a gente sofre ao ler as defeituosíssimas obras de Álvares de Azevedo é a dum espírito genial. Das figuras principais e mais cotadas do nosso Romantismo ele é bem o que mais dá a impressão íntima do gênio; não do gênio atingível através das paciências compridas, mas o gênio independente, por assim dizer espontâneo, capaz de criar uma obra formidável. Obra que seria da qualidade do *Hamlet*, da qualidade da *Nona sinfonia*, que são geniais e formidáveis independentes da perfeição e da ordem.

E se qualifiquei de "íntima" a sensação de genialidade que se tem lendo Álvares de Azevedo, é pra distingui-lo de outras manifestações mais objetivas ou exteriores da genialidade. Ninguém pode negar que quem atinge por exemplo a magnífica perfeição criadora de Gonçalves Dias no "Y-Juca Pirama" tem o direito de ser chamado gênio. Ou pelo menos que a gente afirme dele que criou uma obra genial. O conceito do gênio é muito difícil de definir; e se em todo o resto da obra dele, Gonçalves Dias certamente não é genial, a gente percebe sempre nessas obras, nos trabalhos a que se submeteu o maranhense, todo aquele conjunto ascencional de circunstâncias que preparam a eclosão duma obra sublime. E o "Y-Juca Pirama" é uma obra sublime. Ainda em Castro Alves se tem a impressão do genial, porém essa impressão é exatamente o contrário de "íntima". É muito mais fácil de explicar, de provar a impressão, é muito mais fácil de demonstrá-la na objetividade da obra deixada. Deriva especialmente da extrema fulguração, do movimento apaixonante e turbilhonante em que nos faz girar o eloqüente cantor nas suas mais admiráveis páginas. E se a "Cachoeira de Paulo Afonso" não atinge aquela perfeição,

332

aquela ordem, aquela dição de maravilhosa beleza do "Y-Juca Pirama", em compensação ela é muito mais apaixonante, sobretudo sob o ponto-de-vista social.

Ora a genialidade de Álvares de Azevedo além de ter um caráter absolutamente outro da perfeição de Gonçalves Dias e da paixão de Castro Alves, inda tem a ruindade de ter ficado no ovo, na impressão que se tem ao lê-lo, nas promessas que algumas das páginas deles e a totalidade do seu espírito nos fazem. É uma genialidade que... não se realizou! Os nossos românticos, mesmo os que morreram em início de homens, como Casimiro de Abreu e Castro Alves, dão sempre a sensação de poetas realizados totalmente. É mesmo possível a gente imaginar que Castro Alves teve, como Bilac, a felicidade infelizmente tão rara de morrer a tempo. Mas se Bilac morreu na hora certa, apenas pra não ficar banzando que nem assombração empoeirada no meio do novo espírito de poesia que estava se formando entre nós depois da guerra européia, Castro Alves morreu na hora certa porque é presumível não se poder esperar mais da sua fulgurante lira de tão poucas cordas. Nos teria talvez dado mais um ou outro poema admirável, porém o valor específico dele, o valor pelo qual ele é o mais importante, o mais permanente dos nossos poetas românticos, deriva muito menos da beleza da sua poesia que da função social dela. E os temas dele eram poucos. E além de poucos inda permaneciam vivos, pelo que é lícito imaginar que ele continuaria numa enfim monótona ária com variações. Mas se eram poucos os seus temas, se ele não tinha aquela variedade temática resultante do espírito cultivado em Gonçalves Dias, e surpreendentemente espontânea e íntima em Fagundes Varela, é certo que tangeu as cordas do amor e da liberdade com um fulguração que, mesmo na sua geral exterioridade, é esplêndida. Mas, junto com Casimiro de Abreu, Castro Alves demonstra nas suas obras uma tal despreocupação das coisas da inteligência, que, continuando vivo, é lícito imaginar que como os menestréis e oradores popularescos, se poria a retanger monotonamente os seus temas e não passaria muito acima dos esquecíveis Béranger das praças. De Casimiro de Abreu inda eram mais curtas as possibilidades de vôo.

Álvares de Azevedo, pelo contrário, prometia ir enormemente além do tédio e da fúria de juventude em que viveu. Preocupavam-no as suas leituras ainda maldigeridas mas absolutamente incomuns, lançava-se no labirinto das filosofias, só saiu na rua uma vez, pra pedir o perdão de Pedro Ivo. E se pediu em versos de admirável sentimento individualista, em estâncias incontestavelmente superiores às de Castro Alves sobre o mesmo assunto, pediu muito menos eficazmente que este, pediu com a curvatura socialmente alacaiada dos que se inclinam demais sobre os livros e sobre si mesmos. E a preocupação de filosofias, de problemas críticos, de problemas psicológicos se manifestava nele com uma liberdade criadora, detestável prás inquisições, incapaz de aceitar o moralismo burguês de Gonçalves Dias ou o didatismo fabulista (inda bem quando fabulista!...) de Varela. Mas tudo ficou nessas amostras de futuro, nessas promessas duma personalidade original e possantíssima: Álvares de Azevedo morreu completamente antes da hora. E nós ficamos sem saber se ele seria o gênio que indicavam as amostras e promessas, ou mais um vulgaríssimo exemplo de tropicalismo e mestiçagem: prometedor de tudo em moço mas esgotado pra sempre pelo esforço de prometer tudo. E se com "Y-Juca Pirama", com a "Cachoeira de Paulo Afonso", com o "Diário de Lázaro", os outros grandes românticos nos deram marcos principais da poesia americana, Álvares de Azevedo nos sobra, excessivamente sobra, como sobram na realidade objetiva dos povos, tudo o que seja promessa ou muito sonho.

MÁRIO DE ANDRADE

DIÁRIO NACIONAL. Domingo, 30 de agosto de 1931

ÁLVARES DE AZEVEDO — II

Me propus a determinar as causas pelas quais a figura de Álvares de Azevedo me produz malestar. Apontei uma causa de ordem, francamente não sei se diga intelectual, se diga psicológica: o ter sido ele um gênio que não chegou a realizar a sua genialidade. Agora quero apontar uma causa de ordem exclusivamente crítica.

Toda a gente, creio, está acostumada a considerar Álvares de Azevedo um poeta, e em todos os tratados da nossa Literatura ele vem assim. Ora pela conformação do espírito dele, pela seriação das suas obras, pelas excelências que demonstrou como criador e como artista, tudo me leva a crer que a poesia era pra Álvares de Azevedo apenas o ginete da mocidade. A mocidade é por essência fácil. A prosa é muito mais difícil que a poesia tanto na realização técnica como na organização do lirismo psicológico. E a fácil mocidade se apega aos metros e rimas, ou agora se apega ao verso-livre e a três ou quatro cacoetes brasileiristas, na pressa, talvez útil, de se exterminar logo. No geral os prosadores contam algum livro de versos entre os delitos de mocidade...

Álvares de Azevedo nos deixou algumas poucas poesias admiráveis, e numerosas comoventes, como também Machado de Assis compôs "Última jornada", "Mosca azul" e poucas mais. Porém é na prosa que estão as mais curiosas páginas de Álvares de Azevedo, e na prosa que se demonstram melhor as suas possibilidades de criador e as qualidades da sua inteligência; e o destino dele não estava entre os poetas mas sim entre os prosadores.

Antes de mais nada: a criação mais extraordinária, mais estonteante dele é em prosa, o *Macário*. Todo o primeiro episódio que afinal é um enorme diálogo entre Satã e Macário, é uma página magistral como limpidez de estilo, diálogo corredio, invenções dramáticas (não teatrais, propriamente) esplêndidas. O segundo episódio, na Itália, enfraquece bem. Álvares de Azevedo, parece que fatigou; dá largas àquela facilidade oratória com que nos discursos de Academia ele atingira a francamente verdadeiras e curiosíssimas magnificências de vazio, colorido e sonoridade. Não estou elogiando, mas é de fato incrível o que ele parola em discursos. Álvares de Azevedo genializa o chamado "béstia acadêmico", uma gritaria amalucada de pasmar. É a prosa oratória no que ela tem de mais tolo, mais risível e... mais entusiasmante. Aturde. Escutem só, este período: "Quando, depois que essa aluvião de homens que se chamou a invasão dos bárbaros, passou arremessada do despear de sua corrida assoladora como um tufão, sobre o Panteon de Roma, a decaída; quando após o coro blasfemo das lúbricas saturnais desses espúrios e degenerados netos dos severos republicanos, desse que aí despiram enjeitada a cota de malhas dos tempos épicos pela túnica sibarita das orgias, cerrou-se a grande tragédia romana com os hinos bárbaros do triunfo dessas guerreiras tiufadias da Címbria e da Mongólia, e dos membrudos homens do deserto enterraram os coutos das lanças sangrentas de seus estandartes selvagens na fronte róchea do Capitólio pagão... etc." É completamente tolo e é completamente admirável. Interessa sempre a quem tenha a liberdade de se divertir, e de justificar uma juvenilidade anormal. Dessas imagens, dessas visões eloqüentes, Álvares de Azevedo havia de fazer mais tarde misturas e não integralmente esplêndidas de consciência, subconsciência e fulgor natural, em passagens que fazem lembrar Rimbaud e Lautreamont: "O fumo é a imagem do idealismo, é o transunto de tudo quanto há mais vaporoso naquele espiritualismo que nos fala da imortalidade da alma! e, pois, ao fumo das Antilhas, à imortalidade da alma"! Repare-se agora a magnífica solenidade com que abre a *"Noite na taverna"*, eloqüência verdadeira, imagens corretas, ritmo perfeito: "Silêncio, moços! acabai com essas cantilenas horríveis! Não vedes que as mulheres dormem ébrias e macilentas como defuntos? Não sentis que o sono da embriaguez pesa negro naquelas pálpebras onde a beleza sigilou os olhares da volúpia?"

O segundo episódio do *Macário* tem essa oratória sem essas belezas e curiosidades. Mas está continuadamente bordado de observações finas e até profundas. E na oposição (que é da mais perfeitamente estética concepção teatral) entre pessimismo e confiança na vida, o confiante Penseroso tem aquele discurso: "Vê: o mundo é belo"..., que ninguém se lembrou de perceber que é uma verdadeira página de antologia, até como elevação moral. Aí o béstia acadêmico se apura; sem perder a sonoridade de dicção nem o embalanço do ritmo, o estilo se despe de clangor falso, a idéia se torna límpida, nítida, tudo se equilibra.

Na prosa Álvares de Azevedo enriqueceu logo a expressão. Apesar daquele processo insuportável de xingar as pessoas, de mais qualquer coisa, "George Sand, a loura...": os qualificativos já muitas vezes abandonam a naturalidade vulgar que têm na poesia dele, e dos mais românticos, tornam-se expressivos, inesperados e por vezes mesmo extraordinariamente fortes, como aquelas "éguas desabridas", os " (frankisks) góticos suados de sangue" e as "tragédias prateadas de tristura".

Mas ainda por ser essencialmente prosador, com decididas propensões pro narrativo (pelo menos dois contos (1) da *Noite na taverna,* são admiráveis como urdidura (2), pro desenvolvimento das idéias (seus estudos críticos), o malestar que Álvares de Azevedo nos dá se acrescenta. A poesia, não apenas pela facilidade de fatura, como pela liberdade da sua essência, que independe de cultura e experiência refletida, permite que o poeta se realize logo. Já está comentado que são especialmente numerosos entre nós os poetas cujo livro de estréia é o melhor. Isso entre prosadores é raríssimo, a não ser que o Euclides da Cunha espere a mocidade passar. Se na prosa de Álvares de Azevedo a gente encontra páginas e traços belíssimos e profundos, faltou ao prosador delas a normalização das influências, o apaziguamento da mocidade, a digestão das leituras e a prática que o tempo dá, pra lhe fixar estilo e aprofundar a criação. E porque na poesia nos deixou algumas criações perfeitas, e nenhuma na prosa, ao prosador que ele foi nós temos que catalogar no jardim dos poetas e não no pomar dos prosistas. Álvares de Azevedo deixou uma documentação errada de si mesmo!

MÁRIO DE ANDRADE

Notas M.A.:

(1) Correção; no jornal "cantos".

(2) Idem; no jornal "urdiduras".

DIÁRIO NACIONAL. Domingo, 6 de setembro de 1931

ÁLVARES DE AZEVEDO — III

Não quero insistir muito, e por isso, apenas mais hoje vou mostrar outro motivo pelo qual causa malestar o centenário de Álvares de Azevedo neste mês. Além de gênio irrealizado e de prosador que se realizou como poeta, tem ainda uma razão aparentemente cômica, e profundamente dolorosa, pela qual Álvares de Azevedo sobra em nós. Na realidade o centenário dele é... prematuro. A não ser que seja tardio por demais...

As voltas sociais do tempo tornam para o dia de hoje a figura de Álvares de Azevedo bem odiosa. A qualidade do espírito dele era eminentemente aristocrática, e Álvares de Azevedo foi o mais aristocrata dos nossos românticos, para não dizer de toda a nossa literatura. É o inútil por excelência; é o revoltado por excelência; é o excepcional por excelência. Tudo isso o superioriza sobre nós, num parasitismo por tal forma isolado e sangue-azul, que a gente não pode sentir por ele aquela complacência sempre meia despreziva que inda outorgamos a aristocratas bem pensantes e tradicionalistas que nem Joaquim Nabuco, ou à burguesia modesta, quase vã, de certos pobrinhos graciosos e normalmente esquecíveis, como é o caso dum Casimiro de Abreu. Álvares de Azevedo não, vivia nas grimpas. O que nos outros se acomoda numa entrecor burguesa, se concretiza nele numa fúria brilhante de aristocrata.

É o inútil por excelência. Os nossos problemas sociais e os do tempo lhe são indiferentes. O índio, o escravo, a democracia são desprezados pelo seu irremovível individualismo. Macário, embora tenha alguma noção social exata do que seja o destino socializador da arte, chega a desprezar a própria poesia, numa "boutade" irritada, porque enquanto a poesia "era a moeda de ouro que corria pela mão do rico, ia muito bem. Hoje tornou-se em moeda de cobre; não há mendigo nem caixeiro de taverna que não tenha esse vintém azinhavrado". O escravo pra ele só serve pra fazer imagem. E nessa imagem se associa ao cachorro. Por duas vezes na *Noite na Taverna*, aparece a associação. Hermann diz que "serei vosso escravo e vosso cão"; e Gennaro, inda melhormente dá o conceito de baixeza e que Álvares de Azevedo funde no de escra-

338

vo: "e então eu seria seu escravo, seu cão, TUDO O QUE HOU-VESSE DE MAIS ABJETO NUM HOMEM QUE SE HUMI-LHA..." Os acontecimentos sociais não o interessam; os martírios da Polônia e do México não lhe despertam a criação. Só uma vez saiu prá rua, pedindo pra Pedro Ivo, que era um revoltado também, e que as circunstâncias tinham tornado um revoltado singular, perseguido por todos, abandonado dos companheiros, fugitivo solitário, uma espécie de Luís Carlos Prestes do tempo.

Álvares de Azevedo é ainda tipicamente o revoltado, que não se adapta a coisa nenhuma. O não-conformismo dele é de essência exclusivamente individualista. É um dos lados por onde o tédio o havia de atacar fatalmente, porque seu não-conformismo o levava a não se interessar por coisa nenhuma. A natureza que é um dos refrãos da sentimentalidade romântica, não é pra ele uma ambientadora, como será também pra Castro Alves e Casimiro, mas Álvares de Azevedo inda acha jeito de se revoltar contra ela. Diz no POEMA DO FRADE:

> "Acho belo o oceano quando vôo
> Pelo seu verde mar num barco à vela;
> Porém odeio as aflições do enjôo
> E o vento do alto-mar que me regela."

E ele, tão instintivamente brasileiro que chega a botar "uma viola monótona de sertanejo" em plena Itália, deixou ver inda mais tipicamente a sua aristocrática revolta contra a natureza, atacando os desertores dela: "Mentidos! Tudo isso lhes veio à mente lendo as páginas de algum viajante que esqueceu-se talvez de contar que nos mangues e nas águas do Amazonas e do Orenoco há mais mosquitos e sezões do que inspiração, que na floresta há insetos repulsivos, répteis imundos, que a pele furtacor do tigre não tem perfume de flores... que tudo isto é sublime nos livros, mas é soberanamente desagradável na realidade". A sua inutilidade revoltada, inda tem mais esta aristocrática irritação de Macário contra o ramerrão da vida: "A vida está na garrafa de conhaque, na fumaça dum charuto de Havana, nos seios voluptuosos da morena. Tirai isso da vida, o que resta? Palavra de honra que é deliciosa a água-morna dos vossos navios! que têm um aroma saudável as máquinas dos vossos engenhos a vapor! que embalam num farniente balsâmico os vossos cálculos de comércio!" Só mesmo os aspectos grandiosos da natureza parecem interessá-lo um bocado, o Alto-da-Serra que descreve bem, a gruta de Fingal, a tempestade.

E ainda é curioso como ele se excepcionaliza entre os românticos, na maneira de criar. Mesmo no diálogo chão do primeiro episódio do Macário, há uma falta enorme de populismos, de provérbios. O jeito cancioneiro popular de poesia é raro e desengonçado na obra dele, não tem a naturalidade deliciosa com que aparece nos outros grandes românticos. As suas modinhas... não são culpa dele. Não tem nem mesmo a espécie que era então comuníssima na modinha-de-salão burguesa, comum a Gonçalves Dias, Varela. O decassílabo, que é o verso aristocrático por excelência da nossa língua, é bem o verso dele; e isso é tanto mais sintomático que usa com preferência formidável o decassílabo de ritmo heróico, e não o acentuado na quarta e oitava sílabas, em que se remeleixou exaustivamente toda a poesia romântica. E inda confessou, ou pelo menos sentiu, que tinha gênio (em DESÂNIMO) pra afirmar conscientemente que ter gênio era possuir uma aristocracia soberba: "... Quando Deus lhe não asselara, pela febre das noites de insônia, a aristocracia soberba do gênio".

Se Casimiro de Abreu é o protótipo da chatice burguesa, Álvares de Azevedo é o excepcional por excelência, fragilizado pelo requinte de inutilidade, revoltado pelo requinte de individualismo. Daí a significação social certamente odiosa que ele tem pros nossos dias socialistas, comunistas, pragmatizados na luta das classes, nas perseguições religiosas. Não é apenas o incolor desaproveitável e esquecível que nem o "kulak" Casimiro de Abreu: antes deverá subir no cadafalso e gozar da mesma morte que... que pelo menos Maria Antonieta.

MÁRIO DE ANDRADE

DIÁRIO NACIONAL. Domingo, 13 de setembro de 1931

O SALÃO

Este ano o Salão de Belas Artes, do Rio, teve um aspecto novo. O arquiteto Lúcio Costa, que com uma liberdade admirável está dirigindo a Escola Nacional de Belas Artes, resolveu abrir as portas do Salão, a todas as obras apresentadas. O que quer dizer que a comissão organizadora limitou-se a convidar artistas, dispor quadros, agüentar com as responsabilidades, sem se irrogar o direito, melodioso pra qualquer vaidade, de se imaginar juíza do mundo e da beleza. Não cortou ninguém, não recusou entrada a nenhum quadro. O público que julgue e castigue.

Diante desse critério, sucedeu o que era de prever: os artistas moços compareceram oferecendo batalha, os artistas velhos, bem-pensantes, o bem-pintante, fugiram em quantidade, recusaram batalha, sob pretexto de que os novos são "insulto à arte", são ignorantes, são loucos, são cabotinos, etc., etc. Dos nomes consagrados da velha-guarda apenas poucos se apresentaram. A prevalência dos modernos foi por isso completa.

Essa covardia dos velhos é realmente irritante. Sob qualquer critério histórico ou filosófico, o processo adotado por Lúcio Costa e a Comissão, é o único esteticamente aceitável. A própria incompetência técnica, a própria inexistência de qualquer estudo ou reflexão preliminar são injustas pra garantir o valor duma criação artística. Deus me livre de afirmar que cultura, técnica, trabalho são desnecessários em arte, sou mesmo dos que exigem isso dum artista pra considerá-lo realidade criadora permanente; mas se a Arte exige cultura, exige técnica, uma determinada obra-de-arte, certos determinados aspectos da criação não só prescindem de cultura e técnica, como são prejudicados por elas. O que em parte grande estraga o romanceiro popular nordestino é a pretensão de cultura, e por outro lado, os criadores do Impressionismo tiveram que ignorar a forma, a composição, a pincelada e a paleta renascentes ou acadêmicas pra criar o que nos deixaram de bom. E de ruim. Assim: se filosoficamente não existe arte verdadeira e todas as artes o são: não é possível historicamente, mesmo e especialmente num Salão que é fenômeno de arte erudita, determinar o que está sendo e o que será na interminável evolução da téc-

341

nica e do sentimento da beleza, a manifestação que dá prazer artístico individual ou a que correrá de qualquer forma pra enriquecer ou organizar a humanidade. Os velhos sabem disso, sabem que Miguel Anjo foi censurado por causa da Sixtina, que Greco passou por louco e Manet foi muito rido; mas na verdade o que nas suas fugas e covardias eles defendem não é a Arte não, mas as suas pessoinhas empafiosas, as gloriolas que conquistaram e o dinheiro que lhes vem disso. Se recusam a comparecer, porque assim o público pelos seus governos, impressionado pela idéia de respeito aos consagrados, que é mesmo uma das normas tradicionais da bestice coletiva, recusará no ano seguinte o acesso aos novos, para que os velhos compareçam. Covardia. Simplesmente covardia.

Mas vamos gozar o Salão deste ano, enquanto a inadvertência do Governo permite que Lúcio Costa continue sendo útil e bem orientado. Os modernos se destacam em toda linha, muito embora não apareça na exposição nenhuma obra que se possa dizer formidável. Dos novos já nossos velhos conhecidos só Di Cavalcanti está bem representado com um painel de negros, um excelente grupo de mulatas duma iridescência de pastel claríssimo. Tarsila está mal representada e Anita Malfatti também, embora apresente dois dos seus mais belos quadros da fase expressionista, o *Homem Amarelo*, e a *Estudanta Russa*. Duas obras admiráveis porém já nossas conhecidas. O que a artista está fazendo de novo me inquieta, não consigo perceber bem ao que ela se destina com trabalhos de ordem tão diversas e transitórios como *Puritas, Torrando café,* e *Natureza morta.*

Três figuras novas me parecem se firmar definitivamente no Salão: Vitório Gobbis, Cândido Portinari e Alberto da Veiga Guignard. Não é possível estudá-los aqui, e o farei em tempo, são pra mim as revelações do Salão. De Gobbis se destaca especialmente num *Retrato*, duma lógica de construção, dumà sensualidade de matéria realmente esplêndidas. Portinari com o *Violinista* nos dá talvez a melhor obra do Salão. Obra notável, dum encanto impregnante, que a gente não esquece mais. Guignard parece hesitar ainda entre a pintura construída e a pintura... destruída. Povoa-se de fantasmas e fluidez. A sua pincelada parece ter remorsos de abandonar a plasticidade gorda do óleo e se esgueira num fru-fru de quase crepe-da-China. É encantador.

Do... outro lado há dois anjos músicos, Ismael Nery e Cícero Dias. São "completamente loucos" como se diz. Cícero Dias mais dentro do sonho, ao passo que Ismael Nery vive mais dentro duma realidade por assim dizer, translata. Este prefere os instrumentos de sopro, os seus cantos são mais fortes, são mais serenos, mais construído. Nas obras mais recentes atinge a um equilíbrio de invenção e plasticidade que é realmente raríssimo no gênero de criação plástica a que se dedica. Em *Formação*, esse equilíbrio está com uma pureza mesmo extraordinária.

Quanto a Cícero Dias, que toca viola e harpa, está se completando admiravelmente. Se é certo que vai abandonando em grande parte aquele sentido de tragicidade que foi o que nos deu de melhor na sua primeira fase, ganha em compensação cada vez mais com riqueza de invenção e como técnica. O ao mesmo tempo violento e gracioso *Retrato de Estácio Sá*, é uma das criações mais completas que já nos deu.

Em suma: um Salão que me deixa otimista. A obra-prima não é quotidiana. E se o Brasil tivesse agora uma revista, gênero Crapouillot, que dedicasse um número ao Salão deste ano, todos sentiam que o nosso Salão não difere em nada dum Salão da universal Paris. Mas constatando isto a minha carranca se fecha porque me recordei de novo que é justo nessa parecença que está o nosso primeiro, derradeiro e único mal.

MÁRIO DE ANDRADE

DIÁRIO NACIONAL. Domingo, 20 de setembro de 1931

A RAIMUNDO MORAES

Meu ilustre e sempre recordado escritor.

Não imagina a intensa e comovida surpresa com que ontem, no segundo volume do seu *Meu dicionário de cousas da Amazônia* ao ler na página 146 o verbete sobre Theodor Kock Grunberg (naturalmente o sr. se refere a Kock-Grünberg, ou em nossa letra, Koch-Gruenberg), topei com a referência a meu nome e a defesa que faz de mim. Mas como esta minha carta é pública pra demonstrar a admiração elevada que tenho pelo escritor de *Na planície amazônica*, acho melhor citar o trecho do seu livro pra que os leitores se inteirem do que se trata: "Os maldizentes afirmam que o livro *Macunaíma* do festejado escritor Mário de Andrade é todo inspirado no *Von Roraima zum Orinoco* do sábio (Koch-Gruenberg). Desconhecendo eu o livro do naturalista germânico, não creio nesse boato, pois o romancista patrício, com quem privei em Manaus, possui talento e imaginação que dispensam inspirações estranhas".

Ora apesar de toda a minha estilizada, exterior e conscientemente praticada humildade, me é lícito imaginar que embora o sr. não acredite na malvadeza desses maldizentes, sempre a afirmativa deles calou no seu espírito, pois garante o boato pra garantir com inconstestável exagero, o meu valor. Sempre tive a experiência da sua generosidade, mas não deixou de me causar alguma pena que o seu espírito sempre alcandorado na admiração dos grandes, preocupado com sucurijus tão tamanhas e absorventes como Hartt, Gonçalves Dias, Washington Luís, José Júlio de Andrade, presidentes, interventores, Ford e Fordlândia, se inquietasse por um pium tão gito que nem eu. E para apagar do seu espírito essa inquietação tomo a desesperada ousadia de lhe confessar o que é o meu *Macunaíma*.

O sr. muito melhor do que eu, sabe o que são os rapsodos de todos os tempos. Sabe que os cantadores nordestinos, que são nossos rapsodos atuais, servem dos mesmos processos do cantadores da mais histórica antiguidade, da Índia, do Egito, da Palestina, da Grécia, transportam integral e primariamente tudo o que escutam e lêem pros seus poemas, se limitando a escolher entre o lido e o escutado e a dar ritmo ao que escolhem pra que caiba nas cantorias. Um Leandro, um Athayde nordestinos, compram no primeiro sebo uma gramática, uma geografia, ou o jornal do dia, e compõem com isso um desafio de sabença, ou um romance trágico de amor, vivido no Recife. Isso é o Macunaíma e esses sou eu.

Foi lendo de fato o genial etnógrafo alemão que me veio a idéia de fazer do Macunaíma um herói, não de "romance" no sentido literário da palavra, mas de "romance" no sentido folclórico do termo. Como o sr. vê não tenho mérito nenhum nisso, mas apenas a circunstância ocasional de, num país onde todos dançam e nem Spix e Martius, nem Schlichthorst, nem von den Steinen estão traduzidos, eu dançar menos e curiosear nas bibliotecas gastando o meu troco miudinho, miudinho, de alemão. Porém Macunaíma era um ser apenas do extremo-norte e sucedia que a minha preocupação rapsódica era um bocado maior que esses limites. Ora coincidindo essa preocupação com conhecer intimamente um Teschauer, um Barbosa Rodrigues, um Hartt, um Roquette Pinto, e mais umas três centenas de contadores do Brasil, dum e de outro fui tirando tudo o que me interessava. Além de ajuntar na ação incidentes característicos vistos por mim, modismos, locuções, tradições ainda não registradas em livro, fórmulas sintáticas, processos de pontuação oral, etc. de falas de índio, ou já brasileiras, temidas e refugadas pelos geniais escritores brasileiros da formosíssima língua portuguesa.

Copiei, sim, meu querido defensor. O que me espanta e acho sublime de bondade, é os maldizentes se esquecerem de tudo quanto to sabem, restringindo a minha cópia a Koch-Gruenberg, quando copiei todos. E até o sr. na cena da Boiúna. Confesso que copiei, copiei às vezes textualmente. Quer saber mesmo? Não só copiei os etnógrafos e os textos ameríndios, mais ainda, na Carta pras Icamiabas, pus frases inteiras de Rui Barbosa, de Mário Barreto, dos cronistas portugueses coloniais, e devastei a tão preciosa quão solene língua dos colaboradores da *Revista de Língua Portuguesa*. Isso era inevitável pois que o meu... isto é, o herói de Koch-Guenberg, estava com pretensões a escrever um português de lei. O sr. poderá me contradizer afirmando que no estudo etnográfico do alemão, Macunaíma jamais teria pretensões a escrever um português de lei. Concordo, mas nem isso é invenção minha pois que é uma pretensão copiada de 99 por cento dos brasileiros! Dos brasileiros alfabetizados.

Enfim, sou obrigado a confessar duma vez por todas: eu copiei o Brasil, ao menos naquela parte em que me interessava satirizar o Brasil por meio dele mesmo. Mas nem a idéia de satirizar é minha pois já vem desde Gregório de Matos, puxa vida! Só me resta pois o acaso dos Cabrais que por terem em provável descoberto em provável primeiro lugar o Brasil, o Brasil pertenceu a Portugal. Meu nome está na capa do *Macunaíma* e ninguém o poderá tirar. Mas só por isso apenas o Macunaíma é meu. Fique sossegado. E certo de que tem em mim um quotidiano admirador.

MÁRIO DE ANDRADE

DIÁRIO NACIONAL. Domingo, 27 de setembro de 1931

O SOBRINHO DE SALOMÉ

Prometi faz uns dois meses relatar aos leitores do *Diário Nacional* o caso do sobrinho de Salomé. Nós que inventamos ficção, ficamos sempre muito atrapalhados ao batizar nossos heróis, não vá o nome inventado concidir com o dum fulano já existente. Sobretudo porque não há nome por mais estapafúrdio que seja, por mais desgraçado, que os humanos já não tenham inventado. Me lembro sempre dum senhor que pretendeu botar numa inocente o nome de Bastilha, só porque a menina nascera a 14 de julho, e faz pouco tempo no Rio de Janeiro um Fulano de Tal Carlos Gomes comunicava aos jornais o nascimento de seu filho Wagner. Imagine-se o pavor hereditário do indivíduo que chegando aos vinte-e-um anos da consciência, tenha que assinar, por exemplo, uma receita médica com o nome de Wagner Carlos Gomes! Benditos os Manuel da Silva, José Gomes e João Pereira!

No tempo em que eu não estava ainda acostumado a documentar detalhadamente meus escritos, nem pretendia aliás ser escritor, me caiu sobre os olhos uma carta assinada por um fulano Franz a uma revista alemã. Traduzi e guardei a carta que achei curiosa, sem me preocupar nem com o nome nem com a data da revista. Por isso dou só a carta, tal como a traduzi, corrigindo apenas dois erros de gramática que fiz. É a seguinte:

"Sr. Diretor.

"Muito me penalizou o estudo 'A psicologia de Salomé' publicado no número de agosto da vossa conceituada revista. Eu, que sou leitor assíduo dela, e que nem o senhor, nem o autor do artigo conhecem, não posso francamente compreender que motivo os levou a me ferir tão profundamente nos sentimentos do meu coração. O que julgo mais provável é que o referido artigo seja fruto da campanha anti-semita que agora está se desenvolvendo com tanta intensidade entre nós. Mas o senhor não achará por acaso que é a mais clamorosa injustiça culpar uma pessoa do sangue que lhe corre nas veias, tanto mais sendo essa pessoa tão bom cidadão do Império, que deixou no abandono a joalheria herdada do pai para se sujeitar patrioticamente aos horrores e desperdícios do serviço militar! Minha tia Salomé não deixou fi-

347

lhos, é verdade, mas eu sou sobrinho dela, único sobrinho, e não poderia deixar sem grave ofensa da verdade que passassem não reconsiderados os exageros e mesmo mentiras tão levianamente expostos no referido artigo.

"Assim, são positivamente exageradas as afirmações do articulista sobre a liberdade moral de minha tia. Posso lhe garantir, sr. diretor, que ela não foi uma rameira vulgar, nem jamais se deu à conquista de potentados, imperadores e reis, sem ter o mínimo 'penchant', o mínimo 'béguin' pór eles. Não posso contestar que minha tia manteve uma vida bastante liberdosa, tendo mesmo compartilhado o leito de vários senhores, sem que santificassem esse convívio as bênçãos de Deus, mas nunca, oh nunca, sr. diretor, ela se deixou levar pela ambição do dinheiro, mas por fatalidades afetivas que, não poderemos absolutamente chamar de levianas, porque era a própria intensidade prodigiosa desses afetos que provocava a rápida caducidade deles. Eis aí, sr. diretor, uma sutileza psicológica que escapou ao psicólogo da vossa revista. A rapidez com que se desfazem e morrem as paixões intensas demais, isso é que ele devia estudar, justificando pelas suas observações a tresloucada e infeliz vida da minha tia Salomé. Além disso, sr. diretor, será propriamente ela a culpada dos desvarios que praticou, ela que era mulher e fraca, e não os detestáveis costumes da elite da vossa e minha gloriosa Alemanha? Não seria esse o momento para o articulista profligar a horrenda imortalidade em -que vive atualmente a nossa alta nobreza (a carta é anterior à guerra), imoralidade de que minha tia foi desgraçada vítima, imoralidade que certamente conduzirá o nosso país à guerra e à ruína econômica? E por minha tia ser semita, havemos de prejulgar levianamente que ela se conduziu apenas pela paixão do dinheiro? O vosso articulista, sr. diretor, não passa dum psicólogo vulgar.

"E que mentiras mais desbragadas são essas a que ele dá curso no artigo referido, afirmando que minha tia dançava nua e tinha instintos sangüinários! Minha mãe, que entre lágrimas tantas vezes conversou sobre Salomé comigo, jamais se referiu a essas coisas. Posso lhe garantir, posso mesmo lhe jurar pela memória de minha mãe, que minha tia nunca foi dançarina. E como poderia ela dançar, se todos sabiam que ela manquejava um pouquinho, devido ao escandaloso incidente de Friedrichstrasse, em que a bala do príncipe W. lhe espatifou o joelho direito? Minha tia Salomé jamais dançou, e muito menos dançou nua, embora aos seus familiares confessasse muitas vezes que um dos maiores desejos da sua vida fosse dançar num terraço ao pálido clarão da lua uma valsa de Waldteufel.

"Quanto ao incidente do príncipe W., instinto sangüinário teve ele que a quis matar. E posso ainda lhe assegurar que jamais ela pediu a cabeça do príncipe pra ninguém, pois que minha tia até contava constantemente a estranha coincidência de jamais ter se encontrado em festas com o nosso grande Imperador.

"De resto, minha tia não se chamava Salomé. Eis um detalhe psicológico que não escaparia ao vosso articulista se ele fosse profundo no assunto. Salomé foi nome adotado. O verdadeiro nome de minha tia era Judith.

"Esperando, sr. diretor, que esta carta tenha merecido acolhimento de vossa revista, e assim se faça justiça à minha tia já morta, continuo seu admirador estomagado (o termo era intraduzível) e respeitoso,

FRANZ"

Pela cópia,

MÁRIO DE ANDRADE

Nota M.A.:

Na margem do recorte, a observação: Em José de Mesquita, "A Cavalhada" (Cuiabá, 1928), o herói do conto "A Visão da Ponte" se chama Carlos de Andrade... meu pai.

Notas da pesquisa:

1. A crônica seria incluída em *Os filhos da Candinha*, 1942, quando, o "kitsch" epistolar, já presente em 1931, seria realçado com elementos de maior atualidade. "O sobrinho de Salomé", se propõe como uma paródia, isto é, uma segunda ficção, que, mascarando-se na apresentação da realidade, denuncia em seu discurso de imitação, o primarismo do argumento e da escritura de uma primeira obra que talvez estivesse sendo escrita.

2. A nota marginal serve para documentar, com o humor marcado pelo uso das reticências, mais uma semelhança entre a ficção e a realidade. O conto do regionalista matogrossense, José de Mesquita, "A visão da ponte" (*A cavalhada:* contos matogrossenses, Cuiabá, 1928, p. 105-19, livro na biblioteca de Mário), relata a morte de Carlos de Andrade. Infiel à promessa de não mais se casar, feita à esposa falecida, sofre a vingança do fantasma. Ora, o pai de Mário de Andrade vivera promessa semelhante, feita a sua primeira mulher: não se casar antes de dez anos após sua morte. Cumprira, contudo, seu juramento.

DIÁRIO NACIONAL. Domingo, 4 de outubro de 1931

ESCOLA DE BELAS ARTES

O sr. José Américo de Almeida foi quem disse a palavra admirável das comemorações de ontem quando afirmou que não é tempo mais dos revolucionários estarem criticando o que fizeram os homens da Primeira República, e sim o que eles, os da Segunda, já fizeram. Infelizmente é a mais verdadeira das verdades que como "revolução", como reforma, como transformação, a Segunda República tem sido duma fragilidade desilusória.

Um tempo ainda se pôde imaginar que uma reforma grande se fizera pro país e era no ensino. Os educadores se agitaram, alguma coisa ficou de fato transformada, mas grande parte das modificações caiu por terra. Uma reforma que caiu inteiramente foi a do Instituto Nacional de Música. Aliás não era possível prever outra coisa ante a ignorância contundente e maciça dos nossos músicos e as facilidades dos nossos costumes sociais. Me é muito difícil falar dessa reforma porque fui dos organizadores dela. Os critérios seguidos foram os seguintes: — 1: Transformar a música em prazer normal dos estudos infantis, fazendo da teoria apenas uma dedução dos divertimentos práticos do canto coral, danças ginásticas e manejo de instrumentos; 2: Intelectualização do músico profissional, exigindo dele o estudo das matérias complementares (História, Estética, Análise, etc.) e curso ginasial; 3: Socialização do indivíduo musical, abrasileirando-lhe a cultura, normalizando nele as manifestações musicais de conjunto, desenvolvendo-lhe os conhecimentos de didática; 4: Dificultar o mais possível o individualismo da virtuosidade solista. É natural que caísse um projeto assim num país que só geográfica e politicamente é nação; onde o sensacionismo e a sensualidade imperam como únicas normas de vida, únicos critérios de moralidade, únicos processos de julgar.

Muito mais razoável e cordato foi o arquiteto Lúcio Costa na reforma que iniciou na Escola Nacional de Belas Artes, como diretor dela. A sua irônica habilidade consistiu em não tirar ninguém do seu posto, mas apenas contratar alguns professores novos, que junto à estética antiquada das múmias, mostrassem as orientações modernas de pintura, escultura e arquitetura. A habilidade de Lúcio Costa foi contratar professores de evidente respeitabilidade profissional. O pintor Leo Putz, o escultor Celso Antônio, os passadistas partidários poderão ignorar o valor do que eles fazem, mas seria mera estupidez lhes negar seriedade profissional. Quanto ao engenheiro Warchavchik, inda faz pouco consagrado pela melhor revista francesa de arte, os *Cahiers d'Art*, a claridade convincente das obras que já construiu em S. Paulo e Rio, atestam o que nos vale esse arquiteto.

Mas se a habilidade de Lúcio Costa consistiu em contratar professores de valor indiscutível a ironia foi justamente em colocá-los de comparsaria com a decrepitude do já existente na Escola. Uns davam pros alunos a imitação do passado e a ignorância do presente. Os outros davam a curiosidade, a liberdade de ser. Está claro que os alunos não tinham por onde escolher entre a tuberculose e a saúde.

Principiou então a intriga e a infâmia. E quando Lúcio Costa conseguiu organizar o primeiro Salão interessante que já se realizou neste país, tudo explodiu, e a ralé ralante conseguiu o que queria: Lúcio Costa foi obrigado a se retirar do seu posto. Só que agora os alunos já tinham provado o mel da saúde. Houve briga danada, os alunos fizeram greve e a Escola Nacional de Belas Artes, anda esperneando que nem jaboti virado, à espera que os ministros da Segunda República lhe resolvam o caso.

Ora ponhamos os pontos nos is: Que mal fez Lúcio Costa contra a arte tradicional? Nenhum. Apenas, servido da lição da história, facilitou a evolução artística que sempre existiu e existirá apesar de todos os passadistas do mundo. Mas quando esses caducos esperneiam contra o atual e o novo, em nome duma tradição que jamais não adiantou a ninguém, em nome duma Beleza que jamais ninguém conseguiu definir, em nome duma pátria colonial de imitação, nós todos, eles como nós e os ministros sabemos que os caducos o que defendem é a vaidade deles, é o dinheiro que a concorrência lhes fará perder. Se estão com a verdade, com a tradição, com a pátria, com a beleza, por que não aceitam uma luta em que fatalmente terão brilhantíssimo ganho de causa? Não aceitam por ambição. Não aceitam porque não têm as convicções que pregam e que são apenas disfarces mascarando de Ideal, o que lhes constitui a vida gorada: cultivo de si mesmos e misérrimo ganha-pão.

Os alunos da Escola, os professores e artistas modernos, todas as pessoas sensatas e lógicas, os próprios princípios de igualdade tão apregoados pela Segunda República, pedem a concorrência. Lúcio Costa precisa voltar ao seu posto e reestabelecer aquele critério admirável de concorrência que dera vida nova e felicidade ao ensino da Escola.

MÁRIO DE ANDRADE

DIÁRIO NACIONAL. Domingo, 11 de outubro de 1931

AUXILIANDO A VERDADE

Sobre o suicídio do ilustre historiador de pintura e crítico de artes plásticas, Atugasmim Quedinho Caldas, suicídio que está preocupando tão intensamente os círculos intelectuais, me sinto na obrigação de publicar a seguinte carta de Atugasmim, recebida na mesma manhã do suicídio:

"Meu caro M. de A.

"Quando receberes esta não serei mais deste, e venho despedir-me de ti. Bem conheço a tua vida e sei por isso que és dentre os muitos amigos meus, o que mais perfeitamente poderá compreender os silêncios profundos que me levaram ao suicídio. Me dirijo pois a você (sic), com o desespero amargo de quem, ainda com vida, sofre dessa fraqueza incrível de querer se justificar.

"No princípio da minha vida de homem, pretendi ser pintor. As artes me apaixonavam. Lançava os meus rabiscos no papel com a alma inflamada de lirismos internacionais, pensando nos volumes de Rubens, na composição de Cézanne, na essencialidade linear de Goya. Porém, muito cedo tive a honestidade de perceber que não dava pintor. Não me faltava lirismo porém este provinha mais da consciência apaixonada que da imaginação criadora, e meus calungas eram miseráveis pinturinhas sem vida.

"Foi então que, não podendo ser útil como artista, quis ser útil como inteligência, me dediquei aos estudos de psicologia, de estética, de história e principiei meus escritos, estes originais e ainda não feitos nesta pátria, sobre artes plásticas brasileiras. Bem conheces os meus dois livros, o sobre o pintor baiano Franco Velasco, e o *Ensaio sobre Pintura brasileira*. Por mim levo a consciência nítida de que fui de alguma utilidade no meu país.

"Mas já com isso principiou o meu suplício, que bem posso chamar de "suplício brasileiro". Ao passo que os meus livros despertavam um regular interesse... lá fora, o meu *Ensaio*, só mereceu duas notícias deste numeroso país. E uma delas foi solicitada por mim! Vendo o desespero do editor que gastara uns bons cobres com o livro cheio de clichês, fui obrigado a me humilhar pedindo a um amigo que escrevesse alguma coisa sobre o livro, pra ver se despertava interesse e venda. Não se conseguiu coisíssima nenhuma. A Livraria da Espera é freqüentada por todos os artistas plásticos nacionais e nela se esperava que a venda do livro fosse valiosa. Mas já chegavam pintores, escultores, arquitetos, poetas, se interessavam pelo livro, folheavam-no, comentavam, mas quando o dono da Espera lhes propunha a compra do livro, a resposta era invariavelmente a mesma: "Não, porque o Atugasmim me dá o livro". "Não, porque vou pedir um pro Atugasmim". E assim se ficou sabendo que livro nacional só é lido, ou pelo menos guardado pelos nacionais, quando dado de presente, ou pedido... E enquanto isso, lá fora o livro recebia referências carinhosas na Espanha, em Paris, até na Holanda, na Argentina, no Chile, no Peru até na Colômbia...

"Porém os livros me tinham dado uma certa notoriedade em pintura. Sabiam vagamente por aí que eu entendia de artes plásticas brasileiras. E isso foi o martírio meu. Você não pode imaginar o que sucedeu. Mas eram centenas de indivíduos solícitos, pintores, escultores, o diabo, com plumagens de sorrisos de agradando, ansiosos por uma palavra minha. A favor deles já se vê. Se por acaso o juízo era desfavorável, viravam meus inimigos e eu uma besta. De gênio a besta percorri toda a escala dos qualificativos humanos.

"Mas isso era o de menos, inda podia suportar. O pior, o grande e místico Pior, que acabou destruindo toda a minha resistência de viver, foram os pedidos de ajutório intelectual. Ninguém estuda pintura sem pagar seu professor. Uma aluna formada em canto ou piano, se deseja saber se as peças novas que executará em tal concerto grátis, estão bem interpretadas, toma de novo uma, duas lições do seu antigo professor, e as paga. Ninguém não manda fazer uma cadeira, um cinzeiro, um biscoito, sem pagar. Tudo se paga neste mundo, (neste mundo não, neste Brasil) menos o trabalho, a cultura, a habilidade puramente intelectual. Esta é apenas adorno e divertimento, a cultura de um ajuda a todos de graça, por simples solicitação. E vale um muito-obrigado. Não havia reunião, não havia sociedade, não havia nada que se referisse a artes plásticas, a que eu não fosse solicitado pra comparecer e trabalhar. Me tiravam dos meus trabalhos e dos meus estudos, devoravam um por um todos os meus descansos e prazeres, pra se aproveitarem daquela utilidade que eu conseguira ter. E depois vinha um muito-obrigado incontestável.

"E, está claro, quando me recusava, vinha a insistência brasileira, essa insistência que faz dos jantares que as donas-de-casa brasileiras oferecem, o mais desgraçado suplício que já se inventou, "coma mais um bocadinho, ora mas coma"! "Insistiam, era em favor da Pátria, em favor da cultura brasileira, em favor da glória que eu tinha de dirigir artisticamente tal exposição de quadros, corrigir pra senhorita Fulana, esta conferência que ela resolveu fazer, escrever pra tal revista etc. Meu telefone vibra quinze, vinte vezes por dia em solicitações tais. Em tudo eu tomo parte, tudo corrijo anônimo, todos se reconfortam na minha opinião; e em nome da nossa querida pátria, em nome do meu imenso trabalho de tantos anos, em nome da minha cultura intelectual e minha glória, se penetrasse neste instante nos meus bolsos não acharias um vintém, e na minha guarda-comida nem um pão.

"Não posso continuar, amigo. O telefone está soando e deve ser a senhorita Pafúncia Lencastre que insiste comigo pra que lhe ensine como deverá ensinar no Colégio Aventura, a cadeira de desenho infantil, que ela aceitou, e sou eu que tenho estudos especiais a respeito. Vou me matar depressa."

(Pela cópia).

MÁRIO DE ANDRADE

DIÁRIO NACIONAL. Domingo, 18 de outubro de 1931

CRISTO-DEUS

Agora Cristo abre-se em cruz no alto do Corcovado. Não é possível comentar o problema estético. Os faróis, os hotéis de estações de águas, as igrejas no tope alviçareiro dos morros, as estátuas da Liberdade, os monumentos aos mortos, os avisos elétricos de circulação... Sucede às vezes, raríssimas vezes, que essas precisões mais ou menos práticas da sociedade humana, coincidem com a arte... Também as imagens comemorativas das crianças, não fazem parte da arte propriamente. São necessidades sociais. Discutir a estética, o urbanismo em que elas interferem, é uma superfectação egoística, é diletantismo, é desconhecer a ordem dos valores. Está claro que seria ouro sobre azul, se conseguíssemos fazer com que todas as precisões do homem socializado coincidissem com a arte. Mas nem sempre é possível, porque a natureza tem deduções estéticas que a criação e a necessidade humana às mais das vezes contradizem. A arte vem depois.

A imagem de Jesus na altura mais grandiosa da capital da República representa incontestavelmente muito do nosso Brasil. A nossa vida histórica dos tempos coloniais está de tal forma presa à religião católica que se pode dizer que o nosso destino foi afeiçoado por uma ideologia fradesca. Talvez esta consideração não vá muito em elogio dos padres, mas temos que considerar que o nosso destino atual, o mais visível do que somos e do pra onde vamos, já não é mais fruto direto daquelas diretrizes em que os padres nos organizaram na Colônia. Fruto destas diretrizes foi o Império, que embora se afastando gradativamente do Catolicismo na sua maneira de confeccionar a nacionalidade, sempre se pode afirmar que tinha caráter, honradez, dignidade, senso de responsabilidade. Depois veio a República prá qual já não estávamos mais preparados, com a vilegiatura esperdiçada em Impérios, e a que ainda não estávamos preparados por falta de cultura bem generalizada nem consciência nacional fixa. Não é possível culpar o símbolo de Jesus do destino em que estamos chafurdando. O símbolo de Jesus no Corcovado representa apenas da nossa vida brasileira um passado incontestável. E um presente também. Católicos práticos, ou católicos de nome, por preguiça, por tradição, por seja o que for, o certo é que a infinita maioria dos brasileiros está filiada à religião católica. Todos nós estamos presos por ligações irremovíveis a Jesus. E os que pretendem se libertar dessa

355

tradição espinhosa, O atacam, O insultam: estão ainda presos a Ele pelo susto, pela covardia, pelo remorso. Ou pela convicção liberticida de que Ele tem de ser removido desta América. São raríssimos os que não se preocupam com Jesus. Há mais ainda. A estátua de Cristo é também a representação da nossa "civilização" atual, importada e por muitas partes falsa pra nós. Nesse sentido o monumento é um símbolo trágico. Civilização cristã... Deram monstruosamente o nome dum Deus a uma civilização terrestre cujo desenvolvimento tem sido um continuado afastamento da qüididade crística. E por isso os homens, mesmo os católicos têm feito tudo para destruir aquele conceito crístico, propriamente divino de Jesus, pra torná-lo de espécie humana, de conceito humano e deduções sociais.

É engraçado de observar que acabaram lhe tirando a própria divindade apensa ao nome, e o chamaram de Cristo-Rei, diminuindo a grandeza sobrenatural de quem era Cristo-Deus. Não nego que os homens procederam com uma tal ou qual munificência, um reino não é pra se desprezar... Mas dar um reino a quem continha o universo!... É cômico de chorar.

Mas afinal das contas, ainda com ironia, isso calha bem com o título de "Civilização Cristã", tão leviano e desacertado. Aos reis cabe dar a felicidade às nações, aos deuses a felicidade aos homens. Cristo-Deus dando nome a uma civilização humana, forçosamente precária, caduca e transitória, era uma monstruosidade tão tamanha, era uma redução tão ridícula de quem transcende às civilizações e às felicidades sociais, que careceram afastar da espécie Dele, o que ela possuía de mais incompatível, de mais individual, a divindade. E Cristo-Deus foi chamado pelos homens de Cristo-Rei.

Essa civilização, construída por outros povos, com outras necessidades e outros climas, passou pela nossa alfândega, como um aerólito fulgurante. Tão fulgurante vinha que os nossos governos se preocuparam logo de permitir que passasse livre de direitos. E desde então nós carregamos sobre os nossos atrapalhados ombros esse aerólito sempre fulgurante não tem dúvida, mas que nós não fazemos outra coisa senão carregar. A imagem de Cristo no tope do Corcovado, se representa uma felicidade da nosso tradição, se representa uma das medidas do nosso ser rotulado, representa ainda o aerólito a que nos escravizamos. Que falseamos. E que nos falseia inda mais. A imagem será chamada de Cristo-Deus enquanto símbolo do nosso passado colonial. A imagem será chamada de Cristo-Redentor pelo que poderá valer em nossa contemporaneidade. Mas como índice da civilização brasileira, é apenas Cristo-Rei, que está no tope lá do Corcovado. A imagem será chamada de Cristo-Rei enquanto símbolo duma civilização que importamos e nos falseia demais.

MÁRIO DE ANDRADE

DIÁRIO NACIONAL. Domingo, 25 de outubro de 1931

SONATINA

A simples lembrança da morte de Henrique Oswald produz na gente assim uma sensação como se a música brasileira se tivesse esvaziado. Nos últimos tempos, Henrique Oswald já pouco produzia, é fato. Porém, ele vivo, permanecia com ele essa esperança na obra-prima, de que nós, artistas ou amadores nos alimentamos muito. E mais do que isso, Henrique Oswald vivo, era o grande artista palpável, a coisa objetiva, uma realidade permanente, dessas que a gente carece quando o estrangeiro chega e é preciso mostrar alguma coisa pra ele. Este é o nosso grande Henrique Oswald. Ele morto, a música brasileira está ferida por um enorme vazio. E o que é mais doloroso ainda, a respeito de Henrique Oswald, é que quase todas as suas obras de mais vulto como tamanho e valor, inda não estão publicadas. Não creio que se possam perder porque o estado de civilização em que estamos já não permite desastres tamanhos, mas a existência em manuscritos é apenas uma simili-existência, em que os quartetos, as sinfonias do grande músico estão fora do nosso alcance. Fora da vida, por assim dizer.

Mas não é apenas pela morte de Henrique Oswald que a música brasileira dá agora uma sensação de vazio. É ainda pela raridade de obras impressas. Só de raro em raro aparece alguma obrinha interessante, no geral peça pra canto e piano, ou pra piano só. Mas são brilhantes diminutos, sonetos de Anvers, que só mesmo tomam importância prática quando chovem às dezenas. Aparecendo assim, um em maio, outro em outubro, eles apenas vêm acentuar o vazio e aproximar a gente dos pensamentos doloridos, desilusões, desesperanças, irritação de marcar passo. Já se foi aquele período, 1928, 1929, brilhantíssimo na produção musical brasileira, em que as casas editoras do Rio expunham mensalmente obras novas de Luciano Gallet, de Lourenço Fernandez, de Otaviano, em que a Casa Chiarato, de S. Paulo, revelava o talento de Camargo Guarnieri, e de Paris a Casa Max Eslig nos abarrotava a sensação de valor nacional, com importantíssimas obras de Villa-Lobos. Tudo parou.

Tudo propriamente, não. Mas este ano, que eu saiba, só a Casa Ricordi nos deu uma obra nacional de tamanha importância e valor, os *Três estudos em forma de sonatina*, pra piano, de Lourenço Fernandez. É uma obra admirável que só tem de defeituoso o nome. Não vejo razão pra um batismo tão complicado. Se trata legitimamente duma Sonatina, duma sonatina dos nossos dias, está claro, de espírito bem moderno. Mas a sua construção, o tamanho, a seriação dos andamentos, a integridade de concepção temática, o espírito esquerzoso, nos deixam a sensação nítida duma Sonatina e não de Três estudos. Mas isso é esmiuçar detalhes sem importância.

Esta Sonatina representa um passo largo na obra pianística de Lourenço Fernandez. Era essa realmente a parte mais falha, e principalmente mais hesitante na bagagem musical do compositor. Se já com os poemas sinfônicos, especialmente o delicioso *Reisado do pastoreio*, se com o *Trio brasileiro*, o *Sonho duma noite no sertão*, e algumas peças de canto, entre as quais esse primor que é a *Toada pra você*, Lourenço Fernandez nos tinha dado obras de espírito perfeitamente nacional e concepção legitimamente contemporânea: a sua obra pianística oscilava muito entre um francesismo aparentado às doçuras da Jeune École já velha e tão caracteristicamente francesa, e um Impressionismo mais ou menos internacional. Apenas certas pecinhas infantis, mais rudemente francas quanto a ritmo e nitidez linear, nos fizeram saber que o compositor trabalhava e evoluía no sentido de produzir também no piano, obras mais nacionais e mais legitimamente suas.

É a realização dessa promessa que a Sonatina nos dá, e de maneira admirável. Os três tempos, magnificamente bem proporcionados, são uma síntese de estética nacionalista de Lourenço Fernandez, que desde o Trio, já aplicava o elemento folclórico apenas como princípio temático, reduzindo-o muitas vezes a um mínimo de célula condutora da invenção. Realmente, ninguém mais inteligentemente, nem mais habilmente que ele, já soube aproveitar as constâncias rítmico-melódicas, as células caracterizantes da nossa produção popular e tirar delas as possibilidades duma criação livre, individualista, mas incontrastavelmente nacional. A síncopa, a sensível abaixada de meio-tom, nunca tiveram em nossa música erudita uma aplicação mais apropositada que na obra dele. E não posso deixar sem citação o admirável Alegreto do primeiro tempo desta Sonatina, em que Lourenço Fernandez cria um contracanto em semicolcheias, fundindo nele dois caracteres da música nossa, os baixos seresteiros de violão e as linhas de embolada. E me parece que é nesse processo, visibilíssimo nesta Sonatina, que está a contribuição mais original e mais importante do ilustre compositor.

A Sonatina está levemente tocada de strawinskismo. A extrema simplicidade dos temas nos alegros, e ainda neles, as insistências rítmicas, não tem dúvida que nos recordam a fase russa do autor de *Mavra*, mas não me parece que isso seja um defeito. E muito menos que tenha sido uma imitação consciente. O problema é enormemente complicado pra que eu possa discuti-lo agora. Basta lembrar que tanto a tematização simples como as insistências rítmicas são também enormemente constantes na música nacional. Na verdade a música popular brasileira, apesar de tão exteriormente característica, ainda é um caos. A gente encontra nela desde sutilezas harmônicas eruditas até primariedades de silvícola, que se diria inventadas por um Veda, o Ceilão, que é a gente mais primária em música. Além do mais, aparentar-se à fase "russa" de Strawinsky, é mais apresentar-se à Rússia que a Strawinsky propriamente. É sempre aquela misteriosa semelhança já tão denunciada entre russos e brasileiros; e que nos faz parecer tão brasileiras certas passagens de *Petruchka*. É incontestável que *Petruchka* "parece" mais brasileira, que o *Amazonas* de Villa-Lobos, o *Imbapara* de Lourenço Fernandez, a *Iara* de Luciano Gallet, que são construídos sobre temas ameríndios.

Com a Sonatina, Lourenço Fernandez enriqueceu extraordináriamente a sua produção pianística e nos deu uma das obras mais importantes do piano brasileiro.

MÁRIO DE ANDRADE

Nota da pesquisa:

Mário de Andrade também exercia a crítica musical no *Diário Nacional*, assinando-se "M. de A.". No período a que se refere, 1928-29, por várias vezes apresentou e analisou edições musicais.

DIÁRIO NACIONAL. Domingo, 8 de novembro de 1931.

MALEITA — I

Uma tarde, quando eu já descia o Madeira em busca de Belém e da volta para estes meus pagos detestáveis, o vaticano parou na boca dum Igarapé. Isso por lá sucede sempre. Como os navios não podem determinar hora e até nem dia certo de chegar e as povoações estão no geral muito afastadas umas das outras, mesmo os maiores navios da navegação fluvial que são os vaticanos, fazem papel de bonde, dum bonde caroável, que pára pra tomar passageiro em qualquer lugar da marcha, que pára de seringal em seringal pra entregar carta ou receber borracha. No rio Madeira que é habitadíssimo, é "rio alegre" como me falaram comoventemente, lá, as paradas nos seringais são freqüentíssimas, muitas por dia, e a viagem lenta por natureza, se torna trôpega, dando uma percepção excelente da paciência.

Os rios grandes, o Amazonas, o Madeira, são principalmente monótonos e compreensíveis. Resumindo: é um mato vasto e conhecido paredando o beira-rio. Há porém os igarapés. Cada boca de igarapé é um não sei que mundo enorme de sugestões de boniteza, de prazer de aventura, de desejos viciosos de mistério, crime, indiada, nirvanização. São lindas. Uma calma humana sem aquela ostensividade crua e muito sobrenatural dos rios grandes; e por isso mesmo que humana e diminuta, muito mais misteriosa e sugestiva. Dá uma vontade louca da gente se meter igarapé acima, ir ter com não sei que flechas, que pajés, que êxtases parados de existir sem nada mais. E a maleita... O Amazonas é rio são, pouca maleita e só no tempo de vazante. O Madeira já não é mais "rio doente", a maleita vai diminuindo gradativamente. É rio que já não se compara com o Javari, por exemplo, que este é rio doente de verdade, não escapa ninguém. Os misteriosos igarapés, gráceis de curvas, partindo prás não-civilizações paradíssimas, dão principalmente esse desejo de maleita que se tornou desde essas sugestões amazônicas uma verdadeira obsessão na minha vida.

Eu sei que, sob o nosso ponto-de-vista litorâneo-europeu, é horroroso isso que estou falando. Sei também que qualquer sujeito que já tremeu um dia na cama, obrigando a casa a tremer, vai me chamar de "futurista" ou de maluco. Sei mais que existe o fácil argumento em contrário de que se quero ter maleita é só ir na beira do Mogi e... tomar maleita. Tudo isso é pueril. Não quero tomar maleita aqui em S. Paulo, sofrer horrorosamente a doença nesta cidade, onde os trabalhos, a luta pela vida, a Civilização, me tornavam desesperadamente odiosa, moral e fisicamente odiosos a doença, o depauperamento, a impossibilidade de trabalhar. Sei que com a nossa idiotíssima civilização importada, um indivíduo não se envergonha de arrebentar o fígado à custa de "whisky" e cocteis, não se envergonha de perder uma perna num desastre de automóvel ou quebrar o nariz numa virada de patinação, mas abomina os prazeres sensualíssimos, tão convidadores ao misticismo, do delicioso bicho-de-pé. Que por nós é considerado uma falta de educação. Não se amola de dormir num quarto de hotel, num trem noturno, onde a tuberculose dorme; sorrindo passa a língua num selo de carta, até sendo essa coisa esteticamente nojenta que é o selo amarelo e vermelho da Segunda República!... Pois passa a língua num selo desses e considerará uma depravação, a gente desejar a maleita! O tapuio do Solimões, o maleiteiro do Javari, não morrem mais abundantemente que o paulistano ou o carioca, morre de outras doenças, e é só. A gritos de Higiene (não discuto e reconheço o valor da higiene), a berros de cirurgia e a enriquecimento de jornais, com anúncios de remédios que a gente ingere pela boca mortífera, nós nos iludimos dentro da nossa pseudo-sabedoria, imaginando que os nossos recursos são maiores, e que o conforto duma poltrona é maior que o do chão duro. Quando tudo não passa duma simples questã de mentalidade e costume.

Resta o argumento incontestável de que o acesso de tremedeira na maleita é um sofrimento danado. Não discuto. Deve de ser pois que todos os maleitosos afirmam isso. Assim a obsessão da minha vida, não é o acesso de febre. Nem no acesso de febre se resume a filosofia da maleita, com perdão da palavra. Está claro que o meu desejo é mais elevado. Quero, desejo ardentemente é ser maleitoso não aqui, com trabalhos a fazer, com a última revista, o próximo jogo de futebol, o próximo livro a terminar. Desejo a doença com todo o seu ambiente e expressão, num igarapé do Madeira com seus jacarés, ou na praia de Tambaú com seus coqueiros, no silêncio, rodeado de deuses, de perguntas, de paciências. Com trabalhos episódicos e desdatados, ou duma vez sem trabalho nenhum. Quanto ao sofrimento dos acessos periódicos, não é isso que desejo, mas a prostração posterior, o aniquilamento assombrado, cheio de medos sem covardia, a indiferença, a semimorte igualitária. Que só em determinados lugares e não aqui posso ter. Quanto ao acesso, passa. E em nossa civilização o cocainômano, por prazeres possíveis, não agüenta galhardo a fungação, os trejeitos a que obriga o pó? Ninguém dirá, nem mesmo o morfinômano, que uma injeção seja agradável. Vamos além: a infinita maioria dos cocteils, a infinita maioria das bebidas fortes é soberanamente desagradável. E nós bebemos tudo isso, por uma infinidade de tendências, de aspirações, de curiosidades, de vaidades, impossíveis de analisar completamente. E pela satisfação de prazeres, de estados fisiopsíquicos posteriores, nós nos sujeitamos a todos esses horrores, e nos sujeitamos a fazer visitas, a participar nosso casamento, a acompanhar enterro, ler jornais, bancar de alegres, e outros sofrimentos e martírios mais maiores e mais quotidianos que o acesso de tremedeira. Ora vocês querem ser "civilizados", sejam! Mas eu tenho uma apaixonada atração pela maleita.

Ia contar aquela tarde do rio Madeira, não contei... Fica pra domingo.

MÁRIO DE ANDRADE

Nota da pesquisa:

Nesta crônica, excepcionalmente, o nome do autor vem assinado em letras no mesmo corpo que o texto.

DIÁRIO NACIONAL. Domingo, 15 de novembro de 1931

MALEITA — II

Uma tarde, como eu principiei contando no domingo passado, quando já descíamos o rio Madeira, o vaticano parou na boca dum igarapé. Tudo aliás condizia com essa lentidão de todas as atividades físicas e psicológicas, espécie de indiferença extasiada por tudo, que é o mais permanente característico do maleitoso. Uma calma incomparável, uma espécie de preguiça maravilhosa de ser, em que o próprio ar parecia com pouca vontade de ser ar, de ser imponderável, estava cheinho de partículas roseadas roçando pela mão da gente, pela boca, sem volúpia mas com uma doçura feminil. Ninguém que não provou tarde do Norte, tarde equatorial, não pode imaginar o que é serenidade. As nossas tardes são admiráveis aqui, eu sei; tarde de junho, julho nas praias de Guanabara, tarde de abril e até mesmo de novembro, outubro em S. Paulo quando não chove, os crepúsculos teatrais de Belo Horizonte... tudo isso já provei, são gostosuras. Porém todas estas tardes possuem um quê de tristonho, de prenúncio de noite e seus símbolos, a gente reage em atividade, pra também contradizer com símbolos e exemplos de vida à tristurinha que sobra no ambiente. Então pelas nossas fazendas há tardes tão perceptivelmente tristes que até dói.

Pela Amazônia, mesmo pelo Nordeste, não tem isso não. A beleza é igualmente admirável e as sugestões são outras. São de pasmaceira, de êxtase, de incomparável vacuidade principalmente. Há uma religiosidade sutil, esse estado de bobagem em que a gente ficará se merecer depois da morte, a contemplação da Divindade. Todas as noções desaparecem, de tempo, de vida, de necessidade, de progresso, todas as atividades, mesmo as mais precárias, de constatar, de julgar. Não vale a pena a gente se mover mais, fazer um gesto; e a vida se enche duma morte transparentíssima, essa sim: morte mais alada, mais imponderável que o próprio ar, morte virginal, não faz sofrer, não lastima coisa alguma e é ver uma preguiça boa.

O vaticano parou e deu sinal. Todos nós estávamos debruçados na grade do déque da primeira, gozando a vida. Aquelas

363

mesmas praias abruptas, dando mergulho n'água, erriçadas de árvores florestais. A boca do igarapé se escancarava fácil num bocejo e logo o riozinho se domiciliava numa largueza familiar, as duas margens ali, sombreando a água, uma curva indecisa e mais longe a curva rija engulindo o rio, não revelando mais nada numa tapagem de mato viril. Era o mistério. Devia de ter um seringal por ali, ninguém via, nem casa, nem aberta forraginosa ganha ao matagal. O silêncio era tão imediato que o próprio parolar de duas mocinhas alegres, ainda incapazes de serem felizes profundamente, meio que entrecessara, curto, sem alcance, despencando pesado e se escondendo logo na água. Os jacarés singravam lerdos.

Então veio lá do mistério um casco bem remado. Logo o ploque igual dos seis remeiros se escutou do navio e toda a gente assustou. O casco vinha pesado, cheio de peles de borracha pra embarcar, meio erguido na frente, de forma que o desenho ficava lindo, com o homem da jacumã, tapuio de olhos rasos, torso nu feito serena figura de pau, ornando a proa. De pé num dos bancos estava um homem. Era dono de seringal, filho de dono, se percebia, roupa branca sobre a pele cor de praia, sem sangue nem vida nenhuma. A companhia no vaticano logo conversou. Um sírio gostando de saber, contava o homem que era; outro com a mesma solicitude contava qual era o seringal, se bom, não lembro mais. Parece que a presença do estranho dera em todos um espevitamento de mostrar alegria. Explodiu riso sem razão nenhuma, toda a gente agora falava alto, as mocinhas estavam interessadíssimas, que o homem tinha talvez trinta anos, não mais, simpático de feições, ar de soberbia. Era a maleita.

Aquela imagem, que não durou muito percebi que era duma maravilhosidade, palavra de honra, sublime, estava inteiramente criada pela maleita. Viver numa lentidão danada, naquele fim de mundo, atrasado do mundo pelo menos de um mês em tudo, sem jornais, sem telefone, sem médico, pensando no que! não pensando, numa preguiça organizada... Um belo dia o navio apitava chamando. Vestia-se roupa limpa numa sensação firme de decoro, os tapuios embarcavam a borracha, a familiaridade com água era tamanha, que se viajava de-pé no barco oscilante, o navio tinha muita gente, até gente desta vez bem chique, moças? que tivesse!... Era tamanha a bulha das moças que já bem pertinho, o homem olhou. Olhar apenas que recebeu a noção do que existia: umas moças realmente lindas, havia uma senhora também linda e mais gente. O rapaz desceu de novo o olhar e, juro, sem a mínima timidez, sem a mínima curiosidade, não olhou mais. O casco chegou, fez as manobras, ele saltou na terceira, que é toda aberta nos vaticanos, e pra falar com o comandante, recibos, assinatura, etc., tinha que passar por nós. Todos, mandados por uma espécie de respeito, de admiração, nem sei bem, fizeram ala pra ele passar. Ele veio, as mocinhas até se mostraram, pois não olhou ninguém. Apenas tirou o chapéu nativo, de palha larga, numa preciência de respeito por semelhantes, talvez ele tivesse a noção de que alguns eram graduados. Passou. Depois voltou. As mocinhas outra vez se mostraram, mas ele de novo não teve olhar pra ninguém. Desceu na terceira, saltou pro casco leviano agora e o retorno pras terras lá dentro, o fazia naturalmente voltar as costas pra nós. Não se virou nem uma vez, igualzinho com os jacarés.

A curiosidade é elemento primário de progresso; é o mal e castigo da vida que fez crescer a Grécia e depois matou a Grécia, matou Roma, matou não tem importância, fez sofrer e faz sofrer. Sobretudo desdiviniza o homem. Curiosidade é maldição. E nas terras de calor vasto é simplesmente "made in Germany", camelote, importação, falta de cultura. Por isso eu sonho com a maleita, que há-de acabar minha curiosidade e acalmará minha desgraçada vaidade de precisar ser alguém nesta concorrência aqui no Sul.

MÁRIO DE ANDRADE

Correspondência:

R.F. — Sua carta me comoveu muito. Publicarei as partes possíveis, depois respondo.

Nota da pesquisa:

Mário de Andrade, em sua viagem ao Norte, em 1927, fazia parte de um grupo paulista oficializado junto aos estados visitados, que dentro de uma perspectiva nacionalista do Modernismo, continuava a viver a "descoberta do Brasil", da Viagem a Minas de 1927. O grupo, composto por D. Olívia Guedes Penteado, sua sobrinha, a filha de Tarsila do Amaral e Mário, percorre toda a Amazônia e, no momento de regressar, passa a contar com a presença de Tarsila do Amaral e Oswald de Andrade, então casados e voltando da Europa.

DIÁRIO NACIONAL. Domingo, 22 de novembro de 1931

O CASTIGO DE SER — I

A propósito dos meus dois tão condenáveis artigos sobre a Maleita, "maluquice pura" como falaram por aí, veio a calhar uma carta amiga, ou melhor, desculpem, dum admirador, que pra todos os efeitos públicos esconderei sobre as iniciais R.F. Parece República Francesa mas é um rapaz, parece que estudante ainda de ginásio. Escreve meio parecido comigo, o que é fácil de perdoar tomando em conta a juventude que admira. Fenômeno de mimetismo, se quiserem explicar o caso friamente, porém, pra nós que artefazemos, grafamos prosa, dançamos verso, pintamos quadro, afinal das contas não será mesmo essa a nossa última e mais íntima finalidade?... Alguns pedaços da carta eu conserto a meu talante pra não ficar acanhado em reproduzi-los por minhas mãos. Outros pedaços, corto. Deixo apenas o assunto, o caso, a que responderei no próximo domingo. Diz assim:

"Sr. M. de A.

"Se tomo a liberdade de lhe escrever não é porque eu queira censurar o sr., mas para lhe contar que por sua causa a minha vida aqui em casa está se tornando insuportável. Faz dois anos que pela primeira vez vi o seu nome num artigo que atacava o sr. muito. Não sei bem porque, até parecia que o jornal tinha razão para atacar, mas me deu uma vontade de conhecer os livros do sr. e no almoço perguntei ao meu irmão formado (advogado) se havia algum livro do sr. na biblioteca. Ele me respondeu que o sr. era uma besta. Então comprei o *Losango cáqui,* que era o seu livro mais barato, e apesar de certas coisas que eu não entendia (...) fui comprando os outros.

"Então é que começou a briga. Papai não se amolava muito porque me deixa fazer o que bem entendo, mas meu irmão principiou caçoando de mim e depois tivemos até discussões muito sérias no jantar. Eu sei que tenho razão porque gosto e pronto; mesmo quando certas coisas me chocam muito no que o sr. escreve, muitas até não entendo, acabo sempre gostando. Gostar não se discute, mas eu não posso com meu irmão que é muito mais velho e tem prática de advogado. E minha irmã, que de nós três é a do meio, também entrou na discussão porque foi logo pegar

366

no *Macunaíma* e ficou toda assanhada porque isso não é livro para casa de família. Não sei porque!

"E d'aí foram todos. Mamãe caiu em cima de mim e afinal papai acabou também dando o cavaco, que eu tinha que estudar, como se ler um pouco de literatura fizesse mal pra ninguém! Mas se eu lesse Martins Fontes todos haviam de gostar que eu lesse porque nossa família é de Santos.

"Mas quando o sr. publicou o seu primeiro livro de música d'aí é que eu gozei! Joguei o livro na cara do pessoal que teve de concordar que música ainda o sr. sabia um pouco. Mas que a língua que o sr. escrevia era uma palhaçada horrível. Depois o sr. foi melhorando também a sua maneira de escrever e também tive muitas vitórias. Quando vinha algum artigo seu bem escrito no *Diário Nacional,* eu lia alto no almoço de domingo, só para gozar a cara do pessoal. Depois não precisou mais porque agora todos lêem os seus artigos de domingo. Mas antes eu podia fazer esperteza e só lia o que tinha certeza que eles, querendo ou não querendo, haviam de gostar. Mas agora eles lêem todos os artigos e se gostam não falam nada, e se não gostam me arrasam por causa do sr. Essa história de querer ter maleita, por exemplo, é horrível o que tenho sofrido desde domingo. Eu li e não achei nada de mais, isto é, no princípio achei esquisito o sr. gostar da maleita, mas depois entendi as suas explicações e até gostei, embora eu não deseje ter maleita. Mas meu irmão veio feito uma fera, ferramos numa discussão que me deixou fulo de raiva. Depois do almoço, no cinema, inda eu nem podia gozar, só lembrando a briga de casa. Não sei porque mas quando discuto, só depois que pára a discussão é que me lembro do que devia ter falado.

"Mas o fato é que no caso da maleita, e ainda em outras opiniões ou maneiras de escrever do sr. eu confesso muito bem que não tenho muito argumento a seu favor. Por que que o sr. faz assim? Por que que o sr. vai indo tão direitinho e de repente não sei o que dá no sr., faz uma coisa tão diferente de tudo, e a gente que já estava acostumado, tem que principiar de novo, tem que aceitar, ou então procurar uma explicação nova? Olha no seu último livro, por exemplo, depois daqueles versos que até mamãe gostou do 'Tempo de Maria', vêm aqueles versos que nem eu entendo, gosto mas não entendo! Ah se o sr. quisesse! A gente está vendo que o sr. podia escrever artigos (...) como o sobre 'Cristo-Deus', ou tão comoventes como o de Luciano Gallet, mas de repente o sr. vem dizendo que gosta da maleita, escrevendo uns versos obscuros e todos logo falam que o sr. é uma besta, que o sr. é maluco e outros insultos assim. Eu sei que não é, por mim estou bem sossegado, mas eu (...) queria que todos gostassem do sr. também. E se não gostam a culpa é do sr. Porque de fato todos têm suas esquisitices, o sr. podia gostar da maleita mas ficar gostando só para si e não dizer isso pelo jornal. Já lhe disse que eu gostei do artigo mas a história são os outros, que quase ninguém gostou. Também já lhe disse que não quero censurar o sr. que sabe muito bem o que faz, mas brigo tanto por sua causa que vim lhe contar. No fundo fico sofrendo.

Cordiais saudações".

O meu querido irmãozinho R. F. está lendo a comovente carta dele tão cortada e modificada que talvez se ofenderá... Não se ofenda. Extraí dela o que já várias vezes ouvi e é menos dele que de muitos. E a muitos é que tenho de responder quando me sirvo dum jornal.

MÁRIO DE ANDRADE

DIÁRIO NACIONAL. Domingo, 29 de novembro de 1931

O CASTIGO DE SER — II

R. F. Imaginei que a sua carta publicada no domingo passado era fácil de responder e agora me vejo na maior atrapalhação. A resposta dá pelo menos um *De profundis* franco, dramático como o de Wilde... E isso não é possível. Não posso responder como carecia e nem, franqueza, tenho coragem pra tanto. Por isso vou ficar num plano bem inferior ao da sua carta, cuja sinceridade de tão fácil até ficou sensual. Vamos apenas, por isso considerar dois ou três pontos menos individualistas e mais acessíveis a todos, deste castigo de desejar ser alguma coisa em arte. Você pela sua situação de ainda pouco livre pôde conhecer cedo alguns dos aspectos dolorosos do ser leitor, porém sua idade, sua impaciência de extrema juventude não lhe permitiu aceitar a tragédia do ser escritor. Você quer admirar e admirar sempre. Cuidado com a idolatria que é o pior instinto humano! Você faz ídolos daqueles que admira e exige que eles sejam perfeitos. Você diviniza os autores preferidos, sem pôr reparo que essa é a maior praga que cai sobre os artistas — a praga que mais impediu muitos de ser grandes. Ou pelo menos íntegros. E afinal o que você está lendo nos seus autores preferidos não é mais o que eles dão mas o que você quer encontrar neles. E por isso você tantas vezes se desilude.

Vamos por partes. Por hoje deixe contar uma das experiências mais perturbadoras da minha vida literária. Quando era mocinho eu tinha meus ídolos também. Bilac, por exemplo, sobre cuja morte chorei lágrimas de verdade. Ora sucedia às vezes ler nas revistas, principalmente na *Cigarra*, então do Gelásio Pimenta, algum verso novo de Bilac, de Vicente de Carvalho, de Amadeu Amaral e não gostar. Isso me amargurava muito e me vinha sempre a reflexão: "Ora porque Fulano publica uma bobagem assim! Se eu fosse ele isto eu não publicava". Bem, vida passou, veio o tempo em que o escritor cujo drama intelectual me interessava mais era eu mesmo. Certas cousas minhas, poesia, prosa de ficção, estudos eu reputava ótimos, paciência. Outros só bons. Outros positivamente ruins. Em certas ocasiões, em certas revistas fazia questão de publicar só cousas ótimas. Pra outras os trabalhos bons serviam. Os ruins lealmente não eram pra publicação.

369

Mas a premência do tempo, o desprezo por tal ou qual ocasião, as obrigações inadiáveis do jornalismo, e das primeiras vezes um engano de visão que me fazia imaginar momentaneamente bons trabalhos que nem bem passados em letra de forma eu percebia na sua verdade crua de cousas detestáveis, me têm feito também publicar cousas minhas que reputo ruins. E então pude compreender porque Bilac, Vicente de Carvalho e os outros também tinham publicado um dia trabalhos possivelmente detestáveis. É que a um trabalho meu ótimo, que eu amava, tal leitor adorava também, outro achava apenasmente bom e tal dos meus admiradores considerava detestável, envergonhador. E a tal trabalho meu que eu reputava péssimo, da mesma forma o vi admirado por um, prezado por outro, repudiado por um terceiro. Sendo que estes três estavam entre os que me compreendiam mais! Minha convicção é que não tem artista que não artefaça para ser amado, e já falei que quebrava a pena o dia em que deixasse cair dela uma frase que não tivesse a intenção de buscar pra mim um benquerer através desse mundo.

Mas chega um momento em que o artista se vê na absoluta impossibilidade de julgar das próprias obras porque ao artista verdadeiro não pode absolutamente interessar a sua lealdade de consciência pra consigo mesmo. É de todo em todo inútil ao artista publicar apenas obras que ele julgue conscientemente ótimas. Se ele se satisfaz com essa lealdade de consciência pessoal é porque é um individualista medonho, um vaidoso de si; consciente ou inconscientemente é um vaidoso que não sabe ter o verdadeiro orgulho capaz de sacrifícios, é um torre-de-marfim, é um egoísta, um egocêntrico, um ser dessocializado. Um ser que como ser terrestre é repugnante para mim.

Eis aí um castigo danado, R. F. A lealdade de consciência individual não adianta nada. Todas as obras sublimes ou péssimas dum artista genial ou besta encontram sempre quem as admire e compreenda. "Un sot trouve toujours"... A impossibilidade de julgar por si do valor duma obra sua, é uma tragédia horrível pro artista sincero. E nisto, se a lealdade de consciência pessoal não adianta nada porque egocêntrica, a lealdade de consciência social inda adianta menos porque esta julga o bem e o mal, não julga o belo e o feio. Por ela o artista se enobrece como homem, não se consolida como criador de belezas.

O ideal seria então o artista só publicar aquilo que a sua consciência social reputa bom e a sua consciência pessoal reputa belo? É um engano, R. F. Porque ambas estas duas consciências são contraditórias. Quem tem a segunda é um egoísta, se indiferentiza no individualismo e não pode obter a primeira. E esta primeira despreza a segunda e a repudia. A lealdade pra com a consciência social é a única que nobilita o artista e o justifica satisfatoriamente em sua humanidade. É por ela que o artista faz a arte evo-

370

luir, pois ele está consciente que transformando a arte, corresponde a uma precisão pública. E é por ela que o artista combate o público, não dando pro público (que como público é fenômeno reles mandado principalmente pelos fatores da preguiça e comodismo) o que o público pede, que é fácil, que é banal, é epidérmico e baixo. Mas por ela, ante o fator Beleza tão importante na Arte, o artista vira um cético e um cínico. Uns gostam, outros não gostam. Esse é o estado de paciência único, cético e cínico do artista ante a beleza das suas próprias obras. Uns gostam, outros não gostam, é a sua mais dolorosa constatação.

MÁRIO DE ANDRADE

DIÁRIO NACIONAL. Domingo, 6 de dezembro de 1931

O CASTIGO DE SER — III

Agora acabo com estas considerações deficientes sobre o castigo de desejar ser alguma coisa em arte. No domingo passado verifiquei que devido à extrema variabilidade do gosto do seu público, o artista depois duma certa experiência adquiria uma atitude cética e cínica em relação à beleza de suas próprias obras. Publique ele coisas reconhecidas bonitas ou feias, sempre "uns gostam, outros não gostam". E diante dessa impossibilidade socialmente absoluta de déterminar o prazer que dará e o amor que despertará, a lealdade de consciência individual não adianta nada. E é lealdade que prova apenas um individualismo ensimesmado, um egocentrismo pra mim repugnante. Só a lealdade de consciência social nobilita humanamente o artista, mas essa não decide da beleza das obras e sim da sua utilidade pragmática.

Porém, nobilitante embora, ela não nos dá paz nenhuma, antes se transforma logo em milietas de perplexidades dolorosas. O artista socialmente organizado, principalmente nas épocas de grande transformação social, há-de sempre contrariar o público, porque por amor desse público pretende transformá-lo e elevá-lo. Porém não é isso que o público deseja. E por isso não compreende mais o artista, desconfia do artista cujas obras incompreensíveis se assemelham a mandingas, ri do artista que pela sua anormalidade (em relação à normalidade contemporânea) se assemelha a dos malucos: e o público se afasta do artista. E o artista vê que se aproximam dele, em meio a esse desprezo e caçoada geral, aqueles raros que por maior cultura ou mais refinada sensibilidade, puderam descobrir a beleza recôndita das suas obras, e desprezam nelas o benefício humano, o valor pragmático, a função social. Não sei, R. F., se você poderá penetrar tudo o que tem de horrível pro artista, nesta inversão de valores e deformação de finalidade. Pela sua própria elevação e lealdade de consciência social o artista vê se afastar dele aquela humanidade numérica e coletiva que ele visava. Pretendendo o comum em vez ele se torna o raro. E o louvam e amam os individualistas duma elite hipersensível e culta, pelo que o artista possui não de funcional e humano, mas de prazer floral, puramente individualista!

372

Bom, mas pela grita que essa elite faz, pela normalização da "extravagância", por outras razões inda mais desprezíveis, vem afinal o tempo em que toda aquela incompreensibilidade inicial se torna compreensibilíssima pra todos, o artista e a arte dele viram moda. O castigo, o horrível continuam os mesmos. R. F. É o período em que o artista vê sua obra e intenções completamente não generalizadas — o que seria um prêmio — porém academizadas, reduzidas a pó de traque.

Repare o que se passou com o verso-livre e a nacionalização das nossas artes no Brasil. O verso-livre abriu de par em par as portas da liberdade para um mundo de bobos que criaram uma livraria amorfa, uma versalhada (!) sem versos, completamente estúpida quanto às idéias, absolutamente vazia quanto a lirismo. Desprovido o poema daquela pelo menos aparência poética que lhe davam metro, rima e temas tradicionais, toda essa mocidade imitadora caiu numa poetagem desbragada, isenta de qualquer disciplina, sem perceber o que havia de característico, de trabalho, de disciplina, de contribuição pessoal na temática, no ritmo, na estrutura poética dum Sérgio Milliet ou dum Manuel Bandeira. E, posta em moda a coisa e não os poetas verdadeiros que a criaram, entraram na distribuição dos prêmios os aproveitadores acomodatícios, os "in-medio-virtus", os banalizadores sentimentais da novidade, os modistas, os pretensos ligadores da tradição com o presente, recebendo por isso os aplausos senis dos suspicazes e dos prudenciais. "Ah, isso sim! é moderno e continua poesia" se falavam gravemente os medeirosealbuquerques; e essa caterva de academizadores do verso-livre reduziu a pó de traque o que inicialmente pretendera ser uma elevação.

Quanto à nacionalização artística dos nossos processos de ser, de sentir e de exteriorizar, talvez seja o fenômeno artístico mais nojento, mais indecente de quantos já se deram no Brasil. Que alguém estude, por exemplo, o que foi o emprego do "você" em vez do "tu", em nossa poesia contemporânea e sairá horrorizado da sistematização idiota, e principalmente da sentimentalização parva que os pseudo-poetas fizeram desse emprego legítimo. Surgiram milietas de "vocês" em verso, não mais legítimos, naturais, correntes, mas gratuitos, falsários, organizados sentimentalmente como efeito, como razão de ser, como "verso-de-ouro" das poesias, uma vergonha da nossa ignorância. E da mesma forma foram banalizados e sentimentalizados os temas brasileiros. O Brasil não existia porque todos ignoram o Brasil entre nós; o Brasil ficou reduzido pela ignorância desses falsários a quatro ou cinco temas só: Mãe Preta, Carnaval, Recordações de Infância, Meu Brasil... E se reduziu outra vez a pó de traque o que fora inicialmente uma reivindicação legítima.

Por tudo isso, R. F., o artista socialmente organizado, quando todos já o estavam aceitando e compreendendo, surge de sopetão com uma nova "maluquice" que requer de novo todo um novo e penoso esforço de compreensão. Assim o artista se liberta da glória, porque, aplaudido e aceito, ele estava se tornando escravo de si mesmo, escravo de suas invenções e escravo do seu público: fazendo coisas que os outros apreciavam fácil, fazendo o que os outros pediam e não o que queria, impedido de realizar-se em toda a sua integridade funcional. Assim ele desencaminha os aproveitadores e se coloca acima das modas passageiras. É mil vezes preferível ser odiado, ser incompreendido, isolar-se. Mas continuar como fator dinâmico, como transformador, detestado embora, como exemplo censurador. Está isolado mas persevera útil. Mas ainda isso é perigosíssimo, porque o artista pode de repente se entregar aos encantos sublimes da solidão...

MÁRIO DE ANDRADE

Nota da pesquisa:

A carta de R. F. não foi localizada na Correspondência não lacrada de Mário de Andrade, que organizei em seu Arquivo, no Instituto de Estudos Brasileiros. Surge porém, ali, uma segunda carta sobre o assunto, a da leitora "L", escrita depois da publicação de "O castigo de ser — II" e cujas objeções são respondidas pelo cronista em seu terceiro texto, como se pode ver, num confronto. Eis a carta, em transcrição que obedece à grafia do original.

"S. Paulo, 11-12-31/Mário de Andrade.

"Tenho lido com muito interesse seus artigos sobre a maleita e o 'castigo de ser', apesar de não estar às vezes de acordo com certas maluquices.

"Nos seus livros por exemplo percebe-se atravez da extravagância da forma, a sua cultura, o seu adiantamento, a força formidável do seu ponto de vista que dismancha tudo o que há de estabelecido, mas põe cousas novas no lugar.

"No princípio, isso desnorteia um pouco a gente, aflige, incomoda de verdade. É como nas moléstias graves; a gente quer sarar, mas faz careta para tomar o remédio e grita contra o médico.

"V. está no seu papel e de acordo com sua consciência porque é um batalhador sincero e diria até um precursor, se Jean Cocteau não tivesse ensinado que não existem precursores, mas atrasados.

"V. me parece, tinha força bastante para arrastar consigo para a frente, todos os atrasados, serenamente, sem grande esforço.

"Mas, ultimamente, sinto um cansaço na sua luta, uma amargura nos seus ataques.

"Antes, não era assim. Tudo o que V. dizia, era repassado de uma indiferença risonha, de um cinismo intencional e espirituoso, que faziam bem à gente. Dizia a sua moda o que pensava, fazia o que entendia, sem se preocupar com a existência dos outros.

"Aquilo tudo estava dentro de V. e precisava sair; seus livros, seus artigos, suas aulas, eram uma espécie de vômito incoercível das coisas que se amontoavam no seu cérebro e não podiam mais ficar lá dentro. Vinham em jorro e puzeram abaixo muito preconceito, esparramaram muita convicção.

"Você não foi desde logo compreendido nem aprovado. E se isso acontecesse, não haveria um Mário de Andrade; milhões de Mários submergeriam num instante o verdadeiro. V. apareceu sozinho, debatendo-se, gritando, enquanto o pessoal cá de baixo procurava entende-lo.

"Alguns perceberam imediatamente que você tinha razão e apoiaram-no; outros julgaram talvez de bôa-fé, que estavam à sua altura e quiseram ser seus discípulos, seus profetas. E daí essa história de sempre: 'o artista vendo' as suas obras não generalizadas — o que seria um premio — porém academizadas, reduzidas a pó de traque. Perfeitamente; é isso mesmo.

"Não sou artista, mas sinto exatamente o que você disse porque gosto de arte e acompanho os artistas com muito interesse.

"Aquilo tudo sobre o verso livre e o resto é formidável! A pura verdade. Mas V. não devia imitar-se. Os imitadores também tem sua utilidade. São como os copistas de vestidos-modelos: põe ao alcance de todos, o que só alguns previlegiados poderiam possuir. E a gente não fica tão contente de obter uma cópia de Patou?

"O gosto assim vai se educando, todo o mundo fica sabendo que existe um Patou no mundo e os vestidos que não se parecem com os dele, vão ficando desprezados. Que culpa tem a gente, de ter nascido longe de tudo e não saber o que vai pelo mundo?

"Os grandes costureiros também se imitam e processam os imitadores. Entretanto, mal sabem eles, que são os seus melhores amigos, porque revelam ao público a suas creações e obrigam-nos a inventar outras.

"V. e alguns outros são como os chefes de fila; queiram ou não queiram, comandam por dever de oficio. E quem lhes diz que da massa bruta dos recrutas não sairá um soldado tão valoroso como o comandante? Esses pobres imitadores já lhe estão prestando o melhor serviço que se pode prestar a um artista; libertá-lo de si e da *glória*.

"Olhe Dannuzio, por exemplo. V. não o acha ridículo, assim todo enfatuado, trasformado em múmia de um talento que já existiu?

"Mas assim mesmo ficou. E os outros? Os que faziam estilo Dannuzio, os discípulos que o academisaram? Onde andarão eles?

"Os perigos da gloria são grandes; os da solidão não são menores. Porém, não pode haver maiores que os da insinceridade. Mudar de rumo *só* para não ser seguido? Seria melhor não olhar para trás.

"Compreendo o seu desejo de maleita e da indiferença preguiçosa que ela produz. Mas existe a febre, os tremores, as crises temíveis que podem matar.

"Combata o mal estar, a anciedade, as congestões de fígado. Pegue da maleita a unica cousa que vale a pena neste mundo e que V. tinha para dar e vender: serenidade. É o meu conselho de amiga e admiradora. L."

Nota M.A.:
Ponto de interrogação para a inicial assinada.

DIÁRIO NACIONAL. Domingo, 13 de dezembro de 1931

MEU ENGRAXATE

É certo que não ando muito feliz não, estes últimos tempos com uma doença, e doença caceteia bem, mas penetrando bastante no fundo dos sentimentos, estou convencido que é por causa do meu engraxate ter me abandonado, que ando agora num ambiente de desolação. A gente fala "meu engraxate", "meu alfaiate", eles são de todos, está claro, porém o "meu" aí no caso — meu Deus, como a Gramática não tem delicadeza nenhuma de sensibilidade! — o "meu" quando a gente fala "meu engraxate", não tem nada de possessivos egoístas, funciona como um "este"; "este engraxate", define coisas e seres, com a superioridade de especificar melhor as relações. Pois meu engraxate me deixou.

Passei duas vezes pela porta onde ele trabalhava e nada. Então me inquietei, não sei que doenças, que mudanças pra outras portas se pensaram em mim, resolvi perguntar pro menino que trabalhava na outra cadeira. O menino é um retalho de hungarês, cabelo de milho, não dá simpatia nenhuma. É tímido, o que torna a gente meio combinado com o universo, no propósito de desgraçar esses desgraçados de nascença. "Ele agora está vendendo bilhetes", respondeu antipático, me deixando numa hesitação penosíssima, com todo o meu futuro atrapalhado, pronto, estava sem engraxate! Os olhos do menino chispearam de avidez porque sou dos que ficam fregueses e dão gorjeta. Levei seguramente um minuto pra verificar que tinha de continuar engraxando botinas toda a vida ainda, e que ali estava um menino que a gente ensinando afinal podia dar também bom engraxate. É incrível como essas coisas são penosas. Sentei na outra cadeira, assim como quem não quer, numa desconfiança infeliz, apenas escravizado à "fatalidade inexorável do destino".

Não sei, pra muitos pode parecer que estou caçoando, por empregar frases-feitas de palavras graciosas, estou caçoando então. Há os que fazem engraxar suas botinas no lugar onde estão, quando pensam nisso. Há os como eu que chegam a sair da sua casa, tomam bonde, vão até o engraxate. Há indivíduos cuja existência como que é completa por si mesma, vivem uma espantosa independência e se satisfazem de si mesmos. Engraxam as botas hoje num, amanhã noutro engraxate, conversam com um, com outro,

376

compram chapéu numa casa e três meses depois já compraram noutra casa e conversam com a mesma comodidade com os empregados das duas diferentes casas de chapéus. Indivíduos assim dão uma impressão ostensiva de felicidade, mas creio que isso é apenas aparência. E mesmo que não seja apenas aparência, não os invejo.

De primeiro, isso fazem mais de quinze anos, talvez mais de vinte, nem sei! meu engraxate foi trabalhar no meu barbeiro. Era cômodo, ficava tudo perto da minha casa de então. Meu barbeiro, que era duma amabilidade tão loquaz que acabou me convencendo da utilidade da gilete, veio logo dizer que o homenzinho também falava alemão. Perguntei por passatempo e ele fizera a guerra, preso pelos austríacos. Era baixote, atarracado, bigode de arame e uma calvície fraternal. Se estabeleceu uma corrente de profunda interdependência entre nós dois, isso o homenzinho trabalhou que foi uma maravilha e meus pés vieram de Goleonda. Nunca mais nos largamos. Entre nós sempre se trocaram palavras tão essenciais que nem o nome dele eu sei. Giovanni? Carlo? não sei. A engraxadela custava então duzentos réis, eu dava trezentos. Meses depois ele me contou baixinho, numa rapidez enorme que mudava pra uma casa em frente. Foi o que me deu a primeira noção nítida de que meu barbeiro era duma amabilidade mesmo insustentável. Mudei com meu engraxate e, pra não ferir meu barbeiro que afinal das contas era um homem querendo ser bom, me atirei nos braços da gilete a que até agora sou fiel.

Veio o dia em que a engraxadela custou trezentos réis. Veio o dia não, já fazia de certo muitos meses que o preço tinha aumentado, talvez ano, soube por acaso, meu engraxate não falara nada. Passei a dar quatrocentão. Nos fins de ano, ele não pedia festas, eu dava porque queria. Hoje tanto essas festas como a gorjeta, embora pelo bom-senso razoáveis, me dão um sentimento desgraçado de mesquinhez, sinto que foi pouco, não sei, quantas dificuldades o meu engraxate deve ter passado, quanto lutou consigo, de certo com a mulher também (era casado), afinal não agüentou mais esta crise, vamos ver se vender bilhetes dá mais! O menino até deu raiva de tanto que demorou (meu engraxate também demorava demais quando era eu, mas não dava raiva) o menino tinha engraxado admiravelmente minhas botinas, pra dizer verdade, tão bem como o meu engraxate. Não sei... Não voltei mais lá. Faz uma semana que não engraxo minhas botas. Sei que isso não pode durar mais e o mais decente é ficar mesmo freguês do menino, porém minha única resolução decidida é que vou passar a comprar bilhetes de loteria. Não tenho intenção nenhuma de tirar a sorte grande mas... mas que malestar!...

MÁRIO DE ANDRADE

Nota da pesquisa:
Crônica incluída em *Os filhos da Candinha*, 1943.

DIÁRIO NACIONAL. Domingo, 20 de dezembro de 1931.

CATULO CEARENSE

Andei relendo Catulo Cearense estes dias. Catulo, depois dos seus livros de modinhas e lundus acariocados, que pouca gente conhece e, franqueza, não ultrapassam o valor da literatura de cordel do mesmo gênero, redescobriu pra uso próprio, a poesia regionalista, que procura imitar a dicção e o sentir do homem rural duma região. Nessa imitação é que ele tornou-se um poeta admirável, certamente o maior criador de imagens da poesia brasileira. Com *Meu sertão* dava um livro pouco menos que genial. E acabou. Nos outros livros, de primeiro inda surgia quando senão quando um lampejo do imaginista maravilhoso de *Meu sertão*, mas era um lampejo só, até que o poeta se esbandalhou inteiramente em livros escurecidos pela vaidade. E principalmente pela civilização. Catulo Cearense é o exemplo mais contristante desse poder surdo de descivilização que possuem as civilizações importadas. Porque Catulo Cearense nada tem, ou pouquíssimo do nosso homem rural e do lirismo propriamente popular.

Um tempo se imaginou e se afirmou que ele era o cantador popular, o rapsodo brasileiro elevado à expressão mais genial. É um erro fundamental. Catulo Cearense é fenômeno de civilização e de cultura. Horrenda civilização e desvigorante cultura, pode ser, mas fenômeno popular, manifestação étnica é que ele não é. A adesão à corrente regionalista desvendou o que ele possuía de mais admirável, a imagem cariciosa e o brilho das descrições metafóricas, porém a imagem que ele nos deu de sertanejo, a dicção que empregou, são absolutamente falsas. Ou, pior, que falsas, são as deformações ou interpretações civilizadas duma coisa exótica. O sertão e o sertanejo nordestino, propriamente cearense, são exóticos pro Catulo Cearense que é um ser de formação urbana, carioca; e ele rimou tudo isso por aquela revelha atração civilizada pelo exótico com que Gauguin pintou Taiti, Raimundo Correa soneteou o mato da África e Villa-Lobos cantou o Amazonas. Não estou condenando este processo de arte, até citei artistas e obras de importância, estou apenas demonstrando que se trata dum cacoete de civilização européia. Da "nossa" civilização...

378

O que distingue imediatamente Catulo Cearense da poesia propriamente popular é o que tem de mais preciosa nele, a metáfora. Quando Catulo Cearense brilha mais, quando atinge os fulgores verdadeiramente sublimes do estro dele, é nos momentos em que descreve a natureza, um sentimento ou um ser, especialmente a mulher. Ora a poesia popular é universalmente infensa a descrição. Em geral a poesia popular se limita a contar o caso, que é de fato o processo mais puro, mais verdadeiro, digamos mais clássico, de realizar a função utilitária que a arte tem sempre nas suas manifestações primitivas. O próprio comentário é muito escasso, e em nossa poesia romanceada só aparece nos romances modernos de literatura de cordel, dum Martins de Athayde, dum Cordeiro Manso, que já são fenômenos deformados pela praça. Nestes o comentário vem freqüentemente, ao passo que nos romances tradicionais, populares e anônimos, a Nau Catarineta, Dona Iria, mesmos nos nossos mais antigos, e já mais despojados de individualismo, romances do ciclo do Boi, o Boi Espácio, o Liso Rabicho, a Vaca do Burel, o comentário é paupérrimo, ou não existe duma vez.

Ora em Catulo os momentos em que ele conta o caso que é objeto do romance são simplórios, inexpressivos, enfeitados. Não têm aquela simpleza surpreendente, aquela nitidez rija, bem de metal, aquela nobreza direta que a gente encontra nos romances e recontos anônimos. Catulo não sabe pressupor, conta tudo, pra ficar bem entendido pelo leitor, sem permitir a este a mínima colaboração ou conhecimento anteriores. E isso é fenômeno de cultura, de civilização. Mas eis que Catulo Cearense se bota comentando um sentimento, uma cabocla, um fato. Surge então o vate admirável, analista bom, frase percuciente, e sobretudo o espantoso inventor de metáforas.

É aliás curioso isso dos poetas cultos imaginarem sempre que a linguagem dos selvagens e dos incultos é florida de metáforas. Não é. Rarissimamente a imagem surge na poesia popular. Basta estudar um bocado o formosíssimo repertório das quadrinhas portuguesas pra ver quando o povo desconhece a imagem em poesia. Também nos contos e poesias rituais dos ameríndios a imagem não existe. Gonçalves Dias e José de Alencar criando os seus índios cueras na comparação, de certo não imaginavam que se punham nos antípodas daquela forma ameríndia chã, leal, direta, que nos haviam de revelar mais tarde Capistrano de Abreu, Colbachini, Koch-Gruenberg, Stradelli e os mais. E os pretos a mesma coisa. A expressão de Catulo vem da nossa parte lusa, européia. É da civilização européia

Catulo Cearense foi sublime no *Meu sertão* como poeta urbano e culto, aceitando poetar dentro da corrente regionalista. Até esta aceitação da escola literária, no modinheiro e maxixeiro contumaz da Corte, era fenômeno exclusivo de civilização. Mas esta civilização era falsa, importada. Deu um brilho momentâneo fulgurante pro pobre do brasileiro, mas depois foi corroendo, corroendo ele por dentro, deformando-o, nulificando. Os últimos livros de Catulo Cearense não são nada.

MÁRIO DE ANDRADE

DIÁRIO NACIONAL. Domingo, 27 de dezembro de 1931

CONTO DE NATAL

Estamos no Hotel Ravília, Ribeirão Preto, noite de Natal. São duas horas da manhã, tudo dorme no "hotel do sírio". Menos Levino, está claro. Levino sob os seis degraus da escadinha e desemboca no longo corredor quase escuro, uma luz aqui, outra lá no meio, outra lá, lá no fundo. Levino é o "garçon" da noite; e como no hotel do sírio ninguém se lembra de carecer de "garçon" durante o sono, sitiantes, caixeiros-viajantes, biscatistas, Levino gasta o que carece da noite engraxando as botinas que os hóspedes deixam de fora das portas pra isso mesmo. Depois Levino se recosta no holzinho com peças de vime e toalhinhas de crochê e dormita no vasto vazio de seu ser.

Levino tem cincoenta anos, mas ninguém dá isso pra ele. Parece otogenário já de tanto que envelheceu numa vida rica, em direto contraste com a cachola dele que paupérrima sem um pensamento. Sempre foi assim, desde quando era baiano, menino rico que não sabia ter vontades e devia herdar um formidável cacaual. O papai mandou-o pra Inglaterra se educar. Logo nas primeiras férias, Levino com vinte anos, diz-que passeando em Paris, veio a notícia de que tinham ficado com tudo, cacaual, gado, a casa da capital com seus móveis de tonelada de peso e valor. O pai tinha se suicidado. Chamavam Levino mas ele não foi por causa dos companheiros de férias. Virou brasileiro na Europa e pedia dinheiro pra tudo quanto era patrício. No geral trabalhava de tardinha, nas vizinhanças do Café de la Paix. Depois descobriu uma dessas vagabundas da noite, de cabelo vermelho, que se enrabichou por ele e "les indiens". Levino exerceu sem delicadeza nenhuma a profissão de gigolô, foi farol e acabou escroque. Acabou, digo, porque o escroque escerrou uma das fases da vida dele, a mais externamente brilhante. Na segunda, em que se exercitou nas mais variadas profissões menores, acabou dando marinheiro em não sei que viagens inglesas até à Austrália, o fez ele se lembrar que tinha uma pátria, o Brasil. Então veio a fase paulista em que, como vimos, ele acabou como "garçon" noturno do Hotel Ravília, engraxando botinas e dormindo esquecido de que tinha imensos passados pra pensar.

Ora Levino estava especialmente inquietado nessa noite de Natal. Vira de-dia na loja grande da praça aquele mascarado bancando papai Noel, muito bulha de gente, criançada, presente pra cá, presente pra lá, e conversas de Natal. O vácuo da cabeça dele estava por assim dizer cheio de vacuidades agora, Levino sentia por dentro da cabeça como uma nuvem enorme cheia de rumores. Quando defrontou com o corredor comprido, a ilusão era completa: por coincidência, ou pelo feriado do dia seguinte, o certo é que todos os hóspedes tinham deixado pra fora das portas botinas por engraxar, dos dois lados, era um corredor imenso de botinas, sapatos, sapatões. Pra maior ilusão, nos quartos de família, os sapatinhos dos piás lá estavam também, não pra engraxar, mas recheiados de brinquedos, invenções e doces. Papai Noel olhou pra caixa, era só umas escovas velhas, panos sujos, caixas de graxa. Sorriu. Em meneios, donairoso, com o indicador da mão direita, aqui ele ameaçava estes sapatões que não se portaram bem, adiante elogiava estas botinas que tinham sido boas todo o ano, seguindo com lentidão e frases murmuradas até o fim do corredor. Lá, papai Noel abriu a janela e pulou pro quintal. Levando a escadinha das mangueiras pra junto do muro, saltou na área escassa da Joalheria Alfredo, abriu com facilidade uma porta de nada e entrou no seu tesouro. Quando voltou pela janela outra vez, papai Noel estava outro, com os dedos duros de anéis, cheio de colares no pescoço, nos braços, e a aurora de mil jóias brilhantes na caixa de engraxar. Principiou a distribuição. Num instante o chão das portas relumeava de jóias. Todos os sapatos contemplados! E Levino fazia barganhas, concertava presentes desiguais, cada vez mais bêbedo de tantos brilhos. Chegou a vez das promessas, e lembrando que nem os bancos, diziam, aceitavam mais cafezais, Levino distribuía sesmarias grandiosas cheias de cacauais e gado curraleiro, viagens à Austrália, vagabundas da noite com a cabeleira vermelha, e acabou às gargalhadas duma felicidade esplendidamente doadora, "Vão!" gritava, "Vão todos estudar na Inglaterra!"

Isso já eram quase cinco horas, e a bulha fazia os hóspedes acordarem na madrugada. Uma porta se abriu, fechou-se. Outro espiou mais. E afinal todos vieram agarrar Levino, acordou-se o dono do Hotel Ravília, houve uma captação geral de jóias enquanto papai Noel seguia sem resistência prá cadeia. Ninguém mais dormiu com os comentários, está claro. Durante o dia se deu uma comiseração coletiva dos hóspedes, era visível a loucura do velho! conseguiram que o delegado botasse uma pedra no caso, e Levino saiu da cadeia. Saiu como ladrão pra voltar algumas horas depois como louco, Levino se tornara insuportável, gritava, falava inglês... Voltou pra cadeia e lá ficou pra sempre, condenado a galés perpétuas porque estão completamente cheios todos os hospícios do Brasil.

MÁRIO DE ANDRADE

1932

DIÁRIO NACIONAL. Domingo, 10 de janeiro de 1932

PSICOLOGIA DA PUBLICIDADE

Pobres, pobretões, pobrinhos, miseráveis, mendigos, mendigantes, mascarados, rebelados etc., etc. pelos bairros, pelo Triângulo, nos viadutos, nas portas das repartições, das igrejas, êh, nas portas das igrejas aos milhares, aos bilhões com mentira em tudo. Católico é bobo, isto é: pela religião que professam, os católicos fazem profissão de esmoleres, e daí a multidão de mendigos se aglomerando nas portas das igrejas. Conclusão inegável: católico é bobo.

Na verdade o decreto já famosíssimo do sr. Rabelo é apenas uma continuação natural da psicologia de publicidade que a pinta mais catita enfeitando a epiderme dos heróis da Revolução. Seria engraçado fazer uma estatística da expressão "derramar meu sangue", antes e depois da Revolução. É verdade que pouca gente derramava sangue antes do mimoso Outubro de 1930, e sob esse ponto-de-vista a estatística é injusta, porém vamos e venhamos: o mimoso outubro foi, como têm sido os maiores sucessos da nossa vida, um sambinha de pouco sangue derramado. E se poderá mesmo adiantar, de nenhum sangue derramado, se a gente considera que aqueles que garganteiam a frase e vivem mamando nela, são justos os que não derramaram sangue nenhum nas arcangélicas Itararés. E é nisso que a estatística proposta é impressionante e concludente. Se percebe a pouca segurança que esses heróis têm de si mesmos e de suas ideologias; e a necessidade que têm de bancarem de sacrificados, de ensangüentadíssimos pra convencerem pela visagem de feridas alarmantes, já que não podem convencer ninguém pelo prestígio, pela grandeza intelectual ou por maior honestidade que a que fazia a totalidade dos brasileiros da Primeira República.

Perdeu-se por completo qualquer elegância moral, desapareceu a mais mínima preocupação de discrição; quem tem ferida publica-a; e quem não tem, encomenda a metáfora, porque "derramar sangue" também se diz metaforicamente...

Essa mesma pandemia de publicidade levou os heróis a entrevistas, discursos, falações de toda espécie, demonstrando a prodigiosa via-láctea de ideiazinhas macanudas que alimentavam pra salvação... hesito em dizer, do Brasil. Eram heróis cheios de idéias, coisa rara porque no geral o que alimenta a faculdade de heroísmo é a unidade cega duma idéia fixa. Mas os heróis da Revolução eram doutra espécie heróica, inda não nomeada na fauna universal, tinham milhares de ideiazinhas macanudas. Publicaram tudo, tudo. O resultado é conhecido: nunca jamais em tempo algum não se viu uma tão prodigiosa indigência ideológica, nem tamanho número de consciências indigestadas por leituras feitas à pressa.

O decreto da pobreza veio a calhar, se gravando como símbolo sobre esta infeliz terra brasileira. Foi, por assim dizer, a consagração da indigência, de todas as indigências, não apenas de tostões, como de consciência e cultura. Agora todos os pobres, de qualquer espécie, podem estadear desbragadamente as misérias, sem que com eles polícia nenhuma se intrometa, sem correição, sem expulsão, sem nada que seja perigoso. Estão sagrados e consagrados.

E se o decreto da pobreza vinha assim, talvez sem querer, postar-se como símbolo irônico na região mais progressista do país, ele vinha ditado principalmente por aquela mesma psicologia de publicidade, que no princípio deste artigo denunciei. Se acabou o tempo cheio de amor próprio honrado em que valia alguma coisa aquele prolóquio mandando a gente "lavar a roupa suja em casa". Hoje se lava tudo em plena rua, pobreza como política, sob uma polvadeira tamanha, provocada pelas politiquices em estouro, que tudo inda sai mais sujo que antes da lavação. Tomemos por exemplo a pobreza: É inconcebível o que se pompeia por aí de falsificação de pobreza. E sobretudo de ensinamento de vadiagem, de incitamento à vadiagem.

Porque as mulheres, reconhecendo que o que fere mais o coração da gente é o sofrimento infantil, a única escola que preferem pros filhinhos, entre tantas reformas de instrução, é a de pedir de porta em porta. Não tem dúvida que, como dizia bem o decreto, as misérias sociais dos ricos, suas infâmias imperialistas são mais canalhas e mais desmoralizantes que as dos pobres falsos, porém que jeito espantoso esse novirrepublicano de governar, que em vez de coibir as infâmias já existentes, justifica por elas, a propagação e incitamento de infâmias novas! Que diminuamos a ganância dos ricos, que os achaquemos de impostos úteis, muito que bem! mas porque eles são capitalistamente ruins numa infinita maioria, principiar capitalizando também a falsa pobreza! Isso é um despropósito, uma tolice indigente como nunca se viu!

Os senhores revolucionários, enamorados sem dúvida da tradição de irresponsabilidade que era o princípio moral da Primeira

República, pelo menos na sua fase washingtoniana, foram duma inconsciência inqualificável quando lançaram o país nessa revolução que, ou realizava pelo menos metade das suas promessas, ou seria uma falcatrua monstruosa. E eu quero mas é saber qual é a promessa feita ao povo brasileiro, que os mandões da Segunda República já tenham realizado! Promessas pelas quais, milhares de brasileiros, nós todos que não tínhamos interesse pecuniário na Primeira República, pra usar a frase em moda: "TAMBÉM DERRAMAMOS O NOSSO SANGUE"...

MÁRIO DE ANDRADE

DIÁRIO NACIONAL. Domingo, 17 de janeiro de 1932

CUBA, OUTRA VEZ

A música afrocubana tem sido a fecundadora de todo, ou quase todo o populário sonoro americano. Parece mesmo que a sua finalidade é exclusivamente essa: dar origem a criações novas em outras terras desta variada América. O populário musical afrocubano nem por isso é muito bonito, nem mesmo duma originalidade espaventosa. É um populário interessante, agradável, mas que não sobressai no meio das vastas riquezas populares do mundo. Porém possui essa faculdade especial de ser eminentemente inspirador de criações muitas vezes mais bonitas e até mais originais.

É o caso, por exemplo, do tango e do maxixe, ambos provenientes, ou melhor, estimulados pela música afrocubana. Ambos surgem e se desenvolvem naqueles tempos em que a Habanera dominava as sociedades iberoamericanas. No tango até inda agora se percebe o corte rítmico da Habanera. Então aqui no Brasil nem se fala! a habanera viveu e produziu o mesmo intenso fornecimento de música impressa nacional.

Só que se atrapalhavam muito com a nacionalização da palavra, o que é engraçado. Os mais razoáveis se limitavam a dizer a voz castelhana. Mas havia os que a queriam traduzir, e vemos então aparecer essa palavra esdrúxula, "havanera", ficava tão mais exato "havaneira" mas é o "havaneira" que a gente encontra abundantemente praticada pelos compositores de havaneiras brasílicas. E até por gente de mais peso, a julgar por Adelino Fontoura, que numa das suas poesias enumera:

"E valsas de Metrá e moles havaneras".

Essa trapalhada não era porém só lingüística, era ainda determinada pela própria concepção das peças. O compositor, entre influências e provas evidentes de originalidade pessoal ou nacional, ficava atarantado, sem saber afinal das contas o que tinha composto, era havaneira? era polca? hula?... Então fazia como aquele G. E. Lopes, cujo op. 32, o *Pirilampo,* ele acabou, por via das dúvidas, chamando quase que por todas as palavras do dicionário, com mentira e tudo. Na capa escreveu "Habanera", mas na cabeça da música esclareceu: "Tango-lundu", com hífen. É como se vê um prodígio de honestidade batismal.

Essa foi a primeira vez que Cuba nos fecundou grandemente. Aqui fez nascer um repertório vasto de havaneiras-tangos-lundus; aqui deixou indelével o ritmo que os afrocubanos chamam de "Tangana", até hoje conservado; estimulou, junto com a polca, a invenção do maxixe. E desapareceu do nosso convívio musical. Mas agora volta de novo, é verdade que via Estados Unidos, por estes estarem mais próximos de-certo... Os Estados Unidos também já tinham acolhido o ritmo Tangana nos fox e outras formas de "jazz". Há porém entre a raça ianque e isto que ainda se pode chamar de raça, que são os brasileiros, uma diferença essencial: Os ianques, como raça que são, a tudo quanto recebem, deformam e organizam conforme os caracteres nacionais. Nós não, é cada coisa que recebemos que nos transforma e organiza... Haja vista como os gaúchos e outros brasileiros dos limites são fragílimos no receber e aceitar vozes e expressões de línguas estranhas com que estão em contato. Cesar Martinz em *Os sertões do Iguassu* conta coisas espantosas de brasileiros (?) chefes-políticos ou prefeitos, não me lembro bem, falando castelhano e ignorando a língua portuguesa. Os gaúchos se entregaram às delícias da língua espanhola, salvo seja. No Norte, presenciei com espanto esta vivaz inteligência nortista, nem bem passávamos pra águas peruanas ou bolivianas, o navio nacional vira não sei de que pátria pela língua, toda a gente se exprimindo às vezes até inconscientemente em castelhano.

Bem, me esqueci que estava falando de música. Pois os americanos descobriram certos efeitos curiosos e músicas bonitas afrocubanos e criaram o "rumba-fox" que, a meu ver, vale principalmente pelos novos efeitos com que enriquece a orquestra do "jazz". Está claro que os brasileiros logo fizeram rumbas e até os efeitos sinfônicos do nosso gostoso choro estão se modificando com a introdução de instrumentos novos. Eu já possuía o *Manicero* cubano, quando de repente comecei escutando por aí uma peça lindíssima de "jazz", *O vendedor de amendoim*, utilizando e, franqueza, melhorando o tradicional pregão cubano. Não demorou muito a Victor (1) do Brasil lançava no mercado aquele disco que, apesar de alguma banalidade, é uma coisa deliciosíssima, a *Cena carioca*. E desde então, via New York, os cubanos reprincipiaram de novo fecundando a música do Brasil. Mas não faz mal não. Como da primeira feita, a influência vai sendo utilíssima, produzindo peças admiráveis, como essa quase obra-prima que é a batucada *Já andei* que também as vitrolas vivem por aí martelando. Ou "costurando", pra se ficar mais próximo da agulha.

MÁRIO DE ANDRADE

Nota M.A.:

(1) Anotação na margem: "Colúmbia". O autor desfaz seu equívoco quando corrige o texto com o propósito de inclui-lo em obra que projeta por volta de 1942, *Artigos de Música* e que não chega, contudo, a estruturar definitivamente.

DIÁRIO NACIONAL. Domingo, 24 de janeiro de 1932

SÃO VICENTE

Sejamos primários: Há quatro séculos atrás modorravam por estes pagos de terra pródiga e clima bom, umas tribos de nativos que, segundo a autoridade dos mestres, vinham de povos que já tinham tido uma civilização material bastante desenvolvida. Talvez guerras, talvez governos ruins de péssimos incas, tinham levado esses nativos ao grau de desvirilidade e falta de coesão em que jaziam há quatro séculos atrás. Banzavam dentro de si mesmos, pasmados de viver, amodorrados no rito e na pajelança, indiferentes à própria independência, indiferentes à tradição perdida, e se guerreando mutuamente. Faltava isso principalmente: a coesão.

De sorte que o jovem Martim Afonso, barão aventureiro de Portugal, veio, viu, venceu, foi fácil como beber água. O que o rei de Portugal queria, era a mesmíssima coisa que o mais reléssimo letão, sírio, ou italiano que emigra quer: riqueza. A diferença é mínima e deriva apenas duma sutileza de classe: pros mais ínfimos a riqueza consiste primeiro no pão de cada dia; conseguido este, no terreno a comprar e na plantação a vender; conseguida enfim a fábrica, suponhamos, de asas de borboleta em conserva, então já o ambicioso quer construir o seu túmulo bulhento pro qual as prefeituras abrirão portinholas viatórias nos paredões do campo santo. E isto é já chegar em pleno rei de Portugal, que queria além do dinheiro a posse das terras interrogativas.

Ora como as terras não podiam ficar assim possuídas só de boca (mesmo porque desse jeito não rendiam...) o rei de Portugal criou o processo político das donatarias: dava a terra simi-dada e o proprietário que viesse, por mais ambicioso... e obediente ao seu real senhor, se matar, se espatifar, ou vencer nas terras interrogativas. Uns venceram e outros levaram a breca. Martim Afonso a gente pode dizer que venceu, pelo menos porque a fundação dele perseverou e se alastrou. Os nativos, se aceitaram a fundação do ilustre futuro herói da nossa história, dou minha palavra que viram ela com maus olhos. Lá consigo bem que resmungaram, mas não havia coesão entre eles, estavam moralmente miseráveis

388

pouco se amolando com a posse da terra, com a independência, com a tradição. Não puderam fazer nada porque estavam desmoralizados.

Ora quatrocentos anos depois, por causa duns pungas que reinavam em Portugal, indecentemente conduzindo os destinos da linda terra de ótimo clima, jardim à beiramar plantado, uns aventureiros de Douro e Tejo destruíram a máquina monárquica e elevaram sobre ela os alicerces doutra máquina monárquica também Monárquica. O rei novo, pode-se dizer que não sabia sentar nas poltronas, porém possuía a mesma gordura do rei velho Dão João VI e a mesma inexistência eficaz. Dividiu as suas conquistas dalém-mar entre cabos de guerra; e agora com a mesma psicologia e sem a mesma prudência, de Martim Afonso, os Martins Afonsos estão se sucedendo na porfia de fundar outra (sic) o seu S. Vicente lá deles.

E, como há quatrocentos anos atrás, os nativos não vêem isso com bons olhos, pelo menos aqueles nativos que inda se lembram vagamente de sua tradição e se imaginam dotados de alguma consciência social. Mas falta coesão. Estão desmoralizados, pululam entre eles os Calabares de toda espécie, preferem a alta do café, comer, dormir, talvez sonhar, quem sabe? Falta coesão e a raça está indecente.

E por isso nós talvez tenhamos de contemplar a vitória de qualquer dos novos Martins Afonsos. Um cabo de guerra virá, se já não veio, que percebendo melhor o lado de que sopra o vento, há de abrigar melhor suas caravelas. E São Vicente estará fundada pra maior glória do novo rei de Portugal e enchimento de bolso de sutilíssimos perós.

Mas daqui a quatrocentos anos não será possível celebrar a glória destes novos salvadores e evangelizadores da terra conquistada, como agora celebramos a do primeiro Martim Afonso. Não porque sejam menos aventureiros, menos rapazes de pouca idade intelectual, menos heróis que o primeiro, mas simplesmente por uma questão de semântica. São Vicente não mudou de sentido, é a mesma palavra com o mesmo significado de terra conquistada e promissora. E se São Vicente não se constrói num dia, é incontestável que se funda uma vez só. O resto não passa de símbolo e degradante ambição.

Porém se daqui a quatrocentos anos não se celebrarão nem com um fogo de artifício, nem com um traque, os arrojados heróis deste El Dorado, os futuros nativos deste clima hão de lembrar a ignomínia dos vicentinos de agora que, como ingênuos ou covardes mamotes de sobre-ano, agüentam prazenteiros as boleadeiras que lhes inutilizam as mãos e recebem na cara o vinco do chiquerador.

MÁRIO DE ANDRADE

DIÁRIO NACIONAL. Domingo, 31 de janeiro de 1932

ALMA PAULISTA

Não tem dúvida que é um dos momentos mais trágicos da sua vida, o que atravessa agora a alma paulista. Não haverá no mundo um "homem bom" que, percebendo o estado de indecisão malferida em que deixaram a alma paulista, não se sinta sangrado em compaixão. Porque a alma paulista agora merece compaixão.

Eu sei que, humanamente falando, a compaixão quase sempre rebaixa quem a desperta. Mas nem sempre. Nós temos compaixão dum homem que, confiante no irmão, é surpreendido numa tocaia em que lhe rouba honra e teres. Estas, são compaixões que não rebaixam. E não é esta mesma a que se sentirá pela alma paulista? É sim.

De primeiro foi o esplendor. Enquanto os heróis da revolução ocupavam militarmente o nosso Estado (coisa que só agora a gente percebe bem a odiosidade fraternal), os paulistas cantavam, de braços abertos, prodigalizando glorificações sublimes aos heróis da revolução. Mas assim que estes heróis acabaram de dar entrevistas curiosas e de acalmar os nervos nas estações de águas, principiamos percebendo uma primeira orientação revolucionária. Esta parecia dar razão a Washington Luís que falava e repisava que a revolução era contra S. Paulo. A Washington Luís, que devia morrer por crime de lesa-pátria, e outros crimes, a Júlio Prestes o mesmo, os nobres sentimentos patrióticos dos heróis da revolução deixavam partir. Em compensação os culpados paulistas, herdeiros de tradição e riqueza incomparável no país, eram entregues ao primeiro civilista improvisado que, virgem de quaisquer noções civis, se dizia salvador da nossa também incomparável civilização.

Os paulistas foram tomados de estupor, o que era aquilo, gente! O que era aquele bravo soldado que se aproveitava de estar feridento de mil reides belicosos, pra solucionar o problema do café e desperturbar o atordoamento de mil indústrias! Não seria por acaso um êmulo da parolice angelical do sr. Juarez Távora? Mais ou menos era assim. Só que o sr. Juarez Távora é

390

anjo, é um puro espírito; ao passo que o sr. João Alberto, sem nem de longe possuir a imaculada grandeza dos demônios, trazia mui terrestres e patrióticas intenções.

E desde então a coisa se definiu clara. E então é que a alma paulista resvalou prá perplexidade malferida em que se exaure agora. Se creio que a gente brasileira fez a revolução contra uma oligarquia de lesa-pátria, não foi essa a finalidade dos heróis da revolução. Mas também valha a verdade: se a gente brasileira foi iludida, é incontestável que os heróis da revolução são bem representativos daquela raivinha miúda, daquele despeito, e desejo de empobrecimento nosso, que eram os sentimentos alimentados por S. Paulo na alma de setenta por cento dos nossos irmãos do Brasil. Dos nossos irmãos alfabetizados do Brasil.

E agora? Percebendo isso, os "orgulhosos paulistas" pra me servir duma expressão universalmente brasileira, perderam completamente qualquer norte. Querem e não querem. Nem sabem exatamente a extensão do que querem!

Nós tínhamos uma pátria... Inda temos, é o Brasil. Mas o que é "pátria" agora? É aquela pátria que Rui Barbosa definiu? ou essa que se delineia na pasmosa inexpressividade dos chefes sulistas que governam atualmente o Rio de Janeiro?

Pátria... Os pouquíssimos separatistas que inermemente sonhavam aqui, aproveitam a ocasião, e as suas fileiras estão engrossando. Mas, como me falava um amigo outro dia, a gente percebe fácil nos separatistas de agora, peito ferido e não cabeça organizada. Mas deixemos os separatistas e voltemos à nossa pátria que os paulistas não sabem mais o que é, nem onde está. Mas eu quero saber é em que sentido de pátria, se aquartela em pé de guerra vários mil homens contra um comício absolutamente civil, tragicamente clamante mas civil, numa cidade que até os camarões da Light aceita! e cujo povo os heróis da revolução desde aqui chegados se preveniram em desarmar! Mas poderia passar pela cabeça dos organizadores do comício dar soco em faca de ponta! Em nome de que pátria agem assim? ou a pátria é sanha fratricida? Em nome de que pátria se ensina o exército, feito pra defender a pátria, como é que niponicamente se trucida patrícios na rua?

Mas pela boca dum chefe ficamos outro dia sabendo que podemos censurar indivíduos e não as entidades que eles representam e dirigem! De forma que se a gente buscar a pátria não deverá procurar a imagem dela no sr. Getúlio Vargas. Se a gente buscar o exército, que é a forma defensiva da pátria, não o havemos de aprender no sr. Goes Monteiro, chefe do exército aqui! Mas que conversão graciosa daquele mesmo e antigo regime de irresponsabilidade, pelo qual os chefes agora se esquivam aos deveres das entidades que eles representam! Isto é ingenuidade ou ignorância!...

391

E aí está porque a alma paulista se debate angustiada, não sabe o que quer, não sabe onde está. As conversas entre paulistas agora parecem brinquedo de disparate. Porque os paulistas são suficientemente atrasados pra não esquecerem que "pátria", além duma aventura econômica, é uma tradição. E se os paulistas jamais nunca não foram nenhuma ignomínia, nenhuma chaga, nenhum valor meramente sentimental, prá pátria que lhes coube: que pátria é essa feita de castigo a quem é grande, feita de ódio, comilança e chacina que estão querendo nos dar?

Nos botaram o incêndio em casa e querem que a gente vá sambar no forro do vizinho... Antes de tudo agora: paulistas! e desgraçados paulistas!

Assim que nos deram Laudo de Camargo, um "homem bom", até os separatistas cessaram seus arreganhos, desapareceu separatista. Mas o homem bom não convinha a quem? à Pátria? a isso que está sendo a revolução? ao sr. João Alberto?... Tenham paciência os patriotígeros patrícios da nossa pátria! Nós temos que cuidar primeiro do incêndio com que nos envilecem. Enquanto isso, entre dez imagens de pátria que nos dão, não sabemos qual a verdadeira. A pátria está feito uma nuvem, vaga, indiscernível, lá longe, longínqua. Ameaçadora. Muito amarga.

MÁRIO DE ANDRADE

DIÁRIO NACIONAL. Domingo, 7 de fevereiro de 1932

INSOLAÇÃO

Eu não podia me incluir no meio dos excelentes corredores que deviam constituir a próxima aventura por causa dos "policemen" que com suas patadas sinistras, lascando fulgurações e fagulhas enormes, formavam uma espécie de caiçara de ouro onde ninguém passava. Por debaixo estava o asfalto, cinza, cinza, ardendo feito o mar das Amazonas. Porém, eu não sabia nadar. "Deixemos de uma vez todo e qualquer carinho por mim mesmo", eu me falei, "isso é inútil". Mas o zumzum afinal das contas era gracioso; e por tal forma convidativo, que, não sei bem, me pareceu a roda do automóvel, deu a mão ou coisa que o valha (no momento me preocupou extraordinariamente se era mão mesmo...) enfim segurou de qualquer jeito a aba do meu chapéu e os três surzimos, numa doce melancolia, a mágica festa da luz. Onde eu estava? Era de certo a rua Quinze de Novembro — o que não me satisfazia enormemente, por deprimir a capital ilustre do meu estado natal. Não era patriotada, mas enfim o meu estado natal está sendo de tal forma deprimido pelos outros, que sempre, em casos assim, renasce na gente aquele instinto de revolta, ou antes, instinto de justiça, que pro caso, embora sinônimo perfeito de "revolta", sempre é palavra mais bonita. Ora as revoltas infantilizam, penso agora: d'aí a sensação desagradabilíssima que me deu aquele calorão tamanho que me perturbava, estar se realizando dentro do meu deprimido estado natal, rua Quinze de Novembro, coração. Preferia que fosse no Rio, em Porto Alegre, ou antes na capital do estado das Alagoas, por causa da inevitável antipatia do sr. Goes Monteiro.

Mas justo aqui! quando eu já prelibava a contemplação orgulhosa dos vinte e quatro andares do Martinelli que estava chega não chega na minha retina! ôh não! pois era só subir os vinte e quatro andares, tanto mais que agora já o grande progresso nos dotou a viagem com uma estrada de automóvel. Mas quando fiz ela, há dez anos atrás, inda era só do trem, e pronto: Campos do Jordão e eterna primavera. Primavera? "Mansamente" eu aconselhava o chofer que me partia de Pindamonhangaba, com pressa de chegar no último andar, onde me seria dada a eterna primavera e um leito.

393

Só que agora eu não sentia nem meu corpo mais, o zumzum aumentando e por causa da enorme rapidez, a falta de ar. Quis parar porém meus passos não me pertenciam mais, os Estados Unidos tomavam as alfândegas, e como é que a gente havia de querer mais "fundings", não-pagamentos e contemporizações, gastando dezenas de milhares de contos com uma Força Pública! Ao menos eu chegasse até à leiteria pra comer minhas uvas da tarde, sempre, mas isso era burguesismo... Os corredores eram enormes uvas, boas de entrar mas agora já se tornara impossível me decidir por um sossego episódico, por causa da sedenta esperança. "Uva, não! uvas, muitas uvinhas!" exclamei quase falando, e quase que me restabeleci.

Se isto era insolação (foi possível refletir ao meu pensamento) não gosto nada de morrer e felizmente que ninguém não morre mais de insolação. Eu caio, é bom não cair no meio da rua por causa da implacável circulação de veículos, em vez de me erguerem, me deserguem e achei uma graça fortuita, boba, no verbo "deserguer". Levantam os pés da gente e a gente fica de cabeça para baixo, sara a insolação num chuveiro de objetos, carteiras, papéis, tostões, milréis, lenços, lapiseiras, canetas-tinteiro, plurais, medalhinhas, berloques, uso relógio-pulseira que não cai, não uso berloques, uso uma medalha, presente de mãe. E salva-se a vida, que, nas circunstâncias modernas é presente de grego em que cada vez são mais perfeitos os hospitais. Impossível morrer!

Voltam a existir as grandes casas, foi sim, de-certo foi um princípio de insolação, tenho um prazer infantil em perceber as enormes casas, porém num átimo o prazer ainda todo se inquieta porque não é natural esta sensação de enormidade nas casas. E agora já posso ver o Martinelli, meus olhos buscam a massa cor-de-rosa formidável pra justificar a sensação anterior. Já estou pensando com muita clareza, duma pressa danada de pensar, me agarrando nas idéias como se elas fossem princípios fundamentais de vida. Mas raciocino inda mal, é o corpo que já sarou antes do espírito. Tenho que reconhecer: é já a perfeita compleição fisiológica que está pensando por mim. As uvas, não aquelas portas ensombradas que não pareciam nada com uva e andei confundindo uva com parra, puxa! as uvas de verdade já estão perto, o meu freguês é aqui mesmo, entro, sento, descanso, se tivesse caído que caceteação prá vergonha!... Mas agora não caio mais, quando os jornaleiros entram na disparada pela vida da cidade gritanto "A Gaceta", "Gaceta", "Nomeação do novo interventor paulista!", e estas uvas são tão alviçareiras que entro completamente em uso do meu ser.

MÁRIO DE ANDRADE

Nota da pesquisa:
A viagem a Campos do Jordão, realizada em 1922, ficara liricamente registrada em *Clã do Jaboti:* "Moda dos quatro rapazes", "Acalanto da pensão azul" e "Moda do Brigadeiro".

DIÁRIO NACIONAL. Domingo, 14 de feveи=iro de 1932

LARGO DA CONCÓRDIA

Sábado de Carnaval. Muita gente no largo da Concórdia, nitidamente escuro, severamente circunspecto e desolado. É verdade que a frontaria do teatro Colombo está cheia de luzes, de anúncios prometendo bailes estupendos, e um portal "ad hoc" de pano pintado, desenhando duas mulheres "bem nuas". Mas tudo está ritual, indecorativo, sem vida nenhuma. Tudo continua apesar da multidão, circunspecto e desolado.

Nem os máscaras conseguem avivar o ambiente. As mulheres estão todas de homem, uso utilitário da calça pra desenhar melhor as formas. Os homens numa porcentagem assustadora, estão fantasiados de mulher. Sobretudo a baiana, forte e ancuda, firma no século os seus direitos de duplicidade sexual.

No meio desses máscaras, os seres humanos, principalmente italianos e portugueses, a que os húngaros, letões, etc. rajam apenas de longe em longe com um ar de limpeza meramente exterior e exclusivamente físico, os seres humanos rondam, sem quê fazer nenhum, numa disponibilidade tão agressiva que tira qualquer convicção de Carnaval ao noturno.

Esse é o pessoal que forma as rodas, apertadas, quase sempre compactas, em torno dos que dão espetáculo. São círculos duros, inquebráveis, de gente, aproveitando a escuridade para, sob pretexto de ver, se grudam uns nos outros em dezenas de coisas proibidas. Ia me esquecendo de mencionar a porção, atualmente clarinante de soldados, os quais, nesses círculos, procuram sempre ficar por detrás das raras mulheres. O resto busca fatigadamente que o tempo passe, se agarram uns nos outros pra que o tempo passe numa sensação de Carnaval, ou de outras sensações. E há os hungareses roubando.

A música, está claro, é a fonte de todas essas ilusões fatigadíssimas. Este italiano magrinho, cor de sujo, veio da Argentina, e já, aos ímpetos de Nápoles, prefere cantar seus tangos em espanhol de gringo. Mas o que é o instinto! bota firmata em cada frase. Quando a música é chorinho, como num outro grupo de três mulatos com violão, gaita e ganzá, os mais corajosos se bo-

395

tam dançando, homem com homem, porque as pretas se recusam a dançar na rua. Na maioria é português com português. Os três mulatos estão tocando um sambinha carioca da gema a que um dos portugueses dançarinos se lembrou de humanizar mais com o canto. Intromete na melodia da gaita, em desproporcional polifonia, quadrinhas do mais puro e antidiluviano Portugal. Acaba vencendo os instrumentistas que agora se resumem a um mero acompanhamento, reina o fado, mas dançado como one-stepe aos pares; mais heterogêneo ainda é este mulato macota, com os mais gordos braços de dona de pensão que já enxerguei. Fantasiou-se de índia, todinho de pena, que nem guarani de gravura. Acompanhado pelo ganzá do amigo italiano, canta em falsete a "habanera" da *Cármem!* E se eu falar que a dança dele muito se aproxima dum "charleston" tremido, ninguém acredita!

Contra esses espetáculos o público não tem respeito nenhum, vai apertando o círculo que ninguém não pode dançar nem tocar. De repente dá uma raiva nesses carnavalescos apertados; com socos, patadas, insultos medonhos alargam um bocado a roda que um minuto depois fecha outra vez.

Só nas rodas dos pregadores de religião o círculo é mais respeitoso e desleixado na união. São protestantes não sei de que seita, numa sanha sensual de martírio, buscando um desrespeito que não é capaz de vir. Um deles é mulato claro, espigado, com cara de bom. Dá uma sensação extraordinária de limpeza moral, todo bem arrumadinho, falando pro povo que não beba, e que o fim do mundo está perto. A mistura de pronomes e flexões verbais chega a arder, "Senhores, está no livro sagrado que o fim do mundo vem do oriente, é essa guerra da China com Japão! Dum lado ficarão os bão, doutro lado ficarão os maus. Dum lado ficarão os insolente, doutro lado ficarão os 'solente'..."

O outro pregador não, baixote, antipático, jeito flexível de cabotino. "Vós, não pensai não que a nossa Bíblia é deferente da Igreja, só que ela é em latim ninguém entende, e a nossa é em portuguêis! na China? é em chinêis! em chinêis!!! Nóis num brigamo com ninguém não, nóis aceitemo toda as religião porque a nossa religião é do amor! Nossa religião é do amor, num é cuma desses padres danados que só qué N. S. de Pirapora, Santo Antonho do Buraco, São Pedro de Tabatinguera! A nossa religião é do amor, nóis aceitemo tudo!".

Vinte e três horas e trinta. De repente um dos ouvintes olha pra trás, se afasta. Outro olha pra trás, se afasta. Em quinze minutos o largo da Concórdia se esvazia. Fica um resto de basbaques, na frente do Colombo, olhando, olhando. Alguma negra fantasiada de homem, é um arroubo sublime de que felicidade sonhadas! Entrou no Colombo, que na realidade está sem nenhum frenesi, perfeitamente idiota. Mas o que não imaginam os que não entram, parados, ali sem vida, junto das vendedoras e vendedores de amendoim, limonada fresca, cuscus, doces, abacaxi. Do outro lado das árvores, na avenida já ofensivamente larga, os bondes, os ônibus nem tiveram que suspender a circulação. E são os que mais se tomaram de Carnaval, passando numa velocidade maluca, badalando, fonfonando sem parada, escapamento aberto. Mas escapamento aberto, em. S. Paulo, é nos autos só.

MÁRIO DE ANDRADE

Nota da pesquisa:

Crônica incluída em *Os filhos da Candinha*, 1942.

DIÁRIO NACIONAL. Domingo, 21 de fevereiro de 1932

IGNEZ TELTSCHER

O argumento que evoca a desproporção formidável de artistas criadores masculinos e femininos, pra demonstrar que a inteligência do homem é mais forte que a da mulher, assim à primeira vista chega a impressionar. Hoje, estou convencido que essa desproporção é apenas derivada da fisiologia dos dois sexos, que levou todas as civilizações até agora existentes, até a do Cristianismo entenda-se, a organizações sociais em que a subalternidade pública da mulher é incontestável. Dominada em público pelo macho fisicamente mais forte, reduzida a mãe de seus filhos, móvel decorativo ou mastigadora de cauím, a mulher teve necessariamente que aplicar a inteligência às funções e finalidades que lhe outorgava o sexo publicamente dominador. Sobretudo aplicou a inteligência ao sentimento. A mulher sente com maravilhosa riqueza intelectual, ao passo que o homem é eminentemente estúpido, fácil e vísivel no sentimento. Muito se tem dito, repetido e glosado sobre o "mistério" que é o coração da mulher, ao passo que não sei de quem tenha dito semelhante coisa a respeito do homem. É que ante a primaridade de sentimento mesmo dum Des Esseintes, ou dum herói macho de Thomas Mann ou de Joyce, ante a nitidez de fatalidade... fisiológica com que estes sentem, o observador fica profundamente desnorteado ante a maneira de ação sentimental da mulher.

Já com os nossos dias, em que as organizações sociais modernas estão vagamente se delineando no intuito de igualar o valor público dos sexos, a mulher principia aparecendo no domínio da criação científica e artística numa proporção numérica e eficiente muito notável. As revistas norte-americanas às vezes dão números em que a colaboração feminina é tamanha quanto a masculina.

Uma das conquistas mais deliciosas da minha vida foi conhecer ultimamente Ignez Teltscher, admirável temperamento de mulher. Não se trata de nenhuma artista criadora, nem será pois por esse lado que chamo a admiração e o respeito de todos pra Ignez Teltscher, mas se trata dum caso notável de feminilidade

398

provinda diretamente da formação feminina do Cristianismo, aplicada a uma função pública.

Conheci Ignez Teltscher por uma carta e logo em seguida pela fugaz presença dela em S. Paulo. É uma senhora filha de pai alemão e mãe brasileira, que ao invés de Thomas Mann que seguiu a raça do pai, seguiu o endereço materno. Mora em Rezende, sem que as exigências de seus filhos e sua casa, lhe tivessem tirado o amor das letras. Conhece sobejamente as literaturas brasileira e alemã e, aqui está o milagre desta inteligência feminina aplicada ao sentimento: apesar da enorme (pra mim) desproporção de valor entre as duas literaturas, Ignez Teltscher acredita na literatura brasileira! Incontestavelmente entre o meu pessimismo e o otimismo dela, quem está com a razão é Ignez Teltscher. À feição desses hispanoamericanos, que tanto nos sarapantam a nós brasileiros, por moverem céus e mundos por causa dos seus livrinhos, Ignez Teltscher acha que assim nós brasileiros devemos fazer, que a nossa produção literária é digna do conhecimento universal e tem valores imprescindíveis para o completamento da Civilização.

E por isso a sua inteligência sensível, ou sensibilidade intelectual, como quiserem, se aplicou resolutamente à tradução dos autores brasileiros. Além do *Brás Cubas,* cuja tradução já completou, Ignez Teltscher construiu o projeto grandioso duma antologia teuto-brasileira em quatro volumes, dois de brasileiros, poetas e contistas, vertidos pro alemão, e dois de alemães vertidos pro português. A esse trabalho ela está dando atualmente o melhor da sua apaixonada inteligência. E apesar dos meus escassos conhecimentos da língua alemã, as suas traduções de poetas brasileiros me vão agradando extremamente. Modesta, sem o mínimo exaspero de vaidade, ela considera todas as suas traduções como tentativas, como primeiros ensaios apenas, sujeitos a polimento futuro de artistas dotados já de maior autoridade; mas acho desde já admiráveis nessas traduções a paciência, a inteligência, com que Ignez Teltscher transpõe pro alemão os ritmos e o espírito das obras que traduz.

Junto com ela, trabalham na mesma empreitada o ilustrador Hans Reyersbach, que no último Salão apresentava uma curiosa série de interpretações de lendas brasileiras; e Hilde Kowsmann, que me parece uma verdadeira artista do verso alemão.

Caso vença a tentativa de Ignez Teltscher, e merece vencer pelo valor dela e de seus companheiros, veremos muito breve algumas das nossas obras mais caracteristicamente brasileiras, transpostas pra uma língua universal e acessíveis por isso ao conhecimento do mundo. Mas em qualquer caso é admirável este tipo forte de mulher artista, que entre duas raças escolheu a menos tradicional, entre duas pátrias a menos visível, entre duas crenças a menos provável, pra lhe dedicar toda a riqueza da sua inteligência apaixonada. E quem sabe se ela não tem razão? Quem que diz o futuro? As inteligências apaixonadas são sempre clarividentes, e a marcha das civilizações humanas parece seguir a marcha do Sol...

MÁRIO DE ANDRADE

Notas da pesquisa:

1. As traduções de Ignez Teltscher seriam publicadas em 1938 em *Von der brasilianischen Seele.* (Rio de Janeiro, Deutsche Zeitung).

2. Mário de Andrade teve poemas de sua autoria traduzidos por Ignez Teltscher e Hilde Kowsmann; conservou os originais em seu Arquivo. Em novembro de 1931, Ignez Teltscher enviara-lhe traduções de "Lenda do céu" e "Tempo de Maria" e "esboços" de sua versão alemã de "Poema" ("Neste rio tem uma iara..."), "O poeta come amendoim" (trecho), "Moda dos quatro rapazes" e "Toada do Pai do Mato". Hilde Kowsmann, provavelmente na mesma época, assina as traduções de "Moda do Brigadeiro", "Viuvita", "Sambinha" (2 versões), "Moda da cadeia de Porto Alegre" e "Moda da cama de Gonçalo Pires".

DIÁRIO NACIONAL. Domingo, 28 de fevereiro de 1932

RITMO DE MARCHA

No dia 24 eu vim no meu ônibus das Perdizes e desembarquei na praça do Patriarca. Eram dezessete horas e dez minutos, o comício fora marcado para as dezessete e trinta, estava na hora. Atravessei a praça num andar esperdiçado de passeio e entrei pela rua Direita, buscando o largo da Sé que era o lugar da cerimônia. Mas nem bem eu entrava pela rua Direita que um fenômeno extraordinário me surpreendeu de sopetão, me agarrou, me convulsionou todo. E num instante mudou-se a carícia do meu bem-estar de quem estava "apenas" cumprindo o seu dever nacional, num sentimento áspero de energia e de vontade.

Não era mais aquela multidão mesclada, com os pirulitos das moças, que eu viera apreciando do ônibus, na travessia do Viaduto. Nem a largueza clara da praça do Patriarca onde tantas ruas desembocam, lançando de si golfadas de pedestres irregularmente movidos. Embora a infinita maioria dessa multidão do Viaduto e da praça demandasse também o local do comício, estas vias estavam ainda longe por demais do largo da Sé, essa gente estava desritmada, e a paisagem era amena com seu aspecto de fartura em luz e fachadas completas. Tinha-se uma sensação festiva que não ia além da dos grandes dias de futebol.

Mas entrando na rua Direita o espetáculo era outro. Tudo se organizava e unificava num poderoso, num voluntarioso ritmo de marcha de formidável caráter. Toda a gente da rua se dirigia pro comício e não se via uma cara só. O que se via era aquele ruminante ondular de ombros, e os passos batebatendo plãoqueplão-que no revestimento caro da rua plãoque-plãoque, plãoqueplãoque. Os poucos homens que vinham em sentido contrário estavam miseráveis, com vergonha de si mesmos, quem sabe? uma doença em casa, algum negócio imprescindível... Mas vinham misérrimos, baixando os olhos pro chão, numa semiconciência de erro, num individualismo bêbado, sem nexo, dum ridículo infinito, miseráveis, miseráveis, nem sabendo andar. Tinham ar de dançarinos, era horrível. E tinham de se esgueirar, porque os ombros, plãoque-plãoque, não davam passagem, quadrados, decisão, inabaláveis, férreos, sem delicadeza, plãoque!

Todas as casas da rua estavam já fechadas naquela hora cedo da tarde, não havia vitrinas. As suntuosas entradas das joalherias com seus bronzes, as vitrinas paisagísticas das casas de modas, com as suas banhistas, e seus bailes, as casas de música mudas, sem piano nem gramofones nem sambas, nem "jazz", e as confeitarias de amor, namoros, entrevista e chope, nada. Eram casas encurtadas na rua estreita, desabitadas de convites e feitiços, ver a própria decisão. Tudo o que era luxo, bem-estar sobressalente, desaparecera da rua. A própria gente marchando se unificara numa quase inconcebível consciência de nação apenas, o ombro operário, o do estudante, o do burguês, e o deste prócer perrepista segurando o netinho de dez anos pela mão, plão! O inútil fora afastado duma vez. E, caso absolutamente verdadeiro: os mendigos, a quem um decreto pomposo deu, não direito de cidadania, mas de espetaculosidade, e que decoram de tão bizarra miséria a rua Direita, tinham desaparecido da rua! Não tinha nenhum mais, fugidos, por inúteis, ao ritmo de marcha da cidade. Não havia os militares também, nenhum. Só os gritos mercenários, de longe em longe, feito belas adormecidas.

Livre de todas as inutilidades que se aparasitam sobre o corpo quotidiano da vida civil, aquela multidão ia pra um comício. Ia pedir a volta ao regime constitucional, ia pedir vida civil. Desiludida pela fina flor do heroísmo brasileiro que lhe prometera mundos e fundos e apenas lhe dava o exemplo mais rumoroso de incapacidade, aquela multidão ia gritar pela volta ao regime constitucional. Ia berrar pela única verdade possível no momento e que os heróis não estavam absolutamente dispostos a lhe dar. Mas porque não davam! Por que?... Porque, dizem eles, se o Brasil volta ao regime civil periclitam os ideais revolucionários! Mais uma vez está se repetindo aquela percuciente verdade de Capistrano de Abreu, quando falou "que os piores desmandos praticados de 89 para cá cobrem-se sempre do pretexto de que a forma do governo corre perigo"... Os ideais revolucionários correm perigo de fato, porque não haverá nenhum homem no Brasil, com exceção dos aproveitadores, que inda tenha a mais mínima confiança nos ideais dos nossos revolucionários. E era uma multidão nem alegre, nem triste, era trágica. Tinha perdido por completo o ar festivo da praça e do Viaduto. O ritmo era um só, binário, batido, plãoque-plãoque, ritmo de marcha, ritmo implacável de exigência que há-de conseguir de qualquer jeito o que deseja. E porque todos iam ansiosos por saber o que estava se passando no largo da Sé, todos estavam calados, apenas uma frase surda vez por vez, todos guardados, decididos em si mesmos, num ritmo marcado de marcha, batendo com os pés no chão.

MÁRIO DE ANDRADE

Nota da pesquisa:
Crônica incluída em: *Os filhos da Candinha.*

DIÁRIO NACIONAL. Domingo, 6 de março de 1932

FILMES DE GUERRA

Outro dia me falava alguém que chegou da Europa, via França, e observa o âmago das coisas, que em qualquer parte da Europa a gente sente a guerra. É inútil os escritores estarem fazendo zumbaias de aproximação, e recitando palavras bonitas de paz: a guerra, a próxima guerra, uma espécie de guerra-vício já, resultado da que passou, está vizinha e ansiosa por debaixo das discurseiras e das recordações de horror. Parece que o resultado psicológico mais importante dos quatro anos de guerra que passaram, foi deixar nos homens uma vontade macota de vadiar. Não trabalhar, não ter que ganhar dinheiro, e principalmente não ter que arranjar de qualquer forma o seu próprio sustento e o da família: esse foi o convite principal deixado despudoradamente nas populações que andavam se guerreando. E o único jeito da gente viver em férias e aventura permanente, o único jeito do Estado sustentar a gente, é se estar em guerra... Aliás isso já foi observado e escrito por muitos. E, depois que o ódio não se acabou, ódio ajudando, um desejo de guerra paira sobre o mundo, um desejo talvez horrorizado de si, que não tem coragem pra se confessar.

E quatorze anos são passados que a guerra já se acabou, mas os filmes que a contam, que a repisam, que insistem nela e normalizam o sentimento de beligerância na humanidade, continuam por aí. São dos que mais fazem casa, toda a gente vai ver; neles as fábricas não poupam gastos e convidam seus artistas visivelmente pra arrostarem perigos e a sujeira. Todas as sujeiras físicas e morais. Com toda essa literatura e cinegrafia da guerra, o horror da guerra e por ela se tornou exclusivamente artístico. Nós nos acostumamos a falar que "a guerra é um horror" sem botar mais propriamente nenhum sentido consciente na frase. A frase se tornou uma espécie de idiotismo lingüístico, que todos repetem sem por reparo na bobagem que estão falando. Se fosse isso apenas ainda podia se aturar, mas a frase que afirma "a guerra é um horror" se tornou mais desvitalizada, mais desumana que qualquer frase-feita: é um verso. É um lindo verso-de-ouro, que toda a gente repete com volúpia só pra mostrar que conhece um bocado de literatura e de arte em geral. E enquanto a humanidade inteirinha versifica artisticamente em ritmo de marcha "A guerra é um horror!": a outra guerra, a guerra verdadeira e não artística, a guerra patriotada, a guerra vadiagem, a guerra desumana, gatunice, capitalismo e momento mais significativo da desigualdade dos homens, se torna permanente em nós, uma normalidade quotidiana, perfeitamente legítima e aceitável, alindada pela música sussurrada de que "a guerra é um horror". Puxa, que humanidade!

Mas de toda essa filmaria sobre a guerra, é indiscutível que duas obras escapam da vulgaridade, e da grandiosidade apenas de encenação: o *Nada de novo*, e este *Guerra* que estão levando agora. Não sei qual preferir: são dois filmes enormemente iguais que se distinguem formidavelmente. Cada qual se dirige para um dos dois pólos opostos da estética do cinema. O *Nada de novo*, como o livro que o inspirou, nos dava da guerra uma visão deformada, artística, em que a realidade nos parecia mais verdadeira porque era por assim dizer, translata, correspondendo àquela imagem que nós temos da guerra. Comovia muito, a violência dele era mais chocante, e o filme se aproveitava psicologicamente do enfraquecimento conseguido em nós pela comoção, pra se inculcar como a própria verdade.

Este *Guerra* que estão passando agora nos cinemas de S. Paulo, tem uma estética oposta. A cinegrafia é de fato de todas as artes a que mais aproximadamente pode reproduzir a realidade. *Guerra* é um filme ingenuamente honesto. Se percebe que ele procurou honestamente reproduzir a realidade. A gente se esquece de arte e de cinema ao vê-lo. Só se lembra disso quando surge raro alguma cena mais... posso dizer violenta porque o filme inteirinho é violentíssimo; mais aberrante do ramerrão quotidiano. E temos que não esquecer que verifiquei no princípio que a guerra já se tornou uma normalidade do nosso ramerrão quotidiano. Assim, quando aquele tenente enlouquece no campo de batalha e faz continência gritando "Às ordens!" pra uma invisível Sua Majestade, a cena choca demais. É um verso-de-oiro falso e a gente se lembra que está no cinema e meio que sofre de não estar (comodamente) tomando parte na guerra.

E quando a luz se faz, os homens se entrefitam cínicos, e partem, tanto acendendo o cigarro como reconhecendo que "a guerra é um horror"...

MÁRIO DE ANDRADE

DIÁRIO NACIONAL. Domingo, 20 de março de 1932

DEFESA DE PAUL MORAND

Não sei bem porque andaram provocando tanta raiva por aqui certas afirmações que Paul Morand fez sobre o Brasil. Brasileiro é engraçado: talvez por fatalidade climática, todos os nossos sentimentos são arroubados. É muito difícil dentro da gente uma organização fixa que permaneça moral e psicologicamente a mesma e vá cumprindo com isso uma orientação única e determinada. Tudo em nós são arroubos de momento, gestos de fogo-de-palha que explodem, barulham, latejam, mas um instantinho só. Desse jeito nã há meios mesmo da gente enriquecer, nem moral nem psicologicamente.

Por causa dumas duas ou três informações fantasiadas em principal, outras verdadeiras embora depreciativas, que Paul Morand fez sobre nós, pronto: uma indignação vasta, vários insultos pelos jornais. Paul Morand ficou indigno de pisar outra vez neste Brasil. No entanto já toda a gente se esqueceu do procedimento e das palavras do embaixador Cerruti e esse famoso diplomata respira patrioticamente os ares nossos de Guanabara. Mas Paul Morand não tinha alto cargo, não representava nenhuma entidade, nenhuma nação; representava-se a si mesmo só. Pau nele, amigos!

Afinal das contas a o quê resumiu-se a ingratidão de Paul Morand pra com o Brasil? A umas duas ironias, a descrever em ponto grande o que viu e o que não viu e a uma imagem incontestavelmente graciosa. Porque isso de dizer que o Brasil é uma velha dama colonial falando muito bem o francês, como totalidade de Brasil está errado, concordo, mas é uma imagem deliciosa, a que não resistiu o imaginista fabuloso de *Ouvert la nuit*. E quero saber no mundo quantos serão os indivíduos líricos que já não tenham sacrificado a verdade pra colocar bem uma imagem, nenhum! De resto, Brasil, senhora corocazinha, bem vestida, limpa, falando francês, além de figura linda, só pode ser mesmo a lembrança que o grande escritor conservará de nós. Pois o que ele viu e freqüentou foram as rodas de artistas e da elite social de Rio e São Paulo. E que são no Brasil essas classes, senão colônias tributárias de França, "franças antárticas", gente ve-

405

lhuca, sentindo, pensando, falando, comendo, agindo, etc., pelas normas pra nós antiquadas da Europa? Em vez de serem à brasileira, como novidade que deve ser a nossa colaboração nacional pro universo? Isso é que somos de fato: velhos e coloniais. Agradeçamos a Paul Morand a gentileza com que ocultou a verdade nua sob os setins e a touquinha de rendas duma velha dama colonial.

De resto se assim somos coloniais servis de França nas nossas classes cultas, meu Deus! a culpa é da gente e não da magnífica cultura francesa. Desde os primeiros séculos nós fizemos profissão dessa servilidade; e Paul Morand só teve que aceitar o preito de vassalagem que já prestara o morubixaba Japí Guassú ao senhor de Rasilly... e trabucaremos todos pra que o sr. se torne forte e poderoso contra o mundo inteirinho, até daremos a vida pelo senhor! Mais tarde os filhos da gente aprenderão a lei de Deus, as artes e as ciências dos franceses, e com o tempo se tornarão semelhantes aos senhores. Então haverá alianças entre nós e tais "que todos tomem a gente por franceses", "si bien que dorenavant l'on ne nous prendre plus que pour français". Por onde se vê que foi Japí Guassú quem criou a idéia que Paul Morand apenas teve a gentileza de colorir com as flores duma imagem bonita...

E teve ainda quem se indignasse por Morand descrever uma cerimônia de macumba que ele não chegou a assistir. Foi até engraçado, porque pouco antes Afonso Reyes contara pelo seu "Monterrey" que Morand não pudera ver a tal macumba. Não acho isso lamentável, e é possível que tenha muita inexatidão científica na feitiçaria descrita pelo novo Fernão Mendes, porém isso só vai em crédito dele. O fato é que descreveu uma macumba tão discreta, tão sincera, que a impressão da gente é que tudo aquilo é verdade mesmo. E qual será a melhor maneira de viajar em livro ou conferência, não será divertir o espectador? Na certa que é. Morand não faz etnografia, faz arte: careceu duma macumba pra pretejar um bocado a claridade guanabarina e a calma dos seus ouvintes, pois venha a macumba! e fez muito bem.

O que muito pouca gente sabe aqui é que o anseio de nos tornar conhecidos foi tamanho em certos prestimosos que rodearam o viajante que um desses chegou a contar a Morand qual era o significado de "francesa" entre nós. Diante duma coisa assim que mal havia que Paul Morand nos mimoseasse com algumas ironias! Nenhum pois que de antemão esse tapejara hospitaleiro já vingara a gente pelo menos em nossa tradição de geógrafos da moral.

MÁRIO DE ANDRADE

DIÁRIO NACIONAL.   Domingo, 27 de março de 1932

GOETHE E BEETHOVEN

O gênio, da mesma forma que a obra-prima, não implica absolutamente a idéia de perfeição. Talvez por causa mesmo da perfeição "não ser deste mundo", a gente não a encontra nos homens a não ser nos domínios inferiores de criação. Ela é mais comum nas artes-práticas que nas belas-artes; e mesmo dentro destas, se compreende perfeitamente que uma Francisca Júlia, criadora de versos perfeitíssimos, se recuse a subscrever centenas de estrofes dos *Lusíadas*, como fez esse vesgo maior que foi Osório Duque Estrada.

Goethe não foi perfeito, e entre as imperfeições mais graves dele, uma que os músicos não perdoam, foi não ter compreendido Beethoven. Lhe preferiu Zelter, com sua rotunda, operosa e tão serena mediocridade de Mestre Cantor.

Mas, de fato, será possível aceitar a incompreensão de Goethe como inteiramente intelectual? Não creio. Antes de mais nada, parece certo que Goethe se preocupou sempre em deixar sobre seus atos e maneiras de pensar até sobre problemas fundamentais, uma tal ou qual nebulosidade. Inda faz pouco, esse "esoterismo" goethiano era salientado por Curtius. Ante o caso Beethoven, a gente não pode chegar a uma noção insubdivisível do pensamento de Goethe.

Goethe não é apenas genial na confecção de obras literárias, toda a gente sabe disso já. É incontestável e universalmente aceito que ele se preocupou em fazer da sua existência uma obra maravilhosa e fez. Nisso Goethe se aproxima do famoso conceito de Wilde (que não soube realizar o que ditou), e mais ainda da concepção vital dos Mestres-de-chá orientais. A diferença européia (compreendendo a Grécia clássica) entre Goethe e os Mestres-de-chá está que estes fizeram da perfeição da vida um rito, ao passo que Goethe a compreendia como um legítimo e perpétuo vir-a-ser. Os Mestres-de-chá, asiaticamente mais hábeis em desprezar as aparências, realizavam uma vida bela, por assim dizer, pela supressão da própria vida. Pois que reduzindo-a a preceitos e ritos, criaram uma espécie de fórmula imutável de se viver. Goethe, ocidentalmente mais curioso de perscrutar a dança das aparências, não conforma a vida a um rito mais ou menos genérico, antes a vai

407

transformando numa imprevisível glorificação da personalidade dele.

É fácil de perceber o valor normativo dos Mestres-de-chá. Por isso mesmo que a vida é pra eles um rito, um conceito fixo, ela se torna um treino de aperfeiçoamento, um continuado avanço para a perfeição, tal como são espiritualmente o Catolicismo, e socialmente o Comunismo. Os Mestres-de-chá jamais perderam de vista a humanidade. Ao passo que em Goethe os momentos da vida são motivos de perfeição quase que isolados, e a existência não é mais um avanço escuro para a perfeição, mas um colar rutilante de conquistas sozinhas. Cada perfeição não exige nem maior sabedoria, nem passado, nem experiência. É por si mesma. Um individualismo guassu.

E Beethoven atrapalharia Goethe. Beethoven que foi o mais espalhafatoso estragador destruidor de sua própria vida, se lança nos braços de Goethe, adorando e entregue. Mas Goethe o repudia porém; o recebe longínquo, dirá umas poucas frases más sobre o outro, e lhe preferirá sempre Zelter.

Ora até que ponto Goethe iria estragar Beethoven é inimaginável. A superioridade espiritual, não apenas de cultura, mas de riqueza de faculdades intelectuais, do poeta sobre o músico era formidável. Mas por tudo o que foi Goethe como pensamento e como personalidade, é lícito a gente prever que a influência dele sobre Beethoven seria absolutamente estragosa. Se ele apenas refreasse as ebulições do vulcão inda não fazia tanto mal, porém tudo indica que ele iria, não refrear Beethoven, mas deixá-lo aguado. Lhe botaria água no sangue.

E Goethe repudia Beethoven. Goethe, por todas as aparências, salva Beethoven. Até que ponto o fez conscientemente não é possível descobrir. Mas nada no mundo me levará a aceitar esse repúdio, como um ato espontâneo de quem foi porventura o homem mais refletido de seus atos, mais cuidadoso de saber a razão-de-ser dos seus próprios gestos. Na aparência Goethe preferiu Zelter; e é incontestável que nessa preferência vai muito de sinceridade pessoal, de gostos pessoais. Mas na certa que Goethe percebeu que Beethoven era gênio, possuía a essencialidade, a inesgotabilidade que Zelter não tinha. A cena com Mendelssohn em 1830, a inquietação em que ficou, escutando a Quinta, provam bem que Goethe sentia o gênio desse que, como confessou ao próprio Zelter, ele "admirou com terror".

Mas repudiando o gênio ele o fazia naquela harmoniosa sinceridade que vai além das nossas tendências primeiras, vai além dos impulsos, e deriva só dos conceitos do espírito. O músico havia de se tornar uma pedra no sapato do poeta. O repúdio de Beethoven foi pra Goethe mais uma conquista da sua vida transitória sobre a verdade permanente.

MÁRIO DE ANDRADE

DIÁRIO NACIONAL. Domingo, 3 de abril de 1932

ABRIL

Agora é de novo abril e voltam os dias perfeitos desta nossa grande cidade paulistana. Na quarta-feira passada, estava-se ainda a trinta de março, mas de repente com violência, a tarde amaciou o calorão do dia, veio tão maravilhosamente exata de bonita e boa, que eu percebi dentro de mim abril chegando, o grande mês da natureza da cidade.

Não me importam comparações, me esqueço de outras terras. Abril será também maravilhoso em Caldas, em Porto Alegre que agora está na moda. Mas S. Paulo é uma cidade ruim, compadre. Os viajantes que andaram por Piratininga desde o primeiro século, são geralmente concordes em exaltar as delícias do clima paulistano, a sua salubridade. Me dão a idéia de que passaram aqui só por abril. Porque S. Paulo é uma cidade ruim, bem traiçoeira. Aqui moram as laringites, os resfriados, a pneumonia. Os dias de calor verdadeiro são grossos, dum pesado ar que ninguém não respira sem esforço. E eis que esse calorão se enlameia de chuva e nascendo dos boeiros, bate de sopetão uma friagem de morte, que mata de verdade muitas vezes, é a morte encontrada no desvão dos trabalhos do dia.

- Porém S. Paulo possui abril! São umas três dúzias, pouco mais, de tardes sublimes, de manhãs arrebitadamente frias, cheias de vontade de trabalhar audacioso. E noites de meia-estação, macias, levianinhas, cordatas como flanela. Carece que os habitantes da cidade saibam aproveitar dela o momento de natureza prazeirosa, tanto mais incomparável que é raríssimo, cinco semanas quase só. É preciso mesmo que os paulistanos deixem livres e alertas no ser todos os sugadores de felicidade que possuímos, o olhar, a boca, o andar, a consciência, o amoralismo, a preguiça, pra receber com plenitude a ventura do nosso abril.

Eu não me esqueço não que a vida anda medonha sobre a Terra, nem que aos paulistas o tempo é de solidão e abatimento. Mas porque as desventuras humanas e mesmo as dores momentâneas pessoais hão de se contrapor à perfeição do ser? Porque se terá que reduzir a felicidade, que é apenas uma concordância do indivíduo consigo mesmo e seu destino, a uma contingência dos

409

fenômenos espirituais ou físicos? A própria dor é um elemento de felicidade quando compreendida entre os dados que a vida fornece para o equilíbrio do ser, e sua perfeição livre.

Assim, este desejo agora que os paulistanos saibam gozar o seu abril, não surge provocado em mim por nenhum diletantismo, por nenhuma displicência desumana que ignore os nossos destinos, a Terra, e o irritante abatimento paulista. Temos que continuar devorando os telegramas da China, reagindo por todas as formas contra o tenentismo, a colonização da nossa parte do Brasil, e os paulistas indecentes que ainda colaboram de algum jeito na desova da Revolução. Tudo isso, não esqueço, faz parte do nosso destino, engrandece a nossa felicidade, são elementos sempre da nossa perfeição humana.

Porém abril chegou de lá de trás dos morros, veio verde, luminoso, tão bom como um caju do norte. Nada impedirá que depois dum gesto de não-colaboração, depois de passar cinco recibos de vinte milréis pra não passar um de cem e evitar selo, o paulistano desça na sua alameda entardecendo e vá por aí.

Vocês observem que celeste que está no céu. É uma mistura sutil de rosa, verde, e azul em que um Sol esbandalhado de velhice deixou partículas, partículas, milhares de partículas de ouro. O ar está feito duma polvadeira imponderável de ouro, e tão perfeitamente inesperado nas cores, na temperatura de frio e calorzinho que é ver uma pele de gente. Que ventura! As coisas da terra se escurentam, casas, árvores, com aquela gravidade sensual, gozadeira, experiente, convicta de si que têm os bois. Os coloridos terrestres se amansam nessa aparente escureza das coisas; e as próprias bulhas, por mais próximas que estejam, são como aparições evocadas, não ferem mais, numa cariciosa transposição de cinema sincronizado. A gente se está longe, numa pansensualidade venturosa em que o ser se percebe tão idêntico a si mesmo, tão repleto de pausas, de complacências e de gostos, que nada, compadre, ôh nada se compara nesse mundo à gostosura do nosso abril!

Vamos fugir de ingleses, de alemães e nordestinos, que são gentes cheias de vozes e de gesticulação. Vamos esquecer o "cockteil" de inverno, pra cultivar com paz e toda a consciência as nossas ruas e as estradas vizinhas, ou nossos jardins. Calmos, vagarento, silenciosos, nessa tradicional espécie de alegria paulista que não brilha, nem é feita pro gozo dos outros. Sem esperanças, ambições, piedades nem morais, vamos livremente pertencer à natureza vespertina da cidade, igualando o nosso paulistismo famoso à sublime perfeição do nosso abril.

MÁRIO DE ANDRADE

Nota da pesquisa:
Crônica incluída em *Os filhos da Candinha*, 1943.

DIÁRIO NACIONAL. Domingo, 10 de abril de 1932

INTELECTUAL — I

Aqui neste paraíso da inconsciência que é o Brasil, no geral os grandes fatos sociais passam sem grande repercussão, em branca nuvem. Aquela imagem excelente de Olegário Mariano, do homem brasileiro tendo por único incômodo da sua existência a saudade, da qual ele se vinga "tocando viola de papo pro ar", não é apenas o retrato do homem brasileiro comum, do burguês, do proletário, ou do sertanejo: é u'a imagem que se dilata espantosamente, e vai servir até como reprodução do homem culto brasileiro, do chamado "intelectual".

Inda está na memória envergonhada dos poucos homens nacionais um bocado convictos de humanidade, a repercussão nenhuma, o nenhum soluço provocado no seio da intelectualidade brasileira por fenômenos tamanhamente infamantes como a revolução comunista da China ou o assassínio de Sacco e Vanzetti. Os intelectuais brasileiros não protestaram contra nada, nada se inculpou, não se acusou coisíssima nenhuma.

Com o "modernismo" mudou-se de maneiras de versejar, se espevitou mais um bocado o jeito de dizer, se enfeitou a nossa escrita de brasileirismos vocabulares, grande mudança! Na verdade o intelectual brasileiro continua tocandinho na viola o toque rasgado da sua pasmosa inércia humana. Alguns blasonam de socialistas, de comunistas já, porque isso está na moda, e também porque é uma forma disfarçada de ambição. Mas tudo não passa dum deslavado namoro, dum medinho que o Comunismo venha e eles sofram. É tudo apenas um toque de viola.

Nós estamos ainda exatamente naquele mesmo ponto desumano, imbecilmente egoístico em que banzavam a sua inteligência vasta, cultivada, saudosista, Machado de Assis, Joaquim Nabuco e todos os outros fazedores de Academias celestiais. A correspondência desses ilustres é a mostra do estado de consciência ainda contemporâneo do intelectual brasileiro. Que miudeza, puxa! O mais que a gente pode falar é que a miudeza está bem escrita. Aqueles rendeiros, mexemexendo os bilros sussurrantes dos seus estilinhos, viviam numa praia deserta do norte, na frente do mar deserto. E 'se carteavam, carteavam, num trocatroca suavíssimo

411

de melodias. O que carteavam? Carteavam se elogiando com medida, mais por amor da mesura que por felicidade do amigo, sem nenhuma paixão pela vida, sem nenhuma generosidade intelectual. José Veríssimo pede empregos, Joaquim Nabuco emperrou em fazer o Jaceguai entrar prá Academia, Machado de Assis no geral não tem tempo. Mário de Alencar discreteia sobre doenças. E todos, todos vivem preocupadíssimos com quem é que vai prá Academia e em mandar respeitos e homenagens às "esposas" ou "senhoras" dos seus respectivos amigos, toque de viola, toque de viola! São ainda sempre aqueles mesmos tenoristas palacianos, que bordavam seus lais e sonetos no Trovadorismo e no Renascimento.

E quando um Euclides da Cunha... socializa a sua criação nos descrevendo a "literatura" do Nordeste, é prá converter o horror da seca numa página de antologia. Toda a gente admira o esplendor da obra criada e se esquece da seca. Mudou o toque mas a viola é sempre a mesma porém.

E nisso nós estamos inda agora. Enternecimentos estéticos, cajuadas de recolhimento reflexivo, torre-de-marfim, nos vingando da saudade. O famoso *Trahison des clercs* também fez alguma comoção nos meios intelectuais "modernos" do Brasil: mas se no mundo ele teve como esplêndido, inesperado e humano ofício tornar os traidores mais conscientes e decididos da sua traição, parece que entre nós serviu só pra que cada qual aceitasse a tese falada de Benda, e ficasse inda mais gratuito, mais trovador da "arte pela arte", ou do pensamento pelo pensamento.

Na realidade a situação pra quem queira se tornar um intelectual legítimo, é terrível. Hoje mais que nunca o intelectual ideal é o protótipo do fora-da-lei, fora de qualquer lei. O intelectual é o ser livre em busca da verdade. A verdade é a paixão dele. E de fato o ser humano socializado, as sociedades, as nações, nada tem que ver com a Verdade. Elas se explicam, ou melhor, se justificam, não pela Verdade, mas por um sem número de verdades locais, episódicas, temporárias, que, estas, são frutos de ideologias e idealizações. O intelectual pode bem, e deverá sempre, se pôr a serviço duma dessas ideologias, duma dessas verdades temporárias. Mas por isso mesmo que é um cultivado, e um ser livre, por mais que minta em proveito da verdade temporária que defende, nada no mundo o impedirá de ver, de recolher e reconhecer a Verdade da miséria do mundo. Da miséria dos homens. O intelectual verdadeiro, por tudo isso, sempre há de ser um homem revoltado e um revolucionário, pessimista, cético e cínico: fora da lei.

E por isso, nas sociedades burguesas, o burguês inda paga o intelectual e lhe mata a fome, porém com a condição deste se tornar um condutício servil, pregador das glorіolas capitalistas, fomentador das pequenas sensualidades burguesas, instrumento de

412

prazer. E por isso também, inda com maior razão, a tese comunista, as sociedades comunistas repudiam o intelectual.

Mas nada tem impedido, nem o repúdio, nem o assalariamento, que o intelectual dos nossos dias, em todas as partes do mundo menos no Brasil, esteja cada vez mais convicto da sua função dinâmica. No Brasil, só o grupo católico da *Ordem*, pela orientação de Tristão de Athayde, conquistou para si, uma finalidade intelectual legitimamente moderna. Isto é: nem todos! Só uns dois ou três lá dentro. O resto é tocador de viola também.

MÁRIO DE ANDRADE

DIÁRIO NACIONAL. Domingo, 17 de abril de 1932

INTELECTUAL — II

A perseguição contra a liberdade de exposição do Verdadeiro, que o intelectual quer pra si, vai se manifestando de maneiras ignóbeis. Aqui no Brasil, mesmo com laudelinos e expulsão de nacionais, as perseguições inda são nada, comparando com as ignomínias burguesas, por exemplo, do Fascismo, e as "ignomínias" mais elevadamente humanas do Comunismo russo. O Brasil, inda nesse ponto-de-vista continua sendo o paraíso da inconsciência, que os fugidos de outras pátrias elogiam porque nele se desfruta tal liberdade intelectual. Isto apenas deriva dum fenômeno de falta de progresso social. É lógico que a perseguição contra a liberdade de exposição do verdadeiro só se manifesta bem nas pátrias e sociedades mais perfeitamente constituídas. Porque nestas é que a verdade pragmática de unidade coletiva está bem consciente de si, se opõe e quer destruir a verdade do intelectual.

A Alemanha, apesar de casos como o de Toller, é uma prova típica de que quanto mais a sociedade nacional está decadente e esgarçada, mais existe liberdade de consciência. A variegada liberdade dos intelectuais alemães contemporâneos, não representa nenhum progresso humano, nem nenhuma elevação social; ao passo que em nações inda bastante firmes da sua burguesia, como a França, fenômenos como o de André Gide ou de Romain Rolland, são permanentemente elementos de escândalo. É na França, na Inglaterra, na América do Norte que a perseguição contra o intelectual está revoltante.

Recentemente o caso de Joyce, não podendo explicar seu *Ulisses* na Inglaterra, diz bem o que vai lá pela cabeçuda imperatriz dos mares. Caso menos sabido, mas também edificante, foi a perseguição sofrida por *L'or* de Blaise Cendrars nos Estados Unidos, só porque (embora o fato seja histórico) o herói não era casado! Aliás por menos que isso, assassinaram lá Sacco e Vanzetti...

Dois fatos inda mais de agora, são mais clamorosamente indignantes: condenação de Luís Aragon em França, e a perseguição que estão sofrendo certos intelectuais ianques só porque quiseram conhecer a verdade a respeito das greves de Harlan.

Nos últimos meses do ano passado, Luís Aragon, talvez o poeta mais verdadeiramente poeta da França atual, publicava uma poesia "Front rouge", numa revista de orientação comunista. Em janeiro deste ano, o juiz de instrução Benon inculpava Luís Aragon de "excitação dos militares à desobediência e provocação ao assassínio com finalidade anarquista". Não vale a pena comentar a ignorância larvar que confunde aí Comunismo com Anarquismo. O mais fabuloso é que não encontrando na poesia, provas objetivas desses crimes imputados, o juiz Benon achava que o que a gente devia ter em vista era a própria totalidade da poesia. E Luís Aragon se via condenado a vários anos de prisão!

Quanto ao caso da greve de mineiros da região de Harlan, no Kentucky, em que a polícia assassinou à vontade mineiros desarmados, em que os tribunais tiveram juízes com interesse direto nos capitais empregados nas minas, etc: um grupo de escritores ianques, universalmente conhecidos alguns, como Teodoro Dreiser e John dos Passos, resolveu fazer um inquérito in loco, e relatar a verdade conseguida nesse inquérito. É certo que essa verdade veio denunciar patranhas indecentes dos proprietários das minas; e justo por isso, todos esses romancistas e poetas do inquérito estão sendo agora perseguidos por culpados de sindicalismo criminoso!

São estes fatos edificantes dos nossos dias, que demonstram muito bem que os excessos duma Rússia encontram sua identidade nas pátrias mais ciosas do seu liberalismo burguês. Culpa-se um poeta, cujas impulsões líricas independem do domínio do consciente, dos afetos que o dominam. Culpa-se de sindicalismo criminoso uma comissão de prosistas, que foi levada a constituir e a relatar o que enxergou, pelo único amor da verdade.

E assim as nações burguesas solapam a sua própria razão-de-ser, quando seria muito mais, não direi fácil, mas pelo menos mais verdadeiro dentro da própria ideologia delas, não dar razão a essas paixões que as detestam, ou criar uma verdade mais legítima, que não carecesse de se esconder. Em vez, preferem estirpar a dor que sofrem, sem cuidar da cura das suas moléstias. Quando o Aleijadinho sentia num dedo a dor causada pela moléstia sofrida, pegava dos utensílios de toreuta, cortava o dedo. Assim procedem agora esses países na veloz derrocada do burguesismo que estamos presenciando. Se amputam de seus valores que lhes doem, em vez de convertê-los em valores eficazes para a perfeição delas. Prova pelo menos de que não tem mais ouro no mundo que pague ao intelectual o seu direito livre de ver. E, cortadas de seus dedos, braços e pernas, essas nações não poderão mais, muito breve, lutar contra a verdade nova que há-de vir.

MÁRIO DE ANDRADE

DIÁRIO NACIONAL. Domingo, 24 de abril de 1932

IDÍLIO NOVO

Oh, quem são esses entes fugazes, duendes verdadeiros fagulhando ora na luxuosa cidade!... Eles brotam de todas as partes, doirando o movimento pesado da terra, rostos lunares, pele cor de pau claro, e a dentadura abrindo sorrisos francos, cheios duma intimidade ignorada no ambiente gelado de cá. Pequeninos, chatos, troncudos, recordam, com mais familiaridade porém, essas levas por enquanto dóceis de japoneses que vieram amarelar nossas paragens de litoral. Mas barulham, pipilam numa fala mais evolucionada que a nossa, fulgurante de vogais abertas de sons anasalados, quentes, cheios de sensualíssimo torpor. Quem são tais sacizinhos felizes, portadores duma alegria nova, duma franqueza mais veemente, confiantes dentro dos seus trajes mais ou menos improvisados, que como uma carícia amiga vieram aperfeiçoar a ambiência da agressiva cidade!...

Naquele canto de bairro a casa não era rica, mas tinha seu bom parecer. Aí moravam uma senhora e seus filhos. Era uma senhora paulista, já idosa, com muita raça e tradição. Cultivava com pausa, cheia de manes que a estilizavam inconscientemente, o jardinzinho da frente da casa e o silêncio de todo o ser. Suas mãos serenas davam rosas, manacás, esmolas igualmente perfumadas, porém menos visíveis. E, abril chegando, floresciam prodigiosamente numa esplêndida trepadeira de alamandas, que, fugindo ao canteiro, fora organizar o seu buquê violento num balcão.

Até na casa em frente, onde outros paulistas moravam, não foi possível dominar o desejo de imitação: também compraram alamandas nalguma casa de plantas. E agora, nos abris e meios da cidade, aquela rua era de estrelas doiradas que os automóveis passando paravam pra contemplar.

Outro dia, estava a senhora lá no quarto de costura, conversando com seu silêncio e as sedas sírio-paulistas da filha, quando a criada veio falar que estava na porta um soldado. A senhora percorreu logo a criada com olhos de inquietação. A inquietação era justa. Com as últimas revoluções e desilusões, a senhora tivera portão vigiado, armas escondidas, filho preso. Ninguém

416

a enxergara chorando, mas ficara nela uma disponibilidade muito fácil pro susto. Ergueu-se, recompôs o estilo do rosto, foi ver.

No portão estavam um tenentinho, moreno, duma cor bonita, muito igual, e a mulher dele, menos flexível em nosso ambiente, achando certa dificuldade, se via, em vestir com distinção. Mas ambos figuras duma simpatia imediata, confiantes como água de beber.

— Bom dia! sorriam.

— Bom dia.

A senhora estava rija, no alto da escadinha, sem sorrir porque ignorava o que ia se passar.

— A senhora é a dona da casa?

— Sou.

— Nós... nós passamos sempre por aqui... Achamos sempre muito linda essa trepadeira que a senhora tem aí no balcão... Como se chama essa flor?

— Alamanda.

— Alamanda?

— É sim.

— Nós moramos ali em cima, naquela casa grande de esquina e Hosana sempre me chama a atenção prá sua trepadeira, aquela ali de fronte não é tão bonita assim!

— É tão bonita; é a mesma.

— Não parece não! Não acha, Catita?

— Até parece outra, Hosana, olha só a cor!! Nós... nós queríamos pedir à senhora pra nos dar um galho pra plantarmos lá no jardim.

— Eu dou o galho, mas não sei se esta planta pega de galho. Comprei ela já crescida.

— Quer que ajude?

— Muito obrigada, não carece.

Então a senhora, já sossegada, foi buscar a tesoura e subiu pro balcão. Com a natural cordialidade, pouco visível exteriormente nela, escolheu três ou quatro galhos bem robustos, foi cortando. Ela de lá, eles de baixo, estabeleceu-se com facilidade uma conversação nova, cheia já duma certa familiaridade que terminou em baixo, com muitos agradecimentos do casal, oferecimento de casa e préstimos. A senhora não soube responder porque nunca aprendera isso. Meio que a assustava sempre aquela intimidade com vizinhos, pedir coisas, jeitos que jamais tivera na vida, nem lhe contavam os seus manes. Não pôde oferecer nada, aquela conversa com vizinhos lhe desarranjava todo o silêncio. Mas soube sorrir com um "possível carinho" na despedida. E era incontestável que lhe dava no peito uma espécie de felicidade. Não era verdade, ela sabia, mas sempre tinha no mundo alguém que dissera que a trepadeira dela era mais bonita que a em frente. Estava próxima de querer bem o tenentinho e sua mulher.

MÁRIO DE ANDRADE

Notas da pesquisa:

1. Crônica incluída em *Os filhos da Candinha*, 1943.
2. O episódio ocorreu com a mãe de Mário de Andrade.

DIÁRIO NACIONAL. Domingo, 1.º de maio de 1932

CAFÉ QUEIMADO

Paul Morand foi a Santos exclusivamente porque queria ver a famosa queima do café paulista. Foi e viu o que era: coisa mesquinha, minúscula, sem grandiosidade nenhuma. Fazem montes pecurruchos do trabalho paulista e tacam fogo. E o café vai queimando, queimando, enfumaçado, se consumindo. Mesmo de noite o espetáculo não tem nada que ver: dá a impressão duma quantidade, nem ela impressionante, de fogueiras de São João, depois de festa acabada. Braseiros, nada mais! Está claro que isso contado pelo escritor francês virou em itatiaias horrendos numa inferneira de labaredas formidandas que nem Dante!... Ficou lindíssimo. E esplêndido para se contar, assim, numa conferência literária.

Agora estão queimando café aqui mesmo, nas barbas da cidade. Da minha casa se enxerga. Não a queima propriamente; se enxerga é o resultado do ar, noite e dia, coisa martirizante, noite e dia, mesquinha, noite e dia, sem grandiosidade nenhuma. Se fosse norte-americano já tinha arranjado um jeito elétrico de queimar todos esses milhões de sacas de trabalho paulista duma vez só. Então ficava grandioso. O cenário havia de se encher de jornalistas, haveria fotógrafos, e todos os jornais cinematográficos haviam de falar e mostrar a heróica resolução norte-americana. Mas a queima assim noite e dia acaba mas é por deixar o ânimo da gente esgotado duma vez, que suplício!

A gente chega de-tarde em casa, e lá prá banda do poente enxerga a fumaceira. É o trabalho paulista queimando. Não pensem não que estou rebatendo sempre esse "paulista" por qualquer paulistanismo estaduano e estreito. O fato seria igualmente medonho se fosse de inglês ou de pernambucano. "Paulista" no caso, está por "humano": o que acaba com a gente é isso: presenciar noite e dia toda essa prodigiosa massa de trabalho humano, de esperanças de salvação, de ambições, de fadiga, engenho, atividade, tudo sacrificado pela estupidez... humana. Que também aqui é estupidez paulista, convenhamos. Pelo menos em máxima parte.

De-tarde é a hora em que os perfumes do arvoredo e dos jardins saem na rua pra nos descansar. Porém agora no meu bairro não tem mais perfume de flor. A tarde só cheira a café queimado, um cheiro meio de podrume também, muito desagradável, não aquele odor sublime das torrefações. Deste é que se devia fazer uma essência pra paulista usar. Paulista... Sim, aquele paulista de dantes pelo menos, que criou todo o nosso progresso pra que depois nós, filhos desses criadores nos orgulhássemos daquilo que os nossos pais fizeram. E que nós não estamos sabendo fazer mais.

Pra divertir um bocado toda esta minha amargura irritada com a queima do café aqui perto de casa, quero citar um fato verdadeiro, passado outro dia comigo. É apenas uma anedota, mas me parece típica da situação de bem-estar que os nossos criaram e não soubemos manter. Eu estava passeando por aí de automóvel e num momento tivemos que atravessar um campo vasto, completamente salpicado de cupim. E uma senhora paulista que estava conosco, muito acostumada com a sua tradição e o seu bem bom, perguntou:

— O que é isso que está espalhado no pasto?

— É cupim, falei.

— Parece feno, ela respondeu com toda a simplicidade.

Não parecia não. Infelizmente aquilo só parecia cupim mesmo. O que importa dolorosamente, no caso, é a conversão duma imagem de castigo, em promessa vigorosa de bem-estar, pra não dizer da riqueza. Virar cupim em feno, só mesmo paulista duma estirpe antiga, que por todas as aparências, não quer dar fruta mais. Gente da têmpera dessa mulher, ou queimava todo o café duma vez, ou emperrava, não queimava, e acabava dando certo. Porque a mais terrível das experiências históricas é que no fim, nesse fim sem data que é o tempo que passa, tudo acaba dando certo.

Não é bom a gente pensar assim. E sobretudo é inútil... Não vale de nada se saber que no fim tudo dá certo, quando a gente chega em casa, altas horas e enxerga por detrás da casa o clarão assombrado do incêndio. Estão queimando café... A sensação fica logo tão sinistra como naqueles dias inenarráveis da revolução de 24, em que do longe a gente enxergava os clarões dos incêndios das fábricas lá pela Moóca, pelo Belenzinho. Acabem com isso logo! Não se agüenta um martírio pequenino de noite e dia! acabem com isso! A gente vai ficando também com vontade de acabar tudo, arranjar brigas, matar! acabem com isso!

MÁRIO DE ANDRADE

DIÁRIO NACIONAL. Domingo, 8 de maio de 1932

DI CAVALCANTI

Di Cavalcanti resolveu fazer uma nova exposição de suas obras em S. Paulo. E essa exposição se abrirá amanhã pelo que anunciam os jornais. Vamos celebrar esse fato, pois fazem nada menos de onze anos que o decorador do teatro João Caetano, do Rio de Janeiro, não nos dá uma apresentação coletiva de obras suas. Eu tenho seguido a evolução de Di Cavalcanti desde quase o início dela. Pelo menos, desde aquela fase muito inicial em que esse homem curioso, simili-paulista, simili-pernambucano, simili-carioca, como legítimo brasileiro que é, fazia um simbolismo lânguido, muito de importação, em que umas mulheres muito vagas, muito misteriosas, numa semivirgindade acomodatícia de assombrações, mal se delineavam na neblina do pastel. Esse foi um tempo de delicioso artificialismo em nossa arte paulista. Guilherme de Almeida firmava o talento, cantando águas-furtadas, absinto, pervincas femininas e a queda outonal do folhedo das árvores. Uma caçoada de amigo, muito em voga então, já demonstrava bem a consciência de artificialismo em que nos deleitávamos, falando que a Prefeitura do Dr. Washington Luís mantinha uma centena de empregados pra pintar de amarelo as folhas dos nossos plátanos, e espalhá-los pelas ruas pra que o futuro poeta de *Raça,* coroado de pervincas, e tremendo de muito absinto ingerido, cantasse tristemente o outono. Di Cavalcanti com os vultos mal visíveis das suas pinturas era um dos protagonistas do teatrinho. Ele conta mesmo que, numa dedicatória, eu o chamei de "menestrel dos tons velados", nomeação que reparando bem não está errada, mas me enche de muita vergonha. Parece boba. É uma das verdades mais profundas desta vida que não tem coisa de que a gente se arrependa mais ao passar do tempo, que das dedicatórias deixadas por aí. Dedicatórias e sentenças de álbum, são talvez as maiores fontes de ridículo desta nossa humanidade. Rapazes, nunca chamem ninguém, nem de gênio nem de nada. Abre-se a porta, e um dia vocês também se surpreenderão chamando alguém de "menestrel dos tons velados".

Di Cavalcanti usava então de preferência o suavíssimo pastel, em místicas fugas da realidade. Mas nessa criação dum mundo

421

feminino muito irreal, já permanecia nele, aquele senso de observação crítica, do nosso mundo, aquela fidelidade à realidade, que seria o caráter mais permanente da arte dele, a sua melhor significação em nossa arte moderna. E foi também o que lhe deu a inesperada finalidade adquirida um tempo com as suas pinturas e desenhos de ordem pragmática.

De fato: Di Cavalcanti pretendia criar mulheres da angelitude então em voga, nascida das criaturas extravagantes (pra nós, latinizados) que assombravam os livros de Maeterlink, de Ibsen e Dostoiewski. Mas Di Cavalcanti maltratava as suas mulheres. Também passara já pela experiência dos desenhistas franceses e belgas, as dançarinas de Degas e as "chanteuses" de Toulouse-Lautrec. Nada intencionalmente, nos seus pastéis de então, no meio dos tons velados com que cantarolava a sua cantiguinha artificial, punha já em valor certos caracteres depreciativos do corpo feminino, denunciava nos seus tipos uma psicologia mais propriamente safada que extravagante, com uma admirável acuidade crítica de desenho.

Também essa fidelidade ao mundo objetivo, e esse amor de significar a vida humana em alguns dos seus aspectos detestáveis, salvaram Di Cavalcanti de perder tempo e se esperdiçar durante as pesquisas do Modernismo. As teorias cubistas, puristas, futuristas, passaram por ele, sem que o descaminhassem.

Di Cavalcanti soube aproveitar delas o que lhe podia enriquecer a técnica e a faculdade de expressar a sua visão ácida do mundo, se enriqueceu habilmente, sem perder tempo. Nacionalizou-se conosco, ao mesmo tempo que o Modernismo o fazia mudar, de hora e de estação. Abandonou os tons velados de outono e crepúsculo, pra se servir de todas as vibrações luminosas da arraiada e da possível primavera. Principalmente com a sua admirável série de mulatas, de que ele soube revelar o rosado recôndito, Di Cavalcanti conquistou uma posição única em nossa pintura contemporânea. Em nossa pintura brasileira. Sem se prender a nenhuma tese nacionalista, é sempre o mais exato pintor das coisas nacionais. Não confundiu o Brasil com paisagem; e em vez do Pão de Açúcar nos dá sambas, em vez de coqueiros, mulatas, pretos e carnavais. Analista do Rio de Janeiro noturno, satirizador odioso e pragmatista das nossas taras sociais, amoroso cantador das nossas festinhas, mulatista-mor da pintura, este é o Di Cavalcanti de agora, mais permanente e completado, que depois de onze anos, vai nos mostrando de novo o que é.

MÁRIO DE ANDRADE

DIÁRIO NACIONAL. Domingo, 15 de maio de 1932

OS MONSTROS DO HOMEM — I

Agora o cinema deu pra criar monstros, e, depois duns macacos e outras invenções sumamente idiotas, precárias como monstruosidade, risível mesmo, voltou àquela orientação mais legítima de Lon Chaney, que criava com seu próprio corpo seres monstruosos. Filosoficamente isso me leva a reparar que se Deus, criando à sua imagem e semelhança, fez a alma: o homem quando cria à sua imagem e semelhança, faz... monstros. Mas deixemos de filosofia e matutemos sobre os monstros da tela.

Também fui ver *Frankenstein* que segue a orientação de Lon Chaney, e muito embora considere Boris Karloff superior como artista em *Sede de escândalo,* confesso que a criação dele em Frankenstein por momentos me atormentou bem. Chega a ser o que chamamos em geral de "horroroso". Tem passos no filme em que a gente se abala mesmo e carece reprimir certos movimentos reflexos. Aliás a própria facilidade prá caçoada, a hilaridade fácil barulhentamente demonstrada sem razão pelo público, demonstra bem que todos estavam num malestar danado.

É engraçado a gente verificar que pra criar monstros que abalem de verdade o espectador, o cinema (e o teatro...) são muito mais eficazes que a literatura. Mas isso em máxima parte vem duma confusão curiosa, provinda logicamente daquelas serem artes representativas, objetivas por assim dizer, visuais. Não estou falando de gestos, de ações que nos causem horror, porque nisso a literatura se equipara com as outras duas artes citadas, falo é no poder de criar uma entidade tão contrastante do normal que a gente pode chamá-la de "monstro".

Nós geralmente imaginamos que o monstro produz na gente um sentimento de horror. Conceitualmente isso pode estar certo porém se verificarmos com exatidão o sentimento que nos causam os monstros da tela e do teatro a gente percebe logo que o que sentimos não é horror propriamente, asco porém. Nisso está o segredo do problema. O que estamos enxergando nos causa um sentimento violentíssimo, que pela sua própria violência permite a confusão entre horror e asco. A repugnância é tão intensa que a gente fica... horrorizado.

423

Se observe, por exemplo, o caso da barata. O monstro e a barata são igualmente asquerosos. Qualquer pessoa que sinta pela barata a repugnância que eu sinto há-de compreender muito bem o que estou falando. Diante duma barata todo o meu ser se confrange numa revolta, numa fuga incontestável, que me deixa literalmente horrorizado. A barata é o único acontecimento deste mundo que quase me força a dar razão a William James, quando afirma que os sentimentos são puros reflexos do corpo.

Ora, o teatro e o cinema por se servirem da vista em movimento, são de fato as únicas artes que conseguem nos despertar asco por alguma entidade monstruosa. E conseqüentemente a noção de horror. E quando o escritor procura tornar repugnante um monstro descrito ou ideado por ele e se serve de elementos asquerosos na descrição, como a gente não enxerga o monstro, mas a... literatura, o escritor é que se torna asqueroso e horrível, não o monstro que ele descreveu. Voltando ao caso da barata, sucede que a gente, embora horrorizado com o possivelmente ingênuo bichinho, faz um gesto que é de legítimo heroísmo: mata ele. Tudo se acalma, e a gente consegue raciocinar que a barata não é tão horrível assim. Pois a mesma decepção que a barata nos dá quando raciocinada, também nos dão os monstros da tela. A gente percebe que esperava mais, e que eles nem são tão horríveis assim. Escutei mesmo, na saída de FRANKENSTEIN, um indivíduo afirmando prá família que imaginara o monstro mais monstruoso.

Efetivamente todos os monstros criados voluntariamente pelo homem são muito decepcionantes. Só são de deveras horríveis os monstros que o homem cria em sonho, ou melhor, em pesadelo. Isso é curioso. Mas serão estes monstros de pesadelo verdadeiramente horríveis? Absolutamente não. Quando a gente acorda dum pesadelo, quer tenha monstro nele, quer ele seja alguma deformação monstruosa da vida, a gente se percebe alagado de terror. A coisa aterrorizou mesmo de fato. Mas se a gente inda está em tempo de evocar a figura ou o caso que nos aterrorizou tanto em pesadelo, percebe que até na vida real já passou por coisas mais terríveis, mais repugnantes, e não ficou no mesmo horror. É que a causa do pesadelo não é assunto do sonho e sim a angústia fisiológica em que estamos. O monstro, o fenômeno aparecidos em pesadelo não são a causa da angústia, a angústia é que produz as monstruosidades sonhadas, as quais provocam em nós um sentimento de terror. Enfim: o pesadelo é uma coisa aterrorizante por si mesmo; é a predisposição ao terror que torna medonhos os monstros dum pesadelo. Na verdade nenhuma das entidades criadas liricamente pelo homem, quer na arte, quer no sonho, é de fato monstruosa e por isso, horrível. Só a vida real, os atos praticados pelo homem na realização dos seus interesses, nos proporcionam o verdadeiro horror.

MÁRIO DE ANDRADE

DIÁRIO NACIONAL. Domingo, 22 de maio de 1932

OS MONSTROS DO HOMEM — II

O meu último artigo, publicado no domingo atrás com o título acima, provocou uma carta de leitor que me pareceu digna de ser publicada. Realmente o assunto é outro, não estuda o fenômeno dos monstros imaginados pelo homem, porém me pareceu um caso de psicologia muito fora do comum. O missivista nem quis assinar, fez bem. Isso me permite fazer público o drama dele, sem a mínima indiscrição. Aqui vai:

"Li a sua última crônica no *Diário Nacional* sobre os "Monstros do Homem", e as suas finas observações sobre a natureza dos pesadelos me reportou a toda uma fase dolorosa da minha vida. Estas fases, os angustiosos dramas que nós tantas vezes vivemos na orgulhosa solidão do ser, ficam amargando, mesmo depois de passados. Por que? Estou que sendo o ser humano eminentemente social, esses frutos da experiência pessoal QUE NÃO MAIS DOEM, continuam causando amargura enquanto o depositário deles, não os oferece aos seus companheiros de vida. Note o sr. que é reconhecido pela unanimidade normal que quando contamos algum nosso segredo, crime ou desgraça a outrem, nós nos sentimos aliviados. Eu mesmo já estive por várias ocasiões no quase de contar o que se passou comigo, e agora, diante das suas observações que me tocaram fundo, não resisto mais.

"Aos trinta e dois anos, quando já estava de posse de todas as minhas forças da inteligência e do corpo, amei uma criatura, e foi o amor desordenado. Não direi que a moça era linda, tanto mais que agora, quase oito anos passados, nem consigo mais conceber que ela possa provocar em alguém um desejo veemente. No entanto eu a amei apaixonadamente. E também com perfeição pois que os meus sentimentos foram sempre os mais nobres, e as minhas intenções as mais puríssimas. Posso mesmo garantir-lhe que jamais a mínima idéia imperfeita, o mínimo desejo grosseiro me veio em mente. E no entanto não me acredito mais elevado que o comum dos homens. Tenho também meus desejos e idéias grosseiras. Mas a respeito de outras mulheres, nunca a respeito dessa que eu ansiei por esposa e mãe dos meus filhos.

425

"Mas Luísa (dou-lhe um nome qualquer pra não escrever 'mas ela'), mas Luísa não me correspondia ao amor. Apesar de muito moça ainda e leviana por moda, foi piedosa para comigo, jamais me iludiu. Soube mesmo tecer de indiferenças tão frias as nossas relações sociais que eu seria um louco se mantivesse a mínima esperança. Eu tinha absoluta certeza que nenhuma felicidade me aguardava naquele amor desgraçado mas, por mais que reagisse, procurasse me afastar e distrair-me, a imagem de Luísa era como que a única razão de ser da minha vida.

"Sempre fui um estudioso apaixonado de Psicologia, e o que lera em vários tratados sobre a natureza do sonho, provocou-me uma idéia que, embora romântica, sempre me pareceu muito linda. Pois que não podia casar com Luíza e tê-la por esposa em minha vida, imaginei casar-me com ela em sonho. O sr. sabe tão bem como eu que é possível a uma pessoa provocar sonhos. Foi o que eu fiz. Depauperado fisicamente como estava já então, sentindo Luísa em todos os gestos e olhares meus, quis sonhar com ela. Minhas intenções eram puríssimas sempre. Provoquei os sonhos com ela por meio dos processos comuns. Não só agora forçava a imagem dela a não me sair dias inteiros do pensamento, como dormia na intenção firme de sonhar, pronunciando mil vezes o querido nome, e evocando a amada em sua imaculada graça.

"Veio o sonho. Veio sim, veio por duas vezes, mas em manifestações tão feias, tão brutais, tão grosseiras que fiquei desesperado. A primeira vez a cena sonhada é indescritível, tão violentamente imoral ela foi. A que eu evocava sempre no recato do lar, entre flores, filhinhos e paisagens suaves, surgiu-me despida, numa entrega fácil do seu corpo e fui vil. Amanheci tão triste, tão desesperado que não posso descrever as minhas aflições. Agora tinha medo de sonhar, tinha vergonha de sonhar e conspurcar de novo a imagem de Luísa. Até isso intensificava inda mais a imagem dela em mim. E sonhei outra vez, agora uma Luísa bastarda, sempre despida, mas rindo, caçoando de mim, comendo castanhas. Estas castanhas me é impossível explicar, mesmo por todos os processos da Psicanálise.

"Veja agora o fenômeno que mais interessa. Eu despertava horrorizado com essas amadas monstruosas que me dava o sonho, e, depois da segunda vez, o medo doutro sonho imperfeito era tão grande, que eu conseguia passar muitas horas sem evocar Luísa. Mas o mais curioso ainda é que mesmo quando a imagem dela me aparecia, ela não me atraía mais! Não sei se era medo de deturpar outra vez a amada, não sei se era horror de mim, mas à revelação violenta daqueles sonhos, a repugnância que eu sentia de mim, como que se estendia à imagem evocada. Imagem que de resto nunca pôde ser perfeita, pois vinha sempre associada às figuras horrorosas do sonho.

"E foi assim que eu me curei da paixão! A imagem de Luísa se apagava aos poucos, e se jamais me foi odiosa, sou obrigado a confessar que cada vez mais a repugnância que primeiramente sentira só de mim, eu transportava sobre Luísa. E poucos meses depois eu nem a queria mais! Pude lhe apertar a mão, perguntar-lhe como estava passando, sem idéias, sorrindo para a existência com a pureza dos despreocupados".

Sem comentários.

MÁRIO DE ANDRADE

DIÁRIO NACIONAL. Domingo, 29 de maio de 1932

HERÓIS DE UM DIA

Todas as multidões são da mesma forma heróicas e covardes, civilizadas e selvagens; tirar a psicologia dum povo pelo que esse povo manifesta quando em ESTADO DE MULTIDÃO, é cair em verdades humanas e universais. É certo que, mesmo dentro das multidões, há que estudar os homens que as fazem, os sentimentais da glória popular que criam as ondas. Um grita uma coisa numa explosão que anseia por se salientar e dirigir; outro repete a mesma coisa, geralmente por inconsciência, puro mimetismo; e em seguida todos berram a mesma coisa... por multidão. Tipo característico desse criador de ondas multitudinárias foi, na bonita e triste noite de 23 de maio, aquele indivíduo equilibrado numa escada de mão que outros seguravam em pé no ar, oscilante, cai não cai, realizando objetivamente a expressão "sem eira sem beira", e que na sua farra de frases coletivas, chegou a chamar um paredro de "gigolô da República". Só vendo como o homenzinho delirava de prazeres pessoais, pouco faloso, nos intervalos das frases, contemplando com prazer visível a multidão que ria dele. E o glorificava. Esse teve a glória que bem merecia, que de direito lhe pertenceu, herói dum dia... Fagundes Varela, Mestre Valentim, Francisco Velasco não seriam dignos dessa glória.

Por tudo isso, não me interessa estudar propriamente os valores nacionais das tão freqüentes multidões que se formam agora em S. Paulo. Elas são, como as de todos os lados do globo terrestre, certas ou erradas, covardes ou precipitadas, selvagens ou civilizadas, conforme o gesto primeiro do herói dum dia que, obedecendo aos imperativos que deram causa ao povo se reunir em multidão, as queriam mover. O mais importante é verificar que agora a gente paulista já sabe se reunir em multidão, isto é, adquiriu enfim consciência cívica, e o seu direito de erigir em vontade os seus anseios pela coisa pública. Estamos pois a muitas léguas do individualismo mandão do P.R.P. e esse progresso cabe em máxima parte ao Partido Democrático. Pelo menos àqueles heróis dum dia, desse partido, que tiveram a coragem de organizar aqueles primeiros comiciozinhos políticos, ridículos pelo número de gente ajuntada paupérrimos de comoção coletiva, desprovidos de

428

qualquer entusiasmo popular. Verdadeiras pregações desses protestantes de rua, que um punhado de povo escuta porque não tem o que fazer.

O sr. Osvaldo Aranha, que aliás já fora herói dum dia também, veio a S. Paulo decidir do secretariado paulista. Isso foi fogo na pólvora. O secretariado se fez, com e sem o sr. Osvaldo Aranha; e muito bem feito, me desculpem, porque foi feito às pressas. A multidão estava ali, pronta para depredar, pronta para glorificar: e o secretariado se fez. Mas, apesar do secretariado, o fogo já estava em contato com a pólvora, nada impediu que a multidão glorificasse e depredasse.

Tristeza dolorosa pra mim foi o arrancamento das placas do antigo largo do Palácio, e a 23 de Maio chamado ainda praça João Pessoa. A multidão olhou sem protesto o insulto caído sobre quem não o merecia. Pouco vale (1) desculpar o caso, com a verdade de que João Pessoa não era no insulto senão o símbolo próximo dum S. Paulo mandado e sugado por alfanges turcos e desocupados árabes. Também inútil a gente verificar o desacerto de nomearem com um grande nome brasileiro um lugar exclusivista da cidade, lugar do governo paulista e das secretarias de Estado. Lugar até muito mais paulistano que paulista, coração. Mas o nosso urbanismo é assim mesmo; tanto nomeia errado um largo como erige a estátua dum arquiteto ironicamente no centro duma avenida, prejudicando a perspectiva e a viação. Mas estas verificações não impedem a falta de nobreza do insulto, com que três ou quatro mandões de multidão transformaram um morto ilustre, e já fixo porque morreu, em herói dum dia. Arrancada a placa, a multidão saudou o insulto criminoso com uma formidável salva de balas! Centenas de populares disparavam os revólveres pro ar. O instinto de conservação fez com que eu abandonasse a revolta em que estava e me encolhesse todo sob a aba do chapéu. Puxa, que saraivada de aço vai cair agora sobre a gente, eu matutava. Pois apesar de serem balas mesmo os disparos, nada caiu, tudo ficou no céu. E já agora recomposto na confiança, eu matutava amarguento que as valquírias brasileiras de certo já não tinham muito o que fazer... O ofício delas fora um dia, ir nos campos de peleia, quer peleias de guerra, quer de revolução, quer cívicas, colher os heróis mortos, (e já fixos porque mortos), e levá-los à eternidade da glória. Mas o triste é que não havia heróis! E os da Revolução não passavam de boatos falsos — heróis dum dia. Direitinho como os mais exaltados da noitada de 23 de maio, que desejosos com razão de destruir a Legião Revolucionária, entrincheirados na praça da República, quebrados todos os lampiões do parque, sem mais balas para atirar, sono e fadiga em todos, tinham literalmente desaparecido no silêncio, na escureza e no abandono. E as valquírias agora, eu matutava amarguento, voltando pra casa, matavam o tempo colecionando balas de aço, no vasto campo do céu. Ao menos que elas fabriquem com tanta bala esperdiçada, um herói de aço. Mas que seja mesmo herói de aço e não herói dum dia. Pra benefício do Brasil e glória nossa.

MÁRIO DE ANDRADE

Nota M.A.:

(1) Correção na margem: erro na impressão que repete: "não era insulto".

Nota da pesquisa:

Foi corrigido "Francisco Velasco", impresso "Franco Velasco".

DIÁRIO NACIONAL. Domingo, 5 de junho de 1932

ESTUDANTADAS

Um tempo houve em que São Paulo foi exclusivamente a cidade da Faculdade de Direito. Seu sangue estava só na veia do estudante, sua história eram as estudantadas. Honestinha, muito humilde, sem boniteza nenhuma, a cidade não atraía ninguém. Atraía era a ilustre Faculdade; e os moços brasileiros vinham a ela aprender o Direito, não sei se por linhas tortas, até que a cidade, tornando-se aventureira, os nacionais continuaram vindo a ela, aprender a amarga vida americana. Por linhas tortuosas.

A esta riqueza rápida, o espavento dos novos-ricos imigrantes, o crescimento doentio que chegou a bater os recordes mundiais de edificação, como que assustou a rapaziada que estudava. Os estudantes emudeceram. Durante várias décadas se tornaram duma urbanidade subalterna, filhotes de seus pais. E pelos resultados visíveis que nos deram essas gerações de estudantes pascácios, não é possível imaginar que tenha havido, no silêncio, maior leitura nos livros, maior gasto de praxistas.

E se acaso as estudantadas continuavam, o certo é que tinham fugido da rua. Não se davam mais por aqui os magníficos roubos de cruz preta e outras pândegas assim. Em vez, com medo das pneumonias, as estudantadas tinham buscado por aí o conchego das salas cheias, iluminadas, efeminadíssimas. Tinham literalmente adormecido, em troco dos bagarotes do papai, no seio, ou se quiserem nas costas largas dos cabarés, dos bares e pensões fáceis. E uma grandiosa São Paulo, que mesmo culturalmente não se orgulhava mais apenas duma Faculdade de Direito, mas adquirira foros de cidade universitária, só podia se gabar e se agitar por causa dos Salins, Galuppis, Weissmans e outras idênticas empresas fúnebres.

Mas não é fácil de explicar direito o que sucedeu, de repente voltaram as pândegas de estudante a encher de felicidade a nossa vida. A estudantada saiu de novo prá rua. Hoje é uma força do ambiente. Principiaram por umas peraltagens ainda tímidas, vieram a público uns manifestos às vezes admiráveis de alegria e bom-senso, veio o roubo dos esqueletos, muito mais brilhante e heróico que o da cruz preta. E afinal a estudantada avançou tanto no seu ritmo de aventura, que veio a dar em morte de estudante. É uma coisa desgraçada a gente imaginar nesses rapazes que morreram por estudantada. Pouco importa verificar se a causa que defendiam, e pela qual a sorte exigiu o sacrifício de alguns, era legítima ou não. Se a consciência me diz que legítima, se a experiência me obriga a constatar que a mocidade tem sempre razão, a justiça, a legitimidade do ato, não adianta nada à grandeza do que sucedeu. Garantir e provar a legitimidade duma estudantada é o mesmo que cortar as asas dum pássaro pra mostrar que é por causa delas que o pássaro voa. E temos que não cortar as asas dessa mocidade, por mais que ela nos contrarie e aflija.

Nos tempos em que a cidade tinha que descobrir seu caráter apenas no bolso dos novos-ricos, e os estudantes silenciaram numa pobreza mesquinha de vida coletiva, a palavra "estudantada" adquiriu um sentimento pejorativo. Era o jeito de lembrar uma loucura inconfessável de moços quando não uma canalhice. Mas agora os estudantes voltaram com suas brincadeiras, normalizando o perigo e a audácia mais pra dentro do ser, que as exteriores lutas de Bolsa a que se confinara o heroísmo paulistano. E a estudantada adquiriu de novo o seu sentido real. O moço é antena sensibilíssima, é corda daquelas harpas que a menor brisa dedilhava. E se com estes dois últimos anos a cidade brilhou de pândegas, riu à farta e acabou reclinada sobre uns túmulos, todas as estudantadas estão simpatizando um povo cuja realidade humana já não se limita mais a um retinir de moedas.

As estudantadas não são fenômenos individuais, refletem antes uma verdade coletiva. O moço, quer nos exames, quer nos atos livres de mocidade, aspira a uma aprovação. D'aí serem os atos dos moços muito mais sintomáticos duma coletividade que os atos dum velho. A experiência, vinda com a velhice, nos liberta muito, não só dos próprios homens como do própria vida. A velhice é muito egoísta; e os egoístas são sempre seres envelhecidos. Ao passo que a mocidade, muito mais egocêntrica sem dúvida, tem essa generosidade de ceder muito de si, de refletir a verdade coletiva da grei, pra ser amada e aprovada por essa mesma grei. Nisso está a força genial da estudantada. Ela se torna muito mais o símbolo duma coletividade que, por exemplo, a generosidade falsa dum Getúlio Vargas, mandando seu discípulo amado impor a S. Paulo o secretariado que S. Paulo lhe impôs.

Esses estudantes que morreram, é horrível imaginar... Mas eles são a advertência temível do que agora é S. Paulo. Eles indicam um povo que adquiriu a capacidade de morrer. A cidade se envaidecia de estudantadas engraçadíssimas. Porém agora se orgulha duma estudantada sublime.

MÁRIO DE ANDRADE

DIÁRIO NACIONAL. Domingo, 12 de junho de 1932

O MAR

— Vamos pra Santos?
— Mas fazer o quê!
— ... ver o mar.
— ... então vamos.

E assim constantemente, ninguém sabendo, feito os amantes clandestinos, vou pra Santos ver o mar.

A primeira vez que vi o mar, não me esqueço. Parece que isso ficou dentro de mim como uma necessidade permanente do meu ser. Teria uns dez anos, se tanto, estava no Ginásio N. S. do Carmo. Quando chegou o tempo de junho, uns parentes próximos alugaram uma casa muito grande na praia do José Menino, e na mesa falou-se vagamente num convite. E na precisão que todos tínhamos de ir ver o mar. Senti um frio ardente em mim, não sei, o mar das pinturas, verde-limão, com a praia boa da gente disparar. Porém tudo ficara num talvez tão mole, que o mais certo era mesmo ir pra fazenda como sempre. E a minha incapacidade de ser desistiu do mar. Havia a esperança, mais fácil de sentir que eram as férias pra d'aí a duas semanas, fiquei todo nessa esperança.

Ora uma tarde, inda faltavam uns quatro dias prás férias, apareceu um padre na classe, cochichou com o professor, e este disse alto que tinham mandado me chamar em casa e fosse. Agarrei nos livros, papéis, lápis, meio atordoado, sem saber o que era, crivado de olhares invejosos, na orgulhosa petulância de que tivesse acontecido uma desgraça danada em casa, morte de alguém, não sei. Sei que saí muito assustado, mas competentemente feliz. Na porta do colégio estava um primo, homem de idade, rindo pra mim com essa barulhenta complacência dos que uma vez na vida resolvem praticar um ato de caridade. Que fôssemos depressa pra casa, que se eu não queria ir ver o mar, mamãe tinha deixado, o trem partia numa hora. Fiquei simplesmente gelado de comoção. Não é questão de sangue português, isso é bobagem, e parece mesmo que não tenho sangue português: foi de chofre, o mar, uma grandeza longínqua, enorme, fiquei doentio, não ia, me levavam...

433

Em casa arrumavam a mala, havia pressa, mas francamente eu estava numa ventura mais dolorosa que feliz. Nenhuma idéia do mar tomara até então importância, nem na minha vida de família nem nas histórias que eu vivia em mim. Era mesmo tamanha a insuficiência de dados, de noções, de concepções do mar em mim, que naquela prodigiosa inércia em que eu ficara, meio abobado, a única realidade que me sustentava a angústia assombrada, eram as palavras: o mar... "O mar... o mar..." estava ecoando meu pensamento, sem mais nada, mas em bimbalhes formidáveis porém. Entregue inteiramente à prática do meu primo que me levava, tomei o trem sem ver, viajei sem ver. É uma tendência minha, muito pouco provável pelo que tenho sido publicamente, mas é mesmo uma tendência minha, isso de sentir sempre um respeito quase religioso por qualquer espécie de grandeza. Na minha vida particular acabei por tomar uma decisão enérgica: me afastar sistematicamente de todos os indivíduos altamente colocados, porque a presença deles me insulta muito, tenho porte de escravo, uma coisa qualquer me obriga a uma atitude de preestabelecido respeito, que é quase subserviência. Até quando os graúdos falam alguma coisa razoável, com que é inteligente concordar, meu apoiado me fere como se fosse um consentimento de capacho. Creio que achei a explicação do assombro angustioso em que estava, naquela viagem pra ir ver o mar. Era o mar na verdade a primeira grandeza conceptivamente entendida por minha meninice, com que eu ia me encontrar na minha vida. Positivamente viajava sem ver. Não me fica dessa viagem senão a contrariedade topada em Santos. Rebentara uma greve qualquer, ou coisa assim, os bondinhos de burro não estavam circulando. Já era tarde avançada, e meu primo, um sovina de marca maior, nos fez batermos a pé pro José Menino.

Só noite fechada chegamos junto da praia, que cheiro! Não me desfatigava, entontecia muito, mais ruim que bom naquele primeiro encontro. A praia parecia acabar perto das casas, comida pela noite nublada. E o mar era aquele ruído incessante, grandiosamente ameaçador, que rolava sem pressa na escureza. Me mandaram dormir mas dormi mal. Acordava a todo momento, e levantava a cabecinha do travesseiro, pra haurir o silêncio da casa dormida todos os sintomas do mar. Havia sempre o ruído, é certo, mas os parentes conhecidos, o conforto da casa, me decepcionavam vagamente, como seu eu tivesse imaginado que de-noite é que todo mundo devia estar em guarda, aos gritos erriçados, em frente do mar. E só no retardado dia seguinte, enfiado numa roupa-de-banho emprestada, me avistei com o mar. Tenho essa primeira presença dele até hoje nos meus olhos, um mar pardo, cor das nuvens muito baixas, com frio. Mas toda a criançada estava alegríssima com as brincadeiras do banho, e eu era o novato, mimado por todos por isso, na superioridade real que tinham sobre mim, não eram hóspedes e já tinham tomado muitos banhos de mar. Toda a comoção do encontro se diluiu por isso numa criançada, em que tomei um conhecimento excessivo das ondas, pra que continuasse respeitando o mar.

Eu sei que essas recordações sem interesse, fazem pouco caso deste meu cantinho de jornal que, como toda a folha, é destinado aos leitores. Mas eu sinto que algum dia tinha mesmo que fazer parte aos outros destas confissões. Eu gosto muito do mar; e é junto dele, nalguma praia do Nordeste, que pretendo morar.

MÁRIO DE ANDRADE

DIÁRIO NACIONAL. Domingo, 19 de junho de 1932

CASO DE JABOTI

Ora não vê que o jaboti estava passeando, no seu pensamento remoendo umas primeiras noções de fome, "não tenho fome, não tenho fome não" ele resmungava baixinho... Isso não era suficiente pra ele se convencer de que não tinha fome, porém a atenção empregada em repetir a frase bem certo, disfarçava a sensação, e o jaboti não tinha fome, por esquecimento. Nisto a serrapilheira clareou mais e junto dum tronco forte, seu jaboti encontrou uma fruta de inajá. "Eis que tenho fome!" ele falou bem alto, se escutou, sentiu a fome bem e papou a fruta da inajá.

Então, meio com desejo de mais, subiu o olhar pelo tronco robusto, e isso era uma palmeira inajá linda, viçosa, carregadinha de fruta. E lá no cocuruto, suspenso facilzinho, estava Ivalecá, seu macaco, se regalando com a cocada inajá, como se aquilo fosse dele, desaforo. Seu jaboti sentiu uma bruta fome, disse:

— Olá, compadre, pincha umas frutinhas prá gente!

Mas o macaco secundou:

— Que nada! Suba ocê! Eu não subi? pois suba!

— Não tem dúvida que o jaboti respondeu, mas eu queria era provar uma fruta só, parece que nem valia a pena subir, pincha uma só, compadre!

Mas seu macaco:

— Nem casca atiro, suba ocê! Eu não subi? pois suba!

Só que com o movimento pra olhar lá em baixo seu jaboti, Ivalecá relou o braço numa fruta que estava mesmo cai não cai, fruta caiu. Mais que depressa, o macaco gritou:

— Lá vai uma, tá bom! Como ocê quer só experimentar, uma eu te mando!

Seu jaboti comeu a fruta da inajá, e sentiu uma grande fome, só de pirraça. Buscou o encanto da voz pra falar implorando a Ivalecá:

— Uhmm, fruta boa!... Seu macaco, seu macaco, esta vida é um buraco, vamos, seja camarada, não te custa nada, joga pra mim, por exemplo, uma semana de frutas!

Mas qual, seu macaco sempre respondia se rindo, que a gente quando quer fruta de inajá, sobe nela, pois subisse. Então seu jaboti, não foi por distração, foi de raiva, campeou um jeito de subir no tronco da inajá mas qual! não conseguiu. Ia se esfregando, esfregando, chegava a ficar de pé, todinho, e era aquela marmelada, rolava pra baixo outra vez. Seu macaco, cheio de paciência divertida, mostrou com uma elegância mãe como é que se subia. Jaboti ficou pasmo com tanta beleza, estava já pra elogiar, mas se lembrou que perdia tempo com as palavras e era capaz de esquecer a lição. Se esfregou no tronco, se esfregou, ficou de pé todinho, e foi aquela marmelada, rolou pra baixo outra vez. Sentiu-se fraco:

— Ah, seu macaco, compadre, me carrega lá pra cima, eu!

Macaco não teve pena, mas se lembrou porém de pregar uma boa no jaboti:

— Pois sim, compadre. Vou te suspender.

Desceu, meteu o jaboti no sovaco fedido, que foi só espirro, e pousou o ilustre bicho bem equilibradinho, lá na altura, sobre a cocaria da inajá.

— E agora, não se esqueça de apitar na curva, benzinho! que ele caçoou do jaboti. E foi-se embora pra sempre, achando que a vida é bela.

Seu jaboti compreendeu tudo num relance e ficou frio de susto, e agora pra descer! Mas assim mesmo, numa voz aguda, ia falando:

— Oh, que horizonte maravilhoso!... "Olinda"! como dizem os pernambucanos, como dizem... os pernambucanos. Os pernambucanos. Os pernambucanos. Quarenta séculos vos contemplam... Infandum regina jubes, cui, cué, cuode. Cuí... cuá... cuá-cuá-cuá... cuá-cuá-cuá-cuá... ai, esta vida é um buraco...

E sentiu uma saudade, mas tão dolorida, dos buracos, que até lhe veio uma lágrima no olho. Bem que pretendeu citar o "tremeu e quedou silenciosa" de Guerra Junqueiro, não foi possível mais, estava numa preocupação danada. Mas logo a preocupação lhe mostrou que não tinha motivo pra tanta preocupação. Com tanta fruta junto, inda ficava muito bem ali, por quarenta dias, tempo demais, pra sair da enrascada. Mas como estaca carinhoso por ter visto a morte perto, quis fazer bem pra natureza,(1) "vou cantar, sou passarinho", imaginou. E buscando na garganta os sons mais dulcíssimos da voz, botou a boca no mundo, cantando com horrendo som. A Lua que subia no alto da tarde, parou olhando, espaventada com o horror daquela voz. O corgo que gemia não bem longe, parou gemido, pasmo daquela horrenda voz. E a noite chegando, o orvalho, os peixes, bacuraus, carapanãs e estrelas, tudo parava, sarapantado, sua vida, tudo pasmo daquela horrenda voz. (2) Mas passou por ali um sabiá tenor, teve despeito.

— Você, seu titica de galinha, está imaginando que todos te admiram? estão mas é pasmos da vossa horrenda voz.

O ilustre bicho secundou:

— Eu sei, ôh menestrel das selvas brasileiras, bem sei. Mas dá na mesma.

E continuou no canto. O sabiá bem que pretendeu tenorar um bocado, mas ninguém dava atenção pra ele, porque a natureza toda estava pasma, gozando o ridículo daquele espetáculo, um jaboti trepado na inajá, cantando com horrenda voz.

MÁRIO DE ANDRADE

Notas M.A.:

(1) Correção para falha técnica do jornal que deixou de imprimir uma linha do texto. O autor a recompõe na margem; tem início em "estava" e termina em "natureza".

(2) Idem; deslocamento do início do período.

DIÁRIO NACIONAL. Domingo, 10 de julho de 1932

CATAGUASES

O movimento modernista que arejou tanto as artes brasileiras, e lhes deu tantas, e às vezes tão exageradas liberdades, teve como conseqüência muito importante uma circulação mais legítima das literaturas provincianas, com enfranquecimento visível do poder central da Corte. Isso parece até uma profecia... De princípio, se algumas figuras isoladas vivendo na província, conseguiam se impor ao conhecimento geral dos brasileiros, isso não apenas era muito raro, como derivava dum consentimento da Corte. Essas figuras alcançavam a benevolência do Rio de Janeiro; e do Rio de Janeiro é que irradiavam pro país todo.

O movimento modernista, em vez de provocar a nascença de figuras isoladas, provocou o aparecimento de grupos. Isso não tem nada que espante. Toda renovação artística, apesar da sua aparência iconoclasta, é iminentemente socializadora. Não só tem como origem, recolocar as artes, que se imobilizaram no academismo, dentro duma finalidade mais exatamente da época, como porque desperta a noção de cooperativismo. A união faz a força. Dentro das artes academizadas, e aceitas portanto por toda a gente, o indivíduo artista, pode trabalhar isolado na sua torre de marfim. Tudo depende do valor pessoal. E do tempo. O artista que se reconhece como modernizador de alguma coisa, já se preocupa menos com o seu valor pessoal do que com o valor das idéias que representa. D'aí a sua ideiação demagógica, a sua ação proselitista. O academismo facilita o desenvolvimento do individualismo. E o que é pior: dum individualismo conservador, dum individualismo em termos (!) que consiste quase que apenas em facilitar as vidas isoladas, e aceitar cacoetes pessoais. As sociedades burguesas por isso, são fortemente academizantes. Na Grécia, o artista inovador, no geral ou vencia ou era derrotado duma vez num só concurso. Ao passo que na burguesia cristã, Bach leva setenta anos pra ser aceito no número dos compositores, Cézanne ou Debussy inda são repudiados pela maioria do público contemporâneo!

No Brasil pois, o movimento modernista forçou a formação de pequenos igrejós regionais; e estes, por sua vez, buscaram angustiadamente se reunir e colaborar com os grupos regionais dos outros Estados, pra que a Boa Nova fosse difundida e... confor-

439

tada. Isso deu artisticamente ao país uma realidade mais legítima, a realidade confederatista das diversas entidades estaduais. Além dos vários grupinhos formados nas cidades internacionais do país, Rio, São Paulo, tivemos os grupos mais decentes e necessários, o de Belo Horizonte, o de Fortaleza, o de Porto Alegre, etc. E o espantoso grupo de Cataguases, que, como já outro falou, deu realidade geográfica à cidadinha mineira.

Os dois grupos mineiros, o de Belo Horizonte e o de Cataguases, se distinguiram enormemente como psicologia coletiva. O de Cataguases, certamente que não pode apresentar figuras de valor pessoal tão notável como Carlos Drummond de Andrade na poesia, e João Alphonsus na prosa. Porém teve uma realidade muito mais brilhante e, principalmente uma ação muito mais interestaduana e fecunda. No fundo, os artistas de Belo Horizonte eram muito mais... capitalistas do que poderiam supor... E de fato o grupo se dissolveu no individualismo, e teve apenas a função burguesa de nos apresentar pelo menos dois escritores de grande valor. O grupo de Cataguases não produziu quem se compare com esses, mas com a revista *Verde* conseguiu um tempo centralizar e arregimentar o movimento moderno do Brasil, coisa que a *Revista* de Belo Horizonte não conseguira. Esta selecionava valores. A *Verde* denunciava as investidas da idéia modernista no país. A *Verde* chamava às armas, ao passo que a *Revista* nomeava generais. Eis capitalismo e socialismo em oposição...

Ambos os grupos se dissolveram em seguida. Hoje o modernismo, pelo menos em suas feições mais acomodatícias, ameaça se academizar, já não temos precisão de grupos... Mas nesta colheita de após plantio, as duas cidades mineiras continuaram nas suas posições psicológicas distintas. Ao passo que os artistas de Belo Horizonte estão se fixando em livros raros e de admirável perfeição, Cataguases funda uma casa editora. Eu creio que só mais tarde se apreciará melhor a figura desse menino extraordinário de Cataguases, que é Rosário Fusco. Tipo de argentino, com uma segurança ingênua de si mesmo, das suas verdades, e uma confiança ambiciosa na vida. Foi ele incontestavelmente o agenciador das colaborações brasileiras e estrangeiras da *Verde*; e ele agora se ajunta com mais outro companheiro, pra formarem essa casa de edição, Spinola e Fusco, de Cataguases. E assim se renova, numa casa de edição, a finalidade socializadora do grupo modernista de Cataguases. E o primeiro livro que a casa produz e recebo agora, o *Revolução contra a Imprensa*, do Dionísio Silveira, me parece sintomático dessa finalidade. São as funções sociais da imprensa, os problemas morais do jornalista, que preocuparam primeiro a casa editora de Cataguases. Não lançou um artista, mas uma idéia. É Cataguases prolongando a sua curta mas bonita tradição intelectual.

MÁRIO DE ANDRADE

DIÁRIO NACIONAL. Domingo, 17 de julho de 1932

FOLCLORE DA CONSTITUIÇÃO

DEFINIÇÃO

Na rua das Palmeiras três homens pobremente vestidos, seguem num passo decidido. Dois carregam consigo fardas e botinões de soldado. Um destes é rapaz ainda. De repente interrompe a parolagem, perguntando:

— Mas o que que é, direito, a Constituição?

Se percebe uma certa atrapalhação nos outros dois, o passo decidido em que vêm, meio que tonteia. Coisa de resto, muito justa, não tem nada mais difícil do que definir. Afinal o mais velho, bem velho, que não leva farda, toma a palavra:

— A Constituição... é o livro cheio das leis... é um livro que faz a gente... que faz a gente ser gente! desabafa por último, meio irritado.

* * *

OUTRA ESPÉCIE DE DEFINIÇÃO

Num dos postos de alistamento, pregaram no alto da porta, bem visível, um "soutien-gorge". Com este dístico:

"PROS QUE FICAM"

* * *

SUPERIORIDADE

Noutro posto de alistamento, estão partindo quatro caminhões cheios de civis alistados. É no instante justo em que chegam três senhoras dentro dum auto afobadíssimo.

— Maria!

Foi dum dos caminhões partindo que o moço gritou. E atira beijos, sorrindo. Uma das senhoras, a mais nova, bem bonita, desorientada, desesperada, inda põe o lenço na boca pra suster o grito e o choro. Consegue. Mas lhe turvam os olhos, as pernas bambeiam, os soldados acorrem e a sustentam desmaiada. Carregam-na pra dentro do posto, e mais a outra que chora muito. Só a terceira, mais velha, com mais predomínio, preocupada com a discrição, explica tudo. Não é que a desmaiada não seja capaz de ceder o marido prá nossa luta, mas é uma loucura ele partir com a doença que tem, não é partir pra lutar, é suicidar-se.

Na porta do posto ficou uma certa agitação compadecida, é natural. Está de plantão na porta, um rapaz, meninote que apenas fez dezesseis. Castiga todos com esta máxima frieza:

— Não se incomodem! são coisas de mulheres!...

* * *

INDEPENDÊNCIA OU... INDEPENDÊNCIA

É um senhor de quarenta anos, com a voz engasgada:

— O senhor compreende... são os únicos dois filhos que tenho... mas eu cedo os meus únicos dois filhos... acho que eles fizeram muito bem de se alistar... não vim por nada mas... eu vim pedir... não vim pedir... o mais velho é um rapaz forte, mas o Luisinho... o Luisinho é tão estourado!...

Luisinho está numa janela com os soldados, mas olhando a conversa do pai. Não se contém mais, flameja de inquietação, avança.

— Papai! você já sabe que eu não fico!

— Meu filho, eu não estou dizendo...

— Dr., papai pediu pro senhor pra mim ficar!

— Não, seu pai está...

— Olha, papai, você não peça pra mim ficar, que eu sigo mesmo heim!

E o olhar luminoso de Luisinho, queima tanto de raiva que afinal se dissolve em duas lágrimas grossas. Foi mentira, ele não tem dezoito anos como falou, inda não fez dezesseis.

* * *

A LÍNGUA DA VITÓRIA

— Bom-dia, PêDê.

— Bom-dia, PêRêPê.

— E a CêCêPê do QuêGê da GêPê, heim!

— Quê que fez?

— 30 mil alistados! O 1.º Bê da EmeEmeDêcê, 500, com o 9.º BêCê da EfePê partiram do QuêGê da 2.ª Erre Eme.

— O que! Avise a PêErreAO! a PêErreAE! a PêErreAErre!

MÁRIO DE ANDRADE

DIÁRIO NACIONAL. Domingo, 24 de julho de 1932

FOLCLORE DA CONSTITUIÇÃO

(II)

ALISTAMENTO

A moça, na rua Direita, bem vestidinha, bonita como um presente, se aproxima do rapaz e oferece um envelope fechado:
— Quer ficar com um?
— Pois não, senhorita!
— Não, não tem que pagar nada, é grátis!

E segue, distribuindo mais envelopes idênticos pra quantos rapazes encontra, bem vestidinha, bonita como um presente.

O rapaz abrindo o envelope, tirou o papel dobrado cuidadosamente em oito, em que vem impresso:

"VISTA SAIA"

* * *

ROUPA-BRANCA

"De ante-ontem para ontem, conseguimos abater quatro aviões vindos do Rio de Janeiro. As nossas metralhadoras, acionadas pelos melhores atiradores, viraram DE CUECAS AO SOL os 4 aviões inimigos".

* * *

LOCALIZAÇÃO DO INFERNO

"Os demais (aviões inimigos) não se atrevem a voar baixo, como faziam nos primeiros dias. É que conheceram o valor das nossas pontarias. Agora andam zunindo. LÁ PROS QUINTOS, muito alto".

(Folha da Noite, 20-VII)

* * *

COVARDIA OU LITERATURA

— Minha opinião é que devemos combater o Getúlio, mas nos conservando no terreno das idéias elevadas. Eu até fiz uma poesia pros senhores imprimirem.

Basta citar esta quadra da poesia:

"E causa mesmo espanto, esse tirano louco
O cínico imbecil, odioso e salafrário,
Que a todos despistou, passando-nos a pouco
O mais original dos contos do vigário".

* * *

ARDOR GEOGRÁFICO

— Pr'onde que vocês partem?
— Pra Itararé. Ah! em dois dias estou no Catete!

* * *

CAMELÔ OPORTUNISTA

— Podem experimentar! Os nossos aparelhos são indispensáveis a todas as donas de casa e a todas as mães de família, como a Constituição é indispensável a todo país com foros de idealista e prerrogativas de nação civilizada! Podem experimentar! Num segundo a mãe de família enfia a linha na agulha sem carecer de vela, de luz elétrica ou mesmo benéfica luz solar! Experimentar é grátis! Mas se quiserem levar um dos nossos aparelhos pra vossas esposas, vossas mães ou vossas filhas, custa seiscentos réis, como a Constituição custou o heróico sangue bandeirante! A costura no lar é um dos deveres sagrados... etc. Podem experimentar!

* * *

LITERATURA BIBI

Os dísticos que os soldados escrevem nos seus bibis, são um complemento exemplário de psicologia. O próprio caso da infinita maioria escrever apenas as iniciais indicativas de batalhão é prova excelente do abandono da individualidade em proveito do mecanismo automático da coletividade militar. Mas surgem fantasias de vária espécie, dignas de registro particular:

Consciência do muque: "Rompe-Rasga".
Lei do peso: "Q C M Turma de Aço".
Individualismo: "Periquito".
Força de Vontade: "Via Catete".
Segurança: "Vou ali já volto".

Remorso: Um escreveu em letras grandes, tomando todo o lado esquerdo do bibi. "Tudo por S. Paulo". Mas depois percebeu que o que estamos fazendo não é apenas por S. Paulo, e sim pelo Brasil. Mas como o "Tudo por S. Paulo" tomara todo o lado do bibi, em que é costume se escrever, ajuntou do outro lado, em letras minúsculas, pra não estragar a estética do bibi "e pelo Brasil".

Humanidade: Mas o dístico mais perfeito que já vi foi este, trazido por um grupo de rapazes do interior:

DEUS
S. PAULO
MAMÃE.

* * *

PRIMEIRA E ÚLTIMA VONTADE

Ritmo coletivo, entoado por um batalhão que partiu da estação do Norte:

"S. Paulo não é Changai,
Desta vez o Getúlio,
Cai! Cai! Cai!"

MÁRIO DE ANDRADE

DIÁRIO NACIONAL. Domingo, 31 de julho de 1932

FOLCLORE DA CONSTITUIÇÃO

BRINQUEDO DE TRINCHEIRA

Esta fórmula, recitada três vezes, com rapidez e sem troca de sílaba, causará no Ditador vários incômodos indiscretos:

"Num ninho de reconstitucionalistas
Três reconstitucionalistazinhos há,
Quem os desreconstitucionalistizar,
Bom desreconstitucionalistizador será."

* * *

BATISMO DE... FÓSFORO

Vai partir o Batalhão Universitário e cada soldado floresce no meio da própria família. Este soldadinho, voz de soprano ainda, aceita o cigarro que lhe oferecem, põe na boca, turtuveia, cria coragem, e:

— Papai, você dá licença prá mim fumar na sua frente?

— Dou, meu filho! diz o pai numa voz engasgada.

O soldadinho segreda pro companheiro mais próximo:

— Primeira vitória!

* * *

TROCADO

— Então os aviões diz-que atiraram mais de 17 bombas no Campo de Marte!

— Nem fale! aquele é um campo mártir...

* * *

OS PRESTIMOSOS

— Não, minha senhora. O Clóvis está doente, não pode ir, o irmão mais velho é grilo, o Alfredinho está no Abastecimento, o do meio dirige automóvel, o penúltimo faz discursos nos comícios do Interior, e o caçula tem vinte anos, não vai porque é menor.

A senhora:

— Que gente essa!...

* * *

CATIMBÓ, MACUMBA E CIA.

No momento de entrar no mato, corte um galho da primeira árvore que encontrar, mas galho que tenha folha, e enfie no cinturão. Pode atravessar o mato sem perigo porque nenhum porque carrapato não agarra.

(Simpatia contra carrapato).

* * *

Mais uma dinamogenia de marcha:
"São Paulo não atura!
Abaixo a Ditadura!"

* * *

CONTA DE SOMAR

Num ônibus:

— Ôh! quatrocentos mineiros aderiram!

— Oitocentos.

— Não senhor, quatrocentos, está aqui no jornal.

— Oitocentos. Cada homem que adere vale por dois: um de menos pra lá, um de mais pra cá.

* * *

O CINEMA É UMA ESCOLA

Na partida recente dum batalhão, uma senhora num transporte:

— Não morram!

Um voluntário estudante faz continência, responde com ironia toda marcial:

— Suas ordens serão cumpridas, minha senhora.

E virando pros companheiros:

— Companhia! quando não houver nenhuma novidade no "fronte", fica absolutamente proibido caçar borboleta!

MÁRIO DE ANDRADE

DIÁRIO NACIONAL. Quarta-feira, 3 de agosto de 1932

CAI, CAI, BALÃO

Eu imagino que deviam fazer uma aplicação da lei de Mendel pra explicar certas manifestações do nosso espírito misturado, há coisas incríveis... Principalmente pra nós, americanos... A gente vai indo, vai indo, bastardizando o espírito nas tradições de todas as culturas do mundo, mesclando as tendências duma idade com as das outras idades do homem, eis que de sopetão risca um gesto puro no ar, fui eu?... O homem, nas alturas sábias dos quarenta anos, vai e pratica um ato de menino de grupo. Possuo pra me enfeitar a vida, uma peça de cerâmica feita por um caipira das vizinhanças de Taquaritinga. A decoração pintada copia descaradamente as tradições de Marajó e a forma reproduz com semelhança de pasmar uma figurinha grega primitiva. Bem sei que se fala nas idéias elementares, que tanto podem nascer na cabeça dum botocudo, como dum maiori ou dum celta, eu sei. Nem foi minha intenção, que bobagem! afirmar que o caipira de Taquaritinga provinha esteticamente de Marajó e da Grécia. Mas por outro lado, a realização imediata duma faculdade infantil num homenzarrão meditabundo que já enterrou a infância num cemitério repudiado, mostra que o ser humano, por maior técnica de ser que possua, guarda pra sua riqueza a inexperiência do aprendiz. Por mais organização que tenha, o ser humano segue afogado num oceano incontrolável. A rota pode ser muitíssimo bem norteada, se vai de Belém ao cabo Horn que nem Carlos Gomes vai da *Noite no Castelo* ao *Escravo,* mas nada impede e nada indica porém, o que a gente vai topar no incontrolável oceano. Pode ser um tubarão, pode ser a Princesa de Tripoli.

É por isso que agora eu já não tenho mais vergonha do que me sucedeu outro dia e vou contar. Mas que cadeias misteriosas me puxaram dos desígnios tão pretos do homem feito e me colocaram de novo como aprendiz desses desígnios, plena infância? Tanto mais que nunca na minha vida infantil, fui pegador de balão!... Mas o melhor é contar logo. Era noite avançada, quase vinte-e-quatro horas, São João, a festa já estava acaba não acaba nos barulhos do ar. Eram já raros os estalos de bombas e rojões.

448

Eu vinha, suponhamos que tivesse errado o bonde, vinha de destinos do homem feito, forte e designado em mim, vinha em procura da rua dos bondes, que me trouxesse pra casa outra vez. Era longe, num bairro que dorme cedo. Foi quando virei a esquina: enxerguei no céu perto a chama viva do balão. Caia com fúria, por ali mesmo onde eu estava, em três minutos se transformava no cisco do chão. Corri, não tinha ninguém, corri, fui até na esquina em frente que virei, o balão vinha cair mesmo na rua, ói lá como ele vem certinho sem moça nas janelas pra me ver, pego o balão. Estou falando em moça porque de certo lá nos fundos de mim, se tivesse a possibilidade de moça na janela, não vê que eu pegava balão! Lá nos fundos de mim, talvez essas noções persistissem mas o fato é que não pensei em moça, pensei em nada, mas pego o balão.

E tanto não pensei em ninguém, que agora vai suceder o espantoso. Não fui eu só que virei esquina. Também na esquina da outra ponta do quarteirão viraram uma molecada duns cinco a seis, já dos maiores, pelos dez, doze anos, com paus nas mãos. Chegamos quase juntos no espaço onde se percebia que o balão vinha cair. Nos olhamos. Houve um primeiro receio na molecada, e em mim a sombra da infelicidade, ia perder o balão. Quis reagir com a autoridade de gente bem vestido, falei respeitável:

— Deixem que eu pego.

De certo a primeira noção deles foi deixarem, mas eram meia dúzia, com paus nas mãos. Reagiram manso, umas frasinhas resmungadas, depois mais nítidas, e então eram inimigos.

— Já disse que quem pega sou eu!

Eu odiava, me desculpem, mas odiava. Me arrebentava brigando com a molecada, se fosse preciso, mas quem pegava o balão havia de ser eu. Minha vontade até ficara muito distraída, queria já brigar, bater, machucar muito, se algum ficasse aleijado, que bom!

— Não atirem pedra! fiquei desesperado, iam estragar o balão, inventei quase gritando: Sou secreta! eu levo vocês (me arranjei melhor...) O balão só roçou no fio do telefone, veio, veio direitinho pras minhas mãos apaixonadas, que tremiam lá no alto do ar, feito flor que come mosca. E peguei o balão. Ainda foi um caro custo apagar a mecha, não tinha prática, sempre olhando com rancor de morte pros moleques, ali me odiando. Agora estava em mim de novo, e balão salvo, chegaram em disparada as vergonhas, as censuras e um passado em que nunca fui moleque, nunca jamais peguei balão. Mas os homens depreciam tanto a humanidade, que trocam qualquer honra dela por dinheiro. Foi o que fiz. Sorri pra molecada, entreguei o balão pra eles, também o que que eu ia fazer com um balão!

449

— Não sou secreta não, tava enganando vocês... Pra que que vocês não vão pra casa dormir, tão tarde!... Olhem... repartam isso entre vocês. Vão tomar um café.

A gente fala "café" mas está pensando, cerveja, pinga, os grandes prêmios da alegria. Tanto que dei cinco milréis pra molecada. O que fiquei pensando já falei no princípio.

MÁRIO DE ANDRADE

DIÁRIO NACIONAL. Domingo, 7 de agosto de 1932

FOLCLORE DA CONSTITUIÇÃO
(IV)

TUDO POR S. PAULO

Esta me contaram. Um rapazinho, menor de idade, impedido de partir pelos pais, principalmente pela mãe que é italiana, fugiu de casa, se alistou, partiu. Só de longe ele escreveu explicando tudo. Na carta vinha esta frase: "Mamãe, você não é paulista, não me compreende..."

* * *

OS BIBIS

Mais dísticos de bibis:

Instinto de fraternidade: "Os Quatro de Infanteria".

Bom-humor: "Nada de Ovo na Frente".

Soldado preto: "The Brazilian".

* * *

HUMOR BRITÂNICO

Foram solicitados dum negociante inglês, os quatro caminhões que ele possuía. O inglês abaixou a cabeça, não riu, e disse com a maior simplicidade:

— Pode tomar caminhões pra período do dia. Pode tomar caminhões pra período da noite. E pode tomar caminhões pra outro período também, se tiver.

— Muito obrigado.

— Não, obrigado não. Pois eu não estou tão bem aqui?

* * *

TERRORISMO

— Então o Chiquinho se ofereceu para ir parlamentar: Imaginem! Amarrou um pano branco na ponta do sabre, e foi até o lugar mais alto. Então vieram quatro soldados paranaenses, e levaram ele pro outro lado, depois de taparem os olhos dele com um lenço...

— Mamãe, pra quê que taparam os olhos do Chiquinho, heim?

— Prá ele não saber o que viu, minha filha.

* * *

MAIS TERRORISMO

Num comício em bairro popular desta cidade, o orador discursava mais ou menos assim:

— ... etc. e morrer! Morrer! dar o seu sangue pela pátria querida, tombar ferido no campo de luta! que maior glória, que maior sacrifício, que maior dignidade para um ser humano! Partir em busca da vitória, sentir o atroar dos canhões e a inundação gritante da metralha, enquanto se diluem no céu as derradeiras luzes do sol! E tombar na guerra sacrossanta, sentir que a bala traiçoeira do inimigo lhe penetra as carnes e lhe dilacera as entranhas! e então, no incêndio do ocaso, o derradeiro raio de sol posto virá depositar na fronte do moribundo que se estorce nas vascas da agonia, o seu beijo de luz, o seu beijo de glória! Patrícios, esse beijo representa a voz eterna da história, em que só serão lembrados aqueles que deram o seu sangue... etc.

Não é preciso dizer que foi um frio insuportável na assistência.

* * *

O ILUSTRE DESCONHECIDO

Surge um indivíduo simplesmente vestido na Record, desejando enviar pelo rádio uma mensagem pro Rio. Acertado os termos da mensagem, o indivíduo pergunta quanto deve. Secundaram-lhe que o dinheiro é pros soldados, que pode dar qualquer donativo, de 25 milréis pra cima. O indivíduo tira a carteira do bolso e oferece uma nota de quinhentos. Estavam os presentes ainda no assombro da dádiva, quando surge alguém, do próprio serviço de beneficência aos soldados, e conta a atrapalhação em que está pra pagar uma conta. O indivíduo:

— A sra. dá licença que eu ajude a pagar?

Tira a carteira outra vez, e deposita sobre a mesa mais duas notas de quinhentos milréis.

— Mas ... como é que eu devo escrever o seu nome aqui na lista?...

— Eu sou o Silva, minha senhora.

Saudou e foi-se embora.

* * *

ANEDOTA

Washington Luís passa o seguinte telegrama a Getúlio Vargas:

"Quá, quá, quá,
    Washington".

* * *

OUTRA ANEDOTA

— Então o "Comandante Alcídio" não quis chegar até o cais de Santos?

— O pessoal da ditadura estava com medo que o navio aderisse.

— Esse nem aderia, atracava!

MÁRIO DE ANDRADE

DIÁRIO NACIONAL. Sexta-feira, 12 de agosto de 1932

CORREIO MILITAR

Dum pirralho de 17 anos e tanto:

"19 de Julho.

"Papai e Mamãe.

"Não estou mais em Itararé. Recebi o batismo de fogo e cavei trincheira, e voltamos à retaguarda, pois o pessoal da Força Pública grita que quer entrar também em combate, e foi preciso ceder o lugar a eles. Atualmente estamos na E.N.L. de Faxina, muito bem instalados e boiados. Falta-me apenas cigarro, pois o dinheiro que pensei que dava, nem com usura não chega. Parece-me que recebi dinheiro daí, mas a intendência está em Itararé. Escrevam para mim pois isso me é alegria. Os 'quedê papai, quedê papai' estão feras por cima de nós. Parece que a artilharia, isto é, os 'tou aqui', ceifou para mais de quinhentos dos deles. Estou combatendo os jagunços!! Não sabemos se ficamos muito aqui, mas esperamos ansiosos o pipoquear. Estou de botinas há uma semana e pouco, tenho medo de tirá-las pois a meia pode andar sozinha. Preciso de manicuras, calistas... Procurar nas trincheiras. Paga-se bem: três cartuchos vazios. Ando com pena do banheiro daí pois estou mais sujo que o Azeredo. Recebi hoje seu cartão, papai, e gostei muito, mas peço escrever mais. Peço à senhora, mamãe, que não se aflija por minha causa, pois mordo o solo pátrio quando atiro. Diga a (Fulana) que na hora da fuzilaria, o (Fulano) apareceu perto de mim e eu disse que (Fulana) tinha mandado lembranças, e ele penhorado agradeceu. (etc)

"do filho que muito vos quer,

GERALDO"

Outra carta do mesmo:

"Itararé, 16-7-32.

"Papito e Mãezinha,

"Sinto-me orgulhoso de estar em uma cidade histórica, onde as trincheiras do tempo do (......).

"A linha fica a três Km. da cidade, na qual estou bem acomodado no Teatro local, frisa número 8, às ordens. Estamos eu, o E.T. e o I., o mascote da companhia.

"A bóia é na La Pastina, casa de Dona Júlia, madrinha do meu fuzil, que foi cerimoniosamente e medrosamente (da parte dela) batizado ontem.

"Estou gozando pois o E.T. não ronca e dorme direitinho como gente, e me aquece muito; avise o pai dele que ele é um camaradão.

"Avise Fulano que o filho etc. Avise também o sr. Fulano que o filho J. etc. O J. é gozado, mas em forma é uma besta, é a tal história!...

"Papai, pode ficar descansado que já cumpri a promessa de me confessar, o que fiz em peso com a Cia.

"O ... caviar aqui é formidável; amanhã, que é domingo, irei à "matinée" do Paramount com a pequena 5 (porque são todas numeradas).

"Lembranças a todos, e pedindo as vossas bênçãos, me subscrevo,

GERALDO, o 'filho herói'."

* * *

Gilda é uma pirralhinha de 12 anos. Passa o dia inteiro fazendo tricô pros soldados, e de-noite senta rentinho do rádio, chupando discursos. Primeiro ano do ginásio. Posso garantir que esta carta mandada ao Dr. Morais de Andrade, a "guerreira Gilda" a escreveu sem auxílio de ninguém:

"Meu querido padrinho.

"Onze dias já se passaram desde a sua partida! Onze dias de entusiasmo, onze dias de saudades!

"Junto com o valoroso 'Fernão Dias' partiu também um pedacinho da minha alma, um pedacinho do meu ser.

"Mas no meu coração acentuou-se mais do que nunca o entusiasmo e a certeza da vitória.

"Como não confiar nos nossos soldados, nos nossos paulistas defendendo a nossa causa?!

"Seria indigno dum filho da terra de Santa Cruz.

"*Não acreditar num Paulista, é não acreditar na Verdade.* (O grifo é meu).

"E é porisso, padrinho, que eu confio em vocês, *valorosos soldados da constituição.*

"É porisso que eu espero a vitória da nossa causa santa para junto com vocês mais uma vez dizer:

"Tudo por S. Paulo forte num Brasil unido!

"Da afilhada que pede a bênção,

GILDA".

Pela cópia,

M. de A.

Notas da pesquisa:

1 — O título saiu com pastel: "militra".

2 — "Geraldo" é o afilhado de Mário de Andrade, Geraldo Hellmeister Reimão.

3 — "Gilda" é a prima de Mário, Gilda de Morais Rocha.

DIÁRIO NACIONAL. Domingo, 14 de agosto de 1932

FOLCLORE DA CONSTITUIÇÃO
(V)

EM TEMPO DE GUERRA
Numa roda:

— Seu mano?...

— Tivemos notícia hoje, vai bem.

— Pois vou lhe contar o que sucedeu no setor dele, eu também estive lá, foi uma traição medonha... etc.

— Mas hoje eu conversei com o filho do dr. Gumercindo, que teve uma torcedura no pé, lá nesse mesmo combate. O caso não foi assim não, os inimigos, etc.

— Olhem, sabe que mais? Essa é a quarta versão que me contam do combate em que esteve meu mano, desisto. Só espero que ele volte depois da vitória prá me contar, não a verdade, meu Deus! mas... a versão dele.

* * *

NIHIL NOVI SUB SOLE

— É, mas eu queria ir no primeiro batalhão que parte já.

— Já está completo, não pode.

— E o segundo quando parte?

— De certo numa semana, não posso garantir.

— Olhe aqui, vamos fazer uma coisa, o senhor é chefe aí... eu sou contrário a empenho, mas o senhor bem podia me dar um pistolãozinho prá me colocarem no primeiro batalhão!

* * *

OS TROCADOS

— Já sabe da adesão de mais dois generais hoje?

— Dois generais, puxa vida!

— Pois é, "General Motors" e "General Eletric".

* * *

OUTRO

— Qual! duvido que se vença, tem muita traição...

— Pois se vence com traição e tudo!

— Inda hoje, você soube que encontraram uma bomba no automóvel do General Klinger.

— Uma bomba!...

— É, uma bomba de encher pneumático.

* * *

EXCESSO DE CORREIO MILITAR

Um soldado do 1.º Batalhão da L.P.D. recebe na trincheira um pacote pesadíssimo. Abre. A esposa, numa carga de saudade, não é que se lembrou de mandar pra ele nada menos que uma caixeta de pinho com oito quilos de marmelada! O soldado olha pra tanta marmelada com desolação. Depois olha pros companheiros. Todos receberam seus presentes, cacau, figos, tâmaras, ninguém precisará de marmelada. O soldado coça a orelha. Enfim suspira fundo:

— Meu Deus!... Não basta o inimigo!...

* * *

DERROTISMO ÀS AVESSAS

Nos primeiros dias de combate, os serviços de retaguarda naturalmente ainda não estavam bem organizados por toda a parte. Em algumas frentes os soldados sofreram bastante fome e frio. Um destes, escreveu uma carta prá família em que vinha este admirável bom-humor:

"Aqui na trincheira, come-se mal, bebe-se mal e dorme-se pior. Em compensação, leva-se uma vidinha de cachorro".

* * *

EUFEMISMOS

"O maior trabalho nosso é sofrear os impulsos dos rapazes, que querem de qualquer forma ver (sic) O ESTRANHO CANTAR" *(Folha da Noite, de 8 de agosto)*.

As divisas são chamadas de "orelha de mineiro". Mais interessante é o nome... bem paulista, de "Tagliarini" que dão pra elas: "Estou fazendo força pra ver se arranjo mais uns — dois tagliarinis (sic) no braço".

À cachaça chamam de "moral da tropa".

E é bem uma espécie de eufemismo às avessas o nome da mascote do 1.º Batalhão do Regimento 9 de Julho, uma cachorrinha preta pegada em Cambuí, Minas, que desgraçaram pra sempre, apelidando-a Ditadura: — Ditadura, Ditadura, vem cá! E Ditadura vai devorando tudo, pão, carne, biscoitos, que lhe dão. De São Paulo.

MÁRIO DE ANDRADE

DIÁRIO NACIONAL. Domingo, 21 de agosto de 1932

FOLCLORE DA CONSTITUIÇÃO
(VI)

DERROTISMO OTIMISTA

— Qual, S. Paulo não pode ganhar...

— O que! você ainda duvida, seu traidor! Vamos prá Polícia!

— Mas como há de ganhar se o Palestra está cinco pontos na frente?

* * *

TUDO POR S. PAULO

Anúncio publicado num matutino, durante a guerra constitucionalista: "SENHORA jovem, educada, carinhosa e independente, procura senhor de idade e distinto, para obsequiá-la com sua proteção. Cartas nesta redação, por obséquio, a Lia".

* * *

RELIGIOSIDADE

Eis uma das orações apócrifas, encontradas nas mãos dos soldados. É um documento, além de literariamente curioso, bem importante para o estudo da nossa religiosidade. Filia-se, como processo ideativo, ao famoso grupo das orações da Cabra Preta. Inclui também a idéia do fechamento de corpo, que é uma das cerimônias principais dos catimbós do Nordeste. Vai tal e qual:

"Jesus, juiz de Nazaré, filho da Virgem Maria, que em Belém fostes nascido entre a idolatria, eu vos peço senhor, pelo vosso sexto dia, que meu corpo não seja preso nem ferido nem morto nem nas mãos da justiça envolto. Pas te cum, pas te cum, pas te cum; Cristo assim o disse a seus discípulos. Se meus inimigos vierem prender-me, terão olhos, não me verão, terão ouvidos não me ouvirão, terão boca não me falarão; com as armas de S. Jorge serei armado, com a espada de Abraão serei coberto, com o alento do leite da Virgem Maria serei borrifado, com o sangue do meu Senhor Jesus Cristo serei batizado, na arca de Noé serei agasalhado e com as chaves de

São Pedro serei fechado aonde não me possam ver, nem ferir, nem matar, nem sangue do meu corpo derramar; também vos peço senhor, por aquelas três hóstias consagradas que consagrastes no terceiro dia desde as portas de Jerusalém que com prazer e alegria eu seja também guardado noite e dia, assim como andou Jesus Cristo no ventre da Virgem Maria nove meses e alguns dias. Deus adiante com paz na guia. Deus me guie e acompanhe e a sempre Virgem Maria desde a Casa Santa de Belém até Jerusalém. Deus é meu pai, a Virgem Maria minha mãe, com as armas de São Jorge serei armado, com a espada de São Tiago serei guardado, para sempre. Amém".

* * *

UM "TEST"

— O Washington saiu com o cardeal, o Getúlio, que é maior, com quem vai sair?

— ? ...

— Com o Espírito Santo.

* * *

MAIS OUTRO

— O Góes Monteiro saiu do Rio prá frente, às oito horas e a 70 quilômetros horários; e o Osvaldo Aranha sai pelo mesmo caminho às 9 horas e a 80 quilômetros, onde se encontraram?

— ? ...

— No primeiro botequim.

* * *

AVIAÇÃO

É sabido que uma das coisas que mais abatem o moral do soldado é o avião "peruando, peruando e desvoando treis ovinho", como dizia o caipira de Cunha. (1) A cena se passou num dos setores da frente norte. A fuzilaria estava desapoderadamente aberta, e de vez em quando, um avião ditatorial peruava sobre as nossas trincheiras. De repente o sargento não se conteve mais, deu um bruto soco no barranco e:

— Peste do diabo! Também minha mulher só compra manteiga "Aviação", agora não deixo mais!

* * *

MASCATEANDO

Quando uma das companhias do 1.º batalhão da L.D.P. chegou em Cunha, gente mais ou menos endinheirada, os voluntários cuidaram logo de se arranjar comodamente. Apesar do bombardeio que às vezes chovia sobre a cidadinha, um ou outro morador ficara lá. Entre eles uma turca, dona da vendinha e chacra, onde os voluntários logo se afreguesaram. Compravam galinhas, perus, leitões, e umas laranjas de santa doçura. Mas um dia, talvez aviões inimigos, não sei, provavelmente inimigos... o certo é que desapareceram umas duas galinhas e meia dúzia de laranjas. A turca desapareceu, também, fechou-se a casinha de porta e janela, ninguém. Ora uma vez os voluntários estavam com uma vontade danada de comer um leitão, e o dr. Aguiar, com Guilherme de Almeida e Alfredo Ellis resolveram ir bater na casa da turca, quem sabe se ela não tinha partido, como diziam?... Foram lá, bateram, nada. Bateram mais forte, nada. Bateram inda mais forte. Nisso a turca abriu a janela e gritou prá eles:

— Nãa teim!

E desapareceu pra todo o sempre.

MÁRIO DE ANDRADE

Nota M.A.:

(1) Correção para falha técnica do jornal que não imprimiu "... soldado é avião peruando, peruando e...". Recomposição na margem.

DIÁRIO NACIONAL. Domingo, 28 de agosto de 1932

FOLCLORE DA CONSTITUIÇÃO
(VII)

HONNI SOIT...

Um gaiato chega pra outro e pergunta:
— Pode me dizer, por favor, onde fica a Liga das Senhoras Católicas?
— Pois não, é na rua Líbero Badaró.
— Está muito enganado, é na perna.

* * *

EXCESSO DE VAIDADE

— Ah, vocês não imaginam! Eu ia indo pelo leito da estrada de ferro, em busca do P.C. que estava instalado num vagão, quando o "aeroplano" começou me perseguindo. Eu já não sabia mais o que fazer! eu corria, ele corria, eu parava, ele parava também. Até que enfim, graças a N. S. da Aparecida, consegui entrar no P.C. Levei lá um tempão. Pois quando tive que sair outra vez, o avião estava lá em cima, fazendo roda em torno do vagão, a minha espera!

* * *

BRASIL, PAÍS CATÓLICO

Esta foi contada pelo ministro Faria.
Um bando de estudantes cariocas, desemboca na avenida Rio Branco. Um grita:
— Viva São Lucas!
— Viva.
Vida São Mateus!
— Viva.
Viva São Pedro!
— Viva.

463

VIVA SÃO PAULO!
— VIVAAAAAAAAAAA!!!...

* * *

A MAIOR OFENSIVA

Recibo que faz parte do arquivo da Liga de Defesa Paulista: "Recebi do sr. José Pinho a quantia de trinta milréis, entregue ao capitão Nascimento, para despesas dos instrutores do 1.º Batalhão da L.D.P.

" (Vai sem selo, para não ajudar o governo federal) ".
Segue a assinatura do tenente intendente.

* * *

RECLAMAÇÃO

Um oficial da Legião Negra discutindo com um coronel:
— Fazemos questão e seguir já para uma das frentes! o sr. compreenderá facilmente, meu coronel, que nós, homens de cor, não podemos encher os claros do exército!

* * *

TERMINOLOGIA

Tem duas espécies de balas de fuzil, uma delas são de ponta redonda, outras ponteagudas. As primeiras são chamadas "ogivais"; as ponteagudas de "amanhã ficas".

* * *

ETIMOLOGIA

O Batalhão dos Voluntários de Piratininga, cuja formação selecionada se tornou imediatamente antipática ao público em geral, foi crivado de anedotas, trocados e falsas tradições. Estas principalmente foram muito perversas, atribuindo ao Voluntário de Piratininga, exclusivamente dotes de covardia. Ora nada mais falso. Se teve nesse Batalhão alguns voluntários que não agüentaram o tranco (o que de resto, sucedeu em todos os batalhões...) a verdade é que ele demonstrou grande eficiência, tanto na retirada de Queluz, que os Voluntários de Piratininga protegeram, como nos combates de Vila Queimada. Mas, por causa dos que fraquejaram, deu-se, mesmo dentro do batalhão, uma interpretação etimológica muito curiosa à palavra Piratininga: Pira: são chamados os covardes que fugiram; Tininga, os corajosos que ficaram. Pirar, por fugir, é termo tradicional de calão português. Na sublime morte do cabo Chico, em que esse preto de Minas protegeu a retirada dum pelotão de... "tiningas" surpreendidos, e foi morto a baioneta, o heróico negro, depois de matar o capitão dos adversários, gritou pros tiningas indecisos:

— Pira, tiningada, que eu agüento o pessoá na comedêra!

"COMEDEIRA" é a metralhadora: "COMER", "COSTURAR", são os tiros da metralhadora: "Embala-nos a fuzilaria distante, fraca às vezes e noutras forte, quando as metralhadoras principiam a COMER" (Gazeta, 17 de agosto); "Às vezes a gente tem dó deles, quando a nossa COMEDEIRA começa a agir" (*Platéa*, 17 de agosto).

* * *

GASTRONOMIA

— Ah, lá no sul a jagunçada avança peito limpo que inté faiz dó, as F.M. costura eles tudo num aiai; isso jagunço passa a bebedêra prá Deus, sem vê a distança; corvo? corvo diz-que abastecimento é tamanho que inté escói, agora só côme de tenente prá cima!...

MÁRIO DE ANDRADE

DIÁRIO NACIONAL. Domingo, 4 de setembro de 1932

FOLCLORE DA CONSTITUIÇÃO
(VIII)

BERCEUSE

Nas barrancas do rio Paraná. A patrulha avança mais ou menos descuidada, que não tem probabilidade de inimigo por ali. Mas, escutando de repente uma voz de perto, os soldados se calam e continuam avançando em silêncio. Se escuta nitidamente a voz, é uma mulher cantando: "Meu Klinguinho, durma, durma, meu querido Klinguinho..." etc. Virando na estrada os patriotas dão com a casa de barro, e a mulher moça acalentando o recémnascido. Ela gesticula enérgico pra que não façam bulha. Mas o cabo, divertido, inda tira bem a limpo a coisa, perguntando baixinho:

— Mas como é mesmo o nome do seu filho?

— Bertoldo Klinger!

E a patrulha vai embora meia comovida, meia rindo, enquanto a voz recomeça lá atrás, "Durma, meu Klinguinho, durma, durma"...

* * *

SESSÃO DE ESPIRITISMO

"Invocando Sacadura
Pra falar na Ditadura;
Entre trejeitos soezes,
A vidente dita dura,
Que a dita dura três meses."

(colaboração dum leitor).

* * *

RELIGIOSIDADE

Em toda esta documentação mais ou menos de bom-humor que vou dando, me tem sido preciosa a colaboração de leitores. Se ainda não aproveitei muita coisa enviada, é porque não só o meu espaço é pequeno, como porque certos documentos seriam inconvenientes publicados já. Ficarão prá depois da vitória. Mas não me furto a publicar já, mais esta curiosíssima oração apócrifa, que corre impressa (!) e me foi enviada por um leitor:

ORAÇÃO CONTRA OS FURORES DA DITADURA

"Senhor! Dai força e ânimo aos soldados constitucionalistas, pois, justa e santa é a causa por eles defendida, Senhor! Dai força aos seus braços, certeza nos tiros de seus fuzis, de suas metralhas e canhões; resistência nos seus "tanks"; invisibilidade aos seus aviões. Que pereçam todos os que sustentam a Ditadura bem como quantos sejam contra a constitucionalização do nosso caro Brasil. Fazei, Senhor, com que as suas balas e os seus aviões se percam no espaço; os seus navios submergidos o mais, que as nossas balas dilacerem as entranhas dos seus soldados mercenários, como se fossem tigres. As almas dos nossos combatentes, Senhor! é a mesma que sempre detestou aos maus e aos incrédulos — como Vós os destestais, e, por tais razões, Vós, oh! Senhor!! os tornareis inúteis e impotentes neutralizando todas as suas fontes de energia! Amém!... Morra a Ditadura e todos os seus acólitos!" (E de tudo, o impressor manda tirar cópias que devem ser espalhadas por todo o país).

* * *

MAIS UM TROCADO

— Sabe! o Reinaldo Gonçalves bateu as botas.

— Não diga!

— Pois é, fazendo continência pro general Klinger.

* * *

UMA DO VILA

Depois da retirada de Queluz, os amigos caçoavam com o Vila, excelente "tininga", que onde se viu agora, ele, tão garganta, ter se retirado como os outros, que aquilo era uma covardia... Mas o Vila responde filosoficamente:

— Homem... preferi ser covarde cinco minutos a ser morto a vida inteira!

* * *

DEFINIÇÃO DO AVIÃO

Num grupo de voluntários, se discute por que processos é que dá tiros de costureira (metralhadora) o avião de guerra, a que chamam de "avião sincronizado". Um caipira, muito falador, tira toda a dúvida:

— Avião azucrinado é quando o piloto faz a pontaria e a hélice dá o tiro.

* * *

UTILIDADE DA AVIAÇÃO DITATORIAL

Até de avião se perde o medo... Com tudo a gente acostuma neste mundo, e os voluntários do "Paes Leme", em Vila Queimada, quando se dava o alarma de avião inimigo à vista, em vez de ficarem imóveis, ou correrem prá toca mais próxima, disparavam todos, barrancas do rio abaixo, iam ficar lá na praia da Paraíba, esperando. É que os aviões de caça da Ditadura, tinham a especialidade de acertar as suas bombas no rio. Bomba arrebentava, matava muito peixe, que ficava boiando na água mansa. A rapaziada pegava o peixe, e a chepa se enriquecia de mais um prato fino. Veio disso, chamarem os aviões ditatoriais de "aviões de caça e pesca".

MÁRIO DE ANDRADE

DIÁRIO NACIONAL. Domingo, 11 de setembro de 1932

FOLCLORE DA CONSTITUIÇÃO
(IX)

LITERATURA BIBI

Já por várias vezes pupliquei aqui, dísticos inscritos pelos soldados em seus bibis. Agora tenho mais uma coleçãozinha. De resto, força é constatar que na infinita maioria, as inscrições denotam falta de imaginação. Isso viria contrariar a afirmativa, tantas vezes provada, de que o brasileiro é individualista por demais, se, por outro lado, as circunstâncias duma guerra, não obrigassem necessariamente à predominância do instinto de coletividade. E de fato é o instinto de coletividade que se nota em principal na monotonia da literatura bibi. Já outro dia salientei a noção de que a "união faz a força", significada pelo dístico "Os Quatro de Infantaria". Pouco importa que este dístico seja título dum romance, generalizado pelo cinema. O que ele indica realmente, inscrito num bibi, é a conjugação de quatro homens, talvez simples amigos de emergência, para se sentirem mais firmes com a entreproteção. Outro dístico do mesmo gênero ainda colhi: "Esquadra do Entrupigaita". E mais este: "Turma que só volta do Rio".

Certas inscrições se generalizaram de maneira espantosa. Assim o sublime "Tudo por São Paulo" que está em 80 por cento dos bibis, e o errado "Via Catete". Digo errado, porque não posso imaginar o inventor dessa inscrição, tendo a idéia sutil de chegar vitorioso ao trono ditatorial, e em seguida voltar prá terra sua. Só assim se justificaria o "Via Catete". Mas a idéia deve ter sido mais simplista: ir ao Catete. E de fato, em vários bibis, vi a inscrição corrigida para "Ao Catete". "Vou ao Catete" etc.

Quanto a dístico "Tudo por São Paulo", o que acho de sublime nele é ser profundamente humano, com filialdade à terra natal e posse dela. Conforme os princípios em que a humanidade vem sendo educada desde tempos imemoriais... No meio de todas as ideologias, dos odiozinhos e despeitos pessoais, das ambições e pretensões políticas, das noções cultas de pátria, de liberdade, de civilização, que formam o conjunto do movimento constitucionalista de S. Paulo, realmente a mais imediata e mais imperativa unanimidade, é essa. Tudo por S. Paulo. Note-se bem: isso não indica de forma alguma, separatismo, nem este me preocupa agora. Quem quer que tenha ascultado sinceramente o sentimento da grande gente paulista será obrigado a verificar que o "Tudo por São Paulo" exprime apenas o amor à terra paulista, a revolta contra os que indevidamente se apropriaram do patrimônio paulista, o desespero com que surpreendeu aos paulistas, de sopetão, a verdade de que a revolução não se fizera contra um regime detestável, mas contra São Paulo. E que estávamos pois "vencidos"! E que éramos tratados como tais! Então nasceu nos paulistas o "Tudo por São Paulo", que é anterior ao 9 de julho. Já vivia em distintivos por aí.

E pra responder ao "Tudo por São Paulo", minha função de colhedor de coisas da nossa gente, me obriga a registrar o caso mais sujo da literatura bibi. Foi o soldado Nelson Omegna, do Batalhão Marcílio Franco, quem o relatou pelas colunas deste mesmo *Diário Nacional*, do dia 6 passado. Preso num dos setores do Sul, Nelson Omegna viu soldados ditatoriais que ostentavam no bibi a inscrição: "Tudo por dinheiro..." Palavra que considero esse, um caso espantoso.

Também instinto muito desenvolvido nos dísticos dos bibis, é o de "garganta". Parolar vantagens é mesmo uma das unanimidades brasileiras... Se sabe de que maneira prodigiosamente exacerbada, a volúpia da coragem é cultivada no furor dos entreveros como na paz das querências, ao Sul. Mas todo o folclore nordestino também está cheio dessa mesma volúpia. E se especialmente nessas duas regiões do país, contar vantagem, narcisar-se voluptuosamente em sua própria força e destemor, é traço dominante da psicologia coletiva; por todas as outras partes do Brasil, mesmo entre os sossegadíssimos caipiras, são também em formidável número os exemplos desse instinto. Os bibis agora, também o exemplificam muito. "Paulista é canja" foi encontrado num bibi de paranaense, morto no Sul. "Ora se vou", "Sai da frente", "Leão que dormia", respondem de cá outros bibis. Nalguns, a noção de perigo se mistura à parolagem, como neste que insulta além da morte: "Quem me matar, vá para o inferno". Suavíssimo, sem parolagem nenhuma, dum heroísmo bem consciente, anotei este: "Vou mas quero voltar. Não me atire". E ainda este outro, de mãos postas: "Vou com Deus".

Um paulista, orgulhoso de sua gleba, anuncia: "Terra do Café". Mais lindamente, um pernambucano geme: "Adeus, Olinda". Ou esta Olinda será mulher... E um, que tinha a vaidade geográfica dos seus combates, enche assim o bibi: "Tunel Eleutério Queluz Pico do Periquito Areas". Noutro artigo, anotei o bibi dum preto, que se estrangeirava todo, "The Brazilian". Outro bibi de preto encontrei, rezando assim: "Ste. Jeanne D'Arc, priez pour St. Paul". Sem comentários.

Uma linda inscrição, que se pode ajustar à literatura bibi, é a que traz no peito da blusa, um voluntário das bandas de Cunha: "Paulista por mercê de Deus". E acabo o meu repertório da literatura bibi, com esta sublime quadrinha popular:

"Nos campos de Sorocaba,
Quem achar um lenço, é meu
Bordado nas quatro pontas,
Que uma paulista me deu."

MÁRIO DE ANDRADE

DIÁRIO NACIONAL. Quarta-feira, 14 de setembro de 1932

PRAR

Desde o início da revolução, a Rádio Sociedade Record tomou atitude em favor da causa constitucionalista. E nessa atitude ela persevera com firmeza incomparável. Rádio que sempre se valorizara pela vivacidade e originalidade de sua orientação artística, parece que agora a P.R.A.R. ainda aguçou mais esses caracteres que a distinguiam entre suas congêneres. Possuída e dirigida por moços, ela se salienta, no seu trabalho revolucionário, pelos caracteres efusivos da mocidade. Ela não esperou, para tomar decisão, que se definissem os caminhos do destino e da opinião pública. Antes, cooperou desde o primeiro dia na conquista da vitória; da mesma forma com que, compreendendo o seu papel de publicidade, formou a opinião pública, em vez de deixar-se formar por esta.

Para tanto, a Record não teve nenhuma hesitação. Dispôs de tudo o que possuía, num rasgo deveras esplêndido de generosidade paulista. Dispôs de todos os seus haveres, de todas as suas possibilidades de emissão, de todas as suas qualidades artísticas. Chegou à abnegação de largar os anúncios, para não esfriar com eles a altura de patriotismo e veemência das suas irradiações. Ora, para quem sabe que as sociedades de rádio tiram a sua subsistência dos anúncios, essa atitude da PRAR comove pelo que representa de admirável dedicação. Ela pouco está se preocupando em abismar-se nas dificuldades financeiras mais árduas. Quer a vitória e cultiva, como poucos, a vontade de vencer. Ela se tornou, na mais legítima significação da palavra, uma entidade social. Está representando com uma integridade sem vacilações, o seu papel de socializadora. Creio que esse é o maior elogio que a gente lhe pode fazer.

Me cabe principalmente observar os aspectos com que a Record socializou as suas irradiações artísticas. A oratória é o veículo mais instintivo de arte social, e, Deus sabe como se tem abusado da oratória nestes ardentes dias revolucionários... Está claro que a PRAR se tem servido também da oratória. Porém, mesmo dentro desse gênero, ela se valoriza, nos dando noites de oratória definida, ora dedicadas a classes sociais, ora dedicadas a departamentos especializados do trabalho militar e civil. Em vez de mixórdias sem destino, em que oradores se aglomeram dentro do mesmo assunto geral, se repetindo com monotonia... quase derrotista, a Record qualifica e classifica os oradores seus convidados, permitindo-lhes moverem-se com mais virilidade dentro das suas especializações. Conseguiu com isso, além da variedade, alguns furos de oratória de primeira ordem, e alguns discursos realmente essenciais.

Mas prá mim, a orientação mais importante que a Record deu a sua oratória, está nos trololós de todas as noites. Pequenos comentários à situação geral do país, aos fatos do dia, à função histórica dos paulistas, feitos com um brilho, com uma incisividade excepcionais, com uma compreensão inteligentíssima da psicologia popular. E, valha a verdade, ditos com uma noção do fraseado e uma vibração de sentimento inexcedíveis.

Não deve esquecer ainda o trabalho de socialização musical. De todas as formas, habilmente, a P.R.A.R. condicionou a música ao momento, encomendando hinos patrióticos, lhes facilitando divulgação, ou escolhendo peças de pathos marcial ou alegre, que mantenham nos ouvintes o ânimo resoluto e o bom-humor. As irradiações da P.R.A.R. são o melhor antídoto ao derrotismo. Percebe-se em tudo isso o ardor apaixonado pela causa, a saúde moral daquela gente moça, sem a preocupação de condecorações ou recompensas. Ultimamente então, a Record vai lançando paródias musicais ou peças novas, metendo a ridículo a ditadura.

Algumas dessas obrinhas são verdadeiros primores de comicidade musical, como a marchinha *Xuxu*, que é jóia do gênero, ou a paródia de *De Papo pro ar*.

Estas considerações me vêm hoje, porque fui desagradavelmente surpreendido, outro dia, com obrigarem a Record a transmitir, além do enorme serviço que está prestando aos constitucionalistas, também os discursos do Rádio-Jornal. Eis um procedimento inábil, tirando o direito de escolha ao público, que prefere com visível prazer, a paixão, a alegria, a sabedoria da propaganda constitucionalista da Record, a tudo quanto mais lhe estão proporcionando pelo rádio. E se a gente observa a mais, que isso destrói ostensivamente a liberdade generosa com que a Record serve à causa que adotou, essa imposição fere como uma injustiça vermelha. Ora, se os chefes constitucionalistas falam em mentalidade nova, é de se esperar que ponham reparo desde já, no que se está fazendo em nome deles. Com que direito se exige "esta" disciplina, a quem desde o princípio encarnou disciplina exemplar?... A justiça também é uma forma de disciplina. E se por disciplina os diretores da P.R.A.R. estão se sujeitando à injustiça que se pratica com eles, nem por isso esta injustiça deixa de ser clamorosa. É uma ingratidão. É um erro. Quebra a atividade de quem desde início fez jus à confiança e à consideração dos chefes constitucionalistas. E ferem de morte a verdadeira "mentalidade nova" destes moços, cujo único defeito é estarem agindo melhor e mais desinteressantemente que muitos outros.

MÁRIO DE ANDRADE

DIÁRIO NACIONAL. Domingo, 18 de setembro de 1932

FOLCLORE DA CONSTITUIÇÃO

(X)

CAVALO À PROVA DE BALA

O soldado gaúcho J. B. da R., está contando na *Platéa*, como foi que conseguiu passar pro lado dos paulistas, na zona de Cunha. A dificuldade foi danada, conseguiu arranjar uma função no Corpo de Saúde, das tropas de João Alberto, e vir até Parati. Mas eis que outros soldados o reconhecem, e todos ficam sabendo que J. B. já estivera muito tempo engajado na F. P. paulista. Logo desconfiaram dele, chamavam-lhe "o Paulista" e não havia meios de o deixarem chegar até as linhas de frente. "Um belo dia porém, o capitão Nelson de Melo, ex-chefe de polícia de Pernambuco, e que comandava as forças em Parati, precisou de alguém que fosse às linhas mais avançadas, levar uma mensagem. Perguntou quem queria se encarregar dessa missão arriscada. Todos se encolheram. Ofereci-me... Deram-me a mensagem e parti a cavalo. Era pela madrugada e o fogo estava vivíssimo. Consegui atingir a frente e tentei atravessar entre os dois fogos. Tive que deitar-me e andar de rastros muito tempo, rebocando o meu cavalo que veio comigo (sic!) ". *A Platéa* de 10 de setembro último.

*　*　*

COCADAS E CAPACETES

Esta me foi relatada por uma dedicada leitora, residente em Barretos. Há nesta cidade um capitão da Guarda Nacional, que nem bem arrebentado o movimento constitucionalista, logo se alistou como simples soldado. Conseguiu logo as divisas de sargento, e depois dum curto estágio em S. Paulo, seguiu para a frente de Cruzeiro. De lá voltou em visita a Barretos, contando esta. Num combate dum dos setores da frente norte, os nossos soldados principiaram notando que na trincheira inimiga, os soldados também usavam capacetes de aço. Adquirida a certeza do... fenômeno, a coisa causou sensação nas nossas trincheiras, será que o Getúlio arranjou jeito de comprar capacetes de aço pros ditatoriais!... Afinal um movimento de tropas, causado em grande parte pela vontade de saber certo o que havia, permitiu aos constitucionalistas, prender alguns inimigos armados dos tais capacetes de aço.

475

Eram soldados baianos e os capacetes de aço, também da mais egítima indústria nacional, eram feitos com as cascas de cocos da Bahia.

* * *

ADEUS, VIOLA

Dou-a talqual a relatou a *Folha da Noite* do dia dois passado:

"Há dias passava por uma estrada, onde a turma do Paulo construía uma ponte, um caipira arisco, sobraçando uma viola. O pessoal rodeou o caminhante.

"— Seje paulista! fique aqui cum nóis. Vamo guerreá junto, defendê São Paulo...

"Nisso ouviu-se um grito: — Aviões!...

"E o caipira, dando um pulinho de lado:

"— A viola eu dêxo, mai eu num fico neim pur déiz!"

E zarpou.

* * *

SOU PAISANO

Ainda a respeito de caipiras e aviões, se pode contar esta deliciosa anedota, inserta na *Gazeta* do dia 12 passado:

"Ontem, quando recebemos a malsinada visita dos pássaros negros da Segunda República, os soldados imobilizaram-se onde estavam, estendendo-se no capim macio. Um caboclo que se encontrava, na ocasião, no acampamento, não ligou, ficando por ali apreciando as evoluções das máquinas infernais. Um oficial grita-lhe com energia:

"— Deita, camarada!

"— Eu não tenho nada com isso! eu sou paisano..."

* * *

BOATOS

Essa excessiva consciência de si mesmo, que fez o caipira achar que era paisano, me lembra um boato delicioso, que correu pela assustadiça Araraquara. Dizia-se lá que os ditatoriais queriam a todo custo tomar Campinas, e que depois, tomariam Porto Cemitério, PRA ENCURRALAR ARARAQUARA! É, como se vê, uma delícia de ensimesmação. Os ditatoriais, como que não se amolam em tomar Campinas, nem São Paulo, nem nada. O que eles quereriam, era tomar Araraquara!

Outro boato muito engraçado, que ocorreu até nos ginásios de meninas, aqui em São Paulo, é que no Sul, "estavam morrendo todos os estudantes de Medicina"! As balas ditatoriais escolhiam entre a nossa gloriosa estudantada, só os estudantes de Medicina...

* * *

NÃO ME TOQUES

Todos são voluntários, gente boa de Piracicaba. Estão aquartelados em Quitaúna. Vão partir pra alguma frente no dia seguinte, o que os deixa naturalmente num excessivo estado de sensibilidade. Rasga a alegria um toque de clarim, todos querem saber o que é...

— Que toque é esse!...

E um veterano de bom-humor:

— Esse é o toque de Assuero, gente.

MÁRIO DE ANDRADE

DIÁRIO NACIONAL. Domingo, 25 de setembro de 1932

FOLCLORE DA CONSTITUIÇÃO
(XI)

AS CARTAS

Como o serviço de correio militar é perfeito na medida do possível, os soldados escrevem muito. As tréguas e pausas de guerra fazem nascer as lembranças do lar e seus amores, das pândegas e suas amizades. Então vem o doce delírio epistolar, bem mais brando que os mais delírios que a guerra dá. E as cartas são pois, mais um dos aspectos curiosos da guerra. É a sensibilidade do homem comum, premida por circunstâncias excepcionais, se manifestando com uma variedade maravilhosamente rica. Há de tudo. É toda uma literatura que vai da literatice mais deprimente do indivíduo ensimesmado que só pensa em fazer frases bonitas, até a aparente indiferença daqueles aos quais a guerra não chega a ser um perigo, ou melhor, parece que não fez descontinuar a vidinha de todos os dias. Foi-me dado ler uma carta espantosa, duma senhora a um soldado, carta tão espantosamente banal, tão continuada dentro da vida dos dois que nem se chegava a saber certo se eram casados, se viviam juntos. Nenhuma palavra de guerra. Principiava falando nuns conhecidos comuns, anunciava a remessa duns cigarros e na proibição de mandar um bocado de álcool, pra ele que o apreciava tanto. Depois partia para a discussão do caso duma caixa-d'água que tinha arrebentado e estragado uma parede bastante. Então ela mandou chamar um homem que achou melhor mudar a caixa, que estava mesmo imprestável. Ela hesitara, acabando por fazer a mudança. "Não sei se você vai aprovar a minha resolução, por causa da despesa, mas o que que hei de fazer, não tenho com quem me aconselhar, nem Fulano nem Sicrano têm aparecido por aqui". E terminava a carta sem lembranças, sem abraços, sem beijos, numa fadiga de viver que feria terrivelmente, comentando apenas as medidas econômicas tomadas pelo Governo! Os problemas da economia doméstica, às vezes preocupam os missivistas. "Papai, mande mais dinheiro que aqui tudo é só por dinheiro, e o meu está se acabando" um escreve. Ao que outro corresponde: "Não me mande mais dinheiro, por aqui é tudo de graça, não se tem em que gastar, e só fico com a preocupação de não deixar que me desapertem". Noto porém que a primeira carta lida, era de filho

478

pra pai, a segunda, de marido pra mulher. A diferença dos amores deve ter influído na argumentação. Mas o caso mais inefável que conheço a respeito da economia familiar absolutamente autêntico também, é o dum pai soldado que escrevia prá família em geral: "Vocês façam muita economia aí. Só gastem o ESTREITAMENTE (sic) necessário".

As delícias do amor, se mostram em toda a escala, desde o amor que se descreve sem discrição até a timidez que se recata a ponto de ficar insensível. Do primeiro caso, me lembro da anedota que me contou Fernando Mendes de Almeida: um sargento que lendo os transportes da esposa, chorava gemido, sem temor, na frente de todos, e acabava comentando: "Diabo, a gente ter gancho!". Melhor ainda, foi o que me contou um censor, do soldado, que não podendo mais de amor, rematava a carta assim: "Agarro-te nos meus braços, beijo, sim, beijo longamente você, nas barbas da censura"! De insensibilidade, além da frieza banal, que não merece registro, lembro apenas dum caso mais original. O voluntário começou com medo e acabou contando tudo. Escrevia à noiva e mais ou menos era assim o final: "Não sei que palavras possa te dizer, pois só pensar que outras pessoas terão quer ler as minhas cartas me deixam cheio de confusão. Mas deves lembrar sempre tudo quanto eu já te disse sinceramente. Elas (Elas, quem? de certo, as palavras, frases) serão sempre a expressão da verdade. Lembra-te sempre delas, e principalmente de tudo o que dissemos e fizemos na noite em que eu parti. Teu noivo". E pra rematar o assunto, esta delícia de confusão, dum soldado da frente norte: "Era do meu gosto abraçar-lhe pessoalmente nesta data, enfim, a situação não permite, no entanto, minha querida, não faltará oportunidade".

Em principal, os soldados recorrem à caçoada, à ironia, a todos os modos de disfarçar o perigo e abrandar assim as preocupações da família. É o lado mais comum das cartas. O soldadinho Geraldo, por exemplo, escreve: "Dears Papai e Mamãe. Estamos descansando dos extenuantes trabalhos trincheiríferos. Tenho passado bem. Apenas ontem fui atacado de cólica das trincheiras. É uma cólica horrível, pois só se pode melhorar deitando ao comprido, e nós dormimos de cócoras, mas como é divertida esta vidinha! Já fomos BATIZADOS e estamos muito orgulhosos disso. Olhem como estou municiado! 169 tiros de fuzil! A bóia tem sido boa porque almoçamos fora: a do quartel dá desinteria (sic). Estou louco para fazer um presente ao F. B., um soutien, porque se alistou... na Cruz Vermelha. É verdade que aí em S. Paulo o pessoal do B. U. P. é chamado "Os leões da frente"? Nesse caso eu sou uma jaguatirica! Vamos passando bem mas (sic) peço as vossas bênçãos".

Acabou o meu terreno e inda tenho assunto que ficará pra outro dia. Vai apenas mais uma delícia de gargantice heróica.

Quem escreve é um soldado regular, quase ingênuo pelas suas poucas letras. Vai descrevendo as posições em que está. São ótimas, colocadas na maior altura, trincheiras muito bem feitas, dominando a redondeza, posições inexpugnáveis. E, sentindo-se forte como ninguém, acaba exclamando: "Nem a Inglaterra passa!"

MÁRIO DE ANDRADE